Christopher Ross

Hinter dem weißen Horizont

Jenseits der großen Stille

Der Autor

Thomas Jeier wuchs in Frankfurt am Main auf und lebt heute bei München und »on the road« in den USA und Kanada. Seit seiner Jugend zieht es ihn nach Nordamerika, immer auf der Suche nach interessanten Begegnungen und neuen Abenteuern. Für seine Bücher erhielt er zahlreiche Preise. Unter dem Pseudonym »Christopher Ross« veröffentlicht er romantische Abenteuerromane.

Christopher Ross

Hinter dem weißen Horizont

Roman

Weltbild

Besuchen Sie uns im Internet:
www.weltbild.de

Hinter dem weißen Horizont
Genehmigte Lizenzausgabe für Verlagsgruppe Weltbild GmbH,
Steinerne Furt, 86167 Augsburg

Jenseits der großen Stille

Umschlaggestaltung: zeichenpool Design und Kommunikation, München
Umschlagmotiv: Getty Images, München (© Rhea Anna),
Shutterstock (© Tyler Olson, © B. Stefanov)
Gesamtherstellung: CPI Moravia Books s.r.o., Pohorelice
Printed in the EU
ISBN 978-3-86800-282-9

2013 2012 2011 2010

Die letzte Jahreszahl gibt die aktuelle Lizenzausgabe an.

1

Clarissa Swenson würde diesen Augenblick niemals vergessen. Den Ruck, der durch die einmotorige Maschine ging, und die plötzliche Stille, als der Motor der *Bellanca* aussetzte. Das Rauschen des Windes, der an den Tragflächen rüttelte, und den besorgten Blick ihres Mannes, der verzweifelt versuchte, die Maschine im Wind zu halten. Sie war zu lange mit einem Piloten verheiratet, um in Panik zu geraten. Jack war ein erfahrener Buschpilot, der monatelang sein Leben bei den *Barnstormers* riskiert hatte und seit fünf Jahren über Alaska und den Yukon flog. Er würde die Maschine nach unten bringen. Sie wusste, wie empfindlich die *Bellancas* in diesem Nebel reagierten, und hatte von Jack gelernt, dass man eine solche Maschine auch ohne laufenden Propeller in der Wildnis landen konnte, wenn man eine Senke oder ein verschneites Ufer fand, um sicher aufsetzen zu können. Aber in diesem Nebel waren selbst die hohen Fichten am zugefrorenen Fluss nur als dunkle Schatten auszumachen. »Wir haben ein Problem«, sagte Jack in seiner nüchternen Art, »wenn wir nicht bald was finden, geht die Maschine zu Bruch.«

Unter normalen Umständen hätte Jack die *Bellanca* sicher auf den Boden gebracht, davon war Clarissa fest überzeugt. So wie vor einigen Jahren, als sie mit dem Wanderzirkus in Wyoming gastiert hatten und Jack mit einem Doppeldecker über den Festplatz geflogen war. Kein Zuschauer hatte gemerkt, dass etwas nicht in Ordnung gewesen war. Nur ihr war aufgefallen, dass der abgeschaltete Motor nicht zur Show gehört hatte und Jack bemüht gewesen war, die leichte Maschine in den Wind zu stellen. Er war holpernd auf dem langen Highway gelandet, der vor der Stadt durch das endlose Grasland führte. Aber damals hatte die Sonne geschienen, und jetzt befanden sie sich in einer Nebelwand, die keinen Anfang und kein Ende erkennen ließ und irgendwo in der Ferne mit dem weißen Horizont verschmolz. Ohne Vorwarnung war die weiße Wand vor ihnen aufgetaucht, wie eine zähe Suppe, die ein unsichtbarer Riese hinter den Bergen ausgeschüttet hatte. »Ich muss ein Loch finden«, hatte Jack gesagt, »dann können wir über die Wolken gehen und nach besserem Wetter suchen. Irgendwo muss der Nebel doch zu Ende sein.«

Der Nebel wurde dicker, schien die Maschine wie ein nasses Tuch einzuhüllen und jedes Leben ersticken zu wollen. Ein Blick auf den Höhenmesser zeigte Clarissa, dass sie sich keine zweihundert Fuß mehr über dem Boden befanden und jeden Augenblick die Bäume streifen oder gegen eine Bergwand prallen konnten. In einem Umkreis von zweihundert Meilen war nur Wildnis. Sie hatten den Lake Laberge am frühen Morgen verlassen und befanden sich irgendwo über den Ogilvie Mountains, einer einsamen Gegend, die einigen Polizisten der legendären Royal Canadian Mounted Police zum Verhängnis geworden war, als sie sich in der verschneiten Wildnis verirrt hatten und einen qualvollen Tod in der Kälte gestorben waren. Ihnen würde es ähnlich ergehen, wenn Jack es nicht schaffte, eine Lücke im Nebel zu finden und die Maschine heil auf den Boden zu bringen.

Die *Bellanca* zitterte im böigen Wind. Die Landkarte, die auf der Ablage über den Armaturen gelegen hatte, war gegen das Seitenfenster gerutscht. Der Nebel drängte sich vor der Frontscheibe und floss bedrohlich an der Maschine entlang. Jack saß gerade auf seinem Sitz, den Kopf weit nach vorn gebeugt, den Blick in das endlose Weiß gerichtet. Seine Hände umklammerten den Steuerknüppel. An den vielen Schweißtropfen, die über seine Stirn und seine Wangen perlten, erkannte Clarissa, wie ernst ihre Lage war. Die Nadel des Höhenmessers drehte sich stetig nach links. »Jack«, sagte sie leise. Sie starrte nach vorn, die Hände in den Sitz gekrallt, und betete stumm. Ihre

Angst wurde immer größer. »Wir müssen runter«, sagte sie mit einem Blick auf den Höhenmesser. »Um Gottes willen, wir müssen runter.«

Jack drückte das Ruder nach vorn, arbeitete mit Händen und Füßen, um die Maschine im Gleichgewicht zu halten. Er befand sich nicht zum ersten Mal in einer solchen Situation, war als *Barnstormer* im amerikanischen Westen und Buschflieger im hohen Norden schon etliche Male in Lebensgefahr gewesen, zuletzt vor ein paar Wochen, als er in einen eisigen Nebel geraten war, der die Tragflächen seiner *Bellanca* mit einer dicken Eisschicht überzogen hatte. Eis auf den Tragflächen war das Schlimmste, was einem Buschpiloten passieren konnte, drückte ein kleines Flugzeug wie die *Bellanca* unweigerlich nach unten und ließ es zerschellen, wenn man zu spät reagierte. Jack hatte die Maschine am Seeufer aufgesetzt und mit dem Propeller ins feuchte Gras gebohrt, ein geringer Schaden, der bald wieder behoben war. Diesmal ging es um Leben und Tod, wenn nicht bald eine Lücke im Nebel sichtbar wurde. Er beugte sich noch weiter nach vorn und starrte angestrengt in das endlose Weiß.

Clarissa sah das Loch zuerst, eine kaum sichtbare Öffnung im Nebel, die den Boden zumindest erahnen ließ. »Jack! Da drüben!«, rief sie aufgeregt. Ihr Mann steuerte die Maschine nach links und hielt mit zitterndem Steuerknüppel auf die Öffnung zu. Der Zeiger des Höhenmessers drehte sich viel zu schnell, als die *Bellanca* nach unten sauste. Nebelfetzen flogen am grauen Rumpf vorbei und schlugen hinter ihnen zusammen. Das düstere Zwielicht eines späten Herbsttages empfing sie. Die Maschine bockte, wurde vom Wind nach oben und wieder nach unten geworfen, hielt sich kaum noch in der Luft. Unter ihnen tauchten die dunklen Umrisse eines Fichtenwaldes und das graue Band eines zugefrorenen Baches auf. Auf einem Hügelkamm, der sich zwischen einigen Felsen erhob, glaubte Clarissa einen einsamen Wolf zu sehen. Jack suchte nach einem Landeplatz und fand lediglich ein abschüssiges

Schneefeld, das sich zwischen einer Felswand und dem Wald erstreckte. Es gab keine andere Möglichkeit, die Maschine zu landen. »Halt dich fest«, warnte Jack seine Frau. »Wir bauen eine Bruchlandung.«

Während die *Bellanca* ständig tiefer sackte und ihr Mann angestrengt versuchte, die Maschine in den Wind zu drehen, gingen Clarissa die seltsamsten Gedanken durch den Kopf. Sie dachte an jenen Morgen in South Dakota, als sie ihren ersten Looping mit Jack geflogen war. Ein wunderschöner Morgen mit einem wolkenlosen Himmel und strahlendem Sonnenschein, wie zum Fliegen gemacht, hatte Jack gesagt. Sie war zu ihm ins Cockpit geklettert und hatte sich wie ein Kind gefreut, als er die Maschine auf den Kopf gestellt hatte. Mehrere hundert Fuß über dem Erdboden hatte er ihr einen Heiratsantrag gemacht. »Natürlich will ich dich heiraten, Jack«, hatte sie geantwortet, »ich dachte schon, du fragst nie.« Nach der Landung waren sie einander in die Arme gefallen, und die Leute hatten begeistert applaudiert.

Sie dachte an ihre wilden Jahre bei den *Barnstormers,* die vielen unbedeutenden Städte und die schäbigen Motels, in denen sie übernachtet hatten. Es waren schwere Zeiten gewesen, und manchmal hatte ihr Geld nicht einmal für ein ordentliches Frühstück gereicht, aber sie waren glücklich gewesen, obwohl Jack beinahe jeden Nachmittag sein Leben riskiert hatte. Damals hatte Clarissa keine Angst gehabt. Sie war eine Fliegerbraut, gehörte nicht zu den jungen Dingern, die jedem *Barnstormer* auf Schritt und Tritt folgten und beim ersten Looping in Ohnmacht fielen. Jack war ein erstklassiger Flieger und hatte sie mit seiner Begeisterung angesteckt. Sie hatte sogar daran gedacht, selber das Fliegen zu erlernen. Auch zur Beerdigung ihres Vaters waren sie im Doppeldecker geflogen, und nachdem sie die kleine Farm für ein paar Dollar verkauft hatten, waren sie nach Alaska gegangen, um dort ein neues Leben zu beginnen.

Seit fünf Jahren waren sie im hohen Norden, zuerst in Alaska und dann im Yukon-Territorium des nördlichen Kanada, und sie hatten ihren Schritt nicht ein einziges Mal bereut. Jack hatte einen Vertrag von der Regierung bekommen und versorgte die Indianerdörfer in den Bergen mit Lebensmitteln und Medikamenten, und es gab genügend Fallensteller und Jäger, die ihn anheuerten, um schneller in die Wildnis zu kommen. Diesmal waren sie ohne Fracht unterwegs, um eine neue Route über die Berge zu erkunden, und Clarissa hatte die Gelegenheit ergriffen, um sich »mal wieder den Wind um die Nase wehen zu lassen«, wie ihr Mann sich auszudrücken pflegte. Niemand würde sie vermissen, wenn sie nach einer Bruchlandung hilflos im eisigen Schnee liegen blieben. Niemand würde nach ihnen suchen. Clarissas Brustkorb verengte sich, als die schrecklichen Bilder eines Absturzes vor ihr auftauchten, und ihre Augen flackerten nervös. Selbst eine Fliegerbraut wie sie spürte Todesangst, wenn ein kleines Flugzeug wie die *Bellanca* hilflos auf ein abschüssiges Schneefeld zuraste und nur ein Wunder sie noch retten konnte.

Die weiße Wand des schneebedeckten Hanges kam bedrohlich schnell auf sie zu. Ihre Gedanken wurden vom pfeifenden Wind zerfetzt, und die Maschine klapperte wie ein Wrack, das von einem Sturm gegen die Hangarwand getrieben wird. Sie schrien nicht, als die Maschine aufsetzte und die Skier abbrachen, nur Jack stieß einen deftigen Fluch aus, bevor er nach vorn geschleudert wurde und mit dem Kopf in die Frontscheibe krachte. Clarissa hatte mehr Glück, fiel gegen ihren verletzten Mann und blieb bei Bewusstsein, während die *Bellanca* steuerlos über das Schneefeld holperte, sich einmal überschlug und auf den Wald zuraste. Sie hielt sich mit beiden Händen fest, sah das Blut ihres Mannes auf der Frontscheibe und erkannte schon in diesem Augenblick, dass Jack nicht mehr zu helfen war. Jetzt schrie sie, unkontrolliert und laut, bis die Maschine gegen einen Baum knallte, sie durch die aufgesprungene Tür nach draußen geschleudert wurde und regungslos liegen blieb. Sie sah nicht mehr, wie das Flugzeug explodierte und ihr Mann bis zur Unkenntlichkeit verbrannte, wachte erst wieder auf, als ein kalter Windstoß ihre Augen öffnete und sie aus der Bewusstlosigkeit riss.

Clarissa starrte in die Flammen, die immer noch aus der Maschine schlugen, wollte aufstehen und zu ihrem Mann laufen und fiel mit einem Aufschrei in den Schnee zurück. Ihr rechtes Bein war gebrochen. »Jack. Jack.« Sie wollte schreien, aber sie brachte nur ein heiseres Krächzen heraus, und als sie sich zur Seite drehte, schoss ein brennender Schmerz durch ihren Körper und lenkte sie vom Schicksal ihres Mannes ab. Sie blieb liegen, weinte schluchzend, bis keine Tränen mehr kamen, und beschloss erst dann, um ihr eigenes Leben zu kämpfen. Trauer und Mitleid hatten in dieser Wildnis keinen Platz. Ihrem Mann war nicht mehr zu helfen, und es ging jetzt nur noch darum, selbst zu überleben.

Aus dem Norden zog ein frostiger Wind heran, die Temperatur war auf mindestens zehn Grad unter null gesunken. Clarissa stützte sich auf die Ellenbogen und blickte Hilfe suchend in die Runde. Hinter ihr erstreckte sich die glitzernde Ebene, jungfräulicher Schnee, der nur von der tiefen Schleifspur der *Bellanca* durchzogen war. Die zerklüfteten Felsen ragten wie die gichtkranken Hände eines Greises dahinter empor. Vor ihr lag der dunkle Fichtenwald. Sie konnte sich nicht daran erinnern, aus der Luft eine Trapperhütte oder irgendeinen anderen Hinweis auf menschliches Leben gesehen zu haben. Sie war allein, fernab der Zivilisation, und durch das gebrochene Bein zum Tode verurteilt. Selbst wenn es ihr gelang, das verletzte Bein zu schienen und Krücken zu finden, könnte sie niemals in dieser Wildnis überleben. Hier gab es hungrige Wölfe, die sie anfallen würden, sobald sie ihre Schwäche bemerkten, und sie konnte sich glücklich schätzen, wenn sich die Bären schon zum Winterschlaf zurückgezogen hatten. Der Winter hatte sich mit den ersten Schneefällen angekündigt, und es würde nicht mehr lange dauern, bis die Temperaturen noch tiefer sanken und der unbarmherzige Frost ihr Leben auslöschen würde. Sie brauchte einen warmen Unterschlupf und etwas zu essen und zu trinken, sonst würde es nur wenige Stunden dauern, bis sie ihrem Mann folgte.

Clarissa lebte lange genug in der Wildnis, um sich keinen Illusionen hinzugeben. Nur ein Wunder konnte sie noch retten. Die Chancen, mit einem gebrochenen Bein in dieser Eiseskälte zu überleben, waren beinahe aussichtslos. Sie blickte zu dem brennenden Flugzeug hinüber und spürte, wie ihr Brustkorb sich zusammenzog. Für einen langen Augenblick verdrängte die Trauer um ihren toten Mann den eigenen Schmerz. Ihr wurde klar, dass Jack für alle Zeiten von ihr gegangen war und sie ihn niemals wieder sehen würde. Das lausbubenhafte Grinsen, das seinen Mund manchmal umspielt hatte, würde sie niemals wieder verzaubern, und seine sanften Hände würden ihr nicht mehr sagen, dass er sie liebte. Sie schloss für einige Momente die Augen und fraß den Schmerz in sich hinein. Wenn sie weiterleben wollte, musste sie etwas tun. Wenn sie untätig liegen blieb, würde die eisige Kälte sie in den sicheren Tod schicken.

Schließlich zog sie sich mit den Händen durch den Schnee, stützte sich mit dem gesunden Bein ab und schrie vor Schmerzen auf, als sie das gebrochene Bein bewegte. Mit aller Kraft kämpfte sie gegen eine erneute Ohnmacht an. Sie kroch ein paar Meter und bekam eine hölzerne Strebe des Flugzeugs zu fassen, die während der Bruchlandung abgesplittert war. Jede Bewegung bereitete ihr höllische Schmerzen. Sie drückte das gebrochene Bein mit dem gesunden Fuß nach unten, atmete tief durch, um die schwarzen Schleier vor ihren Augen zu vertreiben, und legte die Strebe an den Unterschenkel. Sie band das Holz mit einigen Rohhautschnüren fest, die sie in der Tasche ihres Anoraks gefunden hatte. Auf ihrer Stirn standen Schweißtropfen. Sie kroch zum Waldrand und suchte zwei abgebrochene Äste, die ihr als Krücken dienen konnten, stemmte sich vom Boden hoch und sank erschöpft gegen einen Baum. Es dauerte eine halbe Stunde, bis sie sich von der Anstrengung erholt hatte und wieder ruhig atmen konnte. Sie humpelte ein paar Meter und blieb stehen.

Dann stützte sie sich wieder auf die Krücken und näherte sich dem ausgebrannten Flugzeug. Vielleicht ließen sich einige Sachen gebrauchen. In angemessener Entfernung blieb sie stehen. »Liebster Jack«, flüsterte sie traurig, »und ich kann dich nicht mal begraben.« Sie kehrte um und schlug die entgegengesetzte Richtung ein, nur weg von dem Wrack und ihrem verbrannten Mann. Auf dem Schneehang zögerte sie minutenlang. Erst jetzt wurde ihr die eisige Kälte bewusst. Sie würde es nicht schaffen! Sie würde keinen Tag in dieser arktischen Kälte überstehen, obwohl sie einen winterfesten Anorak aus Karibufell und gefütterte Hosen trug. Ihre Stiefel waren mit Eisbärenfell überzogen, das Geschenk eines Inuit, der mit ihnen nach Barrow geflogen war. Sie trug eine Fellmütze mit Ohrenschützern und hatte sogar eine Schneebrille aus Elfenbein um den Hals hängen. Darauf hatte Jack immer geachtet. Wer über menschenleere Gebiete flog, musste immer mit einem Wetterumschwung rechnen und darauf gefasst sein, auf einem See oder an einem Flussufer zu landen und einige Zeit in der Kälte auszuharren. Clarissa blickte zu dem Flugzeug zurück. Was tat man, wenn die Maschine ausgebrannt war und die nächste Siedlung über zweihundert Meilen entfernt war? Wie kam man mit einem gebrochenen Bein durch den Schnee?

Sie humpelte am Waldrand entlang, wo der Schnee nicht so tief war und der Wind nicht so stark blies. Ihre einzige Chance bestand darin, einen Fallensteller oder eine Patrouille der Royal Canadian Mounted Police aufzuspüren. Ein beinahe aussichtsloses Unterfangen in dieser endlosen Weite. Oder sie begegnete einigen Indianern, aber die gingen im Winter kaum auf die Jagd und verirrten sich nur selten in die geheimnisvollen Ogilvie Mountains. Zumindest die Han, die an den Ufern des Yukon lebten, wagten sich nicht in die dunklen Schluchten. Sie fürchteten sich vor den bösen Geistern, die nur darauf warteten, einen stattlichen Jäger ins Verderben zu locken. In den Bergen regierten die Bären und die Wölfe. Sie hatten die weißen Goldsucher vertrieben, die vor mehr als dreißig Jahren über die versteckten Pfade gezogen waren, und wurden den Polizisten zum Verhängnis, die so unvorsichtig gewesen waren, im tiefsten Winter das Schicksal herauszufordern.

Das einzige Lebewesen, das es jemals mit den bösen Geistern aufgenommen hatte, war ein Krieger der Hare gewesen, der vom Mackenzie River gekommen war und seine Frau in einem Schneesturm verloren hatte. Er war tagelang durch die Wildnis geirrt, um sie zu finden, und hatte einen einsamen Wolf getötet, um in der Einsamkeit überleben zu können. Er hatte das rohe Fleisch des Wolfes gegessen und sein Blut getrunken, und manche Indianer erzählten, dass er zu einem Wolfshund geworden war, zu einem Geist-Tier, das ziellos durch die Ogilvie Mountains zog, auf der Suche nach seiner geliebten Frau und darum bemüht, unschuldige Menschen vor dem Tod zu retten.

Daran musste Clarissa denken, als sie die schattenhaften Umrisse eines einsamen Wolfes in der Dämmerung sah. Er stand auf einem fernen Hügelkamm, den Kopf stolz erhoben, und blickte zu ihr herab. Das musste derselbe Wolf sein, den sie vom Flugzeug aus entdeckt hatte. Sie blickte genauer hin und rieb sich erstaunt die Augen, denn plötzlich war der Wolf verschwunden, und sie war wieder allein mit der Wildnis und dem Wind. Sie blieb stehen und sprach ein Gebet, das sie als Kind von ihrer Mutter gelernt hatte. Es machte wenig Sinn in dieser Abgeschiedenheit, doch ihr fielen keine anderen Worte ein, und dem lieben Gott würde es egal sein, was sie sagte, solange sie sich nur an ihn wandte. »Und dass du mir gut für meinen Jack sorgst«, fügte sie ernst hinzu. »Er war ein guter Mann.«

2

Im düsteren Licht des Nachmittags kämpfte Clarissa sich am Waldrand entlang. Die beiden Astgabeln, die sie als Krücken benutzte, hielten sie auf den Beinen. Der Schmerz in dem gebrochenen Bein hatte nachgelassen und flammte erst wieder auf, als sie mit einer Krücke wegrutschte und in den Schnee fiel. Ein Schmerzensschrei kam über ihre Lippen und wurde zu einem leisen Wimmern. Sie drückte ihr Gesicht in den Schnee und dachte daran, wie einfach es wäre, die Augen zu schließen und auf den Tod zu warten. Aber ihr Kampfgeist war nicht erloschen. Sie kämpfte sich vom Boden hoch und humpelte weiter, ohne Ziel und ohne einen festen Plan. Dawson City und die Roadhouses am Ufer des Yukon lagen unerreichbar hinter den Bergen. Wo die nächste Indianersiedlung war, wusste sie nicht. Sie hatte nicht die geringste Ahnung, welche Trails die Polizisten der Royal Canadian Mounted Police auf ihren Patrouillen benutzten, und ob ein Trapper in der einsamen Gegend seine Fallen auslegte.

Die Chancen auf eine Rettung schwanden mit dem Zwielicht, das wie ein grauer Schleier über den Bergen hing und die verschneiten Felshänge noch unwirtlicher erscheinen ließ. Am Polarkreis kündigt sich der Winter bereits im Oktober mit langen Nächten an. Die Sonne verschwindet vom Himmel und kapituliert vor den bösen Mächten der Indianer, bis sie im Frühjahr von ihrer Leidenszeit erlöst wird und die Dunkelheit nach Norden zurückdrängt.

Wenn es Nacht wurde und der Frost das Land mit seinen klammen Fingern in die Gewalt bekam, würde Clarissa dem Tod in die Arme humpeln. Ihre Notration, der Schlafsack und die warmen Decken waren mit der Maschine verbrannt, und sie besaß nicht einmal Streichhölzer, um ein Feuer anzuzünden. Ihre Kleidung war winterfest, aber sie musste in Bewegung bleiben. Sobald sie stürzte und nicht mehr aufstand, war sie verloren. All das wusste Clarissa, und dennoch lief sie weiter.

Während sie vor der Kälte in den Wald floh und durch das Unterholz humpelte, beschimpfte sie sich selbst, um die nötige Kraft für den anstrengenden Marsch zu finden. »Verdammt, Clarissa, lass dich nicht hängen, du schaffst es! Dein Selbstmitleid ist was für Frauen aus San Francisco oder Seattle, die noch nie in der Wildnis waren! Du lebst lange genug hier draußen, du lässt dich nicht unterkriegen!« Dann stürzte sie wieder, und es bedurfte ihrer ganzen Kraft, um erneut der Versuchung zu widerstehen, die Augen zu schließen und auf den Tod zu warten. Wie schön musste es sein, diese eisige Welt zu verlassen und in einem Paradies voller Sonnenschein aufzuwachen und ihren Mann in die Arme zu schließen. Vielleicht stimmte, was ihr Pfarrer in Mobridge gesagt hatte, und das Paradies sah tatsächlich so aus wie in dem Bilderbuch, das sie in der Sonntagsschule immer durchgeblättert hatten. Ein blühender Garten mit grünen Tälern, sprudelnden Wasserfällen und exotischen Blumen, die unter einem strahlend blauen Himmel in der Sonne leuchteten.

Sie zog sich an den Krücken aus dem Unterholz und sank müde gegen einen Baum. Mit geschlossenen Augen kämpfte sie gegen die drohende Erschöpfung an. Sie mochte den arktischen Norden, seine kargen Landschaften und die majestätischen Gebirge, die sich im Landesinneren erhoben. Sie mochte die Menschen, ihre selbstlose Hilfsbereitschaft und ihren hintergründigen Humor, sie liebte die wilden Tiere und die endlose Weite, in der sie lebten. Wenn das Nordlicht am Himmel flackerte, konnte sie regelrecht ins Schwärmen geraten. Aber sie wusste auch um die Gefahren des hohen Nordens und war sich im Klaren darüber, wie schnell das Land und die Tiere zu erbitterten Feinden werden konnten. Ein schneebedeckter Gipfel, der im Zwielicht des arktischen Winters romantisch aussah, wurde zu einem unüberwindbaren Hindernis. Das Heulen des Windes verwandelte sich in das drohende Fauchen eines wilden Tieres und machte den Aufenthalt in einer festen Blockhütte erst recht behaglich.

Als Kind hatte sie ein ähnliches Erlebnis gehabt. Es war zwei Tage nach ihrem siebten Geburtstag gewesen, daran erinnerte sie sich noch genau, denn sie hatte den selbst genähten Teddybär im Arm gehabt, als sie in den Schnee gefallen war. Sie hatte sich mit einer Freundin im verschneiten Wald verirrt und war in die falsche Richtung gelaufen, wie sich später herausgestellt hatte, weg vom Farmhaus ihrer Eltern. Irgendwo waren sie vor Erschöpfung zusammengebrochen. Sie wären wohl erfroren, denn auch in South Dakota waren die Winter kalt und streng, und ihre Eltern und die anderen Nachbarn hatten einige Meilen westlich gesucht und nicht einmal ihre Spuren gefunden. Sie hatten es einem Landstreicher zu verdanken, dass sie mit dem Leben davonkamen. Er war vor dem Schnee in den Wald geflüchtet und flößte ihnen heißen Tee ein. Dann brachte er sie zu ihren Eltern zurück. Ihr Vater gab dem armen Mann kein Trinkgeld, nicht einen einzigen Dollar, und er beschimpfte ihre Mutter, weil sie dem Landstreicher etwas Brot und Räucherschinken gegeben und kostbaren Kaffee eingeschenkt hatte. »Du bist wohl verrückt!«, brüllte er. »Was meinst du, warum ich mir den Buckel krumm schufte? Damit du unseren Sonntagskaffee an Bettler verteilst?«

In diesem Wald gab es keinen Landstreicher, der sie retten konnte. Ohne darüber nachzudenken, was sie tun würde, wenn sie den Waldrand erreicht hatte, humpelte sie weiter. Sie wehrte sich gegen die drohende Dunkelheit und den Wind, der durch die Bäume pfiff und ihr die eisige Kälte ins Gesicht trieb. Die Erschöpfung und die Müdigkeit standen ihr ins Gesicht geschrieben. Sie beschränkte sich darauf, von einem Schritt zum nächsten zu denken. Beide Krücken nach vorn setzen, mit dem gesunden Bein abstoßen und das gebrochene Bein nachziehen, dann wieder von vorn, einen Schritt nach dem anderen und nicht auf die Schmerzen achten, die bei jedem Nachziehen des verletzten Beines den Körper peinigen. Man überlebt nur in kleinen Schritten. Bis zum Waldrand, weiter durfte sie nicht denken, sonst würde sie vor Verzweiflung kapitulieren. Wie ein Schiffbrüchiger, der das weite Meer vor sich liegen sieht, wie ein Bergsteiger, der zum Gipfel eines hohen Berges emporblickt.

Sie erreichte den Waldrand und glaubte einen Trail im Schnee auszumachen. Er führte einen Hügel empor und verschwand zwischen einigen windzerzausten Fichten, die neben einem klobigen Felsbrocken aufragten. Sie gab sich keiner großen Hoffnung hin. Wenn es wirklich ein Trail war, konnte er vor vielen Wochen entstanden sein, und es war nicht einmal gesagt, dass ein Mensch über den Hügel gelaufen war. Dieses Land wurde von wilden Tieren beherrscht, von Bären, Wölfen und Karibus. Sie blickte den Hügel hinauf und glaubte nicht, dass sie es schaffen würde. Bis zum Kamm waren es ungefähr hundert Meter, hundert endlose Meter, die ihr in dieser Kälte zum Verhängnis werden konnten. Wenn es hinter dem Hügel keine Aussicht auf Rettung gab, war sie verloren. Sie überlegte, dass es sicherer war, die lange Nacht im Schutz des Waldes abzuwarten. Wenn sie sich mit Zweigen und Moos zudeckte, hatte sie vielleicht eine Chance. Sie verharrte unschlüssig zwischen den Bäumen und bemerkte eine Bewegung auf dem Hügelkamm.

Der Wolf war zurückgekehrt. Er bewegte sich lautlos, erschien wie ein Geist neben dem Felsbrocken und blickte mit funkelnden Augen zu ihr herab. Das Licht des Mondes, der über den Bergen aufgegangen war, lag wie flüssiges Silber auf seinem gewölbten Rücken. Clarissa glaubte an ein Trugbild, wollte das geheimnisvolle Tier mit einem Zwinkern ihrer Augen vertreiben, aber diesmal blieb der Wolf stehen und zog sie in seinen Bann. Wie die Geistertiere in den Geschichten der Inuit und Indianer. Wieder kam ihr die Legende von dem Krieger der Hare in den Sinn, der seine Frau in den Ogilvie

Mountains verloren hatte und als rastloser Wolfshund durch die Berge streifte. Es war zu dunkel, und sie stand zu weit entfernt, um erkennen zu können, ob es sich bei dem Tier um einen Wolf oder einen Wolfshund handelte. Er schien kleiner als die Timberwölfe zu sein, die durch die Berge am Yukon streiften. Oder war das nur ihre Einbildung? Sie hatte großen Respekt vor den Eingeborenen und ihrem Geisterglauben, war aber realistisch genug, um nicht an die Geschichte von dem Wolfshund zu glauben. Seltsam war nur, dass der Wolf allein war. Wölfe lebten in Rudeln, und Einzelgänger waren höchst selten und viel zu scheu, um sich einem Menschen zu nähern. Es sei denn, der Mensch war schwer verletzt und stellte eine leichte Beute dar. War es schon so weit?

Clarissa versuchte, den Wolf mit heiseren Schreien zu vertreiben, aber er rührte sich nicht von der Stelle. Wie eine Statue verharrte er auf dem Hügelkamm. Eine eigenartige Kraft ging von dem Tier aus, ein magisches Leuchten, das in seinen Augen brannte und sie aufzufordern schien, ihm zu folgen. Sie wurde unschlüssig, schalt sich eine Närrin, weil sie ihre Zeit damit vergeudete, über einen einsamen Wolf nachzudenken. Aber eine unsichtbare Kraft hinderte sie daran, in den Wald zurückzukehren. Sie schrie noch einmal, winkte mit einer Krücke, aber der Wolf wich keinen Schritt zurück. Er kam sogar näher, ging zwei, drei Schritte und blieb wieder stehen, als wartete er darauf, dass Clarissa ihm folgte. Sie humpelte auf ihn zu und glaubte, ein zufriedenes Knurren zu hören. Der Wolf wandte ihr den Rücken zu.

Auch auf dem kaum sichtbaren Pfad lag der Schnee meterdick, und sie suchte angestrengt nach einem anderen Weg, um dem Wolf zu folgen. Gleich neben dem Hügel erstreckte sich ein weiter Felsentisch, auf dem kaum Schnee lag, und sie sammelte noch einmal alle Kraft, um den festen Untergrund unter die Füße zu bekommen. Sie warf die Krücken voraus und stemmte sich mit den Unterarmen auf den kalten Stein. Das gebrochene Bein schleifte über den scharfkantigen Felsrand und schmerzte so stark, dass sie beinahe das Bewusstsein verlor. Sie blieb minutenlang liegen und brauchte sehr lange, um wieder auf die Beine zu kommen. Der Wolf wartete geduldig. Er schien ihre Bemühungen mit einem Leuchten seiner Augen zu belohnen und trottete langsam weiter, als er sah, dass sie ihm folgte. Im Halbdunkel zeichnete er sich als schwarzer Schatten ab.

Auf dem Felsentisch wehte der Wind besonders stark, und sie brauchte ihre ganze Energie, um nicht zu stürzen. Irgendwie schaffte sie es, auf die andere Seite zu kommen. Der Wolf war mit der Nacht verschmolzen und nicht mehr zu sehen. Nicht einmal seine Augen leuchteten in der Dunkelheit. Enttäuscht wollte sie zum Wald zurückkehren, aber die geheimnisvolle Kraft zog sie weiter. »Nanuk«, flüsterte sie. So hieß der Wolfshund in der Legende. Nicht einmal die Hare konnten erklären, warum das Tier einen Namen der Inuit trug. Einige Schamanen sagten, dass der Wolfshund übernatürliche Kräfte besaß und bis in die Dörfer der Inuit gelaufen war. Sogar einen Winter soll er am Ufer des Eismeeres verbracht haben. »Nanuk ist ein halber Wolf«, sagten die Medizinmänner, »die andere Hälfte haben die Geister geschaffen.« Ein weißer Reporter, der in den *Dawson City News* über diese Legende geschrieben hatte und tausend Eide schwor, dem geheimnisvollen Tier begegnet zu sein, glaubte an eine Mischung zwischen einem Wolf und einem Husky. Das würde auch erklären, warum sich das Tier zu den Menschen hingezogen fühlte. Clarissa wusste nicht, was sie glauben sollte, und humpelte widerwillig zum Rand des Felsens.

Sie stützte sich auf ihre Krücken und blickte in ein schmales Tal hinab, das auf der Nordseite von einer schroffen Felswand und im Süden von einem dichten Fichtenwald begrenzt wurde. In der Mitte war ein schmaler Fluss zu Eis erstarrt. Der Wolf tauchte aus den schneebedeckten Büschen am Ufer auf, blickte sie aus leuchtenden Augen an und rannte zu der Felswand. Er verschwand in einer aufgewirbelten Schneewolke, die wie silbernes Konfetti zu Boden regnete. Clarissa folgte seinen Spuren mit den Augen und entdeckte eine Blockhütte. Ihr Herz machte einen Sprung. Die Unterkunft eines Trappers! Dort würde es ein warmes Lager und Verpflegung geben. Der Ehrenkodex der kanadischen Wildnis schrieb vor, dass einsam gelegene Blockhütten nicht verschlossen sein durften und immer genügend Konserven und Feuerholz vorrätig sein mussten. »Nanuk«, sagte sie wieder. Hatte der geheimnisvolle Wolf sie zu der Hütte geführt?

Später wusste sie nicht mehr, wie sie durch den knietiefen Schnee zu der Hütte gekommen war. Sie hatte das Gefühl, zwei Tage und zwei Nächte unterwegs gewesen zu sein. Sie humpelte und stolperte und kroch, die Krücken in beiden Händen, und schließlich auf allen Vieren. Mit dem Mut der Verzweiflung kämpfte sie sich durch den Schnee, weinend, keuchend, die eisige Kälte verfluchend, bis sie die Stufen der schmalen Veranda erreichte. Sie zog sich auf die eisverkrusteten Bretter und blieb liegen. »Ich muss weiter«, feuerte sie sich heiser an, »wenn ich liegen bleibe, erfriere ich. Ich muss es schaffen.« Sie hangelte sich an den Krücken empor, die sie auch auf den letzten Metern nicht losgelassen hatte, und schnaufte mehrmals durch, bevor sie sich den Schnee von den Kleidern klopfte und die Tür öffnete. Sie folgte dem Licht des Mondes, das einen hellen Streifen in die Hütte warf. Ihr Gesicht und ihre Lippen waren klamm von der Kälte, und selbst unter ihrer festen Winterkleidung hatte sich der Frost eingenistet.

Die Freude über ihre Entdeckung vertrieb die Müdigkeit und sogar den brennenden Schmerz in ihrem Bein. In der Hütte gab es einen Yukon-Ofen, und neben dem Ofen und vor dem Haus war genügend Holz für den ganzen Winter gestapelt. Sie entdeckte die Umrisse eines Tisches und zweier Stühle und stieß gegen einen Wandschrank, als sie ihre Handschuhe abstreifte und in der Dunkelheit nach Streichhölzern suchte. Sie fand welche in der Schublade, riss mit zitternden Händen eines an und entzündete die Kerosinlampe auf dem Tisch. Nachdem sie die Helligkeit eingestellt hatte, machte sie sich daran, den Ofen einzuheizen. Sie schnitzte einige Späne von einem Holzscheit, entfachte ein Feuer und legte mehr Holz nach, als die Flammen emporzüngelten. Sie schloss die Klapptür und regulierte die Luftzufuhr mit einer platt gedrückten Konservendose, die eine durchgerostete Stelle auf der Ofenplatte bedeckte. Die Wärme streichelte ihren Körper und taute den letzten Schnee von ihrem Gesicht und ihrer Kleidung. »Lieber Gott, ich danke dir«, flüsterte sie dankbar, während sie ihre Hände über den Ofen hielt und die Wärme genoss.

Sie schloss die Tür, humpelte zum Ofen zurück und legte einige Holzscheite nach. Erst dann sah sie sich in der Hütte um. Die Möbel waren notdürftig aus Fichtenholz gezimmert und wesentlich baufälliger als ihre eigenen am Lake Laberge. An der hinteren Wand stand ein Bett, eigentlich eher eine Koje, und die zurückgeschlagenen Decken machten den Eindruck, als hätte der Trapper, dem diese Hütte gehörte, noch in der letzten Nacht hier geschlafen. Aber Clarissa wusste aus Erfahrung, dass die rauen Fallensteller selten aufräumten und die meisten Trapperhütten chaotisch aussahen. Auch am Lake Laberge, wenige Meilen von ihnen entfernt, wohnte ein solcher Mann. Als Clarissa seine Hütte zum ersten Mal betreten hatte, war sie entsetzt gewesen. Ihre Mutter hatte immer auf peinliche Ordnung geachtet, und sie war eine solche Unordnung nicht gewohnt. Ihr eigenes Blockhaus war nicht so sauber wie die Farm ihrer Eltern, aber es hingen Vorhänge an den Fenstern, und die Töpfe und das Geschirr standen sauber in den Regalen.

Sie wunderte sich darüber, dass ihr gerade jetzt solche Gedanken durch den Kopf gingen, und schüttelte den Kopf. Ich bin gerettet, ich bleibe am Leben, dachte sie dankbar. Der Wandschrank war mit zahlreichen Konservendosen gefüllt, sogar Pfirsiche und Aprikosen gab es, ein absoluter Luxus in dieser Einsamkeit, und daneben standen Mehl, Tee und Zucker und genügend andere Vorräte, um sie am Leben zu erhalten, bis

Rettung kam. Neben dem Ofen fand sie einen Topf und eine Pfanne. Sie humpelte am Wandschrank vorbei und wurde erst jetzt auf den leichten Gestank aufmerksam, der das Blockhaus ausfüllte. Sie ging dem Geruch nach und fand die Überreste eines Kaninchens, die in der hintersten Ecke der Hütte aufgetaut waren. Clarissa war keine Indianerin, die Spuren lesen konnte, glaubte aber, dass ungefähr drei Tage vergangen sein mussten, seitdem der Trapper das Tier abgehäutet hatte. Sie schleuderte die Reste aus dem Fenster und verwarf den Gedanken, eine Konservendose zu öffnen. Sie hatte keinen Hunger mehr, war nur noch erschöpft und müde. Zu viel war an diesem Tag geschehen. Nur die Aufregung über ihre wunderbare Entdeckung hatte sie wach gehalten, doch jetzt übermannte sie die Erschöpfung. Sie humpelte zu der Schlafstatt des Trappers, ließ sich auf den Wolldecken nieder und flüchtete in einen tiefen und traumlosen Schlaf.

3

Die Schmerzen kehrten am späten Morgen zurück. Sie erwachte mit dem hellen Schimmer, der durch das Fenster auf ihr Lager fiel, richtete sich erschrocken auf und spürte ein heftiges Ziehen in ihrem rechten Bein. Mit einem Aufschrei fiel sie nach hinten. Sie blieb stöhnend liegen, die Hände um die Bettkanten gekrallt, und presste die Zähne aufeinander, bis Schweißtropfen über ihre Stirn liefen. Der Schmerz ließ langsam nach. Sie seufzte erleichtert und versuchte es noch einmal, setzte vorsichtig das gesunde Bein aus dem Bett, griff nach ihren Krücken und zog das verletzte Bein nach. Langsam humpelte sie durch die Hütte und blieb vor dem Fenster stehen. Sie kratzte einige Eisblumen von den Scheiben und ließ den Blick über das verschneite Tal wandern. Tiefer Schnee, vom Nachtwind zu sanften Dünen aufgeworfen, bedeckte die Berge, Hügel und Täler. Das jungfräuliche Weiß, das wie tausende von Edelsteinen im schwachen Morgenlicht glitzerte, ließ nicht erahnen, welches Drama sich am vergangenen Tag am Waldrand abgespielt hatte. Wie eine weiße Mauer des Schweigens lagen die verschneiten Hügel zwischen der Blockhütte und dem ausgebrannten Flugzeug.

Clarissa stützte sich mit den flachen Händen gegen die zugefrorene Fensterscheibe und schloss die Augen. In der Dunkelheit erlebte sie noch einmal die Bruchlandung, spürte den fürchterlichen Schlag, als die *Bellanca* gegen den Baum prallte und sie durch die offene Tür geschleudert wurde. Sie fühlte den kalten Schnee und das heiße Feuer, sah die Flammen aus dem Flugzeugwrack schießen und ihren toten Mann verschlingen. »Jack«, flüsterte sie betroffen. Dicke Tränen quollen unter ihren Lidern hervor und tropften wie glitzernde Perlen auf den

Fensterrahmen. Wieder wurde ihr klar, dass sie ihren Mann niemals wieder sehen würde. Er hatte sie verlassen, war für immer gegangen. »Ich liebe dich, Jack«, flüsterte sie weinend. »Wo immer du bist, Jack, du sollst wissen, dass ich dich niemals vergessen werde. Irgendwann bringt uns der liebe Gott wieder zusammen. Ich weiß es, Jack. Warte auf mich, hörst du?«

Plötzlich glaubte sie das Motorengeräusch einer *Bellanca* zu hören und humpelte aufgeregt durch den Raum. Sie öffnete die Tür und trat in die eisige Stille, die das Blockhaus wie unsichtbarer Nebel umgab. Fahles Licht lag über dem Schnee und verschmolz mit den grauen Wolken, die müde über dem Land hingen. Die Stille war beinahe unheimlich. Es gab kein Flugzeug, keine *Bellanca,* nur die Erinnerung an sieben anstrengende, aber wundervolle Jahre, die Clarissa mit ihrem Mann im amerikanischen Westen und in Alaska verbracht hatte. Die ersten beiden Jahre nach ihrer Hochzeit waren sie als *Barnstormers* durch South Dakota, Montana und Wyoming gezogen. Jack hatte seine Kunststücke am Himmel gezeigt und abenteuerlustige Bürger auf kurze Trips mitgenommen, und sie hatte die Werbetrommel gerührt und die Eintrittsgelder kassiert. Ein abenteuerliches Leben, das sie bei einem Wanderzirkus fortgesetzt hatten, bis Jack auf die Idee gekommen war, nach Alaska zu gehen. In Fairbanks hatten sie einen Flugdienst gegründet und gute Geschäfte gemacht.

Nachdenklich schloss sie die Tür. Sie humpelte zum Ofen und brachte das Feuer in Gang, setzte sich auf einen Stuhl und wartete darauf, dass die Wärme sie umfing. Mit Tränen in den Augen dachte sie an den Tag, an dem sie ihren Mann kennen gelernt hatte. Jack war aus dem Himmel gefallen, im wahrsten Sinne des Wortes. Er trudelte mit seiner *Standard* aus den Wolken, fing sie keine hundert Meter über der Hauptstraße ab und flog mit knatterndem Motor zu der Rennbahn, die sich abseits der Stadt zwischen den Feldern erstreckte. Clarissa hatte vor dem Farmhaus gestanden, als die *Standard* vom Himmel gestürzt kam, und rannte querfeldein, um den tollkühnen

Helden in seiner Flugmaschine zu bestaunen. Dusty folgte ihr bellend. Der braune Mischlingshund mit den weißen Pfoten wich nicht mehr von ihrer Seite, seit sie ihn auf der Hauptstraße aufgelesen hatte. Niemand wusste, woher er kam. Er stand einfach da, wedelte mit dem Schwanz, als er das Mädchen mit den blonden Zöpfen entdeckte, und blickte sie aus seinen samtschwarzen Augen an.

Natürlich war ihr Vater dagegen gewesen, den Hund zu behalten, aber sie hatte sich durchgesetzt, und er hatte müde abgewinkt: »Dann kümmere dich auch darum, dass er was zu fressen kriegt. Ich hab keine Lust, eine Sonderschicht wegen deines lausigen Köters einzulegen.« Ihr Vater arbeitete in der großen Konservenfabrik vor der Stadt und überließ ihrer Mutter die ganze Feldarbeit, obwohl sie seit einigen Jahren schwer krank war und täglich davon sprach, »bald mit dem lieben Herrgott vereint zu sein«. Als Jack mit seiner Maschine landete, arbeitete sie auf dem Maisfeld. »Geh nur«, sagte sie zu ihrer Tochter, »ich lebe sowieso nicht mehr lange genug, um mich mit diesen Teufelsmaschinen anzufreunden.« Clarissa schloss sich den vielen Schaulustigen an, die zur Rennbahn drängten, und blickte mit klopfendem Herzen auf den hoch gewachsenen Mann, der aus der Maschine kletterte. »Das ist ein Mann!«, hörte sie eine Frau sagen.

Und was für einer! Er hatte das kantige Gesicht eines Helden und die leuchtenden Augen eines Lausbuben, der endlich sein lang ersehntes Spielzeug bekommen hat. Sein lockiges Haar wurde von einer Fliegermütze bedeckt, und über seiner braunen Lederjacke hing ein weißer Schal. Seine Stiefel reichten bis zu den Knien. »Gestatten, mein Name ist Jack Swenson«, stellte er sich vor, »ich würde Ihnen gerne ein paar Kunststücke vorführen.« Sein freundliches Lachen schien angeboren und kam besonders bei den Frauen und Mädchen an, die ihn wie einen Filmstar bedrängten.

Clarissa war viel zu schüchtern, um ihn anzusprechen, und wurde rot wie eine Tomate, als der Flieger zu ihr kam und eine Hand auf ihre Schulter legte. »Wie wär's, mein Fräulein? Der erste Flug ist immer umsonst. Die Herrschaften, die nach ihnen fliegen, zahlen drei Dollar. Ist das ein Angebot, meine Herrschaften? Beobachten Sie dieses wagemutige Fräulein, wie sie sich mit meiner Maschine in die Lüfte erhebt.« Clarissa war viel zu erschrocken, um abzulehnen, und kletterte zögernd in die Flugmaschine. »Sie werden sehen, es wird Ihnen gefallen, mein Fräulein«, ermutigte er sie lachend. »Wie heißen Sie?«

»Clarissa«, antwortete sie. Der Rest ihrer Antwort ging im Motorenlärm des Doppeldeckers unter, der von Jack über die staubige Rennbahn gesteuert wurde und unter den bewundernden Rufen der Zuschauer vom Boden abhob. Sie schloss die Augen und hielt sich mit beiden Händen im Cockpit fest, öffnete sie erst wieder, als die Maschine gerade in der Luft lag. Sie blickte zögernd nach unten, sah das einsame Farmhaus inmitten der blühenden Maisfelder und ihre Mutter, die sich neugierig aufrichtete und mit einer Hand ihre Augen beschattete. »Da ist Mom!«, rief sie aufgeregt. Sie deutete nach unten und winkte heftig, verspürte ein seltenes Glücksgefühl, das sie sich nicht erklären konnte. »Oh, das war wunderbar, Mr. Swenson«, bedankte sie sich, nachdem er die *Standard* nach unten gebracht hatte und langsam ausrollen ließ. Noch am selben Abend hatte Clarissa ihr erstes Rendezvous mit dem Flieger, der mit einem Strauß frischer Feldblumen bei ihren Eltern auftauchte und besonders ihrer Mutter imponierte. Ihr griesgrämiger Vater war gegen den »verwöhnten« Städter, der den armen Farmersmädchen mit seiner Teufelsmaschine den Kopf verdreht«, musste aber klein beigeben, als Jack gestand, auf einer Farm in Minnesota aufgewachsen zu sein. Sie gingen in den Drugstore an der Hauptstraße, tranken schwarzen Kaffee und aßen Apfelkuchen mit Vanilleeis, einen Nachtisch, den es bei ihren Eltern nur am Thanksgiving Day und an Weihnachten gab. Die beiden Mädchen, die in dem Laden bedienten, warfen einander verstohlene Blicke zu und beneideten Clarissa um ihre Eroberung. »Er sieht einfach himmlisch aus«, schwärmten sie, als Jack nach draußen ging. »Meinst du, er wird dich heiraten?«

»Wer weiß?«, antwortete sie mit einem Augenzwinkern. Wie konnte sie auch ahnen, dass Jack ihr schon vier Wochen später einen Heiratsantrag machen würde? Sie hatte ihn schon in dem Augenblick geliebt, als er aus seinem Doppeldecker gestiegen war und seinen weißen Schal über die Schultern geworfen hatte, und er gestand ihr später, sie bereits aus der Luft gesehen zu haben. »Ein schönes Mädchen wie dich erkenne ich sogar durch die Wolken«, flunkerte er, und sie umarmte ihn und küsste ihn, bis sie keine Luft mehr bekamen. Jack Swenson war ein Charmeur, und sie war ein achtzehnjähriges Mädchen, das sich rettungslos verliebt hatte und ihn nicht mehr gehen lassen würde.

Nach drei wundervollen Tagen ging er doch, und sie musste die Hänseleien ihrer eifersüchtigen Freundinnen und die abfälligen Reden ihres Vaters ertragen, aber nach knapp vier Wochen kehrte er zurück, und sie heirateten in der weißen Methodistenkirche am Stadtrand. Ihr Vater betrank sich mit den anderen Farmern, und ihre kranke Mutter weinte, aber sie ließen sich nicht beirren und flogen mit der *Standard* in eine neue Zukunft.

Clarissa lächelte im Halbschlaf, wurde vom lang gezogenen Heulen eines Wolfes aus ihrem Traum geschreckt und ließ beinahe die Krücken fallen. Sie humpelte zur Tür und trat neugierig in die Kälte hinaus. Der Wolf verharrte auf demselben Hügel wie am vergangenen Abend und blickte zu ihr herüber. Das bleiche Tageslicht schimmerte auf seinem seidigen Fell und in seinen Augen. Obwohl er mehr als hundert Schritte entfernt war, bildete sie sich ein, dass sie blau waren. »Nanuk«, begrüßte Clarissa das geheimnisvolle Tier. »Der Wolfshund.« Aus der Entfernung war nicht zu sehen, ob es sich tatsächlich um einen Wolfshund handelte, aber die Farbe der Augen und die Form der Ohren, die Clarissa erst jetzt, bei Tageslicht, ausmachen konnte, ließen kaum einen Zweifel daran. »Bist du es wirklich,

Nanuk?«, fragte sie leise. »Hast du mein Leben gerettet?« Sie humpelte von der Veranda und blickte über den glitzernden Schnee. »Nanuk?«

Der Wolfshund, wenn es wirklich einer war, antwortete nicht. Er legte den Kopf schief, wie ein geprügelter Hund, der keinem Menschen mehr trauen kann, und winselte leise. Er lief ein paar Schritte, schnüffelte in ihre Richtung und kehrte auf den Hügel zurück. Im trüben Licht des Tages erkannte sie einen schwarzen Fleck über seiner Schnauze, als hätte er im Schlamm gewühlt.

»Nanuk?«, wiederholte sie. »Komm zu mir, Nanuk! Ich hab was zu fressen für dich.« Sie humpelte ins Haus, suchte im Wandschrank nach einigen Keksen und kehrte auf die Veranda zurück. »Komm. Hol dir deine Belohnung ab, Nanuk.« Aber der Wolfshund war verschwunden, und sie schüttelte ungläubig den Kopf, glaubte plötzlich, sich alles nur eingebildet zu haben. Sagte man den Trappern nicht nach, dass sie zu fantasieren anfingen, wenn sie allein in der Wildnis waren? Es sollte Fallensteller geben, die riesige Ungeheuer in den Bergen gesehen hatten und von Bären oder Karibus mit außergewöhnlichen Kräften erzählten. Hinter dem Tombstone Mountain sollte es einen Grizzly geben, der einem Trapper das Leben gerettet hatte. Der Fallensteller war mit seinem Hundeschlitten unterwegs gewesen und einem Elch begegnet, und der Bär hatte den Angreifer vertrieben. »So wahr mir Gott helfe«, hatte der Gerettete mit todernster Miene hinzugefügt.

Clarissa ging ins Haus zurück und legte einen neuen Holzscheit in den Ofen. Sie füllte Neuschnee in den großen Topf, stellte ihn auf die heiße Platte und wartete geduldig, bis der Schnee geschmolzen war. Mit dem heißen Wasser brühte sie eine Kanne Kräutertee auf. Sitzend zog sie ihren Anorak, die wollene Bluse und ihr Unterhemd aus. Sie wusch sich mit dem restlichen Wasser und rieb ihre gerötete Haut mit dem Tuch trocken, das über dem Ofen an einer Leine hing. Wegen ihres gebrochenen Beines behielt sie die Hose und die Stiefel an. Sie schlüpfte in ihre Bluse und hängte den Anorak und das Unterhemd über die Leine. Mit trockenen Keksen, die ein halbes Jahr alt sein mussten, und heißem Kräutertee begann sie den Tag.

Nach dem Frühstück ging es ihr wesentlich besser. Sie verschnaufte eine Weile, pickte die Krümel von der Holzplatte und spülte sie mit Tee hinunter. Dann machte sie sich seufzend daran, ihre Schiene auszutauschen. Sie fand den Stiel einer Schaufel oder einer Hacke, humpelte zum Bett und schaffte es unter großen Schmerzen, die Schiene von ihrem Bein zu lösen und ihre Hose nach unten zu schieben. Manchmal wurde der Schmerz unerträglich, und sie brauchte ihre ganze Kraft, um gegen eine Ohnmacht anzukämpfen. Beim Anblick der Verletzung wurde ihr beinahe übel. Sie zog die Hose wieder nach oben, band den Holzstiel fest an das gebrochene Bein und blieb minutenlang liegen, bis der Schmerz abgeklungen war und sie wieder klar denken konnte. Sie griff nach den Krücken, stand vorsichtig auf und seufzte zufrieden, als sie feststellte, dass ihr das Humpeln mit der neuen Schiene wesentlich leichter fiel. Sie ging zum Fenster, blickte zum Hügel empor und entdeckte nichts außer dem bleichen Schnee und den grauen Wolken über dem Wald.

Während sie zum Tisch zurückhinkte und von ihrem Tee trank, dachte sie darüber nach, wo sich wohl der Trapper aufhielt, der in dieser Hütte wohnte. Vieles wies darauf hin, dass er das Blockhaus erst vor wenigen Tagen verlassen hatte. Das abgehäutete Kaninchen, die Essensreste in der Pfanne, aber auch die frische Asche im Ofen. Die Haken neben der Tür, an denen normalerweise das Gewehr und die Schneeschuhe hingen, waren leer. Wo war der Mann? Auf der Jagd? Verschollen? War er nach Dawson City gegangen, um dort den Winter zu verbringen? Sie hoffte, dass es nicht so war, denn nur ein Mann konnte ihr helfen, noch vor dem tiefen Winter nach Hause zurückzukehren.

Sie verbrachte den Mittag damit, die Hütte notdürftig aufzuräumen und den Wandschrank zu durchsuchen. Die Lebensmittel würden lange halten, wenn sie nicht wie ein hungriger Trapper aß. Von dem Tee konnte sie den ganzen Winter trinken. In der einen Schublade waren Patronen vom Kaliber 30-30, so viel immerhin verstand sie von Waffen, aber es gab kein Gewehr und keine Pistole. In der anderen Schublade fand sie Papier und einen Bleistift und einige beschriebene Blätter mit Gedichten, außerdem zwei Bücher, eines mit Gedichten von Shakespeare und einen Roman, der »Moby Dick« hieß und von einem Mann erzählte, der einen riesigen weißen Wal jagte. Das verriet ihr das bunte Titelbild, obwohl der Umschlag mehrfach eingerissen war. Ein Trapper, der Bücher las und Gedichte verfasste? Sie griff nach den beschriebenen Blättern und las im Schein der Kerosinlampe. Sie hatte einen ganzen Kanister mit dem wertvollen Brennstoff im Wandschrank entdeckt, und es gab keinen Grund zu sparen.

Die Gedichte waren in einer einfachen, aber sehr eindringlichen Sprache geschrieben und erzählten von der Einsamkeit in der Wildnis und der Trauer eines Mannes um seine verstorbene Frau, eine Indianerin vom Stamm der Tlingit. Anscheinend hatte der Trapper, wenn er die Gedichte wirklich selbst zu Papier gebracht hatte, ein ähnliches Schicksal erlitten wie sie. Die Indianerin war von einem Bären getötet worden, und ihr Mann zog seit diesem Tag ziellos durch die Wildnis und versuchte sich an dem Bären zu rächen. In einem Gedicht sprach er sogar davon, den Grizzly in seinem Winterschlaf zu überraschen und ihm die Kehle durchzuschneiden. Er musste seine Frau sehr geliebt haben. Er mied die Siedlungen und Roadhouses, blieb nur so lange in einer Stadt, bis er seine Pelze verkauft hatte, und zog in die Wildnis zurück. »Gebeugt zieht der Mann in die Einsamkeit zurück, in den Bergen betrauert er sein großes Glück.« Die Gedichte waren keine Meisterwerke, das erkannte selbst Clarissa, aber sie hinterließen einen nachhaltigen Eindruck. Clarissa kam ins Grübeln. Ob der Trapper wohl jemals Ruhe finden würde? Und was würde mit ihr geschehen, falls sie jemals aus den Bergen herauskam? Würde sie sich in ihre Hütte an den Lake Laberge zurückziehen, oder würde sie ein ähnliches Schicksal wie der Trapper erleiden?

Sie legte die Gedichte zurück und humpelte nach draußen, um die nähere Umgebung der Hütte abzusuchen. Weit kam sie mit den Krücken nicht, aber sie wollte wenigstens wissen, was hinter dem Blockhaus war. Sie fand eine Axt und einen Baumstumpf, auf dem der Trapper sein Brennholz schlug. An der Wand hingen einige Fallen. Neben dem Holzverschlag, der als Toilette diente, lagen einige Äste, die der Bewohner der Hütte von den Baumstämmen geschlagen hatte. Sie suchte zwei starke Äste heraus, nahm die Axt und kehrte an den warmen Ofen zurück. Bis in die Nacht hinein schnitzte sie an besseren Krücken. Die Arbeit war nicht einfach, und ihr gebrochenes Bein behinderte sie, aber sie ließ nicht locker und ertrug tapfer den Schmerz, der sich immer dann einstellte, wenn sie ihr Ziel verfehlte und an den Ästen vorbeischlug. Sie kümmerte sich nicht darum, dass der Mond aufging und über den Himmel wanderte, und gab sich erst zufrieden, als die neuen Krücken fertig waren und sie damit zum Wandschrank humpelte. Sie lächelte schwach, zerschlug die alten Krücken und verheizte sie im Ofen.

Die Arbeit hatte viel Kraft gekostet, und sie merkte, wie sich Erschöpfung in ihrem Körper ausbreitete. Die Müdigkeit war plötzlich so stark, dass sie es nicht einmal schaffte, eine Konservendose zu öffnen. Sie beließ es bei einigen Keksen und aufgewärmtem Tee und warf einen Holzscheit in den Ofen, bevor sie sich auf ihr Nachtlager zurückzog. Der Trapper wird Augen machen, falls er heute Nacht heimkehrt, dachte sie lächelnd, dann sank sie in die Decken und schlief ein. Das klagende Heulen, das auf einem nahen Hügel die Luft erfüllte, hörte sie nicht mehr.

4

Clarissa gewöhnte sich an die Einsamkeit. Der Bewohner der Blockhütte kehrte nicht zurück, und sie richtete sich darauf ein, eine lange Zeit in den Bergen zu verbringen. Wenn ihr gebrochenes Bein sich nicht entzündete, brauchte sie keine Angst zu haben. Die Vorräte und das Brennholz reichten monatelang. Der Trapper hatte für den ganzen Winter vorgesorgt, und sie brauchte keinen Schritt aus der Hütte zu gehen. Sobald der Schnee geschmolzen war, würde sie sich auf den langen Marsch in die Zivilisation machen. Sie mochte die Einsamkeit. Das Alleinsein würde ihr helfen, den Tod ihres Mannes zu verarbeiten und über ein neues Leben nachzudenken. Sie würde viel Kraft sammeln, nicht nur körperlich, um für eine andere Zukunft bereit zu sein.

Die Einsamkeit war nichts Neues für sie. Als Kind war sie häufig allein gewesen, in der Scheune, hinter der Tränke, immer auf der Flucht vor ihrem Vater, der den Frust über sein verpfuschtes Leben an seiner Frau und seiner Tochter ausließ. Jerry Wagner war als kleiner Junge aus Europa nach Amerika gekommen. Seine Eltern hatten eine kleine Farm in South Dakota bewirtschaftet, und ihm war nichts anderes übrig geblieben, als das Anwesen zu übernehmen. Ein Tornado hatte seine erste Ernte vernichtet, und einige Jahre später war ein Heuschreckenschwarm über seine Felder hergefallen. Die Farm rentierte sich kaum, und er beschloss, in der Fabrik vor der Stadt zu arbeiten. Eine Arbeit, die ihm keinen Spaß machte und gerade so viel Geld brachte, dass sie nicht verhungerten. Aber etwas anderes gab es in Mobridge nicht. Seine Frau kümmerte sich um die Farm und verschwieg ihm die tödliche Krankheit, die sie langsam dahinraffte. Sie war die Tochter eines Eisenwarenhändlers, der im Krieg gegen die Indianer umgekommen war.

Clarissa hatte den Zorn ihres Vaters oft zu spüren bekommen. Wenn sie die Augen schloss, spürte sie die Hiebe mit dem ledernen Gürtel noch immer. Ihre Mutter hatte sie verteidigt, war aber gleichgültiger geworden, als die tödliche Krankheit die Oberhand gewonnen hatte. Clarissa hatte nie erfahren, woran sie wirklich erkrankt war. Irgendeine Form von Krebs, hatte man ihr gesagt, doch sie war der festen Überzeugung, dass auch ihr Vater seinen Anteil am Tod der Mutter hatte. Mit einem anderen Ehemann hätte Lotti Wagner niemals diese Depressionen gehabt, die sie oft tagelang an den Schaukelstuhl auf der Veranda gefesselt hatten. »So siehst du aus«, tobte Jerry jedes Mal, »ich schufte mir die Finger wund, und du ruhst dich aus.« Clarissa hatte tagelang geweint, als ihre Mutter gestorben war. Zur Beerdigung ihres Vaters waren Jack und sie mit dem Doppeldecker gekommen, und sie war gerade lange genug in der Stadt geblieben, bis sie die Farm an einen Nachbarn verkauft hatte.

Jeden Morgen, wenn Clarissa aufstand, führte ihr erster Weg zum Fenster. Der Ausblick war immer der gleiche. Die dunklen Bäume, die verschneiten Hügel, die schneebedeckten Gipfel der Ogilvie Mountains und die Wolken, die im trüben Zwielicht des Winters bis auf den Boden zu reichen schienen. Und jeden Morgen wurde sie durch das klagende Heulen des Wolfshundes geweckt, der auf einem der Hügel verharrte und mit leuchtenden Augen zu ihr herüberblickte, wenn sie die Tür öffnete. »Nanuk«, grüßte sie mit belegter Stimme. »Wie geht es dir, mein Freund?«

Nanuk bellte aufgeregt, kam aber keinen Schritt näher. Der Wolf in ihm gebot, dass er dem zweibeinigen Wesen fern blieb und in die Berge zurückkehrte, aber der Hund in ihm war neugierig und wollte sich die blonde Frau aus der Nähe ansehen. Clarissa respektierte das zögernde Verhalten des geheimnisvollen Wächters und drängte ihn nicht. Sie liebkoste ihren vierbeinigen Retter mit freundlichen Worten, bot ihm etwas zu fressen an und lächelte auch dann, wenn Nanuk sich abwandte und ihren Blicken entschwand.

Es dauerte eine Woche, bis der Hund in Nanuk die Oberhand gewann und er zum ersten Mal seinen angestammten Platz auf dem Hügel verließ. Sein Zutrauen währte nur wenige Augenblicke. Er stapfte zwei, drei Schritte durch den tiefen Schnee und kehrte hastig auf den Hügel zurück. Nachdem er den Mond angeheult hatte, der bis spät am Morgen über den Bergen schien, verschwand er in einem leichten Schneetreiben.

Die morgendliche Begegnung mit Nanuk und die Lektüre, die sie in der Schublade gefunden hatte, waren die einzige Abwechslung in der Eintönigkeit des winterlichen Alltags. Sie hatte angefangen, »Moby Dick« zu lesen, saß oft stundenlang am Holztisch und erlebte im flackernden Schein der Kerosinlampe, wie Kapitän Ahab nach dem weißen Wal suchte. Das mächtige Tier war Schuld daran, dass der Kapitän nur noch ein Bein besaß und eine Prothese aus Elfenbein trug. »Was Ahab mit einem Bein kann, kann ich mit meinem gebrochenen Bein noch lange«, meinte sie trotzig und verbrachte jeden Tag zumindest zehn Minuten hinter der Hütte, um ihre Muskeln mit Freiübungen zu stärken. Stechende Schmerzen erinnerten sie bisweilen daran, dass sie in ihren Anstrengungen zu weit gegangen war. Sie wollte unbedingt bei Kräften sein, wenn der Bruch verheilt war, um der Wildnis auch körperlich widerstehen zu können.

Clarissa erholte sich schnell. Einer jungen Frau wie ihr, die auch während ihrer Ehe oft allein gewesen war und sich niemals nach dem Glanz der großen Städte gesehnt hatte, taten die Einsamkeit und die Ruhe gut. Die Freiübungen, die Hausarbeit, die Lektüre des Buches und ihre Begegnungen mit Nanuk schafften genug Abwechslung, um sie nicht trübsinnig werden zu lassen. Den Schmerz, den der Tod ihres Mannes hinterlassen hatte, akzeptierte sie. Jack war die Liebe ihres Lebens gewesen, und es würde niemals wieder einen Mann geben, der sie auf diese Weise besitzen würde. Er war ein verantwortungsvoller Mann und ein leichtsinniger Junge zugleich gewesen, ein wilder Draufgänger und ein zärtlicher Liebhaber, ein leidenschaftlicher Flieger und ein guter Geschäftsmann. Sie hatte ihn bewundert, ohne ihren eigenen Charakter aufzugeben, und er hatte sie respektiert und gesagt: »Du bist die stärkste Frau, die ich jemals kennen gelernt habe. Eigentlich brauchst du keinen Mann, deshalb bin ich besonders dankbar, dass du mich geheiratet hast.«

Jetzt war sie wirklich allein und unternahm alles, um den Worten ihres Mannes gerecht zu werden. Wenn er irgendwo über den Wolken schwebte und auf sie heruntersah, wollte sie ihn nicht enttäuschen. »Ich schaffe es, Jack«, sagte sie manchmal, wenn sie das Buch niederlegte und der Schmerz sie zu übermannen drohte. »Ich bin eine starke Frau. Nicht so verrückt wie dieser Kapitän Ahab, der sein Leben riskiert, um einen weißen Wal zu fangen, aber stark genug, um diesen Winter zu überstehen und ein neues Leben anzufangen.« Was sie nach ihrer Rückkehr tun würde, wusste sie nicht. In der Wildnis dachte man von einem Tag auf den anderen, sonst lief man Gefahr, eine Unachtsamkeit zu begehen und sein Leben zu verlieren. Selbst ein kleiner Fehler konnte im hohen Norden den Tod bedeuten.

Der Beinbruch verheilte, und das Gehen fiel ihr zusehends leichter. Das tägliche Training stärkte besonders ihre Armmuskeln, und sie spürte, wie neue Energie ihren Körper erfüllte. Eine Frau, die den arktischen Winter nicht kannte, wäre in der zunehmenden Dunkelheit vielleicht depressiv geworden und an der Einsamkeit verzweifelt, aber Clarissa wusste, was auf sie zukam, und akzeptierte die langen Nächte und die eisige Kälte vor dem Haus als unabänderliche Laune der Natur. Es wurde so kalt, dass der Schnee wie Sand unter ihren Stiefeln knirschte. Dreißig Grad unter null, schätzte sie. Im ersten Winter, den sie in Alaska verbracht hatte, waren es mehr als vierzig Grad gewesen. Sie erinnerte sich noch genau daran, wie Jack nach jeder Landung das Öl abließ und in einem Topf auf dem Ofen warm hielt. Den Motor der *Bellanca* umwickelte er immer mit Decken. Wenn er im Winter starten wollte, wärmte er den Motor mit einem kleinen Ofen, bevor er ins Cockpit stieg. »Da haben wir uns auf was eingelassen«, sagte er jedes Mal.

Nanuk machte die Kälte wenig aus. Sein Winterfell war dick genug und schützte seinen Körper vor dem kalten Wind. Er stand auch bei vierzig Grad unter null auf dem Hügel, wenn Clarissa die Tür öffnete und auf die Veranda trat. Es war November geworden, und die Dunkelheit lag wie eine schwere Last auf dem Land, wurde während des Tages lediglich von einem hellen Schimmer verdrängt. Die Sonne ließ sich kaum noch blicken. Während der restlichen Stunden ging das einzige Licht vom Mond und den Sternen aus, von der weißen Schneedecke, die auch den schwachen Schein der Gestirne reflektierte, und vom Nordlicht, das weiß und grün in der Dunkelheit aufleuchtete. In flammenden Schleiern zog es über den nächtlichen Himmel.

Die Begrüßung des Wolfshundes wurde zu einem Ritual. Nanuk wurde zutraulicher, kam ihr jetzt mehrere Schritte entgegen und bellte aufgeregt, und sie hoffte bereits, ihn bald berühren und sich für ihre wundersame Rettung bedanken zu dürfen. Nanuk war kein Geist-Hund, das hatte sie längst erkannt, er war ein Lebewesen aus Fleisch und Blut, halb Wolf, halb Hund, und mit blauen Augen, die sie an Dusty erinnerten. Sie hatte niemals mehr einen Hund besessen, seit der braune Mischlingshund von einem Güterzug der Union Pacific überfahren worden war. Der Hund war selber Schuld gewesen, aber das hatte den Verlust nicht leichter gemacht. Er war einem Kaninchen nachgelaufen und hatte nicht auf den Zug geachtet, war auf den Bahndamm geklettert und direkt unter die schwere Diesellok geraten.

Ausgerechnet an dem Morgen, an dem Clarissa ihm ein paar Schritte entgegenlaufen wollte, war Nanuk verschwunden. Der Hügelkamm, auf dem er jeden Morgen gewartet hatte, lag einsam und verlassen in der Dunkelheit. Sie humpelte über die Veranda, um besser sehen zu können, und senkte betrübt den Kopf. Der Wolfshund hatte sie verlassen. Der Schmerz über sein Verschwinden zeigte ihr, wie sehr sie sich an ihn gewöhnt hatte. Er war zu einem verlässlichen Kameraden in dieser Abgeschiedenheit geworden, obwohl sie einander noch nie aus der Nähe gesehen hatten. Sie ging in die Hütte zurück und setzte sich niedergeschlagen an den Tisch. Geistesabwesend brühte sie neuen Tee auf. Sie nippte an dem heißen Getränk, ohne einen klaren Gedanken fassen zu können, und schalt sich eine Närrin, weil sie versucht hatte, einen verwilderten Wolfshund zu zähmen.

Er war kein Geist-Hund, aber was war er dann? Sie hätte gern gewusst, woher Nanuk kam, ob er jemals unter Menschen gelebt, und was ihn in die Wildnis getrieben hatte. Stimmte es, was die Indianer über ihn erzählten? Besaß er magische Kräfte? War er wirklich bis zum Eismeer gelaufen? Warum zog er nicht mit einem Wolfsrudel durch die Wälder? Hatten die Wölfe ihn abgelehnt, weil kein reines Blut in seinen Adern floss? War er ein Einzelgänger? Viele Fragen, die ihr nicht aus dem Kopf gingen und sie an diesem Tag sogar davon abhielten, in ihrem Buch zu lesen und ihre Freiübungen zu machen. Sie verbrachte beinahe den ganzen Tag damit, Tee zu trinken, in die Luft zu starren, und wenn sie aufstand, humpelte sie zum Fenster und blickte zu dem Hügel hinüber. Nanuk blieb verschwunden.

Seine geheimnisvolle Flucht hielt sie jedoch nicht davon ab, auf das morgendliche Ritual zu verzichten. Auch wenn Nanuk sie verlassen hatte, humpelte sie auf die Veranda und atmete die eisige Morgenluft ein. Ihr Blick wanderte über die verschneiten Hügel, entdeckten einen Schneehasen oder einen Fuchs, aber der Wolfshund war in die Wildnis zurückgekehrt. Manchmal wurde sie nachts durch ein klagendes Heulen geweckt, und sie griff aufgeregt nach ihren Krücken und hinkte zur Tür, aber die unheimlichen Laute kamen von einem Wolfsrudel, das irgendwo in den Bergen jagte, und der Mond goss sein trübes

Licht auf den Schnee, der während der Nacht gefallen war. Selbst die Spuren, die Nanuk hinterlassen hatte, waren verschwunden.

Clarissa akzeptierte das Verschwinden des Wolfshundes und sagte sich, dass er in der Wildnis ohnehin besser aufgehoben war. Es war egoistisch von ihr gewesen, an eine Freundschaft mit dem unabhängigen Geschöpf zu glauben. Er brauchte seine Freiheit. Sie kehrte zu dem Tagesablauf zurück, der ihr Leben in der Einsamkeit erträglich machte, und versuchte, Nanuk aus ihren Gedanken zu verdrängen. Sie redete sich ein, das Zutrauen des Wolfshundes nur gesucht zu haben, um sich vom Schmerz über den Tod ihres Mannes abzulenken, und machte sich sogar Vorwürfe, weil sie nicht ausschließlich an Jack dachte. Dabei war er immer in ihren Gedanken, selbst dann, wenn sie eine Dose Bohnen öffnete oder neuen Tee aufgoss. Jack hatte am liebsten Eintopf gegessen, und frisches Obst, das am Yukon nur selten zu bekommen war. Mit dem Teetrinken hatte er erst nach der Hochzeit angefangen. Auf der Farm seiner Eltern hatte es nur Kaffee und warme Milch gegeben. Sie dachte daran, dass er seinen Tee am liebsten mit Honig gesüßt hatte.

Die Einsamkeit blieb vollkommen. Sie suchte vergeblich nach einem Fallensteller, nach jagenden Indianern oder einer Patrouille der Royal Canadian Mounted Police und war auch gar nicht sicher, ob sie jetzt schon in die Zivilisation zurückkehren wollte. Sie lebte im Einklang mit der Wildnis und hatte einen neuen Rhythmus gefunden, den sie nicht durchbrechen wollte. Sie war nicht mehr in Lebensgefahr. Die Hütte bot ausreichenden Schutz gegen wilde Tiere und das Wetter, und wenn sie das letzte Kapitel von »Moby Dick« gelesen hatte, würde sie einfach wieder von vorn anfangen. Sie lebte mit der Erinnerung an ihren toten Mann und war froh, nicht mit anderen Menschen verkehren zu müssen. Die vertraute Umgebung, ihre tägliche Routine und »Moby Dick« beschützten sie vor einer Wirklichkeit, die lediglich auf der anderen Seite der Berge existierte und ihr nur geschadet hätte. Sie wollte keine Fragen stellen und über keine Antworten nachdenken. Die Gegenwart war ihr genug. Sie brauchte Zeit, um den schweren Schicksalsschlag zu verarbeiten, der ihr Leben beendet hatte.

Eine Woche, nachdem Nanuk in der Wildnis verschwunden war, tauchte er wieder auf. Clarissa ging wie gewohnt zur Tür, trat auf die Veranda hinaus und blieb fassungslos stehen, als sie den vertrauten Anblick des Wolfshundes wahrnahm. Nanuk stand auf dem Hügelkamm und wedelte mit dem Schweif, und als das Mondlicht über seine Schnauze fiel, erkannte sie dunkle Flecke, die nur vom Blut erlegter Tiere stammen konnten. Er war auf der Jagd gewesen. »Nanuk«, begrüßte sie ihren vierbeinigen Freund erregt. »Schön, dass du wieder hier bist.«

Nanuk blieb scheu, wagte sich während der ersten beiden Tage nach seiner Rückkehr überhaupt nicht von seinem Platz und ging auch dann nur ein paar Schritte auf und ab. Lediglich an seinem wedelnden Schweif erkannte Clarissa, wie sehr er sich über das Wiedersehen mit ihr freute. Sie beschloss, sich weiter vorzuwagen. Am dritten Tag humpelte sie von der Veranda und stellte einen Teller mit Keksen in den Schnee. »Nanuk. Ich hab dir was mitgebracht. Leckere Kekse. Hol sie dir.« Sie wartete einen Augenblick, sprach mit ihm, ohne dass er seinen Platz verließ, und kehrte ins Haus zurück. Neben dem Fenster blieb sie stehen. Sie spähte aufmerksam nach draußen, wartete geduldig und ohne sich zu bewegen, bis Nanuk den Hügelkamm verließ und zögernd durch den Schnee stapfte. Er blieb alle paar Schritte stehen, schnupperte misstrauisch und ging dann langsam weiter. »Hab keine Angst!«, flüsterte Clarissa. »Ich bin deine Freundin.«

Erst jetzt, aus einer Entfernung von höchstens zwanzig Metern, sah Clarissa, wie wild und schön der Wolfshund war. Sein Fell glänzte hell, beinahe silbern, schien weich wie das Biberfell, das zu Hause über ihrem Kamin hing. Seine Augen leuchteten hell, spiegelten den Mond, der voll und klar über den Bergen stand. Die dunklen Flecke über seiner Schnauze gaben ihm ein entschlossenes Aussehen. Seine Ohren waren etwas kürzer als bei einem reinrassigen Timberwolf, und auch der Kopf wirkte etwas klobiger, aber diese Mängel taten seiner Schönheit keinen Abbruch. Er bewegte sich elegant, glitt wie eine Raubkatze über den harschen Schnee und schnupperte an den Keksen, bevor er einen schnappte und damit im wirbelnden Schnee verschwand.

Clarissa jubelte innerlich. »Siehst du, Nanuk, du hast es geschafft«, sagte sie zufrieden. »Du wirst sehen, wir werden noch dicke Freunde.« Tatsächlich wiederholte sich das Spiel am nächsten und auch am übernächsten Tag. Nanuk erschien jetzt weniger misstrauisch und zögerte nicht mehr so lange, bevor er nach einem der Kekse schnappte. Dann ging Clarissa noch einen Schritt weiter. Nachdem sie den Teller mit den Keksen in den Schnee gestellt hatte, blieb sie auf der Veranda stehen. Sie wollte den Wolfshund dazu bringen, auch in ihrer Gegenwart zur Hütte zu kommen. »Hab keine Angst, Nanuk«, wiederholte sie geduldig. »Komm zu mir. Ich tu dir nichts. Ich bin deine Freundin.«

Es dauerte unendlich lange, bis der Wolfshund den Hügel verließ. Er stapfte so vorsichtig durch den Schnee, als vermutete er Glasscherben darunter, und blieb immer wieder stehen, dann gab er sich einen Ruck und kam bis auf wenige Meter an Clarissa heran. »Nanuk«, flüsterte sie zärtlich. »Nanuk. Komm her, ich möchte mich bei dir bedanken. Du heißt doch Nanuk, oder?« Der Wolfshund ließ den Teller mit den Keksen stehen und wagte noch einen Schritt, dann noch einen, bis er sich in Reichweite seiner zweibeinigen Freundin befand. Er fletschte die Zähne und ließ ein warnendes Knurren vernehmen, das Clarissa einen Schauer über den Rücken jagte.

»Nanuk, Nanuk«, sagte sie leise seinen Namen. Dann wedelte er mit dem Schweif, und sie streckte eine Hand nach ihm aus. Sie fühlte sein weiches Fell und war glücklich. »Na, also! Wir werden gute Freunde, was hab ich gesagt?« Im nächsten Augenblick sprang der Wolfshund durch den Schnee davon und war verschwunden.

5

Sieben Wochen nach der Bruchlandung konnte Clarissa wieder gehen. Sie setzte sich neben den Ofen, löste die Schiene, warf sie zum Feuerholz und begann, vorsichtig ihre Stiefel und die Hose auszuziehen. Ihre Hände zitterten bei jeder Bewegung. Sie hatte Angst, das verheilte Bein zu stark zu belasten. Doch nichts geschah, und eine halbe Stunde später lagen die Stiefel, ihre Wollsocken und die gefütterte Hose auf dem Boden. Vorsichtig berührte sie die verheilte Stelle. Viele Jahre später würde ein Arzt in Seattle behaupten, der Knochen sei unregelmäßig zusammengewachsen. Sie spürte nichts und war froh darüber, endlich wieder gesund zu sein. Es hatte keine Entzündung und auch keine anderen Komplikationen gegeben, anscheinend war es ein glatter Bruch gewesen, und nur die Muskeln waren etwas zurückgegangen. Sie würde ihre Turnübungen fortsetzen, auch mit den Beinen arbeiten, die Muskeln belasten und in spätestens zwei Wochen wieder normal gehen können.

Auf wackeligen Knien ging sie zum Wandschrank. Zuerst langsam, dann etwas schneller und sicherer. Sie fühlte sich wie neu geboren, kostete jeden Schritt aus, obwohl sie kaum wagte, das verheilte Bein voll zu belasten. Vor dem Schrank blieb sie erleichtert stehen. Sie griff nach einer Dose mit Pfirsichen und öffnete sie mit ihrem Messer, nahm einen Löffel und setzte sich an den Holztisch neben dem Yukon-Ofen. In stiller Freude genoss sie das süße Festmahl. Nach dem Essen setzte sie einen Topf mit Schnee auf den heißen Ofen. Sie zog ihre Unterwäsche aus und wusch sich mit dem warmen Wasser von Kopf bis Fuß. Das herrliche Gefühl, endlich wieder sauber zu sein, würde sie niemals beschreiben können. Nackt trat sie auf die Veranda, schüttete das schmutzige Wasser weg und schöpfte neuen Schnee. Obwohl sie nur wenige Sekunden an der frischen Luft verbrachte, spürte sie die Kälte bis auf die Knochen. Sie ging schnell zurück und stellte den Topf erneut auf den Ofen. Nachdem sie sich in eine Wolldecke gehüllt hatte, blieb sie zitternd neben dem Ofen stehen, bis die Wärme sich in ihrem ganzen Körper ausgebreitet hatte.

Während sie ihre schmutzige Bluse und die Unterwäsche in das heiße Wasser tauchte und mit der Kernseife bearbeitete, die sie in einer Schublade gefunden hatte, musste sie an den irischen Buschpiloten denken, der in einem versteckten Tal der Brooks Range beinahe erfroren wäre. McCormick war für dieselbe Gesellschaft in Fairbanks wie ihr Mann geflogen, ein lauter und fröhlicher Bursche; seine Großeltern hatten beim Bau der Union Pacific geholfen und waren, wie er ständig betonte, lausig dafür entlohnt worden. Er war nach Alaska gegangen, weil man auf dem »Festland«, wie er den Rest der Vereingten Staaten nannte, kaum noch einen Meter laufen konnte, ohne einem anderen Iren zu begegnen, und wurde als tollkühner Draufgänger bekannt. In der Nähe eines Indianerdorfes hatte er eine Bruchlandung gebaut und seine Maschine kopfüber in einen eisigen See getaucht. Er hatte Glück im Unglück gehabt, war zwischen dem aufgebrochenen Eis hochgekommen und in den Schnee geklettert. Weil er wusste, wie schnell man nach einem solchen Unfall erfrieren konnte, hatte er sich seiner Kleider entledigt und war nackt in das zwei Meilen entfernte Indianerdorf gerannt. Nur diese Verzweiflungstat hatte ihm das Leben gerettet. Das war wenigstens die Geschichte, die man sich unter den Buschfliegern erzählte.

Clarissa blieb in ihre Decke gehüllt am Tisch sitzen und las eines ihrer Lieblingskapitel in »Moby Dick«, bis ihre Kleider trocken waren und sie sich wieder ankleiden konnte. Es war ein himmlisches Gefühl, wieder saubere Kleider am Körper zu haben. Sie lief in der Hütte auf und ab, um ihr verheiltes Bein zu trainieren, blieb unter den leeren Haken stehen, an denen das Gewehr des Trappers und seine Schneeschuhe gehangen haben mussten, und dachte zum wiederholten Male darüber nach, was wohl aus dem Mann geworden war. Wenn man in dieser Wildnis den kleinsten Fehler beging, war man dem Tod geweiht, und auch erfahrene Trapper waren nicht gegen solche Fehler gefeit. Sie hatte von Fallenstellern gehört, die sich in den Bergen verirrt hatten und von Bären, Wölfen oder anderen wilden Tieren getötet worden waren. Sobald sie wieder im Vollbesitz ihrer Kräfte war, würde sie die Umgebung der Hütte absuchen, nur für den Fall, dass ihm etwas passiert war. Wenn er nicht mehr am Leben war, wollte sie wenigstens seinen erfrorenen Körper bestatten.

Sie ging auf die Veranda und machte ihre Turnübungen. Das verheilte Bein konnte sie jetzt jeden Tag mehr belasten, und ihre Genesung schritt rasch voran. Schon nach einer Woche traute sie sich zu, durch den Schnee zu marschieren. Mit den alten Schneeschuhen, die sie hinter dem Haus gefunden hatte, wollte sie eine kurze Wanderung unternehmen. Sie zog ihre Winterkleidung an, hängte eine Felltasche mit Vorräten und heißem Tee über ihre Schultern und schob die Axt in ihren Gürtel. Sie besaß kein Gewehr, nicht mal eine Pistole, und wollte für alle Fälle gewappnet sein. Ihr Gesicht schützte sie mit einer Wollmaske, die sie in ihrer Anoraktasche gefunden hatte. Sie legte Holz in den Ofen, damit die Hütte nach ihrer Rückkehr warm war, und marschierte los.

Es war Anfang Dezember, wenn sie richtig gerechnet hatte, und die Kälte war noch unbarmherziger geworden. Mindestens dreißig Grad unter null, schätzte Clarissa. Düsteres Halbdunkel lag über den verschneiten Hügeln. Der Wind kam aus Nordost und wehte weiße Schleier über den Schnee. Die Kristalle rieben wie Sand an ihrer Kleidung. Sie war gut gegen die niedrigen Temperaturen geschützt und hatte sich längst daran gewöhnt, auf Schneeschuhen durch den Winter zu stapfen, das hatte sie bereits vor drei Jahren gelernt, als sie nach Alaska gekommen waren. Fairbanks war für seine eisigen Winter bekannt, und gleich nach ihrer Ankunft hatten sie einen der härtesten Winter der letzten zwanzig Jahre erlebt. So hatte die Zeitung von Fairbanks die eisigen Temperaturen beschrieben. Sie hatten damals in der Stadt gewohnt, und weil Clarissa es sich in den Kopf gesetzt hatte, unbedingt ein Indianerdorf kennen zu lernen, war sie mit Jack nach Norden geflogen, neue Schneeschuhe und die Notausrüstung im Gepäck. McCormick, der irische Kollege ihres Mannes, hatte nicht verstehen können, warum sie unbedingt bei dieser »Affenkälte« mitfliegen wollte, und sie hatte ihn ausgelacht und erklärt, dass sie auch mal nackt durch den Schnee laufen und sich zum Gespött der Leute machen wolle.

Unterwegs hatte sie nicht mehr gelacht. Über den Bergen sank die Temperatur dramatisch, und auf den Tragflächen bildete sich Eis. Sie wusste längst, wie gefährlich das Eis für ihre *Bellanca* werden konnte, und blickte besorgt aus dem Fenster. Sie waren von menschenleerer Wildnis umgeben, weit und breit keine Siedlung und nur Wälder, Felsen und schroffe Schluchten, selbst das Indianerdorf lag noch eine Flugstunde entfernt. »Kein Grund zur Sorge, Schatz«, meinte Jack. »Jetzt können wir es uns endlich mal gemütlich machen.« Eine Anspielung auf das schäbige Haus am Stadtrand, in dem sie wohnten. Der Wind pfiff durch alle Ritzen, und der Ofen hatte mehr Löcher als eine Hundedecke. »Keine Angst. Wir landen auf dem See da unten.« Er deutete auf den zugefrorenen See, der sich zwischen einigen Felshängen ausbreitete, und steuerte die Maschine nach unten. Erst viele Wochen später gestand er, wie gefährlich die Landung gewesen war. Weil eine dünne Schicht Neuschnee auf dem zugefrorenen See lag, konnte er nicht erkennen, wie stabil die Eisdecke war. Er musste sich auf sein Glück verlassen. Erleichtert ließ er die *Bellanca* ausrollen, nachdem sie sicher gelandet waren. »Na, was hab ich gesagt? Selbst im Sommer hätten wir nicht besser landen können. Ausgesprochen langweilig.«

Sie verankerten die Maschine im festen Eis, zurrten die Seile fest und packten den Motor in warme Decken. Jack ließ das

Öl in einen Kanister laufen, der immer in der Nähe des kleinen Ofens blieb. Sie schlugen das Zelt am Seeufer auf, unter einigen Fichten, deren schneebeladene Zweige bis über das Eis reichten, und erkundeten die Umgebung auf Schneeschuhen. Clarissa brauchte einige Zeit, bis sie sich an die seltsamen Schuhe gewöhnt hatte. Sie waren aus Weidenzweigen gefertigt, die man in eine ovale Form gepresst und mit Rohhautschnüren bespannt hatte. Das Netz verhinderte, dass man zu tief in den Schnee sank. In einer Mischung aus Begeisterung und Furcht folgte sie ihrem Mann. Begeisterung über die Tatsache, die Wildnis wie ein erfahrener Fallensteller zu meistern, und Furcht vor den Unwägbarkeiten, die in der Einsamkeit warteten. Wilde Tiere, ein Elch, der aus dem Unterholz brach, ein Schneesturm.

Sie würde die Nacht in dem Zelt niemals vergessen. Wie sie aneinander gekauert in ihren Schlafsäcken lagen, das Flackern der Kerosinlampe in den Augen. Das Flattern der Planen, wenn der Wind über den See blies. Das Zischen des kleinen Ofens. Den Geruch des Motorenöls, das dicht daneben stand. Das Heulen der Wölfe, die irgendwo durch die Einsamkeit streiften. Das grüne Nordlicht, das selbst durch die Zeltplanen zu sehen war. Den liebevollen Blick ihres Mannes, der sie zärtlich geküsst und geflüstert hatte: »Ich liebe dich, mein Schatz. Ich liebe dich.«

Mit dem Lächeln ihres Mannes vor den Augen stapfte Clarissa durch den tiefen Schnee. Diesmal folgte sie den Spuren des Wolfshundes über den Hügel, den kalten Wind und das leichte Schneetreiben im Gesicht. Nanuk war nicht zu sehen. Er war jeden Morgen über den Hügel gekommen, hatte sein Frühstück abgeholt und sich von ihr berühren lassen. Tagsüber blieb er meistens verschwunden. Manchmal hörte sie ein vielstimmiges Heulen in der Einsamkeit und lief erschrocken zum Fenster. Das mussten andere Wölfe sein. Sie war überzeugt, dass mindestens ein Rudel durch die nahen Täler streifte. Solange sie in der Nähe der Hütte blieb und einen starken und ausgeruhten Eindruck machte, konnten sie ihr nichts anhaben. Wölfe waren nicht so gefährlich, wie manche Leute im Süden glaubten. Auch das hatte sie in Alaska gelernt. Sie lebten in einem festen sozialen Gefüge, das viel straffer als eine Familie organisiert war, und wollten von den Menschen nur in Ruhe gelassen werden. »Die Biester sind nicht gefährlich«, hatte sie ein Lehrer in Fairbanks aufgeklärt, »sie sind nicht mal aggressiv. Die wollen nur ihre Ruhe. Ihr schlechter Ruf geht auf das Mittelalter zurück. Als die Pest in Europa wütete, vergriffen sie sich an den Leichen. In guten Zeiten greifen sie keine Menschen an. Sie töten Rinder und Schafe, das ist wahr, deshalb schießen die Rancher im Süden auf sie. Die Indianer haben Angst vor ihnen. Sie glauben, dass sie von den Geistern abstammen. Sie sind heilige Tiere.«

Ohne einen festen Plan gefasst zu haben, marschierte Clarissa zu dem ausgebrannten Flugzeugwrack. Ihre Spuren waren längst vom Wind verweht worden, und sie brauchte einige Zeit, um sich im Halbdunkel des arktischen Morgens zu orientieren. Während der letzten Wochen war mehr Schnee gefallen, und die Landschaft hatte sich verändert. Sie folgte ihrem Instinkt und erschrak regelrecht, als sie über ein Trümmerteil der *Bellanca* stolperte. Eine der Kufen, die sich während der Bruchlandung gelöst hatte. Sie blickte zum Waldrand und erkannte das Wrack, das vollkommen vom Schnee bedeckt war und auf den ersten Blick wie ein umgestürzter Baum aussah. Selbst wenn andere Buschflieger nach ihnen Ausschau gehalten hätten oder eine Patrouille der Royal Canadian Mounted Police am Waldrand vorbeigezogen wäre, hätten sie das Flugzeug nur durch Zufall entdecken können. Nur wer die Umgebung genau absuchte, entdeckte die Wrackteile im Schnee. Der arktische Winter hatte die Maschine und den verkohlten Körper von Jack Swenson mit einem Leichentuch aus frostigem Schnee bedeckt.

Clarissa blieb stehen und starrte minutenlang auf das Wrack. Ihre Beine, die sie während des Marsches kaum gespürt hatte, wurden schwach, und ihre Lippen unter der wollenen Maske begannen zu zittern. Die Vernunft riet ihr, den Schnee unberührt zu lassen und umzukehren, doch sie gehorchte ihrer inneren Stimme und ging langsam auf das Wrack zu. Ihre Augen waren mit Tränen gefüllt, als sie mit ihren Handschuhen den Schnee von den Resten des Flugzeugs kratzte. Ihre Hände berührten etwas Schwarzes. »Jack!«, schrie sie entsetzt. »Jack! Warum bist du gegangen?« Sie stolperte zurück und fiel in den Schnee, wurde an den Augenblick nach der Bruchlandung erinnert, als sie bewusstlos zu Boden geschleudert wurde.

Weinend blieb sie im Schnee liegen, bis sie keine Luft mehr bekam, zog die Wollmaske nach oben und spürte die arktische Kälte im Gesicht. Der Wind ließ ihre Tränen gefrieren. Sie kämpfte gegen ihren Schmerz an, stand wieder auf und zog die Wollmaske übers Gesicht. Seit dem Tod ihres Mannes waren erst acht Wochen vergangen. »Ich werde dich nie vergessen, Jack«, sagte sie traurig. Sie suchte nach dem Ski, über den sie gestolpert war, und rammte ihn wie einen Grabstein neben das Wrack. Wenn sie nach der Schneeschmelze immer noch hier war, würde sie ein Kreuz binden und eine Grabstätte herrichten.

Vor dem Ski, der wie ein Mahnmal an ihre Bruchlandung und den tragischen Tod ihres Mannes erinnerte, begann sie zu beten. Das Vaterunser, das sie immer noch auswendig konnte, und ein kurzes Gebet, das sie von ihrer Mutter gelernt hatte. Dann sprach sie noch einmal mit ihrem Mann: »Der Nebel war schuld, Jack«, sagte sie. »Wir hätten gar nicht losfliegen dürfen. Warum haben wir nicht auf die Mounties gehört, die aus den Bergen gekommen sind? Warum mussten wir wieder alles besser wissen? Ich weiß, Jack, dich trifft keine Schuld. Und mich auch nicht. Das bisschen Nebel hat noch keinem Buschflieger das Genick gebrochen. Unsere Konkurrenz war doch auch unterwegs, oder etwa nicht? Wir hatten einfach Pech, Jack! Weil wir keinen Landeplatz gefunden haben. Bisher hatten wir immer Glück, aber diesmal lief alles schief. Ausgerechnet in einer Gegend, wo es keinen anständigen Landeplatz gibt, mussten wir runtergehen. Ein paar Meter weiter, und wir hätten wahrscheinlich einen zugefrorenen See gefunden. Gott hat es nicht zugelassen. Ich weiß nicht, warum du sterben musstest. Es macht einfach keinen Sinn. Warum musstest du sterben, und warum soll ich leben?« Sie dachte einen Augenblick nach, glaubte die Stimme ihres Mannes zu hören, und fuhr fort: »Ich weiß, Jack, du willst nicht, dass ich aufgebe. Lebe dein Leben, wenn mir jemals was passiert, hast du immer gesagt. Das stimmt doch? Ich will es versuchen, Jack. Schon um dir zu zeigen, dass ich eine ganze Frau bin. Ich komme heil aus diesen Bergen heraus!« Sie wandte sich von dem Wrack ab und erschrak, als sie den Wolfshund entdeckte. Er stand keine zehn Schritte hinter ihr und blickte sie neugierig an. »Nanuk«, begrüßte sie ihn herzlich. »Du machst dir sicher Gedanken, was ich hier suche, nicht wahr? Jack war mein Mann, verstehst du, und ich werde ihn immer in Erinnerung behalten. Das bin ich ihm schuldig. Er war ein guter Mann, Nanuk, und das ist sein Grab, auch wenn es nicht so aussieht. Im Frühling werde ich ihm frische Blumen bringen.«

Nanuk ging zögernd auf sie zu und ließ sich von ihr streicheln, zog sich aber gleich wieder zurück. Anscheinend erschrak er selbst über seine Zutraulichkeit. Er lief ein paar Schritte durch den Schnee und blieb abwartend stehen. Seine blauen Augen hoben sich leuchtend gegen das Halbdunkel ab. Er jaulte verstört, schien neugierig auf das vermummte Wrack zu blicken und stapfte in gebührendem Abstand an Clarissa vorbei. Sie rührte sich nicht, wartete geduldig, bis sie zu erkennen glaubte, dass Nanuk ihr etwas zeigen wollte. Sie folgte seinen Spuren zum Fluss hinunter. Am Ufer war der Wind besonders heftig, und sie musste sich weit nach vorn beugen, um nicht umgeblasen zu werden. Eiskristalle knirschten unter ihren Schneeschuhen. Nanuk blieb alle paar Meter stehen, um nachzusehen, ob sie ihm folgte, und überquerte mit kurzen Schritten den gefrorenen Fluss.

Es war heller geworden, und am Himmel waren glühende Streifen zu sehen. Sie verbreiteten einen geisterhaften Glanz und tauchten die Hügel in unwirkliches Licht. Unheimliche Schatten huschten über das Eis. Nanuk kletterte am anderen Ufer empor und verschwand in dem orangefarbenen Licht, in das der Waldrand getaucht war. »Nanuk! Wo willst du hin?«, rief Clarissa ihm nach. »Warte auf mich!« Sie lief keuchend hinter dem Wolfshund her, stapfte durch den tiefen Schnee und blieb am Waldrand stehen. Ihr vierbeiniger Freund war zwischen den dunklen Fichten verschwunden. »Nanuk! Wo bist du?«, rief sie.

Zögernd drang sie in den Wald ein. Unter den Bäumen lag wenig Schnee, und sie kam ohne die hinderlichen Schneeschuhe voran. »Wohin wolltest du mich führen, Nanuk?«, überlegte sie flüsternd. Sie spürte die bösen Geister, von denen die Indianer immer sprachen, und blickte sich ängstlich um. Am liebsten wäre sie aus dem Wald gerannt und hätte sich in der Hütte verkrochen. Sie besaß keine Schusswaffe, und wenn sie von einem wilden Tier angegriffen wurde, hatte sie kaum eine Chance. Sie griff nach der Axt und nahm sie wurfbereit in ihre rechte Hand.

»Nanuk?«, rief sie mit gedämpfter Stimme. »Bist du hier?«

Clarissa lauschte vergeblich auf eine Antwort. Sie war ungefähr fünfzig Meter in den Wald eingedrungen und von beängstigender Dunkelheit umgeben. Nur ein dünner Streifen des schwachen Tageslichts drang zwischen die Bäume. Sie ging langsam weiter, drang hinter ein Gebüsch und sah eine reglose Gestalt auf dem Boden liegen. Ein toter Mann! Der Trapper, dem die Blockhütte gehörte! Sein rechter Fuß war zwischen den massiven Eisenzangen einer Bärenfalle eingeklemmt, und an seinem Körper hatten sich wilde Tiere schadlos gehalten. »Mein Gott«, flüsterte sie.

6

Clarissa legte einige Steine und Zweige über den toten Fallensteller, damit die wilden Tiere ihn nicht mehr fanden. Der Boden war viel zu hart für ein Grab. Sie sprach ein kurzes Gebet und verdrängte den Anblick der gefrorenen Leiche. Der Mann musste unvorstellbare Qualen erlitten haben, bevor er gestorben war, und sie bedauerte, ihn nicht eher gefunden zu haben. Sie tröstete sich damit, dass sie auf jeden Fall zu spät gekommen wäre. Selbst wenn er nur wenige Stunden in der Falle gelegen hätte, wäre er bei dieser Kälte und mit einer solchen Verletzung gestorben. Sie hob das Gewehr des toten Mannes auf, eine schwere Büchse mit doppeltem Lauf, stellte fest, dass keine Patronen mehr in der Waffe waren, und hängte sie sich über die Schultern.

Nach einem Augenblick des Schweigens kehrte sie zum Waldrand zurück. Sie schnallte die Schneeschuhe an und kämpfte sich durch einige Verwehungen zum Fluss. Ein verwaschener Himmel hing über den Eisbrocken, die blau und grün schillernd aus dem erstarrten Wasser ragten. Der Horizont war hellgrau, zerfloss mit der Wolkendecke zu einem düsteren Himmel. Der Wind hatte nachgelassen, war kaum noch zu spüren und einer beängstigenden Stille gewichen. Clarissa blieb stehen und lauschte. Sie sehnte sich nach dem Jaulen des Wolfshundes, aber Nanuk blieb verschwunden, und die Einsamkeit war vollkommen. Erst ein fallender Ast, der unter der Last des schweren Schnees zu Boden fiel, durchbrach das Schweigen. Sie erschrak, glaubte an einen Gewehrschuss und atmete auf, als sie den aufspritzenden Schnee unter den Fichten sah. Erleichtert marschierte sie weiter.

Zwischen den Hügeln, die ihre Blockhütte umgaben, blieb

sie noch einmal stehen. Wieder war ein Geräusch an ihre Ohren gedrungen, diesmal nur leise und kaum spürbar, und sie griff nach der Axt und blickte sich aufmerksam um. Sie war allein in der Wildnis. Anscheinend hatte die Fantasie ihr einen Streich gespielt. Außer dem ächzenden Geräusch, das ihre Schneeschuhe auf dem verharschten Untergrund hinterließen, war nichts zu hören. Sie blieb dennoch vorsichtig und war bereit, sich jederzeit gegen den möglichen Angriff eines wilden Tieres zu wehren. Sogar Bären waren zu Beginn des Winter schon in den Ogilvie Mountains gesehen worden. In Whitehorse wurde die Geschichte einer jungen Indianerin erzählt, die noch im November von einem ausgewachsenen Grizzly angefallen worden war. Ihr Mann, ein weißer Trapper, war auf der Jagd, als sie ein Geräusch hörte und vorsichtig aus ihrer Hütte trat. Sie war nur mit einem leichten Jagdgewehr bewaffnet, rechnete nicht mit dem fauchenden Bären, der sich plötzlich vor ihr aufrichtete und sie mit erhobenen Pranken bedrohte. Er hätte längst seinen Winterschlaf halten sollen. Sie schoss in panischer Angst auf ihn, wollte ein zweites Mal abdrücken, als das Schloss ihres Gewehres klemmte. Sie ließ sich nicht aus der Ruhe bringen, verschanzte sich in der Hütte und hantierte an der Waffe, während der verletzte Grizzly mit aller Macht gegen die Holzwand drückte. Er würde die Hütte wie ein Kartenhaus zerdrücken. Endlich war das Gewehr schussbereit. Nur noch eine Kugel steckte im Lauf. Sie öffnete die Tür und trat dem Raubtier furchtlos entgegen. Ihre Kugel traf den Bären ins Maul und tötete ihn auf der Stelle. Normalerweise blieben die Nerven eines Grizzly noch zehn oder fünfzehn Minuten intakt, und man konnte auch von einem sterbenden Bären zerrissen werden, aber ihre Kugel hatte das Nervensystem getroffen, und der Grizzly leistete keine Gegenwehr mehr.

Clarissa hatte diese Geschichte oft genug gehört und war sich im Klaren darüber, dass nicht jede Frau so viel Glück haben konnte. Wer von einem wütenden Grizzly angegriffen wurde, hatte nur eine Chance, wenn er eine großkalibrige Büchse dabei hatte. Das Gewehr des Trappers, das über ihren Schultern hing, war stark genug, aber es war nicht geladen. Mit einer Axt oder einem Messer würde sie nicht einmal einen angreifenden Wolf abwehren. Sie lief weiter und schämte sich ihrer Angst. Auch am Lake Laberge gab es wilde Tiere, und sie hatte niemals Angst verspürt, wenn sie allein unterwegs gewesen war. Hatten der Tod ihres Mannes und das lange Alleinsein sie furchtsamer gemacht? Oder war es das Gefühl, weitab von der nächsten Siedlung der einzige Mensch zu sein? Sie beschleunigte ihre Schritte, stieg auf die Veranda ihrer Hütte und streifte die Schneeschuhe ab. Nachdem sie sich noch einmal aufmerksam umgeblickt hatte, betrat sie das Blockhaus.

Sie verschloss die Tür und legte den Anorak, die Handschuhe und die Fellmütze ab. Die Stiefel mit dem Eisbärenfell stellte sie neben den Ofen. Sie wärmte ihren durchfrorenen Körper und trank etwas heißen Tee, öffnete eine Dose mit Bohnen und wärmte sie auf dem Ofen. Wie gerne hätte sie frisches Obst und frisches Gemüse gehabt, aber das war selbst in den Städten nur selten zu bekommen. Sie hoffte nur, dass sie keinen Skorbut bekam, so wie die Seefahrer im letzten Jahrhundert, die monatelang auf hoher See gewesen waren und sich nur von Zwieback und brackigem Wasser ernährt hatten. Es gab Fotografien solcher Männer, die mit blutendem Zahnfleisch und verfaulten Zähnen von Bord gegangen und manchmal sogar gestorben waren.

Doch die Bohnen schmeckten herrlich und waren genau die richtige Kost nach dem anstrengenden Marsch. Der schwarze Tee weckte ihre Lebensgeister. Sie beschloss, alle paar Tage eine kurze Wanderung zu unternehmen, um bei Kräften zu bleiben und etwas Abwechslung in ihren eintönigen Alltag zu bringen. Die Angst würde mit jedem Marsch geringer werden. Jetzt hatte sie ein Gewehr, das stark genug war, einen ausgewachsenen Bären oder Elch zu fällen. Vielleicht würde sie sogar auf die Jagd gehen. Etwas frisches Fleisch würde ihren Speiseplan, der aus Konserven, Keksen und einmal im Monat aus einer

Dose Pfirsichen oder Aprikosen bestand, bereichern. Sie fand eine Schachtel mit Patronen, lud die schwere Waffe und hängte sie an die Haken über der Tür. Das Gewehr gab ihr ein Gefühl der Sicherheit und verstärkte die Hoffnung, unbeschadet bis zu ihrer Rettung in der Blockhütte auszuharren.

Sie konnte mit einem Gewehr umgehen. Das hatte sie mit jeder Frau gemein, die im hohen Norden wohnte. Ohne eine Waffe stand man in der Wildnis auf verlorenem Posten. Selbst in einer Stadt wie Fairbanks gingen die meisten Menschen bewaffnet aus dem Haus. Dort waren schon Elche auf der Hauptstraße gesehen worden. Jack und sie hatten das Schießen von einem Kunstschützen gelernt, der für denselben Wanderzirkus wie sie gearbeitet hatte. In der Vorstellung war »The Mysterious Shootist from Chattanooga« auf einem Schimmel durch die Manege geritten und hatte zwölf Kugeln auf eine angebliche Jungfrau abgefeuert. Er hatte nicht einmal danebengeschossen! Manche Zeitungsschreiber vermuteten einen Trick, doch »The Mysterious Shootist from Chattanooga«, der eigentlich Leroy Applegate hieß und aus Philadelphia stammte, war ein hervorragender Schütze und brauchte keine faulen Tricks. »Es ist ganz einfach«, hatte er zu Beginn seiner Lektion gesagt, »ihr müsst nur im richtigen Moment abdrücken.« Natürlich besaß Clarissa nicht einmal annähernd die Perfektion des Kunstschützen, aber sie hatte einige Jäger beim Wettschießen in Fairbanks hinter sich gelassen und war stolz darauf. »Hier oben musst du immer darauf gefasst sein, allein deinen Mann stehen zu müssen«, hatte die Frau eines alten Trappers zu ihr gesagt, als sie in den hohen Norden gekommen waren. Wie Recht sie doch gehabt hatte!

Jetzt war sie wirklich allein, schon seit über zwei Monaten, und die fünf Jahre, die sie mit ihrem Mann in der Wildnis verbracht hatte, machten sich bezahlt. Sie konnte kochen und einen Haushalt führen, aber sie beherrschte auch vieles, was die Frauen in Nebraska oder Ohio als Männerarbeit verachteten. Sie konnte auf Schneeschuhen durch meterhohen Schnee laufen, die Spur eines Bären oder Wolfes lesen, mit einem Beil und einem Messer umgehen, schießen und jagen, erlegtes Wild ausnehmen und das monatelange Halbdunkel des Winters ertragen. Und sie konnte allein sein. Als Frau eines Buschpiloten war sie es gewohnt, auf ihren Mann zu warten, niemals zu wissen, welches Schicksal ihn in der verschneiten Wildnis festhielt. Sie vermisste ihn, weinte jede Nacht um ihn, doch wenn der Morgen graute, und sie vor die Hütte trat, um Nanuk zu begrüßen, spürte sie eine beinahe magische Kraft, die es ihr ermöglichen würde, auch monatelang in der Blockhütte auf das Frühjahr zu warten. Manchmal dachte sie sogar daran, freiwillig in der Einsamkeit zu bleiben. Sie war nicht versessen darauf, mit einem anderen Menschen zu sprechen und von ihm getröstet zu werden. Sie wollte ihre Stärke beweisen und ihr Schicksal allein tragen. Seltsamerweise verliehen ihr die Tage und Nächte in der Abgeschiedenheit der Ogilvie Mountains neue Kraft. Sie zehrte von der andächtigen Stille und der geheimnisvollen Kraft des Nordens.

Der Wolfshund begrüßte sie jeden Morgen. Er gewöhnte sich an ihren Geruch, und sie akzeptierte seine seltsame Art, ihr seine Zuneigung zu zeigen. Nach jeder Liebkosung verschwand er wieder. In seinem Körper schienen zwei Seelen zu wohnen, die Seelen der Tiere, von denen er abstammte. Den Wolf drängte es in die Einsamkeit der Berge, den Hund trieb es zu einem Menschen, der für ihn sorgen wollte. Clarissa mochte Nanuk, ohne seine Unabhängigkeit beschneiden zu wollen. Er glich einem Indianer oder Inuit, der aus der Wildnis in die Stadt kam, einen oder zwei Tage blieb und wieder verschwand. Umso erfreuter war sie, als sie eines Nachts aus dem Fenster sah und den Wolfshund vor dem Haus liegen sah. Sie hütete sich, Nanuk zu wecken, genoss ihre Freude heimlich und still, und liebkoste ihn erst, als er an einem besonders kalten Morgen vor der Tür stand und sich mit dem Schweif wedelnd an ihre Beine schmiegte. Sie beugte sich zu ihm hinab und kraulte sein dichtes Fell. »Was ist denn mit dir los, Nanuk? Merkst du endlich, wie gern ich dich habe?«

Die herzliche Begrüßung wiederholte sich jeden Morgen. Einige Tage später kam Nanuk sogar in die Hütte und schnupperte aufgeregt herum. Clarissa belohnte ihn mit einigen Keksen und frischem Wasser, das er gierig schlabberte. Nach wenigen Minuten verschwand er wieder, anscheinend erschrocken über seine plötzliche Zutraulichkeit. Sie blickte ihm schmunzelnd nach, erfreut über die Freundschaft, die sie in dieser Wildnis geschlossen hatte.

Sie freute sich jeden Morgen auf die Begegnung mit dem Wolfshund, hatte das Gefühl, dass er auf seinen Namen hörte, wenn sie ihn »Nanuk« rief und zärtlich kraulte. Und wenn sie in seine himmelblauen Augen blickte, glaubte sie, dem Geheimnis auf der Spur zu sein, das die Indianer mit diesem angeblichen Geist-Hund verbanden. Er war anders als die Hunde, die sie bisher gesehen hatte, und vielleicht hatten die Indianer ja Recht, und er stammte tatsächlich von den Geistern ab.

Ein paar Tage vor Weihnachten geschah etwas, das sie in diesem Glauben bestärkte. Sie war auf einer ihrer Wanderungen, stapfte mit den Schneeschuhen durch den Neuschnee auf dem zugefrorenen Fluss, als ein vielstimmiges Geheul über die Hügel drang und wie der Atem eines bösen Geistes in der klaren Luft hing. Das Geheul war so nahe, dass Clarissa stehen blieb und ihr Gewehr von den Schultern nahm. Sie blickte in die Richtung, aus der das Heulen gekommen war, und empfand das Halbdunkel des Nachmittags wie eine Bedrohung, die sich immer enger um sie zusammenzog. Durch den Schlitz in ihrer Wollmaske sah sie graue Gestalten auf einem Hügelkamm auftauchen.

Wölfe! Ein ganzes Rudel, das lauernd im Schnee stehen blieb und sie zu erwarten schien. Das Knurren des Leitwolfes, der etwas abseits stand und seinen gefährlichen Rachen öffnete, hallte in der Kälte nach. Anscheinend hatten die Tiere seit mehreren Tagen nichts mehr gefressen. Nach der vergeblichen Jagd auf einen Elch oder ein Karibu waren sie ausgehungert und so verzweifelt, dass sie einen Menschen bedrohten. Sie rüsteten sich zum Angriff, daran bestand kein Zweifel, und hatten ihr geschickt den Weg zur Hütte abgeschnitten.

Clarissa verstand zu wenig von Wölfen, um sagen zu können, ob sie bewusst vorgingen oder von einem bösen Geist geleitet wurden, wie manche Indianer behaupteten. Es war ihr auch egal. Als selbstbewusste Frau, die seit fünf Jahren im hohen Norden lebte, dachte sie praktisch und nüchtern. Die Wölfe hatten es auf sie abgesehen, und sie musste alles tun, um diesen Angriff abzuwehren. Das war nicht einfach. Sie zählte mindestens sieben Augenpaare, und selbst wenn sie ein paar Mal traf, waren immer noch genügend Tiere übrig, um sie zu töten. Die Übermacht der Wölfe war zu stark. Sie waren gerissen genug, um sie von mehreren Seiten anzugreifen und ihr keine Chance zu lassen. »Glaubt nicht, dass ihr mich so einfach bekommt!«, rief sie den Wölfen entgegen. »Meint ihr, ich bin wochenlang durch die Hütte gehumpelt, um mich von euch zerreißen zu lassen! Verschwindet! Habt ihr gehört? Ihr sollt verschwinden!« Sie feuerte einen Schuss ab, und die Wölfe wichen nervös zurück.

Wenige Augenblicke später waren sie wieder da. Ihre dunklen Körper hoben sich wie bedrohliche Schatten gegen den grauen Dunst des Nachmittags ab und kamen langsam näher. Zwei Tiere waren jetzt seitlich von ihr, und sie glaubte bereits an einen bösen Traum, denn sie hatte noch niemals gehört oder gelesen, dass Wölfe einen Menschen auf diese Art in die Enge trieben. Dieses Gefühl wurde noch stärker, als hinter ihr ein wütendes Knurren laut wurde, sie mit dem entsicherten Gewehr herumfuhr und Nanuk entdeckte. Er rannte den Hügel hinauf und blieb mit gefletschten Zähnen vor den Wölfen stehen. Clarissa stand wie versteinert. Ungläubig beobachtete sie, wie das Rudel vor ihrem vierbeinigen Freund zurückwich und lautlos im Dunst verschwand. Nanuk lief in die andere Richtung weg. Er würdigte sie kaum eines Blickes und tauchte zwischen den Bäumen unter.

Später vermochte sie nicht zu sagen, ob sie den Vorfall nur

geträumt hatte oder Nanuk tatsächlich über magische Kräfte verfügte.

Dem Reporter der *Dawson City News* würde sie dieses seltsame Erlebnis bei ihrer Rückkehr in die Zivilisation verschweigen. Man sollte sie nicht für verrückt halten. Die Indianerin, die von ihrem winterlichen Zusammenstoß mit dem Grizzly berichtet hatte, war wochenlang als Aufschneiderin und Lügnerin beschimpft worden, bevor man die Überreste des toten Bären vor ihrer Hütte gefunden hatte. Clarissa wollte weder eine Heldin noch eine Lügnerin sein, gehörte nicht zu den Menschen, die mit ihren Abenteuern prahlten. Was die Leser einer Zeitung für abenteuerlich hielten, war in den meisten Fällen ein verzweifelter Kampf auf Leben und Tod gewesen. So wie der Kampf des Kapitän Ahab gegen Moby Dick. Wer wusste schon, welche Albträume den Autor verfolgten? Aber wenige Tage vor Weihnachten dachte Clarissa noch nicht daran, wieder in die Zivilisation zurückzukehren. Sie lebte im Einklang mit ihrer unwirtlichen Umgebung und hatte sich darauf eingestellt, den Winter allein zu verbringen. Sie bedauerte lediglich, nicht mehr Bücher in der Hütte gefunden zu haben. Ihr Lieblingskapitel in »Moby Dick« konnte sie schon fast auswendig. Sie begann, die leeren Blätter, die bei den Gedichten des toten Trappers lagen, mit eigenen Eindrücken zu beschreiben, und warf sie gleich darauf ins Feuer. Selbst der Fallensteller hatte sich besser ausdrücken können. Auch die kleinen Bären, die sie aus Brennholz schnitzte, landeten im Ofen. In ihrer Hütte am Lake Laberge hatte sie die einsamen Abende mit Handarbeiten verbracht, oder sie hatte in den Zeitungen gelesen, die Jack aus Whitehorse mitgebracht hatte. Hier beschränkte sich das Leben auf die tägliche Routine, ihre Wanderungen in der Umgebung, die sie bereits zwei Tage nach dem aufregenden Erlebnis mit den Wölfen wieder aufnahm, und ihre Begegnungen mit Nanuk.

Sie hatte längst vergessen, wie viele Tage seit ihrer Bruchlandung vergangen waren, und konnte das genaue Datum nicht bestimmen, wollte aber auch in der Wildnis nicht auf ein Weihnachtsfest verzichten. Die Vorbereitungen vertrieben die quälenden Gedanken an den Tod ihres Mannes, die immer dann aufkamen, wenn sie untätig in der Hütte saß. Mit der Axt, die sie auf jede Wanderung mitnahm, fällte sie eine kniehohe Fichte. Sie stellte den Baum direkt unter das Fenster und stützte den Stamm mit einigen Felsbrocken, die sie hinter dem Blockhaus gefunden hatte. Die Zweige schmückte sie mit bunten Stofffetzen, die sie aus einem Hemd des toten Trappers riss. Im Schein der Kerzen, die sie auf den Holztisch gestellt hatte, wirkte der Baum beinahe feierlich. Nicht so schön wie der festliche Baum, den ihr Mann und sie zum letzten Weihnachtsfest aufgestellt hatten, aber schön genug für ihr einsames Fest in der Wildnis.

Sie beschenkte sich mit einem Festmahl, das aus gekochtem Reis und eingemachten Früchten bestand, und prostete ihrem Spiegelbild im Fenster mit heißem Tee zu. Für Nanuk hatte sie einen hölzernen Knochen geschnitzt. Sie gab ihm das Geschenk, als er im flackernden Schein des Nordlichts vor der Hütte erschien, als hätte er geahnt, dass heute ein ganz besonderer Tag war. Mit dem Knochen im Maul legte er sich in den Schnee. Wolfshunde mieden die Wärme, fühlten sich nur in der eisigen Kälte des Nordens wohl. »Fröhliche Weihnachten, Nanuk«, wünschte sie ihm und streichelte sein flauschiges Fell. Er antwortete mit einem freundlichen Brummen und schleckte ihre Hand ab, seine Art, sich für ihre Freundschaft zu bedanken.

In der Hütte blieb Clarissa vor dem geschmückten Baum stehen und sprach ein Gebet. »Fröhliche Weihnachten, Jack. Wo immer du bist«, fügte sie andächtig hinzu. Sie sang eines der Weihnachtslieder, die sie zu Hause immer gesungen hatten, und konnte schon wieder lachen, als der Wolfshund sie mit einem klagenden Heulen begleitete.

7

Der Winter verging, und Clarissa und Nanuk wurden gute Freunde. Der Wolfshund kannte keine Scheu mehr, weder am frühen Morgen, wenn er sie vor der Hütte begrüßte, noch um die Mittagszeit, wenn er sie auf ihrem Kontrollgang durch die nähere Umgebung begleitete. Aber aus dem wilden Geschöpf war kein zahmes Haustier geworden. Nanuk würde niemals seine Unabhängigkeit verlieren und sich in die Abhängigkeit eines Menschen begeben. Er würde immer dem Ruf der Wildnis folgen. Clarissa war lediglich zu einer Vertrauten geworden, und er beschützte sie, als wäre sie eine ranghöhere Wölfin. Wenn er mit ihr unterwegs war, kündigte er die leiseste Veränderung in ihrer Umgebung durch ein leises Knurren oder ein Aufstellen seiner Ohren an. Es roch nicht immer nach Gefahr. Manchmal fiel irgendwo ein Eiszapfen in den Schnee, oder der Wind wehte plötzlich aus einer anderen Richtung. Oder ein Schneehase ließ sich blicken, und Nanuk folgte seinem Jagdtrieb. Aber er war immer auf der Hut, und wenn er stehen blieb und seine scharfen Zähne zeigte, war höchste Vorsicht geboten. Dann drohte eine unmittelbare Gefahr. Ein wildes Tier, dem man aus dem Weg gehen musste, ein Wetterumschwung, der einen Sturm oder Schneetreiben verhieß. Nanuk hatte sein Leben in der Wildnis verbracht und konnte seine Herkunft nicht verleugnen. Er war hellwach und schien einen sechsten Sinn für Gefahren zu besitzen.

Clarissa verließ sich auf ihn, ohne ihre eigene Vorsicht zu vernachlässigen. Ihr Gewehr war immer geladen, und die Axt und ihr Messer steckten im Gürtel, wenn sie auf eine Wanderung ging. Sie genoss die Nähe des Wolfshundes, der etwas Abwechslung in ihr eintöniges Leben brachte und ihr das Gefühl gab, nicht allein auf der Welt zu leben. Selten hatte sie ein so schönes Tier gesehen. Die Huskys, die sie in Fairbanks und am Lake Laberge kannte, und die Hunde vor dem Schlitten, den sie manchmal über den See gesteuert hatte, waren alle kleiner und tollpatschiger gewesen. Nanuk wirkte kräftiger, bewegte sich geschmeidiger und eleganter, und in seinen hellblauen Augen war mehr Leben. In seinem Blick lagen die Wildheit eines Timberwolfs, der rastlos durch die Wälder streifte, und die Sanftheit eines treuen Hundes, der seinem Herrn aufs Wort folgte. Und wenn er auf einem Hügelkamm stand und aufmerksam in die Ferne spähte, schien er mit den Geistern im Bunde zu sein.

Nanuk war ein Einzelgänger, wie so viele Wolfshunde, die zwischen zwei Welten pendelten. Man konnte ihn nicht zähmen. Er würde selber entscheiden, wie weit er seiner zweibeinigen Freundin folgen und wann er in die Wildnis zurückkehren würde. Eine Unabhängigkeit, die auch Clarissa nach dem Tod ihres Mannes anstrebte. Sie wollte sich nicht mehr binden. In ihrer Jugend hatte sie immer davon geträumt, von einem Märchenprinz aus ihrer eintönigen Umgebung entführt zu werden, und irgendwie war dieser Traum auch in Erfüllung gegangen, aber jetzt war ihr Märchenprinz gegangen, und sie wollte nicht mal in die heimatliche Blockhütte am Lake Laberge zurück. Der Gedanke, mit den Erinnerungen an ein besseres und schönes Leben konfrontiert zu werden, stimmte sie traurig. Sie wollte allein bleiben.

Es wurde kälter, und der Schnee gefror zu harten Kristallen, die unter ihren Schneeschuhen wie Glas zersprangen. Das Land schien unter der schweren Wolkendecke zu erstarren. Tagsüber zeigte der Himmel ein verwaschenes Grau, nachts waren nicht einmal der Mond und die Sterne zu sehen. Erst am Neujahrstag riss die Wolkendecke auf, und das Funkeln der Sterne kündigte wie ein stummes Feuerwerk das neue Jahrzehnt an. Der Kalender mit der magischen Jahreszahl 1930 hing bereits in ihrer Küche. Auf dem Titelbild war eine Fotografie aus Arizona zu sehen. Ein Goldsucher, der aus der Wüste an den Yukon gekommen war, um dort zum zweiten Mal sein Glück zu machen, hatte ihn mitgebracht. Sie hatte sich wie ein Kind auf das neue Jahrzehnt gefreut. Jack und sie hatten beschlossen, in einem Restaurant in Whitehorse zu feiern. Stattdessen saß sie nun allein in ihrer Hütte und tunkte Kekse in ihren heißen Tee. Der Wolfshund war wieder einmal verschwunden.

Am dritten Tag des neuen Jahres kehrte Nanuk zurück und begleitete sie auf einer Wanderung über den gefrorenen Fluss. Das Eis wirkte stumpf und schimmerte matt im schwachen Tageslicht. Ihre Schneeschuhe schleiften über den Boden. Sie hatte auf ihren Wanderungen niemals einen Menschen getroffen, nicht mal ein Buschflugzeug war am Himmel erschienen. Nur den Wölfen mit den leuchtenden Augen war sie begegnet, im Traum oder auf einem der Hügel. Die Einsamkeit war ihr vertraut geworden. Deshalb reagierte sie fast verärgert, als Stimmen laut wurden und Nanuk mit aufgestellten Ohren stehen blieb. Sie nahm das Gewehr von den Schultern und wartete auf das Erscheinen der Fremden. Sie befand sich immer noch auf dem Fluss, und sie mussten jeden Moment am Ufer erscheinen.

Indianische Jäger, vermutete sie. Die Eingeborenen hatten ihren Kampf gegen die weißen Eindringlinge längst aufgegeben und stellten keine Gefahr mehr dar, aber in dieser Wildnis war es besser, auf alles gefasst zu sein. Es gab Goldsucher, die sich bedroht fühlten und sofort schossen, wenn ein Fremder auftauchte, und am Pelly River lebte angeblich ein Trapper, der seinen Verstand verloren hatte und einen Polizisten der Royal Canadian Mounted Police umgebracht haben soll. Niemand hatte den »Crazy Trapper« jemals gesehen, nicht einmal seine Hütte, und der Mountie konnte genauso gut erfroren sein, aber das war den Leuten egal. Der Yukon war gefährlich, und man hielt seine Waffe besser schussbereit, wenn man fremde Stimmen hörte. Besonders wenn ein Wolfshund wie Nanuk die Ohren aufstellte.

Drei vermummte Gestalten tauchten aus dem Dunst über dem Flussufer auf. Sie benahmen sich arglos, hatten ihre Gewehre über den Schultern hängen und verstummten erst, als sie Clarissa und Nanuk auf dem gefrorenen Fluss sahen. Indianische Jäger, in Anoraks aus Karibufell und wollene Hosen gekleidet, wasserdichte *mukluks* an den Füßen. Alle trugen Fellkappen mit heruntergeklappten Ohrenschützern, zwei hatten Rucksäcke auf dem Rücken. Sie mussten den Rauch über der Hütte gesehen haben und darauf gefasst gewesen sein, einem Weißen zu begegnen, aber das Entsetzen in ihren Augen verriet Clarissa, dass sie nichts von ihrer Anwesenheit gewusst hatten. Sie nahm an, dass sie mit dem Trapper befreundet waren, der in der Hütte gewohnt hatte. »Ich bin Clarissa Swenson«, begrüßte sie die überraschten Jäger. »Wer seid ihr? Woher kommt ihr?«

Die Indianer hörten gar nicht hin, hatten nur Augen für den Wolfshund an ihrer Seite. »Das ist Nanuk«, fügte sie lächelnd hinzu, ohne daran zu denken, welche Bedeutung dieser Name bei den Eingeborenen hatte. »Wollt ihr euch in meiner Hütte aufwärmen? Ich habe heißen Tee. Oder wollt ihr lieber Kaffee?«

»Nanuk!«, stieß einer der Indianer entsetzt hervor. Seine Augen waren geweitet, glänzten im trüben Tageslicht. »Nanuk! Nanuk!«, wiederholten die anderen Jäger ehrfürchtig. »Der Wolfshund, der mit den Geistern im Bunde ist!« Ihr Anführer wich einen Schritt zurück und blickte Clarissa erstaunt an. »Bist du eine Geist-Frau?«

»Nein«, erwiderte sie lachend, »ich verbringe den Winter in der Hütte. Der Trapper ist tot. Er ist in eine seiner Fallen getreten und erfroren. Ich konnte ihm nicht helfen. Kanntet ihr den Trapper?«

»Ein guter Freund«, antwortete der Anführer in gebrochenem Englisch. »Er war mit meiner Schwester verheiratet, aber das ist viele Jahre her. Meine Schwester ist im großen Fluss ertrunken.«

»Das tut mir Leid.«

»Es braucht dir nicht Leid zu tun«, meinte der Indianer, »die Geister rufen uns, wenn es an der Zeit ist. Nur die Berge und die Flüsse sind ewig. Nur dieses wilde Land wird immer bestehen.«

Nanuk knurrte leise, und die Indianer wichen noch weiter zurück. Sie hatten großen Respekt vor dem Wolfshund. Der Anführer streckte vorsichtig eine Hand aus. »Das ist der Geist-Hund, von dem wir in unseren Hütten erzählen, nicht wahr? Warum ist er bei dir? Du musst eine Geist-Frau sein, sonst würde er dich nicht beschützen. Er lebt bei den Wintergeistern in den Bergen.«

Clarissa nahm an, dass der Indianer getauft war, sonst hätte er nicht so gut Englisch gesprochen. Die meisten Indianer hatten die Sprache von den Missionaren gelernt. Aber auch die Männer in den schwarzen Kutten hatten nicht verhindern können, dass sie immer noch an Geister glaubten. Sogar weiße Menschen glaubten an übernatürliche Kräfte. Der hohe Norden war zu geheimnisvoll und strahlte abseits der Siedlungen eine beinahe mystische Kraft aus. Es gab zu viel in dieser Wildnis, das man nicht logisch erklären konnte. Sie dachte daran, wie Nanuk sie zu der Hütte geführt hatte und wie sie den Wölfen mit den leuchtenden Augen begegnet war. Sie hatte keinen Grund, sich über den Glauben der Indianer lustig zu machen. »Nanuk hat mich gerettet. Mein Mann und ich sind mit dem Flugzeug abgestürzt. Jack ist gestorben. So heißt mein Mann.« Sie sprach in einfachen Sätzen, damit die Indianer sie verstanden. »Nanuk hat mir die Hütte gezeigt. Er begleitet mich auf meinen Wanderungen. Braucht ihr Vorräte? Wollt ihr heißen Tee?«

Der Anführer blickte auf den Wolfshund und schüttelte den Kopf. »Nein, nein, wir müssen zurück. Wir haben keine Zeit.« Seine Begleiter nickten heftig. »Keine Zeit. Keine Zeit. Müssen weg.« Sie zogen sich ohne ein Wort des Abschieds hinter die Uferböschung zurück und stapften durch den Schnee davon. Clarissa blickte ihnen grübelnd nach. »Sie haben Angst vor dir,

Nanuk«, sagte sie zu dem Wolfshund. Er stand breitbeinig auf dem Eis und ließ nicht erkennen, was er von den Indianern hielt. Ob sie zu einem anderen Stamm gehörten als der Krieger, der sich angeblich in den Wolfshund verwandelt hatte? »Komm, Nanuk, wir gehen nach Hause«, sagte sie, nachdem die Jäger in der Ferne verschwunden waren. Sie kehrte zur Hütte zurück und nahm einige Scheite vom Holzstapel, bevor sie sich von Nanuk verabschiedete und die Tür hinter sich schloss. Durch das Fenster beobachtete sie, wie der Wolfshund sich in den Schnee legte. Anscheinend hatte er jedes Interesse an den Indianern verloren.

Erst als das Feuer im Ofen aufflackerte, und sie sich mit einem heißen Tee an ihren Lieblingsplatz setzte, kam ihr in den Sinn, dass die Indianer ihr gar nicht gesagt hatten, aus welchem Dorf sie kamen. Wohnten sie in dem Tal, das sie mit der *Bellanca* angesteuert hatten? Sie hätte mit den Indianern gehen können und in ein paar Tagen am Lake Laberge sein können. Die Indianer wurden jeden Winter von Buschfliegern und Patrouillen der Royal Canadian Mounted Police besucht, und es hätte bestimmt nicht lange gedauert, bis sie irgendjemand in die Zivilisation gebracht hätte. War es nicht ihre Pflicht, die RCMP über die Bruchlandung zu informieren? Sie wusste es nicht, es war ihr auch egal. Jack konnte nichts mehr helfen, und sie war mit ihrem Leben in der Wildnis zufrieden.

Die Indianer kehrten nicht zurück, und sie begegnete während der folgenden Wochen keinem Menschen mehr. Um etwas Abwechslung in ihren Speiseplan zu bringen, legte sie einige Fallen aus und fing einen Hasen, den sie zu einem Ragout mit Bohnen und eingemachten Rüben verarbeitete. Das Fleisch gab ihr neue Kraft. Einen Teil ihrer Beute schenkte sie Nanuk, der sich gierig darüber hermachte. Auch für einen Wolfshund war es im Winter schwierig, etwas zum Fressen zu finden, und er kehrte nicht immer mit einer blutigen Schnauze von seinen Ausflügen zurück.

An einem klaren Tag im Februar wurde Clarissa durch leises

Motorengeräusch geweckt. Sie rannte aus der Hütte und entdeckte eine silberne *Bellanca* über den Bergen. Zuerst glaubte sie an eine Sinnestäuschung, dann kam die Maschine näher, und sie sah deutlich die schwarze Nummer auf dem Rumpf. Sie kannte das Flugzeug. Es gehörte einem befreundeten Buschpiloten, der für eine große Firma in Whitehorse flog. Sie winkte nicht, dazu war das Flugzeug viel zu weit entfernt, sie machte auch keine Anstalten, auf sich aufmerksam zu machen, beobachtete stumm, wie die *Bellanca* ungefähr eine Meile nördlich über die weißen Hügel flog. Die Maschine verschwand hinter den Bergen. Clarissa wartete, bis das Motorengeräusch verstummt war, und kehrte betrübt in die Hütte zurück. Der Anblick der *Bellanca* hatte die Erinnerung an ihren toten Mann zurückgebracht, und sie lenkte sich mit überflüssigen Hausarbeiten ab, um auf andere Gedanken zu kommen. Sie ging früh zu Bett und ließ sich von einem heulenden Wolfsrudel in den Schlaf singen.

Noch vor dem Morgengrauen wurde sie durch lautes und hektisches Gebell geweckt. Sie stürzte aus dem Bett, stülpte sich die Stiefel über und schlüpfte in den Anorak, nahm ihr Gewehr vom Haken und rannte nach draußen. Der volle Mond beleuchtete eine gespenstische Szene. Nanuk war in einen hitzigen Kampf mit sechs Hunden verwickelt. Die Huskys waren vor einen Schlitten gespannt, der vor dem Eingang der Hütte auf der Seite lag, und zogen geifernd an ihren Leinen. Sie schnappten nach dem Wolfshund, der mit gefletschten Zähnen angriff und einen der Huskys am rechten Vorderlauf gepackt hatte. »Nanuk!«, schrie Clarissa entsetzt. »Lass sofort die Hunde los!« Sie ging mit dem Gewehrkolben dazwischen, prügelte den Wolfshund aus dem Rudel und traf ihn so hart am Kopf, dass er benommen im Schnee liegen blieb. Sie griff nach den Leinen und zerrte das aufgebrachte Hundegespann zur Hütte, rammte den Anker des Schlittens fest in den Schnee. »Aufhören! Sofort aufhören!«, schrie sie die Huskys an. Sie versetzte dem Leithund einen kräftigen Hieb gegen den Schädel und taumelte erschöpft zurück.

Keuchend suchte sie nach dem verletzten Wolfshund. »Nanuk! Wo bist du?« Sie lief ein paar Meter in den Schnee hinein und merkte erst dann, dass sie keine Winterhosen angezogen hatte. Sie kehrte sofort um. »Ich musste dir weh tun, Nanuk, versteh das doch. Du hättest das ganze Gespann getötet.« Sie ging zum Haus, warf den Schlittenhunden böse Blicke zu und war zufrieden, als sie sich jaulend in den Schnee verzogen. »Benehmt euch, oder ich zieh euch das Fell über die Ohren!« Sie verschwand im Haus und setzte sich neben den Ofen, legte einen Holzscheit nach, bevor sie ihre wollenen Hosen auszog und ihre Oberschenkel massierte. Nach einer Weile floss wieder Blut durch die Adern. Erleichtert griff sie nach dem Tee, den sie auf den Ofen gestellt hatte. Sie nahm einen großen Schluck und blieb in der Wärme sitzen, bis sie wieder ganz bei Kräften war.

Wenn Schlittenhunde gegeneinander kämpften, musste man sie hart anfassen. Das hatte Clarissa von einem Hundezüchter in Fairbanks gelernt, wenige Monate, nachdem sie in den hohen Norden gekommen war. »Huskys sind keine Schoßhunde«, hatte der Mann gesagt, »die Biester wirst du nie zu Haustieren machen. Versteh mich nicht falsch, ich liebe meine Hunde. Meinen Leithund nehme ich jeden Abend in den Arm. Aber diese Biester sind halbe Wölfe, die musst du hart anfassen, wenn du was erreichen willst. Du gehörst zum Rudel, verstehst du? Sie müssen dich akzeptieren.« Wenn es keine Rangfolge gab, kam es zu Eifersüchteleien und wilden Kämpfen, die regelrecht ausarten konnten, wenn ein Wolfshund wie Nanuk beteiligt war. Wahrscheinlich hatte er geglaubt, die Hunde gehörten zu Clarissa.

Nachdem sie den Becher geleert hatte, zog sie ihre Winterkleidung an. Irgendwo musste der Mann sein, dem dieser herrenlose Schlitten gehörte, und es war ihre Pflicht, nach ihm zu suchen. Oder handelte es sich um eine Frau? Sie steckte einige Patronen in ihre Anoraktaschen und packte ein paar Vorräte zusammen, denn sie wusste nicht, wo der Mann vom Schlitten gefallen war. Die Unglücksstelle konnte viele Meilen entfernt sein. Die Huskys waren weit gelaufen. Sie vermutete, dass der Mann verletzt war, und nahm etwas von dem Verbandszeug mit, das sie im Wandschrank gefunden hatte. Wer hier draußen lebte, konnte mit einem Gespann umgehen und fiel nicht vom Schlitten, ohne dass ein Unglück geschehen war. Die Hunde waren unverletzt, außer den Kratzern, die Nanuk ihnen beigebracht hatte, und es sah nicht so aus, als wären sie in einen Kampf mit einem Elch verwickelt worden. War der Schlitten gegen einen Baum geprallt? War der Mann verletzt und bewusstlos in den Schnee gefallen? Auf jeden Fall war er allein in der Wildnis, und sie musste ihm unbedingt helfen. In Alaska und am Lake Laberge hatte sie gelernt, einen Hundeschlitten zu lenken. Sie war kein besonders guter *musher*, aber es würde reichen.

Sie trat vor die Hütte und sprach eine Weile mit den Hunden. Es war immer schwer, mit einem unbekannten Gespann zu fahren, weil man die Eigenheiten der Hunde nicht kannte. Aber sie hatte keine Wahl. »Ihr werdet mir dabei helfen«, sagte sie zu den Hunden. »Habt ihr gehört? Wir müssen den armen Mann finden, der vom Schlitten gefallen ist. Wir dürfen ihn nicht im Stich lassen.« Sie ging am Schlitten entlang und sah das Wappen der Royal Canadian Mounted Police auf einigen Gepäckstücken im Mondlicht leuchten. »Ein Mountie«, erschrak sie. »Ich dachte, die fahren nur zu dritt oder viert in den Bergen herum.« Sie trat auf die Kufen, zog den Anker aus dem Schnee und blieb mit einem Fuß auf der Bremse, als sie das Startsignal gab: »Vorwärts! Wollt ihr wohl laufen, ihr faulen Hunde?« Sie drehte den Schlitten und brauste auf den Spuren zum Fluss hinab.

8

Clarissa kreuzte eine zweite Schlittenspur, bevor sie den Polizisten entdeckte. Die Hunde hatten das Gefährt nach Norden gezogen und waren im Mondlicht verschwunden, das leuchtend über den Fichten lag. Noch während sie ihren Schlitten bremste, sah sie den Verletzten zwischen den Bäumen liegen, einen kräftigen Mann, der wie alle Mounties gekleidet war, die auf Patrouille in den Bergen unterwegs waren. Die Fellmütze mit den Ohrenschützern und der breite Kragen seines Büffelfellmantels waren blutbespritzt. Selbst auf seinem Gesicht und dem gefrorenen Schnurrbart war Blut. Sie hielt den Schlitten an, rammte den Anker in den Schnee und rannte zu dem verwundeten Polizisten. Eine Kugel hatte den Mantelkragen durchschlagen und war in seine Schulter gedrungen. »Constable!«, rief sie. »Was ist mit Ihnen?« Sie schob eine Hand unter den Kopf des Verletzten und stellte fest, dass er nicht bei Bewusstsein war. Dann beugte sie sich hinab und hielt ein Ohr vor Nase und Mund des Angeschossenen. Sein Atem ging sehr schwach – aber er lebte! Er musste seit mindestens einer Stunde im Schnee liegen und hatte sein Leben nur dem glücklichen Umstand zu verdanken, dass keine lebenswichtigen Organe verletzt waren und die schneebedeckten Fichten den kalten Wind gemildert hatten.

Unter Aufbietung aller Kräfte wuchtete Clarissa den verletzten Polizisten auf den Schlitten. Sie verstaute sein Gewehr zwischen dem Gepäck, zog den Anker aus dem Schnee und sprang auf die Schlittenkufen. »Vorwärts!«, trieb sie die Hunde an. Sobald sie wieder auf dem Pfad waren, ließ sie die Peitsche knallen. In einem Schleier aus aufspritzendem Schnee rannten die Hunde nach Süden. Die Huskys schienen zu merken, dass ihr Herr dringend versorgt werden musste, und legten sich mit voller Kraft ins Geschirr. Clarissa stand auf den schlingernden Kufen, war dankbar, dass der Mond voll am Himmel stand und den Trail beleuchtete. »Heya! Heya! Lauft schneller!«, rief sie verzweifelt.

Sie wollte so schnell wie möglich nach Hause. Der Schütze, der auf den Mountie geschossen hatte, musste noch in der Nähe sein, und sie hatte keine Lust, ihm in dieser Einsamkeit zu begegnen. Ein Verbrecher, der auf einen Polizisten schoss, war entweder skrupellos oder verzweifelt und würde auch nicht davor zurückschrecken, eine Frau umzubringen. In Whitehorse hatten sie von einem Gesetzlosen erzählt, der Goldgräber und Reisende beraubte und sich in den Bergen versteckt hielt, ein gewisser Bill Anayak. Angeblich suchten die Mounties schon seit Jahren nach ihm, obwohl es auch Leute gab, die seine Existenz als Hirngespinst abtaten. Clarissa wagte nicht daran zu denken, was geschehen konnte, wenn es diesen Verbrecher wirklich gab. Wenn er wirklich auf den Polizisten geschossen hatte und zurückkam, um ihn endgültig umzubringen. Sie verdrängte den Gedanken und konzentrierte sich darauf, den Verletzten so schnell wie möglich in die Hütte zu bringen. Wenn der Mountie nicht bald verarztet wurde, konnte er verbluten. Sie zog die Peitsche aus der Halterung und ließ sie über den Hunden knallen.

Es dämmerte bereits, als sie das Blockhaus erreichten. Clarissa wuchtete den verletzten Polizisten auf das Bett und zog ihm vorsichtig den Mantel aus. Sie legte die Wunde frei und säuberte sie mit heißem Wasser. Die Kugel steckte unterhalb der linken Schulter im weichen Fleisch. Es blieb ihr nichts anderes übrig, als das Blei aus der Wunde zu holen, wenn sie eine Entzündung und den möglichen Tod des Mounties verhindern wollte. Sie hatte einen solchen Eingriff noch niemals vorgenommen, aber genug darüber gelesen und gehört, um nicht in Panik zu geraten. Wer so lange in der Abgeschiedenheit des hohen Nordens gewohnt hatte, gewöhnte sich daran, viele Arbeiten zu verrichten, die in der Zivilisation von Spezialisten erledigt wurden. Gleich hinter Whitehorse begann die Wildnis, und man durfte nicht damit rechnen, dass ein Arzt wegen jeder kleineren Verletzung einen Buschflieger charterte oder mit dem Hundeschlitten kam. In den Blockhütten der Trapper und Goldsucher war Eigeniniative gefragt, hier regte sich wegen einer kleineren Wunde niemand auf. Die Männer behandelten ihre Verletzungen selbst, und die Frauen brachten ihre Kinder wie im letzten Jahrhundert zur Welt. Man lernte, ohne die vielen Segnungen der Zivilisation auszukommen.

Nachdem Clarissa ihr Messer geschärft und im Feuer sterilisiert hatte, steckte sie dem Bewusstlosen ein Stück Holz zwischen die Zähne und machte sich an die Arbeit. Mit dem heißen Messer stocherte sie in der Wunde herum. Der Mountie stöhnte leise, als sie die Kugel zu fassen bekam. Sein Körper bäumte sich auf und sackte entkräftet auf die Decken zurück. Das Holz fiel aus seinem Mund. Clarissa warf die Kugel in den Ofen, öffnete eine Patrone und brannte die Wunde mit etwas Schießpulver aus. So hatten es angeblich die Trapper im Wilden Westen gemacht, und sie baute darauf, keiner Legende aufgesessen zu sein. Der Gestank des verbrannten Fleisches war furchtbar. Sie schmierte etwas Salbe auf die Wunde und wickelte einen Verband darum. Der Mann hatte viel Blut verloren. Sie wischte ihm den Schweiß von der Stirn, zog ihn bis auf die Unterwäsche aus und deckte ihn zu. Er hatte den Eingriff gut überstanden und atmete regelmäßig. Jetzt ging es nur noch darum, eine Infektion zu vermeiden und dafür zu sorgen, dass er wieder zu Kräften kam.

Clarissa schob ihr Messer hinter den Gürtel und betrachtete den unruhig schlafenden Mann. Er mochte in ihrem Alter sein, vielleicht zwei oder drei Jahre älter, und machte einen zähen Eindruck. Sein rotblondes Haar war lockig und ließ ihn wie einen Iren aussehen. Auf seiner Nase waren Sommersprossen. Über seinen geschlossenen Augen wuchsen buschige Augenbrauen, und an seiner linken Schläfe war eine verwachsene

Narbe zu erkennen. Das Eis an seinem Schnurrbart war getaut, und seine Lippen hatten wieder Farbe bekommen. Er war nicht der unerschrockene Mountie mit dem kantigen Gesicht, der für die RCMP auf den bunten Plakaten warb, und das genaue Gegenteil von ihrem verstorbenen Mann, der wesentlich mehr Ähnlichkeit mit dem weißen Ritter gehabt hatte, der durch ihre jugendlichen Träume geritten war.

Clarissa wartete, bis die Atemzüge des Mannes lang und ruhig kamen, dann ging sie nach draußen und kümmerte sich um die Hunde. Sie löste die Huskys vom Schlitten und band sie an Holzpflöcke, die sie mit dem stumpfen Ende der Axt in den Boden rammte, jeden Hund für sich und an einer so kurzen Leine, dass er die anderen Tiere nicht erreichen konnte. Es war schlimm genug, dass Nanuk sich auf die Schlittenhunde gestürzt hatte. Huskys waren streitsüchtig und wachten eifersüchtig über ihr Gebiet, ließen einen Außenseiter wie den Wolfshund erst nach einigen Tagen an sich heran. Sie kochte Reis und Konservenfleisch und fütterte das bellende Gespann. Das Wasser, das sie ihnen hinstellte, war lauwarm. »Und benehmt euch«, warnte sie spielerisch. »Sonst versohle ich euch den Hintern.«

Clarissa blieb den ganzen Tag in der Hütte und wachte am Bett des kranken Mountie. Sie verließ das Blockhaus nur einmal, um nach den Hunden zu sehen. Sie lagen erschöpft im Schnee und blinzelten in die Helligkeit, die sich am Himmel zeigte. »So gefallt ihr mir besser«, lobte sie. Schon in South Dakota hatte man ihr nachgesagt, dass sie gut mit Tieren umgehen konnte. Nicht nur mit dem armen Dusty, der von einem Zug überfahren worden war. »Aber schlaft nicht ein, hört ihr? Gebt mir Bescheid, wenn sich jemand der Hütte nähert. Ich hab keine Lust, von diesem Bill Anayak überrascht zu werden.« Sie kehrte ins Haus zurück und warf ein paar Holzscheite in den Ofen. Das Feuer prasselte und verbreitete angenehme Wärme. Sie hielt ihre kalten Hände über die Ofenplatte und blickte zu dem schlafenden Mountie hinüber. Er wurde bestimmt wegen seines rotblonden Haares gehänselt. Ob sie ihn »Red« nannten? Es gab wenige Iren in Alaska und am Yukon, und er hatte sicher viel Spott zu ertragen.

Sie hatte kein Abzeichen und keine Streifen an seiner Jacke gesehen und nahm an, dass er ein gewöhnlicher Constable war. Oder trugen die Mounties ihre Rangabzeichen nur an der scharlachroten Paradeuniform? Sie wusste es nicht. Wirkliche Sorgen bereitete ihr der Gedanke, dass er nicht allein in der Wildnis gewesen war. Die Polizisten der Royal Canadian Mounted Police gingen meist zu dritt oder viert auf lange Patrouillen, und es war mehr als ungewöhnlich, dass ein Mann allein in den Ogilvie Mountains unterwegs war. Waren noch andere Polizisten in den Bergen? Hielten sie ihren Kameraden für tot? Waren sie zu ihrem Stützpunkt zurückgekehrt. Oder hatten sie sich an die Verfolgung des Schützen gemacht? Es gab einige Fragen, die sie dem Mountie stellen würde, wenn er wieder gesund war.

Sie trat ans Fenster und kratzte einige Eisblumen vom Glas. Draußen war alles still. Das Tal lag ruhig und verlassen unter dem verwaschenen Himmel. Schneekristalle glitzerten im fahlen Glanz des Tages. Die Hunde dösten im Schnee. Sie ließ den Blick über die Hügel und den Fluss wandern, suchte nach dem Wolfshund, der nach dem Streit mit den Huskys verschwunden war. Ob er jemals zurückkommen würde? Erst jetzt merkte sie, wie sehr sie sich an Nanuk gewöhnt hatte. Er hatte sie über den Verlust ihres Mannes hinweggetröstet und würde immer einen Platz in ihrem Herzen haben. Sie rieb noch einmal über die Scheibe, um besser sehen zu können, aber der Wolfshund blieb verschwunden. Ein leises Seufzen kam über ihre Lippen. Sie kehrte zum Ofen zurück und kochte neuen Tee, ließ ihn eine Weile ziehen und etwas abkühlen, bevor sie am Becher nippte.

Der Mountie stöhnte leise. Sie ging zu ihm und legte eine Hand auf seine Stirn. Clarissa atmete erleichtert auf, als sie feststellte, dass die Temperatur normal war. »Sie werden wieder gesund, Constable«, ermunterte sie den schlafenden Polizisten. Mit einem Deckenzipfel wischte sie den Speichel aus seinen Mundwinkeln. »In ein paar Tagen sind Sie wieder auf dem Damm.« Sie blieb eine Weile an seinem Bett sitzen und betrachtete sein Gesicht, das im Schein der Kerosinlampe seltsam friedlich wirkte. Er sah nicht gerade wie ein Held aus, und doch musste er aus einem ganz besonderen Holz geschnitzt sein, wenn die RCMP ihn zum Yukon geschickt hatte. Der Dienst im hohen Norden stellte besonders hohe Anforderungen an die Polizisten. Im Sommer kämpften sie sich auf dem Pferderücken durch moskitoverseuchte Wälder, im Winter fuhren sie mit Hundeschlitten über vereiste Wildnispfade. In Regina oder Ottawa, so erzählte man, war der Dienst wesentlich leichter.

Sie bereitete ihr Nachtlager auf dem Boden, ein paar Meter neben dem bullernden Yukon-Ofen. Ein zerzaustes Bärenfell, das unter dem Bett gelegen hatte, zwei gestreifte Wolldecken der Hudson's Bay Company, mehr hatte sie nicht, um sich warm zu halten. Sie stellte die Kerosinlampe neben sich auf den Boden, las zwei spannende Kapitel in »Moby Dick« und schlief ein. Sie träumte von Nanuk, sah den Wolfshund mit blutiger Schnauze durch die Berge irren und verzweifelt den Mond anheulen. Er wurde verfolgt. Bill Anayak, der gefürchtete Verbrecher, jagte ihn mit einem Hundeschlitten und schoss mit seinem Karabiner auf ihn. Die Schüsse klangen wie Peitschenschläge in der kalten Luft und rissen Clarissa aus dem Schlaf. Sie fuhr erschrocken hoch und stieß in ihrer Panik beinahe die Lampe um. Sie schraubte den Docht höher und kroch aus den Decken.

Ihr erster Blick galt dem Mountie. Er schlief ruhig und fest und hatte seine Ohnmacht anscheinend überstanden. Dann lief sie zum Fenster. Vor der Hütte war alles still. Die Huskys schliefen, und die Hügel lagen schweigsam unter dem vollen Mond. Von Nanuk und seinem Verfolger war nichts zu sehen. Sie atmete erleichtert auf und kehrte zu ihrem Nachtlager zurück. Von Müdigkeit übermannt, schlief sie schon nach wenigen Minuten wieder ein. Diesmal war ihr Schlaf traumlos, und sie erwachte erst, als das Tageslicht durchs Fenster fiel und einen hellen Streifen auf den Boden warf. Sie öffnete die Augen, warf ein paar Holzscheite in den Ofen und ging mit dem Topf nach draußen, um Schnee zu holen. Die Huskys empfingen sie mit lautem Gebell.

»Schon gut, schon gut, ihr bekommt gleich was zu fressen«, beruhigte Clarissa die nervösen Hunde. »Lasst mich erst mal Wasser aufstellen, dann seid ihr dran.« Sie kehrte ins Haus zurück und stellte den Topf mit dem Schnee auf den Ofen. Während der Schnee schmolz, öffnete sie einige Konservendosen und erwärmte den Inhalt in der Pfanne. Dann ging sie zu den Hunden hinaus. Sie fütterte den Leithund zuerst, gab ihm eine größere Portion als den anderen, ungeachtet des wütenden Gebells, das jede ihrer Bewegungen verfolgte. Sie brauchte das Vertrauen dieses stämmigen Huskys, wenn sie mit den Gespann zurechtkommen wollte. Es konnte Tage dauern, bis der Mountie fähig war, einen Schlitten zu steuern, und so lange musste sie die Hunde bewegen. »Benehmt euch, verstanden?«, rief sie den Hunden zu. Sie bedauerte, dass sie ihre Namen nicht kannte.

In der Blockhütte goss sie frischen Tee auf. Sie dankte dem toten Trapper zum wiederholten Male, dass er so viele Vorräte in der Hütte gelagert hatte, sogar wilden Honig, mit dem sie ihren Tee süßte. Ohne die Voraussicht des Fallenstellers hätte sie alle paar Tage auf die Jagd gehen müssen und es bestimmt nicht geschafft, die Hunde durchzufüttern. Im Gepäck des verletzten Mountie war kein Hundefutter gewesen, nur etwas Trockenfleisch und Schokolade. Zum Frühstück gönnte sie sich einen Riegel. Sie saß am Tisch, den Blick auf das vereiste Fenster gerichtet, und dachte darüber nach, was geschehen würde, wenn der Mountie wieder gesund war. Würde sie mit ihm in die Zivilisation zurückkehren? Oder würde sie darauf bestehen, allein in der Wildnis zu bleiben? Sie wusste es noch nicht. Wenn der Tag gekommen war, würde sie sich spontan entscheiden.

Der Mountie regte sich stöhnend. Sie stellte ihren Becher auf den Tisch und eilte zu dem Verletzten. Er hatte die Augen geöffnet und blickte sie neugierig an, brauchte unendlich lange, um die neue Umgebung und ihren Anblick aufzunehmen. »Wo bin ich?«, fragte er heiser. »Was ist passiert? Wer sind Sie, Ma'am?«

»Clarissa Swenson«, nannte sie ihren Namen. »Mein Mann ist … war Buschflieger. Wir mussten in den Bergen notlanden. Die Maschine ging zu Bruch, und Jack … mein Mann … kam ums Leben. Ich hab die Hütte gefunden. Ist zwei oder drei Monate her.« Sie erzählte dem Polizisten, wie sein Hundegespann mit dem Schlitten gekommen war und sie ihn gefunden hatte. »Ich hab Ihnen eine Kugel rausgeholt. Unter der Schulter. Ich glaube nicht, dass sie irgendwelche Organe getroffen hat.« Sie blickte den erschöpften Mann lange an, bewunderte seine Augen, die eine ungewöhnliche Sanftheit ausstrahlten und gleichzeitig energisch und humorvoll wirkten. Sie waren grün oder braun oder beides, so genau ließ sich das in dem trüben Licht nicht feststellen, und sie spiegelten die Besorgnis wider, die er nach dem Überfall spürte. »Wer hat auf Sie geschossen, Constable? Sie haben großes Glück gehabt, wissen Sie das?«

»Das ist mir klar, Ma'am«, meinte er. »Ich bin Frank Watson, Constable der RCMP in Dawson City.« Seine angespannte Miene verriet, dass er immer noch große Schmerzen haben musste. »Und ich bin Ihnen sehr dankbar, dass Sie mir geholfen haben. Sie müssen eine außergewöhnliche Frau sein.« Er verzog sein Gesicht und sammelte neue Kraft. »Tut mir Leid um Ihren Mann. Dieses Land kann ziemlich erbarmungslos sein, nicht wahr? Ich hatte meine Kameraden vorgeschickt, wissen Sie? Es waren noch zwei andere Männer bei mir. Ich habe sie vorgeschickt, weil ich nicht annahm, dass mir noch etwas passieren könnte. Dabei war dieser Schurke die ganze Zeit in unserer Nähe. Bill Anayak, einer der gefährlichsten Verbrecher des ganzen Nordens. Er hat unzählige Goldsucher und Trapper beraubt, und Sie können von Glück sagen, dass er Ihre

Hütte nicht gefunden hat.« Er griff sich mit schmerzverzerrtem Gesicht an den Verband. »Wie haben Sie es geschafft, allein in dieser Wildnis zu überleben, Ma'am?« Er brachte ein Lächeln fertig. »Ich weiß, dass die Frauen im hohen Norden von einem anderen Kaliber sind, aber Sie haben keinen Hundeschlitten, und diese Berge sind verdammt einsam. Sorry, aber ein anderer Ausdruck fällt mir für diese Gegend nicht ein.«

»In meiner Gegenwart können Sie ruhig fluchen«, winkte sie ab, »was meinen Sie, wie oft ich während der letzten Wochen geflucht habe?« Sie lächelte schwach. »Ich hatte Glück, Constable. Großes Glück! Ich habe mir während der Bruchlandung ein Bein gebrochen. Wenn mich Nanuk nicht zu dieser Hütte geführt hätte, wäre ich jämmerlich erfroren, das können Sie mir glauben ...«

»Nanuk?«, erwiderte der Mountie. »So heißt doch dieser Geist-Hund, vor dem die Indianer solche Angst haben. Wollen Sie mir etwa sagen, der Wolfshund habe sie vor dem Erfrieren gerettet?« Sie zuckte mit den Schultern. »Ich weiß nicht, ob es diesen Geist-Hund wirklich gibt, Constable. Mir hat ein Wolfshund geholfen. Ich kenne natürlich die Legende und habe ihn Nanuk genannt. Er scheint tatsächlich übernatürliche Kräfte zu besitzen.« Sie lächelte wieder. »Vielleicht bilde ich mir das auch nur ein. Wir haben uns angefreundet. Er kommt und geht, wann er will. Vor zwei Nächten hat er sich mit Ihren Hunden angelegt, und ich weiß nicht, ob er jemals wiederkommt, aber er hat vor der Hütte geschlafen und aus meinem Topf gefressen, und ich lasse nichts auf ihn kommen. Er hat die bösen Geister fern gehalten.«

»Sie müssen den Hund ziemlich mögen, Ma'am. Ich freue mich schon darauf, ihn kennen zu lernen.« Er bewegte seinen Arm und verzog schmerzerfüllt das Gesicht. »He«, meinte er mit gepresster Stimme, »und ich dachte, ich wäre wieder auf dem Damm.«

»Das dauert noch eine Weile. Sie haben viel Blut verloren«, widersprach sie dem Mountie. Sie legte eine Hand auf seine

Brust. »Warten Sie, ich bringe Ihnen heißen Tee und Fleischbrühe.« Sie ging zum Ofen und erhitzte die gefrorene Brühe, die von dem Kaninchen übrig geblieben war. »Die Suppe wird Ihnen gut tun«, sagte sie zu dem Mountie. Aber als sie den Becher mit der heißen Brühe zu dem Verletzten brachte, war er eingeschlafen.

9

Clarissa schreckte von ihrem Lager hoch. Der eisige Wind, der durch die offene Tür hereinwehte, und das aufgeregte Bellen der Huskys rissen sie aus dem traumlosen Schlaf. Entsetzt beobachtete sie, wie der Mountie sich am Türrahmen fest hielt und mit seinen Hunden sprach. »Keine Bange, Blondie, ich bin bald wieder gesund! Gib mir noch ein paar Tage, ja?« Er war barfuß und nur mit seiner wollenen Unterwäsche und einem Pullover bekleidet. Seine hagere Gestalt hob sich gegen das schüchterne Zwielicht des jungen Morgens ab. Die feuchten Schneeschleier, die ihm ins Gesicht wehten, schienen ihm nichts auszumachen.

Sie sprang auf und zog ihn in die Hütte zurück. Mit der linken Hand schlug sie die Tür zu. »Sind Sie wahnsinnig?«, fuhr sie den Mountie nervös an. »Wollen Sie unbedingt sterben?« Sie führte ihn zu der Koje, drückte ihn sanft nach unten und deckte ihn mit allen verfügbaren Decken zu. »Und ich dachte, ein Mountie wäre vernünftig!«, schimpfte sie, während sie seine nackten Füße massierte. »Oder wollen Sie sich eine Lungenentzündung holen? Da draußen ist Winter. Wir haben zwanzig Grad unter null!«

Der Constable lachte. Die eisige Luft hatte seine Augen gerötet und etwas Farbe in sein Gesicht gebracht. Auf seiner Stirn glitzerten einige Schneeflocken. »Ich bin ein zäher Bursche, Ma'am. So schnell wirft mich nichts um. Ich bin die Kälte gewohnt.«

»Das hab ich gemerkt«, erwiderte sie spöttisch. »Sie sahen ziemlich munter aus, als Sie verletzt im Schnee lagen. Wenn ich mich recht erinnere, wollten Sie den Schlitten selber zur Hütte steuern. Oder wollten Sie laufen? War ich zu früh? Hätte ich später kommen sollen, um Ihnen nicht den Spaß zu verderben?«

»Schon gut«, wehrte er lachend ab. Er streckte beide Hände abwehrend nach oben. »Ich hätte im Bett bleiben sollen. Ich hab mich wie ein dummer Junge benommen. Zufrieden, Miss?«

»Clarissa. Ich heiße Clarissa.«

»Frank«, erwiderte er fröhlich. Die Wunde schien ihn kaum noch zu behindern. »Und nennen Sie mich nicht Frankie. Der letzte, der das getan hat, läuft heute noch mit einem blauen Auge herum.«

»Gut, dass Sie mich warnen«, meinte sie trocken. Sie deckte ihn zu und hielt die Decken fest. »Bleiben Sie im Bett, Frank. Ich bin keine Krankenschwester, aber ich weiß, dass man bei diesen Temperaturen nur überlebt, wenn man sich wärmer als ein Eisbär anzieht. In der Unterwäsche ist man verloren.« Sie grinste verschmitzt. »Außerdem sieht es nicht besonders vorteilhaft aus.«

Sein lausbubenhaftes Lachen erinnerte sie an ihren toten Mann. »Sie sind schlimmer als meine Mutter, Clarissa. Unser Sergeant Major fängt bei einem solchen Wetter erst richtig zu leben an. Sergeant Major Tommy Caulkin. Der Bursche ist stärker als ein Grizzly. Schon mal von ihm gehört? Vor zwei Jahren war er mit einer Patrouille in den Bergen verschollen. Die Männer hatten nichts zu essen und wurden von Wölfen eingekreist. Er brachte sie durch. Er ließ einen Hund schlachten, vertrieb die Wölfe mit dem Karabiner und führte die Männer nach Hause.«

»Ich kenne die Geschichte«, erinnerte Clarissa sich an einen längeren Zeitungsartikel in den *Dawson City News*. »Aber Caulkin ist schon seit vielen Jahren hier oben, und ich kann mich nicht erinnern, dass er in seiner Unterwäsche aus der Wildnis kam.«

»Da haben Sie auch wieder Recht«, räumte Frank ein. Er berührte den Verband über seiner Wunde und nickte zufrieden.

»Sind Sie sicher, dass Sie nie als Krankenschwester gearbeitet haben? Sie haben mich gerettet. Ich bin fast wieder gesund!«

»Dann warten Sie noch zwei, drei Tage, bis Sie aus dem Haus gehen. Und ziehen Sie sich warm an, wenn es so weit ist. Mit den Hunden komme ich allein zurecht.« Sie brachte ihrem Patienten einen Becher mit heißem Tee und einige Biskuits. »Ich bin keine Expertin, was Schlittenhunde angeht, und war nur ein paar Mal mit einem Schlitten unterwegs, aber das ist ein gutes Gespann.«

»Das Beste«, stimmte Frank zu. »Das sind die Hunde, die unseren Sergeant Major nach Hause gebracht haben. Ohne Blondie hätte er es nie geschafft. Das ist der Leithund. Ein schlauer Bursche. Etwas eigenwillig, aber unheimlich zäh und ausdauernd.«

»Blondie? Ein seltsamer Name für einen Husky.«

»Haben Sie sich sein Fell mal näher angesehen? Die Haare auf seinem Kopf sind blond. Na ja, nicht richtig blond, aber wenn die Sonne scheint, sieht es so aus. Blondie ist einer unserer besten Hunde. Seit ich den Außenposten am Sixtymile übernommen habe, ist er ständig bei mir. Haben Sie auch Hunde?«

»Nein, wir waren meistens mit unserer *Bellanca* unterwegs. So hieß die Maschine, die mein Mann flog. Er war ein erstklassiger Pilot, ein tollkühner Buschflieger, der neben einem abgelegenen Indianerdorf landen konnte. Wenn es sein muss, lande ich auf dem Dach einer Blockhütte, sagte er immer.« Ihr Lächeln vermischte sich mit einigen Tränen, als sie von Jack sprach. »Gegen die Bruchlandung war er machtlos. Der Motor fiel aus, und der Nebel war so dicht, dass wir kaum die Hand vor Augen sahen. Es grenzte an ein Wunder, dass er die Maschine überhaupt auf den Boden brachte. Ein Pilot vom Festland wäre abgestürzt.«

»Für Buschpiloten und Mounties gibt es einen besonderen Himmel«, versuchte er sie aufzumuntern. »Da leben die Männer weiter, als wäre nichts geschehen. Nur schlechtes Wetter, das gibt es in diesem Himmel nicht, und bei zehn Grad unter null ist auch mit der Kälte Schluss. Das reinste Paradies, nicht wahr?«

»Was ist mit den Frauen?«, ging sie auf seine Geschichte ein.

»Die kommen in denselben Himmel. Ihr Mann merkt nicht mal, dass er von Ihnen getrennt wurde. In der Ewigkeit vergeht nur eine Sekunde, bis Sie wieder bei ihm sind.« Er grinste wie ein kleiner Junge. »Hab ich von einem Corporal aus Alberta. Ziemlich religiöser Bursche. Er behauptet steif und fest, dass die Sache mit den Buschpiloten und den Mounties in der Bibel steht.«

»Die Stelle müssen Sie mir zeigen«, verlangte Clarissa. Ihre Fröhlichkeit war zurückgekehrt, und sie vertrieb die letzten quälenden Gedanken, indem sie zum Ofen ging und sich einen Tee einschenkte. Sie legte Holz nach und kehrte zu dem Mountie zurück.

»Wie lange sind Sie schon am Yukon, Frank?«, fragte sie.

»Im Oktober waren es vier Jahre«, antwortete der Polizist. »Sie hätten mich sehen sollen, als ich in Dawson City den Dampfer verließ. Ein richtiges Greenhorn war ich damals. Ein grüner Junge, der keine Ahnung hatte, wie es am Yukon aussieht. Ich komme aus dem südlichen Saskatchewan. Haben Sie eine Ahnung, wie es da aussieht? Da gibt es keinen einzigen Baum. Na ja, vielleicht zwei oder drei. Ansonsten nur Prärie, endloses Grasland, so weit das Auge reicht. Ich bekam einen richtigen Schock, als ich in Skagway ankam und die vielen Fichten sah.«

»Uns erging es ähnlich«, bestätigte Clarissa amüsiert. »Ich bin in South Dakota aufgewachsen, da sieht es genauso aus. Nur in den Black Hills wachsen Bäume. Auf der Prärie kann man bis zum Horizont sehen. Das gibt es im hohen Norden nur in der Tundra, jenseits des Polarkreises. Aber dort ist es mir zu kalt. Mir reichen die vierzig Grad unter null, die wir letztes Jahr hatten. Damals froren sogar die Kufen unserer *Bellanca* am Boden fest.«

»Dann wissen Sie ja, wie mir zumute war«, erkannte der Mountie. Seine Wunde war beinahe verheilt, und es ging ihm schon wesentlich besser. Der heiße Tee verbreitete angenehme Wärme in seinem Körper. »Haben Sie auf einer Farm gearbeitet?«

Sie nickte. »In der Nähe von Mobridge, das ist nicht mal so groß wie Dawson City. Dort hat Jack mich gefunden. Er zog damals als Kunstflieger durch die Lande, und ich ging mit ihm. Ich verstand mich nicht besonders gut mit meinem Vater. Aber ich glaube, ich hätte South Dakota auch ohne Jack verlassen. Ich war jung und wollte was erleben. Warum sind Sie weggegangen?«

»Aus einem ähnlichen Grund. Ich hatte die Farmarbeit satt, wollte endlich mal was anderes tun. Meine Eltern hatten auch eine Farm, wissen Sie, drüben im alten England. Na ja, und als ich hörte, dass ein Junge aus der Nachbarschaft zur RCMP gegangen war, dachte ich, das könnte ich auch. Ich wurde genommen und landete im Ausbildungslager in Regina. Dort sehnte ich mich öfter nach der Farm zurück, als mir lieb war. Sechs Monate lang quälten sie uns. Wir mussten reiten und exerzieren und irgendwelche Dinge auswendig lernen, an die ich mich nicht mehr erinnern kann. Es war schlimmer als in der Schule. Aber heute bin ich froh, dass ich mich gemeldet habe, denn sonst würde ich wohl heute noch auf irgendeinem Weizenfeld schuften.« Er nahm einen Schluck von seinem Tee. Die Gesellschaft der jungen Frau, die ihn gerettet hatte, beflügelte seine Stimmung. »Als wir fertig waren, hörte ich, dass Wally an den Yukon versetzt werden sollte. Wally war mein bester Freund. Ein begnadeter Rugbyspieler und ein noch besserer Fußballer. In Europa würde er längst in einer Länderauswahl spielen. Ich dachte, was soll Wally am Yukon? Hier gibt es keinen einzigen Fußballplatz, und meistens liegt so viel Schnee, dass man gar nicht spielen kann. Also ging ich zum Superintendent und bat ihn, mich ins Yukon-Territorium zu schicken. Am nächsten Morgen stand mein Name auf dem Marschbefehl. Hätte ich damals schon gewusst, was mich hier erwartet, ich weiß nicht, ob ich mich gemeldet hätte.«

Clarissa erfuhr, dass er bereits wenige Minuten nach seiner Ankunft zum Dienst geschickt wurde. »Ziehen Sie Ihre Arbeitsuniform an und melden Sie sich beim Sergeant Major«, waren die ersten Worte, die der Kommandant nach einer kurzen Begrüßung an ihn richtete. »Ich musste einen Todeskandidaten bewachen. Barney Westmore saß in der Todeszelle, weil er einen Geschäftsmann erschlagen hatte. Wegen ein paar lumpiger Dollar! Barney war Alkoholiker. Er arbeitete als Koch in der Kantine eines großen Sägewerks, und die Arbeiter mochten sein Essen, aber als er im Suff die Küche demolierte, wurde ihm gekündigt, und er schlug sich mit Gelegenheitsarbeiten durch. Wenn er keinen Job bekam, stahl er Geld, um sich Schnaps kaufen zu können. Als er in einem Drugstore einbrach, kam ihm der Besitzer auf die Schliche und erwischte ihn auf frischer Tat. Barney verlor die Nerven und erschlug den Mann mit einer Konservendose. Ich musste ihn bewachen. In seiner letzten Nacht wechselte ich mich alle vier Stunden mit einem Corporal ab. Wenn man neu bei der Polizei ist, geht einem so was ganz schön an die Nieren. Barney schien es weniger auszumachen. Er spielte Karten mit uns, und als er am Morgen der Hinrichtung nach seinem letzten Wunsch gefragt wurde, verlangte er einen Drink. ›Johnny Walker, du verdammter Mistkerl!‹, fluchte er. In Wirklichkeit drückte er sich noch etwas drastischer aus. ›Du hast mir diesen Schlamassel eingebrockt, also sorge auch dafür, dass ich das Ende einigermaßen überstehe!‹ Der Corporal will gehört haben, dass Barney rülpste, als er in die Fallgrube fiel.«

»Und ich dachte, die Mounties gehen nur auf Patrouille«, meinte Clarissa. »Haben Sie Ihre Entscheidung noch nicht bereut?«

»Niemals«, antwortete er überzeugt. »Barney war der letzte Todeskandidat, den es in dieser Gegend gab. Die Zeiten des Goldrausches sind seit dreißig Jahren vorbei. Natürlich verbringen wir unseren Dienst nicht nur damit, in der scharlachroten Uniform zu repräsentieren und zu Pferde oder mit dem Hundeschlitten durch die Gegend zu ziehen. Die Schreibarbeiten in der Garnison sind genauso langweilig wie der Wachdienst. Aber es gibt keine Arbeit, die einem uneingeschränkt gefällt. Nein, ich fühle mich am Yukon wohl. Die Kälte schreckt mich schon lange nicht mehr. Für mich gibt es kein schöneres Land als den Norden, und auch ein Verbrecher wie Bill Anayak wird mich nicht vertreiben. Früher oder später wandert der Kerl ins Gefängnis.«

»Meinen Sie, er ist noch in der Nähe?« Sie blickte zum Fenster, das auch an diesem Morgen wieder mit Eisblumen bedeckt war.

»Bill Anayak? Der Mistkerl ist viel zu feige, um sich in einem offenen Kampf mit uns anzulegen. Der schießt nur aus dem Hinterhalt. Ich nehme an, er hat sich irgendwo im Norden verkrochen, bei den Indianern oder den Inuit. Sein Vater war ein Inuit aus Inuvik. Vielleicht hält er sich dort versteckt. Ich nehme an, dass wir eine Patrouille losschicken, sobald ich zurück bin. Wir waren gar nicht hinter ihm her. Wir wollten einige Trapper besuchen, und als wir von einem Indianer hörten, dass Bill Anyak in der Nähe war, kehrten wir sofort um. Der Superintendent mag es nicht, wenn wir die Helden spielen und ohne Befehl auf Verbrecherjagd gehen. Leider machte ich den Fehler, meine Kameraden vorauszuschicken. Das muss Bill Anayak gemerkt haben.«

Sie tranken ihren Tee aus, und Clarissa ging vor die Tür und wusch die Becher mit Schnee aus. Die Hunde empfingen sie mit lautem Gebell, wollten endlich wieder gefordert werden. Es gibt nichts Schlimmeres für einen Husky, als untätig im Schnee zu liegen. Ein Husky ist zum Laufen geboren, sagen sie im hohen Norden. Clarissa tat ihnen den Gefallen. Sie schlüpfte in ihre Winterkleidung, verabschiedete sich von Frank und ging auf eine zweistündige Tour. Seitdem sie den Namen des Leithundes kannte, kam sie noch besser mit den

Hunden aus. »Vorwärts, Blondie!«, feuerte sie die Hündin mit dem hellen Fell an. »Jetzt kannst du laufen! Zeig mir, was du kannst!« Die Hunde sprangen willig durch den Schnee, zogen den Schlitten über den gefrorenen Fluss und am Waldrand entlang. Im zügigen Tempo ging es durch den wirbelnden Schnee zur Blockhütte zurück.

Nachdem Clarissa die Hunde ausgespannt und an die Pfähle gebunden hatte, kehrte sie ins Haus zurück. Sie stellte ihr Gewehr neben die Tür, zog den Anorak und die Handschuhe aus und blieb erstaunt stehen. Ihr Patient saß angezogen am Tisch und las in ihrem Buch. »Ein harter Bursche, dieser Kapitän Ahab. Wenn er nicht so verrückt gewesen wäre, hätte er bei der RCMP anheuern können. Haben Sie das Buch schon ausgelesen?«

»Ungefähr zehn Mal«, antwortete sie amüsiert. »Noch ein paar Monate in dieser Wildnis, und ich kann es auswendig.«

»Wenn wir in Dawson City sind, leihe ich Ihnen den ›Virginier‹. Er kämpft gegen Viehdiebe. Ein rauer Bursche, aber wenn es um Frauen geht, kehrt er den Gentleman heraus. Ein Ritter vom Scheitel bis zur Sohle! So lässig wollte ich auch immer sein.«

»Haben Sie keinen Erfolg bei Frauen?«, neckte sie ihn.

»Ich bin ein Mountie«, antwortete er schlagfertig, »wir haben keine Zeit, einer Frau den Hof zu machen. Nur an Silvester macht der Superintendent eine Ausnahme. Da findet der große Ball in Dawson statt, und wir dürfen sogar mit den Mädchen tanzen.«

»Ich war noch nie auf einem Ball.«

»Noch nie?«

»Jack und ich waren die meiste Zeit unterwegs, und an Silvester waren wir so erschöpft, dass wir meistens zu Hause feierten. Nur manchmal blieben wir in den Honkytonks am Wegesrand hängen, da wurde viel getanzt. Square Dance, Two-Step, solche Sachen.«

Sie blickte nachdenklich an ihm vorbei, erinnerte sich an

einen Abend in Cheyenne, als Jack während der Frontier Days seine Kunststücke gezeigt hatte. Am Abend hatten sie mit den Cowboys und Cowgirls in einer Spelunke gefeiert. Es war wild zugegangen, und um Mitternacht war ein Bullenreiter mit der Bierflasche auf einen anderen Cowboy losgegangen und hatte eine Schlägerei angefangen. Aber sie hatten sich köstlich amüsiert. Am nächsten Tag waren sie im Tiefflug über die Rodeo-Arena gesaust. Jack hatte einen besonders steilen Extra-Looping geflogen und sich gebührend von den Cowboys verabschiedet.

»Wollen Sie wirklich schon aufstehen?«, fragte sie besorgt. »Die Schießerei ist erst ein paar Tage her, und die Wunde ist bestimmt noch nicht verheilt. Haben sie denn keine Schmerzen?«

»Nicht mehr«, schwindelte Frank, denn manchmal, wenn er sich zu schnell bewegte, meldete sich die Wunde noch immer. Aber er wollte Clarissa nicht länger zur Last fallen. »Ich glaube, es wird höchste Zeit, dass wir die Betten tauschen. Ich nehme an, dass wir in einigen Tagen nach Dawson zurückfahren können.« Er blickte sie neugierig an. »Sie kommen doch mit, oder?«

Sie hatte sich vor der Frage gefürchtet, und noch vor zwei oder drei Tagen hätte sie nicht gewusst, was sie antworten sollte. Jetzt war sie sogar zu einem Scherz fähig. »Natürlich. Hier kann ich sowieso nicht mehr bleiben. Die Hunde haben meine ganzen Vorräte gefressen. Ich müsste alle paar Tage auf die Jagd gehen, und was dabei herauskommt, habe ich vor einigen Wochen gemerkt. Mehr als einen Hasen hab ich nicht erwischt.«

»Die RCMP könnte Sie nach Hause bringen. Ich hoffe, unser Chef ist Ihnen dankbar, dass Sie mich gerettet haben. Vielleicht gibt man Ihnen unsere goldene Ehrennadel. Wo wohnen sie?«

»Am Lake Laberge, aber da möchte ich nicht mehr hin.« Der Entschluss, nicht mehr nach Hause zurückzukehren, hatte sich verstärkt, und die Antwort kam ohne ein Zögern. »Ich habe Jack verloren und möchte nicht mit der Erinnerung konfrontiert werden. In unserer Blockhütte kann ich nicht mehr leben. Ich lasse einige Sachen nach Dawson kommen und suche mir ein Haus.«

»Sind Sie sicher? Das ist ein weit reichender Entschluss.«

»Ich weiß. Ich möchte in Dawson neu anfangen.«

»Haben Sie schon eine Ahnung, was Sie machen möchten?« Er lächelte verschmitzt. »In Dawson gibt es ein großes Krankenhaus. Sie könnten als Krankenschwester arbeiten. Wie wär's, wenn ich Ihnen ein Zeugnis ausstelle? Mrs. Clarissa Swenson hat einen Polizisten der Royal Canadian Mounted Police vor dem sicheren Tod gerettet. Gezeichnet: Constable Frank J. Watson.«

Sie lächelte zurück. »Mir wird schon was einfallen.«

An diesem Abend feierten sie Franks Genesung mit eingemachten Aprikosen. Sie warfen einen Holzscheit mehr in den Ofen und genossen die Wärme, die selbst den Frost vor der Hütte vergessen ließ. »Wissen Sie was?«, sagte Frank, als er sich in seine Decken rollte. »Ich bin froh, Sie getroffen zu haben!«

Aber Clarissa war längst eingeschlafen und hörte ihn nicht mehr. Sie träumte von ihrer ungewissen Zukunft in Dawson City und seufzte leise, als das klagende Heulen eines Wolfes zu hören war. »Nanuk«, flüsterte sie im Schlaf. »Wo bist du, Nanuk?«

10

Das sieht nicht gut aus«, sagte Frank. Er stand in der offenen Tür, als Clarissa die Hunde fütterte, hatte seinen Anorak und die Pelzmütze aufgezogen, um gegen den kalten Wind geschützt zu sein, und blickte sorgenvoll zum Himmel empor. Dunkle Wolken türmten sich über dem Waldrand. »Ich glaube, wir bekommen schlechtes Wetter! Merken Sie, wie nervös die Hunde sind? Sie spüren, dass ein Sturm naht. Wir bleiben besser zu Hause.«

Clarissa folgte seinem Blick und kniff die Augen zusammen. Als langjährige Frau eines Buschpiloten kannte sie sich mit dem Wetter aus. Jeden Morgen, wenn ein Flug geplant war, hatte ihr erster Blick dem Himmel gegolten. Sie wusste, welche Wolken ein schweres Gewitter oder einen Temperatursturz ankündigten, oder wenn Neuschnee in der Luft lag.

»Ein Schneesturm«, meinte sie nervös, »sowas hab ich seit letzten Dezember nicht mehr erlebt.« Am Yukon waren starke Schneefälle selten, und einen ausgewachsenen Sturm gab es in jedem Winter nur ein- oder zweimal. »Soll ich die Hunde hinterm Haus anbinden?«

»Nicht nötig«, erwiderte Frank, »die sind hart im Nehmen. In einem Schneesturm fühlen die sich erst richtig wohl. Blondie würde sonst was dafür geben, durch einen Sturm zu rennen.« Er ließ sich die Axt geben und trieb die Holzpflöcke noch tiefer in die vereiste Erde hinein. »So, jetzt kann nichts mehr passieren.« Er kraulte den Leithund zärtlich am Nacken. »Stimmt's, Blondie?«

Sie kehrten in die warme Hütte zurück und warteten geduldig auf den Sturm. Im Ofen prasselte das Feuer. Clarissa setzte Tee auf, bereitete ein Frühstück aus Biskuits, wildem Honig und den Aprikosen, die von ihrem Festessen übrig geblieben waren. Sie konnten nichts tun, saßen neben dem bullernden Ofen und waren zufrieden, in diesem Augenblick nicht mit dem Schlitten in der Wildnis unterwegs zu sein. Wer in den Bergen von einem Schneesturm überrascht wurde, musste sehr viel Glück haben, um ungeschoren die nächste Hütte zu erreichen.

»Wenn meine Kameraden nach mir suchen und mich hier finden, hab ich wohl nichts mehr zu lachen«, sagte Frank. Er trug seine Uniformhose und das kragenlose Hemd, das er selber gewaschen hatte. »Eine warme Hütte, gutes Essen, eine schöne Frau... Von so was träumen die meisten Mounties, wenn sie allein in den Bergen unterwegs sind. Höchste Zeit, dass wir nach Dawson kommen.«

Er blickte Clarissa fragend an. »Was dagegen, wenn wir aufbrechen, sobald der Sturm sich gelegt hat?«

»Ich bin bereit«, antwortete sie entschlossen. Sie trank von ihrem Tee und legte beide Hände um den warmen Becher. Ihr Blick ging in die Ferne. »Aber ich möchte mich von meinem toten Mann verabschieden, bevor wir gehen. Ich konnte ihn nicht begraben. Er liegt im Wrack unter dem Schnee.« Sie weinte leise und stand auf, damit er ihre Tränen nicht sah. »Im Frühjahr möchte ich zurückkommen und ein richtiges Grab anlegen. Ich möchte Wildblumen darauf legen. Er mochte Wildblumen. Manchmal landete er irgendwo in der Wildnis, nur um mir einen Strauß zu pflücken. Können Sie das verstehen?«

»Ich glaube schon«, meinte er leise. »Ich war nie verheiratet, aber in Saskatchewan hatte ich eine Freundin, der hab ich auch immer Blumen mitgebracht. Indian Paint Brush mochte sie am liebsten, die mit den roten Blüten.« Er blickte nachdenklich in seinen Tee. »Die Sache ging auseinander, als ich zur RCMP ging. Sie schrieb mir nur noch einmal, einen belanglosen Brief, der mir wohl zeigen sollte, dass keine Gefühle mehr da waren. Aber das ist beinahe vier Jahre her und fast schon vergessen.«

Sie schwiegen sich eine Weile an, schmierten Honig auf ihre Biskuits, tranken Tee und lauschten dem Rauschen des Windes, das langsam zu einem Heulen anschwoll. Der Wintergeist ließ seine klagende Stimme ertönen. Die Indianer glaubten, dass er zürnte, wenn ein Schneesturm über dem Land heulte. Vor dem Fenster wurde es dunkler, und die ersten Schneeflocken wurden gegen die Scheiben getrieben. Die Kerosinlampe, die auf dem Tisch stand, verbreitete warmes Licht und gab ihnen das Gefühl, meilenweit von dem Schneesturm entfernt zu sein.

Frank warf einen Holzscheit in den Ofen. »Das erinnert mich an meine alte Heimat. Ich komme aus England, habe ich das schon erzählt? Wir wohnten in einem Vorort von Manchester. Eine schmutzige Stadt. Mein Vater arbeitete in einem Kohlebergwerk, und meine Mutter half bei einer Nachbarin als Näherin aus. Es ging uns nicht besonders rosig, selbst damals nicht, als mein Vater noch am Leben war. So richtig zufrieden war ich nur, wenn es regnete. Richtig regnete. Wenn es draußen schüttete und wir gemeinsam in der Küche saßen und aus dem Fenster blickten. Mein Vater stand hinter uns und legte seine mächtigen Arme um uns, und meine Mutter kochte Tee, so wie Sie vorhin, und zur Feier des Tages gab es sogar etwas Zucker. Nichts Besonderes, aber mir wird immer ganz warm ums Herz, wenn ich an diese stillen Abende denke. So nahe standen wir uns sonst nie.«

»Und wann sind Sie aus England weggegangen?«, fragte sie.

»1920«, antwortete er, ohne zu überlegen, »vor zehn Jahren. Ich war damals vierzehn. Mein Vater war gestorben, und ich wollte meiner Mutter nicht länger auf der Tasche liegen. Ich hatte die Prüfung bestanden und konnte arbeiten, half einem Farmer auf den Feldern, trieb Vieh zum Markt, verkaufte Zeitungen und half in einer Druckerei aus, aber unser Geld reichte hinten und vorne nicht, und ich beschloss, mich der Boys Brigade anzuschließen. Sowas wie die Pfadfinder, nur ernsthafter. Sie halfen mir, nach Kanada auszuwandern. Ich landete bei einem großen Farmer und schuftete von morgens bis abends auf den Feldern.« Er schob sich einen Biskuit in den Mund. »Na ja, den Rest der Geschichte kennen Sie«, fuhr er mit vollem Mund fort. »Irgendwann hatte ich genug von der Farmarbeit und ging zur RCMP.« Er trank von seinem Tee. »Warum sind Sie hier im Norden?«

Sie zuckte mit den Schultern. »Beim Zirkus war kein Geld mehr zu verdienen, und die glorreichen Tage des *Barnstorming* waren längst vorüber. Wer will schon einen Doppeldecker sehen, wenn Linienmaschinen am Himmel fliegen? Im hohen Norden, in Alaska und am Yukon, kann man noch richtig fliegen. Das sagte Jack immer, wenn er gefragt wurde, was ihn in diese Gegend verschlagen habe. Hier wirst du als Flieger gefordert, sagte er, hier ist noch Platz am Himmel. Du schwingst dich in den Himmel, und unter dir zieht die grenzenlose Wildnis vorbei.« Sie seufzte leise. »Wir waren sehr glücklich in Fairbanks und am Lake Laberge. Wir wussten, wie gefährlich das Leben im Norden ist, aber die Schönheit des Landes wiegt vieles auf. Die Freiheit hat ihren Preis. Mein Mann hat dafür bezahlt, und ich werde weiter leben und den Kampf gegen die Wildnis erneut aufnehmen.«

»Bis jetzt waren Sie sehr erfolgreich«, sagte der Mountie, »ich habe selten eine Frau gesehen, die so gut in der Wildnis zurechtkommt. Wenn es Frauen bei der RCMP gäbe, würde ich Sie sofort empfehlen.« Er leckte den Honig von seinem letzten Biskuit. »Sie brauchen keine Angst vor der Zukunft zu haben, Clarissa. Sie schaffen es auch allein. Bleiben Sie in Dawson City!«

Sie fühlte sich geschmeichelt und stand auf, um seinen bewundernden Blick nicht erwidern zu müssen. Vor dem Fenster blieb sie stehen. Sie rieb etwas Eis von den Scheiben und spähte in den Sturm hinaus, der immer stärker wurde und den Schnee in dichten Schleiern über die Hügel trieb. Der Wind heulte und tobte und peitschte die Fichten am Waldrand. Der Himmel war dunkel, fast schwarz, und ihre Blockhütte versank in einem tosenden Meer, das mit schäumenden Wellen über dem Dach zusammenschlug. Wie der Ozean, der Kapitän Ahab überraschte, als er dem weißen Wal zu nahe kam. Immer wenn man glaubte, die Natur beherrschen zu können, schlug sie wütend zurück und zeigte dem Menschen, dass er sich nicht zum Herrn über diese Urgewalten aufschwingen könnte. Die Geister, vor denen auch die missionierten Indianer große Angst hatten, waren mächtig, besonders im Norden, wo die Natur abweisend und voller Gefahren war.

Die Hunde hatten sich in den Schnee gerollt und ließen den Sturm beinahe gleichgültig über sich ergehen. Sie waren den eisigen Wind gewohnt. Er gehörte zu ihrem Leben, und die Natur hatte sie mit einer unbändigen Kraft und zähen Ausdauer ausgestattet, die selbst den Wintergeist verzweifeln ließ. Ihr dichtes Fell schützte sie gegen die arktische Kälte und hielt die scharfen Eiskristalle ab, die vom Sturm über den Schnee getrieben wurden. Sie ertrugen den Ausbruch des zornigen Winterriesen wie einen lästigen Platzregen und verhöhnten seine Schläge mit einem trotzigen Schweigen, das selbst den lebhaften Blondie ergriffen hatte. Wie zähe Wölfe, die in den Bergen von einem tobenden Sturm überrascht wurden, warteten sie das Unwetter ab.

»Ein zäher Bursche, dieser Blondie«, sagte sie.

»Der beste Leithund, den ich kenne«, erwiderte der Mountie, »unser Sergeant Major hat ihn aus Alaska mitgebracht. Ein sibirischer Husky. Kennen Sie sich mit Hunden aus? Sibirische Huskys sind die besten Schlittenhunde, die man sich vorstellen kann. Ihre Vorfahren wurden von den Jägern in Sibirien dazu benutzt, die Rentierherden zu bewachen. Deshalb sind sie besonders stark und ausdauernd. Erinnern Sie sich an die All Alaska Sweepstakes im letzten Winter? Der Schlitten des Siegers wurde von sibirischen Huskys gezogen! Und bei den anderen Rennen waren auch sibirische Hunde dabei. Ich gehe jede Wette ein, dass wir mit unserem Gespann auch eine gute Figur abgegeben hätten.«

Sie musste lachen, als Blondie neugierig den Kopf hob und

einen Schwall nassen Schnee ins Gesicht bekam. »Diese Hundeschlittenrennen werden immer populärer, nicht wahr? In der letzten Zeitung, die wir bekamen, war die Rede von einem neuen Rennen, das von Whitehorse nach Dawson führen soll.«

»Die Yukon Trophy«, bestätigte Frank, »das härteste Rennen der Welt. So steht es jedenfalls in den Zeitungen. Im nächsten Winter soll es losgehen. Im Februar, glaube ich. Von Whitehorse nach Dawson City, siebenhundert Kilometer über den zugefrorenen Fluss und die Trails der Schlittenpost. Eine teuflische Strecke! Ich bin sie im letzten Winter ein paar Mal gefahren und war jedes Mal froh, wenn ich sie hinter mir hatte. Blondie kennt jeden Meter. Schade, dass er bei dem Rennen nicht dabei sein kann.«

»Dürfen die Mounties nicht mitmachen?«, fragte Clarissa.

Frank lehnte sich auf seinem Stuhl zurück. »Der Sergeant Major hätte sicher was dagegen, wenn wir unsere Posten verließen! ›Wir vertreten den König‹, sagt er manchmal, ›was sollen die verdammten Indianer denken, wenn wir kommen und gehen, wann wir wollen? Ein Mountie ist ein Vorbild, verstanden? Und wenn ich einen von euch dabei erwische, wie er einen Befehl missachtet, wird er eigenhändig von mir aufgeknüpft.‹ Sagt er.«

»Raue Sitten«, bemerkte sie trocken.

»Sie hätten sehen sollen, was er mit Constable Drury anstellte, als der arme Kerl nach dem Neujahrsball in die Garnison zurückkehrte. Sein Urlaubsschein war in Ordnung, und er kam fünf Minuten zu früh, aber als bekannt wurde, dass er die Tochter des Hufschmieds wüst beschimpft hatte, musste er barfuß über die Front Street laufen! Rauf und runter, und das bei zwanzig Grad unter null! Ein Wunder, dass er danach nicht zum Arzt musste. Ich glaube, seine Füße sind heute noch rot. Und das alles nur, weil das Mädchen mit einem anderen Constable getanzt hatte.«

»Sind die Mounties alle so eifersüchtig?« Clarissa fand Gefallen an den Geschichten des Mounties und an seiner ruhigen und humorvollen Art, sie zu erzählen. »Sind Sie eifersüchtig?«

»Keine Ahnung«, räumte Frank ein, »das letzte Mädchen, das mit mir getanzt hat, war über drei Ecken mit unserem Superintendent verwandt, und ich hab gar nicht erst gefragt, ob sie mit mir ausgehen will. Zu gefährlich! Sie ist nach Ottawa zurückgegangen.« Er blickte sie an. »Warum fragen Sie mich solche Sachen?»

»Ich hatte nie einen Grund, eifersüchtig zu sein«, erwiderte sie ruhig. »Komisch, nicht wahr? Die meisten Leute behaupten, dass Buschpiloten besonders tollkühne Draufgänger sind, die jedem Mädchen hinterherlaufen, aber mein Jack war das genaue Gegenteil. Wenn er zu Hause war, saßen wir meistens vor dem Ofen und erzählten Geschichten, oder er las mir aus einer neuen Zeitung vor. Wie ein altes Ehepaar, nur dass wir uns mehr zu sagen hatten. Mag sein, dass uns manche Leute für langweilig hielten, aber wir waren glücklich. Langweilig waren wir bestimmt nicht! Jack riskierte alle paar Tage sein Leben, und ich ging nervös im Zimmer auf und ab, wenn er wieder mal nicht pünktlich zurückkam. Ein Buschflieger lebt gefährlich, hat mal jemand gesagt, und die Frau eines Buschfliegers verbringt die meiste Zeit damit, auf ihren Mann zu warten.« Sie legte die flachen Hände auf das kalte Fenster und blickte in den Sturm hinaus. »Ich hoffe, Ihre Geschichte stimmt. Es wäre schön, wenn es wirklich einen besonderen Himmel für Buschflieger gäbe.«

»Und für Mounties«, fügte er hinzu.

»Und für Mounties«, bestätigte sie lächelnd.

Clarissa nahm die Hände vom Fenster und ließ sich vom Anblick der wirbelnden Flocken verwirren. Der stürmische Wind fegte den Schnee gegen das Fenster, heulte und klagte über dem wilden Land und drückte gegen die festen Wände des Blockhauses. Wenn er Atem holte, sah sie die Huskys auf dem Boden liegen, die Körper eingerollt, die Schnauzen unter dem Fell. Um besser gegen den Sturm geschützt zu sein. Diese

Hunde waren für das Leben in dieser arktischen Kälte geboren. Sie brauchten keinen künstlichen Schutz wie die Menschen, keine warme Hütte, keine dicke Kleidung, nicht mal ein Feuer. Die Natur hatte sie mit allem ausgestattet, was notwendig war, um in dieser unwirtlichen Umgebung bestehen zu können. Sie waren noch stärker und ausdauernder als Wölfe, freuten sich darauf, einen Schlitten durch die abgelegene Wildnis zu ziehen.

Sie wandte sich vom Fenster ab und füllte Franks Becher mit heißem Tee. Er war ein sympathischer Mann, auch wenn er nicht gerade dem Idealbild eines unerschrockenen Polizisten entsprach. Seine rotblonden Haare und die Sommersprossen über der Nase ließen ihn wie einen Jungen erscheinen. Nur in seinen grünen Augen war jene Entschlossenheit zu sehen, die man brauchte, um als Mountie der G-Division bestehen zu können. Die G-Division war für die Sicherheit in den entlegensten Gebieten des nördlichen Kanada zuständig, den Yukon und die Northwest Territories. Man musste besonders hart und widerstandsfähig sein, um Mitglied dieser Abteilung zu werden. Und über einen besonderen Humor verfügen, eine Art Galgenhumor, wie ihn auch die Buschflieger hatten. Die rauen Scherze vertrieben die Angst, die auch ein erfahrener Mann spürte, wenn er allein in die Wildnis aufbrach. »Mal sehen, welchem Grizzly ich heute begegne«, hatte ihr Mann manchmal gesagt, wenn er in seine *Bellanca* gestiegen und nach Norden geflogen war. Oder: »Warte nicht auf mich, mein Schatz. Es kann Jahre dauern, bis ich ein verdammtes Loch im Nebel finde.«

Sie hatten ein Loch im Nebel gefunden, und dennoch war ihr Mann tot. Das Schicksal im hohen Norden nahm keine Rücksicht auf die Liebe zweier Menschen. Heute traf es einen Buschpiloten, der seine Frau über alles geliebt hatte, und morgen einen Mountie, der außer dem Sergeant Major und einigen seiner Kameraden keinen einzigen Menschen kannte, der um ihn trauerte. Wenn es Geister gab, wie die Indianer behaupteten, spielten sie ein tödliches Spiel, das seine Opfer zufällig traf. Wenn es einen Gott gab, ging er nach einem Plan vor, den kein Sterblicher verstand. Gab es tatsächlich ein Leben nach dem Tod? War das Paradies so schön, dass der Tod eine Erlösung war? Hatte ihr Mann den letzten Horizont erreicht?

Clarissa betete jeden Abend, seit ihr Mann gestorben war, und manchmal auch morgens, wenn sie erwachte und sich ihrer Einsamkeit bewusst wurde. Sie hoffte, dass ihre Gebete etwas bewirkten. Frank versuchte sie aufzuheitern und ihr den Schmerz zu nehmen, und manchmal hatte er auch Erfolg damit, aber in einem Augenblick wie jetzt war er machtlos, und sie blieb mit der Trauer um den Verlust ihres Mannes allein. Jack war ein guter Mann gewesen, und sie hatte glückliche Jahre mit ihm verbracht. Dafür war sie dankbar. Wenn der Schmerz sich gelegt hatte, würde sie Blumen an sein Grab bringen und an die schönen Augenblicke ihres Lebens denken, das sie mit ihm erlebt hatte. Ein Mensch war so lange nicht tot, wie er in der Erinnerung eines anderen Menschen weiterlebte. So etwas Ähnliches hatte der Pfarrer bei der Beerdigung ihres Vaters gesagt. Jack würde ewig weiterleben.

Sie stellte ihren Becher auf den Tisch und vermied es, dem Mountie in die Augen zu blicken. Er sah ihren Schmerz und vertiefte sich in ein Kapitel von »Moby Dick«. Seltsam, dachte sie, wie vertraut sie mit dem Polizisten geworden war. Sie hatten private Geheimnisse und Gefühle ausgetauscht, die unter normalen Bedingungen niemals zur Sprache gekommen wären. Die erzwungene Enge in der Blockhütte hatte eine Nähe geschaffen, wie sie sonst nur unter Eheleuten oder guten Freunden bestand. Sie waren zu einer Schicksalsgemeinschaft geworden, lebten auf einer Insel abseits der Zivilisation, und erst die Rückkehr ins wirkliche Leben würde zeigen, wie sie wirklich zueinander standen. Hier herrschte ein Ausnahmezustand, der sie gegen die möglichen Gefahren auf dem Heimweg zusammenschweißte.

Draußen wurde es heller, und das Heulen des Windes verkam zu einem weinerlichen Klagen. Nur noch vereinzelte Flocken wirbelten vom Himmel herab. Sie legte ihre Stirn gegen das Fenster und blickte nach draußen. Auf dem Hügel, der durch die Schneeverwehungen ein neues Gesicht bekommen hatte, war eine dunkle Gestalt zu erkennen.

»Nanuk ist zurück«, sagte sie.

11

Am frühen Morgen brachen sie auf. Clarissa hatte Franks Wunde noch einmal mit Salbe eingerieben und fest verbunden, und er hatte versichert, wieder im Vollbesitz seiner Kräfte zu sein.

»Wenn Sie unbedingt wollen, können wir uns beim Fahren abwechseln«, räumte er ein, »aber die letzte Etappe übernehme ich. Meine Kameraden zerreißen mich, wenn ich mich von einer Frau nach Dawson fahren lasse.« Sie verschnürte die Vorräte auf dem Schlitten und lachte spöttisch. »Die Ehre der RCMP? Harte Männer in einem wilden Land, das die Hölle für Frauen und Kinder ist?« So stand es in den Berichten über die Goldsucher am Klondike, obwohl auch damals schon viele Frauen den Weg nach Norden gewagt hatten. »Manchmal benehmen sich Männer reichlich albern, meinen Sie nicht auch?«

»Schon möglich«, erwiderte Frank, »aber ich kenne einige Frauen in Dawson, die sich ohne einen Mann nicht mal auf die Straße wagen. Schon mal von Kitty Larson gehört, der Tochter des Eisenwarenhändlers? Sie ist über zwanzig, aber wenn sie die Front Street überquert, muss ein Mountie den Verkehr anhalten. Als ob es in Dawson so viele Autos wie in Vancouver oder New York gäbe. Und wenn sie einen Hund heulen hört, verkriecht sie sich ängstlich in ihrem Bett. Das posaunt ihre Schwester Betty in der ganzen Stadt herum. Sie ist in Dawson aufgewachsen. Kitty hingegen war auf einem vornehmen College in Vancouver und ist der festen Meinung, Dawson City sei nur für Männer gemacht. Sie glaubt, dass nur Mounties und Goldsucher in der Wildnis bestehen können. Ich denke, sie kehrt nach Vancouver zurück.«

»Und wahrscheinlich hat sie sogar Recht«, meinte Clarissa,

während sie ihr Gewehr holte. »Nur Wölfe sind stark genug, um dem Winter in dieser Einsamkeit trotzen zu können. Wir kämen ohne die Hunde keine Meile weit, und ohne Feuer würden wir jämmerlich erfrieren. Sogar die Bären flüchten sich in ihren Winterschlaf. Wir sind nicht für diese Temperaturen geboren.«

»Und was ist mit den Indianern und den Inuit?« Frank hängte sich seinen 30-30er-Karabiner über den Rücken und überprüfte den 45er-Colt, zwei Waffen, die jeder Mountie auf einer Patrouille durch die Wildnis bei sich trug. »Die leben seit Ewigkeiten hier.«

»Selbst Inuit erfrieren, wenn sie sich an der Küste verirren«, gab sie zu bedenken, »die haben sich mit der Wildnis arrangiert, weil ihnen nichts anderes übrig blieb. Und die Indianer glauben an Geister und zittern bei der ersten Schneeflocke.« Sie blieb in der Hüttentür stehen. »Warum ziehen wir nicht alle in die Sonne?«

»Weil wir nur hier im Norden wirklich glücklich sind«, antwortete er nachdenklich. »Ist es nicht so? Wir sind zum Yukon gekommen, weil uns die Wildnis auf magische Weise angezogen hat. Sie und mich und viele andere Menschen. Die einsamen Berge, die verschneiten Trails, das Heulen der Wölfe, das Flackern des Nordlichts. Soll ich Ihnen was verraten? In Kalifornien würde ich eingehen. Meinetwegen können sie die Sonne behalten. Und ihre Strände brauche ich auch nicht. Ich stehe lieber auf einem einsamen Trail in dieser Wildnis und schaue dem Nordlicht zu.«

Clarissa war derselben Meinung. »Aber etwas wärmer könnte es schon sein, oder?« Sie verschwand im Haus und blickte sich noch einmal gründlich um. Der Trapper hatte so viele Vorräte gehortet und so viel Holz geschlagen, dass es auch für den nächsten Besucher reichen würde. Die Wolldecken hatte sie sorgfältig gefaltet und auf das Bett gelegt. Die Axt lag neben dem Ofen auf dem Tisch. Sie nahm das Buch aus der Schublade und verstaute es in ihrer Anoraktasche. »Moby Dick« sollte sie immer an den Aufenthalt in der Hütte erinnern. »Alles in Ordnung«, sagte sie zu Frank, als sie nach draußen kam, »wir können fahren!«

Der Mountie war bereits dabei, die Hunde vor den Schlitten zu spannen. »Ho, keine Bange, gleich geht's los!« Frank versuchte die aufgeregten Hunde zu beruhigen. Die Huskys zerrten mit nervösem Gebell an den Leinen und scharrten im Schnee, spürten instinktiv, dass es endlich wieder auf eine lange Reise ging. Der Hund, der direkt vor den Schlitten gespannt war, schnappte nach seinem Vordermann. Der Lärm war unbeschreiblich und ließ alle anderen Geräusche verstummen. Huskys waren zum Laufen geboren. Die Hetzjagd über den gefrorenen Schnee machte ihr Leben aus, und jede Pause war eine lästige Unterbrechung. Zu lange schon hatten die Hunde gerastet, gierig reckten sie ihre Schnauzen in den kalten Wind. Die täglichen Runden mit Clarissa waren zu wenig gewesen.

»Na, freust du dich, Blondie?«, rief Frank dem Leithund zu. »Es geht los, hörst du? Wir fahren nach Hause!« Er spannte ihn vor die anderen Hunde, überprüfte noch einmal die Geschirre und stellte sich auf die Bremse. »Setzen Sie sich auf den Schlitten, Clarissa«, sagte er. »Und halten Sie sich gut fest. Ich weiß nicht, ob ich die Hunde bändigen kann.«

Clarissa setzte sich vor das Gepäck und klammerte sich mit beiden Händen an den Schlitten. Sie zog die Wollmaske vor ihr Gesicht. »Fertig!«, rief sie. Frank zog den Anker aus dem Schnee und ließ einen gellenden Pfiff ertönen, sein Zeichen für den Start. Die Hunde legten sich bellend in die Geschirre. Mit schleifenden Bremsen setzte sich der Schlitten in Bewegung. Die Tiere ließen ihre Muskeln spielen und kämpften sich durch die Schneeverwehung, die der stürmische Wind vor die Hütte getrieben hatte. Der Schnee spritzte nach allen Seiten. Der Schlitten schleuderte ein paar Meter, fand seine Bahn und glitt über den Trail, der in dem Neuschnee kaum noch zu sehen war. Die Hunde waren für Clarissa nur als dunkle Schatten im Schnee sichtbar.

Als sie an dem Hügel vorbeifuhren, auf dem Nanuk auch am vergangenen Nachmittag gestanden hatte, drehte sie sich suchend um. Der Wolfshund war nicht zu sehen. Ob er aus einem sicheren Versteck beobachtete, wie sie davonfuhren? War er eifersüchtig, weil sie sich mit den anderen Hunden angefreundet hatte? Hatte er Angst vor Frank?

Clarissa hätte den geheimnisvollen Wolfshund gern an ihrer Seite gehabt, erkannte aber auch, dass ein wildes Geschöpf wie er besser in der Wildnis aufgehoben war. Das Wölfische in ihm schien stärker zu sein als alle anderen Gefühle und ließ ihn vor dem Mountie scheuen. Zu ihr war er nur gekommen, weil sie allein und hilflos gewesen war. Wenn er wirklich mit den Geistern verwandt war und hilflosen Menschen in der Wildnis half, war seine Aufgabe erfüllt. Sie war in Sicherheit. Frank war ein erfahrener Mountie und würde sie sicher nach Dawson City bringen. Er war mit einem Karabiner und einem schweren Colt bewaffnet und würde nicht einmal vor einem Grizzly in die Knie gehen. »Nanuk«, sagte sie leise.

Sie vermisste den Wolfshund mehr, als sie gedacht hatte. Das scheue Wesen war zu einem Freund geworden. Die grenzenlose Einsamkeit hatte sie zu Seelenverwandten gemacht, und wenn er wirklich von dem legendären Indianer abstammte, der in den Bergen nach seiner toten Frau gesucht hatte, teilten sie auch die Trauer um einen geliebten Menschen. Vielleicht hatte sie in den langen, einsamen Wochen in der Hütte selbst die Züge eines Wolfshundes angenommen, eines Wesens, das sich in der Einsamkeit wohl fühlte und Angst davor hatte, in die Zivilisation zurückzukehren. Ein seltsamer Gedanke, der sie während der nächsten Wochen noch öfter beschäftigen sollte. Hatte nur der freundliche Mountie verhindert, dass sie sich in einen Wolfshund verwandelte? War er dabei, ihre Seele vor den bösen Geistern der Wildnis zu retten?

»Auf Wiedersehen, Nanuk!«, rief sie in den frostigen Morgenwind. »Vielleicht sehen wir uns mal wieder!« Sie klammerte sich an den Schlitten, als er über eine Bodenwelle fuhr und in eine scharfe Linkskurve ging, und bewunderte Frank, der sein Gespann voll im Griff hatte und auch im tiefen Schnee zu lenken wusste. Sie hatte ihn gebeten, noch einmal am Grab ihres Mannes zu halten. Mit einem lang gezogenen »Whoaaa!« zog er die Bremse, ließ den Schlitten wenige Meter vor dem Wrack in eine Schneewehe gleiten und rammte den Anker in den Boden. »Easy, Blondie!«, rief der Mountie. »Es geht gleich weiter!«

Selbst die Hunde schienen zu ahnen, aus welchem Grund sie noch einmal hielten. Sie protestierten kaum, als Clarissa vom Schlitten stieg und den Schnee von ihrer Kleidung klopfte. Sie ging zu dem Flugzeugwrack, das wie das Skelett eines vorzeitlichen Mammuts aus dem Schnee ragte, und fand die Kufe, die wie ein mahnender Finger an das Unglück erinnerte. Die Bäume hatten den Sturm abgehalten und verhindert, dass er das Grab des toten Piloten schändete. Clarissa kniete nieder und sprach das Vaterunser. »Sei mir nicht böse, Jack«, sagte sie dann, »aber ich muss jetzt gehen. Der Mountie bringt mich nach Dawson City. Ich komme im Frühjahr wieder, wenn die Wildblumen blühen. Du bist mir doch nicht böse, oder? Du hast immer gesagt, dass ich stark genug bin, um auch allein im hohen Norden leben zu können. Ich will es versuchen, Jack. Aber du sollst wissen, dass ich dich niemals vergessen werde. Das habe ich schon einmal gesagt, nicht wahr? Ich werde es immer wieder sagen. Ich werde in einem anderen Haus wohnen und ein neues Leben beginnen, weil die Vergangenheit am Lake Laberge nur uns beiden gehören soll, aber ich werde dich niemals aus meinem Herzen verdrängen. Du wirst bei mir sein, wenn ich ein neues Leben beginne, und ich freue mich auf den Tag, an dem wir für immer vereint sein werden. Leb wohl, Jack. Die Hunde warten. Ich sehe dich im Frühjahr, einverstanden?«

Sie blieb noch eine Weile still sitzen und kehrte nachdenklich zum Schlitten zurück. »Danke, Frank«, sagte sie. Der Mountie nickte nur und wartete geduldig, bis sie den Schlitten bestiegen hatte. Dann zog er den Anker aus dem Schnee und trieb die Huskys an. Die Hunde merkten, dass es jetzt endlich auf den

Trail ging, und legten sich begeistert in die Geschirre. In einer weiten Linkskurve ging es an dem Wald vorbei und auf den zugefrorenen Fluss, der sich zwischen den Schneeverwehungen durch das Tal wand. Das Eis auf dem schmalen Gewässer war fest. Der leichte Neuschnee bot beste Bedingungen für die Hunde, die sich im harschen Schnee oder auf blankem Eis die Pfoten verletzten und oft tagelang ausfielen. Der Schnee spritzte unter den Kufen des Schlittens hervor und wehte in sanften Schleiern zu den Ufern. Das Scharren der Kufen durchbrach die andächtige Stille, die sonst das Tal ausfüllte, und übertönte den heftigen Atem der Hunde. Der Himmel hing schmutzig und verwaschen über dem wilden Land und verbreitete ein gespenstisches Zwielicht.

Clarissa blickte noch einmal zurück, bevor sie das Tal verließen und eine schmale, tiefe Schlucht erreichten. Auch Frank drehte sich um. Die Hütte blieb im nebligen Dunst zurück, und die Sicherheit einer warmen Behausung entschwand ihren Blicken. Sie waren nun mit der Wildnis allein. Ein seltsames Gefühl, selbst für den Mountie, der viele Wochen des Jahres in der Abgeschiedenheit verbrachte und die Einsamkeit gewohnt war. In den Ogilvie Mountains war das Land noch wild und ursprünglich, man war einige Tagesreisen von der nächsten Siedlung entfernt und den unbekannten Mächten der Natur schutzlos ausgeliefert. Dem Wintergeist, wie die Indianer sagen würden. Es gab vereinzelte Indianerdörfer und Trapperhütten, und selbst die karge Blockhütte eines Außenpostens wurde in den nächtlichen Träumen zu einer luxuriösen Behausung fernab der Zivilisation. Und es gab nur wenige Trails, und man war auf die zugefrorenen Flüsse angewiesen, die eine gewisse Sicherheit boten. Wenn sie dem Porcupine River nach Süden folgten, war es nicht mehr weit zum Peel River, und von dort gab es einen befestigten Trail, der zum Yukon führte. Aber was nutzten alle Flüsse und Trails, wenn das Wetter umschlug und ein winterlicher Sturm das Land bedrohte? Wenn die unerbittliche Natur ihre Muskeln spielen ließ?

In der tiefen Felsenschlucht klang das Scharren der Kufen noch lauter und unheimlicher. Die Hunde bellten nicht, wenn sie liefen, sie brauchten ihre ganze Kraft zum Ziehen des Schlittens und ließen lediglich ein leises Hecheln hören. Ihr Atem gefror über ihren schattenhaften Körpern. Es gab weniger Schnee zwischen den hohen Felsen, und der Schlitten schlingerte über das blanke Eis. Die Kufen holperten über einige Steine, die aus dem Eis ragten, und schrammten an einem Felsbrocken entlang, als Frank die Kontrolle über das Gefährt verlor und gerade noch rechtzeitig von den Kufen sprang und den Schlitten auf Kurs brachte. »Easy! Easy!«, rief er dem Leithund zu. »Nicht so schnell!«

Nach vier Stunden legten sie eine kurze Rast ein. Sie fütterten die Hunde mit getrocknetem Fisch, den Frank in seinem Gepäck verstaut hatte, und tranken von dem heißen Tee, den Clarissa noch in der Hütte zubereitet hatte. Zwischen einigen Decken hatte er seine Temperatur einigermaßen halten können. »In vier Tagen könnten wir es schaffen«, sagte Frank. »Wenn das Wetter hält. Am Peel River kenne ich mich einigermaßen aus, dort haben wir mal nach einem verschollenen Trapper gesucht. Der Dummkopf hatte sich mit einem verwundeten Elch angelegt und konnte von Glück sagen, dass wir ihn rechtzeitig fanden. Seine Hütte steht immer noch, obwohl er ein paar Monate nach seiner Rettung einen Dampfer nach Seattle bestieg. Er war Amerikaner. Morgen Abend können wir in der Hütte übernachten. Heute Abend müssen wir uns wohl mit einem Wicki begnügen.« *Wicki* oder *Wickiup* nannten die Indianer einen behelfsmäßigen Unterschlupf aus Fichtenzweigen. Clarissa hatte noch nie in einer solchen Hütte geschlafen und war neugierig, wie die Nacht wohl sein würde.

Nach ihrer kurzen Pause stieg Clarissa auf die Kufen. Sie wartete, bis Frank sich auf die Decken gesetzt hatte, und zog den Anker aus dem Schnee. Mit einem heiseren Pfiff feuerte sie die Hunde an. »Lauf, Blondie, lauf! Wir haben es eilig!« Der Leithund schien sie zu verstehen und ermunterte die anderen

Huskys mit seinem ungeduldigen Bellen. Er war ein guter Leithund, das erkannte auch Clarissa, die sich inzwischen bestens mit ihm verstand und ebenso freundlich wie Frank begrüßt wurde, wenn sie eine Rast einlegten. Nach dem eher übermütigen Start am frühen Morgen hatten sich die Hunde etwas beruhigt. Sie waren ruhiger und gehorchten den Befehlen williger. Clarissa genoss die Fahrt, ließ ein freudiges »Vorwärts! Lauft!« hören und steuerte den Schlitten sicher über den zugefrorenen Fluss. Einmal erblickten sie einen Elch am Ufer, und Frank nahm bereits seinen Karabiner von den Schultern, aber das mächtige Tier griff nicht an und zog sich bei ihrem Anblick in den dichten Wald zurück.

Sobald die ersten Schatten der Dunkelheit über die Flussufer krochen, suchten sie nach einem geeigneten Platz für das Nachtlager. »Da drüben, zwischen den Bäumen!«, rief Frank. Er bedeutete Clarissa, den Schlitten anzuhalten, schlüpfte in die Schneeschuhe und bahnte einen Weg für die Hunde. Es waren ungefähr zweihundert Meter vom Fluss durch den tiefen Schnee, und die Tiere hätten es allein nie geschafft. Er stapfte in gebückter Haltung durch den tiefen Pulverschnee, eifrig bemüht, den Lagerplatz so schnell wie möglich zu erreichen. Erschöpft gelangten sie auf die Lichtung. Sie lösten die Hunde vom Schlitten und banden sie an Bäume, die weit genug voneinander entfernt standen. Den Schlitten zogen sie ins Unterholz. Frank ebnete die kleine Lichtung mit seinen Schneeschuhen und sammelte abgebrochene Äste und möglichst große Fichtenzweige für ihren Unterschlupf. Clarissa fütterte die Huskys, die sich gleich darauf in den Schnee rollten und die kalten Schnauzen unter ihre buschigen und warmen Schweife steckten. Sie schliefen ungefähr fünfzig Meter vom Wicki entfernt, so mochten sie es am liebsten.

Noch bevor Frank fertig war, hatte Clarissa ein Feuer gemacht. Sie schob einige Äste, die beim Bau ihres Unterschlupfs übrig blieben, in die Flammen, zog die Handschuhe aus und wärmte ihre Hände. Mit der Dunkelheit kam die Kälte, breitete sich wie Nebel zwischen ihnen aus. Ihr Lagerplatz war eine winzige Insel in einem eisigen Meer, das bis zum fernen Horizont reichte und über ihnen zusammenschlug.

Clarissa lief am Waldrand entlang, um ihren Kreislauf in Gang zu bringen, sie hatte nicht einmal Augen für das Nordlicht, das sich am Himmel zeigte. Dann kochte sie heißen Tee in der alten Blechkanne, die Frank mitführte, und erhitzte einige Bohnen mit Speck. Der Mountie polsterte den Boden des Wickis mit Fichtenzweigen, legte Karibufelle darüber und breitete seine beiden Schlafsäcke aus. Wie die meisten Polizisten der RCMP hatte er zwei Schlafsäcke dabei, falls sie einen gestrandeten Trapper oder einen verirrten Goldsucher fanden. Ohne Schlafsack war man in der eisigen Kälte verloren.

Sie aßen schweigend, waren viel zu müde, um sich zu unterhalten. Hinter ihnen lag ein langer Tag, und sie verstanden sich inzwischen auch ohne Worte. Die Bohnen schmeckten köstlich, und der heiße Tee vertrieb die klamme Kälte aus ihren Körpern. Nachdem sie das Geschirr in einer Gepäcktasche verstaut hatten, hängten sie Stiefel, Anoraks und Winterhosen über ein Gestell, das sie in der Nähe des Feuers aufgebaut hatten, und krochen in ihre Schlafsäcke. Der leichte Abendwind trieb die Wärme des Feuers in ihre Richtung und schützte sie vor der Kälte.

»Gute Nacht, Clarissa«, sagte er.

»Gute Nacht, Frank«, sagte sie.

Schon nach wenigen Minuten war sie eingeschlafen. Sie merkte nicht, wie Frank aufstand und neues Holz in die Flammen warf, und sie hörte nicht das Geheul eines Wolfsrudels, das sich den Hunden bedrohlich näherte und auf geheimnisvolle Weise wieder verschwand. Nicht einmal Frank, der seinen Karabiner entsichert hatte und aus dem Wicki spähte, bemerkte den dunklen Schatten des Wolfshundes, der wie ein Geist durch den tiefen Schnee sprang und die Wölfe über die Hügel zurücktrieb.

12

Der Wintergeist zeigte sich von seiner gnädigen Seite, und sie kamen schnell voran. Einmal ließ sich sogar die Sonne blicken, und der eisbedeckte Fluss funkelte, als hätte ein unsichtbarer Riese winzige Edelsteine im Schnee verstreut. Die Schatten der Hunde tanzten über den leichten Neuschnee und die verschneiten Steilufer. Es gab kein besseres Wetter für die Hunde. Sie zogen den Schlitten mit einer Leichtigkeit, die sogar den Mountie erstaunte, und ihre leuchtenden Augen verrieten, welche Genugtuung ihnen die Fahrt durch die Wildnis bereitete. Während der Mittagspausen zogen sie ungeduldig an den Leinen und bellten erfreut, wenn es endlich weiterging. Sie waren in ihrem Element und genossen die winterliche Pracht in vollen Zügen.

Clarissa wurde immer vertrauter mit dem Gespann. Sie kannte die Eigenarten der Hunde, wusste genau, wie sie jedes Tier zu nehmen hatte und ob ihre Gefährten eine Aufmunterung oder den mahnenden Zeigefinger brauchten. Sie stand genauso lange auf den Kufen wie Frank, der nicht müde wurde, ihre Geschicklichkeit und ihr Einfühlungsvermögen zu loben. »Sie haben Talent«, sagte er, als sie das Gespann um eine Biegung des Flusses lenkte, »und Sie können mit Hunden umgehen. Sie sollten bei unserer nächsten Patrouille dabei sein.«

Sie lachte. »Ich glaube nicht, dass der Superintendent damit einverstanden wäre. Oder stellt die RCMP neuerdings Frauen ein? Nein, ich glaube, ich suche mir lieber eine andere Arbeit.«

Sie verbrachten die Nacht in der verlassenen Trapperhütte, von der Frank gesprochen hatte, eine eher karge Behausung, in der es nicht mal einen Tisch gab. Aber die festen Wände schützten sie gegen den kalten Nachtwind, und es war wesentlich wärmer als in dem Wicki. Sie rollten ihre Schlafsäcke aus und aßen den Rest der Bohnen, bevor sie sich schlafen legten. Es gab keine Trennwand zwischen ihnen, und die körperliche Nähe verstörte Clarissa. Sie hatte nur Jack gekannt und niemals mit einem anderen Mann eine Nacht im selben Zimmer verbracht. Frank spürte ihre Verwirrung und schloss rasch die Augen. Er hatte seit einem Jahr mit keiner Frau mehr geschlafen, von dem zweifelhaften Mädchen in Whitehorse einmal abgesehen, und die Begegnung mit Clarissa hatte seine Gefühle geweckt.

Sie wachten erst auf als die Hunde nach ihrem Futter bellten. Clarissa wusch sich das Gesicht mit sauberem Schnee, zog ihre Winterkleidung an, und fütterte die Huskys mit getrocknetem Lachs. Frank schlug etwas Holz und stapelte es neben dem Ofen. Sie begnügten sich mit einigen Biskuits und heißem Tee und waren guter Dinge, als sie die Hunde anspannten und weiterfuhren. Der Himmel war bedeckt, aber es sah nicht nach Schneefall aus, und der zugefrorene Fluss lag einladend vor ihnen. Die schneebedeckten Fichten warfen kaum sichtbare Schatten. »Heya, heya!«, feuerte Clarissa das Gespann an. Sie hatte die erste Etappe übernommen und stand breitbeinig auf den Kufen, den Kopf gegen den Fahrtwind gesenkt. Das Knirschen des Schnees klang wie Musik in ihren Ohren, gab ihr das Gefühl, über den Boden zu schweben. »Lauf, Blondie!«, ließ sie ihre Stimme ertönen. »Heute Mittag wollen wir am Peel River sein!«

Sie rasteten im Schutz einiger Fichten, die sich am Ufer des breiten Flusses erhoben. Die Hunde bekamen ihre Kraftnahrung, und Clarissa und der Mountie begnügten sich mit einigen Rosinen, die Frank aus seiner Anoraktasche zauberte. Dazu gab es gezuckerten Tee, den sie in der Hütte aufgewärmt hatten. Sie saßen auf dem Schlitten, die Gesichter von der Kälte gerötet, und genossen die andächtige Stille, die beinahe körperlich zu spüren war und sie mit tiefer Zufriedenheit erfüllte. In einem

solchen Augenblick, fernab von der nächsten Siedlung, verstand sogar der eher nüchterne Frank, warum die Indianer an Geister glaubten. In der abgelegenen Wildnis sprachen sogar die Bäume, wenn der Wind in ihren Zweigen rauschte, und wenn man die Ohren öffnete, hörte man das geheimnisvolle Lied des hohen Nordens, das hinter dem weißen Horizont erklang. Von der winterlichen Natur ging ein eigenartiger Zauber aus, der selbst die Hunde zu ergreifen schien und ihnen die Kraft gab, den Schlitten über die eisigen Trails zu ziehen.
»Die Einsamkeit kann sehr beruhigend sein«, sagte sie leise, aus Angst, die Stille mit ihren Worten zu stören. »Ich habe dieses Land immer geliebt.«

»Mir geht es genauso«, erwiderte er ernst. »Erinnern Sie sich an Wally, den Freund in Regina, von dem ich Ihnen erzählt habe? Der Mountie, der so gut Fußball spielen konnte? Er hätte es am Yukon keine zehn Minuten ausgehalten. Viel zu kalt und viel zu unwirtlich. Er wollte nach Vancouver oder Victoria oder meinetwegen auch ins Okanagan Valley. ›Wenigstens einen Monat muss die Sonne scheinen‹, sagte er, ›sonst gehe ich ein.‹ So weit ich weiß, haben sie ihn nach Vancouver Island versetzt. Ich weiß nicht, ob sie dort Fußball oder Rugby spielen, aber Wally fühlt sich bestimmt wohler als hier oben. Er hasste den Schnee.«

»Bis vierzig Grad unter null mache ich den Winter mit«, meinte sie lächelnd, »nur wenn es kälter wird, bleibe ich lieber hinter meinem Ofen.« Clarissa glaubte, dass ihre Faszination für den hohen Norden in South Dakota begonnen hatte. Schon dort war sie von der Weite des Landes beeindruckt, und wenn andere Mädchen die Einsamkeit verfluchten und vor der endlosen Weite in die überschaubare Welt des kleinen Ortes flohen, blieb sie oft auf den Feldern und blickte sehnsuchtsvoll zum Horizont. Nicht nur ihr Vater hatte sie von der heimatlichen Farm vertrieben, und auch Jack war nicht der einzige Auslöser für ihre Flucht gewesen. Sie hatte schon als kleines Mädchen eine seltsame Rastlosigkeit in sich gespürt, den unbändigen Wunsch, hinter die fernen Berge zu blicken und die Natur in ihrer wilden Ursprünglichkeit zu erleben.

Am späten Nachmittag des dritten Tages erreichten sie den Yukon River. Sie verharrten am östlichen Ufer, blickten dankbar über die Wasserfläche, die sich wie ein breites Band durch das Yukon-Territorium zog und geheimnisvoll im Licht des späten Tages glänzte. Wie eine arktische Wüste breitete sie sich vor ihren Augen aus. Schroffe Eisbrocken erhoben sich aus dem gefrorenen Fluss, als hätte eine unbändige Kraft die Eisdecke angehoben und mit ungestümer Gewalt zerstört. An manchen Stellen glitzerte Wasser, tückischer *Overflow,* der durch den Überdruck an die Oberfläche geraten und besonders gefährlich für die Hunde war. In dem eisigen Wasser konnten sich ihre Pfoten entzünden oder erfrieren. Jenseits des Flusses bildeten die Fichten eine dunkle und scheinbar undurchdringliche Wand.

Frank hatte die Führung übernommen und trieb das Hundegespann nach Süden. Er parkte den Schlitten neben dem Roadhouse, einem geräumigen Blockhaus, ungefähr zehn Meter lang und fünf Meter breit, das hinter der nächsten Biegung auftauchte und noch ungefähr dreißig Meilen von Dawson City entfernt war. Hier wollten sie die Nacht verbringen. Er band die Hunde an einige Holzpfähle, die der Besitzer des Roadhouse zu diesem Zweck in den Boden geschlagen hatte, sprach einige Augenblicke mit ihnen und fütterte sie mit getrocknetem Fisch. »Kommen Sie«, sagte er zu Clarissa, »Hattie Campbell hat das beste Essen nördlich von Dawson. Es gibt keinen besseren Elchbraten!«

Sie betraten das Blockhaus und wurden überschwänglich von Albert und Hattie Campbell begrüßt. »Ich will doch gleich einen rohen Timberwolf verspeisen, wenn das nicht Frank ist!«, rief die Frau und legte ihre dicken Arme um ihn. Ein Gerücht wollte wissen, dass sie während des Goldrausches als Tanzhallenmädchen in einem der Saloons gearbeitet hatte, und sie tat nichts, um diese Legende zu zerstören. Frank wusste lediglich, dass sie eine hervorragende Köchin war und in den letzten vier Jahren mindestens dreißig Kilo zugenommen hatte. Nur ihre leuchtend blauen Augen und der sinnliche Mund erinnerten noch an ihre einstige Schönheit. »Constable Frank J. Watson! Ich dachte, dich hätte ein Grizzly gefressen!«

»So leicht lasse ich mich nicht unterkriegen, Hattie.« Frank zog seine Winterkleidung aus und hängte sie an die freien Nägel in der Nähe des Ofens, eine großen Öltonne, die Albert auf flache Steine gestellt hatte. Außer der Öltonne gab es einen gusseisernen Herd, einige Regale mit Konserven und Gewürzen, einen Küchentisch und einen langen Holztisch mit bequemen Stühlen für die Gäste. »Obwohl dieser Bill Anayak nahe dran war. Wenn die Lady nicht gewesen wäre, hätte es mich erwischt.« Er stellte Clarissa vor und erzählte in ein paar Sätzen, was geschehen war. »Ihr Mann ist in den Bergen abgestürzt«, fügte er nach einem schnellen Blickwechsel mit Clarissa hinzu. »Er war Buschpilot.«

»Das tut mir Leid«, reagierte Hattie wie alle Menschen, die ihre Geschichte während der folgenden Jahre hörten. »Und Sie haben allein in der Wildnis gelebt? Wie haben Sie das geschafft?«

»Ich hatte Glück«, erklärte sie lächelnd, »ich bin auf eine Hütte gestoßen.« Sie berichtete von dem toten Trapper, dessen Gewehr sie trug, und den vielen Vorräten, die sie in dem Blockhaus gefunden hatte. Sie verschwieg ihre Begegnung mit den Indianern und den hungrigen Wölfen, die sie eingekreist hatten, und erwähnte auch ihre Begegung mit dem geheimnisvollen Nanuk mit keinem Wort.

Hattie spürte, dass die junge Frau mehr durchgemacht hatte, als sie zugab. »Alle Achtung, Ma'am! Das war bestimmt nicht einfach. Ich kenne Männer, die dabei zerbrochen wären.«

»Ich war nie eine Ma'am«, verbesserte Clarissa lächelnd.

Die Wirtin stellte zwei Becher mit dampfendem Kaffee auf den langen Holztisch und sagte: »Setzt euch, Leute. Das Abendessen ist gleich fertig. Ich hab frischen Elchbraten und

Kartoffeln auf dem Herd stehen. Oder habt ihr keinen Hunger? Ihr seid die einzigen Gäste bis jetzt, und der ganze Topf gehört euch.« Sie ging an den Schrank und nahm zwei Teller und Besteck heraus. »Habt ihr schon von Alaska Jim gehört?«, fragte sie. »Nein, das könnt ihr unmöglich wissen, wenn ihr wochenlang in den Bergen wart. Ihr kennt doch Alaska Jim, diesen Halbindianer aus Eagle, der jedes Frühjahr mit seinen Fellen nach Dawson kommt. Ein seltsamer Bursche. Hat keine Manieren und tut immer so, als ginge ihn die restliche Welt nichts an, aber vor ein paar Wochen soll er mit seinem Hundeschlitten quer durch Alaska gefahren sein, um sich von seiner Mutter zu verabschieden. Er hätte einen Buschflieger anheuern können, aber er behauptet, dass die Geister dagegen waren. Also schwang er sich auf den Schlitten. Er soll die Strecke in absoluter Rekordzeit geschafft haben.« Sie häufte Elchbraten und Kartoffeln auf die Teller und stellte sie vor ihre Gäste. »Wenn ihr mich fragt, gewinnt er die nächsten Sweepstakes, und nächstes Jahr, bei der Yukon Trophy, schlägt er sogar die Profis vom Festland. Alaska Jim ist ein Phänomen. Ich habe noch nie einen Mann gesehen, der so schnell mit einem Hundeschlitten ist. Der Kerl ist mir unheimlich!« Sie wischte die Hände an ihrer Schürze ab. »Aber was rede ich. Wen interessiert schon, was Alaska Jim macht. Lasst es euch schmecken!«

»Der Braten schmeckt köstlich«, sagte Frank, nachdem er das Fleisch gekostet hatte. Clarissa nickte anerkennend. Der Mountie wischte sich den Mund ab und trank von dem Kaffee. »Blondie würde es schaffen«, behauptete er. »Er ist der einzige Leithund, der es mit den Huskys des Halbindianers aufnehmen könnte.«

»Blondie gehört der RCMP«, widersprach Hattie. Sie hatte sich ebenfalls einen Kaffee geholt und zu ihren Gästen an den Tisch gesetzt. »Mounties dürfen an Rennen nicht teilnehmen.«

»Das weiß ich doch«, räumte Frank ein, »aber man wird ja noch mal träumen dürfen.« Er schluckte genussvoll einen

Bissen herunter. »Vielleicht kann ich den Superintendent überreden, Clarissa den Schlitten zu leihen. Sie wäre die ideale Musherin. Du hättest sehen sollen, wie sie mit den Hunden umgeht. Besser als ein Inuit. Ich hab noch keine Frau gesehen, die so gut mit einem Schlitten zurechtkommt.« Er bemerkte gar nicht, dass Clarissa rot angelaufen war. »Aber wie ich den Superintendent kenne, schickt er uns auf Patrouille, wenn das Rennen stattfindet.«

»Sind Sie wirklich so gut?«, fragte die Wirtin neugierig.

»Frank übertreibt«, antwortete sie.

Nach dem Essen saßen Clarissa und Frank bis in die späte Nacht mit der Wirtin zusammen. Ihr Mann war längst in der Küche verschwunden. Es gab viel zu erzählen, und auch Hattie Campbell war froh, endlich mal wieder interessante Gäste zu haben. Alle paar Minuten gab das Funkgerät an der Wand einen heiseren Laut von sich. Es funktionierte schon seit zwei Monaten nicht, und niemand machte sich die Mühe, es zu reparieren. Frank hatte gar nicht erst gefragt, ob er eine Meldung an die Garnison in Dawson City abgeben konnte. »Haben die Leute nach mir gefragt?«, wollte er wissen. »Oder nach Clarissa? Es muss doch irgendwas in der Zeitung gestanden haben.«

»Keine Ahnung«, erwiderte Hattie, »ich habe die *News* noch nicht gelesen.« Sie ging zum Wandschrank und zog eine gefaltete Zeitung aus einer Schublade. »Die kam vor zwei Tagen.« Sie faltete das Blatt auseinander und hielt einen Artikel dicht vor ihre Augen. »Hier«, sagte sie, »da steht was über Clarissa.« Sie zog eine Brille aus ihrer Schürzentasche und setzte sie auf. »Von dem Buschflugzeug, das vor drei Monaten spurlos verschwand, gibt es noch immer keine Spur«, las sie vor. »Es wird angenommen, dass Jack Swenson und seine Frau Clarissa bei einem Absturz in den Bergen ums Leben kamen. Da niemand weiß, in welche Richtung die beiden flogen, wurde von offizieller Seite keine Suche veranlasst.«

»Wir waren in den Ogilvie Mountains«, erklärte Clarissa, »wenn ich Frank nicht getroffen hätte, wäre ich wohl erst im

Frühjahr aus den Bergen zurückgekommen. Wenn ich es überhaupt jemals geschafft hätte.«

»Sie hätten es geschafft, da bin ich ganz sicher«, meinte die Wirtin bewundernd, »wer einen so großen Teller mit Elchfleisch und Kartoffeln schafft, ist stark genug, allein durch die Berge zu kommen. Woher nehmen Sie die Kraft? Als ich in Ihrem Alter war, hab ich mich nicht mal getraut, allein aus dem Haus zu gehen.«

»Das glaube ich nicht«, erwiderte Clarissa verschmitzt.

Kurz vor Mitternacht gingen sie in den ersten Stock, wo die Nachtlager für die Gäste bereitet waren. Es gab keine Trennwände, nur einige Decken, die über einer Wäscheleine hingen und den Raum in zwei Quartiere teilten. Neben einem der Fenster stand eine Waschschüssel mit lauwarmem Wasser. Clarissa wusch sich zuerst, zog das Nachthemd an, das Hattie ihr geliehen hatte, und genoss die sauberen Laken, die ihren Körper wohlig einhüllten. Auf der anderen Seite des Vorhangs wusch sich Frank. Sie grübelte darüber, wie wohl sein Körper aussah, und verwarf den Gedanken gleich wieder. Es gehörte sich nicht für eine Witwe, an einen anderen Mann zu denken, obwohl Jack herzlich darüber gelacht hätte. »Was willst du denn?«, hätte er gesagt. »Der Kerl ist viel hagerer als ich. Mit dem kannst du keinen Staat machen.«

Clarissa schlief ein und träumte davon, wie sie bei einem Hundeschlittenrennen gegen Alaska Jim antrat und mit einem hauchdünnen Vorsprung über die Ziellinie fuhr. Sie riss jubelnd die Arme hoch und liebkoste ihre Huskys. Ihr Leithund sah wie Nanuk aus, dieselben spitzen Ohren, dieselben dunklen Flecke über der Schnauze, obwohl der Wolfshund sich bestimmt nicht vor einen Schlitten spannen lassen würde. Es gab einige Wolfshunde, die sich für eine solche Arbeit eigneten, aber Nanuk lebte schon viel zu lange in der Wildnis und würde seine Freiheit bestimmt nicht aufgeben. So was Dummes, schüttelte sie den Kopf, als sie mitten in der Nacht durch flackerndes Licht geweckt wurde. Das Nordlicht stand direkt vor ihrem Fenster und zauberte hellgrüne Lichtpunkte auf die anderen Pritschen und den nackten Holzboden. Wie eine geheimnisvolle Botschaft der indianischen Geister huschten sie zum Fenster herein.

Clarissa stand auf und ging barfuß zum Fenster. Auch in diesem Raum brannte ein Ofen, und es lag noch genug Holz in den Flammen. Frank schnarchte leise. Sie hauchte die Scheibe an, wischte darüber und blickte in die Nacht hinaus. Von hier oben konnte sie bis zum anderen Ufer des Yukon River sehen. Das Nordlicht hing in zarten Schleiern über dem Eis und zeichnete fantasievolle Muster auf den gefrorenen Fluss. Sie hatte dieses Naturschauspiel schon oft beobachtet, und doch war sie auch diesmal überrascht, wie zärtlich die Natur im hohen Norden sein konnte, und mit welcher Ausdruckskraft sie ihre Farben einsetzte.

Dann entdeckte sie den dunklen Schatten auf dem Fluss, und ihr wurde plötzlich klar, welche Botschaft die Geister im Himmel ihr vermittelt hatten. »Nanuk«, flüsterte sie beeindruckt. Der Wolfshund war ihr gefolgt und hatte die Anstrengung des langen Marsches nicht gescheut, um in ihrer Nähe zu sein. Es gab keinen Zweifel. Das war der Wolfshund, der ihr das Leben gerettet hatte. Das geheimnisvolle Tier, das durch ihre Träume geisterte. »Nanuk«, flüsterte sie wieder. Sie presste ihre Stirn gegen das kalte Fenster und beobachtete aufgeregt, wie er den Fluss überquerte und mühelos die Uferböschung erklomm. Im flackernden Nordlicht waren die dunklen Flecke über seiner Schnauze zu erkennen. Er bewegte sich geschmeidig wie ein Wolf und näherte sich gegen den Wind, um die Hunde nicht nervös zu machen. Er besaß eine ungewöhnliche Intelligenz oder einen beneidenswerten Instinkt, oder er war tatsächlich mit den Geistern verwandt.

Nanuk blickte zu ihr empor, als wüsste er, dass sie ihn beobachtete, und blieb keine zwanzig Meter von der Blockhütte entfernt stehen. Die Nähe der Menschen schien ihn nicht zu stören. Seine hellblauen Augen leuchteten auf magische Weise, und sie glaubte ihn sagen zu hören: »Ich bin in deiner Nähe, Clarissa.«

Dann kehrte er um und rannte davon. Sie kniff die Augen zusammen und öffnete sie wieder, und als sein Schatten immer noch auf dem Fluss zu sehen war, erkannte sie, dass sie nicht geträumt hatte. Nanuk war ihr tatsächlich gefolgt! Verstört kehrte sie auf ihre Pritsche zurück. Sie konnte nicht mehr einschlafen.

13

Das letzte Teilstück ihrer Fahrt nach Dawson City bereitete ihnen keine Schwierigkeiten. Sie brauchten nur den Spuren der anderen Schlitten zu folgen, die während der letzten Monate einen Trail in das meterdicke Eis gegraben hatten. Obwohl sie während der ersten zehn Meilen keinem Menschen begegneten, spürten sie die Nähe der Zivilisation. Der Yukon River war die Lebensader, die alle größeren Siedlungen im Territorium miteinander verband, ein breiter Highway, der im Sommer von Schaufelraddampfern und im Winter von Schlitten befahren wurde. Die breiten Spuren außerhalb der Kufenabdrücke stammten von Traktoren, die vielerorts die Hunde abgelöst hatten und auch von der Schlittenpost benutzt wurden. Selbst die Royal Canadian Mounted Police, eine eher konservative Organisation, war dazu übergegangen, motorbetriebene Schlitten einzusetzen. Im Hauptquartier in Dawson City gab es nur drei Hundegespanne.

Je näher die Stadt kam, umso nervöser wurde Clarissa. Während ihres langen Aufenthalts in der Wildnis hatte sie sich an die Einsamkeit und die Stille gewöhnt, und allein der Gedanke an die vielen Häuser und die belebten Straßen trieb ihr einen Schauder über den Rücken. Selbst am Lake Laberge war es ihr so ergangen. Außer dem Fallensteller, der drei Meilen von ihnen entfernt gewohnt hatte, war kaum ein Mensch an diesem See gewesen, und die meisten Passagiere hatte Jack in Whitehorse oder Skagway abgeholt. Wenn sie mit ihrem Mann nach einem langen Winter zum ersten Mal in die Stadt geflogen war, hatte sie sich überwinden müssen und eine ganze Weile gebraucht, um sich an den Trubel zu gewöhnen. Trubel, dachte sie amüsiert. Die Leute, die aus Vancouver zum Yukon gekommen waren, hatten sich bereits in Whitehorse einsam gefühlt.

Sie spähte in den Nebel, der sich über dem zugefrorenen Fluss ausgebreitet hatte und in feinen Schleiern über dem Eis lag. Nanuk war in ihrer Nähe, das spürte sie. Einmal sah sie seinen Schatten auf dem Fluss auftauchen, und als sie eine Rast einlegten, um von dem heißen Kaffee zu trinken, den Hattie ihnen mitgegeben hatte, erschien er zwischen den Fichten am Ufer. Aber auch wenn der Wolfshund sich nicht blicken ließ, fühlte sie, dass er beschlossen hatte, ihr bis nach Dawson City zu folgen, sonst wäre er den weiten Weg aus den Ogilvie Mountains niemals gegangen. Sie bildete sich nichts ein. Auch Frank hatte den Wolfshund gesehen und gesagt: »Ich glaube, Sie haben einen neuen Freund gefunden. Das ist Nanuk, nicht wahr?«

»Ja«, erwiderte sie knapp, »er will nicht mehr allein sein. Ich weiß nicht, ob Wolfshunde denken, aber in seinen Augen steht, dass er genug von der Einsamkeit hat. Er vertraut mir.« Sie drehte sich zu dem Mountie um. »Meinen Sie, er kann bei mir wohnen?«

»In Dawson City?« Er verzog abwägend das Gesicht. »Es gibt einige Wolfshunde in der Stadt, aber die wurden gezüchtet und haben nie etwas anderes gesehen. Sie sind an den Lärm gewöhnt. Nanuk kommt aus der Wildnis. Er würde sich niemals in der Stadt einleben. Er reagiert wie ein Wolf. Haben Sie schon mal einen Wolf gesehen, der es bei den Menschen aushält?«

»War nur so ein Gedanke«, meinte sie lächelnd.

Er wischte einige Schneeflocken von seinen Lippen. »Ich kenne einen Hundezüchter, der seine beste Hündin mit einem Wolfshund kreuzen wollte. Der Wolfshund hatte zwei Jahre bei einem Trapper gelebt und sich niemals etwas zu Schulden kommen lassen, aber als der Züchter ihn abholte, drehte er durch und biss dem Mann die Hand ab. Diese Tiere sind unberechenbar.«

»Nanuk ist ein besonderer Hund. Ein Geist-Hund!«

»Seien Sie vorsichtig, Clarissa!«

Wenige Meilen vor Dawson City hielt Frank noch einmal, um die Ladung des Schlittens und seine Kleidung zu überprüfen. Der Sergeant Major war sehr genau, wenn es um Ordnung ging, selbst wenn man in der Wildnis beinahe erfroren und vier Tage unterwegs gewesen war. Er winkte einigen Indianern zu, die auf Schneeschuhen durch den Schnee am östlichen Ufer stapften und schwere Rucksäcke auf den Schultern trugen. Dann blickte er Clarissa an. »Sie kennen unseren Sergeant Major nicht«, beantwortete er ihre unausgesprochene Frage. »Caulkin versteht keinen Spaß.« Sein Mund verzog sich zu einem breiten Lächeln. »Manchmal frage ich mich, warum ich mich freiwillig gemeldet habe.«

»Sie werden es überleben, Frank.«

Clarissa freute sich über jede Verzögerung, die ihre Rückkehr in die Zivilisation hinausschob, und hätte gern noch länger mit Frank gescherzt, aber der Mountie hatte es jetzt eilig und duldete keinen Aufschub. Erst als ein lautes Brummen die Stille störte und ein leuchtendes Gefährt hinter einer Biegung des Yukon River auftauchte, trat er auf die Bremse. »Whooaaa!«, rief er den scheuenden Hunden zu. »Easy, Blondie! Ho, bleibt stehen!«

»Was ist das?«, erschrak Clarissa.

»Ein Automobil«, klärte Frank seine ängstliche Begleiterin auf, »ein ganz besonders Automobil. Aber das erzählt Ihnen Archie Ferguson sicher selbst. Machen Sie sich auf einiges gefasst.«

»Archie Ferguson?«

»Warten Sie's ab«, spannte Frank sie auf die Folter. Das fröhliche Blitzen in seinen Augen verriet, dass ihr eine besondere Begegnung bevorstand. »Und passen Sie auf die Hunde auf. Wenn Archie den falschen Gang erwischt oder zu spät bremst, werden sie böse. Die Narbe an seiner Hand, die stammt von Blondie.«

Archie Ferguson kündigte sich mit einem mehrstimmigen

Hupen an. Das Signal klang ungewohnt in dieser Umgebung und hallte wie ein Echo über das Eis. Ein kastenförmiges Automobil mit leuchtenden Scheinwerfern schälte sich aus dem Nebel, fuhr durch den eiskalten Overflow und ließ das Wasser nach allen Seiten spritzen. Mit quietschenden Bremsen kam es vor den Hunden zum Stehen. Die Huskys bellten das Gefährt wütend an, mussten von Clarissa und Frank mit vereinten Kräften zurückgehalten werden. »Du lernst es nie, Archie!«, versuchte Frank die kläffenden Hunde und den knatternden Motor zu übertönen.

»Du stehst der Zukunft gegenüber«, ließ Archie sich nicht aus der Ruhe bringen. Er lehnte sich aus dem offenen Fenster und starrte den Mountie entgeistert an. »Bist du das, Frank?« Er sah genauer hin. »Constable Frank J. Watson! Ich glaub, ich träume! Weißt du, dass man überall nach dir sucht? Die Mounties glauben, dass der Bandit dich erwischt hat. Dieser Bill Anayak.«

»Wäre ihm beinahe gelungen«, gab Frank zu, »aber ich bin dem Teufel von der Schippe gesprungen. Die Lady hat mich gerettet.«

Archie nickte Clarissa zu. »Freut mich, Ma'am.«

Sie erwiderte den Gruß und wusste nicht, was sie von dem seltsamen Mann und seinem Gefährt halten sollte. Er trug eine lederne Fliegermütze und eine karierte Wolljacke, und über seiner Stirn hing eine große Schutzbrille. Um seinen Hals hatte er einen langen Schal geschwungen, als wollte er wie ein Kunstflieger auf einem Jahrmarkt auftreten. Sein Automobil schien teurer als eine *Bellanca* zu sein. Das hintere Verdeck der cremefarbene Limousine war heruntergeklappt und lag über dem festgeschraubten Reserverad. »Warum … Warum fahren Sie mit offenem Verdeck?«, fragte Clarissa verwundert.

Archie streckte seine rote Nase aus dem Fenster. »Wissen Sie, was das für ein Wagen ist, Ma'am? Das ist ein 29er Chevrolet Landau Convertible! Ein Kabriolet! Hätte ich mir ein Kabriolet zugelegt, wenn ich mit verschlossenem Verdeck fahren wollte?« Sie blickte ihn verständnislos an. »Sehen Sie? Das würde doch keinen Sinn machen, oder? Ich wundere mich nur, dass heute keiner mit mir fahren will. Sind drei Dollar zu viel, Constable?«

Der Mountie zwinkerte Clarissa zu. »Archie fährt die Leute auf dem Yukon spazieren. Eine Attraktion ersten Ranges, stimmt's, Archie? So was gibt es nicht mal in Whitehorse oder Vancouver.«

»Genau! Und diese Stadt braucht Attraktionen. Seit dem großen Goldrausch ist doch hier nichts mehr passiert. Wenn ich damals nicht meine Goldmine eröffnet hätte, wäre Dawson längst eine Geisterstadt. Was haben wir denn schon groß? Zwei oder drei Hotels, langweilige Restaurants und die Hütte, in der Jack London seine Romane geschrieben hat. Reicht das vielleicht, um Besucher hierher zu locken?« Er klopfte auf das lederbezogene Steuerrad seines Automobils. »Aber die neueste Luxuslimousine aus Detroit, die sieht man auch in New York oder San Francisco nur, wenn man Glück hat. Ganze 296 Wagen haben sie gebaut.«

»Und wieso haben ausgerechnet Sie einen davon?«, fragte Clarissa. »Der ist doch sicher furchtbar teuer. Und was wollen Sie mit einem Kabriolet in dieser Kälte? Wir haben zwanzig Grad unter null. Da frieren selbst die Schlittenhunde. Gibt es denn Leute, die bei einem solchen Wetter bei Ihnen einsteigen?«

Archie Ferguson war etwas eingeschnappt und machte kein Hehl daraus. »Der Wagen kostet 724 amerikanische Dollar, und ich habe bar bezahlt«, erwiderte er schnippisch. »Und auf das Wetter kann ich keine Rücksicht nehmen. Der Motor muss laufen, wenn ich nicht auf dem Eis festfrieren will, und es werden sich schon Leute finden, die meine Limousine zu schätzen wissen. Mit den Lastwagen und Traktoren, die in Dawson rumfahren, lässt sich doch kein Staat machen. Die sehen doch wie Urzeitviecher aus. Dann schon lieber mit dem Hundeschlitten.«

»Wollen Sie mitfahren?«, ermunterte Clarissa den Chauffeur.

»Nein, danke«, wehrte Archie Ferguson ab, »ich bleibe bei meinem Chevy. Er war teuer genug! Aber wenn Sie wollen, Ma'am, nehme ich Sie irgendwann auf eine kleine Tour mit. Kostenlos!«

»Das wäre sehr schön, Mister Ferguson.«

»Ich heiße Archie«, erwiderte er mürrisch. Ohne ein weiteres Wort legte er den ersten Gang ein und fuhr mit knatterndem Motor davon. Die Hunde schnappten bellend nach dem Schlitten. Clarissa packte den Leithund am Geschirr und wartete, bis Archie Ferguson mit seinem noblen Automobil verschwunden war.

»Easy, Blondie!«, beruhigte sie den Husky. »Wir würden euch niemals gegen ein solches Gefährt eintauschen. Nicht wahr?«

»Niemals, Blondie«, sagte der Mountie lächelnd.

Sie fuhren weiter und waren erleichtert, als Archie Ferguson nicht umkehrte und nach Norden weiterfuhr. »Ein verrückter Bursche«, meinte Clarissa. »Was macht er, wenn sein Automobil bei der Kälte streikt und liegen bleibt? Wartet er, bis ein Mountie mit dem Schlitten vorbeikommt und ihn nach Dawson abschleppt?«

Frank lachte. »Bevor er sich das Kabriolet kaufte, hatte er eine Limousine. Der Postmann hat sie zwei Mal mit seinem Traktor aus dem Eis gezogen. Archie ist der größte Autonarr, den ich kenne. Er meint, dass alle Leute beim Anblick einer solchen Karosse in Ohnmacht fallen und alles dafür hergeben müssten, um einmal im Auto über den Yukon zu fahren. Dabei sind die meisten Leute froh, wenn sie zu Hause bleiben können.« Er feuerte die Hunde mit einem lang gezogenen Pfiff an. »Also, ich hab noch nie was für diese Automobile übrig gehabt. Ich mag Hunde lieber.«

»Ich auch«, rief sie in den Fahrtwind. Sie saß auf dem Schlitten, in warme Decken gehüllt, und hielt sich am Gepäck fest. »Aber die Zukunft gehört den Flugzeugen! Wie will man die großen Entfernungen im hohen Norden sonst überbrücken?« Sie grinste. »Außerdem sind Flugzeuge schöner. Gegen eine *Bellanca* sieht ein solcher Chevrolet doch wie eine Konservendose aus.«

Dawson City lag an der Mündung des Klondike Rivers und breitete sich oberhalb der steilen Ufer aus. Eine mittelgroße Stadt, die seit dem großen Goldrausch viel von ihrem Glanz verloren hatte, obwohl sie immer noch die Hauptstadt des Yukon-Territoriums war. Aber es wurde bereits darüber diskutiert, den Regierungssitz nach Whitehorse zu verlegen. Clarissa hatte Whitehorse nie gemocht. Die Stadt war eine schmucklose Ansammlung von Häusern, ein Versorgungszentrum, das sie alle paar Wochen besucht hatte, um Vorräte zu kaufen. Dawson City hatte mehr Charme, lebte von seiner abenteuerlichen Vergangenheit. Um die Jahrhundertwende hatte die Stadt mehr als dreißigtausend Einwohner, und in den Zeitungen wurde sie als »Paris des Nordens« gepriesen. Im Theater traten damals berühmte Schauspieler aus England und den Vereinigten Staaten auf, in den Saloons verspielten die Goldgräber ein Vermögen, während die Can-Can-Girls ihre langen Beine schwangen, und in den Restaurants wurden Champagner, Kaviar und andere Köstlichkeiten serviert. Einige Häuser aus dieser Zeit standen noch, bunte Holzhäuser mit leuchtenden Werbetafeln, und sogar einige »Sourdoughs«, wie man die Oldtimer aus dieser Zeit nannte, weil sie ständig einen Klumpen Sauerteig in der Tasche mitführten, hatten der Stadt die Treue gehalten, aber auf der Front Street parkten Pickup-Trucks und andere Automobile, und ihr Hundeschlitten wirkte wie ein Relikt aus einer längst vergangenen Zeit, als sie an den Fords und Chevys vorbeifuhren. Dabei hatten die meisten Automobile vor der Kälte kapituliert und waren zu leblosen Statussymbolen ihrer Besitzer verkommen.

»Das Dawson Hotel«, sagte Frank, als sie vor einem zweistöckigen Holzhaus hielten. »Der Besitzer ist ein guter Freund von mir. Wie ich ihn kenne, gibt er Ihnen Rabatt.« Er half seiner Begleiterin vom Schlitten und führte sie auf den hölzernen Gehsteig. Sie blieb zögernd stehen, bevor sie das Haus betraten, und blickte einer jungen Frau nach, die mit einem langen Mantel und einer modischen Pelzmütze bekleidet war. »Mein Gott! Ich sehe wie ein Trapper aus, der den ganzen Winter in den Bergen verbracht hat.« Sie legte die Hände mit den dicken Handschuhen auf ihren Anorak. »Sehen Sie nur. Das Hotel wird mich gar nicht aufnehmen.«

»Sie sind die schönste Frau, der ich seit vielen Jahren begegnet bin«, rutschte es dem Mountie heraus, und er erschrak selbst über sein Kompliment. Rasch öffnete er die Tür und ließ ihr den Vortritt. »Keine Bange. Sie bekommen das schönste Zimmer.«

Sie betrat die Hotelhalle und blickte sich staunend um. Das Dawson Hotel stammte aus der Zeit des Goldrausches, einige Jahre später war es abgebrannt und in den Zwanzigerjahren in alter Pracht wieder aufgebaut worden. Die Architekten hatten sich an die alten Pläne gehalten und lediglich die Zimmer und die Eingangshalle etwas großzügiger gestaltet. Die englischen Möbel und die gepolsterten Ohrensessel neben dem Kamin waren vor dem Feuer gerettet worden. Auf dem Boden lag ein dicker Orientteppich. Die elektrischen Kerzen des reich verzierten Kronleuchters verbreiteten grelles Licht und warfen klare Schatten. »Frank!«, rief der Mann hinter der Rezeption erstaunt. Er war untersetzt und trug einen dunklen Anzug. Sein schlohweißes Haar ging nahtlos in einen dichten Vollbart über. Seine listigen Äuglein glitzerten erfreut. »Die RCMP hat sich schon Sorgen um dich gemacht. Am besten rufst du gleich in der Garnison an.« Er schien Clarissa erst jetzt zu bemerken. »Und Sie müssen Clarissa Swenson sein. Ich habe Ihr Bild in der Zeitung gesehen.«

»In der Zeitung?«, wunderte sie sich.

»In den *Dawson City News* stand ein langer Artikel über Sie und Ihren Mann. Wir dachten, Sie seien in den Bergen abgestürzt …«

»Das stimmt«, erwiderte sie, »wir hatten eine Bruchlandung. Mein Mann ist tot.« Sie erzählte in wenigen Sätzen, was geschehen war, und legte ihren rechten Arm auf den Tresen. »Wenn Frank nicht gekommen wäre, hätte ich wohl den Rest meines Lebens dort oben verbracht.«

»Und sie hat mir das Leben gerettet«, betonte er. »Bill Anayak, dieser Mistkerl, hat mir eine Kugel verpasst, und ich kann von Glück sagen, dass sie mich aus dem Schnee gezogen hat.«

»Dann seid Ihr ja quitt«, meinte der Hotelbesitzer fröhlich. Er wandte sich an Clarissa. »Möchten Sie bei uns wohnen, Mrs. Swenson? Ich lasse die schönste Suite für Sie herrichten! Kostet Sie keinen Pfennig! Wenn ich erzähle, dass die tapferste Frau des Yukon bei mir wohnt, hab ich die beste Werbung der Welt.«

»Solange Sie kein Spruchband über die Veranda hängen«, erwiderte Clarissa schnippisch. Sie konnte mit ihrem Ruhm wenig anfangen, hatte nicht angenommen, dass ihr Verschwinden den Zeitungen mehr als eine kurze Meldung wert gewesen wäre. Sie stand ungern im Mittelpunkt. »Aber ich bin Ihnen natürlich sehr dankbar. Ich habe einiges an Schlaf nachzuholen.« Sie kehrte ihre Hände nach oben. »Gepäck habe ich leider nicht. Ist alles verbrannt. Sobald ich ein heißes Bad genommen habe, schicke ich ein Telegramm nach Whitehorse und lasse die wichtigsten Sachen kommen. Ein Konto möchte ich auch eröffnen. Ich möchte in Dawson City bleiben und ein kleines Haus anzahlen. Würden Sie mir bitte Bescheid sagen, wenn Sie irgendetwas hören?«

»Natürlich, Mrs. Swenson«, antwortete der Hotelbesitzer eifrig. »Tragen Sie sich bitte in unser Gästebuch ein. Ich sorge inzwischen dafür, dass ein heißes Bad für Sie vorbereitet wird. Lassen Sie mich wissen, wenn Sie sonst einen Wunsch haben.«

»Vielen Dank, Mister …«

»Jim Dawson«, stellte er sich vor.

Clarissa schrieb ihren Namen in das Gästebuch und bemerkte, dass Frank zum Wandtelefon gegangen war. »Ich hatte Glück, Sir«, sagte er gerade. »Eine Dame hat mich gefunden! Wie? Ja, eine Dame, ganz richtig! Clarissa Swenson. Die Frau eines Buschpiloten, der in den Bergen umgekommen ist. Genau. Ohne sie wäre ich jetzt nicht hier.« Er hörte eine Weile zu. »Natürlich, Sir. Das werde ich ihr ausrichten. Ich bin gleich bei Ihnen, Sir.«

Der Mountie hängte lächelnd ein und wandte sich an Clarissa. »Der Superintendent lädt Sie zum Essen ein. In der Garnison. Er ruft Sie morgen an, um einen Termin mit Ihnen auszumachen.«

»Das ist sehr freundlich von ihm.«

»Ja, dann …«, meinte Frank unbeholfen. »Ich muss gleich ins Hauptquartier zurück.« Er reichte ihr die Hand und drückte sie viel zu fest. »Vielen Dank für alles. Darf ich Sie auch mal anrufen?«

»Natürlich, Frank. Ich würde mich sehr freuen.«

Er verließ das Hotel und schloss leise die Tür. Sie blickte ihm nach und beobachtete wehmütig, wie er auf den Schlitten stieg und die Hunde anfeuerte. »Vielen Dank, Frank«, flüsterte sie.

14

Die ersten Tage in der Zivilisation verliefen sehr unruhig. Es begann damit, dass sie am ersten Morgen unsanft aus ihrem tiefen und traumlosen Schlaf gerissen wurde. Sie hörte Lärm durch das geschlossene Fenster. Einige Männer standen vor dem Hoteleingang und unterhielten sich lautstark über die steigenden Benzinpreise. Mehrere Hunde bellten unaufhörlich. Irgendjemand versuchte vergeblich, den Motor seines Automobils anzuwerfen. Ein Händler beschimpfte die Zugtiere seines Frachtwagens und ließ lautstark die Peitsche knallen. Im Nachbarzimmer schrie ein Kind. Schwere Stiefel polterten über die Hoteltreppe.

Clarissa zog sich das Kissen über den Kopf, aber auch das nützte nichts. Sie hatte zu lange in der Einsamkeit gelebt und war den Lärm nicht gewohnt. Jedes noch so kleine Geräusch drang in ihr Zimmer und hallte lautstark in ihren Ohren nach. Nach der andächtigen Stille in den abgelegenen Bergen kam ihr Dawson City wie eine Großstadt vor. Sie fühlte sich wie eine Frau, die aus einer ruhigen Kirche in einen belebten Saloon trat und das Stimmengewirr und das Klirren der Gläser als aufdringliche Prasserei empfand. Wütend warf sie ihr Kissen gegen die Wand. Sie sprang aus dem Bett und trat ans Fenster, hätte es am liebsten nach oben geschoben und die Menschen auf der Straße beschimpft.

Mit beiden Händen hielt sie sich am Fensterbrett fest und blinzelte in die Helligkeit, die über dem Yukon River lag und die Häuser der Stadt in einem einzigartigen Glanz erstrahlen ließ. Sie musste Geduld haben. Es würde einige Zeit dauern, bis sie sich an die Zivilisation gewöhnt hatte. In wenigen Tagen, so hoffte sie, würde ihr der Lärm nichts mehr ausmachen.

Wenn sie nach einem langen Winter mit Jack nach Whitehorse geflogen oder mit dem Hundeschlitten ihres Nachbarn gefahren war, hatte sie den Lärm auch als Störung empfunden. Dann war ihr die Stadt wie die Metropole in einer anderen Welt erschienen. Hier würde es ähnlich sein. Sie würde die Einsamkeit vergessen und sich an Dawson gewöhnen. Als Frau hatte sie in der Wildnis nichts zu suchen. Es gab sogar Trapper, die in der Abgeschiedenheit der Berge verzweifelten und verrückt wurden. Ihr würde nichts anderes übrig bleiben, als in die Stadt zu ziehen. Dawson City lag mitten in der Wildnis, und sie brauchte nur einen Hundeschlitten zu nehmen und auf den Yukon zu fahren, wenn sie die Einsamkeit suchte und dem Stadtlärm entkommen wollte.

Ihr Blick wanderte über die belebte Front Street. Die eisige Kälte, die auch an diesem Morgen über der Stadt lag, tat dem regen Treiben keinen Abbruch. In den Läden brannten Lichter, auf der Straße stauten sich die Fuhrwerke, und auf den hölzernen Gehsteigen drängten sich die Menschen. Aus dem Büro der *Dawson City News,* das schräg gegenüber lag, stürmte ein älterer Mann im schwarzen Mantel, die lockigen Haare fast vollständig unter einer dicken Mütze aus Waschbärenfell verborgen. Er überquerte die Straße, und sie beobachtete, wie er die Hoteltür öffnete und in die Eingangshalle trat. Wahrscheinlich wollte er ein Exklusiv-Interview mit der mutigen Frau führen, die ihren Mann verloren, in der Wildnis überlebt und einen Polizisten der RCMP vor dem sicheren Tod gerettet hatte. Solche Geschichten mochten die Leser. Sie ging zur Waschschüssel und zog ihr Nachthemd aus. Der Ofen brannte, und es war angenehm warm in ihrer geräumigen Suite. Am liebsten wäre sie im Bett geblieben und hätte überhaupt nicht mit dem Reporter gesprochen, aber sie wusste, dass die Leute auf ihre Antworten warteten.

»Aber nur, wenn Sie mich nicht zur Heldin machen«, meinte sie, als sie sich angezogen hatte und den Zeitungsmann in der Eingangshalle traf. Er stellte sich als Bill Lavery vor und bat um ein Interview. »Ich habe keinen Heiligenschein verdient. Ich habe nur getan, was jeder andere auch getan hätte. Ich bin keine Heldin. Wenn Sie sich mit der nüchternen Wahrheit zufrieden geben, will ich Ihre Fragen gerne beantworten, Mr. Lavery.«

Bill Lavery war Chefredakteur des Blattes. Er lud sie zum Frühstück ein und bestellte einen Kaffee für sich, mit viel Milch, wie er zweimal betonte. »Ein neuer Kellner«, entschuldigte er sich. Clarissa bemerkte die neugierigen Blicke der anderen Gäste und wurde sich erst jetzt bewusst, dass sie wie ein Trapper gekleidet war. »Entschuldigen Sie meinen Aufzug«, sagte sie zu Lavery, »aber meine Kleider kommen erst mit der nächsten Post aus Whitehorse. Ich habe leider nur diesen Pullover.« Sie merkte, dass sie nach der Blockhütte des toten Trappers und den Hunden roch, und verzog das Gesicht. »Ich muss wie ein Rudel ausgehungerter Wölfe stinken …«

Bill Lavery war solche Worte aus dem Mund einer Dame nicht gewohnt, verkniff sich aber ein Lachen. Er war ein gebildeter Mann, der einige Jahre für eine Tageszeitung in Ottawa gearbeitet hatte, bevor er an den Yukon gekommen war. In vielen Artikeln bedauerte er, nicht zur Zeit des großen Goldrausches in Dawson gewesen zu sein. Er zog einen Block aus einer Seitentasche und klappte ihn auf. »Ich habe großen Respekt vor Ihrer Trauer«, begann er so einfühlsam, wie es einem Reporter möglich war, »aber wäre es Ihnen vielleicht möglich, mir zu erzählen, wie es zu der Bruchlandung in der Wildnis kam? Warum flogen Sie über die Berge?«

Clarissa beantwortete alle Fragen des Zeitungsmannes bereitwillig, verschwieg nur ihre Begegnung mit Nanuk und dem angriffslustigen Wolfsrudel. Er schrieb ungläubig mit, war beeindruckt, als sie von ihrer nächtlichen Schlittenfahrt erzählte. »Das war nichts Besonderes«, antwortete sie, als er neugierig nachhakte, »ich hab ihn auf den Schlitten geladen und zur Hütte gefahren. Dort hab ich die Kugel aus der Schulter geholt. Das hätte jede andere Frau am Yukon auch gekonnt. Sie sollten lieber über die Hunde schreiben. Die Huskys hatten die meiste Arbeit.«

»Und Sie wollen wirklich in Dawson City bleiben?«, wollte Bill Lavery wissen. »Warum gehen Sie nicht nach Hause zurück?«

Sie überlegte eine Weile, suchte nach den passenden Worten. »Ich möchte die Zeit mit meinem Mann so bewahren, wie ich sie in Erinnerung habe. Wenn ich in die Hütte zurückginge, würde ich alles zerstören. Ich will ein neues Leben beginnen. Ich habe mit Jack oft über dieses Problem gesprochen. Als Buschpilot lebt man gefährlich und muss jeden Tag damit rechnen, in der Wildnis abzustürzen. ›Fang ein neues Leben an, Clarissa, falls ich mal nicht zurückkomme‹, sagte mein Mann immer. Ich lasse meine Sachen kommen und fange von vorn an. Wir haben etwas Geld gespart. Nicht viel, aber genug, um ein kleines Haus anzuzahlen und einige Monate durchzuhalten, bis ich Arbeit gefunden habe.«

»Haben Sie schon eine Ahnung, was Sie tun wollen?«, fragte der Chefredakteur. »Vielleicht kann die Zeitung Ihnen helfen ...«

Sie nippte an ihrem Kaffee und blickte ihn ratlos an. Darüber hatte sie noch nicht nachgedacht. »Zur Haushälterin tauge ich nicht«, sagte sie. »Aber ich kann einen Schlitten steuern.« Sie lächelte. »Vielleicht stellt mich die Royal Mail als Postbotin ein.«

Nach dem Frühstück ging Clarissa zum Telegrafenbüro und schickte einige Telegramme nach Whitehorse. Sie bat einen guten Freund ihres Mannes, zu ihrer Hütte zu fahren und ihre persönliche Habe zu schicken, und trug einem Makler auf, die Hütte zu verkaufen. Anschließend ging sie zur Bank of Commerce in der Queen Street. Obwohl die Zeitung mit dem Interview noch gar nicht erschienen war, hatte sie das Gefühl, in der ganzen Stadt bekannt zu sein. Überall drehten sich die Leute nach ihr um, schon wegen ihrer Männerkleidung, und in der Bank rief man gleich nach dem Direktor, als sie ein Konto eröffnen und ihre Ersparnisse von Whitehorse nach Dawson überweisen wollte. George Applegate sah genauso aus, wie sie sich einen Bankdirektor vorstellte, dreiteiliger Anzug, teure Taschenuhr, breites Gesicht, schmale Lippen und ein weißer Backenbart – seine Höflichkeit war einstudiert. Wenn der Geruch ihrer Kleidung ihn störte, ließ er sich das nicht anmerken. Er sagte nur: »Wenn Sie einen Vorschuss haben möchten, Ma'am, sind wir gern dazu bereit. Ich berechne Ihnen keine Zinsen. Wir fühlen uns sehr geehrt, eine so berühmte Lady als Kundin zu haben.«

Clarissa wollte sich nicht daran gewöhnen, eine bekannte Frau zu sein, und schüttelte den Kopf. »Ich bin nicht berühmt, Mr. Applegate. Ich habe einen Polizisten gesund gepflegt, weiter nichts. Aber auf Ihr Angebot mit dem Vorschuss gehe ich mit Vergnügen ein. Ich würde mir gern anständige Kleidung kaufen. Ich denke, das ist im Sinne aller Leute, die mit mir verkehren.« Sie merkte, wie Applegate verlegen zur Seite blickte, und amüsierte sich darüber.

»Also, schön«, besiegelte der Bankdirektor ihr Abkommen und schüttelte ihr die schwammige Hand. »Und falls Sie ein Problem haben … Wir sind immer für Sie da, Ma'am. Auf Wiedersehen!« Clarissa ging nach draußen und stieß mit einem Goldgräber zusammen. Der Mann entschuldigte sich überschwänglich. Sie schenkte ihm ein Lächeln und ging zum Fluss hinunter. Der Trubel der Stadt war zu viel für sie geworden, und sie brauchte etwas Ruhe, um ihre Gedanken in Ordnung zu bringen. Es war angenehm, den Lärm von Dawson City hinter sich zu lassen. Ein Städter aus Vancouver hätte sich wahrscheinlich über sie amüsiert. Auch sie fragte sich, wie sie wohl reagieren würde, wenn sie den Yukon verließ und in einer wirklichen Großstadt auftauchte. Aber das hatte sie nicht vor. Ihre Zukunft lag im hohen Norden, auch ohne den geliebten Mann. Sie zog die Ohrenschützer ihrer Fellmütze herunter und setzte sich auf einen alten Schlitten, der oberhalb des Flusses im Schnee lag. Die Sonne schimmerte hinter dem nebligen

Dunst, der über dem Fluss lag, und es war nicht so kalt wie sonst, aber der Wind hatte aufgefrischt und trieb feine Eiskristalle über den Boden. Sie stützte den Kopf in beide Hände und seufzte. Das Interview mit dem Zeitungsmann, das Gespräch mit dem Bankdirektor und das Aufsehen, das sie überall in der Stadt erregte, hatten mehr Kraft gekostet als eine stundenlange Schlittenfahrt über den Yukon. Was hatte sie getan, dass so viele Menschen sie als Heldin verehrten? Hatte Frank überall erzählt, dass sie ihn gerettet hatte? Sie kokettierte nicht, wenn sie ihre Anstrengung überall herunterspielte. Sie war wirklich der Meinung, dass jede andere Frau genauso gehandelt hätte. Was konnte sie dafür, dass Nanuk sie zu einer Blockhütte mit Vorräten und Brennholz geführt hatte?

Sie entdeckte einen dunklen Schatten auf dem Eis und erhob sich langsam. »Nanuk«, sagte sie. Der Wolfshund schien ihre Gedanken erraten zu haben und kam langsam über den zugefrorenen Fluss. Oder bildete sie sich das nur ein? In diesem Augenblick stand sie wieder vor der Blockhütte in den Bergen und sah den Wolfshund auf dem verschneiten Hügel stehen. Seine Augen leuchteten im weißen Dunst und schienen ihr zu sagen, dass er sie nicht vergessen hatte. »Nanuk«, wiederholte sie leise. Sie trat an den Rand der Böschung und blickte zu dem Wolfshund hinunter, der stehen geblieben war und den Kopf gehoben hatte. »Komm zu mir, Nanuk. Nimm den schmalen Pfad.«

Der Trail führte in zahlreichen Windungen vom Fluss empor, war aber in dem Schnee nur schemenhaft zu erkennen. Nanuk witterte ihn mit sicherem Instinkt. Er stapfte mutig durch den tiefen Schnee und schien es gar nicht abwarten zu können, von seiner zweibeinigen Freundin liebkost zu werden. Erst auf halber Höhe wurde ihm bewusst, welcher Trubel ihn am Rande der Stadt erwartete. Er blieb stehen und blickte zögernd den Pfad hinauf.

»Hab keine Angst, Nanuk.« Sie ging ihm ein paar Schritte entgegen, bis sie im tiefen Schnee stecken blieb. »Komm, Nanuk.«

Aber der Wolfshund hatte den Mut verloren und kehrte um. In weiten Sätzen hastete er auf den Fluss zurück und verschwand im Nebel. Sehnsuchtsvoll blickte sie seinem Schatten nach. Wenn sie einen Schlitten gehabt hätte, wäre sie ihm gefolgt, selbst ohne ein Gefährt dachte sie für einen Augenblick daran, die Stadt zu verlassen und in die Wildnis zurückzugehen. In der Abgeschiedenheit der Berge war vieles schwerer, aber auch manches einfacher. Die Einsamkeit hatte ihr ein perfektes Zuhause geboten, ihr Leben auf die wirklich wichtigen Dinge beschränkt. Eine warme Hütte, etwas zu essen und zu trinken, ein gutes Buch und die Freundschaft eines treuen Hundes, mehr brauchte man nicht zum Leben. Sie dachte an Frank und wurde unsicher. Der Mountie war zu einem guten Freund geworden, einem Vertrauten, der dieselbe Sprache wie sie benutzte und ihre Gedanken zu lesen verstand. Wie Jack, ihr verstorbener Mann. War ihre Beziehung zu Frank etwa tiefer, als sie angenommen hatte? War sie wenige Monate nach dem Tod ihres Mannes schon im Stande, Gefühle für einen anderen Mann zu entwickeln? Sie schalt sich eine Närrin und schüttelte unwillig den Kopf. Allein der Gedanke war in ihren Augen Verrat. Sie hatte Jack geliebt und würde niemals für einen anderen Mann so empfinden können. Es war die ständige Nähe gewesen, die eine solche Vertrautheit zwischen dem Mountie und ihr geschaffen hatte. In ein paar Tagen würde sie ihn vergessen haben, und er würde mit seinen Kameraden auf Patrouille gehen und keinen Gedanken an sie verschwenden.

Sie kehrte in die Stadt zurück und verbrauchte einen Teil des Vorschusses, den sie von der Bank bekommen hatte, um sich neue Kleidung und Unterwäsche zu kaufen. Der Besitzer des Kaufhauses, das in einer Parallelstraße der Front Street lag, gewährte ihr einen großzügigen Rabatt, und sie wehrte sich nicht dagegen. Auch er wusste bereits, dass sie einem Mountie das Leben gerettet hatte. Die Polizisten der RCMP genossen einen legendären Ruf im kanadischen Norden, und wer einem solchen Mann half, wurde als Held gefeiert. Mit dem Paket ging Clarissa zum Hotel. Sie verspürte plötzlich Hunger, betrat ein Cafe, ließ sich ein Sandwich zubereiten und heißen Tee abfüllen und ging damit auf ihr Zimmer. Der Hoteldiener hatte ihren Ofen mit Holz gefüttert, und es war angenehm warm. Sie machte sich heißhungrig über das Sandwich her und spülte die Bissen mit dem heißen Tee hinunter. Nach dem Essen trat sie ans Fenster. Sie ertappte sich dabei, wie sie den Fluss nach Nanuk absuchte, und ärgerte sich darüber. Er war in der Wildnis viel besser aufgehoben. Er hatte nichts in einer Stadt verloren.

Sie trat vor den Spiegel und wechselte die Kleidung. Nach so vielen Monaten in Hosen und Anorak kam sie sich in dem dunkelbraunen Kleid eher albern vor. Die Schuhe mit den hohen Absätzen drückten. Sie schnitt eine Grimasse und griff sich an die Haare, die sie gewaschen und zu einem Knoten gebunden hatte. Sie waren viel zu lang. Sie beschloss, morgen Nachmittag zu einem Friseur zu gehen und ihre Haare schneiden und mit der Brennschere legen zu lassen. Sie ließ sich in einen Sessel fallen. Es fiel ihr schwerer, sich an die Zivilisation zu gewöhnen, als sie gedacht hatte. In einer Stadt wie Dawson City war man auch darauf angewiesen, was die anderen Leute von einem dachten. Besonders wenn man als Heldin verehrt wurde und in der angesehenen *Dawson City News* eine Seite gewidmet bekam, war es wichtig, auf sein Äußeres zu achten. Sie war nie eitel gewesen, hatte sich selten geschminkt und auch am Lake Laberge meist Hosen getragen. Nur wenn sie gefeiert hatten oder nach Whitehorse gefahren waren, hatte sie ein Kleid angezogen. Sie war auch deshalb in den hohen Norden gegangen, um nicht dem Schönheitsideal entsprechen zu müssen, das in Versandhauskatalogen wie Sears & Roebuck gefeiert wurde.

Jack hatte sie so geliebt, wie sie war. »Wenn ich dich nicht mag, wie dich der liebe Gott erschaffen hat, kann ich gleich verschwinden«, hatte er gesagt. Und wenn sie morgens in seinen Armen aufgewacht war, hatte er sie zärtlich auf die Stirn geküsst und behauptet, dass sie die schönste Frau der Welt sei.

»Du bist tausend Mal schöner als diese Janet Gaynor!« Das Bild der Schauspielerin war sogar in Whitehorse auf der ersten Seite der *News* gewesen, als sie den ersten Academy Award bekommen hatte. Sie lächelte bei dem Gedanken, denn Janet Gaynor hatte wie eine Prinzessin ausgesehen, und es gab keine einzige Frau in Whitehorse oder Dawson, die so schön wie sie war.

Es klopfte an der Tür. »Mrs. Swenson? Ein Anruf für Sie!«

Clarissa öffnete und folgte dem Hoteldiener in die Eingangshalle. Sie griff nach dem Hörer und nannte ihren Namen. »Ja?«

»Constable Watson«, kam die Antwort. »Frank«, fügte er beinahe schüchtern hinzu. »Von der RCMP. Wegen der Einladung von Superintendent Webster. Ich habe Ihnen doch erzählt, dass er sie gerne zum Essen einladen möchte. Ein Empfang im Hauptquartier. Ich soll Ihnen die besten Grüße des Kommandanten bestellen und Ihnen sagen, dass die RCMP es sehr zu schätzen weiß, dass Sie mir das Leben gerettet haben.« Er hustete verlegen. »Wäre Ihnen morgen Abend um achtzehn Uhr genehm?«

»Natürlich«, antwortete sie überrascht, obwohl sie mit dem Anruf gerechnet hatte. »Aber ich möchte kein großes Aufheben von meinen Aktivitäten machen. Es reicht schon, wenn die ganze Stadt mich als Heldin verehrt. Die Sache ist mir sehr peinlich …«

»Unsinn!«, widersprach er. »Sie haben mir das Leben gerettet. Wenn Sie nicht gewesen wären, hätten mich die Wölfe gefressen. Ich hätte keine Stunde länger in dem Schnee ausgehalten.«

»Es war nichts Besonderes«, wiederholte sie.

»Der Superintendent wäre ziemlich beleidigt, wenn Sie absagen würden«, betonte der Mountie scherzhaft. »Und ich wäre sehr traurig! Darf ich Sie morgen Abend um kurz vor sechs abholen?« Sie lachte. »Natürlich, Frank.«

Er behielt den Hörer in der Hand. »Haben Sie sich gut

eingelebt, Clarissa? Ich meine, haben Sie sich an Dawson gewöhnt?«

»Es fällt mir schwer«, gab sie zu.

»So geht es mir auch immer, wenn ich von einer Patrouille zurückkehre. Die Einsamkeit hat auch ihren Reiz, nicht wahr?«

»Irgendwie schon«, meinte sie.

»Clarissa?«

»Ja?«

»Bis morgen Abend.«

»Bis morgen Abend«, erwiderte sie. »Leben Sie wohl.« Sie hängte den Hörer ein und kehrte nachdenklich in ihre Suite zurück.

15

Clarissa stand in der Eingangshalle und wechselte belanglose Worte mit dem Hotelbesitzer, als Frank mit einem Kleinlaster vor dem Hotel parkte. Er ließ den Motor laufen, weil das Automobil bei diesen Temperaturen nicht mehr angesprungen wäre, und öffnete die Tür. »Guten Abend, Clarissa«, grüßte er herzlich. Er griff vertraulich nach ihren Händen und musterte sie mit strahlenden Augen. »Sie sehen wunderbar aus mit der neuen Frisur!« Sie hatte den halben Nachmittag beim Friseur verbracht, einem jungen Mann, der aus Vancouver gekommen war und behauptet hatte, die reichsten Damen der Stadt frisiert zu haben. Jetzt war ihr Haar nach oben gesteckt und fiel in verspielten Locken über die Ohren. »Und der Mantel und die Schuhe stehen Ihnen wunderbar! Viel zu vornehm für Dawson City!«

Sie fühlte sich geschmeichelt und bedankte sich mit einem freundlichen Lächeln. »Sie sehen sehr stattlich aus«, revanchierte sie sich. »Die Uniform steht Ihnen großartig!«

Frank blickte an seiner roten Ausgehuniform mit den funkelnden Messingknöpfen hinunter und zuckte mit den Schultern. »Die dürfen wir nur zu besonderen Gelegenheiten anziehen.« Er ließ ihre Hände los, verwirrt darüber, dass er sie so lange gehalten hatte, und führte Clarissa zur Tür. Das Schmunzeln des Hotelbesitzers sahen beide nicht. »Ich habe unseren besten Wagen mitgebracht«, sagte er, als er ihr in den Kleinlaster half. Auf beide Türen war das Wappen der Royal Canadian Mounted Police gemalt. »Archie Ferguson wollte mir seine Luxuskarosse nicht borgen, und was anderes haben wir leider nicht.« Er achtete darauf, dass sie bequem saß, hob einen Zipfel ihres Mantels in den Wagen und schloss die Tür. Er ging um den Wagen herum, setzte sich hinter das Lenkrad und legte den ersten Gang ein. »Ich bin kein besonders guter Fahrer«, meinte er lachend, als der Kleinlaster bockend anfuhr.

Das Hauptquartier der RCMP lag außerhalb der Stadt auf dem Hochufer, eine Reihe von langen Holzbauten, die zweistöckige Kommandantur und die Ställe und Vorratsschuppen. Auf dem Paradeplatz ragte ein weißer Fahnenmast empor. »Sie werden staunen«, bemerkte Frank fröhlich, »die Eltern unseres Kochs hatten ein Feinschmeckerlokal in Ottawa. Ich habe nirgendwo besser gegessen als hier!«

Die Wache salutierte, als Frank durch das Tor fuhr und den Wagen vor der Kommandantur parkte. Auch diesmal ließ er den Motor laufen. Er half ihr aus dem Wagen und führte sie unter der Veranda hindurch. Vom Geländer hing eine kanadische Flagge. Sie merkte, wie sehr er sich darüber freute, ihr zu Diensten sein zu können, und ertappte sich dabei, seine Hand zu drücken, als sie zur Tür gingen. Auch ihre Augen strahlten. Nach den Strapazen, die sie in der Wildnis durchlebt hatte, tat es gut, so zuvorkommend behandelt zu werden. Mit einem Kopfnicken erwiderte sie den militärischen Gruß, mit dem Superintendent Webster und Sergeant Major Caulkin sie in der Halle empfingen.

»Willkommen bei der RCMP, Mrs. Swenson!«, sagte der Sergeant Major, ein hünenhafter Mann mit blitzenden Augen und einem angegrauten Schnurrbart. »Es ist uns eine außerordentliche Ehre, eine so tapfere Frau im Hauptquartier begrüßen zu dürfen!«

»Herzlich willkommen, Mrs. Swenson!«, sagte Webster.

»Superintendent! Sergeant Major!«, erwiderte Clarissa förmlich. »Ich freue mich, bei unserer Polizeitruppe zu Gast sein zu dürfen. Ich habe die Männer in den roten Uniformen immer bewundert.«

»Wir haben vom Tod Ihres Mannes gehört«, betonte der Superintendent, als sie den Speisesaal betraten, »unser aufrichtiges Beileid im Namen der ganzen Truppe. Eine furchtbare Sache.«

Der Kommandant der Polizeitruppe war ein kräftiger Mann in den Fünfzigern, ein englischer Offizier vom Scheitel bis zur Sohle, der im Ersten Weltkrieg gedient hatte. Eine lange Narbe am Hals erinnerte an den Streifschuss eines deutschen Heckenschützen. Sein Blick strahlte Entschlossenheit aus, seine dunkle Stimme klang befehlsgewohnt. »Unsere besten Leute, Mrs. Swenson!«, stellte er die rotberockten Polizisten vor, die im Speisesaal auf sie warteten und stramm salutierten, als ihre Vorgesetzten das Zimmer betraten. »Ihr Platz«, sagte er und deutete auf das Kopfende des langen Tisches.

Frank half ihr auf den gepolsterten Stuhl und setzte sich neben sie, als der Superintendent zu seinem Platz am anderen Kopfende gegangen war. Er wechselte einen raschen Blick mit Clarissa und schien sich für die übertriebene Förmlichkeit entschuldigen zu wollen. »Sehr freundlich von Ihnen, Frank«, bedankte sie sich. »Ich hatte vollkommen vergessen, wie freundlich und zuvorkommend die Menschen in einer Stadt sein können.«

Der Abend wurde zu einem interessanten Erlebnis, an das sie sich noch lange erinnern sollte. Das Essen schmeckte köstlich: Nudelsuppe mit Markklößchen, geräucherte Forelle mit Zitronensaft, Elchbraten mit Preiselbeergelee und englischer Pudding. Sie wurde nicht müde, den Koch in den höchsten Tönen zu loben. Sie stießen mit kalifornischem Wein an, und sie musste immer wieder erzählen, wie sie den verletzten Constable Frank J. Watson aus den eisigen Klauen des Winters befreit hatte. So stand es am nächsten Tag in den *Dawson City News.* Vergeblich wies sie daraufhin, dass vor allem die Hunde den Mann gerettet hatten. »Blondie ist ein hervorragender Leithund«, sagte sie, »eigentlich hätten sie ihn und die anderen Hunde des Gespanns zum Essen einladen müssen.«

Die Männer lachten höflich. »Sie haben ihr Festmahl bekommen«, versicherte der Sergeant Major, »und wie ich unseren Koch kenne, bekommen sie auch die Reste unseres heutigen Mahls.«

»Werden Sie den Verbrecher jagen, der Frank… ich meine, der Constable Watson angeschossen hat?«, fragte sie, auch um das Thema zu wechseln. Sie hatten schon zu viel über sie gesprochen, und sie war es leid, als Heldin gefeiert zu werden. Sie verstand gar nicht, dass so viel Aufhebens um diese Sache gemacht wurde. Die Mounties mussten doch solche Rettungstaten gewohnt sein. Oder war es so außergewöhnlich, dass eine Frau sich in der Wildnis zurechtfand? Natürlich gab es in Dawson City einige Frauen, die niemals einen Fuß über die Stadtgrenze gesetzt hätten, aber es waren auch Frauen mit Goldgräbern und Abenteurern in die Wildnis gezogen. Sie lebten abseits der Zivilisation und wurden jeden Tag und jede Nacht mit dem Abenteuer konfrontiert. Jede Ehefrau eines Buschfliegers war eine Abenteurerin, lebte oft tagelang allein in der Wildnis, bis ihr Mann von einem Flug zurückkehrte. »Dieser Bill Anayak ist ein gefährlicher Bursche, nicht wahr? Ich habe sogar in Whitehorse über ihn gelesen. Er soll viel Gold gestohlen haben.«

»Gold, Pferde, Werkzeuge, Vorräte…«, bestätigte der Sergeant Major grimmig, »der nimmt alles, was ihm in die Finger kommt! Wir vermuten, dass er sich mit seiner Beute in einem Dorf der Indianer oder sogar bei den Inuit versteckt. Das würde auch erklären, warum er in den Ogilvie Mountains aufgetaucht ist. Wahrscheinlich ist er in die Northwest Territories geflohen. Wir wollen nächste Woche eine neue Patrouille in den Norden schicken…«

»Wird Constable Watson dabei sein?«, fragte sie. Es klang beinahe ängstlich. »Er war schwer verletzt. Er hätte nicht mal den Schlitten steuern dürfen. Sie werden ihn doch etwas schonen?«

Der Sergeant Major belächelte ihre übertriebene Fürsorge. »Sie sollten als Krankenschwester bei uns anfangen, Madam. Ich glaube, das würde den Männern gefallen.« Er warf Frank, der verlegen errötet war, einen neugierigen Seitenblick zu. »Aber ich kann Sie beruhigen. Constable Watson fährt morgen nach Sixtymile zurück. Auf dem Außenposten gibt es genügend Arbeit.«

»Morgen?», meinte sie erstaunt. Einige Polizisten blickten sie erstaunt an, und sie merkte, was ihre Reaktion bei ihnen bewirkt hatte. Sie glaubten, dass sie sich in den Mountie verliebt hatte. »Sie gönnen sich keine Ruhe, nicht wahr?« Sie lächelte jetzt, vermied es aber, den Männern direkt in die Augen zu sehen. »Es ist sicher kein Vergnügen, bei dieser Kälte seine Pflicht zu tun.«

»Wir sind Mounties«, reagierte der Sergeant Major so, wie man es von ihm erwartete, »wir sind in den hohen Norden gegangen, um der Öffentlichkeit zu dienen. Die Kälte darf uns nicht schrecken. Dafür trainieren wir das ganze Jahr. Nur die besten Männer werden nach Dawson versetzt.« Er hob sein Weinglas und prostete den anderen zu. »Auf die Royal Canadian Mounted Police!«

»Auf die RCMP!«, echoten die Polizisten.

»Auf die tapferen Männer der RCMP, die ihr Leben einsetzen, um unbescholtene Bürger zu beschützen!«, sagte Clarissa stolz.

Sie tranken den Wein, und Clarissa spürte, wie einige Männer, allen voran der Sergeant Major, sich nach einer Zigarre sehnten. »Ich glaube, es wird Zeit für mich«, sagte sie mit einem Blick auf die große Standuhr. »Es war ein wundervoller Abend, meine Herren, und ich möchte mich herzlich für die Einladung bedanken.«

»Die Freude ist ganz auf unserer Seite«, erwiderte der Superintendent. »Sie haben der RCMP einen unschätzbaren Dienst erwiesen!« Er erhob sich feierlich und suchte nach den passenden Worten. »Sie sind eine starke Frau, Mrs. Swenson, und wir haben uns lange überlegt, wie wir uns bei Ihnen bedanken sollen. Dieser Empfang war nur eine kleine Geste. Wir sind der Meinung, und ich glaube, ich spreche im Namen aller Anwesenden, dass nur ein außergewöhnliches Geschenk unsere Dankbarkeit ausdrücken kann. Wir haben lange überlegt, wie dieses Geschenk aussehen könnte, und ich darf sagen, dass Constable Watson eine wirklich einmalige Idee hatte. Wenn Sie erlauben, möchten wir Ihnen dieses Geschenk jetzt überreichen. Sergeant Major!«

Der Sergeant Major ging zur Tür, öffnete sie und rief einen Namen. Wenig später war Hundegebell zu hören. »Ihr Geschenk!«, sagte er stolz. »Leider können wir es nicht ins Zimmer holen.«

Sie erhob sich ungläubig und ging zur Tür. Vor der Veranda stand ein Mountie und hielt den bellenden Leithund am Geschirr fest. »Blondie!«, rief sie erstaunt. »Blondie ist mein Geschenk?«

»Sie dürfen den Hund behalten«, sagte der Superintendent. »Wir haben vor, ein neues Gespann für den nächsten Winter zusammenzustellen, und Constable Watson war der Meinung, Sie würden sich über den Hund freuen. Sie freuen sich doch, oder?«

»Und wie ich mich freue!«, rief Clarissa überschwänglich. Sie rannte nach draußen, ungeachtet der eisigen Kälte, und schloss den Leithund in die Arme. »Blondie! Blondie! Hast du das gehört? Die Männer wollen, dass ich dich behalte! Ist das nicht wunderbar?« Sie kraulte das weiche Fell des Hundes und rieb ihm über den Kopf. »Wir werden viel Spaß miteinander haben!«

Sie schlüpfte in ihren warmen Mantel, den Frank ihr nach draußen brachte, stülpte die Fellmütze über ihre Locken und zog die Handschuhe an. »Vielen Dank, meine Herren!«, sagte sie zu den Polizisten. »Das ist eines der schönsten Geschenke, das ich jemals bekommen habe!« Sie schüttelte jedem der Männer die Hand und wandte sich an den Superintendent. »Darf ich Blondie bei Ihnen lassen, bis ich eine neue Unterkunft gefunden habe?«

»Natürlich«, antwortete er, »meine Männer kümmern sich solange um ihn. Rufen Sie uns einfach an, wenn Sie eine neue Bleibe gefunden haben, dann bringt einer meiner Männer den

Hund zu Ihnen. Einverstanden?« Er wandte sich an Frank. »Constable! Bringen Sie die junge Dame bitte ins Hotel zurück!«

Auf der Rückfahrt sprachen Clarissa und Frank nur wenig. Ihr war längst bewusst geworden, dass die Vertrautheit zwischen ihnen auch in der Zivilisation geblieben war, und er dachte darüber nach, was wohl seine Kameraden sagen würden, wenn er in die Garnison zurückkehrte. Sie glaubten bestimmt, dass er sich in seine junge Retterin verliebt hatte. Er redete sich noch immer ein, lediglich freundschaftliche Gefühle für sie zu empfinden. Immerhin hatte sie vor wenigen Monaten ihren Mann verloren. Aber er wurde immer verlegener, und auch sie wurde unsicher, weil sie spürte, wie Frank sie verwirrte.

Sie genoss die Gesellschaft des jungen Mannes und fürchtete sich gleichzeitig davor, mit ihm allein zu sein. Die Bande zu ihrem toten Mann waren zu stark, um Platz für ein neues Gefühl oder eine neue Liebe zu machen. Sie führte ihre Unsicherheit auf den Umstand zurück, zu lange in der Einsamkeit und mit dem jungen Mountie allein gewesen zu sein. Es war leicht, eine solche Beziehung mit anderen Gefühlen zu verwechseln. Darüber dachte auch Frank nach.

Der Kleinlaster kämpfte sich mit leuchtenden Scheinwerfern über den festen Schnee. Clarissa hielt sich am Seitenfenster fest, freute sich darauf, in ihrem warmen Hotelbett zu liegen und mit ihren Gedanken allein zu sein. Frank dachte daran, dass er in wenigen Stunden wieder auf den Kufen eines Hundeschlittens stehen und zum Außencamp am Sixtymile fahren würde. Er würde das Gespann des Corporals nehmen und die nächsten Wochen damit verbringen, die Fallensteller und Goldsucher in ihren einsamen Hütten zu besuchen. »Kann sein, dass ich erst im Frühjahr wieder nach Dawson zurückkomme«, sagte er.

»Eine lange Zeit«, erwiderte sie, ohne ihn anzublicken. Sie ließ einige Zeit verstreichen, fuhr mit einem Finger über die beschlagene Scheibe. »Ist die Arbeit in einem Außencamp interessant?«

»Kommt darauf an«, meinte er. Auch sein Blick war nach draußen gerichtet. »Manchmal treiben sich Schmuggler am Sixtymile herum. Aber meist verbringe ich den Tag damit, von einer Blockhütte zur anderen zu ziehen, um festzustellen, ob die Bewohner noch am Leben sind.« Er schob seine Fellmütze in den Nacken. »Oder ich repariere meine Hütte. Das Dach ist undicht, und wenn zu viel Schnee fällt, regnet es in mein Essen.« Sie lachten beide, eine willkommene Gelegenheit, die Stimmung zu wechseln.

Frank wich einem Schneehasen aus, der in wilden Zickzacksprüngen zum Fluss hetzte, und geriet in eine Schneewehe, die vom Wind gegen einen Hügel getrieben worden war. Das linke Vorderrad blieb stecken, und der Motor verstummte. »Das hat uns gerade noch gefehlt!«, schimpfte er. Er schlug mit den flachen Händen auf das Lenkrad und unterdrückte mühsam einen Fluch. »Bei der Kälte springt der Motor bestimmt nicht mehr an!« Er verzog das Gesicht. »Jetzt muss ich Sie zum Hotel tragen.«

»Unsinn«, wehrte sie ab. »Zusammen kriegen wir den Wagen wieder flott. Wer mit sechs halbwilden Hunden fertig wird, schafft eine solche Kiste allemal!« Bevor er etwas dagegen einwenden konnte, öffnete sie die Tür und stieg aus. Zwischen der Garnison und der Stadt war offenes Land, und der kühle Nachtwind wehte ihr entgegen. »Kommen Sie! Wir schieben ihn auf die Straße!«

»Kommt gar nicht in Frage«, winkte er ab. »Sie bleiben im Wagen. Das schaffe ich schon allein.« Er deutete auf ihre hochhackigen Schuhe. »Oder wollen Sie Ihre Schuhe kaputtmachen?«

Sie ließ sich nicht beirren und stapfte um das Automobil herum. Ihr langer Mantel schleifte über den knöcheltiefen Schnee. »Das haben wir gleich, Frank!« Sie stellte sich vor den Kleinlaster und stemmte sich gegen einen Kotflügel. »Worauf warten Sie?«

Frank schüttelte lachend den Kopf. »Wenn Sie sich etwas in

den Kopf gesetzt haben, lassen Sie nicht mehr davon ab, was?« Er sprang in den Schnee und lehnte sich gegen die andere Seite des Wagens. Seine Augen leuchteten, als er das Kommando gab: »Eins, zwei, drei!« Sie stemmten ihre Füße fest in den Schnee und lehnten sich mit aller Kraft gegen das Automobil. Sie stöhnten und ächzten, aber der Kleinlaster stand so fest, als hätte man ihn in Zement gegossen. Das linke Vorderrad hatte sich tief in die Schneewehe gegraben und war kaum zu sehen.

Clarissa sank schnaufend in die Knie. »So geht es nicht, Frank. Haben Sie einen Spaten dabei? Wir müssen ihn freischaufeln.«

»Sie haben Recht«, meinte Frank. Er holte einen Spaten von der Ladefläche und begann, die vordere Partie des Automobils vom Schnee zu befreien. Die Arbeit war anstrengend, und er kam schon nach wenigen Minuten ins Schwitzen. Sie griff nach dem Spaten und wollte ihn ablösen, aber diesmal blieb er Sieger. »Kommt gar nicht in Frage, Clarissa! Das ist keine Arbeit für eine Frau. Setzen Sie sich in den Wagen und wärmen Sie sich auf.«

Sie rührte sich nicht vom Fleck, machte aber auch keine Anstalten mehr, ihm den Spaten abzunehmen. Stattdessen räumte sie den Schnee mit beiden Händen unter dem Wagen weg. Nach einer Weile gab sie auf und lehnte sich mit dem Rücken gegen den Wagen. Ihr Atem kam stoßweise. Frank schaufelte noch einige Minuten, dann legte er den Spaten auf die Ladefläche zurück. »Sie sind unverbesserlich!«, sagte er zu Clarissa.

Sie antwortete mit einem Lächeln und stemmte sich gegen einen Kotflügel. »Jetzt müsste es klappen, Frank! Noch einmal!«

Er machte gar nicht den Versuch, sie zurückzuhalten. »Noch einmal!«, betonte er streng. »Aber wenn wir es dann nicht geschafft haben, bringe ich Sie ins Hotel und hole einen Traktor.«

Er gab das Kommando, und sie stemmten sich erneut gegen den Wagen. Diesmal bewegte der Kleinlaster sich zögernd.

»Fester!«, rief Frank. Sie mobilisierten noch einmal alle Kräfte, ächzend und stöhnend, bis das Automobil frei kam und auf die Straße rollte. Sie rutschten mit den Füßen weg und fielen der Länge nach in den Schnee. »Ich muss verrückt sein!«, stieß Frank lachend hervor. »Wenn der Sergeant Major wüsste, was ich Ihnen zumute, würde er mich einsperren! Alles in Ordnung, Clarissa?«

»Ich glaube schon«, erwiderte sie kichernd. Sie erhob sich und wischte sich den Schnee vom Gesicht. Ihre Fellkappe war verrutscht, und ihr Mantel war weiß vom festen Schnee. Ihre Schuhe waren in dem Schnee kaum zu sehen. Sie verzog das Gesicht.

»Mein Gott, ich sehe wie eine Vogelscheuche aus! Was werden die Leute von mir denken, wenn ich so ins Hotel zurückkehre?«

»Sagen Sie ihnen einfach, Sie hätten eine Schneeballschlacht mit den Mounties veranstaltet«, meinte er lachend. Er half ihr in den Wagen und schaffte es tatsächlich, den Motor wieder zu starten. Wie kichernde Teenager fuhren sie zum Hotel.

16

Clarissa saß beim Frühstück und blickte nachdenklich in den morgendlichen Dunst hinaus. Es war an der Zeit, über ihre Zukunft nachzudenken, und sie hatte noch immer keine Ahnung, was sie machen sollte. Sie wollte nichts überstürzen. Ihre Ersparnisse würden einige Monate reichen, und Arbeit gab es in Dawson City genug. Im Krankenhaus wurden Pflegerinnen gesucht, und in der Bank hing eine Liste mit offenen Bürostellen. Aber sie wollte mehr, als nur ihren Lebensunterhalt zu verdienen. Sie sehnte sich nach einer Aufgabe, die ihr Spaß machte und ihrem Leben einen neuen Sinn gab. Ihr toter Mann sollte stolz auf sie sein. Sie war fest davon überzeugt, dass er sie sehen konnte und ermutigte, ein neues Leben zu beginnen. Er würde sich darüber freuen, wenn sie den Schmerz vergaß und wieder lachen konnte. Das Leben war eine Vorbereitung auf den Tod, behaupteten manche Indianer, auf ein neues Leben jenseits des Großen Flusses, und der Weg dorthin führte über schroffe Felsenberge. Nur wer die Prüfungen des Großen Geistes bestand, durfte damit rechnen, nach dem Tod ein glückliches und sorgenfreies Leben zu führen. Seitdem sie im hohen Norden lebte, fühlte sie sich den Indianern und Inuit seltsam nahe. Ihr Glaube schien besser zu der geheimnisvollen Landschaft zu passen als das strenge und doktrinäre Christentum.

Vor dem Hotel parkte ein Hundeschlitten. Frank J. Watson sprang von den Kufen, rammte den Anker in den Schnee und betrat die Eingangshalle. Sie war erstaunt, ihn noch einmal zu sehen, und erhob sich viel zu hastig, als er den Speisesaal betrat. »Frank!«, begrüßte sie ihn erstaunt. »Ich dachte, Sie sind längst unterwegs?«

Das Ehepaar, das zwei Tische weiter saß, beobachtete sie neugierig. Sonst waren keine Gäste im Lokal.

Er nahm die Fellmütze vom Kopf und zog die Handschuhe aus. Seine Haut war gerötet. »Ich wollte nicht fahren, ohne mich von Ihnen zu verabschieden«, meinte er schüchtern. Er blickte ihr in die Augen. »Werden Sie noch hier sein, wenn ich zurückkehre?«

»Ganz bestimmt«, antwortete sie, »ich wüsste nicht, wo ich sonst hingehen sollte. Nach den Staaten habe ich keine Sehnsucht. Ich glaube, ich lebe schon zu lange im Norden, um nach South Dakota zurückzugehen oder in einer Stadt wie Seattle oder San Francisco heimisch zu werden.« Sie deutete auf den freien Stuhl. »Wollen Sie sich nicht setzen? Der Sergeant Major ist Ihnen bestimmt nicht böse, wenn Sie noch einen Kaffee trinken.«

»Da kennen Sie den Mann aber schlecht«, erwiderte der Mountie lächelnd. »Er würde schon toben, wenn er sehen würde, wie ich mich von Ihnen verabschiede! Die RCMP mag es nicht, wenn wir den Damen … ich meine, wenn wir Ihnen den Hof machen …«

»Machen Sie mir den Hof, Frank?« Es war keine Koketterie in ihren Worten, eher Angst, etwas von ihren Gefühlen preiszugeben.

»Ich weiß es nicht, Clarissa«, antwortete er ernst.

»Bis zum Frühjahr ist eine lange Zeit«, wechselte sie rasch das Thema. »Wussten sie, dass die Leute darauf wetten, wann das Eis aufbricht? Es steht sogar in der Zeitung! Wer am genauesten vorhersagt, wann der Yukon aufbricht, gewinnt eine Menge Geld!«

»Ich weiß. Letztes Jahr habe ich fünf Dollar verloren«, erwiderte er lächelnd. Er war dankbar, nicht über seine Gefühle sprechen zu müssen, obwohl er gerade deshalb gekommen war. Er hatte die halbe Nacht wach gelegen und über sie nachgedacht, war verstört aus einem Traum geschreckt, der sie beide in die Wildnis zurückgeführt hatte. Doch diesmal waren sie mit dem Automobil unterwegs, auf einem schmalen Pfad, der eigentlich nur für Hundeschlitten geeignet war. Sie schoben den Wagen durch den Schnee, auf der Flucht vor Bill Anayak, der blutgierige Wölfe auf sie hetzte und sein Gewehr abfeuerte. Ein Albtraum, der ihm klar gemacht hatte, wie sehr er Clarissa verehrte. Er wusste noch immer nicht, ob es Liebe war, aber er war fest entschlossen, in ihrer Nähe zu bleiben. Seine Gefühle waren stärker als Freundschaft, und sie sollte wissen, was er für sie empfand. Doch er wusste nicht, wie er es sagen sollte, und ob es der Etikette entsprach, einer jungen Witwe seine Sympathie auszudrücken. »Nun«, meinte er stattdessen, »ich steige wohl besser auf meinen Schlitten, sonst bricht das Eis auf dem Yukon, bevor ich den Sixtymile erreiche.«

»Viel Glück!«, wünschte sie ihm. Sie deutete aus dem Fenster. »Ich hoffe, Sie kommen auch ohne Blondie zurecht.« Sie griff nach seiner Hand und hielt sie einen Augenblick zu lange. »Ich habe mich sehr über das Geschenk gefreut. Blondie ist ein treuer Bursche, und wenn ich mir wirklich mal einen eigenen Schlitten zulege, wird er mein Leithund. Leben Sie wohl, Constable!«

»Ma'am!«

Sie lachten beide, als sie die förmlichen Anreden benutzten, und Frank fügte sanft hinzu: »Bis zum nächsten Frühjahr, Clarissa! Ich bin immer für Sie da, wenn Sie Hilfe brauchen, vergessen Sie das nicht!« Er drehte sich abrupt um und ging zur Tür, bevor jemand seine feuchten Augen sah. Clarissa beobachtete, wie er auf den Schlitten stieg und die Hunde mit einem Pfiff anfeuerte.

Sie setzte sich und beendete ihr Frühstück. Der Kaffee war längst nicht mehr heiß, aber das machte ihr nichts aus. Ihre Gedanken blieben bei dem Mountie, der ihr auch ohne viel Worte mitgeteilt hatte, dass er etwas für sie empfand, und ihr war klar geworden, dass ihre Gefühlswelt ebenfalls in Unordnung geraten war. Wo vor wenigen Tagen nur Trauer gewesen war, keimte die Hoffnung auf eine Zukunft, die nicht nur von Arbeit erfüllt war. Sie war noch jung, und auch in ihrem neuen Leben würde es Gefühle geben. Liebe sogar? Sie wusste es nicht.

Einige Tage später ging sie zur Bank und erfuhr, dass ihre Ersparnisse eingetroffen waren. Die *Dawson City News* mit dem Artikel lag auf dem Tresen, und die Angestellten musterten sie bewundernd. Sie hatte den Bericht noch nicht gelesen, konnte sich aber vorstellen, dass Bill Lavery maßlos übertrieben und sie trotz aller Bitten als furchtlose Bezwingerin der Wildnis hingestellt hatte. Auf dem Rückweg würde sie ein Exemplar der Zeitung kaufen. Sie wechselte ein paar Worte mit dem Bankdirektor, hob einen kleinen Betrag ab und musterte die Stellenangebote am Schwarzen Brett. Irgendetwas musste sie tun. Sie konnte nicht tatenlos herumsitzen, während die Menschen um sie herum arbeiteten, und auch die Frauen ständig unterwegs waren, um einzukaufen oder über neue Aktivitäten der zahlreichen Organisationen zu beraten, die sich in Dawson City um die Armen und Schwachen kümmerten.

Vor dem Redaktionsbüro der *Dawson City News* begegnete sie Bill Lavery, der sie aufgeregt begrüßte und ihr zwei Exemplare der neuen Zeitung in die Hand drückte. »Jack Swenson tödlich verunglückt! Tapfere Witwe rettet einen verletzten Mountie und kämpft sich durch die winterlichen Ogilvie Mountains!« stand in großen Lettern über dem Artikel. »Ich weiß, ich weiß«, wiegelte der Chefredakteur ab, »ich sollte Sie nicht über den grünen Klee loben. Aber Sie haben es verdient, Ma'am! Sie sind eine außergewöhnliche Frau, und es ist meine journalistische Pflicht, meinen Lesern die Wahrheit und nichts als die Wahrheit zu berichten!« Er wartete vergeblich darauf, dass Clarissa Einspruch erhob, und fragte vorsichtig: »Sie waren bei der RCMP eingeladen, nicht wahr? Entschuldigen Sie meine Neugier, aber ist es wirklich wahr, dass die Mounties Ihnen einen Hund geschenkt haben?«

Sie lächelte. »Ich glaube nicht, dass es einen Leser interessiert, was für ein Geschenk ich von der RCMP bekommen habe, aber es stimmt. Sie haben mir einen Schlittenhund gegeben.«

»Und Constable Watson hat Sie nach Hause gebracht?«

»Auf Befehl des Sergeant Major«, lockte sie den Zeitungsmann auf eine falsche Fährte. Ihre Miene zeigte deutlich, dass sie nicht bereit war, auf weitere Fragen zu antworten. »Wenn Sie mich jetzt bitte entschuldigen wollen, Mister Lavery? Ich habe wenig Zeit.«

»Ich wollte Ihnen nicht auf die Nerven gehen, Ma'am«, entschuldigte sich der Chefredakteur. »Aber Sie sind eine bekannte Frau. Sie haben Ihren Mann verloren und sich allein durch die Wildnis gekämpft. Sie haben einem Mountie das Leben gerettet. Meine Leser wollen wissen, wie Ihre Zukunft aussieht.«

»Das wüsste ich selber gern«, erwiderte Clarissa. Sie verabschiedete sich noch einmal und überquerte die Straße zum Hotel. Sie war so verwirrt, dass sie beinahe von einem Fuhrwerk überfahren wurde und gerade noch rechtzeitig auf den Gehsteig sprang. Sie hielt sich an einem Vorbaubalken fest, schloss die Augen und atmete mehrmals durch, bevor sie die Augen wieder öffnete und die Eingangshalle betrat. »Ah, Mrs. Swenson«, wurde sie vom Hotelbesitzer begrüßt. »Ihre Sachen sind gekommen! Ich habe sie auf Ihr Zimmer bringen lassen. Ich hoffe, das war richtig so. Sagen Sie mir Bescheid, wenn Sie einen Wunsch haben, ja? Für eine so tapfere Frau tun wir alles!« Sie sah die Zeitung auf dem Tresen liegen und stieg rasch die Treppe hinauf.

In ihrem Zimmer standen mehrere Schachteln mit ihrem Hab und Gut. Das bequeme Kleid, das sie auf ihren Ausflügen nach Whitehorse getragen hatte, die Sonntagskleidung für besondere Anlässe, der Pullover, den sie selbst gestrickt hatte, Unterwäsche, Strümpfe, Ersatzstiefel, Küchengeräte, einige Gläser mit Gewürzen, die selbst gemachte Marmelade, Werkzeuge und etliche andere Dinge, die man tagtäglich braucht. Auf den Kleidern lag ein Zettel mit den Worten »Liebe Clarissa, wir haben von Deinem furchtbaren Schicksal gehört. Melde Dich bitte!« Es folgte die Unterschrift eines befreundeten Buschfliegers, der für eine Fabrik in Whitehorse geflogen und manchmal auf dem Lake Laberge gelandet war. Sie legte den Zettel auf ihren Nachttisch.

Ihre Bekannten hatten ihre Anweisungen genau befolgt und nur die wichtigsten Dinge eingepackt. Keine Fotos oder irgendetwas anderes, das sie an Jack erinnern würde. In einem Umschlag steckten ihre Geburtsurkunde und andere Unterlagen. Persönliche Erinnerungen an ihren Mann hätten sie nur geschmerzt. Sie fand einige Bücher und blätterte sie durch. Ein Roman von Joseph Conrad, viel zu düster für die langen Winterstunden, ein Roman von Ernest Hemingway über seine Kriegserlebnisse und eine Zeitschrift, die über den tollkühnen Flug eines gewissen Charles A. Lindbergh berichtete, der mit seiner »Spirit of St. Louis« von Amerika nach Europa geflogen war. Sie entdeckte einige handschriftliche Notizen am Rand des Artikels und erkannte die Schrift ihres verstorbenen Mannes. »So ein Flug fehlt mir noch in meiner Sammlung!«, hatte er geschrieben. Sie betrachtete das Foto des jungen Helden und fand, dass Jack wesentlich besser ausgesehen hatte. Unter der Zeitschrift lag der Roman einer österreichischen Autorin, die ihr Buchhändler in Whitehorse empfohlen hatte. »Vicki Baum«, hatte er gesagt, »genau das Richtige für die langen Winterabende!« *Menschen im Hotel* handelte von den Schicksalen einiger Leute, die in einem vornehmen Hotel abgestiegen waren. Eine Welt, die Clarissa nie kennen gelernt hatte. Sie war niemals in einer Stadt wie New York oder San Francisco gewesen und konnte sich kaum vorstellen, wie solch ein Hotel aussah. Für sie war schon das »Dawson« eine Luxusherberge.

Sie schlug das Buch auf, begann zu lesen und versank in der spannenden Handlung, bis sie durch ein Klopfen aufgeschreckt wurde. Sie legte das Buch auf den Nachttisch und öffnete die Tür. »Mrs. Swenson?«, fragte ein etwa fünfzigjähriger Mann mit grauem Haar. Und als sie verwundert nickte: »Mein Name ist Percy DeWolfe. Ich bin der katholische Pfarrer von Dawson City. Ich wohne neben der Kirche, zwei Straßen weiter. Dürfte ich Sie vielleicht einen Augenblick stören?« Er trug eine schwarze Soutane, die bis auf den Boden reichte, und hielt eine Fellmütze und gefütterte Fäustlinge in den Händen. Sein Gesicht war breit, und die dunklen Augen wurden von dichten Brauen beschattet. Er wirkte sehr energisch. Er blickte auf die offenen Schachteln und sagte: »Wir könnten ins Lokal gehen und einen Kaffee trinken ...«

Clarissa war einverstanden und folgte dem Mann nach unten. Der Hotelbesitzer blickte ihnen neugierig nach, als sie durch die Eingangshalle gingen. Ob wohl nächste Woche in der Zeitung steht, dass ich mit dem katholischen Pfarrer einen Kaffee getrunken habe, überlegte sie bissig. Sie setzten sich an den Fenstertisch, an dem sie das Frühstück eingenommen hatte, und bestellten bei der freundlichen Bedienung. »Ich bin nicht katholisch«, sagte Clarissa, »falls Sie wissen wollen, warum ich nicht in Ihre Kirche komme. Ehrlich gesagt, ich gehe selten in die Kirche. Ich habe jahrelang am Lake Laberge gelebt, wissen Sie?«

»Sie brauchen sich nicht zu rechtfertigen, Mrs. Swenson«, erwiderte der Pfarrer. Er sprach nicht so salbungsvoll wie der Reverend in Mobridge, South Dakota, oder der Pater in Whitehorse, klang eher wie ein Mann, der genau wusste, was er tat. Ohne die Soutane hätte sie ihn für einen Fabrikbesitzer oder den Leiter eines Holzfällercamps gehalten. Dafür sprachen auch seine ungewöhnlich großen Hände, die mit zahlreichen Schwielen bedeckt waren. »Ich weiß, dass hier draußen vieles anders ist. Im Norden gibt es einige Leute, die auf ihre Weise mit Gott sprechen. Auf einer langen Schlittenfahrt oder allein in ihrer Blockhütte. Manchmal gehe ich selbst nach draußen und spreche irgendwo in den Wäldern mit unserem Herrn. Das Nordlicht wirkt feierlicher als die schönsten Kerzen, nicht wahr?« Er nickte dankbar, als die Bedienung den Kaffee brachte, nahm einen tiefen Schluck und fuhr fort: »Aber ich bin nicht gekommen, um mit Ihnen über die Kirche zu diskutieren. Zuerst einmal möchte ich Ihnen mein herzliches Beileid aussprechen. Ich habe natürlich erfahren, was mit Ihrem Mann passiert ist, und möchte Ihnen versichern, dass Sie sich immer an mich wenden können, falls Sie Probleme haben.« Er lächelte breit. »Obwohl Sie zu den seltenen Frauen zu gehören scheinen, die mit beiden Beinen im Leben stehen!« Seine Zähne waren strahlend weiß. »Ich möchte Ihnen ein Angebot machen, Mrs. Swenson. Ich habe vor einigen Tagen mit einem Constable der RCMP gesprochen, einem Frank Watson. Der Mountie, dem Sie das Leben gerettet haben. Er hat mir erzählt, dass Sie mit einem Hundegespann umgehen können und vielleicht bei der Yukon Trophy mitmachen wollen.«

»Das hat er gesagt?«, fragte Clarissa verwundert.

»Er hat mir auch erzählt, dass Sie nach einem Platz für einen Schlittenhund suchen. Die RCMP hat Ihnen einen Hund geschenkt, nicht wahr? Ich züchte sibirische Huskys. Wenn Sie länger in der Stadt bleiben, hätten Sie bestimmt von mir gehört. Ich mag diese wilden Hunde und hab sogar mit dem Gedanken gespielt, selbst an dem Rennen teilzunehmen. Aber ich bin zu alt. Ich würde nach zehn Meilen vom Schlitten fallen.« Er lachte wieder und verschüttete beinahe seinen Kaffee. »Wenn dieser Watson kein Lügner ist, und wer belügt schon einen Pfarrer, dann sollen Sie beinahe so gut wie Alaska Jim sein. Und wenn ich höre, dass Sie allein in der Wildnis überlebt haben, nach allem, was Sie durchmachen mussten, dann muss es wohl so sein. Ich bin Pfarrer, Ma'am, auch wenn es Leute geben soll, die mich für ein ungehobeltes Raubein halten. Ich habe wenig Zeit für meine Hunde, muss mich viel zu früh von ihnen trennen, und meine Haushälterin hat Angst vor den Tieren. Ich brauche dringend jemanden, der mir bei den Hunden hilft, sonst muss ich die Zucht aufgeben. Meine Gemeinde würde es bestimmt nicht gerne sehen, wenn ich meine christlichen Pflichten zugunsten der Hundezucht vernachlässige, und der Bischof noch viel weniger! Ich dachte, Sie könnten mir vielleicht helfen. Ich kann Ihnen keinen Lohn zahlen, aber Sie könnten kostenlos in dem Blockhaus hinter der Kirche wohnen. Und zu essen gibt es für Sie bei uns auch genug. Natürlich komme ich für das Hundefutter auf. Sie dürften sich fünf Hunde aussuchen und an dem Rennen teilnehmen, wenn Sie wollen.«

Clarissa war auf ein solches Angebot nicht gefasst und brauchte einige Zeit, um darüber nachzudenken. Die Worte des Pfarrers klangen verlockend. Sie konnte mit Hunden umgehen und hätte sich kein besseres Angebot vorstellen können. Sogar Blondie würde bei ihr sein. Sie würde die meiste Zeit im Freien verbringen und jeden Tag auf eine Schlittenfahrt gehen, wenn sie tatsächlich vorhatte, an der Yukon Trophy teilzunehmen. »Das klingt zu schön, um wahr zu sein, Pater DeWolfe«, sagte sie ehrlich. »Ich hatte zwar niemals ernsthaft daran gedacht, dieses Rennen mitzumachen, und ich bezweifle, dass ich diesem Alaska Jim das Wasser reichen kann, aber ich denke, dass ich mich nicht blamieren werde. Und falls ich wirklich gewinnen sollte, könnten wir uns das Preisgeld teilen. Einverstanden, Pater?«

»Einverstanden, Mrs. Swenson! Ich bin sicher, meine Hunde werden Ihnen gefallen! Wenn Sie wollen, können Sie noch heute Abend in Ihr neues Haus einziehen. Die Blockhütte ist nicht besonders groß, aber sehr gemütlich, und Sie fühlen sich bestimmt wohl darin. Lucy, so heißt meine Haushälterin, hat bereits sauber gemacht. Ich würde mich freuen, wenn Sie uns zum Abendessen bereits Gesellschaft leisten könnten. Ich schicke zwei oder drei Männer, die Ihnen beim Umzug helfen können.«

»Das wäre sehr nett, Pater. Ich rufe inzwischen beim Sergeant Major an und lasse Blondie bringen.« Sie standen auf und besiegelten ihre Abmachung mit einem festen Händedruck. »Haben Sie vielen Dank, Pater. Sie haben mir das Leben gerettet!«

Erst als der Pfarrer gegangen war, wurde ihr klar, dass eigentlich Frank ihr die Stellung besorgt hatte. Hatte er aus reinem Eigennutz gehandelt, weil er sie in ihrer Nähe haben wollte, oder war er zufällig mit dem Pater ins Gespräch gekommen?

Wurde er von einem Gefühl geleitet, das tiefer war, als sie beide annahmen? Sie war genauso daran interessiert, in seiner Nähe zu bleiben, auch wenn sie sich das nicht eingestand. Noch nicht. Sie kehrte in ihr Zimmer zurück und setzte sich zufrieden auf ihr Bett. Sie würde ein neues Zuhause haben, und es würde eine Zukunft für sie geben. »Hast du gehört, Jack?«, sagte sie. »Ich lasse mich nicht unterkriegen! Das hast du doch gewollt, oder? Ich fange ein neues Leben an, und wenn ich Glück habe, gewinne ich im nächsten Winter das große Schlittenhundrennen!«

17

Das Blockhaus lag hinter der katholischen Kirche und war wesentlich komfortabler eingerichtet als ihre Trapperhütte in den Bergen. Es gab ein großes Messingbett mit gefütterten Decken, einen Tisch mit zwei Stühlen, einen Schrank und eine Kommode, auf der eine lateinische Ausgabe und eine englische Übersetzung der Bibel lagen, und an der Wand hing ein kleines Kruzifix. Neben dem Fenster mit den karierten Vorhängen stand eine Nähmaschine. Auf einer weiteren Kommode entdeckte sie einen Krug und eine Waschschüssel. »Aber Sie können auch das Badezimmer im Haupthaus benutzen«, bot Lucy an. Die Haushälterin war eine gemütliche Frau in den Fünfzigern, die ihre Leibesfülle mit Würde trug und auch in ihrem Alter noch eine Schönheit gewesen wäre, wenn sie zwanzig Kilo abgenommen hätte. Ihre blauen Augen strahlten in einem lieblichen Gesicht, das von lockig-blondem Haar eingerahmt wurde.

Während zwei junge Burschen, Mitglieder der Kirchengemeinde, ihre Habe brachten und im Blockhaus abstellten, aß Clarissa mit dem Pfarrer und seiner Haushälterin zu Abend. Aus der Küche drang der Duft von frischem Lachs. Sie saßen im spärlich eingerichteten Wohnzimmer, und sie faltete die Hände, als Pater DeWolfe sich bekreuzigte und ein Gebet sprach. »Herr! Wir danken dir für diesen Tag und die Gnade, ihn erleben zu dürfen. Wir freuen uns, dass du Clarissa Swenson zu uns geschickt und ihr ein neues Zuhause gegeben hast. Wir trauern um ihren Mann, der in den Bergen ums Leben gekommen ist, und bitten dich, ihn in dein Reich aufzunehmen. Hilf seiner Frau, über diesen Verlust hinwegzukommen und gib ihr die Kraft, ein neues Leben in neuer Umgebung anzufangen. Wir wollen ihr tatkräftig dabei helfen. Segne diese

Speisen und sei uns gnädig. Im Namen des Vaters, des Sohnes und des Heiligen Geistes!«

»Gelobt sei Jesus Christus! Amen!«, schallte es aus einem Käfig an der Wand. Clarissa fuhr erschrocken herum und entdeckte einen bunten Papagei. Er saß mit blitzenden Augen auf einer Holzschaukel und schlug mit den Flügeln. »Mach bloß keinen Scheiß, Captain!«, fügte er seinem christlichen Bekenntnis hinzu. »Lass endlich die Segel setzen, oder ich werf dich über Bord!«

»Robinson!«, wies DeWolfe den Vogel zurecht. »Lass den Unsinn, oder ich werfe dich der Katze zum Fraß vor!« Er griff lachend nach seiner Gabel und wandte sich an die erstaunte Clarissa. »Ich habe Robinson von meinem Vorgänger geerbt, und der hat ihn von einem Goldsucher, der auf einem Windjammer zur See fuhr. Angeblich Piraten, die im Chinesischen Meer auf Beutezug gingen. Die christlichen Worte hat er von mir gelernt. Ich hab ihm tausend Mal gesagt, er soll die Klappe halten, wenn wir beten, aber er kann es nicht lassen.« Er spießte lachend eine Kartoffel auf »Er weiß wahrscheinlich, dass ich gar keine Katze habe!«

»Er meint es nicht so«, sagte Lucy augenzwinkernd. »Selbst wenn wir eine Katze hätten, würde er Robinson wie seinen besten Freund beschützen. Ohne ihn würde ihm doch was fehlen!«

»Und warum benimmt er sich dann wie Captain Kidd höchstpersönlich?«, fragte der Pater zwischen zwei Bissen. »Er wohnt neben einem Gotteshaus! Stell dir vor, der Bischof kommt, und er lässt solche Sprüche los. Ich werde sofort aus der Kirche ausgeschlossen! Immerhin hab ich mich seiner angenommen, als ihn niemand haben wollte.« Er blickte Clarissa an. »Mein Vorgänger kam bei einem Unfall ums Leben! Gott sei seiner lieben Seele gnädig. Robinson war fast verhungert, als ich hier eintraf, weil sich niemand um ihn gekümmert hatte, und wäre Lucy nicht gewesen, hätten wir den armen Vogel wohl begraben müssen.«

»Ich war Krankenschwester im Dawson Hospital«, erklärte Lucy lächelnd. »Ich erinnere mich noch genau. Pater DeWolfe kam mitten in der Nacht zu uns und hielt mir den armen Vogel unter die Nase. ›Retten Sie ihn‹, sagte er. Was blieb mir anderes übrig, als Robinson zu einem Doktor zu bringen. Der hat ihn aufgepäppelt, und zwei Tage später war er wieder gesund.« Sie nahm einen Schluck von ihrem Kaffee. »Ich brachte ihn zum Pater zurück, und er überredete mich, als Haushälterin zu bleiben.«

»Obwohl ich kein einfacher Mensch bin, und sie bei mir kaum etwas verdient«, meinte DeWolfe fröhlich. »Sie ist herzensgut! Der liebe Gott wird es ihr vergelten, wenn sie in den Himmel kommt!«

Lucy stellte lächelnd den Kaffeebecher auf den Tisch. »Alle paar Tage schmiert er mir Honig um den Mund, damit ich nicht auf die Idee komme, ins Krankenhaus zurückzugehen. In ganz Dawson gibt es keine Frau, die diesen Job übernehmen würde.«

»Halleluja!«, jubelte Robinson in seinem Käfig.

Das Essen schmeckte köstlich. Nicht so gut wie beim Empfang der Mounties, aber besser als zu Hause in South Dakota und auf den Jahrmärkten, die Jack mit seiner Maschine angesteuert hatte. Obwohl der Lachs aus dem Gefrierfach in der Erde kam, war er locker und zart. Das Dosengemüse hatte Lucy mit raffinierten Gewürzen verfeinert. Der Kaffee war schwarz und stark. »Was hat Sie nach Norden verschlagen, Pater?«, fragte sie.

DeWolfe spülte einen Bissen mit Kaffee hinunter und wischte sich mit der Serviette den Mund ab. »Das ist eine seltsame Geschichte«, antwortete er. »Eigentlich hatte ich nie etwas mit dem hohen Norden im Sinn. Ich komme aus Florida, wissen Sie?« Er amüsierte sich über Clarissas erstauntes Gesicht und fuhr fort: »Meine Eltern sind Kanadier, aber einer meiner Onkel lebte in Dade City, das liegt in der Nähe von Tampa an der Golfküste. Als mein Vater krank wurde, zogen meine

Eltern zu ihm und halfen ihm auf seiner Farm. Wussten Sie, dass es Farmen in Florida gibt? Ich wuchs dort auf und sah meinen ersten Schnee, als ich nach Ottawa ging, um dort mein Studium zu beginnen. Ich hatte eigentlich vor, als Missionar nach Afrika zu gehen, irgendwie hat mich die Sonne immer angezogen, aber als ich hörte, dass man hier dringend einen Pfarrer brauchte, habe ich mich gemeldet.«

»Und Sie haben kein Heimweh nach der Sonne mehr?«

»Manchmal schon«, gab DeWolfe zu, »wenn ich ehrlich bin, träume ich manchmal von den sonnigen Stränden in Florida. Aber ich habe mich auch in den Norden verliebt. Die Menschen sind sehr freundlich hier, und die Stille in den Wäldern kann beinahe andächtig sein. Man ist der Natur hier sehr nahe. Der Natur und dem lieben Gott. Einige der religiösesten Menschen, die ich jemals getroffen habe, waren einsame Trapper. Können Sie sich das vorstellen? Dabei wirft man diesen Männern doch immer gottloses Verhalten vor. Aber in den meisten dieser rauen Burschen steckt ein guter Kern. Wenn man monatelang allein in der eisigen Wildnis lebt, findet man wieder zu sich selbst. Man entdeckt seine Seele und lernt, im Einklang mit der Natur zu leben.«

»Das ist wahr«, sagte Clarissa ernst, »mir ging es genauso. In der Einsamkeit fiel es mir leichter, den Tod meines Mannes zu verarbeiten.« Sie blickte nachdenklich auf das Kruzifix an der Wand und hielt ihre Tränen zurück. »Und wie kommen Sie zu der Hundezucht? In Florida gibt es bestimmt keinen einzigen Husky.«

Der Pater lachte. »Das ist wahr, aber ein Nachbar meines Onkels züchtete deutsche Schäferhunde, und ich war fast jeden Tag bei ihm. Die Tiere faszinierten mich. Sie waren sehr intelligent und verstanden es, sich mit den Menschen zu arrangieren.« Er schob den letzten Bissen in den Mund und kaute genüsslich. Nachdem er sich Kaffee nachgeschenkt hatte, fuhr er fort: »Zu den sibirischen Huskys kam ich durch Zufall. Das war ähnlich wie bei Robinson. Ich war bei einem sterbenden Trapper, der sich mit letzter Kraft nach Dawson City geschleppt hatte. Er war von einem Bären angefallen worden. Ich sprach mit ihm über Gott und das Leben nach dem Tode, und er vermachte mir aus Dankbarkeit seine Hundezucht. Das Geld, das ich damit verdiene, stecke ich in die Kirche oder stifte es zu wohltätigen Zwecken. Ich habe viel vom Nachbarn meines Onkels gelernt und komme gut mit den Hunden zurecht. Huskys sind ganz anders als Schäferhunde, viel wilder und eigenwilliger, aber irgendwie ist es mir gelungen, eine Beziehung zu ihnen aufzubauen.« Er trank seinen Kaffee aus und zwinkerte Clarissa zu. »Und ich bin fest davon überzeugt, dass Ihnen das auch gelingen wird. Wenn dieser Mountie nicht übertrieben hat, werden Sie ein großartiges Team zusammenstellen und die erste Yukon Trophy gewinnen.«

»Hoch die Tassen!«, krähte Robinson. »Dass mir nichts von dem Gebräu übrig bleibt, habt ihr verstanden, ihr Landratten?«

Nach dem Abendessen half Clarissa ihrem neuen Arbeitgeber, die Hunde zu füttern. Die Huskys veranstalteten einen Höllenlärm, als sie das Futter rochen, und zerrten bellend an ihren Ketten. Heißhungrig machten sie sich über den getrockneten Lachs her, den DeWolfe ihnen vorwarf. Die neun sibirischen Huskys lebten in dem großen Hof, der die Kirche und den Anbau, in dem der Pater und die Haushälterin wohnten, mit dem Blockhaus verband. Sie genossen die Kälte, die während des Winters zwischen die Häuser kroch, schliefen im Schnee und verzogen sich nur selten in die Holzhütten, die der Pfarrer gezimmert hatte. Er warf ihnen jeden Abend neues Stroh hin, aber einige Hunde lehnten auch das ab und schliefen lieber auf dem kalten Boden.

Clarissa blieb in respektvoller Entfernung und sprach mit den Hunden, damit sie sich an ihre Stimme gewöhnten. Solange sie fraßen, schienen sie nicht das geringste Interesse an ihr zu haben. Die Tiere machten einen gesunden Eindruck, wirkten stark genug, um an einem Rennen teilzunehmen, und wichen respektvoll zurück, wenn der Pater sich ihnen näherte. »Das ist Duffy«, sagte er und deutete auf einen schneeweißen Husky, der auf jeder Tiershow den ersten Preis gewonnen hätte. »Mein Leithund, wenn ich das Wort des Herrn in die Wildnis trage.« Der Husky schien ihn zu verstehen und wedelte mit dem Schwanz. »Er tut sich ein bisschen schwer mit den Kommandos, aber für meine bescheidenen Ansprüche ist er gut genug. Wenn Sie wirklich an dem Rennen teilnehmen wollen, würde ich mit Blondie trainieren. Einen besseren Leithund gibt es am ganzen Yukon nicht, ausgenommen von Miller natürlich. So heißt der Leithund dieses Alaska Jim. Er hat seine Hunde nach Flüssen benannt. Verrückte Idee!« Der Pater fuhr einen jungen Hund an, der vergeblich nach einem anderen schnappte. »Easy, Snowball! Du hattest genug zu fressen!« Er drehte sich zu Clarissa um. »Snowball ist gerade zwei geworden. Ich hab ihn von einem Indianer. Nächstes Jahr läuft er allen anderen Hunden davon, wenn er sein Temperament beherrschen lernt. Ein guter Hund!«

Auch mit den anderen Hunden machte Clarissa sich bekannt. Während der nächsten Wochen und Monate würde sie die Eigenarten der Hunde genau studieren und den Charakter jedes einzelnen Tieres kennen lernen. Nur wenn sie ihr Team genau kannte, hatte sie eine Chance, erfolgreich an einem Rennen teilzunehmen. Nugget würde dazugehören, ein vierjähriger Rüde mit schwarzen Fesseln, der verlässliche Pete und der stämmige Scotty, ein besonders starker Hund, der direkt vor dem Schlitten lief. Blue war das Nesthäkchen, keine zwei Jahre jung, und stand als Ersatz bereit, genauso wie Rocky und Lester, die DeWolfe erst im vergangenen Winter von einem Trapper gekauft hatte. Sie waren nicht besonders ausdauernd und würden viel Training brauchen, bis sie Clarissa von Nutzen sein konnten.

»Das sind wunderschöne Hunde«, lobte sie, als das Gebell verstummt war und sich die Tiere in den Schnee zurückzogen. Nur Snowball knurrte noch unwillig. »In ein paar Tagen werde ich mich an sie gewöhnt haben. Sind Sie sicher, dass ich mit den Tieren an dem Rennen teilnehmen soll?« Sie blickte schmunzelnd auf die kräftigen Hunde. »Ich weiß nicht, wie gut die Hunde von Alaska Jim und den anderen Teilnehmern sind, aber ich denke, wir hätten eine gute Chance, durchs Ziel zu gehen. Wenn Sie das Risiko mit einer unerfahrenen Musherin eingehen wollen?«

»Sie sind nicht unerfahren«, widersprach der Pfarrer. »Der Constable hat mir erzählt, dass er niemals eine bessere Musherin gesehen hat. Selbst der Sergeant Major würde gegen sie verblassen!« Sein Mund verzog sich zu einem Grinsen. »Selbst wenn er ein bisschen übertrieben hat – ich könnte mir keine bessere Hundepflegerin vorstellen! Und was das Rennen angeht, rechne ich fest mit Ihnen. Es gibt etliche hilfsbedürftige Menschen, die meinen Teil des Preisgeldes brauchen könnten.«

»Meinen auch«, erwiderte Clarissa übermütig. »Oder meinen Sie, ich laufe mit der anderen Hälfte davon? Ich wüsste gar nicht, was ich mir davon kaufen sollte.« Sie schüttelte die große Hand des Pfarrers und sagte: »Vielen Dank, Pater! Sie haben mir wirklich sehr geholfen! Ich hoffe, ich kann mich bald revanchieren.«

»Gute Nacht, Clarissa! Sagen Sie mir, wenn Sie irgendwas brauchen.« Er ging zur Tür des Anbaus und drehte sich noch einmal um. »Wir freuen uns, dass Sie zu uns gekommen sind.«

Noch am selben Abend richtete Clarissa sich in ihrem neuen Blockhaus ein. Die jungen Männer, die mit ihrer Habe gekommen waren, hatten bereits eingeheizt, und vor der Hütte lag genug Holz, um sie durch den Winter zu bringen. Sie räumte ihre Kleider in den Schrank, verstaute die Küchengeräte und Werkzeuge und hängte das Gewehr, das sie von dem toten Trapper übernommen hatte, über die Tür.

Unter den Sachen, die ihre Bekannten aus Whitehorse geschickt hatten, war auch ein schmuckloser Wecker, den sie beinahe liebevoll in der Hand hielt und länger betrachtete. Immer wenn sie auf ihren Mann gewartet hatte, war diese Uhr ihr bester Freund und ihr ärgster Feind gewesen. Wie hypnotisiert hatte sie dann auf das Zifferblatt gestarrt, sich damit getröstet, dass er trotz des Schneefalls oder des Nebels zur nächsten vollen Stunde heimkehren würde, und von neuem gehofft, wenn das vertraute Motorengeräusch der *Bellanca* ausgeblieben war. Sie stellte den Wecker auf den Nachttisch.

Erst nach Mitternacht ging sie schlafen. Sie legte sich in das weiche Bett, zog die Decken bis zum Hals und freute sich, wieder ein Zuhause zu haben. Pater DeWolfe und Lucy waren freundliche Menschen, die sich alle Mühe gaben, ihr eine neue Zukunft zu bieten. Sie las in dem Buch von Vicki Baum, bis ihr die Augen zufielen, und löschte das Licht. Das gelegentliche Bellen der Hunde war ihr vertraut und weckte sie nicht. Erst als sich die erste Helligkeit vor den Fenstern zeigte, wachte sie auf. Sie blickte auf den Wecker und erschrak, als sie erkannte, dass es schon halb acht war. In Windeseile wusch und zog sie sich an. Sie vertauschte ihr Kleid mit den gefütterten Hosen und ihrem Pullover, schlüpfte in die festen Stiefel und hüllte sich in ihren Anorak, bevor sie nach draußen ging. Die Fellmütze und die Handschuhe hatte sie in den Gürtel gesteckt. Vielstimmiges Hundegebell schallte ihr entgegen, als sie den Hof betrat.

Pater DeWolfe war gerade dabei, Blondie an einen Holzpflock zu binden. Er drehte sich lächelnd zu ihr um. »Sehen Sie mal, wen ich hier habe«, begrüßte er sie, »ein Constable hat ihn gebracht!«

»Blondie!«, rief sie begeistert. Sie rannte auf den Hund zu und schloss ihn liebevoll in die Arme. »Blondie! Na, freust du dich, dass wir wieder zusammen sind?« Sie küsste ihn auf die Stirn und deutete auf die anderen Hunde, die eifersüchtig bellten. »Das sind deine neuen Freunde! Der Weiße, das ist Duffy, und der kleine Hitzkopf, der ständig um sich beißt, das ist Snowball! Nugget! Pete! Scotty! Blue! Na, wollt ihr euren neuen Freund nicht begrüßen?« Sie ließ lachend von Blondie ab und trat einen Schritt auf Duffy zu, kam ihm aber nicht zu nahe. »Ich weiß, ich weiß, ihr habt es nicht gern, wenn ich einen von euch bevorzuge, aber Blondie hat bei der RCMP gedient. Er war Leithund bei der Royal Canadian Mounted Police. Na, ist das was? Er hat eine Menge Erfahrung und wird euch anführen, wenn wir gegen Alaska Jim antreten. Aber bis dahin haben wir noch sehr viel Arbeit.«

Clarissa ließ sich Zeit mit den Hunden. Ihre Aufmerksamkeit galt vor allem dem Wohlergehen der Huskys und nicht ihrer Bereitschaft, an einem Rennen teilzunehmen. Zuerst musste die Gesundheit der Tiere gewährleistet sein, erst dann konnte man daran denken, sie für ein Rennen auszubilden. Sibirische Huskys waren wertvolle Tiere, besonders wenn sie reinrassig waren, und es gab Männer, die viel Geld dafür bezahlten. Der Pater wollte sie nicht verkaufen. Er wollte, dass Clarissa an der Yukon Trophy teilnahm und seine Zucht im ganzen Land bekannt machte, aber sie hatten nur eine Chance, wenn die Gesundheit der Tiere vor dem unbedingten Willen rangierte, als Erste über die Zielgerade zu gehen.

Zwei Wochen brachte Clarissa allein damit zu, sich mit den Hunden anzufreunden, und zwei weitere Wochen vergingen, bis Blondie sich mit den anderen Hunden vertrug. Besonders Snowball ließ keine Gelegenheit vergehen, um wütend nach dem neuen Leithund zu schnappen.

Im April war die erste Etappe geschafft. Clarissa war in das Rudel aufgenommen worden, und solange sie den Hunden deutlich machte, dass sie ihnen überlegen war, würden sie ihre zweibeinige Freundin als Anführerin respektieren. Anders wurde man mit einem Hundeteam nicht fertig. Duffy wirkte etwas niedergeschlagen, schien zu spüren, dass er seinen Platz an Blondie verloren hatte, und auch Scotty wurde manchmal wütend, wenn sie dem Leithund zu viel Aufmerksamkeit schenkte, aber das würde sich mit der Zeit geben. Snowball schnappte nach allem, was ihm zu nahe kam, und würde sich niemals ändern. Er war ein übermütiger Beißer und würde zwischen dem ruhigen Nugget und dem stämmigen Scotty laufen, sobald es auf Tour ging.

»Wisst ihr was?«, begrüßte Clarissa die Hunde eines Abends. »Morgen früh fangen wir mit dem Training an. Na, was sagt ihr?« Vielstimmiges Gebell antwortete ihr.

»Das habe ich mir gedacht«, sagte sie lachend und ging in den Anbau, um getrockneten Lachs zu holen.

18

Wenige Tage nach Ostern ging Clarissa mit ihrem neuen Team auf Tour. Sie hatte etliche Tage damit verbracht, die Ausdauer der Hunde und ihre Kondition mit einem gezielten Einzeltraining zu verstärken, hatte jeden einzelnen Husky an die Leine genommen und war mit ihm durch die Wälder gelaufen. Erst dann spannte sie die Hunde vor den Schlitten. Um dem sensiblen Duffy Gelegenheit zu geben, seine Versetzung ins zweite Glied zu verdauen, stellte sie ihn neben Blondie an die Spitze. Sie folgte einem schmalen Trail, den der Pater ihr gezeigt hatte, und wiederholte die Tour alle zwei Tage, damit die Hunde sich an Blondie gewöhnten, und sie selbst ein Gespür für ihre Fähigkeiten bekam. Einmal versuchte sie es mit Rocky und Lester, aber die beiden waren lustlos und viel zu langsam. Sie würden niemals mit Blondie mithalten können. Nach zwei Wochen waren Clarissa und das Team eine Einheit, und sie stieß beim Abendessen mit Pater DeWolfe und Lucy an. »Ich glaube, jetzt habe ich sie so weit«, berichtete sie stolz, »sie haben sich an Blondie und mich gewöhnt. Morgen früh gehen wir auf große Tour. Wir fahren zum Roadhouse von Hattie Campbell und essen dort. Ihr habt doch nichts dagegen, oder?« Auch mit dem Pfarrer und seiner Haushälterin war sie vertrauter geworden, und sie sprachen sich inzwischen mit dem Vornamen an. »Mal sehen, was sie können.«

»Ich bin froh, wenn ich die Hunde mal los bin«, meinte Lucy erleichtert. »Snowball erwischt mich noch früh genug! Habt ihr gesehen, wie er heute Morgen nach mir geschnappt hat? Der kleine Rüpel hat es auf mich abgesehen! Was ist bloß mit ihm los?«

»Er will spielen«, antwortete Clarissa lächelnd. »Lass dich

von dem Kerl nicht ins Bockshorn jagen. Der wedelt mit dem Schwanz und beißt dir gleichzeitig ins Bein. Er hat Spaß daran!«

»Und so was spannst du vor deinen Schlitten?«, reagierte sie scheinbar entsetzt. »Warum lässt du Snowball nicht zu Hause?«

»Weil er ein schlaues Kerlchen ist. Ich habe selten einen Hund gesehen, der so schnell laufen kann und die anderen Huskys durch seine Begeisterung mitzieht. Er ist ein Naturtalent, auch wenn er sich wenig um meine Befehle kümmert. Gestern rannte er nach rechts, obwohl ich ›Haw!‹ gerufen hatte, und ich wäre beinahe in den teuren Wagen von Archie Ferguson gefahren.«

»Archie Ferguson? Der mit dem offenen Chevy?« Lucy schüttelte den Kopf. »Und ich dachte, der übernachtet auf dem Fluss!«

»Halleluja! Werft den Kerl über Bord!«, schimpfte Robinson.

Lucy bepackte den Schlitten mit Vorräten und Decken, damit die Hunde eine schwere Last zu ziehen hatten und Muskeln ansetzten, und bedankte sich bei Lucy, die mit einer Thermoskanne aus der Küche kam. Sie blieb in der offenen Tür stehen, um den Hunden nicht zu nahe zu kommen, und Clarissa ging ihr entgegen und griff nach der Kanne. Sie verstaute den Tee unter den Decken, wo er warm blieb, und winkte Lucy und dem Pfarrer zu. »Bis heute Abend! Drückt mir den Daumen, dass alles glatt geht!«

Sie stieß einen gellenden Pfiff aus, das Signal, das sie mit Blondie für den Start ausgemacht hatte, und lenkte den Schlitten aus dem Hof hinaus. An der Kirche mit dem hölzernen Turm vorbei ging es auf die Hauptstraße und zum Fluss hinab. Sie stand auf beiden Kufen, einen Fuß fest auf der Bremse, und verließ die Stadt in einer weißen Schneewolke. Einige Oldtimer blickten ihr schmunzelnd nach. Erst vor wenigen Tagen war ein junger Mountie mit seinem Schlitten über die Front

Street gefahren, stolz wie ein junger Offizier, der zum ersten Mal ins Manöver reitet, und war im hohen Bogen von den Kufen gefallen, als seine Hunde unvermittelt nach rechts abgebogen waren. Bei der Schnelligkeit, die Clarissa vorlegte, rechneten sie wohl mit einem ähnlichen Malheur, aber die junge Frau war wesentlich erfahrener und ließ sich nicht aus dem Gleichgewicht bringen. Sie hatte sich längst daran gewöhnt, dass ihre Hunde auf den ersten Metern immer besonders schnell liefen. Mit einem lang gezogenen »Gee!« trieb sie das Gespann zum Yukon hinab.

Erst auf dem breiten Trail, den andere Schlitten in das feste Eis gegraben hatten, merkte sie, wie gut ihre Hunde aufeinander eingespielt waren. Jetzt zahlten sich die mühevolle Kleinarbeit und die Geduld aus, die sie gegenüber den sensiblen Huskys gezeigt hatte. Blondie war ein souveräner Anführer, ein geborener Leithund, der keinen Zweifel daran ließ, wie überlegen er den anderen Hunden war. Duffy hatte seinen zweiten Platz akzeptiert und ließ nicht erkennen, dass ihm die Degradierung etwas ausmachte. Auf den Trips, die er an der Seite des neuen Leithundes unternommen hatte, war ihm klar geworden, dass Blondie der bessere Anführer war. Der junge Blue hatte den Vorzug vor Pete bekommen, der die nächste Tour mitmachen würde, und im hinteren Teil des Teams lief der übermütige Snowball zwischen Nugget und Scotty. »Heya! Heya! Lauft!«, rief Clarissa. Sie hatte gelernt, dass Huskys beim Laufen nicht gestört werden wollten, und beließ es bei den wenigen Anfeuerungen.

Sie war froh, wieder allein zu sein. Die Wildnis begrüßte sie mit einem verwaschenen Himmel und nebligem Dunst, nicht gerade ideales Wetter für eine Schlittenfahrt, aber beim Rennen würde auch niemand fragen, ob es schneite oder die Sonne schien. Gefahren wurde bei jedem Wetter, so hatte es in den letzten *Dawson City News* gestanden, und nur ein wilder Blizzard konnte eine Unterbrechung des Rennens herbeiführen. Die Regeln waren vor einigen Wochen festgelegt worden, damit sich alle Teilnehmer darauf einstellen konnten. Die Kunde von der neuen Yukon Trophy war bereits ins restliche Kanada und nach Alaska getragen worden, und neben Alaska Jim hatten etliche Abenteurer und Trapper ihr Interesse an dem Rennen bekundet. Sogar zwei Teilnehmer der Alaska Sweepstakes wollten mitmachen. Clarissa ließ sich nicht beeindrucken. Die Yukon Trophy war ein Langstreckenrennen, und es kam vor allem auf die Ausdauer der Teams an. Bei einem Sprintrennen hätte sie sicher den Kürzeren gezogen. Sie war lange und schwierige Strecken gewohnt und wollte sich tagelang in der wilden Natur behaupten.

Clarissa verlagerte das Gewicht auf den Kufen und umkurvte einen mächtigen Baumstamm, der ins Eis gefallen und festgefroren war. Sie hatte flache Gummistücke von einem Fahrradreifen oben auf die Kufen montiert, um einen besseren Halt zu haben, wenn sie auf dem Schlitten stand. Kalter Wind rauschte ihr entgegen und brach sich an der weißen Schneebrille, die sie vor die Augen gezogen hatte. Der gefrorene Schnee knirschte unter den Kufen des Schlittens. Die Hunde hechelten und hetzten, genossen die lange Fahrt durch den Winter. Auf den Fichten, die wie dunkle Riesen am Ufer emporragten, lastete der Schnee. Clarissa hätte am liebsten laut gejubelt, so froh war sie, endlich wieder in der Wildnis zu sein und den Wind in ihrem Gesicht zu spüren. Hier draußen fühlte sie die Freiheit und die Ungebundenheit, von der manche Fallensteller redeten, wenn sie in die Stadt zum Einkaufen kamen und es gar nicht erwarten konnten, wieder in ihre abgelegene Blockhütte zurückzukehren. Sie verstand diese Männer, sie war nicht wie die anderen Frauen, die den Trubel einer Stadt brauchten, um sich wohl zu fühlen. Sie verstand die Sprache der Wildnis und hörte andächtig zu, wenn die Bäume und die Felsen zu ihr sprachen. Pater DeWolfe behauptete, dass Gott in den Wäldern deutlicher zu hören war, und die Indianer glaubten, dass die Geister zu ihnen sprachen, wenn sie allein in der Wildnis waren. Clarissa war überzeugt, dass beides stimmte.

Ungefähr drei Meilen von der Stadt entfernt wurden die leisen Stimmen der Wildnis vom Krachen eines Schusses übertönt. Sie bremste den Schlitten mit einem lauten »Whoaa!« und nahm ihr Gewehr von den Schultern. Ihre Augen blitzten nervös. Sie lauschte angestrengt in die plötzliche Stille hinein und wurde durch einen erneuten Schuss erschreckt. Ein Revolver, das glaubte sie deutlich zu erkennen. Also niemand, der auf der Jagd war. Die meisten Trapper, die mit einem Hundeschlitten unterwegs waren, führten eine Handfeuerwaffe mit sich, um beim Angriff eines Elches schnell reagieren zu können. Auch sie hatte den 45er-Colt des Pfarrers griffbereit zwischen den Decken verstaut. Elche konnten sehr gefährlich werden, wenn sie einem Schlitten in die Quere kamen, nicht nur den Hunden. Sie erinnerte sich an einen Vorfall am Lake Laberge, als ein Indianer von den Hufen eines mächtigen Bullen erschlagen wurde. Das Tier hatte den schmalen Trail vor den Hunden überquert und war in Panik geraten, und der Indianer hatte nicht schnell genug reagiert. Seine Frau war bei ihm gewesen und hatte davon erzählt.

Sie schob das Gewehr zwischen die Decken und trieb die Hunde an. »Easy! Easy!«, mahnte sie die Huskys zur Vorsicht. Im gemächlichen Tempo überquerten sie den Fluss und fuhren in den dichten Nebel hinein, der über der Mündung eines kleinen Flusses lag. Sie kreuzte die breiten Spuren eines Automobils, die sich deutlich in den frischen Schnee gegraben hatten, der während der Nacht gefallen war, und runzelte misstrauisch die Stirn. »Archie Ferguson«, murmelte sie. »Was will der denn hier?«

Sie fuhr in die Flussmündung hinein und erkannte den dunklen Schatten eines Wolfes. Erschrocken brachte sie die Hunde zum Stehen. »Nanuk?«, flüsterte sie ungläubig. Sie hatte während der letzten Wochen kaum an den Wolfshund gedacht und ihn beinahe vergessen. »Nanuk? Bist du das?« Sie schob die Schneebrille nach unten und blickte angestrengt in den Nebel. Das geheimnisvolle Tier – wenn es eines war – blieb stehen und drehte den Kopf in ihre Richtung. »Nanuk! Ich hab dich nicht vergessen! Ich hatte doch keine Ahnung, dass du immer noch in der Nähe bist!« Sie rieb die Kälte von ihrem Gesicht. Sie konnte nicht glauben, dass der Wolfshund aus der Wildnis zurückgekehrt war. Oder trieb sich ein Wolf in der unmittelbaren Nähe der Stadt herum?

Ein weiterer Schuss krachte, und der Schatten verzog sich in panischer Angst zum Ufer. Wie ein Geist verschwand er zwischen den Bäumen. »Verdammt! Jetzt hat er sich verzogen!«, hörte sie die dröhnende Stimme von Archie Ferguson, und als sie die Hunde antrieb und weiter den schmalen Fluss hinauffuhr, drang auch das knatternde Motorengeräusch des Automobils an ihre Ohren. »Archie Ferguson!«, explodierte sie. »Was fällt Ihnen ein, auf diese harmlose Kreatur zu schießen?« Sie trieb ihr Gespann bis dicht vor das Automobil und band die Leine um einen Scheinwerfer, bevor sie von den Kufen sprang. Ihre Augen sprühten Blitze. »Was soll der Unsinn? Warum fahren Sie nicht die Front Street rauf und runter und winken den Leuten zu, die dumm genug sind, sich nach einem Automobil umzudrehen?«

Archie Ferguson saß hinter seinem Lenkrad, den Revolver in beiden Händen, und spähte aus dem offenen Fenster. Er hatte anscheinend nicht damit gerechnet, auf diesem Fluss einen Menschen zu treffen. Er warf einen misstrauischen Blick auf die Hunde, besonders auf Blondie, der die anderen Hunde von dem knatternden Automobil wegzog, sich aber ständig umdrehte und böse die Zähne fletschte. »Halten Sie Ihre Hunde zurück, Clarissa«, bat er ängstlich. »Der Große hat mich schon mal gebissen!«

»Und ich hätte große Lust, ihn loszubinden und noch einmal auf Sie zu hetzen, Mister Ferguson! Warum tun Sie so etwas?«

»Archie«, verbesserte er, »ich heiße Archie.«

»Warum schießen Sie auf harmlose Wolfshunde, Archie?«, ließ sie sich nicht beeindrucken. »Warum verpesten Sie die Natur mit diesem blöden Automobil? Haben Sie nichts Besseres zu tun?«

»Ich habe in meinem Leben genug gearbeitet«, wehrte sich der Chauffeur. »Schauen Sie meine Hände an. Meinen Sie, diese Schwielen kommen vom Nichtstun? Ich war immer in vorderster Front, auch damals beim großen Goldrausch. Was kann ich dafür, dass ich so viel Gold gefunden habe? Außerdem ist dieses Automobil eine Investition. Ich wollte eine Attraktion nach Dawson City holen, und im Sommer werden die Leute mir die Bude einrennen, um einmal mit einem 29er Landau Convertible zu fahren. Dieser Wagen ist ein Erlebnis, Lady! Hab ich Ihnen schon erzählt, dass sie ganze 296 Exemplare gebaut haben?«

»Das haben Sie, Archie, aber ich wüsste nicht, was das mit Ihrer sinnlosen Schießerei zu tun haben könnte. Warum zielen Sie nicht auf Eisbrocken oder Bäume, wenn Sie unbedingt in der Gegend herumballern wollen? Warum schießen Sie auf Wolfshunde?« Sie deutete auf den Revolver. »Das ist nicht fair, Archie.«

Archie Ferguson wusste nicht, was er von dem Einwand der jungen Frau halten sollte. »Aber ich hab auf Wölfe geschossen, Clarissa. Wölfe sind gefährlich! In Eagle zahlen sie für jedes Wolfsfell zehn Dollar. Was haben Sie dagegen, wenn ich auf diese Raubtiere schieße? Die meisten Leute sind mir dankbar.«

»Das war kein Wolf!«, widersprach Clarissa, die inzwischen sicher glaubte, Nanuk gesehen zu haben. »Das war ein Wolfshund! Er gehört zu mir! Er fürchtet sich davor, mir nach Dawson City zu folgen, und inzwischen verstehe ich auch, warum. Fahren Sie nach Hause, Archie. Dieses Automobil gehört nach Dawson City und nicht in die Wildnis. Hier draußen will ich allein sein!«

Der Chauffeur trat den Rückzug an. »Schon gut, schon gut«, winkte er ab, »ich geh ja schon.« Er legte den Revolver auf den Beifahrersitz. »Woher sollte ich denn wissen, dass Sie sich mit einem Wolf angefreundet haben? Wenn Sie meinen, dass ich hier draußen nichts zu suchen habe, kehre ich eben um.« Er gewann seine gute Laune wieder. »Wer könnte einer schönen Frau wie Ihnen etwas abschlagen? Nichts für ungut, Clarissa.« Er lehnte sich aus dem Fenster und reichte ihr die Hand. »Tut mir Leid, Lady! Wegen der Wölfe, meine ich. Bleiben wir Freunde?«

Sie wollte keinen Krach mit dem Chauffeur und schlug ein. »Meinetwegen! Mag sein, dass ich etwas überzogen reagiert habe, aber ich mag diesen Wolfshund. Und ich mag sogar Wölfe!«

»Leben Sie wohl, Clarissa!«

»Auf Wiedersehen, Archie!« Sie band den Schlitten los und stieg auf die Kufen. Mit einem Pfiff und einem lauten »Gee!«, das sie mehrmals wiederholte, lenkte sie die Hunde auf den gefrorenen Yukon River zurück. Die Hunde waren froh, auf den gewohnten Trail zurückzukehren, und rannten mit hechelnden Zungen über das feste Eis. Unter den Schlittenkufen wirbelte der Neuschnee auf und blieb als feuchter Schleier über dem Pfad hängen. Clarissa ließ die Hunde laufen, war viel zu sehr in Gedanken versunken, um ein neues Kommando zu geben. Der Trail lag wie die Rollbahn außerhalb der Stadt vor ihnen, eben und ohne Hindernisse, und sie brauchte nichts anderes zu tun, als auf den Kufen zu stehen und die Huskys laufen zu lassen.

Ihr Blick streifte über das felsige Ufer. In Gedanken folgte sie dem verängstigten Wolfshund, der vor dem Revolver des Chauffeurs davongerannt war und sich irgendwo zwischen den Bäumen versteckt haben musste. War er der tödlichen Kugel nur entronnen, weil er mit den Geistern im Bunde war? War das Blei wirkungslos an ihm abgeprallt? Oder war er ein gewöhnliches Wesen aus Fleisch und Blut, das lediglich Glück gehabt hatte?

Sie spürte ihr schlechtes Gewissen und bremste den Schlitten ab. Mit einem kräftigen »Whoaa!« brachte sie die Hunde zum Stehen. Die Huskys reagierten widerwillig, waren gerade richtig in Schwung und wollten weiter laufen, aber sie kümmerte sich nicht darum. »Ich bin gleich wieder zurück«, sagte sie, während sie den Anker zwischen zwei Eisblöcke am Wegesrand rammte.

Mit klopfendem Herzen ging sie auf den Waldrand zu. Unter ihren Stiefeln knirschte das Eis, als sie den Fluss überquerte. Der Nebel legte sich bedrohlich um ihren Körper. Vor dem Ufer blieb sie stehen. Wie eine undurchdringliche Wand ragten die Fichten zwischen den Felsen empor. Sie legte beide Hände wie einen Trichter vor den Mund und rief »Naaanuuuk! Naaanuuuk! Du brauchst keine Angst mehr zu haben! Der Mann hat versprochen, nicht mehr auf dich zu schießen! Hast du gehört? Archie tut dir nichts!« Sie trat näher an das Ufer heran und rief noch einmal: »Nanuk! Es ist vorbei! Ich hab den Mann nach Hause geschickt!« Aus dem Wald kam keine Antwort. Lediglich das Rauschen des Windes, der mit unheimlicher Stimme in den Bäumen sang, war zu hören. Der Nebel hing wie ein schützender Schleier über dem dunklen Wald und bewahrte seine Geheimnisse. Hinter ihr begannen Blondie und die anderen Hunde ihres Teams ungeduldig zu bellen. Vielleicht spürten sie auch, dass sie ihre Aufmerksamkeit einem wilden Wolfshund zugewandt hatte, und waren eifersüchtig. Ein lang gezogenes Jaulen drang über das Eis.

Clarissa blickte sorgenvoll zum Schlitten zurück. Wenn die Hunde den Anker aus dem Eis rissen und davonrannten, konnte es viele Stunden oder sogar Tage dauern, bis sie die Tiere wieder gefunden hatte. In Dawson City wurde von einem unerfahrenen Mountie berichtet, der auf einer ersten längeren Tour vom Schlitten gefallen und zwei Tage durch die einsamen Wälder geirrt war, bis er das Gefährt wieder gefunden hatte. Nur ein Greenhorn ließ einen Hundeschlitten unbeaufsichtigt im Schnee oder auf dem Eis zurück. »Nanuk!«, rief sie in den Nebel. »Ich habe dich nicht vergessen, hörst du? Komm zurück! Ich habe ein neues Zuhause für dich! Du darfst sogar in meiner Hütte wohnen! Hörst du mich, Nanuk? Du hast mir das Leben gerettet!«

Der Wald blieb stumm, und sie kehrte nachdenklich zu ihrem Schlitten zurück. Vielleicht war es auch ein Wolf, redete sie sich ein, ich habe doch nur einen Schatten gesehen. Sie löste den Anker und sprang gerade noch rechtzeitig auf den Schlitten, bevor die Hunde anzogen und weiter nach Nordwesten rannten.

19

He, wen haben wir denn da?«, rief Hattie Campbell erfreut, als Clarissa das Roadhouse betrat. »Sind Sie auf 'ner Übungsfahrt? Ich hab schon gehört, dass Sie für die Trophy trainieren! Machen Sie sich's bequem, Clarissa. Ich hab heißes Elchgulasch, wenn Sie mögen, und zum Nachtisch gibt's frischen Beerenpudding.

»Hallo, Hattie! Elchgulasch wäre toll! Ich hab einen Riesenhunger. Die Fahrerei strengt ganz schön an.« Sie setzte sich an einen der langen Holztische und nickte dankbar, als Hattie ihr heißen Tee vorsetzte. »Hab ich gerade aufgebrüht«, meinte die Wirtin. Sie drehte sich zur Küchentür um. »Albert! Hast du gehört? Clarissa Swenson ist hier! Die junge Frau, die an der Yukon Trophy teilnehmen will! Bring doch eben eine ordentliche Portion Elchgulasch für die Lady!«

Albert Campbell, ein zurückhaltender Mann, der nichts dagegen hatte, im Schatten seiner Frau zu stehen, servierte dampfendes Elchgulasch mit Kartoffeln und nickte Clarissa freundlich zu. »Ma'am«, meinte er höflich. »Ist es wirklich wahr, dass Sie bei der Trophy mitfahren wollen? Sind Frauen überhaupt zugelassen?«

»Natürlich sind Frauen zugelassen«, antwortete Hattie für Clarissa, »und wenn sie's nicht wären, würden wir das verdammte Komitee dazu zwingen! Oder sind wir etwa weniger wert? Niemand behauptet, dass eine alte Frau wie ich einen Schlitten steuern kann, aber diese Lady hier ist beinahe so gut wie Alaska Jim. Wenn Frank keinen Unsinn erzählt, sogar noch besser.«

»Ich dachte nur …«, erwiderte ihr Mann. Er rieb seine Hände an der Schürze ab und lächelte Clarissa unbeholfen zu. »Lassen

Sie sich's schmecken, Ma'am! Meine Frau kocht das beste Elchgulasch der Welt.« Er kehrte schlürfend in die Küche zurück.

»Hauen Sie rein!«, meinte Hattie aufmunternd. »Wenn es nicht reicht, gibt's einen Nachschlag. Aber lassen Sie Platz für den Beerenpudding. Ich bin beleidigt, wenn Sie den nicht probieren.« Clarissa machte sich über das Essen her und musste zugeben, dass sie nie besseres Elchgulasch gegessen hatte. Hattie Campbell verstand es, eine Mahlzeit gut zu würzen. »Schade, dass ich nicht auf Vorrat essen kann«, sagte Clarissa zwischen zwei Bissen. Sie trank von dem heißen Tee. »War Frank mal hier?«, fragte sie scheinbar beiläufig. »Ich meine, der Mountie, der mich nach Dawson City gebracht hat. Constable Frank J. Watson …«

»Ich weiß, wen Sie meinen«, erwiderte Hattie lachend. »Hier gibt es nur einen Frank! Sie haben was für den Mountie übrig, na?«

Sie wurde rot. »Ich? Nein … ich meine …«

»Natürlich haben Sie was für den Kerl übrig!«, ließ Hattie sich nicht beirren. »Würde mich auch wundern, wenn es nicht so wäre! Wenn ich so jung und hübsch wäre wie Sie, hätte ich mich auch in den Kerl verliebt. Nicht, dass ich jemals was ausgelassen hätte, aber dieser Frank J. Watson wäre eine Sünde wert.«

»Ich habe meinen Mann verloren, Hattie«, reagierte Clarissa unsicher. Sie hielt ihre Gabel fester als nötig. »Haben Sie das vergessen? Ich bin Witwe! Jack ist in den Bergen verbrannt!»

»Aber das ist über ein halbes Jahr her! Sie sind jung, Clarissa! Und schön! Meinen Sie, Ihr Mann hätte etwas dagegen, dass Sie sich in einen anderen Mann verlieben? Jack ist tot, damit müssen Sie sich abfinden. Soll ich Ihnen mal was erzählen? Während des Goldrausches war ich mit einem verrückten Iren verheiratet. Horatio O'Keefe. Der Kerl hatte ein Vermögen aus der Erde gebuddelt, und es ging uns prächtig, aber er war ein Hitzkopf, und irgendwann geriet er an den Falschen. Sie haben ihn mit den Füßen voraus aus dem Saloon getragen. Ich hatte den Kerl geliebt, wirklich geliebt, aber sechs Wochen später brannte ich mit einem knauserigen Schotten durch, und ich halte jede Wette, dass Horatio nichts dagegen gehabt hätte. ›Der Junge ist nicht übel‹, hätte er gesagt, ›aber muss es unbedingt ein Schotte sein?‹ Sie lachte schallend.

»Das Leben geht weiter, Clarissa!«

»Ich kann nicht«, sagte sie. Hatties direkte Art verwirrte sie. »Ich komme mir wie eine Verräterin vor, wenn ich an Frank denke.«

»Aber er geht Ihnen nicht aus dem Kopf, hab ich Recht?« Hattie legte eine Hand auf Clarissas linken Arm. »Wehren Sie sich nicht dagegen, Schätzchen. Lassen Sie der Natur ihren Lauf! Wenn der liebe Gott will, dass Sie sich wieder verlieben, dann soll es so sein.«

Clarissa blickte nachdenklich auf ihren Teller und hatte auf einmal keinen Hunger mehr. »Was ist aus dem Schotten geworden?«

»MacPherson?« Hattie nahm die Hand von ihrem Arm und fuhr sich durch das gelockte Haar. »Den hat der Teufel geholt! Im Ernst! Und wenn der Teufel nicht gekommen wäre, hätte ich ihn selber davongejagt! Er war ein verdammter Betrüger! Hatte das Konto voller Geld und wollte mir weismachen, dass er keinen Penny besaß! Er wurde von einem dieser Automobile überfahren, als er von der Bank kam und einen Teil des Geldes mit einer Schlampe aus dem Saloon durchbringen wollte. Nach seinem Tod stellte sich heraus, dass er mit drei Frauen gleichzeitig verheiratet war. Mit einer Indianerin, einer Chinesin in Vancouver und mit mir. Wir mussten uns das Erbe teilen!« Sie lachte wieder. »Na, jetzt hab ich einen Mann, mit dem ich alt werden kann.«

»Sie sind eine bemerkenswerte Frau, Hattie!«

»Weil ich so viele Männer verschlissen habe? Nicht der Rede wert, Schätzchen. Ich glaube, Sie sind wesentlich besser dran. Sie hatten einen anständigen Mann, der immer für Sie gesorgt hat, und jetzt haben Sie sich in einen Mann verliebt, der sich vor Angeboten nicht retten könnte, wenn wir in Vancouver wären.«

Sie wurde verlegen. »War Frank hier?«

»Und ob er hier war«, antwortete die Wirtin. »Und er hat jedes Mal nach Ihnen gefragt. Er will zur Eisschmelze nach Dawson kommen und Sie zum Sommerball einladen. Sie veranstalten ein großes Fest, wenn das Eis aufbricht. Eines der wenigen Feste, an denen die Mounties teilnehmen dürfen. Sehen sehr schmuck aus, die Burschen, in ihren roten Paradeuniformen!«

»Hat er das wirklich gesagt?«, fragte sie. Es gelang ihr nur mühsam, die plötzliche Aufregung zu verbergen. Sie griff nervös nach ihrem Teebecher. »Ich meine, ich kann doch nicht …«

»Und wie Sie können!«, fiel Hattie ihr ins Wort. »Es wäre doch ein Jammer, wenn Sie eine solche Gelegenheit verpassen würden! Oder wollen Sie den Rest Ihres Lebens allein bleiben?«

»Ehrlich gesagt, ich hatte mal daran gedacht.« Sie nippte an ihrem Tee und wanderte in Gedanken zu der einsamen Trapperhütte in den Bergen. »Ich wollte in die Berge zurückgehen, in die Blockhütte in den Ogilvie Mountains. Die Einsamkeit gefiel mir.«

»Unsinn!«, wischte Hattie ihren Einwand weg. »Keinem Menschen gefällt die Einsamkeit! Nicht mal den Trappern, die den ganzen Winter da draußen verbringen! Ich will nicht sagen, dass ich was für Städte übrig habe. In Whitehorse könnte ich niemals leben, geschweige denn, in Vancouver oder San Francisco. Selbst Dawson City ist mir ein Gräuel. Ich brauche die Wälder und den Schnee und die Kälte, und wenn ich das Nordlicht sehe, könnte ich noch heute zu heulen anfangen. Aber ich hab meinen Albert, auch wenn er nicht besonders redselig ist. Und ich hab Menschen, die mich besuchen kommen und mir was erzählen.«

Vor dem Roadhouse schlugen die Hunde an. Clarissa rannte nach draußen und entdeckte einen Trapper, der mit seinem Hundeschlitten über den Yukon gefahren kam. »Nein, Blondie!«, hielt sie ihren Leithund davon ab, mit dem anderen Gespann zu streiten. Auch der Trapper beruhigte seine Hunde. Er parkte seinen Schlitten ungefähr hundert Meter vom Roadhouse entfernt und band seine Hunde an weit auseinander stehende Bäume.

Clarissa kehrte ins Haus zurück und hielt ihre kalten Hände über den Ofen. Wenig später kam der Trapper herein. Er murmelte einen Gruß und warf wütend seine Handschuhe auf einen Stuhl. »Ich hätte den Dreckskerl beinahe erwischt!«, schimpfte er. »Eine Minute früher, und ich hätte seinen Wanst durchlöchert!«

»Trink erst mal einen Brandy«, beruhigte Hattie Campbell den aufgebrachten Trapper. »Und dann erzähl uns, was passiert ist.« Der Fallensteller griff nach der Flasche und nahm einen großen Schluck. Er war von kräftiger Statur, mit einem mächtigen Brustkorb und breiten Schultern, und sein Gesicht war von zahlreichen Falten durchzogen, obwohl er noch keine vierzig war, wie Clarissa später erfuhr. Er trug einen löchrigen Büffelfellmantel, der von einem ledernen Gürtel zusammengehalten wurde, und feste Stiefel, die bis unter die Knie reichten. Über seinem Rücken hing ein Karabiner, wie ihn die Mounties trugen. Unter seiner Wollmütze lugte dunkles Haar hervor. »Bill Anayak! Der Dreckskerl hat mir einen Besuch abgestattet und meine ganzen Felle geklaut!«

»Bill Anayak? Der Dieb, hinter dem die Mounties her sind?«

Der Trapper nahm einen weiteren Schluck aus der Brandyflasche und setzte sie wütend ab. »Ich hab noch gesehen, wie er die Felle auf seinem Schlitten festzurrte, aber er hat nur gelacht, und als ich zur Hütte kam, war er längst über alle Berge. Ich hab den Dreckskerl genau erkannt! Halb Inuit, halb Indianer! So was gibt's nur einmal in dieser Gegend! Ich hab ihn zwei Tage lang verfolgt, bis meine Hunde am Ende waren, dann schlug das Wetter um, und ich musste umkehren. Eine Woche ist das her.«

»Wo ist er hin? Nach Norden?«, fragte Hattie Campbell.

»In die Ogilvies«, antwortete der Trapper mürrisch. »Der kriecht bei den Indianern oder den Inuit unter, da bin ich ganz sicher! Die Burschen halten zusammen! Wird höchste Zeit, dass die Mounties eine Patrouille nach ihm ausschicken. Der Dreckskerl macht schon viel zu lange die Gegend unsicher.« Der Neuankömmling war ein ungehobelter Bursche, der in der Gegenwart von Frauen fluchte und ungeniert rülpste. Er ließ sich auf einen Stuhl fallen.

»Habt ihr was zu essen für einen hungrigen Mann? Ich hab kaum was gegessen unterwegs! Wollte so schnell wie möglich nach Miller Creek und den Mounties Bescheid sagen. Ist der Constable zu Hause?« Miller Creek lag einige Meilen flussaufwärts und war das nächstgelegene Außencamp der RCMP. Sixtymile, die Station von Constable Frank J. Watson, lag beinahe doppelt so weit entfernt an der Grenze nach Alaska.

»Bestimmt«, antwortete die Wirtin, »wenn nicht, findest du ihn bei dem alten Goldsucher am Swede Creek.« Sie schenkte dem Trapper heißen Tee ein. »Ich hab Elchgulasch mit Kartoffeln …«

»Hauptsache, es macht satt«, sagte der Mann.

Clarissa fand wenig Gefallen an dem Fallensteller und blieb nicht mehr lange. Sie war den Umgang mit Männern gewohnt und wusste, dass sie sich gehen ließen, wenn sie weit genug von einer Stadt entfernt lebten, das war bei einigen Buschpiloten, die in der Wildnis hausten, nicht anders, aber der Trapper beachtete sie kaum und war so wütend auf Bill Anayak, dass er sogar während des Essens ständig fluchte und mit der Faust auf den Tisch schlug, als ihm das ganze Ausmaß seines Verlustes bewusst wurde. »Er ist nicht immer so«, entschuldigte Hattie Campbell sein Verhalten, als Clarissa sich von ihr verabschiedete. »Wenn man ihm nicht auf die Füße tritt, ist er ein ganz patenter Junge.«

Clarissa war dennoch froh, als sie das Roadhouse hinter sich gelassen hatte und auf dem Rückweg nach Dawson City war. Das Gespräch mit der Wirtin hatte sie verwirrt. Frank hatte nach ihr gefragt, und auch sie musste sich eingestehen, Interesse für den Mountie gezeigt zu haben. Wenn sie ehrlich war, hatte sie sogar Angst um ihn. Wenn die RCMP eine neue Patrouille zusammenstellte, um nach Bill Anayak zu suchen, war er vielleicht dabei und begab sich in Lebensgefahr. Der Dieb war ein dreister Bursche, das hatte auch die Begegnung mit dem Trapper wieder gezeigt, und konnte selbst einen größeren Trupp der RCMP in einen Hinterhalt locken. Aus einer sicheren Deckung heraus konnte man auch mit drei oder vier Männern fertig werden. Der Verbrecher trieb schon seit einiger Zeit sein Unwesen, und selbst hartgesottene Fallensteller und Goldsucher waren nicht mit ihm fertig geworden. Und Frank wäre beinahe an seiner Kugel gestorben.

Sie verdrängte die quälenden Gedanken, indem sie die Hunde anfeuerte und zur Höchstleistung antrieb. Wenn sie einigermaßen bei der Yukon Trophy abschneiden wollte, musste sie schon jetzt damit beginnen, die Schnelligkeit und die Ausdauer der Huskys zu trainieren. Zu Beginn des nächsten Winters würde es zu spät sein. Das Rennen sollte in der ersten Februarwoche stattfinden, und die Hunde brauchten mindestens ein Jahr, um ihre volle Leistungsfähigkeit zu erreichen. Das wusste sie aus eigener Erfahrung, denn auch das Gespann des befreundeten Trappers am Lake Laberge war jeden Winter besser geworden, und Pater DeWolfe, der sich bestens mit den Tieren auskannte, hatte es bestätigt. »Wenn du wirklich vorne mitfahren willst«, hatte er gesagt, »musst du alle paar Tage mit den Hunden rausfahren, mindestens drei Mal die Woche.«

Ihr Gespann war gut aufeinander eingespielt. Sie hatte sich mit den Charakteren der Tiere vertraut gemacht und sie in der richtigen Reihenfolge vor den Schlitten gespannt. Alle Hunde, sogar Duffy, akzeptierten Blondie als ihren Anführer. Er war der schnellste und ausdauerndste Schlittenhund, den sie jemals gesehen hatte, und erfüllte alle Voraussetzungen, die man von einem guten Leithund erwartete. Auch Duffy war ein guter

Hund. Blue und Snowball waren sehr schnell, aber etwas launisch und noch nicht ausdauernd genug, Nugget wirkte etwas zu ruhig, und der stämmige Scotty verließ sich allein auf seine Kraft. Es bedurfte noch vieler Trainingstage, um beim Start der Yukon Trophy ein konkurrenzfähiges Team präsentieren zu können. »Heya! Lauft!«, feuerte sie die Hunde an. »Zu Hause gibt es was zu fressen!«

Sie kehrte am späten Abend nach Dawson City zurück. Vor dem Redaktionsbüro der *Dawson City News* wurde sie von Bill Lavery aufgehalten, der einen Artikel über die Vorbereitungen zur Yukon Trophy bringen und unbedingt ein Bild von ihr auf dem Schlitten haben wollte. Er hatte einen Fotografen mitgebracht, der eine halbe Stunde brauchte, um das gewünschte Bild in seinen Kasten zu bekommen, auch weil er große Angst vor den nervösen Hunden hatte und ständig versuchte, ihnen aus dem Weg zu gehen. »Meine Hunde haben Hunger«, konnte Clarissa sich einen leichten Seitenhieb nicht verkneifen, »wenn Sie sich nicht beeilen, kann ich für nichts garantieren.« Aber sie lachte dabei und spielte sogar mit, als Bill Lavery sie bat, die Peitsche aus der Halterung zu nehmen und über dem Kopf zu schwingen. »Ich benutze die Peitsche ganz selten«, erklärte sie.

Clarissa fuhr den Schlitten hinter die Kirche und versorgte die Hunde, bevor sie zu Lavery zurückging und seine Fragen beantwortete. Sie würde sowieso nichts daran ändern können, dass man sie zur Lokalmatadorin machte. Die anderen Teilnehmer, die sich bisher für das Rennen interessierten, kamen alle aus Whitehorse und Alaska. »Ich dachte, das Rennen beginnt erst im Februar«, meinte sie lächelnd, »wir haben noch zehn Monate Zeit. Oder muss ich die Saure-Gurken-Zeit füllen?«

»Nicht im Geringsten«, versicherte der Chefredakteur, der seine Biberfellmütze mit einer verblichenen Baseballkappe vertauscht hatte und mit dieser Kopfbedeckung etliche Jahre jünger wirkte. »Ich denke, die Bürger von Dawson City sind brennend daran interessiert, zu erfahren, wie sich ihre berühmteste

Bürgerin – und Lokalmatadorin! – auf das Rennen vorbereitet. Wie wir alle gesehen haben, trainieren Sie mit den Hunden.«

»Das ist auch notwendig«, erwiderte Clarissa. Sie erklärte dem Zeitungsmann geduldig, wie sie ihr Hundegespann auf das große Rennen vorbereitete, drängte aber auch darauf, ihre Chancen nicht zu hoch zu bewerten. »Mag sein, dass ich die Lokalmatadorin bin, und ich freue mich auch, wenn ganz Dawson hinter mir steht, aber ich kann keine Wunder bewirken. Ich habe noch nie an einem Schlittenhundrennen teilgenommen und kann Alaska Jim und den Männern aus Whitehorse wahrscheinlich nicht das Wasser reichen. Ich werde natürlich alles tun, um so gut wie möglich abzuschneiden. Ich empfinde es schon als Ehre, dass mich das Komitee an der Trophy teilnehmen lässt.«

Diesmal blieb Bill Lavery bei der nüchternen Wahrheit, und lediglich die Schlagzeile fiel etwas aus dem Rahmen: »Besser als Alaska Jim und die Männer aus Whitehorse?« stand in großen Lettern über dem Foto, das sie auf dem Schlitten zeigte. Dann folgte das Interview, das allerdings erst auf der zweiten Seite erschien. Die Titelseite gehörte Bill Anayak und seinem neuen Überfall. »Bill Anayak schlägt erneut zu! Trapper erwischt ihn auf frischer Tat!«, stand über einem längeren Artikel, der die Missetaten des Serientäters verurteilte und der RCMP unangenehme Fragen stellte: »Warum sind die erfahrenen Polizisten der RCMP nicht in der Lage, einen einzelnen Mann in der Wildnis zu stellen? Wie lange müssen die einsam lebenden Trapper und Goldsucher noch vor diesem Verbrecher zittern? Es wird höchste Zeit, ein deutliches Signal im Kampf gegen Bill Anayak zu setzen!« Der Gerechtigkeit halber wurde auch der Superintendent zitiert: »Wir alle wissen, wie schwer es ist, einen einzelnen Mann in dieser Wildnis zu finden, besonders dann, wenn er Freunde bei den Indianern und Inuit hat. Aber ich gebe der Bevölkerung mein Wort, dass die RCMP alles unternehmen wird, um diesen Verbrecher dingfest zu machen! Seit gestern ist der größte Teil unserer Polizisten in der Wildnis unterwegs, um diese Verbrecherjagd zu einem würdigen Abschluss zu bringen.«

Clarissa legte die Zeitung nachdenklich beiseite. Wenn fast alle Polizisten auf Patrouille waren, erschien es ziemlich wahrscheinlich, dass auch Frank dabei war. Sie dachte an das, was Hattie Campbell gesagt hatte, und trat ans Fenster. »Pass auf dich auf, Frank«, sagte sie.

20

Während der letzten Wochen vor der Eisschmelze unternahm Clarissa mehrere Touren, die alle nach Süden führten. Es war an der Zeit, die Hunde an die Rennstrecke der Yukon Trophy zu gewöhnen. Das redete sie sich zumindest ein. In Wirklichkeit rannte sie vor ihren Gefühlen davon. Die Patrouillen der RCMP waren wieder einmal unverrichteter Dinge von der Jagd auf Bill Anayak zurückgekehrt, und sie hatte Angst, Frank in einem Roadhouse oder in der Wildnis zu begegnen. In einem Traum hatte sie mit ihm zu den Klängen eines langsamen Walzers getanzt und seine Lippen auf ihrer Wange gespürt. Sie war noch vor dem Frühstück in die Kirche gelaufen, obwohl sie nicht wusste, ob Gott einer Andersgläubigen verzeihen konnte. Kniend hatte sie das Ave Maria gebetet, das sie von Pater DeWolfe gelernt hatte, und sich sogar bekreuzigt. Später am selben Morgen, als sie das Hundegespann den King Solomon's Dome hinaufgejagt hatte, war ihr der Gedanke gekommen, dass Hattie Campbell vielleicht Recht hatte, und dem lieben Gott sogar daran gelegen war, sie mit einem anderen Mann zu vereinen. Sie litt unter diesem Konflikt und ging ihm aus dem Weg, indem sie nach Süden fuhr.

Das Komitee hatte den Trail nach Whitehorse bereits festgelegt, und sie wusste, dass er über den steilen King Solomon's Dome und Eureka Dome zum Yukon führen würde. Er folgte in weiten Teilen der Postroute, die von den Männern auf ihren Traktoren genommen wurde. Bis nach Carmacks, einem winzigen Ort an einer Biegung des Flusses, waren es über dreihundert Meilen, und die Hunde bekamen einen ungefähren Eindruck davon, was sie im nächsten Winter erwartete. Es gab nur wenige Roadhouses an der Strecke, und sie errichtete nach dem ersten Teilstück ein Wickiup, wie sie es von Frank gelernt hatte. Die Tage wurden immer länger, und es war nicht mehr so kalt wie in den Ogilvie Mountains. Sie genoss die einsamen Nächte in der Wildnis, saß oft stundenlang am Feuer und starrte gedankenverloren in die Flammen, oder sie lag in ihrem Schlafsack und blickte durch eine Öffnung in ihrer Strauchhütte zu den Sternen empor. Irgendwo dort oben war Frank und sah auf sie herab.

»Ich liebe dich, Frank«, flüsterte sie. »Ich werde dich immer lieben und schäme mich für den Traum, den ich gehabt habe. Sei mir bitte nicht böse. Ich möchte dich nicht verletzen.« Sie weinte leise, und ihre Tränen vereinten die Sterne zu einem hellen Licht, das bis in ihre Seele drang und sie mit großer Dankbarkeit erfüllte. »Ich liebe dich auch«, glaubte sie eine Stimme zu hören, »aber mein Leben ist vorbei, und deines liegt noch vor dir. Folge deinen Gefühlen, Clarissa! Mach dich nicht verrückt! Nimm das Leben auf die Hörner!« Sie glaubte, das Lächeln ihres Mannes in dem Licht zu sehen, und wollte nach ihm greifen, aber dann versiegten ihre Tränen, und am Himmel waren wieder der Mond und die Sterne zu sehen. Am nächsten Morgen glaubte sie, alles nur geträumt zu haben. Sie hatte auch gar keine Zeit, darüber nachzudenken, denn als sie ihren Schlafsack auf den Schlitten packte, wurden die Hunde unruhig, und sie bemerkte, wie sich der Schatten eines anderen Gespanns aus dem Nebel löste.

Sie dachte an Bill Anayak und griff nach ihrem Gewehr, aber da war der Fremde schon heran und nahm seine Schneebrille vom Gesicht. Alaska Jim! Obwohl Clarissa den Mann noch nie aus der Nähe gesehen hatte, wusste sie sofort, wen sie vor sich hatte. »Alaska Jim«, sagte sie. Der Indianer zeigte ein gleichgültiges, beinahe abweisendes Gesicht, und nur das Glitzern in seinen schwarzen Augen verriet, dass er auch sie erkannt hatte. »Clarissa Swenson«, kam es über seine spröden Lippen. Er wirkte untersetzt, aber kräftig, und seine Bewegungen waren fließend und voller Energie wie bei einer Raubkatze. Er war wie ein Inuit gekleidet, trug wasserdichte Hosen und einen Anorak aus Robbenfell. »Ich habe viel von Ihnen gehört, Madam«, sagte der Indianer.

Clarissa beruhigte ihre knurrenden Hunde, die vor dem Gespann des Mannes zurückgewichen waren, und blickte Alaska Jim nervös an. Er machte einen geheimnisvollen und unnahbaren Eindruck und jagte ihr Angst ein, obwohl er höflicher als die meisten Trapper war. »Und ich von Ihnen«, gab sie das Kompliment zurück. »Alle sagen, dass Sie das Rennen gewinnen werden.« Sie zog die Riemen über dem Schlafsack und den Decken fest und brachte ein Lächeln hervor. »Sind Sie wirklich so gut?«

Der Indianer stand auf den Kufen seine Schlittens und strahlte eine Gelassenheit aus, die sie noch bei keinem anderen Mann in der Wildnis gesehen hatte. Seine Hunde hatte er mit einer einzigen Handbewegung beruhigt. »Ich habe die besten Huskys«, antwortete er mit selbstsicherer Gelassenheit. Auch über sein Gesicht zog der Anflug eines Lächelns. »Bessere Hunde gibt es nicht!« Er sagte nicht mehr als nötig, wirkte so wortkarg, wie man ihn beschrieben hatte. Sein Gesicht glich einer Maske. In seiner Stimme schwang kein Stolz mit, als er über seine Hunde sprach. Er verkündete eine Tatsache, weiter nichts. Seine Hunde waren schneller als alle Konkurrenten. Das würde jeder im Norden bestätigen.

»Wir werden sehen«, foderte Clarissa den Indianer heraus.

Alaska Jim versteckte sein spöttisches Lächeln hinter der Schneebrille und hob die rechte Hand, bevor er sein Gespann mit einem leisen Pfiff antrieb. Er fuhr in einer eleganten Kurve an ihrem Wicki vorbei und zum Fluss hinunter. Mit großer Bewunderung beobachtete sie, wie er einem umgestürzten Baumstamm auswich und die Hunde mit leisen Kommandos antrieb. Es war ein gutes Gespann, das beste, das sie jemals gesehen hatte, und sie hatte nicht die geringste Chance gegen ihn. Er schien mit dein Schlitten verwachsen zu sein, federte jede Unruhe des Gespanns mit dem Körper ab, und seine Hunde flogen lautlos über den Trail, die Schnauzen auf den Boden gerichtet.

Clarissa brauchte einige Tage, um sich von der Begegnung mit Alaska Jim zu erholen. Erst nachdem sie einige erfolgreiche Trainingsläufe mit ihrem Gespann hinter sich gebracht hatte und feststellte, dass Blondie und die anderen Hunde immer schneller und ausdauernder wurden, gewann sie neuen Mut. Sie vertraute ihren Tieren und würde sich erst geschlagen geben, wenn es keine Chance mehr gab, das Rennen zu gewinnen. »Du wirst es schaffen«, sagte Pater DeWolfe. »Während eines solchen Rennens kann viel passieren. Wenn du deine Kräfte richtig einteilst, kannst du gewinnen. Ich kenne Alaska Jim, und ich habe dich beobachtet. Der Constable hat Recht. Du bist die beste Musherin, die es jemals in Dawson gegeben hat. Besser als alle Männer, die in dieser Gegend auf einem Schlitten stehen!«

Das war natürlich geschmeichelt, aber Clarissa nahm das Lob gerne an und freute sich, dass die Bürger von Dawson City voll hinter ihr standen. Auch ein Verdienst von Bill Lavery und seinen *Dawson City News,* die schon jetzt wöchentlich über die Yukon Trophy berichtete und sich auf die Seite der Lokalmatadorin geschlagen hatte. Alle Berichte, selbst die über die anderen Musher, bezogen sich auf sie. »Verweist Clarissa Swenson die Männer in ihre Schranken?« oder »Ist Clarissa Swenson stark genug, um Alaska Jim zu besiegen?« lauteten die Schlagzeilen. Und in zahlreichen Interviews sprachen die Honoratioren von Dawson ihrer Lokalmatadorin das Vertrauen aus. George Applegate, der Bankdirektor erklärte: »Dieser Frau räumen wir jeden Kredit ein!« Sergeant Major Caulkin von der RCMP lobte: »Die Lady ist stark genug, um alle Männer zu besiegen!« Sogar Archie Ferguson meldete sich zu Wort: »Clarissa ist schneller als mein Landau Convertible!«

Ohne es zu wollen, war Clarissa zur prominentesten Bürgerin von Dawson City geworden. Obwohl noch acht Monate bis zur ersten Yukon Trophy vergehen würden, war das Rennen bereits in aller Munde. Erst im Mai, als der Sommer näher rückte, ließ das Interesse nach. Die bevorstehende Eisschmelze stand nun im Mittelpunkt, und die *Dawson City News* fragte: »Wann bricht das Eis auf dem Yukon?« Für die richtige Antwort lobte sie sogar ein Preisgeld aus: »Auch dieses Jahr sind wieder alle Bürger aufgerufen, sich an unserem traditionellen Ratespiel zu beteiligen. In zahlreichen öffentlichen Gebäuden und Läden werden die Wetten entgegengenommen. Akzeptiert werden Beiträge zwischen fünfzig Cents und fünf Dollar. Derjenige Teilnehmer, der dem tatsächlichen Datum und der Uhrzeit am nächsten kommt, gewinnt den gesamten Einsatz.« Gemessen wurde der ›Spring Breakup‹ mit einem komplizierten System. Ein dreibeiniges Stativ wurden mitten auf den zugefrorenen Yukon River gestellt und durch ein Kabel mit einer großen Uhr in ›Jeanerette's Jewellery‹ in der Queen Street verbunden. Sobald das aufbrechende Eis das Stativ bewegte und das Kabel die Uhr anhielt, wurde die offizielle Zeit notiert und von der Zeitung bekannt gegeben.

Das Warten auf die Eisschmelze hielt die ganze Stadt in Atem. Selbst Pater DeWolfe konnte sich der allgemeinen Aufregung nicht entziehen. Er gab keine Wette ab, diskutierte aber in aller Öffentlichkeit über den möglichen Termin, der in der letzten Mai- oder ersten Juni-Woche liegen sollte. »Volle Kraft voraus!«, gab Robinson seinen Kommentar dazu. »Steht nicht an der Reling rum! Tut endlich was!« Lucy hatte fünfzig Cents riskiert, und auch Clarissa hatte einen kleinen Betrag auf den 2. Juni um 12 Uhr mittags gewettet. Die Spannung stieg mit jedem Tag und war, als die letzte Mai-Woche begann, kaum noch auszuhalten. Jeder in Dawson City fieberte dem magischen Augenblick entgegen. Mit dem Aufbruch schob der Yukon das Eis nach Süden ab und wurde wieder für Schiffe befahrbar. Ein Festtag für die Stadt. Mit dem ersten Schaufelraddampfer, der noch im Juni erwartet wurde, kamen neue Menschen mit interessanten Neuigkeiten, und von den Frachtdecks wurden frisches Gemüse und Obst entladen. Der kurze Sommer war eine hektische Zeit in Dawson City, er verbreitete Optimismus und gab den Menschen die Kraft, den nächsten langen Winter zu ertragen.

Der 27. Mai war ein sehr warmer Tag, man brauchte nicht mal einen Mantel oder Anorak, und am Flussufer standen zahlreiche Neugierige, die gespannt darauf warteten, dass das Dreibein umfiel und die Uhr anhielt. Am jenseitigen Ufer sprang das Eis auf, und eine Wasserfontäne schoss in den sonnigen Himmel. Aber das Stativ blieb stehen, auch am nächsten Tag, der genauso warm war und wieder die halbe Stadt zum Yukon lockte. Auch diesmal hielt das Eis dem ungeheuren Druck stand. Ein junger Mann glaubte gesehen zu haben, wie das Eis sich bewegt und das hölzerne Dreibein geschwankt hatte, doch er hatte sich geirrt. Die Uhr in Jeanerette's Jewellery lief immer noch, und es dauerte bis zum Abend des 1. Juni, dass endlich etwas geschah.

Clarissa war mit dem Pater und Lucy zum Flussufer gerannt, als das Eis explodierte. Der Lärm war in der ganzen Stadt zu hören. Die feste Eisdecke zerplatzte wie nach einem Kanoneneinschlag, und zentnerschwere Eisbrocken spritzten nach allen Seiten. Der Fluss meldete sich mit einem unheimlichen Dröhnen und schickte eine schäumende Wasserfontäne in den Abendhimmel. Die Furcht erregenden Geräusche des brechenden Eises waren tagelang zu hören, wie der Donner eines schweren Gewitters, das sich nicht verziehen wollte, und Clarissa musste sich Watte in die Ohren stopfen, um wenigstens ein paar Stunden schlafen zu können. »Halleluja!«, kommentierte Robinson das Verhalten des Paters, der sich in einem langen Gebet vor dem allmächtigen Gott und seiner unermesslichen Kraft verneigt hatte.

Die Wette gewann Kitty Larson, die Tochter des Eisenwarenhändlers, eine unscheinbare junge Dame, die ihren Gewinn während des großen Sommerballs erhalten würde. Der ›Breakup Ball‹ sollte am Samstag nach der Ankunft des ersten Schaufelraddampfers stattfinden und die halbe Stadt im großen

Ballsaal des Hotels versammeln, der jedes Jahr für diesen traditionellen Anlass feierlich geschmückt wurde. Besonders die jungen Männer fieberten diesem Ereignis entgegen, bot es doch eine willkommene Gelegenheit, sich mit den jungen Damen der Stadt auf unkomplizierte Weise bekannt zu machen. Auch wenn die Eltern ein waches Auge auf ihre heiratsfähigen Töchter hatten, blieb während eines langsamen Walzers doch genug Gelegenheit, seine Zuneigung auszudrücken, und wer es schaffte, eine junge Dame an die frische Sommerluft zu entführen, hatte manchmal das große Los gezogen. Selbst die reiferen Jahrgänge erlagen dem verlockenden Duft des Sommers.

Clarissa erinnerte sich an die Worte von Hattie Campbell, die ihr versichert hatte, dass Frank zum Breakup Ball in die Stadt kommen und sie zum Tanz auffordern würde, aber der Mountie hatte sich nicht gemeldet, und sie nahm an, dass er auf seinem Außenposten in Sixtymile festgehalten wurde. Sie hütete sich davor, bei der RCMP anzurufen, konnte dem Ball aber auch nicht fernbleiben. Dafür sorgte Bill Lavery, der beschlossen hatte, sie während der Veranstaltung mit einem besonderen Geschenk zu ehren und seine Leser bat, der »Königin der Yukon Trophy« ihren Tribut zu zollen. Der Chefredakteur der *Dawson City News* war schlau genug, sie erst nach der Drucklegung über seine Pläne in Kenntnis zu setzen, so dass ihr gar nichts anderes übrig blieb, als zu dem Ball zu gehen. »Du hast hart trainiert, und es ist viel Zeit seit dem Tod deines Mannes vergangen«, sagte sogar Pater DeWolfe, »geh zum Ball und amüsier dich!»

Am Abend des Balls war es ungewöhnlich warm. Clarissa trug ihr weinrotes Festtagskleid und hatte lediglich eine schwarze Stola umgelegt. Ihr Haar hing in kunstvollen Locken über die Schultern, und zum ersten Mal seit vielen Monaten hatte sie sich geschminkt. Sie trug lange, schwarze Handschuhe, und der Fächer in ihrer rechten Hand war mit einem farbenprächtigen Sonnenuntergang bedruckt. »Sie sehen hinreißend aus!«, sagte Bill Lavery, als er seine »Königin der Yukon Trophy« abholte. Er führte sie zum Hotel und bat sie, am Ehrentisch neben dem Bürgermeister und bekannten Geschäftsleuten Platz zu nehmen.

Clarissa nippte an dem kalifornischen Wein, den das Dampfschiff aus Vancouver mitgebracht hatte, und blickte sich im Festsaal um. An den Wänden hingen rot-weiß-blaue Girlanden und bunte Fähnchen. Die Tische waren festlich geschmückt. Die Männer trugen ihre Sonntagsanzüge, und die Frauen und Mädchen hatten ihre schönsten Kleider angelegt und strahlten vor Aufregung. An zwei Tischen im Hintergrund des Raumes saßen einige Polizisten der Royal Canadian Mounted Police in ihren roten Paradeuniformen. Sie erkannte den Sergeant Major und einen Corporal. Constable Frank J. Watson war nicht dabei. »… freuen wir uns auch dieses Jahr wieder, den Sommer mit einem festlichen Ball zu begrüßen!«, beendete der Bürgermeister seine Ansprache auf dem Podium. »Möge die Sonne die Wirtschaftskraft unserer Stadt stärken und Dawson City in die glorreiche Zeit des Goldrausches zurückführen!« Ein frommer Wunsch, der wohl kaum in Erfüllung gehen würde.

Nach einem Tusch der Kapelle trat Bill Lavery ans Podium. Seine *Dawson City News* hatten die Schirmherrschaft des Breakup Balls übernommen. Nach einer ausführlichen Anrede, die kaum einen Anzeigenkunden ausließ, fuhr er fort: »Ich möchte keine großen Worte machen, meine Damen und Herren, und gleich zu einem bedeutsamen Programmpunkt kommen. Wie Sie alle wissen, findet im nächsten Februar die erste Yukon Trophy statt, das härteste Schlittenhundrennen der Welt von Whitehorse nach Dawson City.« Der begeisterte und lautstarke Beifall zeigte ihm, wie sehr sich die Bürger auf das Rennen freuten. »Wir schätzen uns glücklich, heute Abend eine junge Dame unter uns zu haben, die im letzten Winter nach Dawson City kam und einige Schlagzeilen in unserer Zeitung machte. Die »Heldin der Ogilvie Mountains« habe ich sie genannt, und ich weiß, dass die bescheidene Lady glaubt, diesen Namen nicht zu verdienen. Aber war es nicht heroisch, wie sie nach dem tragischen Tod ihres Mannes in den Bergen aushielt? War es nicht heroisch, wie sie das Leben eines tapferen Mounties rettete?« Der rauschende Beifall, der auch von den Polizisten der RCMP kam, trieb Clarissa die Röte ins Gesicht. »Und ist es nicht heroisch, wie diese Frau trainiert, um mit ihrem Hundegespann als Erste über die Ziellinie zu gehen? Ganz Dawson City drückt ihr, der ›Königin der Yukon Trophy‹, die Daumen, und ich darf ihr als Zeichen unserer Wertschätzung dieses Geschenk überreichen. Clarissa Swenson, kommen Sie bitte nach oben!«

Tosender Beifall begleitete sie zum Podium. Sie war die hohen Schuhe nicht gewohnt und ging wie auf Eiern, blieb verlegen neben dem Chefredakteur stehen und verstand nicht, warum ihr die ganze Stadt zujubelte, obwohl sie noch keine einzige Etappe des Rennens gefahren war. Sie zauberte ein Lächeln auf ihr Gesicht und hoffte, der Augenblick würde schnell vorübergehen.

Bill Lavery überreichte ihr eine Urkunde. »Mit dieser Urkunde sprechen Ihnen die *Dawson City News* und ihre Anzeigenkunden ihre Unterstützung aus! Wir übernehmen alle Kosten, die von heute bis zum Ende des Rennens für Hundefutter anfallen! Herzlichen Glückwunsch, Clarissa Swenson! Ganz Dawson drückt Ihnen die Daumen! Mögen Sie die erste Yukon Trophy gewinnen!« Wieder Beifall, und dann war es an ihr, einige Worte zu den Leuten zu sprechen. »Vielen, vielen Dank«, sagte sie schüchtern. »Ich werde mir alle Mühe geben, Dawson City gut zu vertreten.«

Sie verließ das Podium und wäre beinahe gestolpert, als die Tür aufging, und ein Mountie den Saal betrat. Es war Frank.

21

Die Kapelle stimmte einen Walzer an, als der Constable an ihren Tisch trat und sich höflich verneigte. Seine dunklen Augen brannten vor Freude. »Darf ich um diesen Tanz bitten, Clarissa?«

Sie sah ihn an und spürte, wie sein Blick tief in ihre Seele drang. »Gern«, meinte sie verlegen. Sie entschuldigte sich bei ihren Tischnachbarn, stand auf und folgte Frank mit gerafftem Kleid auf die Tanzfläche. Wortlos schmiegte sie sich in seine Arme. Sie folgte seinen Bewegungen und versuchte krampfhaft, das leichte Zittern zu verdrängen, das sie verspürte, seit Frank wieder in ihrer Nähe war. Seine Arme fühlten sich stark und fest an, und als sie es endlich wagte, seinen Blick zu erwidern, stellte sie fest, dass er genauso nervös war wie sie. »Frank«, sagte sie.

Er strahlte sie wie ein Junge an, dem man seinen größten Wunsch erfüllt hatte. »Sie sehen bezaubernd aus, Clarissa! Sie sind die schönste Frau, mit der ich jemals getanzt habe!« Er errötete und fügte schnell hinzu: »Ich wäre gern früher gekommen, aber die kleine Tochter eines Goldsuchers wurde verletzt, und ich konnte nicht eher weg. Ein Unfall. Sie wurde vom Huf eines Maultiers getroffen und war einige Zeit bewusstlos. Zum Glück nichts Ernstes! Sie hat einen harten Schädel. Es gibt keinen Arzt in dem Goldgräbercamp, wissen Sie, nur eine Krankenschwester, und ich muss mit zupacken, wenn sich jemand verletzt.«

Frank war kein besonders guter Tänzer und trat ihr einige Male auf die Füße, aber das war jetzt völlig unbedeutend. Sie genoss es, in seiner Nähe zu sein und den festen Druck seiner Arme zu spüren. Sein Atem strich über ihre Locken. Vergessen war die Besorgnis, die sie während ihrer Fahrten durch die Einsamkeit empfunden hatte, und wie weggewischt war die Angst, etwas Falsches oder Unrechtes zu tun. Während des Walzers gab es nur sie und ihn, und das Orchester schien nur für sie zu spielen. Alles, was sie sagten, sagten sie nur, um ihre Verlegenheit zu überspielen.

»Was macht Blondie?«, fragte er. »Ich habe gehört, dass Sie fleißig trainieren. Hattie Campbell sagt, dass Sie große Chancen haben, das Rennen zu gewinnen. Hab ich's nicht gesagt?«

»Die Leute übertreiben«, wehrte sie sich, »ich bin nicht mal halb so gut wie Alaska Jim. Ich habe ihn neulich getroffen. Er tauchte wie ein Geist in meinem Camp auf. Er ist ein erstklassiger Musher. Und er hat die schnellsten Hunde, die ich je gesehen habe.«

»Blondie mag Sie«, erwiderte Frank, »er wird sich zerreißen, um vor Alaska Jim und seinem Gespann anzukommen. Wenn Sie fleißig trainieren, können Sie es schaffen, Clarissa. Bei einem der letzten Alaska Sweepstakes hat auch eine Frau gewonnen.«

»Dritte war sie!«, widersprach Clarissa lächelnd. »Ich habe mich erkundigt. Ich wäre schon froh, wenn ich heil am Ziel ankomme.«

»Die ganze Stadt drückt Ihnen die Daumen, Clarissa.«

»Das ist es ja gerade«, seufzte sie. »Sie haben mich zur Königin der Yukon Trophy gemacht, obwohl ich es gar nicht wollte, und jetzt erwartet jeder, dass ich als Erste über die Ziellinie gehe. Ich bin noch nie ein Rennen gefahren, Frank! Ich kann einigermaßen mit Hunden umgehen und bin mit dem Schlitten unseres Nachbarn durch die Wildnis gefahren, aber ich bin keine Musherin.«

»Sie sind ein Naturtalent«, schwärmte der Mountie. »Das sagt jeder, der Sie auf dem Schlitten gesehen hat. Sie schaffen es!«

Der Walzer verklang, und Frank brachte seine Tanzpartnerin an ihren Platz zurück. »Darf ich nachher noch mal kommen?«

»Natürlich«, sagte sie freundlich.

Die Zeit bis zum nächsten gemeinsamen Tanz verlief quälend langsam. Sie unterhielt sich mit dem Bürgermeister und dem Chefredakteur der *Dawson City News* und musste sich zwingen, nicht alle paar Minuten zum Tisch der Mounties hinüberzuschielen. Frank hatte sich zu seinen Kameraden gesetzt und erzählte von seinen Erlebnissen in Sixtymile. Der Posten in dem grenznahen Außencamp war sehr begehrt, weil in der kleinen Goldgräbersiedlung niemals Langeweile aufkam, anders als am Miller Creek, wo die Zeit quälend langsam verging. Außerdem gehörte es zur Tradition, dass die Goldgräberfrauen jeden Sonntag für den Polizisten mitkochten. Wer nach Sixtymile versetzt wurde, nahm zwangsläufig zu, wenn er keinen Sport trieb.

Frank J. Watson hatte genug Sport betrieben. Wie Clarissa später erfuhr, war er beinahe jeden Tag unterwegs gewesen, um einsam lebende Trapper und Abenteurer zu besuchen, und natürlich hatte auch er sich an der Suche nach Bill Anayak beteiligt. Aber der Dieb war seinen Verfolgern wieder einmal entkommen und hielt sich jenseits der Ogilvie Mountains versteckt. Die RCMP hatte alle Buschflieger angewiesen, ein waches Auge auf die Eingeborenen zu haben, wenn sie Arzneimittel und Post in die entlegenen Dörfer brachten, und sofort Meldung zu erstatten, falls sie etwas Verdächtiges bemerkten. Aber niemand hatte etwas gesehen. Bill Anayak war viel zu gerissen, um sich auf diese Weise erwischen zu lassen, und die Indianer und Inuit deckten ihn, weil sie von seinen Raubzügen profitierten. Der Schuft war schlau genug, einen Teil seiner Beute für sie zu opfern.

Clarissa kehrte gerade von der Toilette zurück, wo sie neue Schminke aufgetragen und ihre Haare gerichtet hatte, als die Kapelle einen langsamen Walzer anstimmte und Frank sie erneut zum Tanz aufforderte. »Der Superintendent sieht es nicht gern, wenn wir immer mit derselben Dame tanzen«, entschuldigte er sich. »Er hält es für unsere Pflicht, alle Damen auf die Tanzfläche zu führen.« Er legte den rechten Arm um ihre

Hüften und lächelte sie an. »Am liebsten hätte ich nur mit Ihnen getanzt.«

Sie glitt lächelnd in seine Arme und schloss die Augen, errötete unter seinem Atem, der warm und verführerisch über ihre Wangen strich. Seine Berührung löste einen angenehmen Schauer aus. Sie bewegten sich zu der sanften Musik, die alle anderen Geräusche ausschloss, und schwebten in eine andere Welt, in der nur Platz für sie beide war. Ihre Wangen waren gerötet, ihre Lippen leicht geöffnet, und als sie die Augen schloss, behielt sie nur das Gleichgewicht, weil er sie fest in seinen Armen hielt. Sie schwiegen, verstanden einander auch ohne Worte und überließen es der Musik, sie über die Tanzfläche zu führen. Sie tanzten weiter, obwohl der Walzer längst vorüber war, und sie begleitete ihn vor das Hotel, ohne dass er sie aufgefordert hätte. Sie gingen ein paar Meter und blickten zu den Sternen empor. »Ein wunderschöner Abend, nicht wahr, Frank?«

Er legte einen Arm um ihre Hüften, und sie ließ es willenlos geschehen. »So klar waren die Sterne schon lange nicht mehr zu sehen.« Seine Worte klangen heiser und waren kaum zu verstehen, und sie hörte auch gar nicht hin, blickte verträumt in die Dunkelheit und dann in seine Augen, und bevor sie sich versah, lag sie in seinen Armen, und ihre Lippen fanden sich zu einem langen Kuss. Frank schmeckte nach Erdbeerbowle, und in seinem Atem brannte heiße Begierde. Sie sahen sich schweigend an und versanken im Blick des anderen.

Plötzlich wurde ihnen bewusst, dass sie sich in aller Öffentlichkeit küssten, und sie eilten beide zu ihr nach Hause, verschwanden wie zwei Verschwörer in der dunklen Hütte. Durch das Fenster fiel silbernes Sternenlicht ins Zimmer.

Sie sanken auf das große Bett und wurden von einer Leidenschaft übermannt, die sich lange aufgestaut hatte und wie ein Vulkan ausbrach. Er zerrte an ihrem Kleid, und sie öffnete seine Uniformjacke und seufzte erwartungsvoll, als sie seine fordernde Hand an ihrem Oberschenkel spürte. Ihre Küsse waren gierig und verlangend. Doch als sich das helle Licht der

Sterne wie Flammen in ihren Augen brach und sie die Nähe ihres Mannes spürte, fiel alle Leidenschaft von ihr ab.

Sie drängte den Mountie beinahe unsanft von sich und begann zu weinen. »Ich kann nicht, Frank«, stieß sie hervor. »Es geht nicht. Sei mir nicht böse, Frank. Bitte sei mir nicht böse. Es ist … nur …«

Er hielt mitten in der Bewegung inne und blickte sie voller Erregung an. In seinem Blick lagen Enttäuschung und Ernüchterung. Dann kehrte sanfter Glanz in seine Augen zurück. »Es ist gut, Clarissa. Es ist alles gut«, flüsterte er mitfühlend und streichelte ihre Locken. »Ich wollte dir nicht wehtun, hörst du? Ich liebe dich, Clarissa!«

Sie weinte noch heftiger und schob ihr Kleid nach unten. »Geh jetzt, Frank. Bitte geh. Es tut mir Leid, Frank.« Sie vergrub ihr Gesicht ins Kissen und merkte nicht, wie er sich anzog und leise das Blockhaus verließ. »Ich liebe dich«, flüsterte er noch einmal.

Clarissa weinte, bis sie von Erschöpfung übermannt wurde und in einen tiefen Schlaf sank. Sie erwachte bereits einige Stunden später, als die erste Helligkeit zum Fenster hereinfiel. Sie setzte sich auf und blieb benommen sitzen, starrte ins Leere, bis ihr bewusst wurde, was in der kurzen Nacht geschehen war. Ihre Augen wurden feucht. Sie hatte Frank vor den Kopf gestoßen, ihn bitter enttäuscht, auch wenn er Verständnis für ihren plötzlichen Sinneswandel gezeigt hatte. »Ich liebe dich«, hatte er gesagt. Auch sie liebte ihn, das glaubte sie jedenfalls, aber sie hatte Angst, diese Liebe zu zeigen und ihren toten Mann zu verletzen.

Sie stand auf, zog sich aus und trat vor die Waschschüssel. Das Wasser weckte ihre Lebensgeister. Sie rieb sich trocken, stand gedankenverloren mit dem Handtuch in der Hand mitten im Raum, bis sie die Kälte im Blockhaus spürte. Hastig warf sie einige Holzscheite in den Ofen. Die Flammen brannten noch und fraßen sich gierig in das neue Holz. Während sie ihre Hände über dem Ofen wärmte, hatte sie das Bild des enttäuschten Frank vor Augen. Ob er ihr noch böse war? Oder liebte er sie so sehr, dass er ihr die Zeit gab, den Tod ihres Mannes zu verarbeiten? Wartete er, bis sie so weit war, ihn zu lieben? In Gedanken versunken schlüpfte sie in ihre Sommerhosen und einen leichten Anorak. Das Haar steckte sie zu einem Knoten hoch. Sie betrachtete sich im Spiegel. Ein leichtes Lächeln huschte über ihr Gesicht, als sie feststellte, dass sie wie eine Farmerin aussah.

Sie verließ ihr Blockhaus und überquerte den Hof. Die Huskys schliefen noch. Ohne darüber nachzudenken, was sie in einem katholischem Gotteshaus zu suchen hatte, betrat sie die Kirche und bekreuzigte sich, bevor sie zum Altar ging. Sie kniete nieder und betrachtete die farbigen Ornamente des Kirchenfensters, die das einfallende Licht auf den Altar zeichnete. Das Kruzifix mit dem elfenbeinernen Christus warf einen langen Schatten. »Lieber Gott«, betete sie leise. »Hilf mir! Ich weiß nicht, was ich tun soll. Wie du weißt, trauere ich um meinen Mann, der in den Bergen umgekommen ist. Ich habe Jack geliebt. Ich liebe ihn immer noch. Er war ein guter Mann, und ich werde ihn niemals vergessen. Aber du hast mir einen anderen Mann geschickt. Auch ihn liebe ich. Ich begehre ihn so sehr, wie ich Jack begehrt habe.«

Sie schwieg eine Weile und dachte an jenen Augenblick in ihrem Blockhaus, der ihr Leben grundlegend verändert hatte. »Ich habe gesündigt, Herr! Ich habe einen Mann berührt, obwohl ich in Trauer lebe und noch immer mit meinem Ehemann verheiratet bin. Du weißt, dass ich mich nicht hingegeben habe, aber ich habe all diese anderen Dinge getan, und dann habe ich Frank vor den Kopf gestoßen. Ich möchte seine Liebe nicht verlieren. Ich möchte die Erinnerung an meinen Mann nicht verlieren. Was soll ich tun, Herr? Hilf mir! Ich weiß, dies ist nicht meine Kirche, und ich habe lange nicht mit dir gesprochen, aber ich weiß nicht, an wen ich mich sonst wenden soll. Sag mir, was ich tun soll!«

Clarissa senkte den Kopf und versank in einem stummen

Gebet, bis sie leise Schritte auf dem rohen Holzboden hörte. Sie öffnete die Augen und drehte sich um. Pater DeWolfe hatte die Kirche betreten und kam langsam näher. Er trug seine schwarze Soutane und hielt einen Rosenkranz in der rechten Hand. »Clarissa«, sagte er leise. »Ich habe gehört, was du gesagt hast.« Er legte eine Hand auf ihre Schultern und blickte sie verständnisvoll an. »Du brauchst dir keine Vorwürfe zu machen. Jack wäre dir nicht böse, wenn er wüsste, dass du dich in einen anderen Mann verliebt hast. Der Herr will es so! Er will, dass du ein neues Leben an der Seite eines anderen Mannes beginnst. Deshalb hat er den Mountie in die Wildnis geschickt. Du hast deine Liebe zu ihm entdeckt und warst im Begriff, den Verlockungen der Sünde zu erliegen. Doch bevor es dazu kam, hast du dich deines Glaubens besonnen und dich anders entschieden. Wenn Frank dich wirklich liebt, wird er dir niemals böse sein. Im Gegenteil. Er wird dich umso mehr lieben und so lange warten, bis du bereit bist, erneut vor den Traualtar zu treten. So sehe ich es, Clarissa, und ich bin sicher, dass auch Gott so denkt.« Er lächelte. »Mag sein, dass der Papst anderer Meinung ist, aber er war noch niemals am Yukon und weiß nicht, was wir für ein Leben führen.«

Sie stand langsam auf und ergriff die Hand des Pfarrers. Zusammen kehrten sie in den Anbau zurück. Lucy hatte bereits das Frühstück aufgetragen, überbratene Eier mit Toast und viel Speck, und aus der Küche kam der Duft von frischem Kaffee. »Endlich kommt ihr an Deck, ihr Landratten!«, krähte Robinson. »Gelobt sei Jesus Christus! Halleluja!«

Frank war einen Tag nach dem Breakup Ball in sein Außencamp zurückgekehrt. Er hatte keinen Brief für sie zurückgelassen, aber einige Tage später kam ein Zeitungsjunge und brachte einen Strauß mit beinahe verwelkten Wildblumen vorbei. Mit schuldbewusster Miene sagte er: »Ich hätte fast vergessen, Ihnen die Blumen zu bringen. Constable Frank J. Watson hat sie mir gegeben und gesagt, dass ich sie Ihnen bringen soll, aber Sie waren nicht da, und da hab ich sie ins Wasser gestellt und vergessen … Tut mir Leid, Ma'am! Sagen Sie dem Constable bitte nicht, dass ich es verschwitzt habe. Ich hab einen Dollar von ihm dafür bekommen, wissen Sie, und den hab ich längst ausgegeben …«

»Schon gut«, winkte Clarissa amüsiert ab, »ich sag's nicht weiter.« Sie stellte die Blumen in eine Vase und freute sich, als sie wieder aufblühten und ihren betörenden Duft im Blockhaus verbreiteten. Frank hatte sich nicht von ihr abgewandt! Er verstand ihre Gefühle und ging so behutsam vor, wie man es sich von einem Mann in dieser Situation nur wünschen konnte. »Wie ein Offizier und ein Gentleman« hatten sie in South Dakota gesagt, wenn ein Mann nach festen Moralbegriffen und Regeln lebte. Sie war stolz auf ihn, und ihre Bindung wurde enger, obwohl er in diesem Sommer nicht mehr nach Dawson City zurückkehrte und sie nur einmal von ihm hörte, als ein Trapper in der Stadt erschien und sagte: »Ich soll Sie von Constable Watson grüßen, Ma'am. Hab ihn am California Creek getroffen. Scheint mächtig in Sie verschossen zu sein, der arme Kerl, so nervös, wie der war, wenn ich mir die Bemerkung erlauben darf.« Er war von seinem Pferd gestiegen und lachend in einer Bar verschwunden.

Auch während des Sommers trainierte Clarissa mit den Hunden. Der Schmied hatte kleine Räder an einen Schlitten geschraubt, und sie trieb die Huskys über die ebene Schotterstraße außerhalb der Stadt. Dort fuhr auch Archie Ferguson mit seinem Automobil spazieren. Er hatte den Preis für seine Mitfahrer auf einen Dollar gesenkt, und immer wenn ein Schaufelraddampfer anlegte, bot er seine Dienste an und kutschierte vergnügungssüchtige Passagiere durch Dawson City und ein paar hundert Meter in die Wildnis hinaus. Zu Hause in Vancouver oder Seattle würden die Städter stolz berichten, dass sie im kanadischen Busch gewesen waren und vielleicht sogar einen Bären gesehen hatten, obwohl jeder Bär schleunigst Reißaus nahm, wenn er den knatternden Motor des Landau Convertible hörte. Die Hunde hatten sich längst an das seltsame Geräusch gewöhnt und scheuten kaum noch, wenn sie dem Mann begegneten. Der Vorfall mit den Wölfen war längst vergessen, und sie winkte Archie Ferguson freundlich zu, wenn er lächelnd an ihr vorbeifuhr.

Im Sommer dachte kaum jemand an die Yukon Trophy, und immer, wenn sie ihren rollenden Schlitten über die Front Street steuerte, folgten ihr neugierige Blicke. Sie kniete sich in ihre Arbeit, trainierte täglich mit den Hunden und half dem Pfarrer, neue Hundehütten zu bauen, obwohl die Huskys am liebsten im Freien schliefen. »Halleluja!«, krächzte Robinson aus dem offenen Fenster, als sie mit der letzten Hütte fertig waren. »Ist der Kahn endlich fertig, oder zimmert ihr einen Galgen für mich?«

Ihr Leben verlief in geregelten Bahnen, und sie erzählte dem Pfarrer während eines Abendessens im August zum wiederholten Male, wie dankbar sie ihm für ihr neues Zuhause war. Pater DeWolfe und Lucy waren zu echten Freunden geworden, die alle Geheimnisse mit ihr teilten und sie in ihrer Absicht bestärkten, das Tor zu einer neuen Zukunft aufzustoßen. Sie liebte Blondie, Duffy, Blue, Nugget, Snowball, Scotty und die anderen Hunde, und das anstrengende Training vertrieb die Gedanken an Frank und ihren toten Mann. Manchmal dachte sie an Nanuk, der wie ein Geist-Wolf aus den Bergen gekommen war und nach ihr gesucht hatte, und sie fragte sich, wo er wohl den Sommer verbrachte. Streunte er rastlos durch die Ogilvie Mountains? War er irgendwo in der Nähe und beobachtete eifersüchtig, wie sie mit dem Hundegespann arbeitete? Wollte er, dass sie in die Wildnis zurückkehrte, oder war er zufrieden, dass sie eine neue Heimat gefunden hatte? Oder hatte Nanuk sie längst vergessen, und sie bildete sich alles nur ein?

Sie blickte über den Yukon River, der träge nach Süden floss und gegen das felsige Ufer schwappte. Entwurzeltes Gestrüpp drehte sich langsam in der Strömung. »Pass auf Frank auf, Nanuk«, sagte sie leise. »Ich möchte ihn nicht verlieren, hörst du?«

22

Im Spätsommer beschloss sie, endgültig Abschied von ihrem Mann zu nehmen. Sie hatte ihr Versprechen nicht vergessen, war immer noch entschlossen, zur Unglücksstelle zu fliegen und frische Wildblumen an seinem Grab niederzulegen. Bisher war sie zu schwach dafür gewesen. Sie würde ihrem toten Mann gegenübertreten und mit einem der Gebete ehren, die sie von Pater DeWolfe gelernt hatte. Die Gebete der Katholiken waren länger und feierlicher als alles, was sie in der Sonntagsschule der Methodistenkirche gelernt hatte, und sie wollte sich auf diese Weise auch bei dem Pfarrer in Dawson City bedanken, der ihr während der schwierigsten Zeit ihres Lebens geholfen und sie auf den Weg in ein neues Leben geführt hatte.

»Mein Mann hatte die gleiche Maschine«, sagte sie, als sie mit ihrem Schlitten an der Staubpiste vorbeikam und den einzigen Piloten von Dawson City neben seiner silbernen *Bellanca* entdeckte. Billy Dutton war vor zwei Jahren aus Fairbanks gekommen. Sie stieg von den Kufen und reichte dem Mann die Hand. Er war kräftig und etwas untersetzt, um die vierzig, und auf seinem kantigen Schädel saß eine ölverschmierte Baseballkappe. Er hatte grüne Augen.

»Nehmen Sie mich in die Berge mit? Ich hab meinem Mann frische Blumen versprochen. Er liegt in den Ogilvies begraben. Ganz in der Nähe einer Trapperhütte.«

»Lässt sich machen, Ma'am«, stimmte er zu. »Ihr Mann ist in den Ogilvie Mountains gestorben, sagen Sie? Dann sind Sie ...«

»Clarissa Swenson«, ergänzte sie. Sie deutete auf die Maschine, die mit Drahtseilen gegen den böigen Wind gesichert war. »Sind Sie zufrieden mit der *Bellanca,* Mister Dutton?«

»Nennen Sie mich Billy«, erwiderte der Buschpilot. Er füllte frisches Öl in den Motor und wischte sich die Hände an seinem Overall ab. »Ich hab nie ein besseres Flugzeug besessen. Es hat mich noch nie im Stich gelassen.« Er tätschelte die Maschine wie ein Pferd und wurde ernst. »Tut mir Leid, was mit Ihrem Mann passiert ist, Ma'am. Ich wollte, er wäre davongekommen.«

»Wir hatten Pech«, sagte sie, ohne ihn anzublicken. »Wäre der Nebel nicht gewesen, hätte Jack die Maschine irgendwo gelandet. Er schaffte es gerade noch, auf einem Schneefeld aufzusetzen. Die Maschine ging zu Bruch und fing Feuer. Ich wurde während der Landung durch die Tür geschleudert.« Sie kämpfte gegen die Tränen. »Sonst wäre ich wohl auch umgekommen.«

»Ich weiß«, sagte er, »ich hab die Geschichte in den *News* gelesen. Sie sind eine mutige Frau, Ma'am.« Er deutete zu den schroffen Gipfeln der Ogilvie Mountains und blickte sie fragend an. »Sind Sie sicher, dass Sie noch mal in die Berge wollen?«

»Ich hab es meinem Mann versprochen.« Sie zerrte am Geschirr von Snowball, der sich mit Nugget angelegt hatte und nach ihm schnappte. Ihm bekam die Hitze nicht. »Wann können wir los? Sie können mich bei der Hütte absetzen und später wieder abholen, wenn es Ihnen nichts ausmacht. Morgen früh?«

»In Ordnung«, schlug der Pilot ein, »ich muss sowieso noch die Medikamente nach Inuvik bringen. Wir starten um halb sieben.«

Clarissa hatte ihr Gewehr dabei, als sie am nächsten Morgen vor der *Bellanca* wartete. Sie war viel zu früh gekommen, obwohl sie noch die Hunde gefüttert und ausgiebig gefrühstückt hatte. Lucy hatte ihr ein Sandwich und eine Kanne mit heißem Tee in den Rucksack gepackt. »Pass gut auf dich auf, hörst du?«, hatte die Haushälterin sich von ihr verabschiedet. Billy Dutton war erstaunt, sie so zeitig zu sehen, und beeilte sich, die Maschine startklar zu machen. Wenig später waren sie in der Luft. Der Pilot steuerte die *Bellanca* der Sonne entgegen und bemerkte beiläufig, schon lange nicht mehr bei so schönem Wetter gestartet zu sein. Der Himmel war blau, und der Horizont lag weit hinter den Bergen.

Es war ein seltsames Gefühl, wieder mit einer *Bellanca* unterwegs zu sein. Sie war oft genug mit ihrem Mann geflogen und kannte den besonderen Charakter der Maschine, war mit jedem Knarren und Ächzen vertraut, das sie von sich gab. Billy Dutton flog nicht so konzentriert wie ihr Mann. Er orientierte sich nach einer Landkarte, die er auf seinem Schoß ausgebreitet hatte, und brummte alle paar Minuten einen Fluch. Jack war schweigsamer gewesen und hatte seinen Kurs fast ausschließlich nach auffälligen Landmarken bestimmt. Billy steuerte mit einer Hand, während Jack immer beide Hände am Steuerknüppel gehabt hatte. Aber sie hütete sich, etwas zu sagen. Jeder Pilot flog anders, und es stand ihr nicht zu, einen erfahrenen Buschflieger wie Billy Dutton zu kritisieren. Er war schon seit einigen Jahren im hohen Norden, und man erzählte über ihn, dass er vor Barrow auf einer treibenden Eisscholle gelandet war und drei Tage in der Dunkelheit durchgehalten hatte, bis es ihm gelungen war, die Maschine wieder flottzumachen. »Hab ich ihnen von den Walrossen erzählt, die ich nach Anchorage geflogen habe?«, fragte er.

Sie bemerkte seinen listigen Blick und erkannte, dass er sie mit einer humorvollen Geschichte aufmuntern wollte. Jeder Pilot hatte solche Storys auf Lager. »Das war ungefähr vor drei Jahren. Ich war damals in Fairbanks zu Hause und wurde nach Nome gerufen, um vier Walrosse nach Anchorage zu bringen. Für den Zoo in Seattle, wissen Sie? Die Viecher waren noch jung, aber so schwer, dass meine *Stinson* beinahe in die Knie ging. Ich hatte damals eine *Stinson.* Wir legten nasse Tücher und Netze über die Viecher, und es ging alles ziemlich glatt, bis sie fürchterlich unruhig wurden, und ich merkte, dass sie Durst hatten. Was sollte ich machen? Ich landete irgendwo in der Wildnis und gab ihnen von der Milch zu trinken, die ich im Gepäck hatte. Ich schnitt ein Loch in den Gummihandschuh meiner Erste-Hilfe-Ausrüstung und gab ihnen den als Schnuller. Dann flog ich weiter. Als ich den Leuten des Zoos davon erzählte, wären sie beinahe in Ohnmacht gefallen. Sie hätten die Burschen sehen sollen! Die haben sich beinahe in die Hose gemacht!«

Clarissa amüsierte sich köstlich über die Geschichte und überraschte den Buschpiloten mit einer eigenen Story, die ihr Mann von einem Flug in die Berge mitgebracht hatte. Sie handelte von einem Piloten, der ein junges Rentier aus der Brooks Range nach Fairbanks bringen sollte. Das Tier wurde in seine Maschine verfrachtet und gefesselt, und alles war gut, aber in der Luft konnte es sich befreien und sprang aufgeregt im Flugzeug herum. Dem Piloten gelang es, das nervöse Tier von den Instrumenten fern zu halten und auf einem See notzulanden. »Wenn ich Jack richtig verstanden habe, hat der Pilot das Rentier auch vor dem Ertrinken gerettet, als es sich in den Seilen verfing und in den See stürzte. Er hat es eigenhändig zum Ufer gebracht«, sagte sie.

Wenig später erreichten sie das Tal in den Ogilvie Mountains, und Billy Dutton kreiste einmal über der verlassenen Trapperhütte, bevor er tiefer ging und die *Bellanca* am sandigen Flussufer landete. Er ließ sie ausrollen und verabschiedete sich von ihr. »Ich bin in ungefähr drei Stunden zurück«, sagte er. »Passen Sie auf Bären auf. Es soll einige Grizzlys in der Gegend geben.«

»Ich passe schon auf«, versicherte sie dem Buschflieger und klopfte auf ihr Gewehr. Sie kletterte aus dem Flugzeug und blieb stehen, bis der Pilot gestartet und die *Bellanca* hinter der nächsten Felswand verschwunden war. Das Motorengeräusch verklang in der warmen Luft, und sie atmete tief durch, bevor sie den Blick vom Himmel wandte und über die Umgebung schweifen ließ. Im sommerlichen Grün wirkte das Tal seltsam fremd, und lediglich die Trapperhütte und die hohen

Felswände erinnerten sie daran, dass sie viele Wochen in dieser Wildnis durchgehalten hatte. Sie vertrieb einige Moskitos mit einer Handbewegung und genoss die würzige Luft. Das bunte Blumenmeer, in dem sie stand, betäubte ihre Sinne und erinnerte sie daran, weshalb sie gekommen war.

Sie verließ das Flussufer und pflückte einen Strauß bunter Wildblumen, ließ sich auch nicht durch die vielen Bienen stören, die über den geöffneten Blüten summten. Dann folgte sie dem Weg, den sie im tiefen Schnee mit ihrem gebrochenen Bein entlanggehumpelt war. Von dem verunglückten Flugzeug war kaum etwas zu sehen. Ein paar verkohlte Holzstreben im kniehohen Gras und der abgebrochene Ski, den sie zu Ehren ihres Mannes in den Boden gerammt hatte. Dahinter war Erde aufgeworfen. Irgendjemand hatte die Überreste ihres Mannes begraben und seinen Namen in den Ski geritzt. »Frank. Das warst du, Frank«, flüsterte sie ergriffen. Anscheinend war er mit einer Patrouille durch das Tal gekommen und hatte sich die Zeit genommen, ihrem verstorbenen Mann die Ehre zu erweisen. Sie hatte sich immer davor gefürchtet, der verbrannten Leiche ihres Mannes gegenüberzutreten. »Ich danke dir, Frank«, sagte sie. »Das war lieb von dir.«

Sie legte die Blumen neben den Grabhügel und verharrte im stillen Gebet. Während sie die Worte wiederholte, die Pater DeWolfe jeden Sonntag in der Kirche sprach, hatte sie das Bild ihres Mannes wieder deutlich vor Augen, spürte sie seinen sanften Blick und sah das schelmische Lächeln um seine Mundwinkel, als wollte er ihr sagen: »Mach dir keine Sorgen um mich, Schatz! Mir geht es gut! Jetzt wird es höchste Zeit, dass du an dich denkst!« Sie bekreuzigte sich, senkte den Kopf und ließ die andächtige Stille auf sich wirken, die sich im Tal ausgebreitet hatte. Selbst der Wind hielt in diesem Augenblick den Atem an, und das Rauschen der Bäume war verstummt. Die Geister ehrten den Mann, der hier den Tod gefunden hatte, und fühlten mit der jungen Frau, die gekommen war, um ein Versprechen einzulösen. So würden es die Indianer ihr erklären. »In diesem Augenblick war dir Gott ganz nahe«, würde Pater DeWolfe sagen.

»Leb wohl, Jack«, verabschiedete sie sich von ihrem Mann. »Ich hoffe, es geht dir gut. Du weißt, dass du immer in meinem Herzen weiterleben wirst, auch dann noch, wenn ich mich einem anderen Mann zuwende. Ich liebe dich sehr, Jack!«

Sie schlug noch ein Kreuz und drehte sich um. Auf dem Hügel, der sich zwischen dem Waldrand und der Trapperhütte erhob, stand ein Wolfshund, die Schnauze stolz erhoben, das Fell im aufkommenden Wind. Er blickte zu ihr herab. »Nanuk«, flüsterte sie. »Du bist hier.« Sie ging ein paar Schritte auf ihn zu und zögerte, als er sich bewegte, wollte ihn nicht wieder vertreiben. »Hab keine Angst, Nanuk!« Sie bewegte sich langsam auf ihn zu, blieb kurz stehen und sprach mit sanfter Stimme auf ihn ein, bevor sie noch einen Schritt machte und die Hand nach ihm ausstreckte. »Siehst du, ich habe dich nicht vergessen«, sagte sie, als sie sein buschiges Fell am Hals berührte.

Sie beugte sich zu ihm hinab und schloss ihn in die Arme, spürte sein Fell an ihrer Wange. Nanuk zog seine Zunge über ihre Nase. »Hör auf, du Ferkel!«, wehrte sie sich spaßeshalber, und dann wälzten sie sich wie zwei Kinder über den Boden, scherzten und spielten miteinander, als wäre Nanuk ein zahmer Haushund und auf einer Farm zu Hause. Sie rannten über die blühende Blumenwiese, und der Wolfshund bellte übermütig, und sie lachte, bis sie erschöpft im Gras liegen blieb und zum Himmel emporblickte. Die Bienen waren nicht mehr lästig, und die Moskitos waren auf wundersame Weise verschwunden. Niemand hätte vermutet, dass sie vor wenigen Augenblicken noch am Grab ihres Mannes gestanden und lange gebetet hatte.

Aber vielleicht wollte Gott ihr auf diese Weise zeigen, wie sehr Leben und Tod miteinander verwoben waren. Beides lag dicht beieinander. Das Leben war der Beginn des Todes, und der Tod markierte den Anfang eines neuen Lebens. Die Trauer um einen Menschen, der gegangen war, versöhnte sich mit der

Freude über die Zukunft. Es gab keinen festen Anfang und kein festes Ende, weder bei den Weißen noch bei den Indianern und den Inuit, und es spielte keine Rolle, ob man an Gott oder an Geister glaubte. Das Universum wurde von einer unerklärlichen Macht regiert, die unzählige Namen haben konnte. Sicher war nur, dass es keinen Stillstand gab und am Ende jedes Tunnels neues Licht wartete, so wie auf jeden Winter ein neuer Sommer folgte.

Sie erhob sich und folgte dem Wolfshund zur Hütte hinauf. Er glaubte wohl, dass sie in ihre eigentliche Heimat zurückgekehrt war, und beinahe war sie versucht, ihm zu glauben. Sie fühlte sich wohl in diesem Tal, spürte eine Vertrautheit mit der Natur, die sie nirgendwo anders so stark empfunden hatte, nicht einmal am Lake Laberge, und Nanuk schien ihr sagen zu wollen, dass ihr neues Leben in der Hütte des toten Trappers begann. »Ich kann nur ein paar Stunden bleiben«, entschuldigte sie sich bei ihm, »dann muss ich nach Dawson City zurück. Ich wohne jetzt in Dawson, hörst du? Ich weiß, du bist eifersüchtig auf Blondie und die anderen Hunde, aber du brauchst du dir keine Sorgen zu machen. Du bist mein bester Freund, und wenn du einen Schlitten ziehen könntest, wärst du mein Leithund. Aber du willst in den Bergen bleiben, nicht wahr? Du willst in der Wildnis leben. Manchmal glaube ich tatsächlich, was die Indianer erzählen. Dass du ein Geist-Hund bist und dein Leben in diesen Bergen verbringen musst. Bist du ein Geist-Hund, hm? Du hast mich zu dieser Hütte geführt. Du hast mir gezeigt, wie ich in dieser Wildnis überleben kann. Sag mir, ob du über einen geheimnisvollen Zauber verfügst, Nanuk!«

Der Wolfshund knurrte nur und sprang davon, blieb neben der Hütte stehen und wartete darauf, dass sie die Tür öffnete. Sie ging hinein und blieb vor dem kalten Yukon-Ofen stehen. Seitdem sie gegangen war, hatte niemand etwas in dem Blockhaus verändert. Alles war noch so, wie sie es verlassen hatte. Das Nachtlager mit den Decken, der Holztisch, an dem sie viele Stunden gesessen und in »Moby Dick« gelesen hatte, das Regal mit den Vorräten. Sie setzte sich auf den Stuhl und blickte durch die offene Tür nach draußen. Am Himmel waren dunkle Wolken aufgezogen, und die Sonne hatte sich verkrochen. Am Yukon schlug das Wetter rasch um, und es sah danach aus, als würde es während der nächsten Stunden ein heftiges Gewitter geben.

Clarissa legte ihre Hände auf die Tischplatte und fühlte das warme Holz. Sie spürte die magische Kraft des Baumes, aus dem die Bretter für den Tisch geschnitten waren. Auch sie verfügte über Zauberkräfte, wenn sie in diesem Tal war. Sie stand auf, ging zur Tür und stellte fest, dass Nanuk verschwunden war. Er kam und ging, wie es ihm passte, auch in der Wildnis. Der Teil seiner Seele, der von einem Wolf abstammte, war mächtiger als alles andere. Sie blickte der Spur nach, die Nanuk im tiefen Gras hinterlassen hatte, und schüttelte den Kopf. »Ich will dich nicht in die Stadt mitnehmen, Nanuk. Keine Angst.«

Ein kühler Windstoß fegte über das Gras und die Blumen. Sie blickte zum Himmel und erkannte zu ihrem Schrecken, dass die dunklen Wolken schneller kamen, als sie gedacht hatte. Jenseits des Flusses zuckte ein Blitz vom Himmel, und wenig später erschütterte heftiger Donner das Land. Sie musste an den Schneesturm denken, der ihnen während des Winters zu schaffen gemacht hatte, und wie hilflos und allein sie in der Blockhütte gewesen waren. Die Natur im hohen Norden konnte unbarmherzig sein und selbst einen starken Menschen in die Knie zwingen. Ein erneuter Blitz flackerte über den Himmel, und ein Donnerschlag schien das Land wie ein Erdbeben aufreißen zu wollen. In der Blockhütte war sie einigermaßen sicher, aber wo war Billy Dutton? Hatte der Buschpilot das Gewitter rechtzeitig erkannt und umflogen? Bei diesem Unwetter konnte er nicht landen, er würde ein ähnliches Schicksal wie ihr Mann erleiden!

Sie zog sich in die Blockhütte zurück und schloss die Tür.

Noch bevor sie ans Fenster getreten war, hatte der Himmel seine Schleusen geöffnet, und prasselnder Regen fiel auf das Land herab. Er trommelte auf das Dach der Hütte, schien sie durchlöchern zu wollen und peitschte gegen das Fenster. Sie trat unwillkürlich einen Schritt zurück und kniff die Augen zusammen. Der Regen war stark genug, um das Fenster zu zertrümmern. Doch die Scheiben hielten stand, und sie konnte aus sicherer Entfernung beobachten, wie das Wasser in Sturzbächen vom Dach floss und der böige Wind das Gras niederdrückte. Der Himmel war rabenschwarz, und es war so dunkel wie im tiefsten Winter. Erst nach einer Stunde ließ das Unwetter nach, aber es war immer noch zu stürmisch, um mit einer *Bellanca* am Flussufer zu landen.

Clarissa legte Holz in den Ofen und zündete ein Feuer an. Das Gewitter hatte die Wärme des Tages vertrieben, und es war kühl geworden. Sie hatte längst erkannt, dass es noch Stunden dauern konnte, bis das Unwetter aus dem Tal gezogen war, und sie sich darauf einrichten musste, die Nacht in der Hütte zu verbringen. Sie legte sich auf das Bett und starrte in das Halbdunkel. Es war ein seltsames Gefühl, wieder auf der Pritsche zu liegen, und sie glaubte einen Augenblick, der Wolfshund habe sie in die Vergangenheit zurückgeführt. War ihr Mann erst vor einigen Tagen gestorben? Lag draußen Schnee? Sie schreckte aus einem tiefen Traum auf und badete ihr Gesicht in der wärmenden Helligkeit, die zum Fenster hereinfiel. Sie hatte keine Ahnung, wie lange sie geschlafen hatte und wie spät es war. Sie trat ans Fenster und sah, dass das Gewitter weitergezogen war und milchfarbenes Licht zwischen den Wolken hervorbrach. Die Tage des Yukon-Sommers waren lang, und es konnte acht Uhr abends oder drei Uhr morgens sein. Sie griff nach ihrem Gewehr, das sie in alter Gewohnheit an die Nägel über der Tür gehängt hatte, öffnete die Tür und trat in den frischen Wind hinaus.

Im selben Augenblick hörte sie das vertraute Motorengeräusch der *Bellanca.* Sie dachte einen Augenblick daran, wie oft sie sich nach diesem Geräusch gesehnt hatte, und lief zum Flussufer hinunter, wo Bill Dutton mit seiner Maschine gerade den Boden berührte. »Morgen, Ma'am«, begrüßte er Clarissa grinsend. »In dieser Gegend kann man nie wissen, was? Nur gut, dass Sie mit einem Buschpiloten verheiratet waren, sonst hätten Sie es wohl mit der Angst zu tun bekommen. Steigen Sie ein, Ma'am!«

23

Der Winter kündigte sich mit einem Unwetter an, das jede Erinnerung an den kurzen Sommer mit eiskalten Sturmböen hinwegfegte. Der Himmel verdunkelte sich, und aus den schwarzen Wolken, die sich über dem Land ballten, fiel schwerer Schnee auf das Land am Yukon. Über Nacht sank das Thermometer um zwanzig Grad. Der Wind heulte über die weißen Berghänge und Felsen und jagte die Front Street von Dawson City hinunter. Das letzte Grün des Sommers verschwand unter einer dichten Schneedecke, und die Nacht siegte über den Tag und vertrieb die Sonne vom Himmel. Der Wintergeist der Inuit und Indianer kehrte aus seinem Versteck im Norden zurück und übernahm die Herrschaft. Der Yukon River beugte sich unter seinen frostigen Hieben und erstarrte zu Eis.

Am meisten freuten sich die Huskys über den plötzlichen Wintereinbruch. Sie bellten und heulten, als gelte es, einen alten Freund zu begrüßen. Die eisigen Temperaturen gefielen ihnen, und als Clarissa sie am frühen Morgen fütterte, führten sie einen regelrechten Freudentanz auf. Duffy schüttelte sein weißes Fell und wälzte sich im kalten Neuschnee, bevor er sich über den getrockneten Lachs hermachte, und Snowball verzichtete sogar darauf, nach den anderen Hunden zu schnappen. Der stämmige Scotty wedelte mit dem Schweif und bellte so aufgeregt, dass Lucy ihren Kopf aus der Küche streckte und erstaunt rief »Guten Morgen, Clarissa! Was ist denn in die Hunde gefahren? Man könnte meinen, die Yukon Trophy beginnt schon heute! Warum sind sie so nervös?«

»Sie freuen sich, Lucy«, erwiderte Clarissa fröhlich. »Sie freuen sich über den Winter! Und wenn ich ehrlich bin: Ich auch! Ich glaube, ich habe mich so an die Kälte gewöhnt, dass ich nicht mehr ohne sie leben kann.« Sie beugte sich zu dem lebhaften Blue hinunter und kraulte ihm den Nacken. »Siehst du, wie stark unser Kleiner geworden ist? Ich glaube, er will unbedingt an dem Rennen teilnehmen. Na, was ist, Blue? Bist du erwachsen geworden? Du meinst wohl, du würdest mal zum Leithund taugen, hm?« Sie füllte seinen Napf und verfolgte zufrieden, wie er gierig fraß. Blue hatte große Fortschritte gemacht, und sie hatte längst beschlossen, ihn hinter Duffy vor den Schlitten zu spannen. Er war sehr schnell und würden den behäbigen Nugget mitreißen.

Blondie zeigte seine Eifersucht mit einem lauten Bellen, und Clarissa erwies ihrem Leithund die Ehre, indem sie lange mit ihm sprach und seine Vorzüge lobte. »Du bist der Beste, das weiß ich doch. Du wirst ganz vorne laufen, wenn wir in Whitehorse an den Start gehen. Alle Augen werden auf dich gerichtet sein, weißt du das? Die Yukon Trophy ist ein berühmtes Rennen. Sogar aus San Francisco haben sich Reporter angemeldet. Sie werden mit scharfen Augen beobachten, wie wir uns auf dem Trail schlagen. Du darfst mich auf keinen Fall blamieren!« Ihr Lächeln wurde sanft, als sie in die hellblauen Augen ihres Leithundes blickte. »Ich weiß, dass du dich wacker halten wirst. Wir können gewinnen, Blondie, hast du gehört? Wenn wir einen guten Tag erwischen, können wir an Alaska Jim vorbeiziehen. Aber wir müssen noch viel trainieren! Wie wär's mit einem kleinen Ausflug, na? Wollen wir heute nach Carmacks fahren?«

Das aufgeregte Gebell zeigte Clarissa, dass die Hunde nur darauf warteten, vor den Schlitten gespannt zu werden. Das kalte Wetter war ideal für einen längeren Trip, und der Neuschnee, der sich über das Eis auf dem Yukon gelegt hatte, konnte nicht weicher sein. Bei diesem Wetter brauchten sie nicht einmal ihre kleinen Schuhe aus Karibufell anzuziehen. »Ich gehe auf Tour«, sagte Clarissa, als sie mit dem Pater und seiner Haushälterin beim Frühstück saß. Es gab Pfannkuchen mit eingemachtem Obst und englischen Tee. »Jetzt sind es nur noch drei Monate bis zum Rennen. Ich muss die Huskys an die eisigen Temperaturen und die langen Entfernungen gewöhnen. Ich fahre nach Carmacks, vielleicht auch weiter. In ein paar Tagen bin ich zurück.«

»Das hab ich mir schon gedacht«, meinte Lucy in ihrer mütterlichen Art. »Ich hab dir heißen Tee und ein paar Sandwiches für unterwegs eingepackt. Willst du wieder Bohnen mitnehmen?«

»Was anderes krieg ich in einem Winterlager nicht hin«, antwortete sie heiter. »Pack mir ein paar Dosen ein. Ich kümmere mich inzwischen um das Hundefutter. Gott sei's gedankt, dass ich beim Breakup Ball diese Urkunde bekommen habe. Die Kosten für das Futter wären viel zu hoch gewesen.« Sie griff nach Lucys Hand und sagte: »Vielen Dank für eure Hilfe. Ich weiß nicht, wer auf die Idee gekommen ist, an diesem Rennen teilzunehmen, aber ohne euch hätte ich niemals mitmachen können.«

»Hauptsache, du gehst nicht über Bord!«, meldete Robinson sich zu Wort. »Halleluja! Gelobt sei Jesus Christus!«

Es tat gut, wieder über einen winterlichen Trail zu fahren, und sie genoss die Fahrt über den Yukon ebenso wie die Huskys. Der Winter war etwas Besonderes im hohen Norden. Der Schnee verzauberte das Land, verbarg den Schmutz und die Narben des kurzen Sommers unter einer eisigen Decke, die selbst den Konturen der schroffen Felsen die Schärfe nahm. Die ehemaligen Jagdgründe der Indianer und das aufgewühlte Goldland verwandelten sich in eine magische Landschaft, die dem Leben einen anderen Rhythmus gab. Die Hektik der warmen Jahreszeit war vorüber, und der ruhige Atem des Wintergeistes gab den Takt an. Die Schritte wurden langsamer, die Post brauchte länger, und die Buschflieger mussten die Motoren wärmen und das Öl erhitzen, bevor sie mit ihren Maschinen in den Himmel stiegen. Nur die Hälfte aller Telefonanrufe und Telegramme erreichten ihre Empfänger. Das Land kapitulierte unter den eisigen Hieben des Wintergeistes, und das legendäre Wesen aus dem hohen Norden revanchierte sich, indem es die Berge und Täler mit einem festlichen Schleier überzog und aus Dawson City ein verträumtes Dorf inmitten einer märchenhaften Landschaft machte. Die Menschen hielten still und waren auf die Wutausbrüche des eisigen Herrschers gefasst, die heftige Blizzards und eisigen Schneeregen brachten. Wenn der Wintergeist über dem Land tobte, zeigte der Winter am Yukon sein unbarmherziges und hässliches Gesicht.

Clarissa erfreute sich an den schönen Seiten der kalten Jahreszeit und fühlte mit ihren Huskys, die neue Kraft getankt hatten und voller Übermut über den zugefrorenen Yukon rannten. Ihre Pfoten wirbelten den leichten Neuschnee auf und hüllten den Schlitten in einen feinen Schleier, der im Zwielicht des trüben Tages glänzte. Der Atem der Hunde gefror in der kalten Luft. Das Hecheln der Huskys und das scharrende Geräusch der Kufen klangen wie Musik in Clarissas Ohren und machte ihr klar, wie sehr sie die winterlichen Fahrten über den Fluss vermisst hatte. Über den Yukon River fuhr sie am liebsten. Der Trail, den die Postfahrer markiert hatten, war glatt und eben, und sie brauchte kaum einzugreifen. Sie stand auf den Kufen, verlagerte ihr Gewicht, wenn sie einem unerwarteten Hindernis auswichen oder in eine Kurve gingen, und registrierte zufrieden, dass ihre Hunde noch schneller geworden waren. Sie waren zu einem echten Team zusammengewachsen und schienen fest entschlossen, bei der Yukon Trophy im Februar als Erste durchs Ziel zu gehen.

Lediglich die Ausdauer musste noch verbessert werden. Nicht umsonst warben die Veranstalter mit dem Slogan »Das härteste Rennen der Welt«. Über siebenhundert Kilometer war der Trail von Whitehorse nach Dawson City lang, er führte nicht nur den Yukon entlang. Meist ging es durch unwegsames Land abseits des Flusses und ein wildes Gebiet, das selbst die Postfahrer selten durchstreiften. Es galt, die Hunde auf diese Strapazen vorzubereiten, und Clarissa tat alles, um ihnen die

Angst vor den abgelegenen Pfaden in der Wildnis zu nehmen. Jede Woche legte sie mehrere hundert Kilometer zurück. Sie verließ den Fluss und streifte durch das Hinterland, kämpfte sich auf Schneeschuhen durch den Neuschnee und ebnete den Weg für die Hunde. Sie trieb ihr Gespann über holprige Pfade und kämpfte sich über steile Hänge und durch tiefe Täler. Manchmal verzichtete sie sogar auf ein Nachtlager. Bereits Anfang Dezember, zwei Monate vor dem Start des Rennens, fühlte sie sich stark genug, um es mit Alaska Jim aufzunehmen.

In den *Dawson City News* war die Rivalität zwischen ihr und dem Halbindianer längst zum Dauerthema geworden. In jeder Ausgabe heizte ein Bericht oder ein Kommentar die Spannung an. Die anderen Teilnehmer der Yukon Trophy wurden kaum beachtet, als hätten sie bei der Ermittlung des Gewinners nicht mitzureden. Die junge Musherin, die ihren Mann in den Bergen verloren hatte, und der schweigsame Halbindianer, der mit dem Land verwachsen war – so stellte Bill Lavery den Konflikt zwischen Clarissa Swenson und Alaska Jim dar, und seine Leser folgten ihm begierig. Clarissa nahm die sensationslüsterne und manchmal auch unredliche Berichterstattung klaglos hin. Sie wurde von den *Dawson City News* bezahlt und musste dem Chefredakteur dankbar sein. Das Futter für die Hunde verschlang viel Geld. Aber ihr spöttisches Grinsen machte deutlich, was sie von der Berichterstattung des Blattes hielt.

Clarissa hätte gern gewusst, wie Alaska Jim über die Artikel dachte, aber sie begegnete ihrem Rivalen nicht mehr. Er trainierte weiter nördlich, und man hörte nur von ihm, wenn ein Trapper aus Alaska herüberkam oder ein Mountie dem seltsamen Mann in den Wäldern begegnete und dem Hauptquartier meldete, dass er ihn gesehen hatte. Außer einem mürrischen »Hallo« oder einer knappen Bemerkung über das Wetter hatte er nichts zu sagen. Alaska Jim schien ein Phantom zu sein, das ziellos durch die Wälder streifte und kein Interesse an seiner Umwelt zu haben schien. Niemand wusste, ob er eine Familie hatte und wie er seinen Lebensunterhalt bestritt. Einige sagten, dass er Fallen auslegte, aber wer kaufte seine Felle? Er war ein Geist aus einer anderen Zeit, und wenn er sich wirklich einmal in Dawson City sehen ließ, dann trank er ein Bier im Saloon und fuhr wieder davon. Niemand hatte ihn jemals lachen sehen.

Auf einer Fahrt begegnete Clarissa einem Postfahrer. Er hatte seinen Traktor gegen ein Hundegespann eingetauscht, um beweglicher zu sein, und hielt sein Team mit einem lauten »Whoaa!« an, als er die Musherin erkannte. »Wenn das nicht Clarissa Swenson ist!«, rief er. »Ich habe viel über Sie gelesen, Ma'am!«

»Glauben Sie nicht alles, was in der Zeitung steht«, erwiderte sie. »Der Redakteur der *News* besitzt eine blühende Fantasie.«

»In Whitehorse wird viel Geld auf Sie gesetzt, Ma'am«, berichtete der Postfahrer, ein bärtiger Mann mit wettergegerbtem Gesicht und listigen Äuglein, der sein ganzes Leben im hohen Norden verbracht hatte. »Sie können sich nicht vorstellen, was in der Stadt los ist! Manche Leute tun gerade so, als fänden hier die Olympischen Spiele statt.« Er beruhigte seine Hunde und verzog seine spröden Lippen. »Werden Sie gewinnen, Ma'am?«

»Ich weiß es nicht, Mister«, antwortete Clarissa ehrlich. »Meine Hunde sind prächtig in Form, und ich fühle mich großartig, aber Alaska Jim ist ein hervorragender Musher. Er kommt aus diesem Land und kennt jeden Baum und jeden Stein. Ich glaube, er würde mit verbundenen Augen nach Dawson City finden. Und sein Gespann gehört zum Besten, was ich je gesehen habe. Die Indianer sagen, dass seine Huskys übernatürliche Kräfte besitzen. Also, ich weiß nicht, auf wen ich mein Geld setzen würde ...«

»Ich setze auf Sie, Ma'am«, versprach der Postfahrer, »und wenn ich verliere, bin ich auch nicht böse!« Er löste die Bremse seines Schlittens und fragte: »Soll ich den Leuten ausrichten, dass Sie in Hochform sind, Ma'am? Ich fahre bis nach Sixtymile hoch ...«

»Sixtymile?«, wiederholte Clarissa und hoffte, dass der Postfahrer nicht sah, wie ihr das Blut ins Gesicht schoss. »Sagen Sie Constable Watson, dass es mir gut geht! Und sagen Sie ihm …«

»Ja, Ma'am?«

»Ach, nichts. Gute Fahrt!«

»Auf Wiedersehen, Ma'am! Wir drücken Ihnen die Daumen!« Er trieb seine Hunde an und verschwand in einer Schneewolke. Seine Anfeuerungsrufe hingen wie ein Echo in der Luft und verstummten erst, als er hinter einem Hügel verschwunden war.

Clarissa fuhr langsam weiter. Ihre Gedanken waren bei Frank, der in diesem Augenblick vielleicht selbst auf einem Schlitten stand und an sie dachte. Er war ein guter Mann. Aufrichtig und geradlinig, wie man es von einem Mountie erwartete, und so zärtlich und gefühlvoll, wie Jack es gewesen war. Er vereinte die Tugenden eines tapferen und gesetzestreuen Beamten, der allein durch die Wildnis zog und gegen das Unrecht kämpfte, mit der liebevollen Zuneigung eines Mannes, der die Frau seines Lebens gefunden hatte und jeden ihrer Gedanken zu lesen schien. Er war rücksichtsvoll und einfühlsam, und sein ansteckender Humor hatte ihr mehr als einmal über den schmerzvollen Verlust ihres Mannes hinweggeholfen. Vom Aussehen her war er nicht gerade ihr Traummann. Seine rotblonden Locken passten nicht zu dem Idealbild, das sich die meisten Frauen von einem unerschrockenen Mountie machten. Es waren wohl seine Augen, die sie zuerst gefesselt hatten, diese unsagbar sanften Augen, die bis in ihre Seele vorzudringen schienen und ihr von seiner großen Liebe kündeten. Auch sie liebte ihn, das hatte sie längst erkannt, und wenn sie nachts allein in einem Wicki oder einer Pritsche in einem Roadhouse lag, sehnte sie sich nach seiner Nähe. Sie wollte, dass er ihr zärtliche Worte ins Ohr flüsterte und sie so berührte, wie es nach dem Breakup Ball in ihrer Blockhütte geschehen war. Wenn sie ihn das nächste Mal traf, würde sie ihm ihre Liebe gestehen, das hatte sie sich fest vorgenommen, und wenn der liebe Gott damit einverstanden war, würde sie ihn heiraten. Sie verzehrte sich nach seiner Berührung und erzitterte bei dem Gedanken, in seinen Armen zu liegen und sich mit ihm zu vereinen.

Später würde sie sich dafür schelten, während der langen Fahrt über den einsamen Trail an den Mountie gedacht zu haben, denn vielleicht war es diese Unachtsamkeit, die einen ihrer Hunde das Leben kostete. Zwischen den Fichten, die am Ufer des Yukon River aus dem Schnee ragten, sprang ein Elch hervor, so plötzlich und unvermittelt, dass sie viel zu spät auf die Bremse trat und den Anker noch während der Fahrt in den festen Schnee rammte. Sie fiel von den Kufen und musste hilflos mit ansehen, wie der mächtige Elch mit den Vorderhufen ausholte und ihre Hunde in Panik gerieten. »Zurück!«, schrie sie. »Blondie! Duffy! Blue! Passt auf!« Aber die Hunde verkeilten sich in den Leinen, und einer der Hufe traf Duffy am Kopf und schleuderte ihn in den Schnee. »Oh, nein!«, rief sie der Verzweiflung nahe. Viel zu spät riss sie ihr Gewehr von den Schultern und schoss auf den tobenden Elch. Er ließ von den Hunden ab und floh in den Wald. Die Blutspur im aufgewühlten Schnee zeigte ihr, dass sie getroffen hatte.

Sie ließ das Gewehr fallen und rannte zu Duffy. Er lebte noch, als sie ihn vorsichtig in die Arme nahm und ihren Kopf in sein blutiges Fell vergrub. »Duffy! Duffy! Was hat der Elch mit dir gemacht?«, flüsterte sie, während ihre Augen sich mit Tränen füllen, und der Schmerz ihre Kehle zuschnürte. Sie spürte die letzten Atemzüge des tapferen Hundes, dann erschlaffte sein sehniger Körper, und er starb. Sie drückte ihn weiter, bis das aufgeregte Bellen der anderen Hunde in ihre Ohren drang und sie daran erinnerte, dass das Leben auch ohne Duffy weitergehen musste. »Es tut mir Leid«, flüsterte sie bedrückt. Sie löste die Lederriemen und nahm den toten Hund aus dem Gespann, trug ihn zum Waldrand und begrub ihn unter einigen Steinen. »Ich werde dich vermissen«, sagte sie, während dicke

Tränen über ihr Gesicht rannen und in der eisigen Winterluft erstarrten.

Sie rieb ihr Gesicht mit den Handschuhen trocken und kehrte zum Schlitten zurück. »Seid ihr in Ordnung?«, rief sie den bellenden Hunden zu. Sie untersuchte jeden einzelnen Husky und nickte erleichtert, als sie keine Verletzungen fand. »Wir werden auch ohne Duffy gewinnen!«, verkündete sie entschlossen. »Habt ihr verstanden? Pete wird an seiner Stelle laufen, und wir werden als Erste durchs Ziel gehen! Wir werden diesem Alaska Jim zeigen, wozu wir fähig sein können! Aber ihr dürft euch nicht hängen lassen! Das mit Duffy war ein Unfall! Wenn sein Tod einen Sinn gehabt haben soll, müssen wir die anderen schlagen!«

Die Hunde schienen sie zu verstehen und rannten so schnell wie noch nie zuvor, als sie auf den Yukon zurückfuhr. Fast schien es, als hätte Duffys Tod ihnen Flügel verliehen. Sie rannten um ihr Leben und zeigten ihrer Herrin, dass sie sich vor Alaska Jim nicht mehr zu verstecken brauchte. Auf dem letzten Teilstück nach Carmacks stellten sie einen neuen Rekord auf, und als Clarissa in das Roadhouse ging, um etwas zu essen und einen heißen Tee zu trinken, bellten sie die ganze Zeit, als könnten sie nicht abwarten, wieder über den Fluss zu laufen. Sie verkürzte ihre Pause und stieg auf den Schlitten, brauchte nicht mal einen Pfiff auszustoßen, so begierig waren die Huskys darauf, durch den Neuschnee zu rennen. Erst als dichtes Schneetreiben aufkam, wurden sie langsamer. »Wir werden gewinnen!«, rief Clarissa. »Habt ihr gehört? Wir werden dieses verdammte Rennen gewinnen!«

24

Zwei Tage vor dem Weihnachtsfest erfuhr Clarissa, dass Bill Anayak in den Ogilvie Mountains gesehen worden war. Ein Trapper kam mit seinem Hundeschlitten aus den Bergen und erzählte Hattie Campbell, dass er dem Schurken begegnet war, und die verriet es einem alten Goldgräber, der die Mounties in Dawson City alarmierte. Bill Anayak hatte mehrere Male auf den Trapper geschossen, weil er ihn für einen Polizisten gehalten hatte, und der Fallensteller war sicher, den gesuchten Mörder und Dieb erkannt zu haben, bevor er in den Wald entkommen war. Ein Buschflieger, der Vorräte in eine Inuit-Siedlung gebracht hatte, sah Anayak einen Tag später. Dichter Eisnebel zwang ihn zu einer unplanmäßigen Landung neben einem Indianerdorf, und als er die Maschine mit Seilen festzurrte, bildete er sich ein, das Gesicht des Gesuchten im nebligen Dunst zu sehen. Er ließ sich nichts anmerken und flog am nächsten Tag weiter, ohne die Indianer nach Bill Anayak gefragt zu haben. »Der Mistkerl hätte mich bestimmt erschossen!«, sagte er, als er die Mounties in Whitehorse anrief. »Aber er war es, ganz bestimmt!«

Als der Superintendent in Dawson City von den Vorkommnissen erfuhr, schickte er zwei Patrouillen mit seinen erfahrensten Männern in die Ogilvie Mountains. Constable Frank J. Watson gehörte dazu. Clarissa erfuhr es vom Chefredakteur der *Dawson City News,* der den Superintendent interviewt hatte und eine Liste mit den Namen aller Polizisten besaß, die an der Jagd teilnahmen. »Constable Watson ist ein erfahrener Mann«, sagte Bill Lavery, der wusste, welche Gefühle die junge Frau mit dem Polizisten verbanden, »außerdem hat er noch eine Rechnung mit Bill Anayak offen. Der Superintendent hat sich anders ausgedrückt, aber ich habe erfahren, dass Watson sich freiwillig gemeldet und geschworen hat, Anayak diesmal zu fangen. Er kommt wieder«, versprach der Chefredakteur, »er lässt sich bestimmt nicht mehr ins Bockshorn jagen. Diesmal sind die Mounties fest entschlossen, ihre Fehler auszubügeln und endlich entschlossen gegen diesen Kerl vorzugehen. Auch ein Ergebnis unserer kritischen Berichterstattung«, lobte er sich selbst.

Clarissa hatte gehofft, das Weihnachtsfest mit Frank verbringen zu können, zumindest den Heiligabend, und sie musste sich damit trösten, dass es den Ehefrauen und Familien der anderen Mounties wohl ähnlich erging. Einige von ihnen wohnten in Whitehorse oder noch weiter im Süden und hatten sich wochenlang darauf gefreut, am Weihnachtsfest mit ihrem Ehemann oder ihrem Jungen vereint zu sein. In seinem Weihnachtsbrief hatte Superintendent Webster versprochen, alle Teilnehmer der Suchaktion mit einem Sonderurlaub zu belohnen, falls sie erfolgreich seien. Ein schwacher Trost, wenn man nicht wusste, ob der geliebte Ehemann, Verlobte oder Sohn überhaupt zurückkam, während überall in den Nachbarhäusern die Kerzen entzündet wurden. Wenn man einsam war, wurden Feste wie Weihnachten zu einer Qual.

Der 24. Dezember war ein kalter Tag. Eisiger Wind blies durch die Straßen von Dawson City, und von den nahen Bergen kroch feuchter Nebel herab. Es schneite den ganzen Tag und ließ erst nach, als es Abend wurde, und die Glocken der Kirchen zum Gottesdienst läuteten. Im bunten Schein der kleinen Lampen, die an den meisten Häusern und an den festlichen Girlanden über der Straße leuchteten, eilten die vermummten Menschen zur Christmette. Clarissa hatte zwar nicht die Konfession gewechselt, hielt es aber für ihre Pflicht, die Messe zu besuchen, solange sie bei Pater DeWolfe und Lucy wohnte, und unterstützte sie sogar bei den Vorbereitungen. Nach der heiligen Kommunion hatte der Pfarrer versprochen, das Krankenhaus und das Altersheim der Stadt zu besuchen, und sie half Lucy, die Geschenktüten mit selbst gebackenen Plätzchen zu füllen und mit goldenen Bändern und winzigen

Fichtenzweigen zu verzieren. Die Messdiener halfen ihnen, die Kisten durch die Kälte zu tragen.

Während der Christmette, die ihr feierlicher als alle anderen Gottesdienste vorkam, die sie jemals erlebt hatte, musste sie ständig an ihren toten Mann denken. Der Pater sagte: »... wollen wir in dieser heiligen Nacht auch der Menschen gedenken, die in den letzten Jahren zu dir gegangen sind, oh Herr. Mögen sie in deinem Reich den Frieden finden, nach dem sie sich auf Erden immer gesehnt haben! Er las die Namen der Verstorbenen vor, und Clarissa weinte bitterlich, als »Jack Swenson« genannt wurde und er ein lateinisches Gebet sprach, das sie nicht verstand. »Aber du bist es auch, der uns neue Hoffnung gibt«, fuhr Pater DeWolfe fort, und sie hatte plötzlich das Gefühl, dass er nur zu ihr sprach. »Für jeden Stern, der verlischt, geht ein neuer auf, und jeder Enttäuschung folgt neue Hoffnung. Schenke den Menschen, die einsam sind, eine neue Liebe und begleite sie auf dem Weg in eine neue Zukunft, denn nur du kannst ihnen den Schmerz und die Angst nehmen und ihnen neues Licht geben!«

»Amen«, flüsterte Clarissa mit den anderen Menschen, die sich in der kleinen Kirche drängten, und als sie niederknieten und das Vaterunser beteten, tat sie es ihnen nach und schlug mit geschlossenen Augen ein Kreuz. Sie dankte ihrem verstorbenen Mann für die schönen Jahre, die er ihr geschenkt hatte, und sie betete für Frank, der irgendwo in den Bergen nach einem Verbrecher suchte und sich vielleicht in höchster Gefahr befand. Ihr Blick wanderte zu einigen Mounties, die in ihren prächtigen Ausgehuniformen zur Christmette gekommen waren. Pater DeWolfe schien Clarissas Gedanken zu erraten. »Lasst uns für die tapferen Polizisten der Royal Canadian Mounted Police beten, die an diesem Festtag nicht bei uns sein können und in der Wildnis ihrer Pflicht nachgehen. Beschütze diese Männer, oh Herr, und führe sie gesund zu ihren Ehefrauen und Verwandten zurück!« Es folgte ein langes Gebet, das alle Menschen in der Kirche bewegte und zu Tränen rührte. Erst die fröhlichen Orgelklänge, die das abschließende Weihnachtslied einleiteten, lösten ihre Angst.

Clarissa blieb in der Kirche, bis alle anderen Menschen das Gotteshaus verlassen hatten, und führte ein stummes Zwiegespräch mit Gott, bevor sie nach draußen ging. Sie war bis spät in die Nacht mit dem Pater und Lucy unterwegs und freute sich über die leuchtenden Augen der Kinder, die sie im Krankenhaus beschenkten, und das dankbare Lächeln der alten Menschen, die keine Verwandten und Freunde mehr hatten. Bevor sie sich in ihr Blockhaus zurückzog, setzte sie sich mit Pater DeWolfe und Lucy zu einem späten Umtrunk zusammen und dankte dem Pfarrer für seine aufmunternden Worte in der Kirche. »Ich habe zu danken«, sagte er, »im Namen der kranken und alten Menschen.«

»Gelobt sei Jesus Christus!«, frohlockte Robinson in seinem Käfig. »Und fröhliche Weihnachten, ihr verdammten Landratten!«

Die letzten Wochen bis zum Beginn der Yukon Trophy vergingen wie im Fluge. Clarissa nutzte die Zeit, um den verlässlichen Pete an das Gespann zu gewöhnen, und unternahm mehrere Fahrten in die Wildnis, bis sie sicher war, dass der dreijährige Husky auch unter extremen Bedingungen seine Pflicht erfüllen würde. Es dauerte einige Zeit, bis Snowball den neuen Partner akzeptiert hatte, und auch der sonst eher ruhige Nugget biss einige Male wütend um sich, aber dann hatten sie sich an den Wechsel gewöhnt, und Pete wurde zu einem vollwertigen Mitglied des Gespanns. Er lief hinter Blue an und fühlte sich durch den jungen und pfeilschnellen Husky angespornt, ebenfalls Höchstleistung zu bringen. »Clarissa Swenson ist für das große Rennen gerüstet« lautete die Schlagzeile der *Dawson City News* eine Woche vor Beginn der Yukon Trophy, und die Zeitung in Whitehorse titelte: »Yukon Trophy: Eine Frau gegen zwölf Männer«.

Tatsächlich hatten sich zwölf Männer in die Rennliste eintragen lassen. Goldgräber, Trapper, sogar der Besitzer eines Drugstores war darunter. Nur wenige Teilnehmer hatten die Zeit gefunden, ausgiebig für die Yukon Trophy zu trainieren, das war nur Alaska Jim, Clarissa Swenson und einem Trapper aus Edmonton gelungen, der sich als Bob Haskell vorstellte und den langen Weg aus Alberta mit einem umgebauten Lastwagen gekommen war. Archie Ferguson hatte angeboten, Clarissa und ihr Gespann mit seinem Landau Convertible nach Whitehorse zu bringen, aber diese Reise wäre wohl zu abenteuerlich gewesen und hätte mit Sicherheit zwischen den aufgeworfenen Eisschollen auf dem Yukon River geendet. Sie hatte freundlich abgewinkt und das Angebot von Bill Lavery angenommen, der einen Traktor mit Anhänger gemietet und dem Fahrer aufgetragen hatte, die »Königin der Yukon Trophy« sicher zum Startpunkt des großen Rennens zu bringen. Die Hunde durften sich im Heu ausruhen, und Clarissa bekam die bequemste Unterkunft in den Roadhouses am Wegesrand. Ausgeruht traf sie in Whitehorse ein, eine Woche vor dem Rennen.

Es war seltsam, nach so vielen Monaten wieder nach Whitehorse zurückzukehren. Sie hatte die Stadt nie gemocht, war nur zum Einkaufen und zu Behördengängen hingefahren und immer erleichtert gewesen, wenn sie in ihre Blockhütte am Lake Laberge zurückgekehrt waren. Whitehorse war keine Großstadt, aber es war laut und hässlich, und sie konnte sich nicht vorstellen, dass ein Mensch freiwillig in eine solche Siedlung zog. Auch die letzten Tage vor dem Rennen verbrachte sie meist in der Wildnis, auf kurzen Ausflügen über den vereisten Yukon River und durch die nahen Wälder. Die Hunde schienen zu spüren, dass ein entscheidendes Ereignis bevorstand, und der Erfolg allein von ihrer Schnelligkeit und Ausdauer abhing. »Wir sind bereit«, schienen sie ihr sagen zu wollen, wenn sie auf den kurzen Trips über die Hügelkämme stoben und zu rasanten Spurts ansetzten.

Aber ganz konnte Clarissa dem Rummel, der um die Yukon Trophy gemacht wurde, nicht entgehen. Sie war überrascht, mit welcher Anteilnahme selbst die Vorbereitungen auf das Rennen von den Leuten verfolgt wurden. Selbst bei ihren Trainingsläufen standen neugierige Menschen am Straßenrand, wenn sie über die Hauptstraße zum Stadtrand fuhr. In dem großen Hotel, in dem alle Teilnehmer der Yukon Trophy wohnten, warteten zahlreiche Reporter auf die Musher, und Clarissa war besonders begehrt bei ihnen. Immerhin war sie die einzige weibliche Teilnehmerin. »... freuen wir uns, Ihnen die einzige Frau präsentieren zu dürfen, die an diesem härtesten Schlittenhundrennen der Welt teilnimmt!«, fing ein Radioreporter sie in der Hotelhalle ab. Er hielt ihr sein großes Mikrofon unter die Nase und fragte: »Miss Swenson! Glauben Sie, gegen diese Übermacht von Männern bestehen zu können?« Und sie antwortete: »Ich werde es versuchen, Mister. Aber ich denke nicht, dass der Erfolg davon abhängt, ob man männlich oder weiblich ist. Bei diesem Rennen entscheidet die Qualität der Hunde darüber, wer gewinnt. Ich habe sehr gute Hunde.«

Alle Fragen nach ihren Erlebnissen in den Ogilvie Mountains blockte Clarissa ab. Sie kannte die bunten Illustrierten, die vor allem in den USA erschienen, und wollte nicht, dass persönliche Dinge in einem solchen Magazin breitgetreten wurden. Wen interessierte schon, was eine Musherin aus dem hohen Norden in der Wildnis erlebt hatte und ob sie nach dem tragischen Tod ihres Mannes wieder verliebt war? Sie antwortete nur auf Fragen, die das Rennen betrafen, sprach über ihr monatelanges Training und ihr Hundegespann, lobte ihren Leithund und ließ sich entlocken, dass einer ihrer Hunde von einem Elch getötet worden war. Zu ihrer Rivalität mit Alaska Jim, die einige Journalisten aus den USA den *Dawson City News* entnommen hatten, sagte sie ebenso wenig wie Alaska Jim, der auf die meisten Fragen nur mit einem mürrischen Brummen antwortete. Als sie dem Halbindianer in der Hotelhalle begegnete, blieb er stehen und sagte: »Sie sind eine gute Musherin, Ma'am, und Sie haben gute Hunde.« Sie war sprachlos, denn ein solches Lob hatte sie nicht erwartet.

Whitehorse war bestens für den großen Tag gerüstet. Alle

Hotels waren belegt, und selbst aus Seattle waren Besucher angereist, die den Start des Rennens mit einem abenteuerlichen Winterurlaub im hohen Norden verbinden wollten. Einige Trapper waren aus den Bergen gekommen und boten kostspielige Hundeschlittentouren in das »Land der Bären« an, die bestenfalls ein paar Kilometer über den Yukon River führten und wenig mit einem Abenteuerurlaub zu tun hatten. Clarissa beobachtete einige dieser Feriengäste aus dem Fenster. Sie saßen zu dritt auf dem gepolsterten Schlitten, die Körper in winterfeste Kleidung und Decken gehüllt, gefüllte Thermoskannen und die unvermeidlichen Ferngläser griffbereit in den gefütterten Taschen. In den Läden wurden kitschige Souvenirs angeboten, geschnitzte Bären und Elche und kolorierte Postkarten, die flackerndes Nordlicht über verschneiten Bergen zeigten, und überall an den Häusern hingen bunte Girlanden. Im Schein der Fackeln, die bis in die späte Nacht brannten, traten Jongleure, Gaukler und Clowns auf, und direkt vor dem Hotel stand ein Schauspieler auf einem Podest und rezitierte Gedichte von Robert W. Service.

Einen Tag vor dem Rennen gab der Bürgermeister von Whitehorse einen großen Empfang für alle Teilnehmer und wichtigen Persönlichkeiten der Stadt, und Clarissa war gezwungen, sich langweilige Reden und die Darbietungen eines Streichquartetts anzuhören. Beim festlichen Dinner durfte sie neben dem Bürgermeister sitzen. Sie beantwortete geduldig seine Fragen und bemühte sich, während des anschließenden Pflichttanzes seinen ungelenken Füßen zu entgehen. Vergnügt beobachtete sie, wie der grimmige Alaska Jim versuchte, einen Walzer mit der Frau des Bürgermeisters zu tanzen. Er stellte sich erstaunlich geschickt an, aber seine Partnerin war dennoch froh, als sie endlich in die Arme ihres Mannes zurückkehren durfte. »Ein halber Wilder! Ist er nicht schrecklich?«, hörte sie die Frau flüstern.

Pünktlich um zwanzig Uhr, wie es auf der gedruckten Einladung stand, wurden die Startnummern für das Rennen ausgelost. Ein Sprecher des Veranstalters, ein gedrungener Mann mit hängenden Schultern, der seinen schwarzen Smoking wohl lange nicht mehr getragen hatte, trat an das Rednerpult und begrüßte die Gäste feierlich. »Unser besonderer Gruß gilt der tapferen Dame und den Herren, die sich zu unserem Rennen angemeldet haben! Willkommen zur ersten Yukon Trophy! Möge das Rennen spannend, aber fair verlaufen!« Er erklärte noch einmal die Regeln und zeigte auf einer großen Wandkarte, wo die einzelnen Checkpoints lagen. Hier mussten sich alle Teilnehmer melden. Jeder Musher war verpflichtet, den Hunden eine mindestens vierstündige Pause zu gönnen. Die Männer an den Kontrollpunkten würden darauf achten, dass keiner der Teilnehmer mogelte und zu früh weiterfuhr. Drei Checkpoints lagen zwischen Whitehorse und Dawson City, in Carmacks und neben den beiden Roadhouses am Pelly und am Stewart River. In Carmacks wurde der Startausgleich vorgenommen, da alle Teilnehmer in Whitehorse im Abstand von zwei Minuten starteten.

»Und nun kommen wir zur feierlichen Auslosung der Startnummern«, verkündete der Mann im schwarzen Smoking. Er fühlte sich sichtlich wohl in seiner Rolle und zog die Prozedur genussvoll in die Länge, um der anwesenden Presse die Möglichkeit zu geben, aufregende Fotos zu schießen und interessante Interviews zu führen. »Und dazu darf ich unsere Miss Whitehorse herzlich auf die Bühne bitten!«, spielte er seinen größten Trumpf aus. Ein Mädchen, das wie eine Can-Can-Tänzerin gekleidet war und besser zu einem Boxkampf gepasst hätte, kletterte auf das Podium und war von einem Pulk nervöser Fotografen umgeben, die »Miss Whitehorse« auf die Titelseiten ihrer Zeitungen und Magazine bringen wollten. Unter den Fanfarenklängen eines Trompeters zog sie die Startnummern aus einer gläsernen Schüssel. Danach las der Sprecher die Startaufstellung vor: »Die Nummer eins für Alaska Jim, die Nummer zwei für Clarissa Swenson, die Nummer drei …«

Clarissa hörte nicht länger hin, sie fand die Show, die um

diese Auslosung veranstaltet wurde, ziemlich albern, machte aber gute Miene zum traurigen Spiel und nahm ihre Nummer lächelnd entgegen. Eigentlich waren es zwei Nummern. Die »2« prangte auf zwei Stoffquadraten, die mit Schnüren über den Anorak gebunden wurden und während des Rennens kaum störten. »Möge der Beste gewinnen!«, tönte der Mann im Smoking feierlich. »Oder die Beste«, sagte Clarissa so leise, dass es niemand hörte.

Sie war froh, als die Veranstaltung offiziell beendet wurde, und ging noch einmal zu ihren Hunden, bevor sie sich in ihr Hotelzimmer zurückzog. »Hallo, Blondie!«, begrüßte sie ihren Leithund besonders herzlich. Besonders von ihm hing es ab, wie sich das Team auf dem langen und beschwerlichen Trail schlagen würde. »Hast du gehört? Morgen früh geht es endlich los! Wir starten an zweiter Stelle, gleich hinter Alaska Jim! Weißt du, was das bedeutet? Wir müssen uns mächtig ins Zeug legen, um an ihm dranzubleiben! Schlaf dich gut aus, damit du morgen in Bestform bist!« Sie tätschelte seinen Hals und wandte sich an die anderen Hunde. »Hallo, Blue! Reg dich nicht auf, das schaffen wir schon! He, Nugget! Du lässt dich nicht aus der Ruhe bringen, was? Snowball! Reiß dich zusammen! Scotty, mein Fels in der Brandung! Hallo, Pete! Du hast dich tapfer geschlagen!« Sie überprüfte den Schlitten, fand alles in bester Ordnung vor und wandte sich zum Abschied noch einmal ihren Huskys zu. »Schlaft schön, meine Lieben. Morgen früh hole ich euch ab.«

Sie nickte einem der Offiziellen zu, die zur Bewachung der Hundegespanne und Schlitten auf der gesperrten Straße vor dem Hotel standen, und machte sich auf den Weg in ihre Unterkunft. In der Hotelhalle begegnete sie Alaska Jim.

Der Halbindianer blieb stehen und blickte sie mit scheinbar unbewegter Miene an. »Morgen«, brummte er.

Sie glaubte ihren Augen nicht zu trauen, als ein leises Lächeln um seine Mundwinkel spielte. »Morgen«, antwortete sie. »Auf ein gutes Rennen.«

25

Unter den Anfeuerungsrufen der Zuschauer lenkte Clarissa ihren Schlitten über die Main Street. Das Echo des Startschusses klang in ihren Ohren. Bevor Alaska Jim losgefahren war, hatte der Bürgermeister eine kurze Ansprache gehalten, und Miss Whitehorse hatte sich sekundenlang in ihrem knappen Kostüm gezeigt, um sich gleich darauf in ihren dicken Büffelfellmantel zu hüllen. Die Whitehorse Brass Band hatte die offizielle Hymne des Rennens gespielt, und ein kleines Mädchen hatte den Teilnehmern viel Glück gewünscht. Ein Reporter der Zeitung kommentierte den Start, und selbst jetzt, als Clarissa die letzten Meter auf der Main Street zurücklegte, war seine aufgeregte Stimme noch zu hören: »… ist Clarissa Swenson aus Dawson City gestartet, neben Alaska Jim die große Favoritin des Rennens. Die hübsche Witwe hat sich zehn Monate auf diesen Augenblick vorbereitet, und die Fachleute sagen, dass sie sich mit Alaska Jim einen heißen Kampf liefern wird! Vor einigen Wochen hatte sie den Tod eines Hundes zu beklagen, aber sie konnte ihn gleichwertig ersetzen, und jetzt fliegt sie über den Trail, den Kopf stolz erhoben und in den Wind gerichtet! Ich nehme an, ganz Dawson City drückt ihr die Daumen!«

Clarissa war froh, als sie über die Uferböschung auf den zugefrorenen Yukon River fuhr und den Trubel der Stadt hinter sich ließ. Die Stimme des Redakteurs wurde immer leiser, und der Jubel der vielen Menschen verklang in der Ferne. Schon nach der ersten Biegung des Flusses war sie allein mit der Wildnis und dem nebligen Dunst, der über dem Eis lag. Nur an den hellen Streifen über dem Waldrand war zu erkennen, dass die Sonne aufgegangen war. Der Wind war schwach, aber eiskalt, und sie hatte ihre wollene Maske über das Gesicht gezogen.

Die Fichten ragten wie eine dunkle Wand am Ufer empor und gaben ihr das Gefühl, der einzige Mensch auf der Welt zu sein, obwohl hinter diesen Bäumen kleine Dörfer lagen und sogar einige Indianer auf einem Hügel standen und ihr schüchtern zuwinkten.

Die Kufen ihres Schlittens kratzten über das Eis. Es hatte während der Nacht kaum geschneit, und sie hatte ihren Hunden die kleinen Schuhe aus Karibufell angezogen, um sie vor dem harten und rauen Boden zu schützen. Ohne die weichen Überzieher wären sie Gefahr gelaufen, sich blutige Wunden in die Pfoten zu reißen, und dann hätte Clarissa ihre Hoffnungen schon nach der ersten Etappe begraben können. An jedem Checkpoint wartete ein Tierarzt, der jeden Hund gründlich untersuchte und aus dem Rennen nahm, wenn er krank war oder sich verletzt hatte. Ihre Hunde liefen äußerst ungern über blankes Eis und zeigten ihren Unwillen, indem sie ihren Kommandos nur zögernd gehorchten. Snowball verfiel in seine alte Unsitte und schnappte nach vorn, aber Nugget war diese Drohgebärden gewohnt und ließ sich nicht aus der Ruhe bringen.

»Snowball!«, warnte sie den Hund. »Benimm dich! Oder willst du, dass wir uns schon auf der ersten Etappe blamieren? Lass die Beißerei, oder du schläfst heute Abend im dunklen Wald!«

Eine lächerliche Drohung, aber sie verfehlte ihre Wirkung nicht. Clarissa hatte sie in einem scharfen und sehr strengen Tonfall ausgestoßen, und Snowball wusste sogleich, was die Stunde geschlagen hatte, als er die verärgerte Stimme seiner Herrin vernahm. Er beruhigte sich, und auch Blondie besann sich plötzlich seiner Qualitäten und wurde schneller. Doch sie hatten einige Zeit verloren, und sie hörte bereits die Anfeuerungsrufe des dritten Starters in ihrem Rücken. »Wollt ihr euch das gefallen lassen, Blondie?«, rief sie ihrem Leithund zu. »Lauf schneller! Weißt du noch, wie wir zu Hattie Campbell gefahren sind? Das Automobil, das uns in die Quere gekommen ist? Damals warst du wirklich schnell! Du und die anderen! Blue,

Pete, Nugget, Snowball, Scotty! Ihr wollt euch doch nicht blamieren! Zeigt endlich, was ihr könnt!« Sie ließ zweimal die Peitsche knallen, verstaute sie aber gleich wieder in der Halterung, um die Hunde nicht unnötig unter Druck zu setzen. Ein guter Musher kam ganz ohne Peitsche aus, feuerte seine Hunde allein mit Worten an.

Über hundert Meilen lagen vor ihr und den anderen Mushern. Erst in Carmacks durften sie ausruhen. Die einfachste Etappe des Rennens, wie viele Einheimische behaupteten. Der Trail war noch breit und bequem und führte größtenteils über den Yukon River und den riesigen Lake Laberge. Doch Clarissa wusste um die Gefahren, die auf diesem Teilstück warteten. Sie hatte jahrelang am Lake Laberge gewohnt und kannte das Land, auch wenn sie die meiste Zeit mit ihrem Mann geflogen war und den Schlitten des Nachbarn nur selten ausgeliehen hatte. Die Oberfläche des Eises auf dem Yukon River war voller Unebenheiten, war durch Wind und Wetter und den Druck, der sich unter der Oberfläche gesammelt hatte, zu einer unwirtlichen Eiswüste erstarrt, und auf dem Lake Laberge blies der Wind meist mit solcher Wucht, dass ihr Mann sogar mit der *Bellanca* in Schwierigkeiten geraten war. Sie musste aufpassen und durfte ihre Augen niemals vom Trail nehmen, wenn ihre Hunde nicht über das aufgeworfene Eis stolpern sollten.

Auf dem Lake Laberge hatte ihr Gespann den Rhythmus gefunden. Die Hunde liefen jetzt weicher und lockerer, und Blondie gab ein strammes Tempo vor. In den hellblauen Augen der Huskys war endlich jenes helle Leuchten, das zeigte, mit welcher Begeisterung sie über den Trail rannten. Ihr Verfolger war nicht mehr zu hören, dafür glaubte sie, die dunklen Umrisse von Alaska Jim in der Ferne zu erkennen. Das verlieh ihr zusätzliche Kraft und schien auch die Hunde anzuspornen. Sie hetzten mit kurzen, aber rhythmischen Schritten über den vereisten See und schienen fest entschlossen zu sein, Alaska Jim noch vor Carmacks zu überholen. Clarissa blieb auf den Kufen, beschränkte sich darauf, ihre Kommandos zu geben und ihr Gewicht zu verlagern, wenn es in eine Kurve ging oder ein Hindernis auftauchte. Mit einem kräftigen »Heya! Heya!« hielt sie ihre Huskys auf Trab.

Der Wind blies auf dem See besonders frisch und kalt. Er wehte von den verschneiten Bergen herab, die sich am östlichen Ufer in den Himmel erhoben, und bedrängte sie von der Seite, aber sie hatte sich längst darauf eingestellt und ließ sich nicht beirren. »Weiter so, Blondie! Weiter so!« Der Leithund war in seinem Element, schien sich darüber zu freuen, dass die Yukon Trophy endlich begonnen hatte und es nun auf jede Sekunde ankam. Der ungewohnte Trubel in der Stadt hatte ihn verwirrt und war erst nach einigen Meilen vergessen. Auch in Dawson City war er immer froh gewesen, wenn er die belebte Front Street hinter sich lassen konnte. Bei der RCMP war er meistens auf Patrouille in den Bergen gewesen, und auch bei seiner neuen Herrin fühlte er sich in der Wildnis am wohlsten.

Der Trail führte mitten über den See, und Clarissa erkannte ihr ehemaliges Blockhaus nur als dunklen Punkt. Ihr Mann und sie hatten am Westufer gewohnt, und wenn er mit der *Bellanca* unterwegs gewesen war, hatte man sie oft auf dem See gesehen. Sie war mit dem Kanu in den sommerlichen Dunst gepaddelt und hatte während des langen Winters durch ein Loch im Eis nach Fischen geangelt. Während sie an diese glücklichen Jahre dachte, befiel sie eine tiefe Traurigkeit, und sie glaubte beinahe, das Motorengeräusch der *Bellanca* zu hören, wenn Jack von einer Tour zurückkam und auf dem See landete. Sie stand dann immer vor dem Blockhaus und winkte ihm, half ihm, die Maschine an den Bootssteg zu ziehen und an den Holzpflöcken festzubinden. Sie spürte seine kühlen Lippen auf ihrer Wange, und wenn es kalt war, wartete sie geduldig, bis er das Öl abgelassen hatte, und trug einen Teil seines Gepäcks ins Haus. Sie hatte einen starken Tee aufgebrüht und einen herzhaften Eintopf auf dem Herd stehen, und sie verbrachten einen gemütlichen Abend neben dem Ofen, blickten durch das Fenster und bestaunten das Nordlicht.

Sie verdrängte die Gedanken an das vergangene Glück und blickte nicht mehr zum Ufer. Beinahe trotzig hielt sie ihr Gesicht in den Wind. Sie feuerte wütend die Hunde an und half mit den Füßen nach, um möglichst schnell über den See zu kommen. Als der Trail den Lake Laberge verließ und zwischen den verschneiten Fichten verschwand, atmete sie unter ihrer Wollmaske erleichtert aus. Der Wind wurde schwächer, und sie zog ihre Maske vom Gesicht. Der Weg war so breit, dass es ihr keine Schwierigkeiten bereitete, den Schlitten zu steuern. Von Alaska Jim und ihrem Verfolger war nichts zu sehen. Sie war allein mit der Wildnis und dem leisen Rauschen des Windes. Hier ging die einzige Gefahr von Elchen aus, die unvermittelt aus dem Busch brechen und ihre Hunde in Gefahr bringen konnten. In den Gepäckballen auf dem Schlitten, schnell und mit einem Griff erreichbar, lagen ihr Gewehr und ein Revolver, beide für den Ernstfall geladen. Während des Rennens würde sie sich nicht von einem Elch überraschen lassen. Duffy war der einzige Hund, der auf dem Trail sterben musste, das hatte sie sich mehrfach geschworen, obwohl sie wusste, wie unberechenbar die Tiere sein konnten.

Clarissa legte alle sechs Stunden eine Pause ein, war oft genug mit den Hunden unterwegs gewesen, um zu wissen, dass sie noch Reserven besaßen. Auf der ersten Etappe herrschten gute Bedingungen, und sie wollte den Abstand zu Alaska Jim nicht zu groß werden lassen. Außer dem Tee, den sie brauchte, um in der Kälte nicht auszutrocknen, und etwas Schokolade, die sie während der Fahrt aß, nahm sie nichts zu sich. Sie kam rasch voran, veränderte ihr Tempo kaum noch und setzte nicht mal zu einem Spurt an, als sie Alaska Jim auf einem geraden Abschnitt des Yukon Rivers entdeckte. In der einsetzenden Dunkelheit war er nur schemenhaft zu erkennen. Der Mond stand als blasse Scheibe am Himmel und spiegelte sich auf dem Eis.

Der Halbindianer war nur ein paar hundert Meter vor ihr, und sie hatte kaum Zeit verloren. Damit war sie zufrieden, auch wenn die Zeitungen schreiben würden, dass sie die erste Etappe gegen Alaska Jim verloren hatte. Aber es war wichtiger, die Hunde an ein stetiges Tempo zu gewöhnen und Kraft für den Rest des langen Trails aufzusparen. Ihre Spurtkraft war erst auf der letzten Etappe gefragt. Sie war froh, dass sich die Hunde nicht verausgabt hatten und ihr schärfster Rivale dennoch in Reichweite war. »Willkommen in Carmacks«, begrüßte einer der beiden Offiziellen sie am Checkpoint. Er hielt eine Laterne und blickte auf seine Taschenuhr. »Drei Minuten, zwanzig Sekunden!« Abzüglich der Startzeit bedeutete das, dass sie nur eine Minute und zwanzig Sekunden hinter Alaska Jim lag. »Gar nicht übel«, antwortete sie. »Hast du das gehört, Blondie? Wir sind Alaska Jim dicht auf den Fersen. Ihr habt ganze Arbeit geleistet!«

An jedem Checkpoint lagen Futter und Stroh für die Hunde bereit. Clarissa band die Huskys an Holzpflöcke und sprach beruhigend auf sie ein, während sie das Futter in den Trögen mit Wasser anreicherte, damit die Hunde genug Feuchtigkeit bekamen. In der klirrenden Kälte des Nordens bestand für jedes Lebewesen die Gefahr, dass es austrocknete, gerade für die Huskys, die während eines anstrengenden Rennens besonders beansprucht wurden. Nach dem Essen untersuchte der Tierarzt, ein älterer Mann im altmodischen Büffelfellmantel, die Hunde. »Sie sorgen für Ihre Hunde, Ma'am«, meinte er zufrieden. Clarissa überprüfte den Schlitten, ersetzte einen brüchigen Riemen und fand gerade mal drei Stunden Schlaf, bevor es weiterging.

Wie sich im Laufe der Nacht herausstellte, hatten Alaska Jim und Clarissa schon während der ersten Etappe einen deutlichen Vorsprung herausgefahren. Der Drittplatzierte lag eine halbe Stunde, die anderen Musher noch weiter zurück. »Nicht übel«, meinte Alaska Jim, als Clarissa um zwei Uhr morgens den Vorraum der geräumigen Blockhütte betrat und sich einen starken Kaffee einschenkte. Seine grimmige Miene ließ nicht erkennen, ob seine Bemerkung als Kompliment oder bloße

Feststellung aufzufassen war. »Aber die schwierigen Etappen kommen noch.«

»Ich bin bereit«, erwiderte Clarissa mutig. Sie konnte sich ein spöttisches Lächeln nicht verkneifen, glaubte zu wissen, dass Alaska Jim mit einem größeren Vorsprung gerechnet hatte. »In den Bergen fühle ich mich besonders wohl.« Sie trank den heißen Kaffee aus und ging mit dem Halbindianer nach draußen. Ihre Hunde waren bereits wach und bellten laut, als sie nach den Geschirren griff. »Guten Morgen, Blondie!«, begrüßte sie ihren Leithund. »Hallo, Blue! Snowball! Nugget! Pete! Scotty!« Die Wolken hatten sich verzogen, und der Mond stand voll am Himmel und schüttete flüssiges Silber auf den fest gestampften Schnee. »Na, habt ihr euch gut erholt? Ich bin noch ein bisschen müde, aber es wird schon gehen.« Sie spannte die Hunde an und fuhr mit dem Schlitten zur Startlinie. Ein Offizieller stand mit einer Stoppuhr bereit und sprach mit Alaska Jim, der ruhig und gelassen auf den Kufen seines Schlittens stand. Er drehte sich um, als Clarissa neben ihm hielt. »Viel Glück, Jim«, sagte sie.

Er wirkte erstaunt und nickte nur. »Fünf, vier, drei, zwei, eins«, zählte der Offizielle, dann kam sein lautes »Go!«, und Alaska Jim feuerte seine Hunde an. Ohne großes Gebell zog das Gespann den Schlitten davon. Clarissa blickte ihm bewundernd nach, bis er im dunklen Schatten der Bäume verschwunden war. »… zwei, eins, go!«, kam ihr Kommando eine Minute und zwanzig Sekunden später, und sie bemühte sich, ebenso elegant und lautlos wie Alaska Jim zu starten. Es gelang ihr, bis auf den unfreiwilligen Schlenker, den ihr Schlitten in der ersten Kurve machte. Sie verlagerte rasch das Gewicht und atmete erleichtert auf, als die Lederriemen sich streckten und das Gefährt auf beiden Kufen blieb. Die Hunde folgten dem Trail auf den breiten Yukon River, der im Mondlicht noch gespenstischer wirkte. Aber der Trail war deutlich zu erkennen, vor allem für die Hunde, die nachts besser sahen und instinktiv auf den fest gestampften Schnee des Trails drängten. Selbst im dichten Nebel durfte Clarissa sich auf die außerordentlichen Fähigkeiten des Hundegespanns verlassen.

Es war noch kälter geworden, und der böige Nachtwind hatte auch den letzten Neuschnee vom Trail geweht. Die Hunde liefen über festen Schnee oder blankes Eis, und sie war froh, ihnen neue Booties angezogen zu haben. Der Wind wehte ihr ins Gesicht. Selbst ihre Wollmaske hielt die schneidende Kälte nicht ab. Erst als sich die ersten hellen Streifen am Himmel zeigten, ließ der Wind nach, und die Fahrt wurde etwas angenehmer. Sie verschärfte das Tempo. Sie hatte Alaska Jim während der Nacht nicht gesehen und wollte ihn nicht entkommen lassen. Die Hunde gingen begeistert darauf ein. Sie freuten sich, als der Trail den zugefrorenen Fluss verließ und durch den Wald und über zahlreiche Hügel zum Pelly River führte. Die zweite Etappe war kürzer, und sie erreichte den Checkpoint noch bei Tageslicht.

»Zwei Minuten, zehn Sekunden«, sagte der Mann mit der Stoppuhr, ein junger Indianer, der ohne Akzent sprach. »Sehr gut, Ma'am!« Er zeigte ihr, wo das Stroh und das Futter für die Hunde lagen und begleitete sie nach draußen. »Die Wettervorhersage sieht ziemlich übel aus, Ma'am«, warnte er sie, »morgen soll es noch kälter und windiger werden. Ziehen Sie sich warm an! Mein Vater fährt morgen bestimmt nicht raus, und der gehört zu den besten Jägern des ganzen Stammes.« Er beobachtete, wie Clarissa mit ihren Hunden sprach und sie diesmal aus der Hand fütterte, und grüßte den Tierarzt, der gelangweilt aus einem Blockhaus im Dorf herüberkam. Er untersuchte die Hunde nur oberflächlich, brummte etwas Unverständliches und kehrte in sein warmes Wohnzimmer zurück. »Ihre Hunde sind gut in Schuss«, lobte der junge Indianer, »sie haben gute Chancen.«

Es tat gut, ein solches Lob von einem Indianer zu hören, der doch eigentlich zu Alaska Jim halten müsste. Aber vielleicht hatte er ihm dasselbe gesagt. Sie ging lächelnd an ihm vorbei und betrat das Blockhaus. Alaska Jim stand am Ofen und hielt seine Hände über die heiße Platte. »Ma'am«, mehr sagte er nicht. Um seine Mundwinkel schien ein schadenfrohes Grinsen zu spielen. »Jim«, reagierte sie gefasst und mit einem ebenso spöttischen Lächeln, das sie viel Anstrengung kostete. Sie schenkte heißen Tee in einen Becher und nahm einen großen Schluck. »Es soll schlechtes Wetter geben«, sagte sie nach einer Weile. »Morgen haben wir nichts zu lachen.« Der Halbindianer zuckte scheinbar gleichgültig mit den Schultern. »Hab ich auch gehört«, sagte er.

Sie trank ihren Kaffee aus, sah die neue *Dawson City News* auf einem Klapptisch liegen und zog sich damit auf eine der Matratzen zurück, die man wahllos in dem großen Raum verteilt hatte. »Yukon Trophy gestartet« stand in großen Lettern auf der Titelseite der Zeitung. Darunter war ein Foto ihres Starts zu sehen. Aber ihre Aufmerksamkeit wurde von einem anderen Artikel angezogen. Auf derselben Seite wurde über die Patrouillen der Royal Canadian Mounted Police berichtet, die seit einigen Wochen nach Bill Anayak suchten. »RCMP erfolglos! Eine Patrouille zurückgekehrt!«, lautete die Schlagzeile. Sie überflog den Artikel nervös und erfuhr, dass eine der Patrouillen in einen Hinterhalt des Verbrechers geraten war und zwei Hunde verloren hatte. Ein Buschflieger hatte die verzweifelten Polizisten zufällig entdeckt und zum Stützpunkt nach Dawson City zurückgebracht. Die anderen Mounties, unter ihnen der Constable Frank J. Watson, waren immer noch in den Ogilvies unterwegs.

»Schlafen Sie lieber, Ma'am«, riet der junge Indianer.

Clarissa nickte und legte die Zeitung beiseite. Sie drehte sich auf die Seite und schloss die Augen, aber es dauerte noch über eine halbe Stunde, bevor sie endlich einschlief.

26

Der Sturm überfiel sie auf einem Berghang oberhalb des Stewart Rivers. Heulend und tobend rauschte der Blizzard aus Norden heran. Der Wintergeist der Indianer wehrte sich gegen die weißen Eindringlinge und schlug mit eisigen Pranken auf das gepeinigte Land. Schneidender Wind fegte den Trail blank und wirbelte neuen Schnee über die Bergkuppe. Eine unsichtbare Macht stemmte sich den Hunden entgegen, schien sie mit allen Mitteln am Weiterlaufen hindern zu wollen. Der Sturm peitschte über den Schlitten, schlug Clarissa ins Gesicht, brachte sie ins Straucheln und hielt sie mit schmerzhaften Schlägen am Boden.

Mit beiden Händen umklammerte Clarissa die Haltegriffe des Schlittens. Auf keinen Fall den Schlitten loslassen, das war das Erste, was ihr durch den Kopf schoss. »Halt dich fest – sonst bist du verloren!« Sie klammerte sich mit aller Kraft an das knarrende Gefährt, kämpfte gegen den Sturm und kam schreiend vom Boden hoch. Ihre Stiefel gruben sich in den harten Schnee. Sie spürte die wirbelnden Flocken des Blizzards wie eisige Rasierklingen auf ihrer Haut, bekam kaum Luft in dem tosenden Inferno und glaubte einen Augenblick, sie habe den Kampf gegen die unbarmherzige Natur verloren. Doch sie gab nicht auf. Auch wenn ihre Befehle in dem heulenden Wind nicht zu verstehen waren, feuerte sie die Hunde an, und als sie bemerkte, dass sie vor dem Blizzard kapitulieren wollten, kämpfte sie sich nach vorn, eine Hand am Schlitten, die andere in der Luft, um das Gleichgewicht zu halten, und half ihnen, das schwankende Gefährt über die Bergkuppe zu ziehen. »Wir schaffen es!«, schrie sie. »Wir schaffen es, verdammt!«

Sie zerrte mit aller Macht an dem Schlitten, stürzte beinahe zu

Boden, als sie endlich die Kuppe überwanden, und fiel flach auf einen Gepäckballen. »Zieht! Zieht!«, schrie sie, und die Hunde zogen, schneller, immer schneller, bis sie wie ein Geschoss über den Trail rasten und sich in den nahen Wald retteten. »Whoaa!«, rief sie, und die Hunde wurden langsamer und kamen zum Stehen. Sie blieb schnaufend auf dem Schlitten liegen, bis sie wieder zu Atem kam. Zwischen den Bäumen war es etwas ruhiger, das Heulen des Sturms klang hier weniger bedrohlich. Sie richtete sich auf, rammte den Anker des Schlittens in den Boden und schlug den Schnee von ihrer Kleidung. Sie hatte ihre Wollmaske in der Tasche gelassen, nur die schmale Schneebrille aufgesetzt, ein Fehler, wie sich jetzt herausstellte. Ihr Gesicht war kalt und rot, und sie griff rasch in den Schnee und massierte ihre eisige Haut, bis das Blut in die Wangen zurückkehrte. Sie hatte das Gefühl, sich schmerzhafte Prellungen und blutende Wunden zugezogen zu haben, aber es war nur der Schmerz der Anstrengung, und sie stellte zufrieden fest, dass ihr nichts passiert war. Auch den Hunden ging es gut. Der stämmige Scotty, der als Letzter im Gespann lief, hatte den Blizzard am besten überstanden, und auch Snowball und der ruhige Nugget hatten sich erfolgreich gegen den Angriff gewehrt. Pete und Blue waren außer Atem und hechelten, und Blondie winselte nervös, aber ihm war nichts passiert. »Das hätten wir geschafft«, munterte Clarissa die Hunde auf. »Na, seid ihr bereit?«

Sie fuhren weiter, trotz des starken Windes, der auch zwischen den Bäumen pfiff, und rasteten erst, als der Wald sich lichtete, und ein weites Tal mit hohen Schneeverwehungen vor ihnen lag. Der Trail war kaum noch zu sehen. Sie trank von dem heißen Tee, den sie in ihrer Thermosflasche mitführte, und belohnte die Hunde mit etwas Lachs aus einem Blechbehälter. Sie fragte sich, wo Alaska Jim war. Hatte der Halbindianer den Sturm ebenso glimpflich überstanden wie sie? Hatte er das Glück gehabt, zwischen schützenden Bäumen zu fahren, als der Blizzard zugeschlagen hatte, oder war er auf einer offenen Ebene gewesen wie sie? Hatte ihn seine Erfahrung vor dem Wintergeist gewarnt? Es hieß, dass manche Indianer übernatürliche Fähigkeiten besaßen und einen nahenden Blizzard fühlen konnten.

Sie trieb die Hunde an und lenkte den Schlitten durch das weite Tal, vorbei an meterhohen Schneeverwehungen und eisverkrusteten Felsen. An manchen Stellen war der Wind so heftig gewesen, dass braunes Gras und blanke Felsen zu sehen waren. Sie schlug ein mäßiges Tempo ein, um nicht gegen eines der verdeckten Hindernisse zu prallen, und überließ es dem Instinkt der Hunde, einen sicheren Weg durch das Tal zu finden. Jetzt machte sich die große Erfahrung von Blondie bezahlt. Er bewegte sich mit beinahe traumwandlerischer Sicherheit durch die Schneelandschaft und zögerte nur einmal, als einige abgerissene Zweige von dem abklingenden Wind über den Boden getrieben wurden. Laut bellend rannte er weiter. Anscheinend hatte er das Gestrüpp für ein kleines Tier gehalten. Die anderen Hunde folgten ihm willig und erkannten seine Führerschaft an.

Alaska Jim lag unterhalb eines Hügels am Waldrand und war so mit Schnee bedeckt, dass Clarissa ihn beinahe übersehen hätte. »Whoaa!«, rief sie ihren Hunden zu. Sie drückte den Anker in den Schnee und rannte zu ihrem Widersacher. »Alaska Jim! Ist Ihnen was passiert?« Sie schlug den Schnee von seinem Anorak, schob ihren linken Arm unter seinen Hals und flößte ihm etwas von ihrem heißen Tee ein. »Die Hunde«, seufzte er leise. Sie überließ ihm die Thermoskanne, rannte zum Schlitten, der mit beiden Kufen in einer hohen Schneewehe steckte, und zog ihn heraus. Sie sicherte das Gefährt mit dem Anker und wurde von den Hunden des Halbindianers kräftig ausgebellt. »Den Huskys ist nichts passiert«, beruhigte sie ihn. »Die warten nur darauf, wieder laufen zu können. Der Schlitten ist auch in Ordnung.« Sie nahm die Thermosflasche und half ihm auf. »Wie sieht's mit Ihnen aus?«

»Ich bin gesund«, antwortete er mürrisch. »Warum haben Sie gehalten? Fahren Sie weiter! Ich denke, Sie wollen gewinnen!«

»Ist Ihnen wirklich nichts passiert?«

»Ein Indianer kennt keinen Schmerz. Schon mal gehört?« Ein breites Grinsen erhellte sein Gesicht, dann nahm es wieder jenen abweisenden Ausdruck an, den sie von ihm gewohnt war. »Machen Sie schon, dass Sie weiterkommen! Fahren Sie los!«

Sie stieg auf ihren Schlitten und fuhr zögernd weiter. Erst als die Hunde unruhig bellten, ließ sie ihnen freien Lauf. Der Sturm hatte sich vollkommen gelegt, und für einen Augenblick war sogar die Sonne zu sehen, dann ballten sich wieder graue Wolken am Himmel und ließen kaum erkennen, wann der Tag zu Ende ging und die Nacht begann. Der Trail wurde breiter. Er führte zum Stewart River hinunter und folgte dem Ufer bis zum Checkpoint an der sommerlichen Furt. Clarissa war bereits dabei, ihre Hunde zu versorgen, als Alaska Jim mit einem Rückstand von vier Minuten und zwanzig Sekunden vor dem einsamen Blockhaus eintraf

Er würdigte seine Widersacherin kaum eines Blickes und sah sie nicht einmal an, als er ein leises »Danke, Ma'am« brummte.

»Mich hat der Sturm auf dem nackten Bergkamm erwischt«, berichtete sie, nur um etwas zu sagen. Sie schüttete etwas lauwarmes Wasser in den Futtertrog ihres Leithundes. »Ich hatte großes Glück, dass mir nichts passiert ist. Der Wind war ziemlich heftig.« Sie goss das restliche Wasser in den Schnee und blieb zögernd stehen. »Morgen kommt es drauf an«, sagte sie.

»Vier Minuten, zwanzig Sekunden«, sagte er schlecht gelaunt. »Warum haben Sie angehalten? Wenn Sie weitergefahren wären, hätten sie schon so gut wie gewonnen.« Er schien böse zu sein, dass sie es nicht getan hatte, und spannte fluchend seine Hunde aus. Er drehte sich nicht mehr um, als sie ins Haus ging.

Der verantwortliche Zeitnehmer am Stewart River war ein Constable der Royal Canadian Mounted Police, den sie flüchtig auf dem Breakup Ball kennen gelernt hatte, sie wusste aber nicht, wie er hieß. »Bedienen Sie sich, Ma'am«, forderte er sie freundlich auf Er deutete auf den heißen Kaffee und die Doughnuts. Obwohl er sich alle Mühe gab, freundlich und zuvorkommend zu sein, wirkte er nervös und beinahe abwesend. Er paffte ständig an seiner Pfeife und trank einen Kaffee nach dem anderen. Alle paar Minuten lief er zum Fenster und starrte in die Nacht hinaus.

»Warum sind Sie so nervös, Constable?«, fragte sie, von einer dunklen Vorahnung beseelt. »Ist irgendetwas nicht in Ordnung?«

»Einer unserer Polizisten wird vermisst«, antwortete er. »Von der Patrouille, die nach Bill Anayak gesucht hat. Sie wissen schon ...«

»Wie heißt der Polizist?«, unterbrach sie ihn ungeduldig.

»Frank J. Watson. Wieso?«

Clarissa ließ sich auf einen Stuhl fallen und starrte den Constable entsetzt an. Sie fühlte sich wie vom Schlag getroffen, und es dauerte eine Weile, bis die schreckliche Nachricht in ihr Bewusstsein gedrungen war. »Frank? Constable Watson? Sind Sie sicher?«, fragte sie mit so leiser Stimme, dass er sie kaum verstand.

»Ja, aber ... Kennen Sie ihn?«

Sie blickte an dem jungen Polizisten vorbei und spürte, wie ihre Augen feucht wurden. »Er ist ... ich meine, wir sind befreundet. Wir haben auf dem Breakup Ball zusammen getanzt ...« Sie errötete und senkte den Kopf. »Erzählen Sie mir alles, was Sie wissen, Constable! Wie konnte das passieren? Ist er ... noch am Leben?«

»Wir wissen kaum etwas«, berichtete der Polizist. Er hatte längst gemerkt, wie sehr die Nachricht der jungen Musherin zu Herzen gegangen war, und wählte seine Worte sehr bedacht. Im Unterbewusstsein glaubte er sich auch zu erinnern, etwas von einer Beziehung zwischen Constable Watson und einer jungen Witwe gehört zu haben. »So weit ich weiß, sind die anderen Mitglieder der Patrouille erst vor zwei Stunden zurückgekehrt. Ihre Hunde sind erschöpft, und ihre Vorräte sind zur Neige gegangen. So hat man mir jedenfalls gesagt. Zwei der Männer sind verletzt. Sie waren in eine Schießerei mit Bill Anayak verwickelt.«

»Weiter, Constable! Weiter!«, drängte Clarissa ungeduldig.

»Sie hatten sich in den Felsen versteckt, irgendwo in den Ogilvies«, fuhr der Polizist fort. »Nur eine Tagesfahrt von Dawson entfernt, sonst hätten es die Männer bestimmt nicht bis zum Hauptquartier geschafft. Sie haben zwei Tage nach Watson gesucht, konnten ihn aber nicht finden. Dieser Anayak hatte ihren Schlitten erwischt und die Hunde davongetrieben. Der Sergeant Major muss ziemlich wütend gewesen sein und will jetzt selber eine Patrouille in die Berge führen.« Er paffte an seiner Pfeife und versuchte, sie aufmunternd anzublicken. »Sie finden ihn, Ma'am!«

Clarissa trank von dem heißen Kaffee und merkte gar nicht, wie Alaska Jim den Raum betrat und sich in eine Ecke zurückzog. »Ihr Constable kommt zurück«, brummte er in seinen Bart.

»Wie bitte?«, erschrak sie.

»Er schafft es. Er kommt zurück«, wiederholte Alaska Jim.

»Woher wollen Sie das wissen?«

»Ich weiß es, Ma'am.«

Sie legte sich auf eine der Pritschen, die man für die Teilnehmer des Rennens bereitgestellt hatte, und drehte sich zur Wand. Dankbar registrierte sie, dass der Mountie das Licht löschte und nur eine kleine Lampe auf dem Holztisch mit dem Kaffeetopf und den Doughnuts brennen ließ. Sie starrte auf die flackernden Schatten an der Wand und ließ ihren Tränen freien Lauf »Frank«, flüsterte sie. Als keine Tränen mehr kamen, begann sie zu beten. »Lieber Gott«, flehte sie, »bitte lass ihn nicht sterben! Du hast mir den Ehemann genommen, und ich habe versucht, darüber hinwegzukommen! Jetzt habe ich ein neues Leben begonnen. Lass mir den Mann, mit dem ich diese Zukunft aufbauen will!« Dann kam ihr Robinson, der Papagei in den Sinn, und sie musste beinahe lächeln, als sie hinzufügte: »Gelobt sei Jesus Christus. Amen.«

Diesmal schlief sie nur wenige Minuten, und als es Zeit wurde, die Hunde vor den Schlitten zu spannen, fragte sie: »Constable, haben Sie irgendwas Neues gehört? Haben sie Frank gefunden? Constable Watson! Haben sie meinen … ihn gefunden?«

Der Mountie schreckte aus seinem Halbschlaf. »Wie? Constable Watson?« Er rieb sich den Schlaf aus den Augen. »Nein, Ma'am. Tut mir Leid, Ma'am. Es gibt keine neuen Nachrichten.«

»Wann wollen sie den Suchtrupp losschicken?«

»Heute oder morgen, Ma'am.«

»Aber dann kann es schon zu spät sein!«

»So was braucht seine Zeit«, erklärte der Polizist. »Sie müssen Verpflegung und Ausrüstung fassen, und der Sergeant Major muss überlegen, wo er mit der Suche anfangen soll. Bill Anayak ist immer noch auf freiem Fuß.« Er sah die Enttäuschung in ihren Augen und fügte schnell hinzu: »Aber ich bin sicher, dass einige Buschflieger unterwegs sind und nach ihm Ausschau halten, obwohl das Wetter in den Ogilvies ziemlich schlecht sein soll.« Clarissa zwang sich, nach draußen zu gehen und die Hunde zu versorgen. An diesem Morgen sprach sie kaum mit den Tieren. Blondie heulte mitleidig, schien zu merken, dass seine Herrin etwas bedrückte. Die anderen Hunde wirkten verstört. Sie zog die letzten Riemen fest und steuerte den Schlitten zur Startlinie. Ihr Gesicht war eine starre Maske, als sie auf die Bremse trat. Es war kurz vor sieben Uhr, und der Himmel war mit unzähligen Sternen übersät. Der Mond zerfloss auf dem zugefrorenen Stewart River. Zartes Nordlicht tanzte über den mächtigen Bergen, die sich wie drohende Schatten gegen den leuchtenden Himmel abhoben. Die Bäume am Ufer waren in dichten Nebel gehüllt.

»Geht es Ihnen gut, Ma'am?«, fragte der Polizist besorgt.

»Ich bin in Ordnung, Constable, antwortete sie.

Sie umklammerte die Haltegriffe und wartete auf das Kommando. Hinter sich hörte sie die Hunde des Halbindianers bellen. Er lag über vier Minuten zurück, und wenn sie keinen Fehler mehr machte, standen ihre Chancen gut, als Erste durchs Ziel zu gehen. Die mürrische Miene von Alaska Jim schien ihr zu sagen, dass er wohl selbst nicht mehr daran glaubte, diesen Vorsprung aufzuholen. Clarissas Hunde waren in bester Verfassung, das hatte der Tierarzt ausdrücklich bestätigt, und wenn das Wetter ruhig blieb und auf dem King Solomon's Dome und dem Eureka Dome nichts Unerwartetes geschah, war ihr der Sieg nicht zu nehmen. Die Berge waren das einzige Hindernis, das noch zu einer ernsthaften Gefahr für die junge Musherin werden konnte.

»... drei, zwei, eins, go!«, zählte der Mountie, und Clarissa trieb die Hunde auf den zugefrorenen Stewart River hinaus. Das silberne Licht des Mondes und der Instinkt ihres Leithundes wiesen ihr den Weg. Es war etwas wärmer geworden, aber immer noch zwanzig Grad unter null, und sie hatte darauf verzichtet, ihre Wollmaske über den Kopf zu ziehen. Die schwarze Maske machte sie nervös und ließ sie wie einen Verbrecher aussehen. Sie wollte den Wind in ihrem Gesicht spüren, auch wenn er eisig kalt war, und sie wollte ein möglichst großes Blickfeld haben, um jede Einzelheit auf dem Trail zu erkennen. Diesen Teil des Weges kannte sie besonders gut. Auf ihren Trainingsfahrten hatte sie den Stewart River unzählige Male überquert, und sie kannte fast jeden Baum und jeden Stein. Bis nach Dawson waren es keine hundert Meilen mehr, den Umweg über den King Solomon's Dome und Eureka Dome bereits eingerechnet. Ihre Führung hatte sich bestimmt längst herumgesprochen, und sobald der Reporter, der tagsüber in einem Buschflieger nach ihr suchte, seiner Zeitung meldete, dass sie wenige Meilen vor Dawson City war, würden die meisten Bürger ihre Häuser verlassen und bereits weit vor der Stadt auf sie warten. »Vorwärts, Blondie!«, feuerte sie ihren Leithund an. Die Hunde hatten längst vergessen, wie traurig sie von ihrer Herrin begrüßt worden waren, und spürten instinktiv, wie nahe sie dem Sieg waren. Noch nie waren sie so schnell gewesen. Clarissa spürte den eisigen Wind in ihrem Gesicht, den leichten Schnee, der von den Hunden und dem Schlitten aufgewirbelt wurde und in silbernen Schleiern in der Luft hing. Von dem Halbindianer war weit und breit nichts zu sehen. Sie stellte sich vor, wie Pater DeWolfe und Lucy in dicke Mäntel gehüllt an die Strecke kamen, wie Bill Lavery seine Leser mobilisierte und mit bunten Fähnchen bewaffnet vor der Stadt postierte. Wenn sie den King Solomon's Dome als erste erklomm, war ihr der Sieg nicht mehr zu nehmen, das war sicher, und selbst wenn sie von Alaska Jim geschlagen wurde, konnte sich das Ergebnis sehen lassen, denn sie würde nur wenige Minuten hinter ihm liegen. Sie würde mit hoch erhobenem Haupt nach Dawson City zurückkehren, wie ein Champion, der die Erwartungen seines Publikums voll erfüllte.

Ungefähr vierzig Meilen vor Dawson City hielt sie den Schlitten an. Rechts von ihr führte ein schmaler Trail nach Nordosten, derselbe Weg, den sie damals mit Frank aus den Ogilvie Mountains gekommen war. Sie blickte nach hinten und hatte das unbestimmte Gefühl, ihren Vorsprung auf Alaska Jim noch vergrößert zu haben und fühlte sich stark und unbesiegbar. Sie würde dieses Rennen gewinnen. Sie würde über den Schnee fliegen und zwanzig oder dreißig Minuten vor Alaska Jim in Dawson City eintreffen. Sie würden den goldenen Pokal und den Scheck bekommen, der für den Sieger der ersten Yukon Trophy bereitlag.

Die Hunde bellten nervös. Sie wussten nicht, warum sie mitten in der Wildnis angehalten hatte, und wollten endlich weiterlaufen. Clarissa blieb unschlüssig auf der Bremse stehen. Die Dunkelheit wich langsam dem ersten Grau des Morgens. Der Wind, der von den Bergen herunterkam, sprühte einen frostigen Schleier aus Neuschnee auf ihr Gesicht. Er rauschte in den dunklen Fichten und schien ihr eine Botschaft mitzubringen. Sie zögerte nicht länger und lenkte den Schlitten auf den schmalen Pfad. Mit heiseren Rufen trieb sie die Hunde nach Nordosten, den fernen Ogilvie Mountains entgegen.

27

Weinend feuerte Clarissa die Hunde an. Sie fuhr in das ungewisse Zwielicht, das auf den schneebedeckten Bäumen lag und den kommenden Tag ankündigte. Der Wind fegte über die verschneiten Hügel und wirbelte einen Schwall glitzernder Schneeflocken durch die Luft. Die Kälte machte ihr kaum noch etwas aus, war zu einem Teil ihrer Welt geworden, die bis zum weißen Horizont jenseits der Wälder reichte. Dies war ihre Heimat. Sie war von der gewaltigen Schönheit dieser urwüchsigen Natur begeistert und kämpfte gegen ihre Übermacht, wenn der Wintergeist aus dem Norden kam und das Land mit tosenden Stürmen und eisigen Schneefällen peinigte. Hier blieb die Natur immer siegreich. Selbst Bären und Wölfe unterlagen, wenn der Wintergeist mit seinem frostigen Atem über sie herfiel, und der Mensch wurde zu einem hilflosen Wesen, das auf die Gnade seines Gottes und der Geister angewiesen war, wenn es überleben wollte. Man konnte sich mit dieser übermächtigen Natur arrangieren. Man konnte ihr mit einem erfahrenen Hundegespann und warmer Kleidung zu Leibe rücken, aber besiegen konnte man sie nicht. Wenn der Wintergeist zürnte, war jeder Mensch verloren. Clarissa wusste, wie aussichtslos ihr Kampf gegen dieses Land war. In einem unwegsamen Gebiet, das von einem Horizont zum anderen reichte, suchte sie nach einem einzelnen Mann. Es war leichter, die berühmte Stecknadel in einem Heuhaufen zu finden. Wenn er abseits der befahrenen Trails durch die Wildnis irrte, war es beinahe unmöglich, ihn aufzuspüren, und auch wenn er sich in ein Blockhaus oder eine Höhle geschleppt hatte, standen die Chancen schlecht, ihn lebend zu finden. Nicht jeder hatte so viel Glück wie sie und wurde von einem Wolfshund mit magischen Kräften zu einem sicheren Unterschlupf geführt. Wenn erfahrene Polizisten der RCMP vergeblich nach ihrem Kameraden gesucht hatten, und selbst Buschflieger erfolglos von ihren Erkundungsflügen zurückgekehrt waren, war es dann nicht vermessen von ihr, an einen Erfolg zu glauben? Selbst der Glaube an Gott und ihre Liebe zu Frank reichten nicht aus, ihr diesen Wunsch zu erfüllen. »Frank!«, rief sie in das Schneegestöber, als ihr bewusst wurde, wie aussichtslos ihr Unterfangen war. »Frank! Wo bist du? Du darfst nicht sterben, Frank!«

Die Hoffnung, zufällig auf den Mountie zu treffen, und der Glaube an ein Wunder trieben sie weiter. Wenn die Berichte der zurückgekehrten Polizisten zutrafen, waren sie höchstens eine Tagesreise von Dawson City entfernt gewesen. Wahrscheinlich hatte es in den Bergen geschneit, und sie hatten die Spuren ihres Kameraden nicht mehr gefunden. Aber weit konnte er nicht sein. Zu Fuß schaffte man in dieser Wildnis höchstens ein paar Meilen am Tag. Wenn er am Leben war, würde er sich bemerkbar machen. Er war ein erfahrener Mountie und auf eine solche Situation vorbereitet. Solche Notfälle wurden bei der RCMP geübt. Er würde ein Feuer anzünden und Schüsse aus seinem Karabiner und seiner Pistole abfeuern. Aber was geschah, wenn er verletzt im Schnee lag, so wie damals, als sie ihn gefunden hatte? Was war, wenn er erneut mit Bill Anayak aneinander geraten war? Das war ein gerissener Bursche, der sich besser als jeder Mountie in den Ogilvie Mountains auskannte. Und er war ein eiskalter Mörder. Das hatte er bei seinen zahlreichen Überfällen bewiesen. Was war, wenn Frank mit dem Tode rang?

Sie kannte die Antwort und fuhr dennoch weiter. Mit heiseren Zurufen trieb sie das Hundegespann über den unwegsamen Trail. Ihre Tränen waren in dem eisigen Wind getrocknet, aber sie war immer noch benommen und ignorierte die tausend Gefahren, die in der Wildnis auf sie warteten. Sie lenkte den Schlitten immer tiefer in die Berge hinein, folgte einem namenlosen Bach und überquerte einen See, auf dem die Spuren eines Buschflugzeugs zu sehen waren. Ein Pilot war auf dem festen Eis gelandet. Eine Panne hatte ihn zu einer Notlandung gezwungen, oder er war vor dem starken Schneefall in den Bergen geflohen. Er war längst wieder verschwunden, aber sie entdeckte die Reste eines Lagerfeuers, das er im Schutz überhängender Felsen angezündet hatte. Ob er auch nach Frank gesucht hatte? Oder hatte er Bill Anayak im Schnee gesehen?

Am Ufer bremste Clarissa den Schlitten ab. Sie stieß den Anker in den tiefen Schnee und setzte sich auf die Ladefläche, ohne sich um die nervös bellenden Hunde zu kümmern. Die Stimme der Vernunft befahl ihr, in Ruhe nachzudenken und zu essen und zu trinken, bevor sie ziellos in ihr Unglück fuhr. Sie musste einen Plan fassen. Ihre Vorräte reichten für ein oder zwei Tage. Selbst wenn sie die Hunde und sich selbst auf eiserne Ration setzte, durfte sie nicht mehr als zwei Nächte in der Wildnis verbringen. Ihre Thermosflasche war nur noch halb voll. Mehr Tee hatte sie nicht dabei. Sie würde ein Feuer entzünden und sich mit geschmolzenem Schnee begnügen müssen. Nachdenklich stand sie auf und blickte über den gewundenen Trail zu den Bergen empor. Nebelfetzen hingen über den Fichten und zwischen den Felsen. Aus dem Norden zogen dunkle Schneewolken heran, und es sah ganz so aus, als rüste der Wintergeist zu einem neuen Angriff. Einen Blizzard in den Bergen überlebten nur wenige Menschen. Selbst Huskys kapitulierten vor einem solchen Sturm.

Clarissa fasste einen Entschluss. Sie würde bis zum frühen Nachmittag auf dem Trail bleiben und sich dann durch die unwegsame Wildnis nach Westen kämpfen. Am Morgen des dritten Tages würde sie nach Dawson City zurückkehren. Jeder andere Plan wäre leichtsinnig und unverantwortlich gewesen, auch den Hunden gegenüber, die ein anstrengendes Rennen gelaufen waren und bald am Ende ihrer Kräfte sein würden. Sobald der Mond am Himmel erschien, würde sie ein Nachtlager aufschlagen und ihnen etwas Ruhe gönnen. »Bis es dunkel wird, Blondie! Einverstanden?« Sie kraulte den Leithund am Hals und lieb koste auch die anderen Huskys. »Frank ist verschollen«, erklärte sie ihnen. »Der Mann, dem ich mein neues Leben verdanke. Wir müssen ihn finden! Ich hab keine Ahnung, wie wir das in diesem riesigen Land schaffen sollen, aber wir müssen ihn finden!«

Sie kehrte zum Schlitten zurück und zog den Anker aus dem Schnee. Mit einem Pfiff bedeutete sie den Hunden, weiterzulaufen. Sie verzichtete auf die Wollmaske und die Schneebrille und ließ sich den eisigen Fahrtwind ins Gesicht wehen. Der Wollschal über dem Mund musste genügen. Schweigend fuhr sie den Bergen entgegen, das Hecheln der Hunde und das Scharren der Kufen in den Ohren. Der Trail war holprig, und sie spürte die Anstrengung in allen Knochen, war alle paar Meter gezwungen, ihr Gewicht zu verlagern oder mit den Füßen nachzuhelfen. Ihre Tränen waren längst versiegt. Die Angst um den geliebten Mann war ein schlechter Ratgeber in dieser unnahbaren Natur. Sie versuchte, sich ganz auf ihre Aufgabe zu konzentrieren. Es galt, den Trail zu meistern und Ausschau nach einem dunklen Punkt oder einer Bewegung zu halten, und selbst wenn sie zweimal auf einen laufenden Schneehasen hereinfiel, sie durfte nicht aufgeben. Das war sie Frank schuldig. »Frank! Wo bist du?«, rief sie immer wieder. »Verdammt! Irgendwo musst du doch sein! Wo steckst du?«

Sie blickte nach Norden und erkannte, dass die dunklen Wolken näher gekommen waren. Sie standen bereits über den bewaldeten Hügeln, die sich jenseits ausgedehnter Schneefelder aus dem Land erhoben. Spätestens in der kommenden Nacht würde es stark schneien, und dann war überhaupt nicht mehr daran zu denken, einen verletzten Mann zu finden. Der Schnee würde alles zudecken. Missmutig lenkte sie die Hunde nach Westen. Die Huskys sprangen in den tiefen Schnee und kämpften sich über einen leicht abfallenden Hang, der zu beiden Seiten von Bäumen gesäumt war. »Whoaa!«, bremste sie das Gespann. Sie setzte den Anker und schnallte ihre Schneeschuhe an. Ohne ihre Hilfe würde der Schlitten im Schnee stecken bleiben. Mit gesenktem Kopf stapfte sie an dem Gespann vorbei, die Arme zur Seite gestreckt, und bahnte den Hunden einen Weg durch den Schnee.

Es dauerte länger als eine Stunde, bis sie die andere Seite des verschneiten Hanges erreicht hatte. Erschöpft legte sie eine Pause ein. Sie blickte nach vorn und hatte beinahe das Gefühl, im Kreis gelaufen zu sein, denn vor ihr erstreckte sich ein weiterer Hang, der sich kaum von diesem unterschied. Der Schnee war jungfräulich. Es gab keine Spuren, nicht mal den Abdruck eines Schneehasen oder eines Wolfes. Die Schatten der Bäume waren nicht mehr zu erkennen. Die Dämmerung war einem trüben Halbdunkel gewichen, das kaum noch Glanz auf den Schnee zauberte. Die Bäume wirkten dunkel und bedrohlich.

Sie drehte sich keuchend zu den Hunden um. »Auf der anderen Seite rasten wir«, sagte sie. »Da drüben sind Felsen. Vielleicht finden wir eine Höhle, in der wir übernachten können. Hörst du mich, Blondie? Nur noch diesen Hang! Kannst du noch, Blue?«

Sie stapfte los, und die Hunde folgten ihr, als wüssten sie, dass auf der anderen Seite des Hanges eine Belohnung wartete. Die Bedrohung durch die dunklen Wolken nahmen sie nicht ernst. Sie fanden sich auch im dichten Schneetreiben zurecht, und wenn es ein Blizzard war, würden sie sich in den Schnee graben und geduldig auf das Ende des Sturms warten. Clarissa konnte die Gelassenheit ihrer Hunde nicht teilen. Sie hatte Angst, von den Hieben des Wintergeistes getroffen zu werden, und blickte nervös zum Himmel empor. Doch ihr blieb keine andere Wahl. Erst wenn sie den Hang überwunden hatte, war an ein Nachtlager zu denken. Wenn der Sturm sie überraschte, würde sie versuchen, in den nahen Wald zu fliehen und dort einen Unterschlupf zu finden. »Los, Blondie!«, feuerte sie ihre Hunde an. »Wir müssen uns beeilen!«

Clarissa hatte Glück. Der Wintergeist verschonte sie, und obwohl die schwarzen Wolken bis auf den Boden zu reichen schienen, zog kein Blizzard auf. Erst als sie die andere Seite des Hanges erreicht hatte und auf die Felsen zuhielt, begann es zu schneien. Dicke Flocken hüllten sie ein, und der Wind fischte gefährlich auf. Sie blickte sich suchend um, stapfte näher an die Felsen heran und fand eine Einbuchtung in der zerklüfteten Wand, die von einem überhängenden Felsen überdacht wurde. »Keine Höhle, aber besser als nichts«, sagte sie zu den Hunden. Sie sicherte den Schlitten und suchte hastig einige Sträucher zusammen. Nur weil sie Frank genau zugesehen hatte, gelang es ihr, innerhalb kürzester Zeit ein Wicki zu errichten. Sie bedeckte die Kuppel aus Ästen und Zweigen mit einer der beiden Wolldecken, die sie auf dein Schlitten mitführte. Der Wind pfiff ihr bereits scharf ins Gesicht, als sie die Hunde an einige Bäume in der näheren Umgebung band und fütterte. Ihr nervöses Bellen zeigte ihr, dass es nicht mehr lange dauern würde, bis der Wintergeist seinen kalten Atem über Berge und Täler blasen würde.

Sie sorgte dafür, dass der Schlitten sicher zwischen zwei Felsen verkeilt war, und zog sich mit der anderen Decke in ihr Wicki zurück. Es blieb keine Zeit mehr, ein Feuer anzuzünden. Sie hüllte sich in die Wolldecke, hoffte darauf, dass der Sturm zwischen den Felsen an Stärke verlor, und war doch nicht auf das vorbereitet, was wenige Minuten später geschah. Der Wintergeist stürzte sich unvermittelt wie ein wildes Tier auf das Land. Heftiger Wind rollte aus der Dunkelheit heran und heulte zwischen den Felsen und Bäumen und wütete in dem tiefen Schnee. Nur weil das Wicki geschützt zwischen den Felsen stand, wurde es nicht umgerissen. Der Sturm toste und trommelte, ratterte und orgelte wie ein Güterzug, der mitten durch Clarissas zerbrechliche Hütte zu brausen schien. Abgrundtiefe Dunkelheit hüllte sie ein, und die Kälte fraß sich durch ihre feste Winterkleidung. Sie fror erbärmlich, fühlte sich an einen Tornado erinnert, dessen Ausläufer sie in South Dakota abbekommen hatte. Damals war ihr der Regen in sintflutartigen Sturzbächen entgegengeschlagen.

Sie begann leise zu weinen. Ihre Gedanken waren bei Frank, der irgendwo in dieser Wildnis ausharrte. Wenn er verletzt war, hatte er kaum eine Chance, ein solches Unwetter zu überstehen. Oder war er längst tot? Sie betete zu Gott, er möge ihn zu einer Trapperhütte geführt haben, und verharrte mit geschlossenen Augen, als könnte ihr der heulende Wind eine Antwort geben. Es dauerte keine halbe Stunde, bis der Blizzard von ihr abließ, aber ihr kam es vor, als seien zwei oder drei Stunden vergangen, und danach war sie so erschöpft, dass sie willenlos gegen die Sträucher sank.

Das Heulen eines Wolfes riss sie aus dem Schlaf. Sie öffnete die Augen, kroch aus dem Wicki und schlug ihre Hände gegen die Kälte zusammen. Die Wolken waren verschwunden, und am Himmel leuchteten tausende von Sternen. Ihr silbernes Licht brannte in dem Schnee, den der Wind vor den Felsen und zwischen den Bäumen angehäuft hatte. Nur die Verwehungen und einige abgerissene Äste ließen erkennen, mit welcher Wucht der Sturm gewütet hatte. Sie zog den Schlitten zwischen den Felsen hervor und ging zu den Hunden. Sie hatten den Sturm unbeschadet überstanden und bellten aufgeregt, als Clarissa sie der Reihe nach begrüßte und an den Geschirren packte. Sie konnten es nicht erwarten, wieder zu laufen, waren wohl in dem Irrglauben, dass sie immer noch an dem Rennen teilnahmen. Ihre Herrin verstaute das Gepäck auf dem Schlitten und stieg wieder auf die Kufen.

Zwei Stunden lang folgte sie dem breiten Trail durch die Nacht. Hier brauchte sie keine Schneeschuhe. Der Sturm hatte den Schnee zur Seite gefegt, und sie kamen schnell voran. Manchmal fuhren sie über den nackten Waldboden. Am Rande einer Lichtung hielt Clarissa an. Blondie hatte Durchfall. Sie wartete, bis der Hund sich entleert hatte, und beugte sich besorgt zu ihm hinunter. Er wirkte angeschlagen und war nicht im Vollbesitz seiner Kräfte. »Blondie! Armer Kerl!«, tröstete sie den Hund. Sie fuhr weiter, doch schon nach wenigen Metern zwang ihr Leithund sie dazu, erneut anzuhalten, und sie musste hilflos zusehen, wie er jaulend in den Schnee sank. Er hatte zu viel Flüssigkeit durch den Durchfall verloren. Sie schüttete ihm etwas von dem warmen Wasser aus ihrer Thermosflasche in eine Schale. »Du musst trinken, Blondie«, redete sie ihm gut zu. Er rührte das Wasser nicht an. Ihr blieb nichts anderes übrig, als ihn aus dem Gespann zu nehmen und auf den Schlitten zu legen. Sie wickelte ihn in die beiden Decken, nur noch sein Kopf schaute heraus. Nun ließ sie Blue an der Spitze laufen. Jetzt war nach Duffy auch ihr zweiter Leithund ausgefallen, und es gab keinen Hund mehr, der die anderen führen konnte. Sie würde die doppelte Zeit brauchen, um das Gespann auf dem richtigen Kurs zu halten, und konnte von Glück sagen, wenn sie Dawson City jemals erreichte.

Es blieb ihr nichts anderes übrig, als so schnell wie möglich nach Hause zu fahren. Ohne einen Leithund war es viel zu gefährlich, in der Wildnis zu bleiben. Die anderen Huskys waren es gewohnt, sich auf den Instinkt ihres Anführers zu verlassen und ihm blind zu folgen. Sie zeigten wenig Eigeniniative, besaßen nicht die Erfahrung von Blondie, der monatelang mit den Polizisten der Royal Canadian Mounted Police unterwegs gewesen war und sich in diesem wilden Land auskannte. Er wählte instinktiv den richtigen Weg, witterte mögliche Gefahren und hätte auch ohne einen Schlittenführer nach Dawson gefunden. Während des Rennens hätte sie ohne Blondie sofort aufgeben müssen. Schon nach wenigen Metern zeigte sich, dass Pete, Nugget, Snowball und Scotty dem jungen Blue die führende Position nicht gönnten, und es kam mitten auf dem Trail zur einer wilden Beißerei. Snowball schnappte wild um sich, und selbst der eher behäbige Scotty verlor die Beherrschung und beteiligte sich an dem Kampf. »Auseinander!«, fuhr Clarissa die Hunde an. »Sofort auseinander! Benehmt euch nicht wie Kojoten! Auseinander, oder ich schlage euch den Schädel ein!« Ihre derbe Sprache brachte sie zur Vernunft, und sie ordneten sich widerwillig in das Gespann ein. »Wir müssen zusammenhalten!«, ermahnte sie die Hunde. »Blondie ist krank! Wir müssen es jetzt allein schaffen!«

Und das war leichter gesagt als getan. Der Blizzard hatte alle Spuren verweht, und es gab nicht einmal die Andeutung eines Trails. Ihr blieb nichts anderes übrig, als ihre Schneeschuhe anzuschnallen und eine Spur für die Hunde in den Schnee zu treten. Widerwillig lenkte sie ihr Gespann nach Südwesten. Sie stapfte über einen verschneiten Hügel und verharrte minutenlang im schneidenden Wind, um nach Frank Ausschau zu halten. Sie marschierte enttäuscht weiter, als sie nicht die geringste Spur eines Menschen im weiten Umkreis entdeckte. Am Waldrand zog sie die Schneeschuhe aus. Hier war der Schnee flacher und fester, und sie konnte auf den Kufen mitfahren. Nur die Arbeit, die sie mit den führerlosen Hunden und dem kranken Blondie hatte, ermöglichte es ihr, die Gedanken an Frank zu verdrängen. Alle paar hundert Meter musste sie anhalten, um das Gespann zu ordnen. Snowball wurde immer aggressiver, und sie hatte ihren Revolver bereits hinter den Gürtel gesteckt, um ihn im Notfall gleich zur Hand zu haben. Es ging jetzt nur noch darum, die nächste Siedlung ohne den Verlust eines weiteren Hundes zu erreichen. An eine Rettungsaktion war nicht mehr zu denken.

28

Nanuk stand auf einem einsamen Hügel, das Gesicht im eisigen Wind, und rief nach Clarissa. Sein Heulen riss sie aus der dumpfen Verzweiflung, die sie auf den letzten Meilen durch die Wildnis begleitet hatte, und ließ sie auf die Bremse treten. »Whoaa!«, rief sie automatisch. »Whoaa!« Die Hunde reagierten erst auf ihr zweites Zurufen und blieben verwirrt stehen. Sie starrte entgeistert zu dem Wolfshund empor. Nanuk war zurückgekehrt. Er verharrte im tiefen Schnee, das weiche Fell in flüssiges Silber getaucht, und als er sie anblickte, sah sie das aufmunternde Funkeln in seinen blauen Augen, das sie schon am ersten Tag ihrer Freundschaft bemerkt hatte. »Nanuk«, flüsterte sie verwirrt.

Der Wolfshund hatte auf sie gewartet. Er wirkte nicht so gelassen wie sonst und drehte sich ein paar Mal im Kreis. Er schien sie aufzufordern, ihm über den Hügel zu folgen. Sein Heulen war verstummt. Er lief ihr einige Meter entgegen, drehte sich um und verschwand hinter dem Hügel, dann kehrte er zurück. Clarissa schnallte ihre Schneeschuhe an. Von neuer Hoffnung beseelt, kämpfte sie sich den Hügel hinauf, gefolgt von ihrem erschöpften Gespann und dem knarrenden Schlitten. Dies war ihre letzte Chance, das spürte sie instinktiv, und der Ausblick vom Hügelkamm würde über ihr weiteres Leben entscheiden.

Mit klopfendem Herzen blieb sie stehen. Sie starrte verwundert auf die kleine Lichtung hinab, spürte instinktiv, dass sie an diesem Platz schon einmal gewesen war, und erkannte das Blockhaus, in dem Frank und sie in der letzten Nacht vor ihrer Rückkehr nach Dawson City übernachtet hatten. Hinter dem Fenster war flackernder Lichtschein zu erkennen, und in dem bleichen Mondlicht, das über den Fichten hing, stieg eine dünne Rauchfahne empor. »Frank«, flüsterte sie ergriffen. Ohne in Betracht zu ziehen, dass sich auch ein wildfremder Trapper oder ein Goldsucher in der Hütte aufhalten konnte, kämpfte sie sich den Hügel hinab. Sie keuchte und ächzte, fiel in den Schnee und rappelte sich wieder auf, erreichte endlich festen Boden und stürzte auf die Blockhütte zu.

Nanuk war vorausgelaufen und wartete neben dem Eingang. Er hielt knurrend das Gespann in Schach, als sie mit zitternden Händen die Tür öffnete und in die warme Hütte stürzte. »Frank!«, rief sie verzweifelt. »Frank! Du lebst!« Sie rannte zu dem Mountie, der mit schmerzverzerrtem Gesicht auf einer Pritsche lag und wohl gerade noch so viel Kraft gehabt hatte, ein Feuer zu entzünden. »Frank! Frank!« Er war es wirklich, obwohl er einiges Gewicht verloren hatte und etwas abgemagert aussah. Selbst in seinem dicken Anorak wirkte er viel zu schwach. »Frank! Ich habe so gehofft, dich zu finden!« Sie fiel neben seinem Lager auf die Knie, umarmte ihn und bedeckte sein eingefallenes Gesicht mit Küssen. »Ich liebe dich, Frank! Ich liebe dich wirklich!«

Er war zu schwach, um sie in die Arme zu schließen, aber auch sein Blick verhieß Liebe und Dankbarkeit. »Clarissa. Clarissa. Ich hatte die Hoffnung schon aufgegeben, dich jemals wieder zu sehen.« Er spürte ihre kalten Lippen und ihre zärtliche Berührung.

»Wie kommst du hierher? Wie hast du mich gefunden?«

»Nanuk wusste, wo du warst«, erwiderte sie. »Der Wolfshund, der mich nach dem Absturz gerettet hat. Er hat mich zu dir geführt. Verstehst du das?« Ihr fiel plötzlich ein, dass sie den Schlitten nicht gesichert hatte, und sagte: »Die Hunde! Ich bin gleich zurück, Frank!« Sie rannte nach draußen und rammte den Anker in den Schnee. »Nanuk!«, rief sie. »Wo bist du?« Aber der Wolfshund war nicht mehr zu sehen. »Lauf nicht weg, Nanuk! Hörst du mich?« Sie löste die Lederriemen und band die Hunde an einen nahen Baum, nur den kranken Blondie trug sie in die Hütte. Sie legte ihn in der Nähe des Ofens auf eine Decke und wandte sich wieder Frank zu. Erst jetzt entdeckte sie das Blut an seinem Oberschenkel. »Frank, du bist verletzt? Mein Gott, was ist passiert? Frank!«

»Ist nicht so schlimm«, beruhigte er sie. Seine Stimme klang schwach und leise. »Die Kugel ist glatt durchgegangen.« Er berührte den notdürftigen Verband, den er selbst angelegt hatte. »Aber ich hab viel Blut verloren und… bin noch etwas… schwach.« Er sammelte neue Kraft. »Ich hab seit zwei Tagen nichts mehr gegessen. Meine Vorräte… ich hab alles verloren. Ich kann von Glück sagen, dass ich es bis hierher geschafft habe. Ich dachte, meine Kameraden finden mich. Sie können nicht weit sein. Aber es hat stark geschneit, und dann kam dieser Blizzard, und sie haben wohl woanders gesucht. Vielleicht sind sie nach Dawson City zurückgefahren, um Verstärkung zu holen. Ein Glück, dass du gekommen bist, Clarissa. Du hast mir das Leben gerettet.«

»Du brauchst etwas zu essen. Und einen Verband«, erwiderte Clarissa. Sie warf neues Brennholz in den Ofen und füllte einen Topf mit Schnee. Mit dem heißen Wasser säuberte sie die Wunde. Die Kugel hatte Franks Bein aufgerissen, und er blutete immer noch, wenn auch nicht mehr so stark. Sie holte ihren Erste-Hilfe-Kasten vom Schlitten, desinfizierte die Wundränder und legte einen festen Verband an. Mit etwas heißem Tee und dem letzten Trockenfleisch aus ihrer Vorratstasche kehrte sie an sein Bett zurück. Sie flößte ihm den Tee ein und gab ihm zu essen.

Kurz darauf schlief er ein. Die Erschöpfung hatte ihn übermannt. In sein Gesicht war etwas Farbe zurückgekehrt, und er atmete regelmäßig. »Ich liebe dich, Frank«, flüsterte sie wieder. Sie deckte ihn mit einer Wolldecke zu und blickte lange auf ihn hinab, bevor sie zu Blondie ging und ihm heißes Wasser in den Futtertrog schüttete. Er war viel zu schwach, um zu trinken. Sie tauchte einen Lappen in das Wasser und befeuchtete seine Schnauze, aber wartete vergebens darauf, dass er etwas von dem trockenen Lachs fraß, den sie ihm hingestellt hatte. »Armer

Blondie«, bemitleidete sie ihn. Sie legte Holz nach und hüllte sich in die Decken, die sie auf dem Boden für sich ausgebreitet hatte.

Clarissa erwachte erst, als schwaches Licht in die Hütte fiel. Frank erwartete sie mit fröhlicher Miene. »Es geht mir schon viel besser.« Er blickte sie verschmitzt an. »Hab ich geträumt, oder hast du gestern tatsächlich gesagt, dass du mich liebst?«

Sie setzte sich auf den Rand der Pritsche und sank vorsichtig in seine Arme. Diesmal war er stark genug, sie zu berühren. Ihre Lippen fanden sich zu einem langen und zärtlichen Kuss, und sie weinte vor Glück, legte ihren Kopf auf seine starke Brust. »Ich habe Angst um dich gehabt«, gestand sie. »Ich weiß nicht, welcher Teufel mich geritten hat, nach dir zu suchen, aber ich bin froh, dass ich es getan habe.« Sie erzählte ihm von ihrem erfolgreichen Rennen, und wie sie erfahren hatte, dass er vermisst wurde. »Zwei Polizisten deiner Patrouille waren angeschossen und kamen zu Fuß nach Dawson zurück. Sie haben lange nach dir gesucht und dich nicht gefunden. Was ist passiert, Frank?«

Er hob ihren Kopf von seiner Brust und blickte sie erstaunt an. »Du hast das Rennen verlassen? Du hast geführt und bist einfach in die Berge gefahren, obwohl du gewonnen hättest? Du hast meinetwegen auf den Sieg verzichtet? Das durftest du nicht tun, Clarissa. Du hast viele Monate für dieses Rennen trainiert.«

»Ich musste es tun, Frank! Ich liebe dich!«

»Aber …«

»Was ist passiert, Frank?«

Frank berichtete, wie er mit seiner Patrouille in einen Hinterhalt von Bill Anayak geraten war, der die Hunde mit ihrem Schlitten und allen Vorräten vertrieben hatte. Es war zu einer Schießerei gekommen, und zwei seiner Kameraden waren verwundet worden. Ein gesunder Mountie hatte sich um sie gekümmert. »Ich wollte ihnen zu Hilfe eilen«, erinnerte Frank sich an die dramatischen Ereignisse in den Bergen, »aber dieser

Anayak hatte es auf mich abgesehen, weiß der Teufel, warum, und jagte mich mit seinem Hundeschlitten durch die Wildnis. Wenn ich stehen blieb, blieb er auch stehen, und wenn ich lief, achtete er lediglich darauf, dass ich ihm nicht davonlief. Er hetzte mich wie ein verwundetes Wild. Ein übler Bursche! Ich nehme an, er wollte sich an mir rächen, weil ich ihm damals entkommen bin. Als du mich zum ersten Mal gerettet hast.« Er lachte. »Weißt du eigentlich, dass du mir schon zum zweiten Mal das Leben gerettet hast? Du bist eine Berühmtheit, Clarissa! Was meinst du, was die *News* schreiben werden? ›Erfolgreiche Musherin rettet Mountie erneut das Leben!‹ Oder so ungefähr.«

»Ich werd's überleben«, antwortete sie amüsiert, »letztes Jahr haben sie jede Woche über mich geschrieben. Auf einen Bericht mehr oder weniger kommt es nicht mehr an.« Sie wurde ernst. »Was ist geschehen, Frank? Wie bist du Anayak entkommen?«

»Ich habe ihn erschossen«, antwortete er nüchtern.

»Du hast … was?«

»Ich habe ihn erschossen. Mein Karabiner lag irgendwo im Schnee, und er dachte wohl, dass ich unbewaffnet bin, aber ich hatte noch meinen Revolver, und als ich zu Boden stürzte und er näher kam, um mir den Rest zu geben, drehte ich mich um und schoss ihm in die Brust. Leider löste sich noch ein Schuss aus seinem Gewehr und traf mich ins Bein. Daher stammt die Wunde. Er stürzte auf mich, und ich verlor das Bewusstsein. Ich glaube, ich blieb nur am Leben, weil seine Leiche auf mir lag. Als ich wieder zu mir kam, waren auch seine Hunde verschwunden, und von meinen Kameraden war nichts mehr zu sehen.«

»Hast du gewusst, dass die Blockhütte in der Nähe war?«

»Erst als ich eine Weile durch das Schneegestöber gehumpelt war. Ich stützte mich auf einen Ast und schleppte mich durch den Tiefschnee. Wenn ich nicht in der Nähe der Hütte gewesen wäre, hätte ich nicht überlebt.« Er schloss die Augen und dachte an die furchtbaren Stunden in der Wildnis zurück.

Nur die vage Hoffnung, einen Unterschlupf oder einen seiner Kameraden zu finden, hatte ihn vorangetrieben. »Ich glaube, ich hätte keinen Meter mehr geschafft«, räumte er ein. Und fügte nach einem Augenblick des Schweigens hinzu: »Ich … ich hatte die ganze Zeit dein Bild vor Augen … ich wollte dich nicht verlieren, hörst du?«

Frank verschwieg ihr, wie viel Mühe es ihn gekostet hatte, die Hütte zu erreichen und ein Feuer anzuzünden. Er berichtete auch nicht, dass einige Wölfe seine Witterung aufgenommen hatten und dicht hinter ihm gewesen waren. Mit letzter Kraft hatte er sich in die leere Blockhütte geschleppt, ohne Vorräte und ausreichend Munition, und bereits am zweiten Tag hatte er fantasiert und mit dem Leben abgeschlossen. Während des Blizzards war er nahe daran gewesen, sich selbst eine Kugel in den Kopf zu jagen. »Sie haben mich abgeschrieben!«, hatte er gestöhnt. »Ich werde elend in dieser Hütte verhungern!« Aber er hatte es nicht getan und stattdessen gebetet, so intensiv und inbrünstig, wie schon lange nicht mehr, und Gott hatte sein Flehen erhört und Clarissa geschickt. »Wie viele Vorräte hast du noch?«

»Nichts mehr«, antwortete sie niedergeschlagen. »Wir müssen so schnell wie möglich nach Hause, sonst war alles umsonst.«

»Was ist mit Blondie?«

»Durchfall. Ich habe keinen Leithund mehr.«

»Und ich kann dir auch nicht viel helfen«, erwiderte er verzweifelt. Er deutete auf den Verband. »Mit dem verletzten Bein komme ich nicht weit. Du wirst mich auf den Schlitten laden müssen.«

»Wir schaffen es, Frank!«

Noch in derselben Stunde rüsteten sie zum Aufbruch. Clarissa spannte die bellenden Hunde vor den Schlitten und half dem verletzten Frank, sich auf die Ladefläche zu legen. Den kranken Blondie legte sie zwischen seine Beine. Sie band den Körper des Mounties mit Lederriemen fest und breitete Wolldecken darüber. Der Trail lag unter einer dichten Schneedecke verborgen, aber im Schutz der Bäume war es kaum zu Verwehungen gekommen, und sie konnte auf die Schneeschuhe verzichten. »Blue! Pete! Nugget! Snowball! Scotty!«, rief sie aufmunternd. »Jetzt liegt es an euch, uns sicher nach Dawson zu bringen! Zeigt, was ihr könnt!« Sie stieß einen Pfiff aus, und die Hunde legten sich bellend in die Riemen. Nach ein paar hundert Metern verstummte ihr Gebell, und im gewohnten Rhythmus zogen sie den schweren Schlitten nach Süden.

Jenseits des Waldes war der Trail nicht mehr zu erkennen. Die Hunde blieben im tiefen Schnee stecken, und Snowball verlor die Beherrschung und schnappte bellend nach Nugget. Es kam zu einer wilden Beißerei, die Clarissa nur durch entschlossenes Eingreifen beenden konnte. »Hör endlich auf, Snowball!«, schrie sie den Übeltäter an. Sie drohte ihm mit der Peitsche und fluchte wütend, bis er endlich Ruhe gab. Da bemerkte sie, dass Nugget aus einer Bisswunde blutete, und ließ sich entkräftet auf den Schlitten fallen. »Ohne Leithund geht es nicht«, seufzte sie. »Sie spielen verrückt, wenn Blondie nicht da ist. Wie geht es ihm?«

Frank hatte die linke Hand auf dem fiebrigen Körper des kranken Leithundes liegen und zuckte mit den Schultern. »Er braucht einen Arzt. Ich glaube, er hat sich infiziert. Es wird höchste Zeit, dass wir nach Dawson City kommen. Schaffst du es, Clarissa?«

»Irgendwie«, erwiderte sie, »und wenn ich dich tragen muss!«

Sie schnallte die Schneeschuhe an und glaubte ihren Augen nicht zu trauen, als Nanuk aus dem Halbdunkel zwischen den Bäumen kam und abwartend neben dem Schlitten stehen blieb.

»Nanuk!«, rief sie überrascht. »Willst du mir helfen?«

Der Wolfshund kam näher und ließ sich von ihr streicheln, dann schien er vor seinem eigenen Mut zu erschrecken und rannte davon. In einiger Entfernung wartete er. Er bellte das

Gespann an, lief ein paar Schritte und blieb wieder stehen. Die Huskys hatten großen Respekt vor ihm und wagten kaum, sich zu bewegen. Er streifte wie ein Schäferhund um sie herum. »Was hat er vor?«, fragte sie. »Was bezweckt er damit?«

»Er hält das Team unter Kontrolle«, erkannte Frank. »Siehst du, wie er sie einschüchtert? Er spielt den Leithund, ohne dass du ihn vor den Schlitten spannen musst.« Er griff sich an den Verband, der während der Fahrt verrutscht war, und verzog das Gesicht. »Es ist nichts«, beruhigte er Clarissa, »wir müssen weiter.«

Der Mountie hatte Recht. Sobald sie dem Schlitten vorauslief und einen Trail durch den tiefen Schnee bahnte, achtete Nanuk darauf, dass die Huskys hinter ihr blieben. Es gab keine Streitereien und kein aufgeregtes Bellen mehr. Der geheimnisvolle Wolfshund war zum neuen Anführer ihres Gespanns geworden und sorgte dafür, dass die Huskys auf dem vorgeschriebenen Kurs blieben. Sobald einer der Hunde drohte, nach links oder rechts auszubrechen, scheuchte er ihn fauchend vor den Schlitten zurück. Er führte das Gespann, als hätte er sein Leben nichts anderes getan, und blieb auch auf dem letzten Teilstück ihres Weges bei ihnen, als der Schnee flacher wurde, und Clarissa wieder auf den Kufen stand. Auf einem Hügel oberhalb von Dawson City blieb er stehen. Er lief zu Clarissa und ließ sich ausgiebig von ihr lieb kosen, dann rannte er nach Norden in die Wildnis zurück.

»Nanuk!«, rief sie ihm nach. »Nanuk! Komm zurück!« Aber er war längst im Wald untergetaucht und ihren Blicken entschwunden.

»Dort ist seine Heimat«, sagte Frank.

»Ich weiß«, erwiderte Clarissa.

Am Himmel zeigten sich die ersten hellen Streifen, als sie zum Yukon River hinunter und über die Uferböschung nach Dawson City hineinfuhren. Irgendjemand musste sie gesehen und die Feuerglocke geläutet haben, denn als sie die Front Street erreichten, waren jubelnde Menschen auf den Bürgersteigen, und vom Redaktionsbüro der *Dawson City News* zum Hotel spannte sich das rote Zielband der Yukon Trophy, das nur für den Sieger bestimmt war. Obwohl sie sich vor Erschöpfung kaum noch auf den Kufen halten konnte, erkannte sie Bill Lavery, den Chefredakteur, und den Direktor der Bank of Commerce. Sie sah den Superintendent und den Sergeant Major der Mounties, und am Straßenrand parkte Archie Ferguson mit seinem Landau Convertible und winkte ihr zu. Die ganze Stadt war auf den Beinen. Die Kinder winkten mit roten Fähnchen, und über der Stadt drehte Billy Dutton eine Runde mit seiner *Bellanca* und wackelte mit den Tragflächen. Hinter der Ziellinie warteten Pater DeWolfe und Lucy, begierig darauf, sie endlich in die Arme zu schließen.

Unter Tränen legte sie die letzten Meter über die Front Street zurück. Ohrenbetäubender Jubel ließ sie hochleben, als das Zielband zerriss, und sie den Schlitten mit einem heiseren »Whoaa!« zum Stehen brachte. Sie klammerte sich an die Haltegriffe, um nicht das Gleichgewicht zu verlieren, und blickte Frank an, der sich stolz nach ihr umdrehte. »Ich liebe dich«, flüsterte sie. »Ich liebe dich von ganzem Herzen!« Sie stieg von den Kufen, taumelte ein paar Schritte und sank müde in die Arme des Paters.

Sie sah nicht mehr, wie Alaska Jim aus dem Schatten eines Gebäudes trat und Pater DeWolfe den Pokal überreichte. »Geben Sie ihr den«, sagte er mürrisch, »ich glaube, sie hat ihn verdient.«

»Gott segne Sie«, erwiderte der Pfarrer. Dasselbe sagte Robinson, der Papagei, als er den goldenen Pokal zu Gesicht bekam. Und: »Gelobt sei Jesus Christus, ihr miesen Landratten! Amen!«

Christopher Ross

Jenseits der großen Stille

Roman

Weltbild

Für Britta Groiß

1

Das Heulen der Wölfe war bis in die Stadt zu hören. Ein lang gezogenes Klagen aus den nahen Wäldern, das mit dem kühlen Wind über die Rollbahn getragen wurde. Dichte Nebelschwaden hingen über Weeks Field. Die Positionslichter der Rollbahn flackerten im feuchten Dunst und blendeten die elegant gekleidete Frau, die ihren Chevrolet neben der Holzhütte des Airport Managers parkte und ihren Mantelkragen zuknöpfte, bevor sie ausstieg. Eisiger Nieselregen schlug ihr entgegen. Sie rannte geduckt zum Büroeingang und atmete erleichtert auf, als die Tür hinter ihr ins Schloss fiel. »Scheußliches Wetter!«

»Hi, Clarissa«, begrüßte Harry Cheek die eintretende Frau. Der ehemalige Pilot arbeitete für den Flughafen, seit er bei einer Bruchlandung ein Auge verloren hatte und gezwungen war, auf dem Boden zu bleiben. Die meiste Zeit seines Lebens hatte er in der Luft verbracht und es niemals verwunden, dass ihm das Schicksal so übel mitgespielt hatte. »Frank ist schon unterwegs! Er musste einen Colonel der Army mitnehmen, sonst wäre er gar nicht losgeflogen. In Chena ist der Nebel noch dichter als hier! Hatte es furchtbar eilig, der Lamettaträger. Tat gerade so, als müsste er noch heute Abend nach Europa fliegen und den Krieg gegen die Deutschen gewinnen! Wie wär's mit einem Kaffee?«

»Immer«, erwiderte Clarissa und versuchte ihre Nervosität hinter einem flüchtigen Lächeln zu verbergen. »Mit viel Milch und Zucker.« Sie öffnete ihren Mantel und wärmte ihre Hände über dem heißen Ofen. »Danke, dass du mich angerufen hast. Ich wollte gerade aus dem Haus.

Du weißt schon, heute findet die Benefizveranstaltung für die neue Konzerthalle statt.« Sie trat ans Fenster und blickte besorgt in den Nebel hinaus. »Ich hätte nie gedacht, dass Frank bei diesem Wetter losfliegt! Hat die Armee denn keine eigenen Flugzeuge?«

Harry grinste. »Doch. Aber bei dem Nebel will keiner von den Burschen in die Luft! Das schaffen nur ganze Kerle wie dein Frank!« Er rührte seinen Kaffee um und stellte den Becher auf den Tisch. Sein Blick fiel auf ihr dunkelgrünes Kostüm mit der silbernen Brosche. Er nickte anerkennend. »Du siehst gut aus, Clarissa!«

Ein amüsiertes Lächeln huschte über ihr Gesicht. »Weil ich mich so aufgetakelt habe?« Sie strich nachdenklich über den edlen Stoff; das kostbare Kostüm hatte sie auf ihrer letzten Reise nach Anchorage erstanden. »Ich will einen guten Eindruck bei den Leuten machen, das ist alles. Der Reporter des *News-Miner* macht bestimmt wieder ein Foto von mir, und ich möchte besser aussehen als nach dem Derby!« Clarissa hatte das »Dog Derby« gewonnen, ein Schlittenhundrennen, das jedes Jahr nach dem »Winter Carnival« in Fairbanks veranstaltet wurde. Seitdem hingen die Reporter des *Fairbanks Daily News-Miner* an ihren Fersen. Sie war noch berühmter als vor zehn Jahren, als sie mit ihrem Mann, einem ehemaligen Polizisten der Royal Canadian Mounted Police, nach Alaska gekommen war. Damals hatte sie die »Yukon Trophy« gewonnen, das angeblich »härteste Schlittenhundrennen der Welt«. Doch ihr Ruhm war schnell verblasst und erst wieder aufgeblüht, als sie ihre wesentlich jüngeren Konkurrenten beim Dog Derby besiegt hatte. Jetzt war sie vierzig.

»Bist du nächsten Winter wieder dabei?«, fragte Harry. Er steckte seine Pfeife an und blies den Rauch an Clarissa vorbei. Sie hatte ihm oft genug versichert, dass ihr der Rauch nichts ausmachte. Ihr Mann rauchte Zigarre. »Deine Hunde sind schneller als im letzten Winter, besonders der Leithund. Dusty, nicht wahr?«

Clarissa nickte, ohne den Blick von der Rollbahn zu nehmen. Sie stand immer noch am Fenster. Der Nebel schien dichter geworden zu sein und hing in zerfetzten Schwaden über dem Flugplatz. Sie wandte sich zu Harry. »Dusty hat das letzte Rennen ganz allein gewonnen«, erwiderte sie. »Hab ich dir mal erzählt, wie er den jungen Grumpy zum Weiterlaufen gebracht hat? Das war oben in den Highlands. Hinter dem Kontrollpunkt legte sich der Kleine in den Schnee und streikte. Er hatte keine Lust mehr. Dusty bellte ihn so wütend an, dass er wie ein aufgeschrecktes Kaninchen losrannte und beinahe den Schlitten umgekippt hat! Seitdem gehört er zu meinen besten Hunden!« Sie trank von dem heißen Kaffee und nickte in Richtung des Funkgeräts. »Frank hat sich noch nicht gemeldet, oder? Er müsste doch längst hier sein!«

Harry gab sich Mühe, seine Besorgnis zu verbergen. Mit einem Blick auf die Wanduhr sagte er: »Zehn, fünfzehn Minuten wird er wohl noch brauchen! Selbst dein Mann kann nicht zaubern!« Sein Lachen klang gekünstelt. »Mach dir keine Sorgen, Clarissa! Frank ist die Vorsicht in Person! Er gehört zu unseren erfahrensten Piloten! Eher setzt er diesen Colonel in Seattle ab, bevor er eine Bruchlandung im Nebel riskiert!« Er deutete aus dem Fenster. »Aber Frank findet immer eine Lücke!«

Clarissa teilte das Vertrauen des Managers nur zum Teil. Vor zehn Jahren war sie mit ihrem ersten Mann amYukon abgestürzt. Auch er war ein erfahrener Buschpilot gewesen. Sie hatte neben ihm im Cockpit gesessen, als der Motor abstarb und sie zu einer Bruchlandung gezwungen waren. Wenn sie die Augen schloss, sah sie die furchtbaren Bilder noch immer. Das zerfetzte Wrack der *Bellanca,* die brennenden Holzstreben und den verkohlten Körper ihres Mannes. In ihren Träumen schiente sie noch einmal ihr gebrochenes Bein und humpelte zu der rettenden Hütte. Ein Wolfshund hatte ihr damals den Weg gezeigt und ihr das Leben gerettet. Außer Frank, der Nanuk mit eigenen Augen gesehen hatte, glaubte kaum jemand diese sagenhafte Geschichte. Eine Legende der Indianer berichtete von einem verzweifelten Krieger, der vom Mackenzie

River gekommen war und seine Frau in einem Schneesturm verloren hatte. Tagelang irrte er durch die Wildnis und tötete einen einsamen Wolf, um in der Einsamkeit überleben zu können. Er aß das rohe Fleisch des Tieres und trank sein Blut, und einige Indianer behaupteten, dass er zu einem Wolfshund geworden war, zu einem Geist-Tier, das ziellos durch die Berge des Nordens zog, auf der Suche nach seiner geliebten Frau und immer darum bemüht, unschuldige Menschen vor dem Tod zu retten.

Aus dem Nebel drang das vielstimmige Geheul der Wölfe. Obwohl das Fenster geschlossen war, konnte man es deutlich hören. Clarissa versuchte, die Nebelfetzen mit ihrem Blick zu durchdringen. Im trüben Grau des frühen Abends erkannte sie die Umrisse einiger Häuser und den baufälligen Zaun, der den Flughafen umgab. Auf dem Rollfeld standen zwei kleinere Flugzeuge, eine *Standard* und eine *Bellanca.* Sie erkannte die Maschinen nur an ihren schemenhaften Umrissen. Ein Pickup fuhr am Zaun entlang und ließ die Ergebnistafel des heimischen Baseball-Clubs im Scheinwerferlicht erkennen. Auf dem staubigen Platz fand jeden Sonntag ein Meisterschaftsspiel statt. Die Nebelschwaden hingen wie der gefrorene Atem eines unheimlichen Riesen über dem Boden und ließen das Wolfsgeheul noch bedrohlicher erscheinen. »So nahe waren sie schon lange nicht mehr«, sagte Clarissa, ohne sich umzudrehen. »Die haben bestimmt großen Hunger!«

»Wär nicht das erste Mal«, meinte der Manager. Er zog nachdenklich an seiner Pfeife. »Anfang der dreißiger Jahre kamen sie bis in die Stadt! Ich war damals für den Fairbanks Air Service unterwegs. Ich kann mich noch gut daran erinnern, wie ich die Wölfe aus der Luft gesehen habe! Die Biester waren vor Hunger fast verrückt! Sie rissen die Milchkuh vom alten Scotty und wagten sich bis auf die Front Street vor. Hätte dieser Polizist nicht das Leittier erschossen, wär's wohl noch schlimmer gekommen!«

Clarissa hatte keine Angst vor Wölfen. Sie lebte seit über

zehn Jahren in der Wildnis und war mit den Tieren vertraut. Sie griffen nur selten einen Menschen an. Erst vor zwei Wochen hatte der *News-Miner* berichtet, dass während der letzten zehn Jahre nur ein Bewohner der Stadt von einem Wolf getötet worden war, und der hatte die Tollwut gehabt. Wölfe mieden die Menschen und näherten sich einer Siedlung nur, wenn ihr Hunger unerträglich wurde. »Seltsam«, erwiderte sie, »eigentlich müssten sie satt sein. In den Wäldern gibt es genug Wild, und gebrannt hat es nur im Norden. Ob es ein Rudel nach Süden verschlagen hat?«

»Keine Ahnung«, antwortete Harry, »darum soll sich die Regierung kümmern! Ich hab mit Wölfen wenig im Sinn. Früher hab ich mich mit ihnen angelegt, so wie damals in den Highlands, als mir dieses Biest direkt vor die Maschine lief! Den hab ich mit einer Kugel vertrieben! Heute verlasse ich die Stadt kaum noch.«

Clarissa blickte in ihren Kaffeebecher und vor ihren Augen erschien das Bild eines wütenden Wolfsrudels, das sie bedrängte. Wenige Meter vor der Blockhütte war sie von den hungrigen Tieren eingekreist worden, kurz nachdem sie ihren Mann verloren hatte. Und auch aus dieser gefährlichen Lage hatte Nanuk sie befreit. Der Wolfshund hatte seine wilden Brüder vertrieben.

Durch den Nebel drang das leise Brummen eines Flugzeugmotors. Ein vertrautes Geräusch, das ein hoffnungsvolles Lächeln auf ihr Gesicht zauberte. So wie vor über zehn Jahren, als Jack mit seiner *Standard* vor ihrem Haus gelandet war und sie zu einem Flug über die Felder abgeholt hatte. Unterwegs hatte er ihr einen Heiratsantrag gemacht. Sie hatte angenommen und war mit ihm nach Alaska und an den Yukon gezogen. Auch dort war das Brummen stets gegenwärtig. Wie oft hatte sie besorgt in ihrer Blockhütte gesessen und ihren Mann herbeigesehnt! Das gemeinsame Schicksal aller Frauen, die mit einem Buschpiloten verheiratet waren. Ein Flug in die Wildnis war immer mit Gefahren verbunden, auch für einen erfahrenen Piloten, und das

Motorengeräusch, das durch die arktische Kälte drang, wurde zu einem Signal der Hoffnung und der Freude. Wenn sie es hörte, wusste sie, da kommt mein Mann! Er kommt nach Hause! Nichts war schlimmer als die Stille, wenn man auf den geliebten Partner wartete. So war es auch bei Frank, der seinen Job bei der Royal Canadian Mounted Police gekündigt hatte und Buschpilot geworden war. »Ich weiß, wie sehr du um deinen Mann trauerst«, hatte er gesagt. Er sprach immer noch von »ihrem Mann«, wenn er Jack erwähnte. Dann hatte er dieses verschmitzte Lächeln im Gesicht, das sie so an ihm liebte. »Ich passe auf mich auf, Clarissa! Hörst du? Ich lasse dich nicht allein!«

Das Funkgerät knisterte. »Fairbanks Radio! Fairbanks Radio! Hier ist Fairchild Zwei-Null-Sieben-Sechs-Sechs! Ich bin gleich bei euch! Was habt ihr für ein Wetter da unten?«

»Frank!«, rief Clarissa aufgeregt.

Harry Cheek eilte ans Funkgerät und legte einen Kippschalter um. »Fairbanks Radio! Fairbanks Radio! Es sieht übel aus, mein Junge! Über dem Flughafen hängt eine dichte Wolkendecke, ungefähr dreihundert Fuß, und hier unten macht sich der Nebel breit! Aber wenn du eine Lücke findest und unter die Wolken kommst, schaffst du es! Ich schalte die Festbeleuchtung ein, okay?«

»Roger, Harry«, antwortete Frank. Seine Stimme klang verzerrt. »Ich flieg nach Süden, vielleicht gibt es da eine Lücke! Ist nicht das erste Mal, dass ich einen Umweg fliegen muss. Über dem Valley sind immer Löcher. Weiß meine Frau, dass ich komme?«

»Sie steht neben mir, Frank!«

»Hallo, Schatz!«, grüßte Frank über das Funkgerät. Clarissa griff nach dem Mikrofon und versuchte ihrer Stimme einen aufmunternden Klang zu geben. »Hallo, Frank! Musst du ausgerechnet bei diesem Sauwetter durch die Gegend fliegen? Oder hast du dir eine DC-3 geliehen?« Ihr Lachen klang gekünstelt. »Pass auf dich auf, ja? Ich hab keine Lust, dich wieder gesund zu pflegen!«

»Keine Bange, Schatz!«, kam die zuversichtliche Antwort. »Ich finde schon eine Lücke! Ich hab einen wichtigen Passagier bei mir, einen Colonel, der unbedingt zu seiner Einheit muss. Es wär bestimmt nicht in seinem Sinne, wenn ich irgendwo in den Bergen lande und mit ihm auf Bärenjagd gehe!« Sein Lachen war fröhlicher. »Wer hätte das gedacht! Ein kanadischer Ex-Mountie rettet die Ehre der US-Armee! Wenn ich nicht aufpasse, steckt mich der Colonel in einen dieser schnellen Abfangjäger!«

Sie war viel zu nervös, um auf seine Scherze einzugehen. »Geh kein Risiko ein, Frank! Lande irgendwo anders, wenn der Nebel zu dicht ist!«

»Ich passe auf, Schatz! Ganz bestimmt!«

Das Funkgerät verstummte, und sie kehrte nachdenklich ans Fenster zurück. Sie war zu lange mit einem Buschpiloten verheiratet, um den Ernst der Lage zu verkennen. Auch wenn seine Maschine voll getankt war, bestand die Gefahr, dass er keine Lücke in der Wolkendecke fand und riskieren musste, blind nach unten zu stoßen. Selbst wenn er es schaffte, drohte ihm eine Bruchlandung. Außerhalb der Stadt gab es kaum Lichter, und die Wahrscheinlichkeit, im dichten Nebel in den Bergen zu zerschellen oder in den Baumkronen zu landen, war groß. So war ihr erster Mann gestorben, ein erfahrener Buschflieger, der niemals ein unnötiges Risiko eingegangen war. »Als Buschflieger musst du das Glück gepachtet haben«, sagten die Oldtimer, »sonst hast du keine Chance in diesem wilden Land!« Ein winziger Fehler, und man war der übermächtigen Natur ausgeliefert. »Wird schon schief gehen«, versuchte Harry sie aufzumuntern, »so was kommt alle paar Tage vor, das weißt du doch am besten! Irgendwo gibt es immer eine Lücke, und der Rest ist ein Kinderspiel! Das hab ich oft genug erlebt! Hab ich dir mal von meinem Flug nach Barrow erzählt, das muss Ende der Zwanziger gewesen sein. Ich hatte einen Hundeschlitten geladen und kam in diesen fürchterlichen Eisnebel! Du hast kaum die Hand vor Augen gesehen, und ein Funkgerät gab es damals noch nicht …«

»Radio Fairbanks! Radio Fairbanks!«, unterbrach ihn die Stimme aus dem Funkgerät. »Hier ist Fairchild Zwei-Null-Sieben-Sechs-Sechs! Ich hab die Lücke gefunden! Setz schon mal den Kaffee auf, und sag der Army, sie soll einen Fahrer schicken!«

Harry nahm erleichtert die Pfeife aus dem Mund. »Na, also! Ich hab doch gewusst, dass du dich nicht unterkriegen lässt!« Er las einige Daten von seinem Notizblock ab und strahlte Clarissa an. »Und einen schönen Gruß von deiner Frau soll ich dir bestellen! Sie kann es gar nicht erwarten, dich in die Arme zu schließen!«

»Sag ihr, dass ich sie liebe, okay?«

Jetzt schaffte auch Clarissa ein Lächeln. »Woher weißt du das alles?«, fragte sie, nachdem Harry auf Empfang gestellt hatte.

»Das ist nicht schwer zu erraten«, erwiderte er.

Ihr Lächeln ließ sie mädchenhaft wirken. Eine Beobachtung, die ihren Mann und viele ihrer Bekannten faszinierte. Obwohl sie vor einigen Tagen ihren vierzigsten Geburtstag gefeiert und einen großen Teil ihres Lebens in der Wildnis des Hohen Nordens verbracht hatte, war ihr Gesicht kaum gealtert. »Das ist die frische Luft«, sagte sie, wenn man sie darauf ansprach. Frank schob es auf ihre Augen. Das Leuchten schien tief aus ihrer Seele zu kommen. Gleich am ersten Tag, als er verletzt in ihren Armen aufgewacht war, hatte er erkannt, wie viel Sanftmut und Zärtlichkeit diese Frau ausstrahlte. »Ich weiß, dass du deinen Mann immer noch liebst«, hatte er an ihrem ersten Hochzeitstag gesagt, »und ich danke dir für die Liebe, die du für mich aufgehoben hast! Du hast die schönsten Augen der Welt, Clarissa!«

Das Motorengeräusch der *Fairchild* kam näher und ließ sie unruhig werden. »Ich warte draußen, Harry.« Sie öffnete die Tür und drehte sich noch einmal um, als ihr der kühle Wind den Nieselregen ins Gesicht trieb, »Vergiss nicht, den Kaffee aufzusetzen!«

Sie lief über den regennassen Platz und blieb unter einer

Lampe stehen. In dem kalten Licht wirkte ihr Gesicht unnatürlich blass. Der Regen hing wie silberner Staub in der feuchten Luft und vermischte sich mit den Nebelschwaden, die selbst die Lichter der nahen Stadt in weite Ferne rückten. Ihre Nervosität kehrte zurück. Besorgt horchte sie auf das nahende Motorengeräusch. Auch ein erfahrener Pilot musste sein ganzes Können aufbieten, um bei diesem Wetter sicher aufzusetzen.

Später würde sie oft an jenen Augenblick denken, als die *Fairchild* aus den Wolken tauchte und wie ein dunkler Schatten durch den Nebel taumelte. Genauso war es gewesen, als sie mit Jack abgestürzt war. »Frank! Mein Gott, Frank! Was ist los?«

Frank hatte die Kontrolle über die Maschine verloren. Die *Fairchild* torkelte führerlos durch den Nebel, und es grenzte an ein Wunder, dass sie nicht wie ein Stein zu Boden fiel. »Zieh sie nach oben, Frank!«, rief Clarissa in aufkommender Panik. »Mehr Seitenruder! Himmel, was tust du da, Frank? Halte sie gerade!«

Die *Fairchild* kam näher, brach nach links aus und zog wieder nach rechts. Unter der Maschine leuchteten die Positionslichter der Landebahn. »Du bist zu schnell!«, rief Clarissa. Ihre Hände waren zu Fäusten geballt, und sie merkte gar nicht, dass Harry Cheek aus der Hütte gerannt kam und schwer atmend neben ihr stehen blieb. Sie begann zu weinen. »Frank … viel zu schnell …«

Auch Harry schrie und gestikulierte, aber sie nahm ihn nicht wahr. Ihr entsetzter Blick folgte der Maschine, die viel zu steil auf die Landebahn zuraste, mit einer Tragfläche den nassen Boden berührte und in einer schmutzigen Wolke um die eigene Achse gewirbelt wurde. Die Schnauze kippte nach vorn, der Propeller brach ab und wirbelte durch die Luft. Aus der linken Tragfläche schoss eine Stichflamme. Clarissa sah, wie der Körper ihres Mannes aus der brennenden Maschine geschleudert wurde und im Schlamm liegen blieb. Sekunden später explodierte die *Fairchild.* Eine grelle Stichflamme stieg aus dem Wrack und durchbrach die dichten Nebelschwaden wie ein Blitz.

Clarissa starrte mit geweiteten Augen in den Nebel. Tiefes Entsetzen lähmte ihren Körper. Das Prasseln des Feuers und das Poltern der herabfallenden Wrackteile drang durch einen dichten Schleier zu ihr. Der Nebel wurde eins mit den Flammen und dem reglosen Schatten ihres Mannes. Erst dann wurde ihr das ganze Ausmaß des Unglücks bewusst. »Frank!«, kam es verzweifelt über ihre Lippen. »Bitte nicht, Frank! Nicht schon wieder!« Sie rannte in panischer Angst über den Platz, fiel weinend neben ihrem Mann auf die Knie und schloss ihn vorsichtig in die Arme.

2

Clarissa wachte bei ihrem bewusstlosen Mann und berührte ihn sanft. Seine Augen waren geschlossen, und aus einer Platzwunde am Kopf sickerte dunkles Blut. Sein linker Arm war seltsam verdreht. Sie wischte einen Schlammspritzer von seinem Gesicht und küsste ihn auf beide Wangen, berührte seine Stirn mit der flachen Hand, wie die heilige Frau der Indianer, die sie vor einigen Jahren in einem Küstendorf beobachtet hatte. Sie war mit ihrem Mann auf einem Postflug gewesen und hatte mit eigenen Augen gesehen, wie ein todkranker Mann unter den Händen der greisen Frau zum Leben erwacht war. Frank rührte sich nicht. Im flackernden Schein des Feuers, das die *Fairchild* und den Colonel verschlang, wirkte er wie ein Toter. »Du darfst nicht sterben!«, flehte Clarissa mit tränenerstickter Stimme. »Halte durch, Frank! Der Krankenwagen ist schon unterwegs! In ein paar Tagen bist du wieder auf dem Damm! Hörst du mich?«

Sie suchte seinen Puls und blickte nervös in den Nieselregen. Die Nebelschwaden hatten sich mit dem schmutzigen Rauch des Feuers vermischt und hingen wie Fetzen eines glühenden Vorhangs in der Luft. Die Hitze, die von dem brennenden Flugzeug ausging, brannte in ihren verweinten Augen. Es roch nach Benzin und verbranntem Leder. Noch war sie viel zu benommen, um das ganze Ausmaß der Katastrophe zu erkennen. Sie war nur erleichtert, dass ihr Mann dem brennenden Inferno entkommen war. In der Kabine wäre er genauso qualvoll wie der Colonel gestorben. Der Gedanke an den toten Soldaten erinnerte sie an den Absturz mit ihrem ersten Mann, wie sie vor seinem verbrannten Körper gestanden und stumm geweint hatte. Auch zehn Jahre nach dem schrecklichen Unfall wachte sie in manchen Nächten noch schweißgebadet auf und schrie um Hilfe.

Sie bemerkte den Schatten des Airport Managers, der vergeblich mit seinem Mantel gegen das Feuer ankämpfte, und hörte die Sirenen der Rettungswagen. Verschwommene Lichter drangen durch den Nebel und zeichneten bunte Schatten auf ihr Gesicht. Sie erkannte die Sanitäter in ihren Anoraks und beugte sich zu ihrem Mann hinunter: »Der Krankenwagen ist da, Frank! Du hast es geschafft! Gleich bekommst du eine Spritze, und wenn du wieder aufwachst, sind die Schmerzen vorbei! Hab keine Angst!«

Zwei Sanitäter traten aus dem Feuerschein und kümmerten sich um den Verletzten. »Schwere Kopfverletzung«, hörte sie einen der Männer sagen, »und der linke Arm ist gebrochen! Sieht schlimm aus!« Sie legten den bewusstlosen Piloten auf eine Trage und trugen ihn zum Wagen. »Ich komme mit!«, sagte Clarissa entschlossen. »Ich bin seine Frau!« Ihr Gesicht war von der Hitze gerötet, und sie wirkte auf einmal sehr gefasst. Nur in ihren Augen war Angst. Ohne die Sanitäter anzublicken kletterte sie in den Wagen. Sie setzte sich neben ihren Mann und griff nach seinem gesunden Arm. »Ich bleibe bei dir, Frank!«, versprach sie.

Der Krankenwagen brauste davon, und sie musste sich mit beiden Händen festhalten, um nicht von der Bank geschleudert zu werden. Durch die beiden Rückfenster sah sie, wie die Feuerwehrmänner die brennende *Fairchild* löschten. Harry Cheek stand etwas abseits, seinen schwelenden Mantel in der rechten Hand. Aus den umliegenden Häusern waren Menschen gekommen. Sie blickten neugierig zu dem brennenden Flugzeug hinüber und sprachen aufgeregt miteinander. Wie in einem Stummfilm zogen die Szenen an ihr vorüber, nur das Brummen des Motors und das Heulen der Sirene waren zu hören. Ihr Mann lag reglos auf der Trage, wie ein Todkranker, dem nicht mehr zu helfen war. Und doch lächelte der Sanitäter ihr aufmunternd zu, als wollte er sagen: »Keine Angst, Ma'am!

Das kriegt der Doc wieder hin! Ist nicht so schlimm, wie es aussieht!« Etwas Ähnliches sagte er auch, aber im Sirenengeheul war seine Stimme nicht zu hören.

Bis zum Krankenhaus waren es nur wenige Minuten. Clarissa erlebte sie als bösen Traum, der alle Bewegungen langsamer ablaufen ließ. Das Gesicht ihres Mannes war wie aus Stein gemeißelt. Die Angst schnürte ihr die Kehle zu, so wie damals in den Bergen, als sie allein durch den Schnee gestapft war. Sie weinte wieder. Um ihren ersten Mann, der in seiner *Bellanca* verbrannt war, und um Frank, der von einem Sanitäter versorgt und ins Krankenhaus gebracht wurde. Ein erfahrener Arzt würde ihn operieren, und in ein paar Tagen, spätestens in einer Woche, würde er wieder in ein Flugzeug steigen. Sie wusste, dass es nicht so war, und doch klammerte sie sich an diese Hoffnung. Wenn er nur am Leben blieb! Sie liebte Frank, so wie sie ihren ersten Mann geliebt hatte, und konnte sich nicht vorstellen, noch einmal um einen geliebten Menschen trauern zu müssen.

Der Wagen hielt mit quietschenden Bremsen vor dem Krankenhaus. Das St. Joseph Hospital lag außerhalb der Stadt, am Ende einer breiten Sandstraße, und war hell erleuchtet, als Clarissa hinter ihrem Mann und den Sanitätern nach draußen kletterte. Sie sah das Schild der Notaufnahme über der geöffneten Seitentür und folgte den Ärzten, die ihren Mann übernahmen und sich von den Sanitätern die Verletzungen erklären ließen, bevor sie hinter einer Klapptür verschwanden. Sie verstand kein einziges Wort von den Fachausdrücken, die zwischen den Männern in den weißen Kitteln gewechselt wurden. Als sie ihnen folgen wollte, wurde sie unsanft von einer Krankenschwester aufgehalten.

»Da können Sie nicht rein!«, rief die Schwester. Sie packte Clarissa am Oberarm und hielt sie fest, als sie sich losreißen wollte. »Im OP haben Sie nichts zu suchen!« Ihre Stimme klang heiser, und Clarissa fühlte sich an eine Lehrerin erinnert, die sie in Dawson City gekannt hatte. Große blaue Augen in einem runden Gesicht, ohne Humor und viel zu streng, kurze blonde Haare, wie manche Frauen sie in den zwanziger Jahren getragen hatten, ein mächtiger Busen, der ihre Uniform zu sprengen drohte. Manche Männer bevorzugten diesen Typ, das wusste sie aus Dawson City, doch ihr war diese Frau immer zu gefühllos gewesen. »Ich benote die Schüler allein nach ihrer Leistung«, hatte sie gerne gesagt, und obwohl im Allgemeinen nichts gegen diese Behauptung einzuwenden war, hatte sie aus ihrem Mund wie eine Drohung geklungen.

Seltsam, dass ihr diese Gedanken gerade jetzt durch den Kopf schossen. Der Schmerz in ihrem rechten Arm holte sie in die Wirklichkeit zurück. »Ich will zu meinem Mann!«, fuhr sie die Krankenschwester an. »Er ist schwer verletzt! Sehen Sie denn nicht, dass er mich braucht?« Sie versuchte erneut, sich aus dem Griff der Schwester zu befreien, aber ihr rechter Arm schien in einem Schraubstock zu hängen, und sie musste aufgeben. Ihr Schmerz verwandelte sich in Wut, sie schrie und trat und wurde von der Schwester in einen kleinen Nachbarraum gezwungen. Nach einem kräftigen Stoß fand sie sich auf einem harten Stuhl wieder.

»Halten Sie den Mund!«, schrie die Schwester. »Die Ärzte tun alles, um Ihren Mann wieder gesund zu machen, und Sie würden da drin nur stören! In einen Operationssaal dürfen nur die Ärzte und die Schwestern, die an der Operation beteiligt sind!«

Clarissa begann zu weinen. Nachdem sie von dem Wasser getrunken hatte, das ihr die Schwester brachte, beruhigte sie sich wieder. »Entschuldigen Sie«, meinte sie, ohne die Schwester anzublicken, »ich hab wohl die Nerven verloren. Mein Mann ist mit dem Flugzeug abgestürzt, wissen Sie, drüben auf Weeks Field, und ich habe furchtbare Angst, dass er nicht durchkommt!«

»So schnell stirbt man nicht«, erwiderte die Schwester mit einem verständnisvollen Unterton in ihrer rauen Stimme. »Wir haben die besten Ärzte des ganzen Territoriums, die tun, was sie können! Ihr Mann ist bestens bei ihnen aufgehoben! Also bleiben Sie hier sitzen und warten Sie, bis Sie Bescheid bekommen!« Sie ging zur Tür und drehte sich noch einmal um. »Ich bin Schwester Ruth. Rufen Sie nach mir, wenn Sie was brauchen!«

»Ich bin …«, begann Clarissa, aber da war die Schwester schon verschwunden. Sie trank einen weiteren Schluck von dem Wasser und stellte das Glas auf den Tisch. Das Wartezimmer war nüchtern eingerichtet. Ein Tisch mit Zeitschriften, ein paar Stühle, ein Regal mit zerfledderten Büchern, an den Wänden ein Bild des Mount McKinley und ein Kalender, der den 2. September 1941 anzeigte, das gestrige Datum. Sie stand auf, riss das Kalenderblatt ab und drehte es unschlüssig zwischen den Fingern, bevor sie es zu den Zeitschriften auf den Tisch legte. »Lieber Gott, mach ihn wieder gesund!«, betete sie, obwohl sie nie viel von der Kirche gehalten hatte. Aber sie hatte im Haus eines katholischen Priesters gewohnt, bevor sie ihren Mann geheiratet hatte, und sprach öfter mit dem lieben Gott, wenn sie allein war.

Sie wischte sich die Tränen aus den Augen und ging unruhig im Zimmer auf und ab. Inzwischen schämte sie sich für ihren Ausbruch. Sie war eine erfahrene Frau, die viele Jahre in der Wildnis zugebracht und lebensgefährliche Situationen überlebt hatte. Die langen Monate in der einsamen Blockhütte, nachdem sie mit ihrem Mann abgestürzt war und sich das Bein gebrochen hatte. Der Schneesturm, den sie mit ihrem Mann durchlebt hatte. Der Angriff eines wütenden Elchs, als sie mit ihrem Hundeschlitten unterwegs gewesen war. Der aufgebrachte Grizzly, der sie bis zur Hütte verfolgt hatte und erst verschwunden war, als sie einen Eimer kaltes Wasser aus dem Fenster geschüttet hatte. Sie hatte mehr erlebt als die meisten Männer, die im Hohen Norden von Alaska lebten, und war schwer zu erschüttern. Eine Heldin, wie sie Jack London in seinen Büchern beschrieben hätte, wäre nüchtern geblieben und hätte niemals die Fassung verloren. Sie hätte sich mit versteinerter Miene in das Wartezimmer zurückgezogen und auf den Arzt gewartet, der ihr nach der Operation mitteilte, wie es ihrem kranken Mann ging. Sie war keine Heldin, auch wenn die Zeitungen in Dawson City und Fairbanks sie nach ihren Siegen in den Hundeschlittenrennen in den Himmel gehoben hatten. Sie war die erste Frau gewesen, die das Dog Derby gewonnen hatte! Über die Berichte in den Zeitungen hatte sie nur gelacht. Was hätten die Reporter wohl gesagt, wenn sie ihren Ausbruch mitbekommen hätten?

Clarissa schämte sich nicht für ihre Tränen. Die Bilder des brennenden Wracks und ihres bewusstlosen Mannes, die sich tief in ihr Gedächtnis gebrannt hatten, waren leichter zu ertragen, wenn sie ihren Tränen freien Lauf ließ. Die Angst zerrte an ihren Nerven und ließ sie unruhig zur Tür blicken. Die Ungewissheit war kaum zu ertragen. Sie stand auf, öffnete die Tür und blickte in den Gang hinaus. Er war leer. Die Pendeltüren, die zum Operationssaal führten, schienen sie anzustarren. Hinter den Fenstern brannte Licht. Aber der Raum, in dem ihr Mann operiert wurde, lag hinter einer weiteren Tür, und außer den Umrissen einiger Schränke und Regale war nichts zu sehen. Die Stille in dem Gang wirkte gespenstisch, und das blasse Licht verstärkte ihr Gefühl, in einem Traum gestrandet zu sein. Sie schien sich in einem dieser Raumschiffe zu befinden, die auf den *Pulp Magazines* abgebildet waren, die jetzt überall im Handel waren. Billige Groschenromane, die im Weltraum oder auf außerirdischen Raumschiffen spielten. Vor drei Jahren war ein Hörspiel im Radio gelaufen, das von der Ankunft feindlicher Marsmenschen berichtet hatte. Viele Menschen hatten geglaubt, was Orson Welles ihnen in »War of the Worlds« vorgegaukelt hatte. War sie in einem dieser Raumschiffe gelandet?

Sie schalt sich eine Närrin und nahm einen kräftigen Schluck von dem Wasser. Gewaltsam verdrängte sie die seltsamen Bilder. Sie musste der Wahrheit ins Gesicht blicken, so hatte sie es in der Wildnis immer getan. Schwester Ruth hatte Recht. Die

Ärzte würden alles tun, was in ihrer Macht stand, um ihren Mann zu retten. Sie konnte ihnen nicht helfen und lenkte sie nur von ihrer Arbeit ab, wenn sie jetzt die Nerven verlor. Sie würde früh genug erfahren, wie die Operation verlaufen war.

Erleichtert, ihre Fassung wiedergewonnen zu haben, trat sie ans Fenster. Der Anblick der White Mountains jenseits des Flusses beruhigte sie. Der Nebel hatte sich verzogen. Herbstliches Zwielicht lag wie feiner Dunst über den verschneiten Hängen und ließ die Berge wie eine Fata Morgana aussehen. Der Chena River, der sich in zahlreichen Windungen durch die Täler wand, glänzte im fahlen Nachtlicht. Auch im Herbst wurde es spät dunkel. Die beiden Kunstflieger aus Montana, die letzten Sommer in Alaska gewesen waren, hatten ihre Kollegen aus dem Norden um die langen Tage beneidet und lachend von dem vielen Geld gesprochen, dass man als Buschflieger »im Schlaf« verdienen konnte. Sie wussten nichts von dem Regen und dem tückischen Nebel. In Alaska musste man das Glück gepachtet haben, wenn man überleben wollte.

Nicht einmal die Ärzte hätten sagen können, ob das Glück ihrem Mann treu geblieben war. Der gebrochene Arm und die Prellungen würden heilen, doch niemand wusste, wie schwer seine Kopfverletzung war. Würde er überleben? Würde er jemals wieder fliegen können? Oder würde er wie Harry Cheek auf dem Abstellgleis oder als Krüppel enden? Voller Bitterkeit dachte sie an den alten Chuck, der mit seiner Maschine gegen einen Baum gerollt war und seitdem im Rollstuhl saß. Der Unfall hatte harmlos ausgesehen. Erst als Chuck nicht aus seiner Kabine geklettert war, hatten die Mechaniker vor dem Hangar gemerkt, dass er ernsthaft verletzt war. Das vernichtende Urteil war im Krankenhaus gekommen: Der leidenschaftliche Pilot würde sein Leben lang gelähmt bleiben. Er verbrachte den ganzen Tag und die halbe Nacht im Nugget Saloon und trank so lange, bis er seinen Unfall vergaß. Wenn er seinen Kater überwunden hatte, begann er von vorn. Niemand lachte den alten Chuck aus, weil jeder wusste, dass er der Nächste sein konnte.

Ein lang gezogenes Heulen drang von den Bergen herüber. Sie lehnte sich mit beiden Handflächen gegen das kalte Fenster und starrte in den regnerischen Dunst. Ihr Atem hinterließ einen weißen Fleck auf der Glasscheibe. Über zehn Jahre waren vergangen, seitdem Nanuk ihr geholfen hatte. Der geheimnisvolle Wolfshund hatte sie zu der einsamen Hütte geführt und vor einem qualvollen Tod in der Wildnis gerettet. In Dawson City war ihre Geschichte längst zur Legende geworden, auch ein Grund dafür, warum sie mit Frank nach Fairbanks gezogen war. Sie wollte nicht, dass man sie zur Heldin verklärte. Sie war eine gewöhnliche Frau. Mutiger als die Modepüppchen in New York und San Francisco und stärker als die meisten Frauen, die vom »Festland« nach Alaska gekommen waren, in einem stabilen Haus in Anchorage wohnten und die Wildnis niemals erlebt hatten. Doch dazu gehörte nicht viel. Selbst eine selbstbewusste Frau wie sie, die allein mit ihrem Hundeschlitten durch den abgelegenen Busch fuhr, wäre nach ihrem Absturz in der Einsamkeit verloren gewesen. Nanuk hatte sie gerettet, der legendäre Wolfshund aus den Bergen. Es gab ihn wirklich. Sie hatte ihn mit eigenen Augen gesehen und war seinen Spuren nach Dawson City gefolgt. »Nanuk«, flüsterte sie nachdenklich, als sich das vertraute Heulen wiederholte. Doch der Gedanke war abwegig. Nanuk hatte in den Ogilvie Mountains am Yukon River gelebt und musste seit vielen Jahren tot sein. Clarissa kehrte auf ihren Stuhl zurück und lehnte sich gegen die Wand. Sie merkte gar nicht, dass sie immer noch ihren Mantel trug. Es war beinahe Mitternacht, und die Stille in dem Krankenhaus war unheimlich. Nur gelegentlich waren Schritte zu hören. Sie griff nach einer Zeitschrift, einer Ausgabe des neuen *Life Magazine,* und betrachtete die Bilder aus einem neuen Kinderfilm, den ein gewisser Walt Disney in die Kinos gebracht hatte. Sie ging selten ins Kino und war in diesem Jahr nur einmal dort gewesen, um sich die Wochenschau mit dem Bericht über die Amtseinführung von Franklin D. Roosevelt anzusehen. Sie mochte den Präsidenten, obwohl er noch nie in Alaska gewesen war und sich wohl kaum etwas aus dem fernen Territorium machte. Washington war eine halbe Ewigkeit entfernt.

Sie legte das Magazin auf den Tisch und ging in den Flur. Die wenigen Lampen warfen unruhige Schatten. Sie näherte sich der Klapptür zum Operationssaal und wurde von Schwester Ruth aufgehalten, die in einem Nachbarraum auf sie gewartet zu haben schien. »Bleiben Sie bitte im Wartezimmer, Mrs. Watson!«, sagte sie eindringlich. »Immerhin hatte sie sich nach ihrem Namen erkundigt. »Warum gehen Sie nicht nach Hause? Ich habe keine Ahnung, wie lange die Operation noch dauert! Der Fall ist sehr schwierig! Wenn Sie wollen, rufe ich Ihnen gern ein Taxi …«

»Nein, nicht nötig, ich bleibe hier«, erwiderte Clarissa kleinlaut. Sie ging ins Wartezimmer und setzte sich auf den Stuhl. »Ein schwieriger Fall!«, wiederholte sie die Worte der Krankenschwester leise. Sie schloss die Augen und sah Frank auf dem Operationstisch liegen, von der Narkose betäubt, den Mund voller Schläuche, die Ärzte über seinen Kopf gebeugt und hilflos den Kopf schüttelnd. »Tja, da kann man nichts machen!«, sagte einer, und eine Schwester zog die Schläuche aus dem Mund und breitete ein weißes Laken über Frank. »Nein!«, schrie sie so laut, dass Schwester Ruth aus dem Nebenzimmer kam und sie ängstlich an beiden Armen packte »Sie haben geträumt, Mrs. Watson!«, sagte die Krankenschwester, als Clarissa von ihrem Stuhl hochfuhr und sich verwirrt im Raum umblickte.

Clarissa brauchte eine Weile, um in die Wirklichkeit zurückzufinden. Sie atmete tief durch und entspannte sich allmählich. »Wie spät ist es, Schwester? Ist die Operation schon vorbei?«

»Es ist kurz nach eins. Die Ärzte sind immer noch bei Ihrem Mann! Aber lange kann es jetzt nicht mehr dauern.« Schwester Ruth stand auf und blickte auf die erschöpfte Frau hinab. Ein Anflug von Mitleid ließ ihre Augen eine Spur sanfter werden.

»Wenn Sie wollen, können Sie in einem der Krankenzimmer schlafen …«

»Nein, danke.« Clarissa stand auf und kehrte ans Fenster zurück. Die Berge versanken im fernen Dunkel. Am Flussufer blinkten vereinzelte Lichter. Sie drückte ihre Stirn gegen die kühle Scheibe und war erleichtert, als sich die Schritte der Schwester entfernten. »Lieber Gott, bitte lass ihn am Leben!«, flüsterte sie.

3

Dr. Alex Morgan war der beste Chirurg des Krankenhauses, ein wenig attraktiver Mann in den Vierzigern, der mit seiner Halbglatze und der schmucklosen Nickelbrille wie ein zerstreuter Professor wirkte. Er gab wenig auf sein Aussehen, trug schlecht sitzende Anzüge und billige Schuhe und überwies den größten Teil seines Verdienstes an seine geschiedene Frau und seine beiden Kinder, die in einem Vorort von Los Angeles wohnten. Als er das Wartezimmer betrat, trug er noch seinen Operationskittel. »Mrs. Clarissa Watson?« Seine Stimme klang heiser, und er sah erschöpft aus. »Ich bin Dr. Morgan. Ich habe Ihren Mann operiert.«

Clarissa drehte sich erschrocken um. Sie stand immer noch am Fenster und blickte den Arzt erwartungsvoll an. In seinem Gesicht versuchte sie eine Antwort auf ihre unausgesprochene Frage zu finden. »Er lebt, nicht wahr? Sonst hätten Sie nicht so lange operiert! Sagen Sie mir, dass er lebt, Doktor!« Sie ging einen Schritt auf den Arzt zu und streckte die Hände nach ihm aus.

Dr. Morgan schien ihre Geste nicht zu bemerken. Er blieb mitten im Raum stehen und erwiderte: »Er lebt, Mrs. Watson! Aber sein Zustand ist sehr ernst! Er ist bei dem Aufprall gegen die Instrumente geprallt und hat eine schwere Kopfverletzung davongetragen! Sie ist sehr viel ernster, als wir angenommen hatten!« Er sah, dass Clarissa schwankte. »Wollen Sie sich nicht setzen, Mrs. Watson?« Ohne ihre Antwort abzuwarten, führte er sie zu einem der Stühle. Sie ließ es willenlos geschehen und starrte ihn weiter ungläubig an.

»Die Operation war erfolgreich«, sagte Dr. Morgan. Sein nüchterner Tonfall ließ erahnen, dass er bisher nur die halbe

Wahrheit gesagt hatte. »Es wird einige Zeit dauern, bis die Wunden verheilen, aber außer einigen Narben wird nichts zurückbleiben. Äußerlich.« Er setzte sich neben sie und legte eine Hand auf ihren Arm. Nach einer Pause fuhr er fort: »Ihr Mann ist in ein Koma gefallen, Mrs. Watson. Ein Phänomen, mit dem wir Ärzte uns schon seit einigen Jahren beschäftigen. Leider ist es uns bisher nicht gelungen, das Geheimnis dieser Krankheit völlig zu lösen.«

»Was wollen Sie damit sagen, Doktor?«, fragte Clarissa vorsichtig. Der ernste Blick des Arztes ließ Schlimmes befürchten.

»Ihr Mann ist bewusstlos, und niemand weiß, wann er wieder aufwachen wird.« Dr. Morgan gehörte zu den Ärzten, die nichts davon hielten, den Angehörigen etwas vorzumachen. »Es kann einen Tag, eine Woche oder ein Jahr dauern. Während des Ersten Weltkriegs gab es Patienten, die mehrere Jahre bewusstlos waren. Wie gesagt, dieses Phänomen ist wenig erforscht. Es wird angenommen, dass sich der Kranke ins Unterbewusstsein zurückzieht, um den Schmerz oder die Behinderung nicht ertragen zu müssen.« Er verstärkte den Druck seiner Hand. »Ich will nichts beschönigen, Mrs. Watson. Und ich möchte Sie jetzt schon warnen: Sie müssen sehr stark sein, wenn Sie Ihrem Mann gegenübertreten! Er kann sich nicht bewegen. Er kann weder sehen noch hören oder sprechen. Seine Sinne sind abgeschaltet, und niemand weiß, ob sie jemals wieder funktionieren werden! Ich weiß, wie sehr Sie diese Mitteilung erschüttern muss, Mrs. Watson. Aber es hätte keinen Zweck, Sie zu belügen. Sie müssen sich der Wahrheit stellen, auch wenn sie sehr schmerzhaft ist. Ihr Mann atmet! Er kann Nahrung aufnehmen! Das ist mehr, als wir von einigen anderen Patienten sagen konnten. Und solange es so bleibt, besteht Hoffnung! In South Dakota hatte ich einen Patienten, der nach einem Jahr aus seiner Bewusstlosigkeit erwacht ist! Er wurde vollkommen gesund!« Clarissa hob den Kopf und blickte ihn lange an. Sie hatte jedes Wort gehört und doch nur die Hälfte verstanden.

Zu ungeheuerlich war das, was Dr. Morgan gesagt hatte. »Ich komme auch aus South Dakota«, sagte sie mit einem verstörten Lächeln. »Aus einem kleinen Dorf im Süden. Den Namen kennen Sie bestimmt nicht, ich ...« Sie senkte den Kopf und begann leise zu weinen. »Was ... was soll ich denn jetzt tun, Doktor? Kann ich ihn sehen?«

Dr. Morgan nickte knapp. »Aber nur für einen Augenblick! Auch wenn er bewusstlos ist, dürfen wir ihn nach einer so schweren Operation nicht stören. Sein Körper braucht Zeit, um sich zu erholen.« Er half ihr vom Stuhl hoch und wartete, bis sie ihre Schuhe angezogen hatte. Sie schwankte leicht und musste sich mit einer Hand an der Stuhllehne festhalten. »Wenn Sie sich nicht stark genug fühlen, Mrs. Watson, gebe ich Ihnen gern ein Beruhigungsmittel. Sie könnten in einem unserer leeren Zimmer übernachten und Ihren Mann morgen früh besuchen! Soll ich ...«

»Ich brauche nichts«, unterbrach sie ihn trotzig. Sie ging zur Tür, als wollte sie ihm beweisen, wie gefasst sie war, und blieb abwartend stehen. Dr. Morgan folgte ihr zögernd. »Schwester Ruth! Kommen Sie mit!«, rief er, als sie am Nachbarzimmer vorbeigingen. Anscheinend wollte er sie dabeihaben, falls Clarissa doch zusammenbrach. Er hatte einige Patienten gesehen, die eine schlimme Nachricht scheinbar gefasst aufnahmen und erst später die Nerven verloren, wenn sie den Sinn seiner Worte begriffen. Eine Frau, deren Mann bei der Operation gestorben war, hatte sehr gefasst gewirkt, als sie die Nachricht erhalten hatte, und war einige Minuten später mit erhobenen Fäusten auf eine Krankenschwester losgegangen.

Clarissa folgte dem Arzt durch die Pendeltür, gefolgt von der Krankenschwester und den neugierigen Blicken eines jungen Arztes, der in einem Schrank nach einer Medizin suchte. Ihre hohen Absätze klapperten über den Parkettboden. Es roch nach Äther und Desinfektionsmitteln. Vor dem Operationssaal stand eine leere Trage. Sie gingen in ein großes Zimmer, und Dr. Morgan schob einen Vorhang zur Seite. Schwester Ruth ließ Clarissa nicht aus den Augen und war bereit, sie festzuhalten, falls sie die Nerven verlor oder ohnmächtig wurde. Doch Clarissa blieb ruhig. Scheinbar teilnahmslos blickte sie auf ihren bewusstlosen Mann hinab. Die Muskeln in ihrem Gesicht hatten sich verhärtet, und aus ihren Augen war jeglicher Glanz verschwunden. Frank lag wie ein Toter in seinem Bett, die Augen geschlossen und beide Arme dicht am Körper. Ein dicker Verband bedeckte seinen Kopf bis zu den Augen, sein Gesicht war starr, der Mund leicht geöffnet. Das schwache Licht der Deckenlampe ließ seine Haut noch blasser als auf dem Flughafen aussehen. Eine Schwester stand am Kopfende seines Bettes und überprüfte einige Instrumente. Sie drehte sich nur einmal kurz um, als Dr. Morgan den Vorhang öffnete, und grüßte respektvoll.

»Frank!«, flüsterte Clarissa unsicher. Sie ging einen Schritt auf ihn zu, um ihn besser sehen zu können, und lehnte sich mit den Beinen gegen das Bettgestell. »Du musst wieder gesund werden! Versprichst du mir das?«

Sie wollte sein Gesicht berühren und ließ die Hand wieder sinken, als sie den warnenden Blick der Schwester sah. »Ich bleibe bei dir, bis du die Augen aufmachst! Ich lasse dich nicht im Stich! Kannst du mich hören?«

»Er ist bewusstlos, Mrs. Watson«, sagte Dr. Morgan. Er legte eine Hand auf ihren Rücken. »Kommen Sie! Es ist besser, wenn wir ihn allein lassen. Die Operation war sehr anstrengend, und er braucht jetzt vor allem Ruhe. Sobald er in ein anderes Zimmer verlegt wird, dürfen Sie wieder zu ihm! Dann sollen Sie sogar zu ihm!« Er führte sie in den Flur zurück und blieb stehen. Mit einem beiläufigen Kopfnicken entließ er Schwester Ruth. »Ich bin überzeugt, dass es dem Patienten hilft, wenn die nächsten Angehörigen bei ihm sind und ihm helfen, in die Wirklichkeit zurückzufinden. Auch wenn einige meiner Kollegen behaupten, diese Bewusstlosigkeit sei eine Vorstufe des … nun, sie glauben, dass die Sinne des Kranken vollkommen abgeschaltet sind. Während der ersten Tage oder Wochen ist das auch der Fall, doch dann reagiert der Patient auf seine Umwelt, da bin ich ganz sicher. Irgendwann werde ich es beweisen können!« Er begleitete Clarissa ins Wartezimmer und griff nach ihrem Mantel. »Gehen Sie nach Hause, Mrs. Watson! Heute Nacht können Sie sowieso nichts ausrichten. Gehen Sie und schlafen Sie sich aus!«

Sie machte keine Anstalten, in den Mantel zu schlüpfen. »Und was ist, wenn Frank aufwacht? Nein, ich bleibe hier! Niemand kann mich zwingen, meinen Mann allein zu lassen!« Sie setzte sich auf den Stuhl und blickte beinahe trotzig an dem Arzt vorbei.

»Ich kann Sie nicht zwingen, da haben Sie Recht«, erwiderte er. Um seinen Mund war ein flüchtiges Lächeln zu erkennen. »Ich lasse Ihnen Kaffee bringen, okay? Und wenn Sie noch etwas brauchen … ich bin die ganze Nacht hier! Aber es wäre wirklich vernünftiger, nach Hause zu gehen. Heute Nacht wacht Ihr Mann bestimmt nicht auf! Wir haben ihm starke Beruhigungsmittel gegeben, und es müsste schon ein Wunder geschehen, wenn …«

»Ich bleibe, Doktor.«

Dr. Morgan zuckte hilflos mit den Schultern. »Das Zimmer gegenüber ist frei, da können Sie sich hinlegen.« Er ging zur Tür und blieb noch einmal stehen. »Es tut mir Leid, Mrs. Watson.«

»Mir auch«, sagte sie, als er gegangen war. Sie vergrub ihr Gesicht in beiden Händen und versuchte, sich von den bedrohlichen Gedanken abzuschütteln, die ihr durch den Kopf gingen. Die Vorstellung, dass Frank wochen- oder monatelang, vielleicht sogar jahrelang ohne Bewusstsein blieb, war kaum zu ertragen. Mit einer schweren Krankheit wäre sie zurechtgekommen, dann hätte sie mit ihm reden und ihn pflegen können, und sie hätten ein gemeinsames Ziel gehabt. Die Aussicht, bald nach Hause gehen und wieder in ein Flugzeug steigen zu können, hätte sie beide gestärkt. Sein Tod hätte ihr den Boden unter den Füßen weggezogen und eine tiefe Leere hinterlassen.

Aber nichts war so schlimm wie der Zustand, den Dr. Morgan ihr geschildert hatte. Das hilflose Verharren zwischen Leben und Tod. Die Ungewissheit, die sich über Wochen, Monate und Jahre hinziehen konnte.

Wie würde ihr Leben aussehen, wenn ihr Mann nicht mehr aufwachte? Wie lange durfte sie hoffen? Wann würde Dr. Morgan ihr sagen, dass es keinen Zweck mehr hatte, ins Krankenhaus zu kommen und auf einen Bewusstlosen einzureden?

Der Duft frischen Kaffees ließ sie die Hände vom Gesicht nehmen. Schwester Ruth stellte einen Becher auf den Tisch und sagte: »Ihr Kaffee, Mrs. Watson.« Dann verschwand sie wieder. Clarissa blickte ihr nach und wunderte sich, wie man als Krankenschwester so nüchtern und scheinbar gefühllos bleiben konnte.

Der Kaffee tat ihr gut, durchströmte ihren Körper wie ein belebendes Elixier. Für einen Augenblick vertrieb er ihren Schmerz. Obwohl sie nie geraucht hatte, sehnte sie sich plötzlich nach einer Zigarette. Sie stand auf und ging zu der Toilette, die am anderen Ende des Ganges lag. Unterwegs hatte sie das Gefühl, dass Schwester Ruth aus ihrem Zimmer gekommen war und ihr nachblickte. Sie drehte sich nicht um. In der Toilette stützte sie sich auf das Waschbecken und blickte in den Spiegel. In der kalten Deckenbeleuchtung sah sie älter aus, als sie wirklich war. Ihre Wangen waren blass und eingefallen, die Lippen schmal, die Nase spitz, die Augen ohne das Leuchten, das Frank so liebte. Sie spritzte sich kaltes Wasser ins Gesicht, ohne dass sich etwas veränderte. »Warum?«, rief sie in den Spiegel. »Warum hast du zugelassen, dass er abstürzt? Warum ist er bewusstlos? Warum wacht er nicht mehr auf?«

Der Spiegel blieb stumm, und ihre Hände verkrampften sich am Rand des Waschbeckens. Ihr Schmerz verwandelte sich in Wut. Auf Gott, der ihren Mann ins Unglück gestürzt hatte, auf die Ärzte, die nicht verhindert hatten, dass ihr Mann zum geistigen Krüppel wurde. »Warum?«, rief sie wieder, diesmal lauter und verzweifelter. »Warum ausgerechnet Frank?« Sie begann zu weinen, diesmal vor Wut, schlug mit voller Wucht gegen den Spiegel, der in tausend Scherben zersprang. Sie wich entsetzt zurück und blickte auf ihre blutende Hand. »Tut mir Leid, tut mir Leid!«, rief sie, noch bevor sie die Toilette verließ und dem aufgeregten Dr. Morgan begegnete. »Ich hab die Nerven verloren, Doktor! Sie haben Recht! Ich sollte wohl nach Hause gehen ...«

»Ich rufe Ihnen ein Taxi«, erwiderte er. »Aber zuerst verbinde ich Ihre Hand. Kommen Sie!« Er führte sie in einen Behandlungsraum, säuberte die Wunde im Licht einer hellen Lampe und klebte ein Pflaster darüber. »Halb so schlimm«, meinte er beruhigend. »Wenn Sie morgen kommen, schaue ich mir die Wunde nochmal an. Wegen des Spiegels machen Sie sich keine Sorgen! Das hässliche Ding musste sowieso erneuert werden!«

Er führte sie zum Ausgang und wollte gerade eine Schwester bitten, einen der wenigen Taxifahrer der Stadt zu wecken, als eine modisch gekleidete Frau zur Tür hereinkam. Helen Cassano trug einen langen Nerzmantel über ihrem engen Kostüm und kostbare Nylonstrümpfe, wie es sie erst seit einem Jahr in Fairbanks gab. Sie hatte das erste Paar gekauft. Ihr blondes Lockenhaar wallte unter einem breitkrempigen Hut mit einer bunten Feder hervor, der enge Rock und die hochhackigen Schuhe ließen sie wie Carole Lombard aussehen, die bekannte Schauspielerin, die Clarissa in der Wochenschau gesehen hatte. Nur war sie wesentlich älter. Fünfundvierzig, schätzte Clarissa, obwohl die Frau des Bankdirektors das niemals zugeben würde. Sie hatte zu dem Wohltätigkeitsball eingeladen, den auch Frank und Clarissa besuchen wollten. »Clarissa!«, rief sie mit ausgebreiteten Armen. »Ich habe gerade erst von dem Unfall erfahren! Warum rufst du denn nicht an?« Sie umarmte Clarissa in einer Wolke kostbaren Parfüms und drückte sie fest an sich. »Wie geht es deinem Mann? Ich habe gehört, er wurde operiert!«

»Er ist noch bewusstlos«, antwortete Clarissa. Sie wollte nicht die ganze Wahrheit sagen. Über die Schulter ihrer Bekannten blickte sie Dr. Morgan an. »Die Ärzte mussten ihn am Kopf operieren.« Sie löste sich von der Frau. »Wie kommt es, dass du so spät noch wach bist? Hat der Wohltätigkeitsball so lange gedauert?«

»Er ist immer noch im Gange!«, winkte Helen Cassano in ihrer übertriebenen Art ab. »Du weißt doch, wie die reichen Leute sind! Die kriegen nie genug, wenn sie mal der Hafer gestochen hat!« Sie erwähnte nicht, dass sie selber zu dieser Spezies gehörte. Ihr Mann hatte ein Vermögen an der Börse erwirtschaftet. »Wir haben über hunderttausend Dollar für die Konzerthalle zusammen, hab ich das schon gesagt? Übernächstes Jahr kommen die New Yorker Philharmoniker nach Fairbanks, das haben sie fest versprochen!« Sie strahlte bei dem Gedanken, merkte gar nicht, dass Clarissa mit ihren Gedanken ganz woanders war, und verlor ihr entzücktes Lächeln erst, als Dr. Morgan sich räusperte und sagte: »Mrs. Watson braucht dringend Ruhe, Ma'am! Ihr Mann ist operiert worden! Ich wollte ihr gerade ein Taxi rufen. Vielleicht können Sie Mrs. Watson ...«

Helen Cassano war nicht so leicht in Verlegenheit zu bringen. Ihr Lächeln kehrte schon nach wenigen Augenblicken zurück, und sie erwiderte: »Aber natürlich, das tue ich doch gern! Mein Chauffeur wartet draußen mit dem Wagen!« Sie hakte sich bei Clarissa unter und führte sie zum Ausgang. »Vielen Dank, Doktor! Und kümmern Sie sich gut um Frank! Er ist einer der besten Piloten, die wir in Fairbanks haben!« Sie winkte dem Arzt zu und zog Clarissa in die Kälte hinaus. Der Chauffeur war ausgestiegen und erwartete sie mit einem Schirm. »Komm, Clarissa! Der Doktor hat Recht, du musst nach Hause und dich erstmal richtig ausschlafen!« Sie wandte sich an den Chauffeur. »Bringen Sie uns zum Haus der Watsons, Lester! Frank Watson, der Flieger!«

Clarissa stieg hinter der Frau in die noble Limousine und wurde von Mario Cassano mit der Andeutung eines Handkusses begrüßt. Der Bankdirektor ließ nicht erkennen, dass er vor zwanzig Jahren aus Sizilien gekommen war, nur an seinem Akzent hörte man, dass er ein Einwanderer war. Er hatte ein Weingut im südlichen Kalifornien bewirtschaftet, es gewinnbringend verkauft und war nach erfolgreichen Aktiengeschäften in Alaska aufgetaucht. Der raue Menschenschlag im Norden gefiel ihm. »Hier kann man noch ein Vermögen machen«, behauptete er. Er trug einen Smoking unter seinem teuren Pelzmantel und stützte sich auf einen schwarzen Spazierstock mit Elfenbeinknauf. »Ich hoffe, Ihrem Mann ist nichts Ernsthaftes passiert«, meinte er höflich. »Er schläft noch«, wich Clarissa aus, »aber er hat die Operation gut überstanden. Danke, dass Sie mich nach Hause bringen!«

»Aber das ist doch selbstverständlich, Clarissa!«, versicherte die Frau des Bankdirektors, während ihr Chauffeur die Limousine über die sandige Cushman Street steuerte. Über die Brücke fuhr er zum nördlichen Stadtrand. »Du sollst wissen, dass du uns jederzeit anrufen kannst, wenn du irgendwas brauchst!« Sie kicherte unbeholfen. »Du weißt ja, wo du uns findest! Wir sind immer für dich da, Schätzchen! Und sag Frank, dass wir ihn bald besuchen kommen! Wirklich schade, dass ihr nicht zum Wohltätigkeitsball kommen konntet! So einen schönen Ball hatten wir schon lange nicht mehr!« Sie wandte sich an den Chauffeur. »Zum Flussufer runter, Lester! Sie wissen doch, wo die Watsons wohnen, oder?«

Der Chauffeur lenkte den Wagen zum Chena River und hielt vor dem Blockhaus der Watsons. Helen Cassano umarmte Clarissa wie eine gute Freundin. »Und vergiss nicht: Wir stehen zu unseren Freunden, wenn sie in Not sind!«, sagte sie zum Abschied. Ihr Mann beließ es bei einem höflichen Kopfnicken. »Gute Nacht, Helen! Gute Nacht, Mr. Cassano!«, erwiderte Clarissa, bevor sie aus dem Wagen stieg und dem Bankdirektor und seiner Frau nachwinkte. Als der Wagen zwischen den Bäumen verschwunden war, atmete sie erleichtert auf. Sie war froh, die Frau des Bankdirektors los zu sein. Ihr Verhalten war in den letzten Monaten immer aufdringlicher geworden. Wenn Clarissa es sich genau überlegte, seit sie das Dog Derby gewonnen hatte und zu einer Berühmtheit in Fairbanks geworden war. Wahrscheinlich glaubte sie, auf diese Weise in die Zeitung zu kommen. Seit es eine zweite Bank in Fairbanks gab, konnten die Cassanos die Publicity gebrauchen. Clarissa schüttelte den Kopf, weil ihr ein solches Verhalten vollkommen fremd war, und ging ins Haus.

4

Das Haus der Watsons stand zwischen einigen Bäumen am Flussufer, ein einfaches Blockhaus aus ungeschälten Stämmen, das sie selbst gebaut hatten. Aus dem Schornstein stieg Rauch. Bevor sie gegangen war, hatte sie einige Holzscheite in den Ofen geworfen, um es nach ihrer Rückkehr warm und behaglich zu haben. Frank liebte das knisternde Feuer im Ofen, und sie genoss es, in seinen Armen zu liegen, wenn er auf dem Sofa saß und nach einem langen Flug seine Pfeife stopfte. Ein wehmütiges Lächeln huschte über ihr Gesicht, als sie daran dachte. Nach dem Wohltätigkeitsball hätten sie sich gewiss über die reichen Bürger von Fairbanks und Anchorage lustig gemacht, die für die neue Konzerthalle gespendet und ihre teuren Kleider und ihren Schmuck zur Schau gestellt hatten, und Frank hätte seine Lederjacke auf das Sofa geworfen und gesagt: »Ich wette, ich war der erste Mann, der in seiner Fliegerjacke auf einem Ball war!«

Hinter dem Haus bellten die Hunde. Zwanzig sibirische Huskys, darunter etliche Nachkommen der Tiere, die auf der Yukon Trophy vor zehn Jahren ihren Schlitten gezogen hatten. Ohne diese tapferen Hunde hätte sie ihren Mann in der verschneiten Wildnis der Ogilvie Mountains niemals gefunden. Sie hatte auch die Namen beibehalten. Es gab einen Snowball, einen Grumpy und einen Pete, und wenn sie ihnen in die Augen blickte, erkannte sie die Hunde, die damals auf sie gewartet hatten. Neben dem Haus, abseits von den anderen Hunden, lag Dusty, ihr Leithund. Sie hatte ihn nach dem braunen Mischlingshund benannt, den sie als kleines Mädchen in South Dakota besessen hatte. Das heißt, besessen hatte sie ihn eigentlich nie. Er war eines Tages vor ihrem Haus aufgetaucht und bei ihr geblieben, und wenn ihm der Sinn danach stand, war er mehrere Tage verschwunden, und niemand konnte sagen, wo er gewesen war.

Auch ihr neuer Dusty hatte seinen eigenen Willen, mit kräftigen Muskeln und stämmigen Beinen war er für die Rennen in den Bergen geschaffen, und in seinen hellblauen Augen lag so viel Entschlossenheit, dass sie überzeugt war, er könne sogar das Iditarod gewinnen. Das »Greatest Race On Earth« zwischen Anchorage und Nome wurde seit 1925 veranstaltet, als einige Männer mit einem Serum nach Nome gefahren und die Stadt vor einer Epidemie gerettet hatten. Dieses Rennen war ein lang gehegter Traum von ihr, obwohl die meisten Teilnehmer jünger waren und wohlhabende Sponsoren hatten, die sie mit vierstelligen Summen unterstützten. Clarissa wurde vom *News-Miner* gesponsort und trug das Wappen der Polar Bears auf ihrer Mütze, doch das Geld reichte gerade mal für das Hundefutter.

Dusty sprang bellend an Clarissa hoch, als sie ihn von seiner Kette befreite und in die Arme nahm. Er war der einzige Hund, der sich frei bewegen durfte, wenn sie zu Hause war. Die anderen Tiere blieben angekettet, damit sie einander nicht verletzten oder für unerwünschten Nachwuchs sorgten. Sibirische Huskys waren sehr sensibel, und es wäre gefährlich gewesen, sie sich selbst und ihren Stimmungen zu überlassen. Bewegung bekamen sie genug. Im Winter lenkte Clarissa den Schlitten in die nahen Wälder, und sobald der Schnee geschmolzen war, schraubte sie Räder an die Kufen und fuhr über die Schotterstraßen am Stadtrand. Das Gebell ihrer Hunde war ein vertrautes Geräusch in Fairbanks und niemand regte sich darüber auf. Es gehörte zum Norden wie das Heulen des Windes, wenn ein Blizzard über das Land fegte, und das Geräusch knackender Zweige unter dem Schnee.

»He, Dusty!«, begrüßte Clarissa ihren Leithund. »Ihr habt mächtig Hunger, was?« Sie ging in die Knie, kraulte ihn hinter den Ohren und ließ sich von ihm über die Wange lecken, Ausdruck seiner Dankbarkeit und Zuneigung. Der Hund spürte, dass ihre Fröhlichkeit nur aufgesetzt war und irgendetwas mit seiner Herrin nicht stimmte. Er jaulte leise, ließ von ihr ab und blickte sie winselnd an. »Frank liegt im Krankenhaus«, sagte sie zu ihm. »Er ist mit der *Fairchild* abgestürzt und liegt bewusstlos im Krankenhaus! Die Ärzte haben keine Ahnung, wann er wieder aufwacht!« Sie begann zu weinen und drückte den Hund fest an ihre Brust. »Wir müssen jetzt sehen, wie wir allein zurechtkommen!«

Sie hörte die anderen Hunde an ihren Ketten zerren und löste sich von Dusty. Mit dem Ärmel wischte sie die Tränen aus ihrem Gesicht. Sie ging zu den anderen Hunden und begrüßte sie: »Hallo, Grumpy! Snowball! Pete! Blue!« Auch in dem trüben Dunst, der sich im Gestrüpp ausbreitete, konnte sie jeden Hund erkennen und nannte ihn bei seinem Namen, um keinen der Huskys zu benachteiligen. Die Hunde reagierten sehr gereizt,wenn man vergaß, sie zu begrüßen, besonders der temperamentvolle Snowball. Vor einigen Wochen hatte er einen Fetzen aus ihrem Anorak gerissen, und es hatte den ganzen Tag gedauert, bis er sich beruhigt hatte.

»Gleich bringe ich euch was zu fressen!«, beruhigte sie die aufgebrachten Tiere. »Ich bin schon unterwegs, okay?« Sie betrat das Haus durch die Hintertür, blieb in der Küche stehen und stützte sich erschöpft auf den Herd. Am liebsten wäre sie sofort ins Bett gegangen. Die Aufregung hatte an ihr gezehrt, und zwanzig Stunden ohne Schlaf machten sich nun bemerkbar. Mit geschlossenen Augen sammelte sie neue Kraft. Sie ging zum Kühlschrank, trank etwas Milch und starrte auf den Kalender, den sie vom Drugstore bekommen hatten. Das Bild zeigte ein junges Paar, das an einem Chevy lehnte und Coca-Cola trank.

Ihre Hunde! Über all ihrem Kummer durfte sie die Huskys nicht vergessen. Sie holte den Sack mit dem Hundefutter aus der Speisekammer und füllte den Futtertrog des Leithundes. Dusty fiel heißhungrig über sein Fressen her. Dann ging sie nach draußen und fütterte die anderen Hunde. Das Bellen verstummte. Sie stellte den Futtersack neben einen Schuppen und fluchte leise, als sie mit ihren Stöckelschuhen im Schlamm versank. Sie trug immer noch ihr Kostüm und den Mantel. Frank hätte sich bestimmt darüber amüsiert, wenn er sie so gesehen hätte. Auch sie musste jetzt lachen. Sie zog die Schuhe aus und stapfte ins Haus. Im Schlafzimmer ließ sie ihre Kleider auf den Boden fallen, kroch ins Bett und schlief augenblicklich ein.

Dusty folgte ihr zögernd und schnupperte neugierig an dem Kostüm. Es roch nach dem süßlichen Parfüm, das Helen Cassano getragen hatte. Er schüttelte sich und rieb seine Schnauze an Clarissas linker Hand, die leblos aus dem Bett hing. Er spürte, dass seine Herrin bedrückt war. Sie benahm sich anders als sonst und roch ungewohnt. Leise jaulend legte er sich hin. Sein Instinkt befahl ihm, in ihrer Nähe zu bleiben und auf sie aufzupassen. Seine Augen blieben klar und wachsam, und kein Laut entging seinen Ohren.

Doch es drohte keine unmittelbare Gefahr. Um das Haus herum waren die üblichen Geräusche zu hören, das leise Klopfen des Regens gegen die Fenster, das gelegentliche Bellen der anderen Hunde, die jetzt satt und zufrieden waren. Dusty hob nur einmal den Kopf, als das bedrohliche Heulen eines Wolfes aus der Ferne drang. Es schwoll zu einem mehrstimmigen Klagelied an und verlor sich in dem trüben Dunst, der wie der Schleier einer bösen Fee über dem Blockhaus hing. Das Heulen war näher als sonst. Der Husky antwortete mit einem nervösen Winseln und legte erleichtert den Kopf auf seine Pfoten, als es verstummte.

Clarissa hörte das Heulen nicht. Sie lag in den Armen ihres Mannes, der einen Arm um ihre nackten Schultern gelegt hatte und sie mit seinem rotblonden Schnurrbart kitzelte. Er lächelte auf seine unnachahmliche Art und küsste sie sanft, und als sie sich ein weiteres Mal geliebt hatten, sagte er: »Ich werde dich nicht enttäuschen, Clarissa! Ich weiß, dass du deinen toten Mann immer noch liebst, und ich beneide ihn darum, weil es wenige Menschen gibt, die über den Tod hinaus geliebt werden. Aber ich bin froh, dass du einen Teil deiner Liebe für mich aufgehoben hast! Oder bereust du schon, mich geheiratet zu haben?«

»Dummkopf!« Sie kniff ihn lächelnd in die Wange. »Ich liebe dich, das weißt du doch! Wenn ich mir nicht absolut sicher wäre, hätte ich dich gar nicht geheiratet!« Sie betrachtete den funkelnden Ring an ihrer linken Hand und blickte ihn spöttisch an. »He, du redest ganz schön geschwollen daher für einen Mountie, weißt du das? Ich dachte, ihr seid raue Burschen, die mürrisch in ihren Bart brummen, wenn sie einer Frau gegenüberstehen!« Er lachte. »Ich kenne da tatsächlich einige Burschen, die kaum einen Ton herausbringen, wenn sie aus der Wildnis kommen! Die würden sich lieber in die Hosen pinkeln, als einer Frau ein Kompliment zu machen! Ich glaube, ich hab mich auch nicht besser angestellt, oder? Ich hätte dir nach dem Rennen einen Heiratsantrag machen sollen, auf der Ziellinie in Dawson, anstatt darauf zu warten, dass du mir die Worte in den Mund legst!«

»Du warst ziemlich fertig, hast du das vergessen? Der Doktor brauchte zwei Tage, um dein Bein zu flicken, und du warst so schwach, dass ich dich eine Woche lang füttern musste!« Sie strahlte ihn an. »Ich werde mir auch Mühe geben, Frank! Sobald der Rummel um das Rennen vorbei ist, stopfe ich dir sogar die Strümpfe!« Sie blinzelte listig. »Obwohl mir zu Ohren gekommen ist, dass die Polizisten der RCMP auch das können müssen …«

»Das halte ich für ein Gerücht«, erwiderte Frank. Er nahm sie in die Arme, und sie liebten sich erneut, diesmal liebevoller und ausdauernder, und als sie erschöpft in die Kissen sanken, sagte er: »Ich liebe dich, Clarissa! Ich werde dich immer lieben!«

Sie schreckte aus dem Schlaf und blieb im Halbdunkel sitzen. Die Holzläden vor den Fenstern sperrten die Helligkeit aus, die schon am frühen Morgen über dem Blockhaus heraufgezogen war. Dusty hob den Kopf und jaulte leise. Sie sah das leere

Bett ihres Mannes, erkannte schmerzvoll, wie die Wirklichkeit den Traum und die Erinnerung vertrieb, und ließ sich auf das Kissen zurückfallen. Minutenlang starrte sie an die Decke. Aus dem fröhlichen, vor Gesundheit strotzenden Mann, der sie während der Hochzeitsnacht in die Arme genommen hatte, war ein kranker und hilfloser Mensch geworden, dessen Leben am seidenen Faden hing. »Frank!«, flüsterte sie. »Wach bitte wieder auf, Frank!«

Sie verließ ihr Bett und ging in die Küche. Dusty wich nicht von ihrer Seite. Sie beugte sich zu dem Hund hinunter, umarmte ihn flüchtig und öffnete den Kühlschrank. Neben der Wurst lag noch das halbe Sandwich, das Frank hineingelegt hatte. »Das heb ich mir für heute Abend auf«, hatte er gesagt, bevor sie nach Weeks Field gefahren waren, »auf dem Wohltätigkeitsball gibt's sowieso nichts Anständiges zu essen!« Sie griff nach der Milchflasche und nahm einen kräftigen Schluck. Nachdem sie die Flasche zurückgestellt hatte, lehnte sie sich benommen gegen den Kühlschrank. Durch das beschlagene Fenster sah sie die Hunde draußen vor ihren Holzhütten dösen. Nur Snowball war unruhig. Er schien es gar nicht erwarten zu können, einen Schlitten zu ziehen, und zerrte ungeduldig an seiner Kette.

»Ich weiß, es wird höchste Zeit für eine Tour«, sagte sie. Wie alle Menschen, die viel allein waren, sprach sie oft mit sich selbst. Wenn sie in den Bergen mit dem Hundegespann unterwegs war oder im Blockhaus auf Frank wartete, konnte selbst die eigene Stimme ermutigend wirken. Sie ging ins Wohnzimmer und warf einige Holzscheite in den Ofen. Nachdem sie das Kostüm und den Mantel in den Schrank gehängt hatte, nahm sie ein ausgiebiges Bad. Die Hunde mussten warten. Sie wusch sich gründlich und blieb im heißen Wasser sitzen, bis die Stille unerträglich wurde. Endlich verließ sie die Wanne, trocknete sich ab und zog bequeme Kleider an. Die Wollhosen, die sie bis in den Herbst trug, den blauen Anorak und die Schnürstiefel. »Diese Stöckelschuhe hat der Teufel erfunden«, sagte sie mit einem Blick auf die polierten Schuhe, die sie noch nicht aufgeräumt hatte. Sie stellte sie in den Schrank und verließ das Haus. Die Hunde begrüßten sie in freudiger Erwartung und sprangen bellend hoch, als sie den Schlitten und die Geschirre holte. »Blondie, wie geht's dir? Immer noch Liebeskummer? He, Pete! Du hast ganz schön Fett angesetzt! Wird höchste Zeit, dass wir in die Berge fahren! Snowball! Beruhige dich! Wenn du nicht aufhörst, nach mir zu schnappen, lasse ich dich hier, verstanden?« Sie spannte die Hunde vor den Schlitten und hatte es nur ihrer jahrelangen Erfahrung zu verdanken, dass sie von den aufgeregten Tieren nicht über den Haufen gerannt wurde. Als erfahrene Musherin wusste sie, dass es ein Fehler wäre, die Hunde zu beschimpfen. Sie freuten sich auf den Ausflug. Wenn sie diese Vorfreude nicht auslebten, konnten sie keine Höchstleistungen vollbringen. Clarissa wollte auch das nächste Dog Derby gewinnen und musste die Hunde bei Laune halten.

Sie stellte sich auf das Trittbrett des Schlittens und löste die Bremse. Mit einem scharfen Pfiff trieb sie das Gespann an. Laut bellend sprangen die Hunde über den schmalen Pfad. Der Regen hatte aufgehört, doch der Boden war immer noch schlammig und feucht, und sie mussten sich mächtig in die Geschirre legen, um vorwärts zu kommen. Clarissa sprang vom Schlitten und stemmte sich gegen die Haltegriffe, half den Hunden, das Gefährt auf die Schotterstraße zu bringen. »Lauf, Dusty! Gleich haben wir es geschafft! So ist es gut, Blondie! Nur noch ein paar Meter!« Sie erreichten die Schotterstraße und fuhren in den morgendlichen Dunst hinein. Ein kühler Wind wehte ihnen entgegen und vertrieb die letzte Müdigkeit aus ihren Augen. »Sehr gut, Dusty! Du willst wohl einen neuen Rekord aufstellen? Weiter so, Blondie!«

Die Fahrt vertrieb ihre quälenden Gedanken. Selbst während der schneelosen Monate, wenn die Räder unter den Kufen waren, schenkten ihr die Ausflüge mit den Hunden das unvergleichliche Gefühl von grenzenloser Freiheit und Ungebundenheit. Wenn sie mit ihnen unterwegs war, erfuhr sie das

Leben wie in einem Rausch, glaubte sich in einem aufregenden Traum, der sie in eine bessere Welt entführte.

In den zehn Jahren, die sie trainierte und an Schlittenhundrennen teilnahm, war sie zu einer hervorragenden Musherin geworden, die den meisten Männern davonfuhr. »Das hab ich meinen Hunden zu verdanken«, meinte sie bescheiden. Frank wusste es besser. Er hatte noch nie gegen sie gewonnen, nicht einmal, wenn er Dusty vor seinen Schlitten gespannt hatte.

Wie oft waren sie zusammen in die Berge gefahren! In Dawson City, das sie wenige Monate nach ihrem Sieg in der Yukon Trophy verlassen hatten, und in den Highlands, die sich nördlich von Fairbanks aus dem schroffen Land erhoben. In der Wildnis fühlten sie sich am wohlsten, waren sie wirklich glücklich, und einmal hatten sie sich sogar im Schnee geliebt. An einem sonnigen Tag, wie sie sich erinnerte. Sie wurde heute noch rot, wenn sie daran dachte. Wie zwei Kinder hatten sie im Schnee gebalgt, und dann war es geschehen, und er hatte geflüstert: »He, Clarissa! Es ist ganz schön anstrengend, mit dir verheiratet zu sein!«

Warum Frank seinen Dienst bei der Royal Canadian Mounted Police quittiert hatte, wusste sie bis heute nicht. Zwei Wochen nach ihrem Sieg in der Yukon Trophy hatte er seinen Flugschein gemacht und vorgeschlagen, nach Alaska zu gehen, um dort ein neues Leben zu beginnen, und sie hatte nur zu gern eingewilligt, weil die Begeisterung der Menschen in Dawson City sie erdrückte, und es ihr unangenehm war, wie eine Heldin verehrt zu werden. Immer wenn die Legende von Nanuk erzählt wurde, fiel ihr Name, und sie wollte nicht zur »Geist-Frau« in einer indianischen Geschichte werden. Auch in Fairbanks wurde sie bewundert, aber die Stadt war größer, und es gab noch andere Helden, die beiden Männer, die ein kleines Mädchen vor dem Ertrinken gerettet hatten, einen alten Buschflieger, der noch mit achtzig Jahren seine Runden drehte, oder die Fairbanks Polar Bears, die beinahe so gut waren wie das Eishockey-Team in Anchorage und große Chancen hatten, die nächste Meisterschaft zu gewinnen.

Frank war des Polizeidienstes überdrüssig geworden. Er brauchte eine neue Herausforderung und glaubte, sie als Buschflieger gefunden zu haben, so wie ihr erster Mann, der nur in der Luft wirklich frei gewesen war. »Anscheinend gerate ich immer an denselben Typ«, hatte sie gesagt und keine Erklärung bekommen. Sie vermutete, dass Frank ihr imponieren wollte, vielleicht sogar eifersüchtig auf Jack war und auch deshalb in ein anderes Land wollte. Er hatte keinen Grund dazu, aber sie sprachen niemals darüber, und wenn sie versuchte, mit ihm darüber zu diskutieren, redete er sich mit einem Scherz heraus.

»Easy! Easy!«, rief sie, als die Hunde in eine scharfe Linkskurve gingen, doch es war bereits zu spät. Sie wurde mit dem Schlitten von der Straße getragen und stürzte ins feuchte Gras. Schlamm spritzte in ihr Gesicht. Sie blieb benommen liegen, weinte vor Wut darüber, die Kontrolle über den Schlitten verloren zu haben, und stützte sich vom Boden hoch. ihr war nichts passiert. Sie klopfte den Dreck von ihrer Kleidung und stellte erleichtert fest, dass der Schlitten umgekippt war und die Hunde zum Anhalten gezwungen hatte. »So was passiert nur Anfängern!«, schimpfte sie laut.

Clarissa ging zum Schlitten und richtete ihn auf. Wütend rammte sie den Anker in den Boden. »Gleich geht es weiter, Dusty!«, beruhigte sie ihren Leithund. »Easy, Snowball!« Sie bemerkte, wie Dusty den Kopf schief legte und sie anblickte. »Du wunderst dich wohl, dass ich wie eine blutige Anfängerin vom Schlitten falle, was?« Sie hielt sich mit beiden Händen an den Haltegriffen des Schlittens fest und schloss die Augen. »Frank«, flüsterte sie. Dusty schien sie zu verstehen und jaulte mitfühlend.

5

Das St. Joseph Hospital war ein unheimlicher Ort. Das fahle Licht der schmucklosen Lampen warf unheimliche Schatten in den langen Fluren, der beißende Geruch von Desinfektionsmitteln und Äther und die bedrohliche Nähe des Todes wähnten sie in einem bösen Traum. Die schneebedeckten Berge, die man durch das Flurfenster sehen konnte, schienen meilenweit entfernt zu sein. Während der Operation war kein Platz für solche Empfindungen gewesen, hatte sich ihr ganzes Denken um ihren verletzten Mann gedreht, doch an diesem Vormittag empfand sie die Atmosphäre des Krankenhauses als Bedrohung. Sie verharrte einen Augenblick im Eingang, bevor sie zum Empfang ging und nach Dr. Alex Morgan fragte. »Er hat meinen Mann operiert. Frank J. Watson.«

»Ah, Mrs. Watson«, erwiderte die Schwester freundlich. »Ich glaube, Dr. Morgan erwartet Sie schon! Ich sage ihm gleich Bescheid.« Sie griff nach dem Telefonhörer und deutete auf die Sitzecke am Fenster. »Wenn Sie so lange Platz nehmen würden?«

Clarissa war viel zu nervös, um sich zu setzen. Sie zog es vor, am Fenster stehen zu bleiben, und sah einigen Jungen zu, die am Ufer des Chena Rivers missmutig ihre Angeln auswarfen. Anscheinend bissen die Forellen an diesem Morgen nicht an. Sie zog ihre Handschuhe aus und stopfte sie in die Anoraktaschen. Sie trug dieselbe Kleidung wie während des kurzen Ausflugs mit ihren Hunden. Nach ihrer Rückkehr hatte sie die Futtertröge der Huskys gefüllt und war sofort losgefahren.

»Mrs. Watson?«, erklang eine Stimme. Sie drehte sich um und sah das erschöpfte Gesicht des Arztes, der ihren Mann operiert hatte. Seit der Operation schien er kaum geschlafen zu haben. »Tut mir Leid, dass Sie warten mussten.« Er fragte nicht nach ihrem Befinden und verzichtete auf die Floskeln, die manche Angehörige in einer solchen Situation von ihm erwarteten. Clarissa war eine Frau, die sich nur mit der Wahrheit zufrieden geben würde, das hatte er schon letzte Nacht erkannt. Er hatte im Laufe der Zeit ein Gespür für Menschen entwickelt. »Kommen Sie, ich bringe Sie zu Ihrem Mann! Ich möchte gern dabei sein, wenn Sie zu ihm gehen.«

»Wie geht es ihm?«, fragte sie, während sie den Flur hinabliefen. »Ist er schon aufgewacht? Es geht ihm doch besser, oder?«

»Sein Zustand ist unverändert, Mrs. Watson. Ich habe ihn in das kleine Zimmer am Ende des Flurs legen lassen. Dort sind Sie ungestört.« Er blieb vor einer weißen Holztür stehen und legte eine Hand auf den Drehknopf. »Sie dürfen nicht erschrecken! Das Zimmer ist wirklich sehr klein, und Ihr Mann sieht, wie soll ich sagen, er sieht sehr krank aus. Die Operation ist nicht spurlos an ihm vorübergegangen.« Er zögerte immer noch. »Verstehen Sie mich nicht falsch, Mrs. Watson! Körperlich hat er den Eingriff gut überstanden. Wenn die Schädigung des Hirns nicht wäre ...«

»Schädigung des Hirns?«, wiederholte Clarissa entsetzt. »Dann ist er ... geisteskrank? Sie müssen mir die Wahrheit sagen, Doktor! Was passiert mit ihm, wenn er jemals wieder aufwacht? Ist er wirklich geistesgestört? Wird er im Rollstuhl sitzen müssen?«

Dr. Morgan erkannte, dass er etwas Falsches gesagt hatte. »Nein, Mrs. Watson. Wie gesagt, wir wissen nicht viel über diese Krankheit, aber in den mir bekannten Fällen wurden die Patienten wieder vollkommen gesund! Ich bin sicher, bei Ihrem Mann ist es genauso. Er braucht nur noch ein wenig Zeit!«

Er öffnete die Tür und ließ sie eintreten. Es war noch kleiner, als sie befürchtet hatte. Die Ausstattung war dürftig: ein Schrank, ein Tisch mit zwei Stühlen und ein Waschbecken, das wie in einer Gefängniszelle aus der Wand ragte. Das Fenster war leicht geöffnet. Auf dem kleinen Nachttisch standen Arzneimittel. »In ein paar Tagen geht es ihm besser!«, versprach Dr. Morgan rasch. Clarissa blickte auf ihren Mann und verstand, warum der Arzt so besorgt um sie war. Frank sah sich kaum noch ähnlich. Sein Gesicht war eingefallen, sein Mund stand leicht offen, und um seine Nase war eine Blässe, wie man sie sonst nur bei Toten sah. Er schien nicht zu atmen. Der Verband um seinen Kopf erinnerte sie an die Bilder von Verwundeten aus dem Ersten Weltkrieg. Ihre Augen füllten sich mit Tränen. »Frank!«, flüsterte sie entsetzt. »Was haben Sie mit dir gemacht?« Sie lehnte sich an das Fußende des Bettes und kämpfte gegen die aufkommende Angst. »Was ist mit ihm, Doktor? Er sieht so hilflos aus ...«

»Ich weiß, wie Ihnen zumute ist«, sagte Dr. Morgan, den in solchen Augenblicken immer die Erinnerung an seine Scheidung überkam. Seine Frau war mit den beiden Kindern ausgezogen, ohne ihm ein Wort zu sagen. Dann war der Anruf ihres Anwalts aus Los Angeles gekommen. »Kein Mensch übersteht eine so schwere Operation ohne Blessuren. Wie gesagt, der Körper braucht einige Zeit, um sich von dem Eingriff zu erholen.« Er überprüfte die Atmung des Patienten und nickte zufrieden. »Aber das schaffen wir schon. Ich habe ihm einige Medikamente verschrieben, und sobald er wieder Nahrung aufnehmen kann, sieht er gesünder aus, das verspreche ich Ihnen! Viel wichtiger erscheint mir, dass wir ihn aus dem Koma rausholen. Dabei müssen Sie uns helfen, Mrs. Watson! Von einem Kollegen in Chicago weiß ich, wie wichtig die Mitarbeit der Angehörigen in einem solchen Fall ist.«

»Ich tue alles, was in meiner Macht steht«, versprach Clarissa. Die ruhige Stimme des Arztes verlieh ihr Mut. Sie zog ihren Anorak aus, hängte ihn über einen Stuhl und rieb sich die Tränen aus den Augen. »Was soll ich tun, Dr. Morgan?«

»Sprechen Sie mit Ihrem Mann, Mrs. Watson! Sprechen Sie mit ihm, auch wenn Sie glauben, dass er sie nicht hören kann! Tun Sie so, als wäre er bei vollem Bewusstsein! Ich glaube, dass Ihr Mann sehr wohl etwas hört! Noch kann er nicht reagieren.

Sein Gehirn gibt keine Befehle an die Muskeln weiter. Aber ich bin sicher, dass sich das während der nächsten Tage ändern wird. Sprechen Sie mit ihm, berühren Sie ihn, lesen Sie ihm aus einem Buch vor, singen Sie ein Lied, das eine besondere Bedeutung für Sie hat! Sie werden sehen, das nützt etwas! Auch wenn es im Augenblick den Anschein hat, als würden Sie mit einem ... als würden Sie mit einer Puppe sprechen! Erschrecken Sie nicht, Mrs. Watson! Es kann lange dauern, bis er die Augen öffnet, und selbst dann ist er noch nicht über den Berg! Im Ersten Weltkrieg gab es Patienten, die einen Monat mit offenen Augen im Bett lagen, ohne zu sprechen und sich zu bewegen! Sie brauchen viel Geduld! Denken Sie immer daran: Ihr Mann lebt! Er braucht Ihre Nähe, auch wenn er nicht reagieren kann! Halten Sie zu ihm!« Er nahm seine Brille ab, rieb sie an seinem Kittel sauber und setzte sie wieder auf. »Wie sieht es mit Ihrer Zeit aus, Mrs. Watson? Es wäre am besten für Ihren Mann, wenn Sie jeden Tag kommen könnten! Oder jeden zweiten! Geht das?«

»Natürlich«, antwortete Clarissa, ohne nachzudenken, »ich bleibe Tag und Nacht, wenn es sein muss! Wir haben etwas Geld gespart, das reicht für die Behandlung, und unsere Speisekammer ist gefüllt. Notfalls nehme ich einen kleinen Kredit auf!«

»Ich versuche, die Krankenhauskosten so niedrig wie möglich zu halten«, meinte Dr. Morgan. »Einen Teil der Kosten kann ich über die Forschung abschreiben. Ich weiß natürlich nicht, wie lange wir Ihren Mann hierbehalten können, aber solange es zu keiner Epidemie kommt, bin ich zuversichtlich, dass die Krankenhausleitung nichts dagegen hat, wenn wir dieses Zimmer benutzen.« Er bemerkte Clarissas fragenden Blick und erklärte: »Verstehen Sie, Mrs. Watson, die Krankheit Ihres Mannes ist wenig erforscht, und ich müsste ihn normalerweise nach Hause schicken, wenn die Wunden der Operation verheilt sind. Aber keine Angst, das kriege ich schon hin.«

Clarissa trat neben das Bett und griff nach der Hand ihres

Mannes. Sie fühlte sich erschreckend kalt an. »Hast du das gehört, Frank?«, fragte sie, nachdem Dr. Morgan sich verabschiedet hatte und gegangen war. »Sie würden dich nach Hause schicken! Weil sie nicht wissen, was du für eine Krankheit hast! Sie würden dich wie einen Idioten wegschicken und mir wahrscheinlich empfehlen, dich in ein Heim zu stecken! ›Wir können nichts mehr für ihn tun, Mrs. Watson!‹« Ihr Blick wurde entschlossen. »Nicht mit uns, Frank! Und sag mir jetzt nicht, dass du zu schwach bist, um aufzuwachen! Du willst doch nicht, dass diese Dummköpfe Recht behalten? Du wirst es schaffen! In zwei oder drei Wochen stehst du auf, und spätestens bis Weihnachten sitzt du wieder in einem Cockpit! Du wirst gesund, Frank, und wenn ich Tag und Nacht auf dich einreden muss!«

Die Augen ihres Mannes blieben geschlossen. Nur sein schwacher Atem verriet, dass er am Leben war. Es war fast so wie vor zehn Jahren, als sie ihn bewusstlos aus dem Schnee gezogen hatte. Doch damals war sein Lebenswille spürbar gewesen, und er war schon nach wenigen Stunden wieder aufgewacht. Jetzt war zweifelhaft, ob er überhaupt wieder aufwachen würde.

Erst um Mitternacht fuhr Clarissa nach Hause zurück. Sie fütterte die Hunde, trank einen Becher heißen Tee und aß ein Sandwich mit Büchsenfleisch. Während des Essens fielen ihr fast die Augen zu. Sie legte sich in das ungemachte Bett und schlief so unruhig, dass sie am nächsten Morgen wie gerädert aufwachte. Nachdem sie sich mit kaltem Wasser gewaschen hatte, zwang sie sich zu einem ausgiebigen Frühstück. Danach mussten die Hunde bewegt werden. Endlich stieg sie in den Chevy und fuhr zum Krankenhaus. Bis spätabends blieb sie bei ihrem bewusstlosen Mann. Ein Tagesablauf, der ihr nach einigen Tagen in Fleisch und Blut überging. Nur die Hoffnung auf das baldige Erwachen ihres Mannes gab ihr die Kraft, die langen Stunden in dem kleinen Krankenzimmer durchzustehen. Wenn es stimmte, was Dr. Morgan sagte, und allein der Klang ihrer Stimme ein Ende der Leidenszeit herbeiführen konnte, würde sie reden, bis sie zusammenbrach. Sie würde ihren Mann nicht aufgeben, dazu liebte sie ihn viel zu sehr.

»Ich soll dir schöne Grüße von deinen Freunden bestellen«, sagte sie zu Frank. »Noel will eine Ehrenrunde in seiner *Bellanca* für dich fliegen, direkt über dem Krankenhaus, und Richard hat eine Flasche seines besten Weins für dich abgegeben. Du weißt doch, er sammelt das Zeug. Und Willie hat vor lauter Wut den Saloon zertrümmert, weil er jetzt keinen Partner zum Pokern mehr hat, den er betrügen kann! Sie drücken dir die Daumen, Frank! Sie können es gar nicht erwarten, bis du endlich wieder die Augen öffnest, und passen mich alle paar Tage vor dem Krankenhaus ab, damit ich ihnen erzähle, wie es dir geht. Ich bin die Einzige, die zu dir darf, außer den Ärzten und den Schwestern natürlich.« Sie stützte sich auf das Bettgestell und atmete die frische Luft, die durch einen Spalt des geöffneten Fensters drang.

Die Flieger von Fairbanks waren eine verschworene Gemeinschaft. Jeder hielt sich für den besten Piloten, und bei der jährlichen Flugschau übertrafen sie sich gegenseitig mit gewagten Loopings. Der wilde Noel war nach einem Sturzflug beinahe mal auf einer Wiese zerschellt! Jeder dieser Draufgänger wollte besser als der andere sein, und auch Frank bildete keine Ausnahme, obwohl er eigentlich ein sehr besonnener Flieger war. Er hatte einen Looping über dem Flughafen gedreht und war unter der Telefonleitung hergeflogen, wie einer dieser tollkühnen *Barnstormer* aus Kalifornien! Doch wenn es darauf ankam, hielten alle Buschflieger zusammen. Starb ein Flieger, kamen sie zur Beerdigung und sammelten Geld für die Witwe, und wenn einer in den Bergen vermisst wurde, suchten sie so lange nach ihm, bis es keine Hoffnung mehr gab. »Drückt ihm die Daumen!«, sagte sie, als sie nach ihrem Mann fragten. »Mehr könnt ihr nicht für ihn tun! Und macht euch keine Sorgen, ich komme schon zurecht!«

Clarissa war bei den Fliegern beliebt und hätte sicher gute

Chancen gehabt, wenn sie nicht mit Frank verheiratet gewesen wäre. Die rauen Burschen verehrten sie. Sie glich keinem dieser Heimchen am Herd, wie es sie in Anchorage und in den Staaten gab. Sie war eine erfahrene Musherin, die allein in die Wildnis fuhr und sich gegen Elche und Wölfe behauptete. Sie hatte das Dog Derby gewonnen und ließ sich von keinem Kerl etwas vormachen! In der Zeitung stand, dass sie vor zehn Jahren die Yukon Trophy gewonnen hatte, das härteste Schlittenhundrennen der Welt! Sie war tapferer als die meisten Männer, und das Schöne war, dass sie kein Mannweib war wie diese Alice, eine Indianerin, die als Fallenstellerin in der Brooks Range wohnte und angeblich von rohem Fleisch lebte. Clarissa war eine charmante Frau, die in einem Kleid genauso gut aussah wie in der gefütterten Winterkleidung, die sie auf ihrem Hundeschlitten trug.

Auf dem Weg zur Versicherung, die genaue Angaben über den Absturz ihres Mannes haben wollte, begegnete sie Harry Cheek. Der Airport Manager trug seine schwarze Augenklappe und freute sich, sie zu sehen. »Hi, Clarissa! Hab schon gehört, dass wir nicht zu deinem Mann dürfen! Wie geht's dem Haudegen?«

»Er ist immer noch bewusstlos!«, wiederholte Clarissa die Antwort, die sie schon seit einigen Tagen gab. Sie zwang sich zu einem Lächeln. »Ich sag dir Bescheid, wenn sich was ändert!«

»Er wird wieder gesund, ganz bestimmt!«, versicherte Harry. Seine Miene verfinsterte sich. »Was ich noch sagen wollte, Clarissa: Du kennst doch Sid Baxter, diesen Angeber, der manchmal aus Anchorage hochkommt! Der mit dem weißen Schal!«

»Und ob ich den kenne! Bei der letzten Flugschau lief er wie ein Filmstar rum und gab Autogramme! So einen Angeber hab ich noch nie gesehen!« Sie dachte daran, wie er in seiner neuen Lederjacke und mit wehendem Seidenschal zu ihr gekommen war und gesagt hatte: »Schade, dass Sie verheiratet sind, Lady! Wir beide wären ein tolles Paar!« Sie hatte Frank nichts davon gesagt, weil es sonst sicher zu einer Schlägerei gekommen wäre.

»Ich sag's ungern, Clarissa«, fuhr Harry fort, »aber er hat sich alle Aufträge von Frank unter den Nagel gerissen! Sogar die Postflüge hat er übernommen!«

Clarissa schien sich darüber zu amüsieren. »Das kann ihm keiner verbieten, oder? Wenn Frank wieder gesund ist, holt er sich die Aufträge zurück! Von einem wie Baxter lässt er sich nicht einschüchtern! Frank war bei der RCMP, hast du das gewusst?«

»Er war der beste Mountie, den es jemals gab, Clarissa! Sag dem verdammten Kerl, dass er sich beeilen soll! Wir brauchen ihn, hörst du?« Er ging rasch weiter, bevor sie seine Tränen sehen konnte, und versteckte sich hinter einer dichten Tabakwolke.

»Behandeln sie dich gut, Frank?«, fragte Clarissa ihren Mann. »Schwester Ruth ist ein bisschen mürrisch, was? Ich glaube, sie meint es nicht so. Einer der jungen Ärzte hat mir verraten, dass ihre Mutter schwer krank ist! Sie lebt in Anchorage in einem Pflegeheim.« Sie seufzte. »Ich weiß, ich weiß, kaum bin ich ein paar Tage hier, und schon kenne ich den ganzen Klatsch! Dr. Morgan, der ist in Ordnung! Ohne ihn hätten wir eine Menge Kummer am Hals! Stell dir vor, er bezahlt einen Teil der Kosten aus seinem Forschungsetat! Er studiert deine Krankheit schon seit einigen Jahren und telefoniert sogar mit einem Professor in Chicago! Wenn du schnell gesund wirst, gewinnt er bestimmt den Nobelpreis! Er glaubt, dass du mich hören kannst, deshalb rede ich so viel! Hörst du mich, Frank? Wann wachst du endlich auf? Ich brauche dich, das weißt du doch! Ich hab schon einen Mann verloren, das reicht mir!«

Ihr Mann antwortete nicht. Seine Augen blieben geschlossen, und er verriet mit keiner Regung, dass er sie verstanden hatte. Wie ein Toter lag er in seinem Bett. »Sie machen sich noch kaputt, wenn Sie den ganzen Tag im Krankenhaus verbringen«, sagte Schwester Ruth, als sie den Puls des bewusstlosen Piloten untersuchte. »Dr. Morgan ist der einzige Arzt auf dieser Station, der daran glaubt, dass Mr. Watson Sie verstehen kann. Die anderen sagen, dass es keinen Zweck hat, auf ihn einzureden. Ich will Sie nicht entmutigen, Mrs. Watson, aber wenn Sie mich fragen, machen diese Selbstgespräche keinen Sinn! Wenn Sie so weitermachen, landen Sie selbst in einem Krankenbett!«

»Wenn es einen Strohhalm gibt, klammere ich mich daran!«, erwiderte Clarissa entschlossen. »Ich liebe meinen Mann! Was würden Sie denn tun? Ihn in ein Heim bringen und in ein Zimmer sperren? Wollen Sie ihn mit Tabletten voll pumpen, bis er stirbt?«

»So war es nicht gemeint«, erwiderte die Schwester. Sie blickte auf und versuchte freundlich zu sein. »Aber ich arbeite schon sehr lange in diesem Krankenhaus und sehe die Dinge nüchterner als Sie. Das Leben läuft nicht immer so, wie wir wollen!«

»Und ich denke nicht daran, mich kampflos zu ergeben! Waren Sie mal mit einem Hundegespann in der Wildnis, Schwester Ruth? In den Bergen darf man niemals aufgegeben, sonst erwischen Sie die wilden Tiere, oder Sie kommen in einem Blizzard um! Was ist mit den Buschfliegern, die in der Wildnis notlanden müssen?

Die wären verloren, wenn sie nicht an sich glauben würden! Wie lange leben Sie schon in Alaska, Schwester Ruth?«

»Fünf Jahre«, antwortete sie, »aber ich hab mich hier nie besonders heimisch gefühlt! Ich komme aus Kalifornien, wissen Sie, da ist es wärmer. Ich bin meinem Mann zuliebe nach Fairbanks gezogen. *Er* ist längst über alle Berge. Meine Mutter wohnt in Anchorage. Sie lebt in einem Pflegeheim. Im Moment habe ich keine andere Wahl!« Clarissa ließ die Worte im Raum stehen. Sie wollte keine Wunden aufreißen. »Wollen Sie irgendwann wieder nach Kalifornien zurück?«

»Keine Ahnung«, meinte Schwester Ruth. Ohne ein weiteres Wort verließ sie das Zimmer und erschien erst am Abend wieder, als Clarissa gerade im Begriff zu gehen war. »Bis morgen, Clarissa«, verabschiedete sie sich nach einigem Zögern,

»und entschuldigen Sie, wenn ich etwas unhöflich war! Das war nicht so gemeint! Ich habe eine schwere Zeit hinter mir und bin manchmal etwas …« Sie blickte auf Frank Watson, der reglos im schwachen Schein der Lampe lag. »Ich kümmere mich um ihn, okay?«

»Okay«, bedankte Clarissa sich erleichtert. Sie zog ihren Anorak an, blieb an der Tür stehen und fügte hinzu: »Bis morgen, Ruth.«

6

Clarissa fütterte gerade die Hunde, als ein Krankenwagen von der Schotterstraße abbog und vor ihrem Haus hielt. Ein Sanitäter stieg aus und rief: »Hallo, Mrs. Watson! Dr. Morgan schickt mich! Sie sollen sofort ins Krankenhaus kommen! Irgendwas mit Ihrem Mann! Wollen Sie bei mir mitfahren?«

Augenblicklich ließ sie den Futtersack fallen und rannte zu ihrem Wagen. »Nein, danke! Ich nehme den Chevy!« Sie stieg ein und startete hastig den Motor. Mit durchgetretenem Gaspedal schleuderte sie wenige Meter hinter dem Krankenwagen auf die Schotterstraße. »Frank!«, rief sie während der Fahrt immer wieder. Die Angst um ihren kranken Mann raubte ihr beinahe den Verstand, und sie konnte von Glück reden, dass der Sanitäter das Blaulicht eingeschaltet hatte und mit dem Krankenwagen dicht vor ihr blieb. Allein hätte sie bestimmt einen Unfall gebaut. Sie raste auf den Parkplatz, stieg aus dem Wagen und rannte zum Haupteingang. Dr. Morgan erwartete sie am Empfang. »Ich wollte Sie nicht beunruhigen, Mrs. Watson! Ihrem Mann geht es gut!« Er hielt die aufgeregte Frau an den Unterarmen fest und fügte hinzu: »Ihr Mann hat die Augen geöffnet! Vor ungefähr einer halben Stunde! Das ist ein echter Durchbruch, Mrs. Watson! Und Ihr Verdienst!«

Sie begann zu weinen. »Frank!«, flüsterte sie überglücklich. »Ich hab es ja gewusst! Ich hab gewusst, dass er wieder aufwacht!«

»Noch ist Ihr Mann nicht über den Berg«, dämpfte Dr. Morgan ihre Euphorie. »Er hat die Augen geöffnet, und das ist mehr, als wir in dieser kurzen Zeit erhoffen konnten! Aber er liegt immer noch im Koma! Er kann sich nicht bewegen und ist unfähig, seine Umwelt wahrzunehmen! Er kann nicht sprechen! Wir müssen Geduld haben, Mrs. Watson! Heute haben wir den ersten Schritt gemacht! Kommen Sie, ich bringe Sie zu ihm!«

Sie ging mit ihm den Flur hinab und blieb vor dem Zimmer ihres Mannes stehen. Die neugierigen Blicke einiger Patienten und Schwestern nahm sie gar nicht wahr. Nicht einmal die Worte des Doktors waren vollständig in ihr Bewusstsein gedrungen. »Er hat die Augen geöffnet!« Das war alles, was sie verstanden hatte. Mehr wollte sie nicht hören. Sie öffnete die Tür und betrat zögernd das Zimmer. »Frank!«, flüsterte sie. »Ich bin's, Clarissa!«

Vor seinem Bett verharrte sie. Sie blickte in das Gesicht ihres Mannes und fuhr erschrocken zurück. Die Augen eines Toten blickten ihr entgegen. Groß und leer und ohne die geringste Reaktion, als sie in sein Blickfeld trat. Sie hielt sich am Bettgestell fest und blickte ihn verzweifelt an. Das hereinfallende fahle Tageslicht spiegelte sich in seinen leblosen Augen. »Ist er… Ist er tot?«, fragte sie nervös. »Er ist doch nicht tot, Dr. Morgan, oder?«

»Nein«, beruhigte er sie mit seiner nüchternen Stimme. »Wir haben ihn gerade untersucht, seine körperlichen Werte sind alle normal!« Er betrachtete den bewusstlosen Piloten wie einen Patienten, den er erfolgreich operiert hatte. »Dies ist ein bedeutender Schritt nach vorn, Mrs. Watson!«, sagte er, ohne sie anzusehen. »Ich weiß, Sie sind ein wenig enttäuscht, weil Sie sich mehr erhofft hatten! Aber mehr ist in so kurzer Zeit nicht möglich! Freuen Sie sich über diesen Erfolg, Mrs. Watson, und arbeiten Sie weiter mit Ihrem Mann! Sie werden sehen, bald wird er auf Sie reagieren! Nichts Großartiges, ein leises Stöhnen oder Kopfnicken vielleicht! Haben Sie Geduld, Mrs. Watson! Wenn Sie weiter so angestrengt mit ihm arbeiten, wird er wieder gesund!«

Sie blickte den Arzt dankbar an. »Ich weiß, Doktor. Und ich werde alles tun, um ihn aus seiner Bewusstlosigkeit zu holen. Ich bin Ihnen sehr dankbar, dass Sie sich so ausgiebig um meinen Mann kümmern! Ohne Sie wären wir nie so weit gekommen!«

Dr. Morgan verabschiedete sich, und sie blieb allein bei Frank zurück. Sie zog ihren Anorak aus und beugte sich über ihn. Es kostete sie große Überwindung, ihm direkt in die Augen zu sehen. Das Gefühl, einen Toten anzublicken, ließ sie nicht los.

»Du hast es geschafft, Frank!«, sagte sie. »Hätte mich auch sehr gewundert, wenn du klein beigegeben hättest! Wenn der liebe Gott gewollt hätte, dass deine Augen für immer geschlossen bleiben, hätte er dich nicht am Leben gelassen, oder?« Verzweifelt suchte sie nach einer Spur des Erkennens in seinen Augen, einem leichten Blinzeln oder einer Bewegung. »Kannst du mich sehen, Frank? Ich weiß, ich sehe furchtbar aus! Ich habe gerade die Hunde gefüttert, als der Sanitäter kam! Ich bin gleich in den Chevy gesprungen und zum Krankenhaus gerast! Bestimmt habe ich sämtliche Rekorde gebrochen, so schnell bin ich gefahren!«

Die Augen ihres Mannes veränderten sich nicht, und auch sein Gesicht blieb regungslos. Sein Atem ging gleichmäßig. Sie legte ihren Kopf auf seine Brust und lauschte seinem Herzschlag, der beinahe so schnell wie bei einem gesunden Mann war. »Du lebst«, flüsterte sie. »Solange dein Herz schlägt, lebst du, und ich werde an deiner Seite sein!« Sie richtete sich auf und legte ihre flache Hand auf seine Stirn. Seine Haut war immer noch kalt. »Bis Weihnachten bist du wieder gesund«, sagte sie, und es klang wie eine Beschwörung, »und nächstes Jahr bist du wieder in der Luft! Wir bekommen sicher das Geld von der Versicherung, und wenn das nicht reicht, nehmen wir einen Kredit auf. Damit zahlen wir eine neue Maschine an!«

Es war so schön, sich eine gemeinsame Zukunft auszumalen. Ihre anfängliche Enttäuschung hatte sich gelegt, und sie redete sich ein, schon bald wieder mit ihrem Mann sprechen zu können. Schließlich hatte er die Augen geöffnet, dann konnte es nicht mehr lange dauern, bis er sich bewegte und ihren Namen rief. Die Ermahnung des Arztes, geduldig zu sein, war längst vergessen. Für sie war es ein großer Schritt, mochte er auch noch so klein sein, und sie konnte den Tag, an dem Frank wieder gesund wurde, kaum erwarten. In ihren Träumen malte sie sich aus, wie sie ihn in die Arme nahm und zärtlich küsste, und wenn sie die Augen schloss, hörte sie bereits, wie er ihren Namen flüsterte und sagte: »Ich bin okay, Clarissa, alles ist gut, ich bin gesund!«

Doch sein Mund blieb stumm, und nicht die kleinste Regung zeigte sich in seinem Gesicht. Sie behielt ihren Tagesablauf bei und verbrachte jeden Nachmittag und die halbe Nacht in seinem Zimmer. Sie sprach mit ihm und sang das irische Lied, das er von einem seiner Kollegen gelernt hatte. Alle paar Minuten hielt sie die Nachttischlampe vor sein Gesicht und hoffte vergeblich auf eine Veränderung in seinen Pupillen. Wenn Dr. Morgan oder Schwester Ruth im Zimmer waren und ihn untersuchten, blieb sie angespannt am Fenster stehen und verfolgte jede Bewegung. Frank rührte sich nicht. Er lag wie eine leblose Puppe im Bett, und nur wenn sie die Decke zurückschlug und seinem Herzschlag lauschte, spürte sie, dass noch Leben in ihm war.

Ihre Hoffnung auf eine baldige Genesung sank mit der schwindenden Helligkeit, die das Land nur noch um die Mittagszeit mit leuchtenden Streifen überzog. Die Dunkelheit des Winters kündigte sich an. Im Dezember würde es kaum noch Licht geben, und die Menschen würden sich in ihre Häuser zurückziehen und das Frühjahr abwarten. Sie lebte seit vielen Jahren im Hohen Norden und war daran gewöhnt, und doch erschien ihr das Dunkel in diesem Jahr bedrohlicher, wie die Ankündigung einer unheimlichen Macht, die ihren Mann und sie zwingen würde, für den Rest seines Lebens in dieser Dunkelheit zu leben. Ohne Frank würde auch sie in ewiger Nacht verharren.

»Frank!«, sprach sie leise und eindringlich auf ihren Mann ein. Sie hatte sich über ihn gebeugt und berührte ihn fast mit den Lippen. »Hörst du mich, Frank? Siehst du mich? Du musst doch irgendwas sehen! Etwas Helles! Da drüben ist das Fenster, Frank! Siehst du das Fenster? Kannst du mein Gesicht erkennen? Siehst du irgendwas? Hörst du was? Hörst du mich sprechen, Frank? Sag was! Schau mich an! Drück meine Hand! Tu irgendwas, damit ich weiß, dass du mich verstehst!« Er reagierte nicht, und sie richtete sich enttäuscht auf und schlug mit der Faust auf einen Pfosten des Bettgestells. »Verdammt! Sag was, Frank! Du willst mir doch nicht weismachen, dass du mich nicht siehst? Du hast die Augen offen, Frank! Du musst mich sehen!«

Ihr Mann blieb stumm, und sie spürte zum ersten Mal, seitdem sie ihn besuchte, wie sie die Kraft verließ. Sie ging zu Dr. Morgan und ließ sich niedergeschlagen auf einen Stuhl fallen, als er sie in sein Büro bat. Er saß über einigen Büchern, die Lampe dicht über dem Schreibtisch, und machte sich Notizen. »Entschuldigen Sie«, sagte er und legte den Bleistift hin. »Möchten Sie einen Kaffee? Ein Glas Wasser?« Sie schüttelte den Kopf und erwiderte: »Er wird nicht mehr gesund! Ich kann machen, was ich will! Er bewegt sich nicht! Er zwinkert nicht mal mit den Augen! Was soll ich nur tun, Dr. Morgan? Ich halte das nicht durch! Gibt es denn nichts, was ihm helfen könnte?« Sie deutete auf seine Notizen. »Was sagt Ihr Professor in Chicago? Weiß der keinen Rat?« Dr. Morgan hatte eine solche Reaktion schon früher erwartet und lächelte nachsichtig. »Ich kann verstehen, dass Sie die Nerven verlieren, Mrs. Watson. Das würde jedem anderen Menschen genauso gehen. Sie sind müde! Aber Sie dürfen nicht aufgeben! Die Wahrscheinlichkeit, dass er Sie hören und sehen kann, ist sehr hoch, auch wenn er nicht reagiert! Mein Kollege in Chicago ist derselben Meinung, und ein Professor in London geht sogar noch weiter und behauptet, dass ein Patient wie Ihr Mann empfinden kann! Ihre Arbeit ist nicht vergeblich, Mrs. Watson! Wir werden Erfolg haben! Frank wird aufwachen, ganz bestimmt! Meine ganze Arbeit wäre nichts wert, wenn es nicht so wäre!«

»Sie haben gut reden!«, reagierte sie unwirsch. »Für Sie ist mein Mann ein Versuchskaninchen, das Ihren Forschungen dient! Sie wollen den Nobelpreis gewinnen, und es kümmert Sie einen Dreck, was Frank dabei empfindet!« Sie war aufgesprungen und blitzte ihn wütend an. Als sie erkannte, wie ihre Worte auf den Arzt wirkten, sank sie weinend auf den Stuhl zurück. »Es tut mir Leid, Dr. Morgan! Das wollte ich nicht sagen! Ich weiß, wie sehr Sie sich um Frank kümmern! Ich weiß, dass ihn ein anderer Arzt längst abgeschoben hätte! Aber wie kann ich ihm noch helfen?«

Seine Züge entspannten sich, und er beugte sich zu ihr.

»Sie tun das Richtige, Mrs. Watson! Machen Sie so weiter wie bisher, und Sie werden sehen, dass Frank wieder gesund wird!«

»Und wie lange wird das dauern? Einen Monat? Ein Jahr?«

»Ich weiß es nicht, Mrs. Watson!« Ein Lächeln umspielte seinen Mund. »Wenn ich es wüsste, hätte ich den Nobelpreis längst bekommen! Wollen Sie wirklich keinen Kaffee? Vielleicht einen Tee?«

»Nein, danke«, sagte sie, »ich muss zurück zu meinem Mann!«

An diesem Abend hielt sie sich nicht an ihre Routine und ging mit den Hunden auf eine nächtliche Tour. Im Schein des Nordlichts, das in zarten Mustern über den Himmel flackerte, fuhr sie über die leere Schotterstraße. Die Räder des Schlittens ratterten über den Schotter. Die ersten Schneeflocken wirbelten durch die Luft, und es würde nicht mehr lange dauern, bis sie die Räder abschrauben konnte. Sie sehnte sich danach, durch den Schnee zu gleiten und die eisige Kälte des Winters auf ihren Wangen zu spüren.

Nach Mitternacht kehrte sie nach Hause zurück. Sie versorgte die Hunde und schürte den Ofen im Blockhaus an. Ihr Gesicht war von der Kälte gerötet. Der Winter rückte näher, und sie würde bald ihre Winterkleidung und den Gesichtsschutz anziehen müssen. In Fairbanks wurde es bitterkalt. Im letzten Dezember hatte man fünfzig Grad unter Null gemessen, ein absoluter Minusrekord, selbst im Hohen Norden. Sie zog ihre Kleider aus, wusch sich mit dem heißen Wasser, das sie über dem Ofen erwärmt hatte, und schlüpfte in ihr Nachthemd. Mit einem Becher heißen Tee und der Post, die sie auf dem Weg zum Krankenhaus abgeholt und auf den Küchentisch geworfen hatte, zog sie sich ins Bett zurück.

Der nächtliche Ausflug hatte ihre Lebensgeister geweckt und ihr Kraft für die nächsten Tage geschenkt.

Im schwachen Schein ihrer Nachttischlampe ging sie die Briefe durch. Die Rechnung einer Firma, die Ersatzteile für die *Fairchild* geliefert hatte, der kurze Brief eines Buschfliegers aus Anchorage, der ihrem Mann gute Besserung wünschte, und ein Schreiben der Versicherung, das sie mit wachsender Unruhe studierte. »... müssen wir Ihnen leider mitteilen, dass eine genaue Untersuchung des Unfallhergangs ... ob dem Flugzeughalter eine Mitschuld nachzuweisen ist ...« Clarissa ließ die Hand mit dem Brief sinken und schimpfte leise. »Sie wollen nicht zahlen!« Sie stieg aus dem Bett, holte ihr Sparbuch aus dem Schrank und stellte fest, dass ungefähr tausend Dollar auf ihrem Konto waren. Ein stattlicher Betrag, der sie über die nächsten Monate bringen, aber niemals für ein Flugzeug reichen würde. Nicht mal für eine Anzahlung. Was geschah, wenn ihr Mann länger krank blieb? Hatte Dr. Morgan nicht von einem Mann gesprochen, der mehrere Jahre im Koma gelegen hatte? Sie legte das Sparbuch zurück und setzte sich auf den Bettrand. Geistesabwesend trank sie von ihrem Tee. »Noch brauche ich mir keine Sorgen zu machen«, beruhigte sie sich, »und wenn Frank aufwacht, gehe ich zur Bank! Mr. Cassano gibt uns bestimmt einen Kredit! Helen hat gesagt, dass sie uns helfen würde!« Sie brachte den leeren Becher in die Küche und tätschelte ihren Leithund, der es sich auf seiner Decke bequem gemacht hatte. »Du hast es gut, Dusty!«, sagte sie. »Du hast keine Sorgen! Du brauchst dir nicht den Kopf darüber zu zerbrechen, woher das Geld kommt! Mach mir keinen Kummer, okay?«

In dieser Nacht schlief sie kaum. Unruhig wälzte sie sich von einer Seite auf die andere, drehte ihre Nachttischlampe an und las im letzten *News-Miner* über die Deutschen, die halb Europa den Krieg erklärt hatten. Die Abbildung des deutschen Diktators, der mit erhobener Hand auf einer Bühne stand, verwirrte sie. Zum Glück lebt dieser Wahnsinnige auf der anderen Seite des Ozeans, dachte sie. Sie verabscheute Gewalt und konnte auch mit dem Machthunger dieses Deutschen wenig anfangen. Ihr war es egal, wie groß ein Land war. Sie kümmerte sich nicht einmal darum, ob Alaska selbstständiges Territorium oder ein Bundesstaat der USA war. Es kam immer auf die Menschen an, die in einem Land wohnten. »Hier würde es diesem Hitler sowieso nicht gefallen«, amüsierte sie sich, »hier wäre es ihm viel zu kalt!« Am nächsten Morgen verzichtete sie auf den Ausflug mit den Hunden und fuhr direkt zum Büro der Versicherung. Mit dem Brief in der Hand verlangte sie den Direktor zu sprechen. Sie kannte den Mann vom letztjährigen Wohltätigkeitsball und wurde sofort vorgelassen. »Ich weiß, Mrs. Watson, ich weiß«, beruhigte er sie, noch bevor sie etwas gesagt hatte. »Sie haben Angst, dass Sie kein Geld bekommen! Sie müssen das verstehen, Mrs. Watson! Wenn es nach mir ginge, würde ich Ihnen das Geld sofort geben, aber ich muss mich an die Richtlinien unseres Hauses halten! Wir müssen den Untersuchungsbericht unseres Gutachters abwarten! Nach den bisherigen Untersuchungen und den Angaben, die Sie uns gemacht haben, sieht es leider so aus, dass wir Ihnen nur einen Teilbetrag ausbezahlen können. Das wird einige Monate dauern. Falls Sie in ernsthaften Geldschwierigkeiten sind, würde ich Ihnen empfehlen, bei Ihrer Bank vorzusprechen! Wie gesagt, es ist wirklich nicht persönlich gemeint ...«

»Ich verstehe«, sagte Clarissa knapp. Sie verließ das Gebäude, ohne auf die umständlichen Erklärungen des Mannes einzugehen, und stieg in ihren Chevy. Sie zerknüllte den Brief und schlug wütend mit beiden Händen auf das Lenkrad ein. »Frank kann doch nichts dafür, dass er abgestürzt ist!«, schimpfte sie.

»Er hat sich nichts zuschulden kommen lassen! Es war höhere Gewalt!« Sie starrte nach draußen in den Schnee, der jetzt in dicke Flocken vom Himmel fiel, und merkte erst nach einiger Zeit, dass jemand gegen das Seitenfenster klopfte. »Harry!«, erkannte sie den Airport Manager. Sie kurbelte das Fenster herunter und lehnte sich hinaus. »Harry! Was machst du denn um diese Zeit in der Stadt?«

»Geld holen«, meinte er fröhlich, »heute ist mein freier Tag! Der alte Thomasson vertritt mich. Der Norweger muss auch leben!« Er deutete über die Straße. »Ich wollte in den Nugget und Chuck zum Mittagessen einladen. Wird Zeit, dass der alte Chuck mal wieder auf andere Gedanken kommt!« Sein Blick wurde ernst. »Wie geht es Frank? Ich hab gehört, es geht langsam aufwärts!«

»Er macht Fortschritte«, antwortete sie ausweichend. »Ich bin jeden Nachmittag bei ihm. Dr. Morgan sagt, dass er mich versteht. Wenn wir Glück haben, ist er bis Weihnachten wieder auf dem Damm!« Sie verriet ihm nicht, dass es auch zwei oder drei Jahre dauern konnte, und wechselte das Thema. »Was ist mit der *Fairchild* passiert? War jemand von der Versicherung da?«

»Vor zwei Tagen«, erinnerte sich der ehemalige Flieger. Er deutete hinter sich. »Sie wollen nicht bezahlen, was? Wäre nicht das erste Mal, dass sie Ärger machen! Du solltest dir einen Anwalt nehmen!« Er berührte das Autodach. »So, jetzt muss ich aber gehen! Chuck wartet! Komm doch mal vorbei, wenn du Zeit hast!«

»Mach ich, Harry!« Sie wartete, bis er die Straße überquert hatte, und legte den Gang ein. Während sie zum Krankenhaus fuhr, brauste eine *Fairchild* über den nahen Wald und hielt auf den Flughafen zu. Sie erkannte die Maschine von Sid Baxter, glaubte sogar, seinen weißen Schal zu erkennen. Der Pilot, der ihrem Mann die Aufträge weggeschnappt hatte. »Mistkerl!«, fluchte sie.

7

An einem Freitag im Oktober beschloss Clarissa, ihr Schicksal selbst in die Hand zu nehmen. Seit ihr Mann die Augen geöffnet hatte, waren mehrere Wochen vergangen, und sein Zustand war immer noch unverändert. »Wir müssen Geduld haben«, beschwor Dr. Morgan sie immer wieder. »Sie dürfen auf keinen Fall aufgeben!« Schwester Ruth war anderer Meinung, ließ sich aber nichts anmerken und versorgte den bewusstlosen Piloten wie einen normalen Patienten. Nur einmal, als sie mit einer jüngeren Schwester sprach und sich unbeobachtet glaubte, hörte Clarissa sie sagen: »Also, ich glaube nicht mehr daran, dass der arme Kerl gesund wird! Haben Sie gesehen, wie leer seine Augen sind? Ich hatte mal einen Patienten, der war nicht so schlimm dran und wurde in ein Heim abgeschoben! Aber lassen Sie sich nichts anmerken, ja?«

Clarissa sprach tagelang kein Wort mit der Krankenschwester, ohne ihr zu verraten, dass sie gelauscht hatte. Schwester Ruth schob das seltsame Benehmen auf ihren angespannten Gemütszustand und behandelte sie wie immer. Sie hatte oft genug erlebt, dass Angehörige eines Schwerkranken unter dem Druck, sich täglich um ihn kümmern und ihr ganzes Leben ändern zu müssen, trotzig schwiegen. Einige Tage später schien Clarissa den Vorfall vergessen zu haben. Sie erzählte der Schwester von ihren Hunden, wie begeistert sie an diesem Morgen durch den Schnee gefegt waren. Besonders Dusty liebte die weiße Pracht. Sogar die viel befahrene Cushman Street war mit einer dichten Schneedecke überzogen. Wehmütig erinnerte Clarissa sich daran, wie sie im letzten Jahr den Tag, an dem sie die Räder vom Schlitten geschraubt hatte, gefeiert hatten. Mit gebratenen Elchsteaks und einer Flasche des guten Weins von

Richard hatten sie sich ein Festmahl bereitet. Richard Harmon nannte sich den »Gentleman unter den Buschflliegern«. Frank war immer noch ohne Bewusstsein, und sie machte sich auf eine lange Genesungszeit gefasst. Sie glaubte fest daran, dass er wieder aufwachte, sie musste daran glauben, wenn ihre Anstrengungen einen Sinn haben sollten, aber ihr Wunsch, ihn vor Weihnachten in einer *Fairchild* zu sehen, war illusorisch. Für diese Erkenntnis brauchte sie weder das Urteil einer Krankenschwester noch die Meinung von Dr. Morgan, der immer wieder den Kopf schüttelte und sagte: »Es kann länger dauern, Mrs. Watson, damit müssen Sie sich abfinden. Aber Sie dürfen nicht aufgeben!« Manchmal hatte sie den Eindruck, dass der Arzt mehr geneigt war, an eine vollständige Genesung ihres Mannes zu glauben als sie. »Wenn er wenigstens mal den Kopf bewegen würde«, klagte sie. Zwei Briefe, die am selben Tag in ihrem Postfach lagen, gaben ihr den letzten Anstoß, etwas für ihren Lebensunterhalt zu tun. Einer kam von der Versicherung. Der Direktor teilte ihr in nüchternen Worten mit, dass man sich leider außerstande sehe, die Entschädigung zu zahlen, sie aber eine treue Kundin sei, und man den Fall noch einmal überprüfen und an die Zentrale in Anchorage weiterleiten würde. Was im Klartext hieß, dass sie wahrscheinlich überhaupt kein Geld bekommen würde. In dem anderen Umschlag steckte eine Rechnung des Krankenhauses für den ersten Monat. Beim Anblick der hohen Summe konnte sie sich ausrechnen, wie lange ihre Ersparnisse reichen würden, wenn Frank noch zwei oder drei weitere Monate im Koma blieb. »Ich weiß, das ist viel Geld«, sagte Dr. Morgan. »Aber ich kann nur einen Teil der Kosten über mein Budget abrechnen …« Clarissa verbrachte die halbe Nacht damit, einen Finanzplan für das nächste Jahr aufzustellen, immer davon ausgehend, dass Frank noch länger ohne Bewusstsein blieb. Sie musste mit dem Schlimmsten rechnen, wenn sie keine böse Überraschung erleben wollte. Ein Kredit würde ihr nicht weiterhelfen. Wenn Frank gesund wurde, brauchte er eine neue Maschine, und sie würden das viele Geld niemals zurückzahlen können. Sie musste einen Job annehmen. Aber welchen? Sie konnte mit Hunden umgehen und einen Schlitten steuern. Und sonst? In einem Laden aushelfen? Im Krankenhaus als Pflegerin anheuern, damit sie in der Nähe ihres Mannes blieb? Sie zog den Anorak an und trat vor ihre Hütte. Frank hätte sich in einem solchen Augenblick eine Zigarre angesteckt. Er hätte zu den Sternen emporgeblickt und gesagt: »Es gibt immer eine Lösung, Clarissa!«

Der Himmel war in dieser Nacht ungewöhnlich klar. Ein Meer von Sternen erhellte die Dunkelheit, wie ein silberner Teppich aus lauter winzigen Edelsteinen, die im fernen Weltall brannten. Die grünen Nebel des Nordlichts verwoben sich mit dem glitzernden Teppich zu einem einzigartigen Muster und berührten den Schnee der nahen Berggipfel. Auch nach fünfzehn Jahren im Hohen Norden faszinierte sie dieses Schauspiel noch. Wenn sie allein unter dem nächtlichen Himmel stand und das Flackern sah, spürte sie die Überlegenheit der Wildnis, und sie glaubte den Indianern, die sich als winzigen Teil dieser Natur empfanden. »Der weiße Gott will, dass wir uns diese Natur untertänig machen«, sagten die traditionellen Indianer immer noch. »Doch sind wir wichtiger als Tiere, Bäume, Blumen, Sand und Steine?«

Der Lärm eines Motors störte die nächtliche Ruhe. Eine *Bellanca* folgte dem Chena River nach Weeks Field. Ihr silberner Rumpf und die Skier glänzten im Sternenlicht. Im schwachen Licht des Cockpits bewegte sich ein Schatten. »Noel Tuska!«, erkannte sie den jungen Draufgänger, der öfter bei ihnen zu Besuch gewesen war und sich wertvolle Tipps von Frank geholt hatte. Er flog einige Meter zu tief, und sie hatte schon Angst, dass er die Telefonmasten neben der Brücke streifen könnte, aber er wich geschickt dem Hindernis aus und steuerte die Maschine sicher nach Westen. Das Motorengeräusch veränderte sich, ein sicheres Zeichen dafür, dass er gelandet war, und sie lächelte zufrieden.

Wenn sie es richtig überlegte, war sie selbst eine Buschfliegerin. Sie lebte so lange mit einem Piloten zusammen und hatte so oft in einem Cockpit gesessen, dass sie genau zu wissen glaubte, wie eine *Bellanca* oder eine *Fairchild* zu fliegen war. Sie war mit der Psyche jener Männer vertraut, die sich nichts Schöneres vorstellen konnten, als in einer fliegenden Kiste die Berge zu überqueren und über den Wolken nach einem neuen Horizont zu suchen. Auch sie kannte das berauschende Gefühl, die Erde unter sich zu lassen und den Wind unter den Tragflächen zu spüren. Ähnlich empfand sie nur, wenn sie mit ihrem Schlitten in die Wildnis fuhr und irgendwo in der Einsamkeit kampierte.

Dusty kam auf die Veranda und rieb seine Schnauze an ihren Beinen. Sie nahm die Hände aus den Anoraktaschen und kraulte ihn hinter den Ohren. Die Kälte machte ihr nichts aus. Sie war ganz andere Temperaturen gewöhnt. »Hallo, Dusty?«, begrüßte sie den Leithund. »Was meinst du? Tauge ich zur Buschpilotin? Wenn ich mich geschickt anstelle, könnte ich den Flugschein in sechs Wochen machen! Ich hole mir einige der alten Aufträge zurück – und würde damit fast so viel Geld wie Frank verdienen!«

Sie hörte sein leises Jaulen und lachte. »Ich weiß, ich weiß, ich bin verrückt! Schlimm genug, dass ich jeden Morgen mit euch durch den Schnee sause und an diesem Rennen teilnehme! Eine vierzigjährige Frau!« Sie rieb ihre Hände und steckte sie in die Anoraktaschen. »Aber es gibt Männer wie Scott Hendricks oder Sourdough Jim, die sind fünfzig oder sechzig Jahre alt und landen immer noch auf den vorderen Plätzen!« Sie glaubte, eine weitere *Bellanca* zu hören, und suchte vergeblich den Himmel ab. »Aber du hast Recht, es ist eine verrückte Idee!«

Sie kehrte ins Haus zurück und trank einen heißen Tee, bevor sie ins Bett ging. Der Gedanke, den Flugschein zu machen und selbst zu fliegen, begeisterte sie immer mehr. Sie würde sich das Geld für die Anzahlung der Maschine von der Bank leihen, und wenn das nicht reichte, bei einer Firma anheuern. Zum ersten Mal seit vielen Wochen schlief sie mit einem Lächeln auf den Lippen ein. Im Traum sah sie sich im Cockpit einer *Fairchild,* das Gesicht mit der Schutzbrille im Wind und bei der Landung den Daumen der rechten Hand nach oben gereckt, als sie von Männern wie Noel Tuska und Richard Harmon begrüßt wird.

Am nächsten Morgen trieb sie ihren Hundeschlitten durch die verschneite Stadt. Eisiger Nebel hing zwischen den Häusern. Schwache Lichter warfen gespenstische Schatten. Sie fuhr nach Weeks Field, ein Weg, den die Hunde genau kannten, und parkte den Schlitten neben der Holzhütte des Airport Managers. Harry Cheek hatte sie am Hundegebell erkannt und bereits Wasser aufgesetzt, als sie den Raum betrat. »Mit Milch und Zucker, nicht wahr?«, begrüßte er Clarissa fröhlich. »Freut mich, dass du den Weg zum alten Harry gefunden hast! Wie geht es Frank? Ich hab gehört, der Bursche lässt sich etwas Zeit?«

»Ab morgen könnt ihr zu ihm«, erwiderte sie. »Dr. Morgan wollte ganz sicher sein, dass er ihm nicht zu viel zumutet!« Sie zog die Handschuhe aus und wärmte ihre Hände über dem Ofen. »Aber passt auf! Er versteht jedes Wort, das ihr sagt!« Sie griff nach dem Becher und nahm einen vorsichtigen Schluck. Der Kaffee brannte auf ihrer Zunge. Ihre Miene wurde ernst. »Es wird wohl noch eine Weile dauern, Harry! Drei, vier Monate, ein halbes Jahr, so genau können das die Ärzte nicht sagen. Ein teures Vergnügen! Gestern hab ich die erste Rechnung vom Krankenhaus bekommen! Und die Versicherung will auch nicht zahlen! Es wird höchste Zeit, dass ich mich nach einem Job umsehe!«

Harry Check setzte sich und zog seine Pfeife aus der Jackentasche. Er stopfte sie bedächtig. »Hm«, meinte er, »zurzeit sieht es schlecht aus. Ich hab keine Jobs zu vergeben, und der Drugstore hat gerade eine neue Bedienung eingestellt. Ein hübsches Mädel aus Seward, der reinste Balsam für mein gesundes Auge! Schade, dass ich nicht mehr zwanzig bin!« Er setzte den Tabak in Brand und paffte dreimal kräftig. »Du könntest bei der

Armee fragen! Die suchen manchmal Zivilistinnen fürs Büro! Wenn du willst, kannst du von hier aus anrufen, ich hab die Nummer hier!«

»Ich will Buschfliegerin werden«, sagte sie. »Ich will mir eine *Fairchild* kaufen und den Job von meinem Mann übernehmen.«

Sie versteckte sich hinter ihrem Kaffeebecher und wartete darauf, dass Harry einen Lachanfall bekam. Stattdessen spuckte er einige Tabakkrümel auf den Boden. Ein leichtes Grinsen zog über sein zerfurchtes Gesicht. »Hab ich mir fast gedacht, dass du nicht hinter einer Ladentheke stehen oder im Büro versauern willst!« Er paffte an seiner Pfeife. »Und wenn ich dir sage, dass du den Verstand verloren hast? Dann erzählst du mir von dieser Frau in Anchorage, die ihren Pilotenschein gleich nach dem College gemacht hat und Männer wie Richard Harmon ausbildet!«

»Mit dem war sie nur die ersten drei Stunden oben«, erwiderte Clarissa. »Sie hat ihm den Laufpass gegeben, als er ihr seinen Weinkeller zeigen wollte. So erzählt es Noel Tuska, und der war angeblich in der Nähe! Ich nehme an, sie mag keinen Wein …«

Harry Cheeks schmunzelte um den Pfeifenstiel herum. »Sie ist mit allen Wassern gewaschen, das hab ich auch schon gehört!«

»Oder Amelia Earhart! Was die alles konnte, brauch ich dir ja nicht zu erzählen! Wär Lindbergh nicht ein paar Jahre älter, wäre sie noch vor ihm über dem Atlantik gewesen! Und an die Geschwindigkeitsrekorde, die sie mit ihrer Lockheed Vega aufgestellt hat, ist noch keiner rangekommen. Noel hat es versucht …«

»… und ist gescheitert, ich weiß. Aber wenn ich mich recht erinnere, ist Amelia Earhart irgendwo über dem Pazifik abgestürzt!«

»Sie konnte fliegen!«, widersprach Clarissa bestimmt. »Und es gibt Dutzende von anderen Frauen, die auch fliegen können!

Ich kann es schaffen, Harry! Wenn ich mich anstrenge, kann ich es schaffen! Zur Not lasse ich das Dog Derby dieses Jahr sausen!«

»Und auf wen soll ich dann meine Ersparnisse setzen?«, fragte Harry lachend. »Nein, meine Liebe! Du wirst den Pilotenschein machen und das Dog Derby gewinnen, und so wahr ich nur noch ein Auge habe: Du wirst die beste Pilotin in ganz Alaska!«

»Danke, Harry.«

Er zog nachdenklich an seiner Pfeife. »Du weißt, dass Flugstunden teuer sind! Ich hab keine Ahnung, was du auf dem Konto hast, und es geht mich auch nichts an, aber mit ein paar hundert Dollar musst du rechnen. Selbst wenn du bei einem Kumpel wie Willie in die Lehre gehst! Willie Jones! Die großen Schulen sind zu teuer, und in Anchorage würde ich es gar nicht erst versuchen! Es sei denn, ihr seid auf eine Goldader gestoßen!«

»Mein Schmuck würde gerade mal für eine Flugstunde reichen«, erwiderte sie. »Und die Pokale, die ich bei der Yukon Trophy und beim Dog Derby gewonnen habe, sind aus Messing.«

»Willie Jones«, wiederholte er. »›Willie's Flight Service‹ heißt seine neue Firma. Passagiere, Fracht, Flugschule, alles in einem. Wahrscheinlich bist du die erste Kundin! Er hatte in letzter Zeit wenig Aufträge und könnte das Geld gut gebrauchen! Beim Pokern ist er bestimmt nicht reich geworden!« Er blickte in ihr zweifelndes Gesicht und fügte hinzu: »Okay, er hat nicht den besten Ruf! Du weißt ja selber, was die Leute über ihn erzählen. Von wegen, er schaut zu tief in die Flasche und lässt öfter mal fünfe gerade sein. Aber er hat den besten Mechaniker der Welt! Mike Sheldon. Ein Junge aus Montana. Er könnte eine *Bellanca* im Dunkeln auseinander nehmen und wieder zusammensetzen! Er fliegt wie der Teufel! Wenn Willie ihn öfter an den Steuerknüppel lassen würde, ginge es seiner Firma längst besser!«

»Mike Sheldon?«, überlegte sie. »Den Namen hab ich schon mal gehört. Ich glaube, Frank hat von ihm erzählt. »Noch grün hinter den Ohren, aber er versteht was von Flugzeugen!, hat er gesagt. Er kam vor ein paar Monaten nach Fairbanks, nicht wahr?«

Harry nickte. »Mit seiner Mutter. Sein Vater ist vor einigen Jahren bei einem Unfall ums Leben gekommen. Keine Ahnung, was passiert ist, so gut kenne ich den Burschen nicht. Ist lange her.«

»Hat Willie ein Büro?«

»Den Nugget Saloon.«

»Hab ich mir gedacht«, schmunzelte Clarissa. Sie stellte den leeren Kaffeebecher auf den Tisch und zog ihre Handschuhe an. »Vielen Dank für den Kaffee, Harry! Lass dich nicht unterkriegen!«

»Das sollte ich eigentlich zu dir sagen!« Er hüllte sich in eine Rauchwolke und wartete, bis sie zur Tür gegangen war. »Du meinst es wirklich ernst, was? Du willst fliegen lernen!« Er ließ die Hand mit der Pfeife sinken und grinste. »Wenn ich es einer Frau zutraue, dann bist du das! Hals- und Beinbruch, Clarissa!«

»Bis bald, Harry!« Sie ging nach draußen und blinzelte in das Zwielicht, das über den Bergen aufgestiegen war. Es war kurz vor Mittag. Der Nebel war noch stärker geworden, beinahe so dicht wie an dem Tag, an dem ihr Mann abgestürzt war, und die Lichter der Stadt vermischten sich mit dem schmutzigen Grau. Bei so einem Wetter war kein Buschpilot in der Luft. Sie begrüßte ihre Hunde, zog den Anker aus dem Schnee und wendete den Schlitten. Mit einem Fuß auf der Bremse und angezogenen Leinen fuhr sie in die Stadt. Vor dem Nugget Saloon hielt sie an.

Zögernd blieb sie eine Weile vor dem Eingang stehen, bevor sie entschlosssen die Tür öffnete. Es schickte sich nicht für eine Frau, eine Bar zu betreten, und sie verabscheute dunkle Räume, in denen getrunken und geraucht wurde. »Ich bin gleich zurück!«, rief sie den Hunden zu.

Sie trat ein und ließ die Tür hinter sich ins Schloss fallen. Sofort verstummte jede Unterhaltung. Sie kam sich wie in einem dieser Cowboyfilme vor, die seit einigen Jahren gezeigt wurden. Ein Mann betrat einen Saloon und suchte den Mann, der seine Schwester umgebracht hatte. Clarissa hatte einmal so einen Film gesehen und sich nur gewundert, warum die Cowboys dauernd sangen. Ein gewisser Gene Autry war sogar in der Hitparade.

Der Nugget Saloon unterschied sich nur wenig von der Kneipe in einem Cowboyfilm. Ein langer Tresen, ein paar Tische und Stühle, sogar einen Spucknapf gab es. Unter den Lampen sammelte sich der Rauch. An der rückwärtigen Wand stand ein Billardtisch. Über der Bar hing das überdimensionale Gemälde eines bekannten Buschfliegers, der vor zehn Jahren in den Bergen verunglückt war, und neben dem Eingang stand eine Jukebox.

Willie Jones saß mit Noel Tuska und zwei anderen Buschfliegern an einem Tisch. Neugierig blickten die Männer sie an. Sie ging auf Willie zu und sagte: »Ich muss mit dir sprechen, Willie!«

Die Spannung löste sich. »Hi, Clarissa!«, erwiderte der Pilot. Er war ungefähr sechzig, hatte weißes, gelocktes Haar und buschige Augenbrauen, die an den Enden leicht nach oben standen. Sein Gesicht war leicht gerötet. Wie die meisten Männer im Saloon trug er eine Fliegerjacke. »Tut mir Leid, was mit deinem Mann passiert ist! Es tut uns allen Leid, aber das weißt du ja!«

Sie setzte sich mit ihm an einen freien Tisch abseits des Trubels und schüttelte den Kopf, als er etwas für sie bestellen wollte. »Harry Cheeks schickt mich! Ich möchte fliegen lernen!«

»Wie bitte?«

»Ich möchte Buschpilotin werden!«

Es dauerte eine Weile, bis sie den Piloten überzeugt und einen fairen Preis mit ihm ausgehandelt hatte. Er verlangte etwas mehr als die Unkosten und den Lohn für seinen Mechaniker. Nachdem sie die Abmachung mit einem Handschlag besiegelt hatten, grinste er. »Frank hatte Recht! Wenn du dir was in den Kopf setzt, bist du nicht mehr davon abzubringen!« Er riss ein Streichholz an und wollte die kalte Zigarre zwischen seinen Lippen entzünden. Als er sah, wie sie den Mund verzog, warf er das Streichholz in den Aschenbecher. »Wann willst du anfangen?«

»Sobald wie möglich.«

»Morgen Mittag? Um zwölf?«

»Einverstanden. Ich warte bei Harry.«

Sie verabschiedete sich von dem Flieger und verließ den Saloon. Die Hunde begrüßten sie bellend. »Weißt du was, Dusty?«, sagte sie zu ihrem Leithund. »Ich hab den Verstand verloren!«

8

Willie Jones wartete vor seiner *Fairchild,* als Clarissa ihren Hundeschlitten über den Flugplatz lenkte. Die hellen Streifen, die jetzt nur noch mittags am Himmel leuchteten, verbreiteten ein trübes Zwielicht. Durch den Schnee zogen sich die Spuren einiger Buschflugzeuge. Die Abdrücke ihrer Skier führten quer über den Platz. Bis auf die Rollbahn, die man für größere Maschinen freigeschaufelt hatte, lag Weeks Field unter einer festen Schneedecke.

Clarissa parkte ihren Schlitten hinter dem Holzhaus des Airport Managers und versorgte die Hunde, die nichts dagegen hatten, ihre Mittagspause im Schnee zu verbringen. Sie kraulte Dusty zärtlich zwischen den Ohren und begrüßte Harry Cheek, der mit qualmender Pfeife aus seinem Büro trat. Die Kälte schien ihm nichts auszumachen »Du meinst es wohl wirklich ernst, was?«, meinte der ehemalige Flieger. Sein gesundes Auge leuchtete. »Ich an deiner Stelle würde es genauso machen!« Er paffte an seiner Pfeife und blies den Rauch in die kalte Luft. »Weißt du, dass ich dich beneide? Wenn du zum ersten Mal solo fliegst, wirst du mich verstehen! Hals- und Beinbruch!«

Sie bedankte sich und ging zu Willie Jones. Hinter ihm war ein junger Mann damit beschäftigt, den Motor der *Fairchild* mit einem *Coleman-Kocher* aufzuheizen. »Erste Lektion«, begann der Pilot, nachdem er ihr die Hand geschüttelt und eine abfällige Bemerkung über die dunklen Winter gemacht hatte, »mach deiner Maschine bei einem solchen Wetter ordentlich Feuer unter der Nase, sonst kriegst du sie nicht vom Boden hoch! Und kratz das Eis von den Tragflächen, wenn du nicht wie eine abgeschossene Schneegans vom Himmel fallen willst!« Er berührte das eisige Metall und schlug die behandschuhten

Hände gegeneinander. »Aber das weißt du ja alles! Bist du schon mal selber geflogen?«

Sie schüttelte den Kopf. »Fliegen kann man das wohl kaum nennen! Bei meinem ersten Mann durfte ich mal das Steuer halten, unten in Kalifornien, aber da schien den ganzen Tag die Sonne, und ich brauchte nur geradeaus zu fliegen!« Sie dachte amüsiert daran, wie Jack in zweitausend Fuß Höhe den Steuerknüppel losgelassen und gesagt hatte: »Jetzt bist du dran, Schatz! Und flieg mir bloß nicht nach Hawaii, so weit reicht unser Sprit nicht!« Sie war nicht mal eine Meile geflogen, hatte die Maschine »unter ihrem Hintern gespürt«, wie die Buschflieger sagten, und zumindest geahnt, welche Begeisterung ein solches Gefühl auslösen konnte. Manche Piloten waren süchtig nach dem Fliegen und fühlten sich in der Luft wohler als auf der Erde.

»Ich will richtig fliegen lernen, Willie«, fuhr sie fort, »und ich möchte, dass du mir alles beibringst, was ich wissen muss, um in die Fußstapfen meines Mannes zu treten. Auch das, was ich angeblich schon weiß, weil ich tausend Mal mitgeflogen bin.«

Willie grinste. »Du bist die einzige Frau, der ich das zutraue. »Ich glaube, du schaffst es sogar über den Pazifik, wenn du erstmal deinen Schein in der Tasche hast.« Seine Augen funkelten spitzbübisch. »Außerdem bist du hübscher als Amelia Earhart. Ein alter Mann wie ich darf das sagen, oder?« Anscheinend erwartete er keine Antwort von Clarissa, denn er drehte sich zu der Gestalt am Ofen um und rief: »He, Mike! Komm mal her! Ich möchte dir unsere neue Schülerin vorstellen! Clarissa Watson!«

»Mike Sheldon«, antwortete eine freundliche Stimme. Ein junger Mann löste sich aus der Dunkelheit, wischte sich die Hände am Anorak ab und schüttelte Clarissa die Hand. Sein Lächeln war entwaffnend. »Hallo, Mrs. Watson! Ich hab schon viel von Ihnen gehört! Sie haben das letzte Dog Derby gewonnen, stimmt's?«

»Meine Hunde haben gewonnen!«, erwiderte sie bescheiden. »Ohne seine Hunde ist der beste Musher nichts wert. Sehen Sie den kräftigen Burschen da hinten? Den mit den stämmigen Beinen? Das ist Dusty. Der beste Leithund, den man sich denken kann! Ohne ihn hätte ich das Derby niemals gewonnen!« Sie ging auf die Maschine zu und berührte eine Tragfläche. Wie oft hatte sie ihrem Mann dabei zugesehen, wie er sein Flugzeug vor dem Abflug überprüft hatte. »Als Buschpilot musst du deine Maschine wie eine gute Freundin behandeln«, hatte er gesagt. Damals hatte sie darüber gelacht. Jetzt wurde ihr klar, wie abhängig sie von dieser Maschine war. »Eine *Fairchild 71*, nicht wahr?«

»He, Sie kennen sich aus!«, staunte Mike. Er war Mitte Zwanzig, ein eher schlaksiger Mann, dessen Anorak mindestens eine Nummer zu groß war und der wie ein großer Lausbub auf Clarissa wirkte. Seine Gesichtszüge waren weich, unter der leicht gebogenen Nase zeigte sich die Andeutung eines dunkelblonden Schnurrbarts, und das Strahlen in seinen blauen Augen schien tief aus seinem Inneren zu kommen. Er schien einer dieser seltenen Menschen zu sein, die niemals schlechte Laune hatten und selbst in einer ausweglosen Situation ihren Optimismus bewahrten. »Ich dachte, Frauen verstehen nichts von Technik!«

»Sei lieber vorsichtig, Mike!«, warnte Willie Jones den Jungen. »Clarissa kennt sich besser mit Flugzeugen aus als die meisten anderen Frauen in Alaska! Ihr Mann ist Pilot, vergiss das nicht!«

»Sorry, Mrs. Watson«, entschuldigte sich der junge Mann. »Clarissa«, verbesserte sie, »ich heiße Clarissa! Und dein Chef übertreibt mal wieder maßlos! Ich bin ein Greenhorn! Ich bin schon froh, wenn ich eine *Bellanca* von einer *Fairchild* unterscheiden kann! Und wenn du mich mit verbundenen Augen ins Cockpit setzt, verwechsele ich die meisten Schalter und Hebel!«

»So weit sind wir noch nicht«, winkte Willie ab, »den Blindflug und den doppelten Looping heben wir uns für die letzte Stunde auf!« Er leckte sich über die trockenen Lippen, ein sicheres Zeichen dafür, dass er heute noch keinen Schluck getrunken hatte, und deutete auf die Maschine. »Du wolltest von vorn anfangen. Also, das ist eine *Fairchild 71.* Ein älteres Modell, nicht so schön bemalt wie die Maschinen der Wien Brothers, aber genauso robust und widerstandsfähig!« Er sprach über den Motor und erklärte routiniert die Instrumente, und Clarissa konnte von Glück sagen, dass sie so oft mit ihrem Mann geflogen war, sonst hätte sie die vielen Informationen niemals behalten. Der junge Mike Sheldon stand neben ihr und strahlte sie unentwegt an, wobei er vor lauter Freude vergaß, sich um die Maschine zu kümmern. »Wenn du den Kocher noch lange brennen lässt, fliegt die Kiste in die Luft!«, ermahnte Willie den Jungen, und Mike beeilte sich, die Maschine klarzumachen.

»Von wegen Freundin! Wie ein Baby musst du deine Maschine behandeln, wenn es so kalt wie heute ist! Du weißt, dass wir den Motor und die Tragflächen über Nacht ordentlich einpacken, und dass wir nochmal das Eis von den Tragflächen schlagen, mit einem Seil oder einem Besen, aber wenn der Eisnebel kommt, bleibst du besser am Boden. Ich war mal auf einem Postflug nach Barrow, ist schon ein paar Jahre her, und ich hatte gerade die Brooks Range überflogen, als mir dieser Nebel in die Quere kam. In der Brooks Range sieht alles gleich aus, musst du wissen, da gibt es kaum markante Punkte, nach denen du dich richten kannst. Natürlich hätte ich umkehren sollen, aber bei der Post befanden sich wichtige Medikamente, und ich hatte es eilig. Der Nebel war so feucht, dass mir die Scheibe zufror! Ich musste mich seitlich aus dem Fenster lehnen, um wenigstens ein bisschen was sehen zu können! Du kannst dir sicher vorstellen, wie ich nach der Landung aussah! Wie eine der Eisfiguren, die sie während des Winter Carnivals auf den Fairgrounds aufstellen! Ein Wunder, dass ich heil runterkam! Mann, war das eine Landung!«

Wie alle Buschpiloten erzählte auch Willie Jones gerne Geschichten. Jeder Pilot hatte einen Nebelflug, einen Fast-Absturz und eine Notlandung in der Wildnis in seinem Repertoire, und auch sie konnte sich an etliche Abenteuer erinnern, die ihr Mann besonders gern erzählte, wenn irgendwelche Wichtigtuer aus den Staaten an ihrem Kamin saßen. Erfolgreiche Großwildjäger, die schon in Afrika gejagt hatten und so taten, als wäre eine Bärenjagd in der Arktis ein harmloser Ausflug. Am erstaunlichsten war, dass die meisten der Geschichten, die Frank erzählte, der Wahrheit entsprachen. Auch Willie Jones flunkerte nicht. Er war ein erstklassiger Flieger, wenn er nüchtern war. »Okay«, forderte er Clarissa auf, »ich glaube, du brauchst ein bisschen Höhenluft!«

Mike kam unter dem Flugzeug hervor. Sein fröhliches Lächeln war leichter Besorgnis gewichen. »Wir sollten die Aufhängung der Skier auswechseln«, schlug er vor. »Wenn Sie wollen, laufe ich schnell zum Shop und besorge neue!« Er arbeitete jeden Vormittag im Pacific Air Motive Shop, einem Reparaturbetrieb für Buschflugzeuge in der Barnett Street. Nachmittags kümmerte er sich um die beiden Maschinen von »Willie's Flight Service«. Leider wurden die Aufträge immer seltener, und er hatte kaum noch etwas zu tun. Es hatte sich herumgesprochen, dass Willie gelegentlich zu tief in die Flasche sah. »Ich fliege nur mit dir, wenn du absolut nüchtern bist!«, hatte sie ihn im Nugget Saloon gewarnt. Willie warf einen schnellen Blick unter die Maschine. »Die hält noch ein paar Wochen«, beruhigte er den jungen Mechaniker. »Kümmere dich um die *Bellanca,* solange wir unterwegs sind! Ich glaube, die Ölleitung ist undicht. Ach ja …« Er wandte sich an Clarissa und senkte seine Stimme. »… wäre es vielleicht möglich, dass du mir eine Anzahlung gibst? Fünfzig Dollar würden schon genügen! Ich hab da noch einige … äh … Verbindlichkeiten … Es macht dir doch nichts aus, oder? Die Firmen in Anchorage verlangen sogar einen Hunderter als Vorschuss, und ich dachte …«

»Ist doch selbstverständlich«, unterbrach sie ihn freundlich, »ich war vorhin bei der Bank und habe mein Konto leer geräumt.« Sie reichte ihm einen Fünfzig-Dollar-Schein. »Die Quittung kannst du mir später geben. Sag Bescheid, wenn du wieder was brauchst! Wenn du willst, überweise ich dir den ganzen Betrag im Voraus!«

»Nein, nein«, winkte er ab, »lass dir ruhig Zeit! So dringend brauche ich das Geld nun auch wieder nicht!« Er gab den Geldschein an Mike weiter. »Bring das Geld bei Noel vorbei! Ich glaube, ich schulde ihm noch einen Zwanziger! Den Rest bring auf die Bank! Sag ihnen, dass in den nächsten Tagen mehr kommt!«

Clarissa konnte sich denken, was das bedeutete, ließ sich aber nichts anmerken. Ganz Fairbanks wusste, dass Willie Jones zu viel trank und sein weniges Geld am Pokertisch verspielte. Wahrscheinlich hatte er Schulden bei der Bank. Sie musste an den strengen Mr. Cassano denken, wie er hinter seinem Schreibtisch saß und Willie Jones ermahnte, seine Schulden zurückzuzahlen. »Wenn Sie das Geld nicht zurückzahlen, müssen wir leider Ihre Flugzeuge verkaufen!«, würde er sagen. Der Italiener war ein freundlicher, aber unnachgiebiger Mann, wenn es um Geschäfte ging. Was er wohl zu ihr sagen würde? Sie setzte die Schutzbrille auf, die Mike ihr reichte, und kletterte hinter Willie Jones in das Flugzeug. »Guten Flug!«, wünschte ihr der Mechaniker. Er winkte fröhlich, als der Buschpilot den Motor aufheulen ließ und die *Fairchild* über den Schnee trieb. In einem dichten Flockenwirbel hoben sie ab. Willie drehte eine Linkskurve und lenkte die Maschine geradewegs in den strahlenden Himmel hinein. Das orangefarbene Zwielicht brach sich zwischen den vereinzelten Wolken und spiegelte sich auf dem Eis des zugefrorenen Chena Rivers. Wie flüssiges Gold tropfte es aus dem Himmel und zauberte helle Flecken in die Dunkelheit. Der Mond und unzählige Sterne strahlten hell und klar vorn östlichen Himmel.

Der Motor der *Fairchild* wurde leiser und regelmäßiger. Sie flogen der schwachen Sonne entgegen und hielten auf den leuchtenden Horizont zu, der schon in einer Stunde wieder dunkel sein würde. Hinter ihnen war dunkle Nacht. Clarissa beobachtete jeden Handgriff des Piloten, sie bewunderte seine routinierte und beinahe bedächtige Art, die Hebel und Knöpfe zu bedienen. Er war ein erfahrener Pilot, das musste ihm der Neid lassen. Ein Profi, von dem auch Männer wie Noel Tuska und Richard Harmon noch etwas lernen konnten. Oder Frank J. Watson. Ihr Mann war kein geborener Pilot wie diese wilden Burschen, er war ein harter Mann, der jede Herausforderung annahm. Er hatte zu den besten Polizisten der Royal Canadian Mounted Police gehört und wäre vielleicht Superintendent geworden, wenn er bei der Truppe geblieben wäre. Ihn trieb das Abenteuer und nicht die Sehnsucht nach der grenzenlosen Freiheit über den Wolken, der Wunsch, von ihr anerkannt zu werden.

Unter ihnen flog das Land dahin, schimmerten die schneebedeckten Berge im schwachen Licht der untergehenden Sonne. Der Schatten der Maschine huschte über die Felsen. Die Sonne versank am Horizont, und der halbe Mond und die Sterne lösten sie ab und brachen mit ihrem silbernen Leuchten durch die frühe Nacht. Ihr weißes Licht überzog die Berge mit einem blassen Schein. Clarissa hatte auf ihren Fahrten mit dem Hundeschlitten und neben ihrem Mann in der *Fairchild* den Zauber dieser Einsamkeit viele Male genossen, und doch war sie immer wieder aufs Neue von der magischen Schönheit der Wildnis gefesselt.

»Weißt du, was der Mechaniker der Wien Brothers mal zu mir gesagt hat?«, rief Willie Jones in den Motorenlärm. »Die Buschfliegerei, das sind harte und eintönige Stunden – bis auf die wenigen Sekunden, in denen du um dein Leben kämpfen musst!«

»Ich finde das Fliegen überhaupt nicht langweilig«, meinte Clarissa. Sie blickte durch das geschlossene Fenster in die klare Nacht hinaus. »Sieh dir den Himmel an! Hat dich dieser Anblick jemals gelangweilt? Also, mich nicht! Ist er nicht wundervoll?«

»Jedenfalls besser als der langweilige Himmel über Portland, Oregon! Da unten hat es in einem Monat mehr geregnet als hier in einem Jahr!« Er schüttelte sich. »Ich hab die Hälfte meines Lebens in der Gegend verbracht.« Er wich einigen Wolken aus und legte die *Fairchild* in eine Linkskurve. Jetzt waren sie hoch genug, um mit dem Unterricht zu beginnen. »Also, diese runde Anzeige, das ist der Höhenmesser! Wir sind ungefähr dreitausend Fuß hoch. Aber das hast du natürlich längst erkannt! Wie wär's mit einem schlauen Spruch, den ich bei den *Barnstormers* aufgeschnappt habe?« *Barnstormers,* zu denen ihr erster Mann gehört hatte, zeigten waghalsige Kunststücke auf Flugshows. »Ausreichende Höhe ist wie Geld auf der Bank«, zitierte der Pilot. »Soll heißen, dir kann gar nichts passieren, wenn du weit genug oben bist! Die meisten Unglücke geschehen während des Starts und der Landung. Aus dem Himmel stürzt ein Flugzeug nur, wenn irgendwas mit der Technik nicht stimmt oder wenn du die Kontrolle verlierst! Wenn die Höhe stimmt, hast du noch genug Zeit, die Maschine in deine Gewalt zu bekommen. Grundregel Nr. 1!«

Über dem Yukon River, der sich wie ein breites Band durch die Wildnis wälzte und weiß im Mondlicht glänzte, flog Willie Jones nach Westen weiter. »Ein Buschpilot braucht keine Landkarten«, rief er, »die Brooks Range hat sowieso niemand vermessen. Jedenfalls nicht, dass ich wüsste. Dein bester Wegweiser sind die Flüsse. Der Yukon, der Koyukuk, und wie sie alle heißen. Wenn du einen Fluss unter den Tragflächen hast, kann dir kaum was passieren. Du weißt immer, wo du bist. Und wenn irgendwas schief läuft, falls dir der Sprit ausgeht oder der Motor abstirbt, kannst du auf dem Wasser oder dem Eis landen. Irgendeine Siedlung liegt immer am Ufer, und wenn's ein winziges Indianerdorf ist.« Er deutete auf einen klobigen Felsen, der wie der Panzer einer riesigen Schildkröte aus den Bäumen ragte. »Du brauchst einen Bezugspunkt! Wenn du in einen White-Out gerätst, bist du verloren!«

Ein White-Out gehörte zum Schlimmsten, was einem Piloten passieren konnte – oder einer Musherin. Wenn man in dem grenzenlosen Weiß des Hohen Nordens die Orientierung verlor, war man meist rettungslos verloren. »Wird Zeit, dass wir umkehren«, meinte Willie Jones, als sie den klobigen Felsen überflogen. Er flog eine Kurve und bestimmte den Kurs nach Fairbanks. »Weißt du, welches Körperteil beim Fliegen am wichtigsten ist? Dein Hintern! Sorry, aber es stimmt! Wenn du im Hintern kein Gefühl hast, bist du kein Buschpilot!« Er rutschte auf seinem Sitz hin und her. »Du musst die Maschine spüren! Jede einzelne Schraube! Und bevor irgendwas Schlimmes passiert, muss dir dein Hintern sagen, dass etwas faul ist!«

Diese kühne Theorie hatte Clarissa bereits von mehreren Piloten gehört. Auch Frank war dieser Meinung. »Als Pilot musst du das gewisse Etwas im Hintern haben«, sagte er. Sie musste unwillkürlich lachen. Ob aus ihr jemals eine echte Pilotin wurde? Eine Buschfliegerin mit Leib und Seele? Eine, die mit dem Hintern flog? Sie würde es darauf ankommen lassen und sich notfalls auch damit zufrieden geben, nur mittelmäßig zu sein. Sie brauchte den Job, um ohne ihren Mann überleben zu können, und als mittelmäßige Pilotin die Freiheit der Wildnis zu spüren war immer noch besser, als in einem Büro zu sitzen. Willie Jones rieb sich die Augen und setzte zur Landung an. Er erklärte seiner Schülerin jeden Handgriff und zeigte ihr, wie wichtig es war, im richtigen Winkel zur Erde hinabzusteigen. Über das altersschwache Funkgerät teilte er Harry Cheek mit, dass er im Anflug war. »Du darfst nicht zu langsam werden, sonst fällst du runter! Und pass auf Fallwinde auf! Die sind zwar nicht die Regel, aber du musst immer damit rechnen!« Er korrigierte seinen Kurs und steuerte die Schneedecke von Weeks Field an.

Im Schein der Lampen, die Weeks Field wie eine erleuchtete Insel neben der Stadt erscheinen ließen, setzte er die Fairchild auf. Die Skier berührten den Boden und glitten durch den frischen Pulverschnee. Ein zufriedenes Lächeln glitt über sein

Gesicht. »Jetzt brauche ich ein Bierchen«, sagte er mehr zu sich selbst. Er drosselte den Motor und fluchte laut, als einer der Skier wegbrach und die Maschine nach rechts ausscherte. Die *Fairchild* neigte sich zur Seite und rutschte in eine der Schneewehen, die beim Räumen der Landebahn entstanden waren.

9

Clarissa kletterte aus der Maschine und sprang in den Schnee. Ihr war nichts passiert. Sie lief ein paar Schritte und blickte sich nach dem Piloten um, der ebenfalls aus der *Fairchild* gestiegen und sich die verstauchte rechte Hand hielt. Er blutete aus einer Wunde an der Stirn und fluchte unterdrückt. Sein Ärger über die verunglückte Landung schien größer als sein Schmerz zu sein.

»Nichts Ernstes«, versicherte er, »nur eine Schramme!« Er blickte auf die verunglückte Maschine und fluchte erneut. Der linke Ski war abgebrochen und eine der Streben des Fahrgestells verbogen. »Etwas mehr Wind, und wir hätten uns überschlagen!« In seiner Stimme klang Schuldbewusstsein mit. »So eine Bruchlandung ist mir in zehn Jahren nicht passiert!« Er lächelte gequält. »Wirft kein besonders gutes Licht auf deinen Fluglehrer, was?«

»Du kannst doch nichts dafür«, erwiderte Clarissa besänftigend. »Es war ein Unfall! So was kann jedem passieren!« Sie wusste es natürlich besser. Immerhin war sie dabei gewesen, als Mike Sheldon vorgeschlagen hatte, eine neue Aufhängung für die Skier zu besorgen. Sie blickte den Piloten besorgt an. »Du blutest, Willie! Ich hole ein Pflaster aus dem Verbandskasten!«

Er winkte mürrisch ab. »Ist doch nur ein Kratzer!« Er rieb etwas Schnee darauf und unterdrückte ein Schimpfwort, als er Mike Sheldon und den Airport Manager kommen sah. »Ich weiß, ich weiß, ich hätte eine neue Aufhängung kaufen sollen!«, rief er ihnen zu. »Aber es ist nichts passiert! Wir sind einigermaßen heil!«

Mike Sheldon schien den Piloten gar nicht zu hören. »Wie

geht es Ihnen, Clarissa?«, rief er schon von weitem. »Sind Sie okay?«

»Mir geht es gut«, antwortete sie lächelnd. Die übertriebene Besorgnis des jungen Mannes amüsierte sie. »Es war nicht so schlimm, wie es vielleicht aussah! Aber dein Chef ist verletzt!«

»Unsinn!«, tat Willie Jones das Mitgefühl seiner Flugschülerin mit einer unwirschen Handbewegung ab. »Ich bin in Ordnung! Kümmere dich lieber um die Maschine! Besorg einen Traktor und zieh sie vom Flugfeld! Nimm dir ein paar Leute! Wenn die Kiste noch länger hier rumsteht, saust eine DC-3 rein, und es gibt eine Menge Kleinholz!« Er deutete auf das Fahrgestell der Maschine. »Was wird die Sache kosten, Mike? Du kriegst die Strebe doch wieder hin? Die Teile müssen irgendwo da hinten liegen!« Er deutete in die Richtung, aus der sie gekommen waren.

»Ich weiß nicht, Chef«, meinte der junge Mann, »wir brauchen zwei neue Aufhängungen, die kosten eine ganze Menge, selbst wenn Pacific Air sie mir billiger gibt!« Er bückte sich und untersuchte noch einmal die Verankerungen der Skier. »Nein, damit ist nichts mehr anzufangen. Wir brauchen zwei neue.« Er stand auf und sah den Buschflieger prüfend an. Er kannte die finanziellen Probleme seines Chefs. »Kredit geben sie uns keinen mehr. ›Keinen Penny‹, hat Mr. Shedd gesagt.« Was der Besitzer der Firma sonst noch bemerkt hatte, wollte Mike seinem Chef ersparen. »Auf Ratenzahlung will er sich auch nicht einlassen!«

»Wie wär's, wenn ich dir noch eine Anzahlung gebe?«, schlug Clarissa vor. Sie zog einen Handschuh aus und suchte in ihrer Anoraktasche nach einem Geldschein.

Sie fand einen Fünfziger und gab ihn dem Buschflieger. »Reicht das für die Reparatur?«

»Der wird Mr. Shedd gefallen!«, strahlte Willie Jones. Ihm war die Erleichterung anzumerken, als er nach der Dollarnote griff. Beinahe widerwillig drückte er sie dem Mechaniker in die Hand. »Beeil dich mit der Reparatur!«, ermahnte er den jungen Mann.

Clarissa bekam ihre Quittung und war zufrieden. Sie bereute nicht, ihren Flugunterricht bei Willie Jones gebucht zu haben. Er war ein erstklassiger Pilot und ein geduldiger Lehrer, der während der nächsten Tage sogar auf sein geliebtes Pokerspiel verzichtete. Er trank zwei, drei Flaschen Bier und zog sich in sein Zimmer über dem Drugstore zurück. Noel Tuska machte sich lustig über ihn und nannte ihn einen »alten Sack, der seinen Arsch auch für eine Lady wie Clarissa Watson nicht hochbekommen würde«, und der Wirt im Nugget Saloon lächelte mitleidig, als er das Lokal verließ, aber Willie hielt durch und räumte sogar sein Zimmer auf, weil er sein Büro schon vor ein paar Monaten aufgegeben hatte und den theoretischen Unterricht in seinen eigenen vier Wänden abhalten musste. Während Mike Sheldon die Fairchild reparierte, wollte er die Zeit nützen, um seiner Schülerin das nötige technische Grundwissen zu vermitteln. Der Motor, das Wetter, die Flugzeugtypen, der Funkverkehr – es gab viel zu lernen, denn zur Flugprüfung gehörte auch ein schriftlicher Test.

Willie Jones wirkte ungepflegt, auch wenn er sich gewaschen hatte, und in seinem Zimmer roch es so muffig, dass sie am liebsten nach dem Scheuerlappen gegriffen hätte, aber er war ein guter Lehrer, der es auch im theoretischen Unterricht verstand, sie gründlich auf die Prüfung vorzubereiten. Die technischen Einzelteile einer Fairchild 71 und die Arbeitsweise eines Motors musste er ein paarmal erklären, bis sie endlich verstand. »Mit einem Hundeschlitten tue ich mich leichter«, meinte sie scherzhaft.

Ihr Bemühen, den Flugschein möglichst schnell zu erlangen, ließ sich nicht verheimlichen. Am dritten Unterrichtstag wartete ein Reporter des *News-Miner* auf dem Gehsteig, als sie die Tür neben dem Drugstore öffnete. Er hieß Ross Clayton und hatte schon über ihren Sieg beim Dog Derby berichtet. Auch über den Unfall ihres Mannes hatte er geschrieben. »Entschuldigen Sie, wenn ich Sie auf der Straße überfalle, Mrs. Watson«, begann er übertrieben freundlich. »Ich habe gehört, dass Sie den Flugschein machen! Ich möchte im *News-Miner* darüber schreiben!«

»Gibt es denn nichts Wichtigeres?«, fragte sie amüsiert. »Was ist mit diesem Hitler? Ich denke, in Europa ist Krieg!« Ihr Lächeln wurde bitter. »Die halbe Welt geht mit Panzern und Kanonen aufeinander los, und Sie wollen darüber berichten, dass ich fliegen lerne? Warum sagen Sie diesem Diktator nicht die Meinung?«

»Ich bin nur für den Lokalteil verantwortlich«, erwiderte der Reporter unbeeindruckt, »um die große Politik kümmert sich unser Chefredakteur persönlich.« Er war zu lange im Geschäft, um sich auf diese Weise abwimmeln zu lassen. Vor dem Drugstore blieb er stehen. »Darf ich Sie auf einen Kaffee einladen, Ma'am?«

Clarissa zuckte mit den Schultern. »Meinetwegen, aber viel Zeit habe ich nicht. Meine Hunde warten. Wenn ich sie zu lange allein lasse, werden sie ungeduldig!« Sie betraten das Lokal und setzten sich an einen der Tische. Die neue Bedienung aus Seward, von der Harry Cheek gesprochen hatte, schenkte Kaffee ein. Sie war sehr hübsch und schien dieses gewisse Etwas zu besitzen, das Männer so beeindruckte. Ihr Gesicht war stark geschminkt.

Ross Clayton ließ sich nicht ablenken. Er hatte bereits seinen Block auf den Tisch gelegt und kritzelte Clarissas Namen hinein. »Warum lernen Sie fliegen?«, wollte er wissen. »Ich weiß, Ihr Mann ist krank, und die Versicherung will nicht zahlen, aber warum ausgerechnet Fliegen? Sie hätten doch einen leichteren Job annehmen können? Bei der Armee suchen sie Schreibkräfte ...«

»In einem Büro hätte ich es nicht lange ausgehalten«, antwortete Clarissa. »Ich bin es gewöhnt, in der Natur zu sein. Ich mag die Wildnis, und vor dem Alleinsein habe ich mich nie gefürchtet. Aber das wissen Sie doch alles! Mein erster Mann war Flieger, mein zweiter auch, da bekommt man einiges über die Fliegerei mit! Manchmal hatte ich das Gefühl, selbst eine Pilotin zu sein!«

»Und jetzt wollen Sie diesen Traum wahrmachen?« Der Reporter blickte von seinem Block auf. »Verstehen Sie mich nicht falsch, Ma'am. Es ist doch recht ungewöhnlich für eine Frau ... Ich meine, ich habe von Amelia Earhart gehört. Und von der jungen Fluglehrerin in Anchorage. Aber dieser Job ist sehr gefährlich ...«

»Etwas Ähnliches haben Sie schon vor einem Jahr gesagt, nach meinem Sieg beim Dog Derby«, erwiderte sie. »Wir Frauen sind zäher, als Sie denken, Mr. Clayton! Es wird nicht mehr lange dauern, bis eine Musherin das Iditarod gewinnt, und ich halte jede Wette, dass bald eine Pilotin den Erdball umrundet! Unten in den Staaten soll es eine Frau geben, die eine DC 3 steuert! Nein, ich halte mich nicht für etwas Besonderes! Ich weiß noch, als die erste Frau ein Automobil steuerte! Da schlugen viele Männer die Hände über dem Kopf zusammen. Ich brauche Arbeit, wenn ich ohne meinen Mann überleben will! Und ich werde den Teufel tun und irgendeinen Job annehmen, der mir keinen Spaß macht!«

Das waren genau die Worte, die Ross Clayton hören wollte. Er schrieb sie in sein Notizbuch und lächelte zufrieden. Noch ein paar Fragen zum Gesundheitsheitszustand ihres Mannes und ihren Zukunftsplänen, und sein Job war getan. »Vielen Dank, dass Sie mit mir gesprochen haben, Mrs. Watson«, verabschiedete er sich scheinheilig. »Ich weiß, dass Sie es schaffen werden.« Er schüttelte ihre Hand. »Rufen Sie mich an, wenn Sie Hilfe brauchen! Der *News-Miner* ist auf Ihrer Seite, aber das wissen Sie ja!«

»Aber nur, solange ich das Dog Derby gewinne und für Schlagzeilen sorge«, murrte sie, als er gegangen war und sie nicht mehr hören konnte. Sie trank ihren Kaffee und ging zur Tür. Die Stimme der Bedienung hielt sie zurück. »Mrs. Watson?« Sie kam näher und lächelte verlegen. »Ich habe gehört, was mit Ihrem Mann passiert ist. Ich wollte Ihnen nur sagen, dass es mir Leid tut. Mein Vater war Fischer. Er ist letztes Jahr ertrunken. Ich weiß, wie man sich fühlt, wenn man einen Menschen … ich meine …«

»Mein Mann lebt!«, erwiderte Clarissa kühl. »Und er wird wieder gesund! Ich weiß, dass er gesund wird! Die Sache mit Ihrem Vater tut mir Leid, aber mein Mann atmet noch, und ich denke nicht daran, mir jetzt schon Beileidsbezeugungen anzuhören!«

»So war es nicht gemeint, Mrs. Watson! Ich dachte nur …« Clarissa merkte, dass sie sich im Ton vergriffen hatte, und verdrängte ihren Ärger. »Entschuldigen Sie bitte«, sagte sie, »ich bin in letzter Zeit etwas nervös.« Sie öffnete die Tür und zwang sich zu einem nachsichtigen Lächeln. Mit einem Blick auf das Namensschild der Bedienung meinte sie: »Vergessen Sie, was ich gesagt habe, Belinda! Übrigens, der Kaffee war ausgezeichnet!«

Sie ging nach draußen und ließ sich den eisigen Wind um die Nase wehen. Er brachte das Heulen der Wölfe mit, die in den nahen Bergen nach Nahrung suchten. Sie erschauderte. Die Tiere schienen immer näher zu kommen. Seit ihr Mann im Krankenhaus lag, schienen sie sich unaufhaltsam auf die Stadt zuzubewegen. Sie knöpfte ihren Anorak zu. »Unsinn!«, sagte sie. »Ich sehe schon Gespenster! Höchste Zeit, dass ich mal ausschlafe!« Sie kehrte zu ihrem Schlitten zurück und begrüßte ihre Hunde, die aufgesprungen waren und ungeduldig an den Leinen zerrten. »He, Snowball! Nicht so stürmisch! Pete! Friss nicht die Leine auf! Hallo, Dusty! Ich hab euch warten lassen, was?«

Sie zog die Kapuze über und trieb das Gespann an. So schnell, dass sich einige Leute nach ihr umdrehten oder neugierig durch die Schaufenster starrten, fuhr sie durch die Stadt. Unter den Kufen ihres Schlittens spritzte der Schnee. Sie raste die verlassene Cushman Street hinab und fuhr auf den zugefrorenen Chena River hinaus. Mit lauten Schreien feuerte sie die Hunde an. Die Huskys freuten sich, wie bei einem Rennen laufen zu können, und stoben hechelnd durch den körnigen Neuschnee. Nach fünf Meilen kehrte Clarissa erschöpft um. Der eisige Wind hatte ihre Gedanken gereinigt und die bösen Geister aus ihrem Kopf getrieben. So hätte die Medizinfrau der Inuit gesagt, die sie vor einigen Monaten während eines Postfluges nach Nome und Barrow getroffen hatte. In gemächlichem Tempo kehrte sie in die Stadt zurück und stellte den Schlitten vor dem Krankenhaus ab. Sie trug keinen Gesichtsschutz, und ihre Wangen waren von der Kälte gerötet. Der Hausmeister, der Schnee vor dem Eingang schaufelte, nickte ihr abwesend zu. Er trug einen gefütterten Anorak und hatte seine Wollmütze weit über die Ohren gezogen. Vor seinem Mund gefror der Atem. Einige Krankenschwestern kamen aus einem Seiteneingang und flüchteten in den Schulbus, der mit laufendem Motor auf dem Parkplatz hielt.

Clarissa verankerte den Schlitten und betrat das Krankenhaus. Vor der Rezeption zog sie ihre Handschuhe aus. Sie öffnete den Anorak und ließ die Kapuze herunter. Es war viel zu warm in der Eingangshalle, und sie fragte sich, wie die Schwestern am Empfang diese Hitze aushielten. Verwundert beobachtete sie, wie der Hausmeister zurückkehrte und zwei Holzscheite in den bullernden Ofen warf. »Jetzt wird es Winter«, brummte er. »Wenn ich Geld hätte, würde ich mit den Gänsen nach Süden fliegen!«

Kaum jemand beachtete Clarissa. Ihre täglichen Besuche gehörten zur Routine. Wie der Milchmann, der morgens seine Flaschen abstellte und eine Bemerkung über das Wetter machte, und das Geplapper von Dr. Eugene Mannix, einem weißhaarigen Chirurgen, der seit vielen Jahren im St. Joseph Hospital arbeitete und den ganzen Tag über seine missratenen Kinder schimpfte. Die Schwestern grüßten mit einem Kopfnicken oder einem beiläufigen »Hi, Clarissa!«, und sie nickte ihnen ebenso mechanisch zu. Sobald sie das Krankenhaus betrat, waren ihre Gedanken in dem kleinen Zimmer am Ende des

Ganges, in dem ihr Mann schlief, und sie merkte kaum noch, was um sie herum geschah.

Die Hoffnung, eine Veränderung bei ihm festzustellen, wurde mit jedem Tag geringer. Seitdem er die Augen geöffnet hatte, waren einige Wochen vergangen, und es hatte sich keine Besserung eingestellt. Wie ein Toter lag er in seinem Bett. Schwester Ruth tat ihre Fragen mit einem Schulterzucken oder einer Floskel wie »Wir tun, was wir können!« ab, und selbst Dr. Morgan schien kaum noch Zeit zu haben, sich um ihren Mann zu kümmern. Er war kaum noch in der Nähe, wenn sie nach ihm fragte, und die ganze letzte Woche auf einer Tagung in Anchorage gewesen. »Am liebsten würdet ihr Frank in ein Pflegeheim abschieben, nicht wahr?«, fuhr sie eine Schwester an, die ihren kranken Mann noch nie gesehen hatte und verstört das Weite suchte.

Vor dem Zimmer blieb Clarissa einen Augenblick stehen. Die Angst, ihren Mann in einem noch schlechteren Zustand als am Tag zuvor anzutreffen, schnürte ihr jedes Mal die Kehle zu. Spätestens vor der Tür des kleinen Zimmers starb die Hoffnung auf Besserung. Sie ging zögernd hinein und reagierte wie immer, wenn sie in die leblosen Augen ihres Mannes blickte. Ihre Schultern sanken nach unten, ihr Körper erschlaffte, und sie stützte sich seufzend auf das eiserne Bettgestell. Es kostete viel Kraft, sich die Enttäuschung nicht anmerken zu lassen und so zu tun, als läge Frank mit einer leichten Magenverstimmung im Bett. So hatte Dr. Morgan ihr geraten: »Lassen Sie ihn nicht merken, dass Sie sich Sorgen um ihn machen! Denken Sie immer daran, dass er Sie hören kann. Er kann Sie bestimmt hören! Professor Henley in Chicago und ich gehen fest davon aus, dass er Sie hören und sogar fühlen kann! Unterhalten Sie sich mit ihm, als wäre nichts geschehen! Geben Sie niemals auf, Clarissa! Sie werden sehen, eines Tages werden Sie für Ihre Geduld belohnt.«

Sie beugte sich zu ihrem Mann hinab und küsste ihn auf die Stirn. »Hallo, Frank! Mein Gesicht ist eisig, was? Ich war auf dem Chena River und hab die Hunde ordentlich gejagt. Sie sind gut in Form, sogar Pete, der alte Vielfraß! Wenn ich weiter so hart trainiere, gewinnen wir das Dog Derby zum zweiten Mal! Das Geld könnten wir gut gebrauchen!« Sie blickte in seine starren Augen und versuchte sie mit einem Lächeln zum Leben zu erwecken. Außer ihrem Spiegelbild war nichts Lebendiges in ihnen. Sie strich über seine Wangen und sagte, was sie immer in einem solchen Augenblick sagte: »Du schaffst es, Frank! Du schaffst es ganz bestimmt! Du wirst sehen, bald sitzt du wieder in einer Maschine!« Sie zog einen Stuhl heran und setzte sich neben ihn.

»Ich hab dir doch erzählt, dass ich den Flugschein mache«, fuhr sie fort. »Willie Jones gibt sich große Mühe! Er hat kaum was getrunken, seit ich bei ihm angefangen habe! Und fliegen kann er! Wenn er nicht so lange an der Flasche gehangen hätte, wäre er bestimmt bei den Wien-Brüdern gelandet! Er hätte das Zeug gehabt, eine DC-3 zu fliegen, da bin ich ganz sicher! Leider besitzt er keinen Penny.« Sie berichtete von der Bruchlandung und versicherte ihm, dass ihr nichts passiert war. »Mit dem theoretischen Unterricht komme ich einigermaßen klar. Ich hab deine Lehrbücher im Schrank gefunden und lerne jeden Abend. Wie hast du bloß dieses ganze Zeug in deinen Kopf reingekriegt? Ich hab noch vier Wochen bis zur ersten Prüfung, dann muss ich alles wissen! Willie sagt, dass ein ehemaliger Major aus Anchorage meine Prüfung abnimmt. Ein harter Bursche, der schon im Ersten Weltkrieg geflogen ist! Der lässt mir bestimmt nichts durchgehen …«

Sie blickte ihn an und glaubte eine Veränderung in seinen Augen festzustellen. Aufgeregt beugte sie sich nach vorn.

Seine Pupillen hatten sich bewegt, da war sie ganz sicher, und unter seinen Augen waren kleine Fältchen, auf jeder Seite drei, die zeigten ganz deutlich, dass er schmunzelte. »Frank!«, rief sie begeistert. »Frank! Kannst du mich hören? Du kennst diesen Major, was? Bob Reeve! Du bist schon mal mit ihm geflogen! Natürlich, jetzt erinnere ich mich! Vor einem Jahr waren wir in Anchorage auf einer Flugschau, und du hast ihn auf einen Jagdausflug in die Brooks Range mitgenommen. Er konnte dich gut leiden, was?«

Das Lächeln verstärkte sich, und sie sprang von ihrem Stuhl und rannte in den Flur. »Dr. Morgan! Dr. Morgan!«, rief sie aufgewühlt. »Kommen Sie schnell! Frank ist aufgewacht! Er hat gelacht!« Sie lief zum Schwesternzimmer. »Dr. Morgan! Schnell!«

Schwester Ruth kam ihr entgegen und hielt sie an den Schultern fest. »Beruhigen Sie sich, Clarissa! Dr. Morgan hat heute dienstfrei, und Dr. Cox operiert gerade! Was ist denn passiert?«

»Frank ist aufgewacht! Er hat reagiert!«

Die Schwester folgte ihr ins Zimmer und beugte sich zu dem kranken Piloten hinunter. Sie schlug leicht gegen seine Wangen. »Können Sie mich hören, Mr. Watson? Ich bin's, Schwester Ruth. Sehen Sie mir in die Augen, wenn Sie mich verstehen!« Sie wartete, ohne dass er reagierte, fragte noch einmal und schüttelte enttäuscht den Kopf. »Tut mir Leid, Clarissa! Er rührt sich nicht!«

»Aber er hat gelacht! Ganz bestimmt!«

»Ich kann nichts feststellen«, erwiderte die Schwester. »Ich nehme an, dass sich seine Muskeln verzogen haben. Oder die Nerven haben Ihnen einen Streich gespielt.« Sie richtete sich auf und blickte Clarissa an. »Aber ich verspreche Ihnen, dass wir Ihren Mann genau beobachten werden. Sobald Dr. Morgan kommt, sage ich ihm Bescheid. Er wird sich um Ihren Mann kümmern.«

Clarissa bedankte sich und war froh, als Schwester Ruth das Zimmer verlassen hatte. Sie wollte allein mit ihrer Enttäuschung bleiben. Sie setzte sich auf den Stuhl und weinte hemmungslos.

Zehn Minuten später verließ sie wortlos das Krankenhaus.

10

Der tägliche Unterricht lenkte Clarissa von ihren Sorgen ab. Jeden Morgen um zehn Uhr besuchte sie Willie Jones in seiner Wohnung und hörte geduldig zu, wenn er ihr die Arbeitsweise eines Motors oder die heimtückischen Fallwinde erklärte. Obwohl der Pilot nach seiner Bruchlandung wieder mehr trank und jedes Mal einen heißen Kaffee brauchte, um in Gang zu kommen, war er mit Freude bei der Sache. Es machte ihm Spaß, Clarissa das Einmaleins des Fliegens beizubringen, und er genoss es, wieder in seinem Beruf gefordert zu sein. Zu lange hatte er im Saloon gesessen und mit dem alten Chuck um die Wette getrunken. »Du bestehst die Prüfung im ersten Anlauf!«, versprach er.

Der Rückfall ereignete sich vier Tage nach der unglücklichen Landung. Als Clarissa pünktlich um zehn Uhr an seine Tür klopfte, machte niemand auf, und die einzige Antwort war ein lautes Schnarchen. Sie klopfte ein zweites Mal, diesmal lauter, und vernahm einen Fluch, der ihr die Schamröte ins Gesicht trieb. Als sie feststellte, dass die Tür unverschlossen war, betrat sie vorsichtig das Zimmer. Willie Jones lag angezogen auf seinem Bett, eine leere Schnapsflasche zwischen den Beinen, und fluchte röchelnd vor sich hin. Neben dem Bett lag eine halb volle Whiskeyflasche. Auf einem Sessel war ein Berg von Schmutzwäsche und vor dem Bad lag Erbrochenes auf dem Holzboden. Der Gestank von Alkohol und Rauch war Ekel erregend.

Angewidert wandte Clarissa sich ab. Sie rannte die Treppe hinunter und trat in die einige Kälte hinaus. Im flackernden Licht des Drugstores atmete sie tief die arktische Luft ein. Der Himmel war klar, und am westlichen Himmel schimmerten

Nordlichter. Doch auch die arktische Kälte konnte das Bild des betrunkenen Piloten und den Gestank nicht aus ihren Gedanken vertreiben.

Sie betrat den Drugstore. »Hi, Belinda!«, grüßte sie. Die hübsche Bedienung lehnte gelangweilt am Tresen. »Ich brauche einen besonders starken Kaffee! Willie liegt betrunken in seinem Bett!«

»Das hätte ich dir gleich sagen können«, erwiderte die Bedienung, »er war gestern Nachmittag schon weggetreten. Ich hab ihn gesehen, als er aus dem Nugget torkelte. Die Leute sagen, dass sie ihm die Lizenz wegnehmen wollen! Ein betrunkener Pilot, so was gab's nicht mal in Seward!«

Sie stellte Clarissa einen Becher mit heißem Kaffee hin. »Willst du was essen?«

Clarissa schüttelte den Kopf. Allein der Gedanke an das Erbrochene vor dem Badezimmer verdarb ihr jeglichen Appetit. Sie setzte sich auf einen Hocker, rührte Milch und Zucker in den Kaffee und nahm einen kräftigen Schluck. Sie ging jeden Tag nach dem Unterricht in den Drugstore und hatte sich mit der Bedienung angefreundet. Es machte Spaß, sich mit ihr zu unterhalten.

»Was willst du jetzt tun?«, fragte Belinda. »Das kann Tage dauern, bis er wieder auf die Beine kommt! Gestern Abend war eine Bedienung aus dem Nugget hier, die sagt, dass Willies geschiedene Frau in der Stadt war. Ich kenn mich nicht so aus, aber er hat wohl Probleme mit seiner Ex! Die will ihm ein Flugzeug pfänden lassen, weil er seinen Unterhalt nicht bezahlt hat!«

Clarissa musste lachen. »Was du alles weißt! Jetzt bist du gerade mal ein paar Wochen hier und kennst dich besser aus als der Klatschreporter vom *News-Miner!* Wenn ich das mit seiner Ex gewusst hätte, wäre ich heute Morgen gar nicht aufgestanden!«

»Ich hab dich gestern Abend angerufen«, erwiderte Belinda. Sie schenkte Kaffee nach und wischte sich die Hände an der

Schürze ab. »Warum gehst du nicht dran? Ich hätte dir alles erzählt!«

»Ich bin früh ins Bett und hab den Hörer ausgehängt«, entschuldigte sich Clarissa. »Ich war vollkommen erschöpft und wollte niemand hören. Ich glaube, ich hab zwölf Stunden geschlafen!«

Belinda räumte schmutziges Geschirr in die Küche und wechselte einige Worte mit ihrem Chef. Er war Koch und Apotheker in einer Person und machte mit seinen Hamburgern und Hot Dogs das meiste Geld. Auf dem Rückweg blieb sie an der Tür stehen. »Da kommt Mike Sheldon! Der will bestimmt zu Willie!«

Clarissa blickte nach draußen und sah den jungen Mechaniker über die Straße laufen. Im schwachen Licht der Straßenlampen und in seinem pelzgefütterten Anorak war er kaum zu erkennen. »Du kennst wohl jeden in der Stadt, was?«, fragte sie amüsiert.

»Mike kommt öfter auf eine Coke rein«, antwortete Belinda. Ihr Mund verzog sich zu einem leichten Schmunzeln. »Ich glaube, er schwärmt für dich! Er redet in den höchsten Tönen von dir! Neulich wollte er mir weismachen, dass du als erste Frau der Welt den Erdball umrunden wirst! So wie diese … wie heißt sie noch?«

Clarissa lachte. »Amelia Earhart. Weißt du auch, dass die arme Frau über dem Pazifik abgestürzt ist? Man hat sie nie gefunden!«

Mike Sheldon verschwand aus ihrem Blickfeld, und sie hörten, wie er die Stufen in den ersten Stock hinaufstieg. Zehn Minuten später kam er zurück. Er betrat den Drugstore und zuckte kurz zusammen, als er Clarissa am Tresen sitzen sah. »Hi, Belinda! Hi, Clarissa! Willie hat es wieder krachen lassen, was? Ich dachte mir gleich so was, als er nicht ans Telefon ging!« Seine Fröhlichkeit wirkte ein bisschen zu aufgesetzt, und er konnte seine Nervosität nicht verbergen. Er kletterte auf einen Barhocker. »Einen Kaffee, bitte!«

»Ich war oben bei ihm«, sagte Clarissa, nachdem der junge Mann seinen Kaffee bekommen hatte. »Er braucht dringend Hilfe! Es soll Ärzte geben, die sich um solche Krankheiten kümmern!«

Mike winkte ab. »Willie wird schon wieder! Der bläst nur Trübsal, weil seine Ex in der Stadt ist und einen Rechtsanwalt auf ihn angesetzt hat! Sie wollen eines der Flugzeuge pfänden! Er hat seine Alimente nicht bezahlt! Wenn er weiter so säuft, kann ihm das sowieso egal sein! Dann nehmen sie ihm die Lizenz weg!«

»Und was wird aus meinem Flugschein?«, fragte Clarissa. Sie hatte plötzlich Angst, dass alle ihre Anstrengungen umsonst waren. Immerhin hatte sie ihre ganzen Ersparnisse in die Ausbildung investiert. »Ich hab keine Zeit, auf deinen Chef zu warten!«

»Das brauchen Sie auch nicht«, meinte der junge Mann zuversichtlich. Er beugte sich zu ihr hinüber. »Ich kenne meinen Chef, der ist in zwei, drei Tagen wieder auf dem Damm! Wie wär's, wenn ich Ihnen so lange Unterricht gebe? Den Motor einer *Fairchild* kenne ich besser als Willie, und meinen Flugschein hab ich seit zwei Jahren! Ich bin ein guter Flieger, das hat sogar Noel Tuska zugegeben! ›Aus dir wird mal einer‹, hat er gesagt.« Seine Augen leuchteten, und er fügte eifrig hinzu: »Wie wär's, wenn ich Ihnen meinen Lieblingsplatz zeige? Oben am Yukon!«

»Du willst mit mir fliegen?«, fragte sie verwundert. »Warum nicht? Ich hab die neuen Aufhängungen an die Maschine geschraubt, es kann gar nichts passieren! Ich zeige Ihnen, wie man auf einem Fluss landet! Wenn Sie wollen, fliegen wir gleich los! Es ist Vollmond! Besser kann die Sicht nicht sein!«

Clarissa wechselte einen raschen Blick mit Belinda und entdeckte ein amüsiertes Blitzen in ihren Augen. »Also gut. Aber spätestens am frühen Nachmittag muss ich wieder hier sein.«

»Geht klar«, versprach der Mechaniker und sprang vom Hocker. Vor lauter Aufregung vergaß er zu bezahlen. »Ihr seid eingeladen«, sagte Belinda. Sie verabschiedete Clarissa mit einem spöttischen Blick und freute sich diebisch, als sie beobachtete, wie ihre neue Freundin dem jungen Mann auf den Schlitten half.

Clarissa feuerte die Hunde an und fuhr über die Cushman Street nach Weeks Field. Das Thermometer vor der Bank zeigte dreißig Grad unter Null. Mike hockte zwischen einigen Fellen auf dem Schlitten und hielt sich mit beiden Händen fest. Sie parkten neben dem Holzhaus des Airport Managers und winkten Harry Cheek zu, der am Fenster saß und Pfeife rauchte. »Warten Sie bei Harry, bis ich den Motor aufgeheizt habe«, schlug Mike vor.

Harry Cheek bot ihr einen Kaffee an, doch sie lehnte dankend ab. Sie schilderte ihm, was geschehen war. »Willie ist vollkommen fertig! Er liegt auf seinem Bett und rührt sich nicht! Mike schwört, dass er in ein paar Tagen wieder auf dem Damm ist.«

»Bestimmt«, erwiderte Harry, »der ist ein zäher Bursche! Nur wenn er von seiner Ex-Frau oder ihrem Anwalt hört, dreht er durch! Die wollen ihm das letzte Hemd ausziehen!« Er zog die Augenbrauen hoch. »Du hast wohl Angst um deinen Flugschein?«, fragte er mit einem verschwörerischen Unterton in der Stimme.

Clarissa machte kein Hehl aus ihrer Sorge. »Ich brauche die Lizenz! Wenn ich nicht bald fliege, gehen mir die Ersparnisse aus! Ich brauche die Aufträge, um das Krankenhaus zu bezahlen!«

»Ich weiß«, sagte der Airport Manager. Er paffte an seiner Pfeife. »Und was ich bisher gesehen habe, sah doch gar nicht schlecht aus! Du hast das Zeug zu einer guten Fliegerin, und wenn ich nicht wüsste, dass Amelia Earhart irgendwo über dem Pazifik …«

»Jetzt fang du nicht auch noch an!«, unterbrach sie ihn lachend. Sie deutete aus dem Fenster. »Mike will mich auf einen kleinen Ausflug mitnehmen! Ich hab gehört, er soll ein guter Pilot sein.«

Harry nickte. »Besser als sein Chef! Wenn der alte Willie nicht so verbohrt wäre, hätte er seinen Laden längst auf den Jungen überschrieben. Die beiden könnten sich den Gewinn teilen. Ich hab's ihm neulich mal vorgeschlagen, aber er will nicht. Hat wohl Angst, auf dem Altenteil zu landen. Immer noch besser, als abzustürzen oder sich von der Ex-Frau ausnehmen zu lassen …«

»Gute Idee«, meinte Clarissa. Sie sah den Mechaniker winken und verabschiedete sich von dem Airport Manager. »Wir sind spätestens um ein Uhr zurück. Passt du auf meine Hunde auf?«

»Mach ich, Clarissa. Hals- und Beinbruch!«

Mike Sheldon wartete bereits ungeduldig, als sie in die Maschine kletterte. Sie zog die Schutzbrille an und zeigte ihm den erhobenen Daumen. Er kontrollierte ein letztes Mal die Instrumente. »Es geht los, Clarissa!« Er stellte das Gemisch ein und gab Gas. Der Motor heulte auf und erstickte alle anderen Geräusche. In einer weißen Gischtwolke stiegen sie in den Himmel.

Der Junge flog besser als sein Chef, das merkte Clarissa schon nach wenigen Meilen. Er zeigte ein Gespür für die Maschine und schien jede einzelne Schraube der *Fairchild* zu kennen. Das erzählte man sich von vielen Mechanikern. Sie waren so stark mit ihren Flugzeugen verwachsen, dass sie besser als manche Piloten damit zurechtkamen. Das war schon bei den *Barnstormers* so gewesen. Sie erinnerte sich an einen Mechaniker, der seinen kranken Piloten beim Kunstfliegen vertreten und einen großen Pokal für die besten Loopings bekommen hatte.

»Na, wie stelle ich mich an?«, fischte Mike nach Komplimenten. Und als Clarissa ihm versichert hatte, dass er ein ausgezeichneter Pilot war: »Wenn Willie nicht so ein Dickkopf wäre, würde ich eine Goldgrube aus seinem Laden machen! Leider hab ich nicht genug Geld, um selber eine Maschine zu kaufen.«

Clarissa wollte nicht zugeben, dass sie wahrscheinlich ärmer als der junge Mann war, und war froh, als er das Thema wechselte. »Ist das nicht herrlich hier oben? Als ob man schwerelos ist!« Er glich die Trimmung aus und strahlte sie an. »Hier ist es schöner als in Montana! Ich komme aus Montana, wissen Sie?«

»Und ich aus South Dakota. Aber wir sind schon über zehn Jahre hier oben. Zuerst in Dawson City und danach in Fairbanks.«

»Ich weiß«, bestätigte er zu ihrer Überraschung, »ich hab den Artikel im *News-Miner* gelesen. Vor zwei Tagen. Warum Sie den Flugschein machen und so. In der Einleitung stand, dass Sie die Yukon Trophy gewonnen haben. Sie sind eine berühmte Frau!«

»Reporter übertreiben«, winkte Clarissa ab. Sie hatte den Artikel noch gar nicht gelesen. »Und der vom *News-Miner* besonders!«

»Was ist es für ein Gefühl, mit dem Hundeschlitten in die Wildnis zu fahren?«, wollte er wissen. »Ist es schöner als Fliegen?«

»Es ist einmalig«, antwortete sie. »Ich kenne kaum ein Gefühl, das sich damit vergleichen lässt! Nicht mal das Fliegen! Auf einem Hundeschlitten bist du wirklich frei! Du spürst, mit welcher Kraft die Hunde an den Leinen ziehen. Du fühlst den Schnee und die Kälte im Gesicht. Du erlebst die Einsamkeit! ›Du wirst eins mit der Natur und den guten Geistern‹, hat mal ein alter indianischer Musher zu mir gesagt.« Sie deutete auf den zugefrorenen Kantishna River, der als weißes Band unter ihrer Maschine leuchtete. »Stell dir vor, du bist ganz allein da unten, nur du und die Natur!«

»Ich lande oft in der Wildnis, wenn Willie mich fliegen lässt. Einfach so, um die Stille zu spüren. Einmal bin ich einem Grizzly begegnet, aber der hatte mehr Angst als ich und rannte gleich davon. Ich komme aus Helena. Da gibt es ein Kapitol und große Häuser, und wenn ich mal in die Wälder wollte, versohlte mir mein Vater den Hintern! Er war Holzfäller und hatte kein Gespür für die Natur. ›Bäume sind dazu da, um gefällt zu werden‹, sagte er. Er ist vor drei Jahren vom Blitz erschlagen worden.«

»Vom Blitz? Das tut mir Leid.«

Mike schien den Tod seines Vaters nicht zu bedauern. »Meine Mutter hat kaum geweint. Ich schätze, die beiden hatten sich längst auseinander gelebt. Zwei Monate nach seiner Beerdigung sind wir weggezogen, zuerst nach Seattle und dann nach Fairbanks. Wir lernten einen Kunstflieger kennen, der hatte es auf meine Mutter abgesehen und spendierte mir den Flugschein. Um sich lieb Kind zu machen, nehme ich an. Aber meine Mutter wollte ihn nicht und sagte: ›Als Pilot musst du nach Alaska gehen!‹«

»Und dann hast du einen Job als Mechaniker angenommen.«

»Bis ich genug Geld für eine *Bellanca* zusammen habe.« Mike lenkte die Maschine in eine Rechtskurve und folgte seinem Instinkt nach Nordosten. Vor den Fenstern der Maschine tanzte das Nordlicht. Helle Flecken glühten am Horizont. Die Wildnis lag wie ein geheimnisvolles Zauberreich unter ihnen, die dunklen Wälder, durchschnitten von den weißen Linien der Flüsse. Auf einem der Flüsse waren Elche zu erkennen. Der Motor der *Fairchild* brummte gleichmäßig und ließ die Seitenwände der kleinen Maschine vibrieren. Clarissa blickte verstohlen auf den Piloten. Im trüben Licht der Instrumente wirkte sein Gesicht noch jünger und beinahe unschuldig. Sein Lächeln schien angeboren, gehörte zu seinem Gesicht wie die kleine Narbe, die sie neben seinem rechten Ohr entdeckt hatte. »Ich hab mal Baseball gespielt«, kommentierte er ihren Blick, »aber nur zwei Wochen!«

Sie erreichten den Yukon River, und Mike ließ die Maschine langsam an Höhe verlieren. »Wer sich in Alaska verirrt, braucht nur einem Fluss zu folgen«, erklärte er, »entweder man erreicht den Koyukuk oder den Yukon River.« Er drosselte den Motor. »Wissen Sie, was Noel Tuska zu mir gesagt hat? ›Flüsse sind wie

Menschen. Jeder hat seinen eigenen Charakter. Wenn du lange genug in Alaska lebst, erkennst du sie an der Strömung.‹«

»Da unten ist mein Lieblingsplatz!«, rief Mike in den Motorenlärm. Er brachte die Maschine nach unten, flog einmal dicht über den Fluss, um ihn nach gestürzten Baumstämmen und anderen Hindernissen abzusuchen, und setzte zur Landung an. Selbst Clarissas erster Mann hätte nicht sanfter aufsetzen können. Mike rollte über das feste Eis und schaltete den Motor aus. »Na, was sagen Sie jetzt?« Er kletterte aus der Maschine und half ihr nach draußen. »Ist das nicht der schönste Platz der ganzen Erde?«

Clarissa ging ein paar Schritte und ließ die nächtliche Stille auf sich wirken. Ein magischer Himmel spannte sich über der weiten Biegung des Flusses. Auf dem Eis spiegelten sich die bunten Muster des Nordlichts. Die Stille war beinahe vollkommen, als hätten sie den Mittelpunkt des Universums und einen Platz ewigen Friedens gefunden. Ein Gefühl, das sie auch in der Wildnis der Ogilvie Mountains und in den Bergen am Anaktuvuk Pass empfunden hatte, und doch verstand sie den jungen Mann, der wie verzaubert auf dem Yukon River stand und mit leuchtenden Augen zu den Felsen am nördlichen Ufer hinüberblickte. Sie ragten wie ein weißes Märchenschloss vor den Bäumen empor.

»Manchmal stelle ich mir vor, die Felsen dort drüben wären ein Schloss, und ich begegne der schönen Schneekönigin aus dem Märchenbuch, das ich als Kind gelesen habe.« Er blickte sie an, und sie konnte sich denken, welche Gedanken ihn bewegten.

»Eines Tages wirst du dieser Schneekönigin begegnen«, erwiderte sie rasch, »ein romantischer junger Mann wie du dürfte keine Schwierigkeit haben, eine Freundin zu finden.« Sie ging zum Flugzeug zurück und blieb stehen. »Wir müssen los, Mike!«

Er löste sich aus seiner Verzauberung und gewann sein lausbubenhaftes Lächeln wieder. »Diesmal fliegen Sie!«, sagte er zu der verdutzten Clarissa. »›Wir müssen die Landungen üben‹, hat Willie gesagt, die Landungen sind das Allerwichtigste!«

Clarissa war viel zu überrascht, um etwas dagegen einzuwenden. Sie hatte bereits etliche Male am Steuerknüppel gesessen, war aber noch nie eine so lange Strecke geflogen. Sie schnallte sich fest und ließ den Motor an. Das Eis auf dem Yukon River war glatt und fest, und es bereitete ihr keine Schwierigkeit, die *Fairchild* in die Luft zu bringen. In einem steilen Winkel gewannen sie an Höhe. Sie veränderte das Gemisch und trimmte die Maschine gerade. Selbstbewusst folgte sie einem Flusslauf nach Süden. Ein Blick auf Mike zeigte ihr, dass sie alles richtig gemacht hatte.

Der Junge ließ sie fliegen, redete nicht so viel wie Willie, der ständig in seinem Gedächtnis kramte und von längst vergangenen Abenteuern erzählte. Mike gab ihr das Gefühl, allein in der Luft zu sein und die Einsamkeit eines arktischen Fluges zu erleben. Sie spürte den kalten Wind, der durch sämtliche Fugen des Flugzeugs blies, und spürte die Maschine unter ihrem Sitz. Sie genoss jede Sekunde des Fluges, hatte das Gefühl, die Fairchild vollkommen in der Gewalt zu haben, und wurde nicht mal nervös, als sie den Landeanflug auf Fairbanks begann: »Fairbanks Radio! Fairbanks Radio! Hier ist Fairchild Three-Zero-Five-Six-Six! Hören Sie mich? Hier ist Fairchild Three-Zero …«

»Ich höre dich, Clarissa!«, kam es aus dem Funkgerät. »Und ich will einen Besen fressen, wenn das nicht die beste Landung des Winters wird! He, jetzt kann ich dich sehen! Sieht gut aus!«

Clarissa blieb konzentriert, folgte den leisen Anweisungen des Mechanikers, der nur eingriff, wenn sie etwas falsch machen wollte. Wie eine Schneegans glitt die *Fairchild* der Erde entgegen. Fast automatisch erledigte sie die Handgriffe, die sie von Willie Jones gelernt und bei ihrem Mann beobachtet hatte. Sie war viel zu beschäftigt, um Angst zu haben. Weeks Field kam immer näher, und Mike griff nur einmal ein, als ihre Trimmung nicht stimmte. »Ein bisschen höher, ja, so ist es besser! Weiter so!«

Bevor Clarissa weiter nachdenken konnte, setzte die *Fairchild* auf. Die Maschine glitt über den harschen Schnee, schlingerte kaum, als sie die Bremse betätigte. Vor dem Haus des Airport Managers kam sie zum Stehen. Sie erkannte Harry Cheek, der am Fenster stand und ihr den ausgestreckten Daumen entgegenreckte. Erschöpft lehnte sie sich zurück. So allein war sie noch nie bei einer Landung gewesen. »Ich war ziemlich gut, was?«, sagte sie zu dem Jungen. Mike lachte. »Beinahe perfekt!«

11

Frank war verschwunden. Das Zimmer, in dem er gelegen hatte, war leer. Clarissa musste sich am Türrahmen festhalten, um nicht das Gleichgewicht zu verlieren. Sie war wie erschlagen, starrte angsterfüllt auf den leeren Platz, an dem sein Bett gestanden hatte, und flüsterte leise seinen Namen. In aufkommender Panik rannte sie nach draußen. »Wo ist mein Mann?«, schrie sie verzweifelt. Wohin habt ihr ihn gebracht?« Sie rannte durch den notdürftig erleuchteten Flur und blieb vor dem leeren Schwesternzimmer stehen. »Dr. Morgan! Schwester Ruth!« Es war niemand zu sehen. Das Krankenhaus war wie ausgestorben, und der lange Flur lag einsam und verlassen wie in einem Albtraum vor ihr.

Aus einem der Krankenzimmer kam eine Schwester. Sie hielt eine leere Spritze in der Hand und schien in Gedanken versunken. Clarissa rannte auf sie zu und packte sie an den Armen. »Ich suche meinen Mann! Wo ist mein Mann?«, rief sie aufgebracht. »Wo ist Dr. Morgan? Schwester Ruth! Verdammt, weiß denn hier niemand Bescheid?« Sie schüttelte die junge Schwester, bis sie vor Schmerz aufschrie und sich gewaltsam befreite.

»Lassen Sie mich los!«, protestierte die Schwester wütend. Sie stieß ihre Widersacherin zurück und massierte ihre schmerzenden Oberarme. »Was fällt Ihnen ein? Wer sind Sie überhaupt?«

Clarissa erkannte, dass sie wieder einmal die Nerven verloren hatte, und trat zwei Schritte zurück. Sie war immer noch benommen und stammelte eine Entschuldigung. In ihren Augen standen Tränen. »Mein Mann!«, flehte sie. Sie deutete auf das leere Zimmer. »Frank Watson. Sein Bett ist weg! Wo ist mein Mann?«

Die Schwester folgte ihrem Blick und wusste nicht, was sie sagen sollte. »Ich weiß nicht«, antwortete sie hilflos, »sie haben ihn vor einer halben Stunde abgeholt! Ich nehme an, zu irgendwelchen Untersuchungen. Ich arbeite nur zur Aushilfe hier. Schwester Ruth hat sich heute krank gemeldet. Ich komme aus der Röntgenabteilung. Wenn Sie wollen, rufe ich einen Arzt.«

»Wo ist Dr. Morgan?«, fragte Clarissa. »Warum sagt mir niemand Bescheid, wenn sie meinen Mann abholen?« Ihre Nervosität legte sich nur allmählich. »Ich möchte wissen, was Sie mit ihm anstellen! Sein Zustand hat sich doch nicht verschlechtert?«

»Nun beruhigen Sie sich erstmal!«, redete die Schwester auf sie ein. Sie führte Clarissa zu einem Stuhl und drückte sie sanft darauf. »Dr. Morgan hat sich einen Tag Urlaub genommen, aber Schwester Helen muss bald zurück sein. Sie wurde in die Notaufnahme gerufen. Personalmangel. Ah, da kommt sie schon!«

Schwester Helen war strohblond und litt unter Übergewicht. Obwohl die Notaufnahme gleich neben dem Eingang lag, keuchte sie vor Anstrengung. Die Knöpfe ihrer Schwesterntracht waren zum Zerreißen gespannt. »Sie müssen Mrs. Watson sein!«

Sie sagte hastig ihren Namen. »Wo ist mein Mann?«

»Vor ein paar Minuten war er noch ein Stockwerk höher«, antwortete die Schwester fröhlich. Ihre Augen strahlten blau. »Die üblichen Routineuntersuchungen. Kein Grund, sich Sorgen zu machen, Mrs. Watson! In spätestens einer Viertelstunde ist er wieder hier, dann können Sie mit Dr. Cox sprechen! Er vertritt Dr. Morgan.« Sie ging ins Schwesternzimmer und rief: »Möchten Sie einen Kaffee? Wir haben gerade frischen aufgesetzt! Oder ein paar Schokoladenkekse? Ich hab sie gestern erst gebacken!«

Clarissa lehnte dankend ab und wartete ungeduldig auf Dr. Cox. Er kam mit wehendem Mantel den Gang hinab und wechselte ein paar Worte mit Schwester Helen, bevor er Clarissa begrüßte. Sein hageres Gesicht wirkte blass, und in seinen grauen Augen stand Ungeduld. »Mrs. Watson?«, meinte er hektisch. »Ich habe leider wenig Zeit. Sie machen sich Sorgen um Ihren Mann, nicht wahr? Wir führen gerade einige Untersuchungen durch, um endgültige Klarheit zu bekommen. Dr. Morgan weiß Bescheid. Die Ergebnisse werden in einigen Tagen vorliegen.« Er spielte mit einem Schlüssel in seiner Kitteltasche. »So weit ich informiert bin, haben Sie keine Veränderungen an Ihrem Mann bemerkt ...«

»Er hat die Augen geöffnet«, widersprach sie, »schon vor einigen Wochen! Und vor ein paar Tagen hat er gelächelt! Er hat auf etwas reagiert, was ich gesagt habe! Das weiß ich ganz genau!«

Dr. Cox blickte auf den Krankenbericht in seiner Hand. »Aber es hat keine dauerhafte Verbesserung gegeben, oder? Ich meine, diese Reaktion war eine einmalige Sache. Er hat nur dieses eine Mal gelächelt. Er hat sich nicht bewegt und nichts gesagt.«

Sie stand auf und blickte ihn vorwurfsvoll an. »Was wollen Sie damit sagen, Doktor? Dass Sie nichts mehr für ihn tun können, und er das Krankenhaus verlassen muss? Dr. Morgan hat mir ausdrücklich versprochen, ihn im Krankenhaus zu behalten und sich sogar bereit erklärt, einen Teil der Kosten zu übernehmen!«

»Dr. Morgan ist nicht das Krankenhaus«, meinte Dr. Cox kühl. »Natürlich tun wir für Ihren Mann, was wir können, aber sein Zustand kann sich Monate, vielleicht sogar Jahre hinziehen, und wir haben einfach nicht die Kapazität, ihn so lange hier zu behalten.«

»Und wie lange gedenken Sie, sich noch um ihn zu kümmern?«, fragte sie ebenso kühl. Sie wusste nicht, woher sie die Kraft nehmen sollte, ihren kranken Mann zu pflegen und gleichzeitig als Buschpilotin zu arbeiten. »Einen Tag? Eine Woche? Einen Monat? Oder haben Sie ihn bereits auf die Straße gerollt?«

Dr. Cox zeigte keinerlei Mitgefühl. »Wir warten die Untersuchungen ab und besprechen uns noch einmal mit Dr. Morgan. Sie können versichert sein, dass alles Menschenmögliche für Ihren Mann getan wird! Rufen Sie mich morgen an, dann weiß ich etwas mehr! Und jetzt müssen Sie mich leider entschuldigen ...«

Clarissa blickte dem Arzt nach, bis er in einem Krankenzimmer verschwunden war, und verbarg ihr Gesicht in den Händen. In der Dunkelheit schöpfte sie neue Kraft. Sie würde Dr. Cox nicht anrufen. Sie würde wie jeden Tag im Krankenhaus erscheinen und mit Dr. Morgan reden. Er würde eine Lösung finden, selbst wenn die Krankenhausleitung nicht mehr bereit war, ihren Mann zu versorgen. Zu Hause wäre sie unmöglich in der Lage, ihn zu pflegen, und um eine private Schwester zu verplichten, hatte sie nicht genug Geld. Gegen den Gedanken, ihren Mann in ein staatliches Pflegeheim geben zu müssen, sträubte sie sich mit aller Kraft. Sie ahnte, wie es in solchen Heimen zuging. Im Radio hatten sie über einen alten Mann berichtet, der in einem Pflegeheim regelrecht ausgetrocknet war.

Sie blieb im Gang sitzen und wartete geduldig. Keine der Schwestern wagte es, sie anzusprechen. Nach einer Stunde erschienen zwei Pfleger mit ihrem Mann und rollten ihn in sein Zimmer zurück. Sobald sie das Krankenzimmer verlassen hatten, trat sie an das Bett ihres Mannes. Sie streichelte und küsste ihn und vermied es, die Auseinandersetzung mit Dr. Cox zu erwähnen. Statt dessen sagte sie: »Morgen spreche ich mit Dr. Morgan! Er macht sich Gedanken, wie er dir noch besser helfen kann!« Sie war dicht über ihm und spürte seinen leichten Atem.

Sie sagte die Worte, die sie jeden Tag benutzte, um ihm Kraft und neuen Mut zu geben, und fragte: »Kannst du mich hören, Frank? Du hast neulich so schön gelacht! Mach es nochmal, ja?«

Aber seine Augen blieben stumm, und seine Gedanken waren

in einer anderen Welt. Ob sich das jemals ändern wird, dachte sie betrübt. Sie küsste ihren Mann zärtlich auf den Mund und verabschiedete sich von ihm. »Wir sehen uns morgen! Dann erzähle ich dir, wie ich allein über die White Mountains geflogen bin!« Sie lächelte schwach. »Na ja, fast allein! Der junge Mechaniker war bei mir. Mike Sheldon. Er gibt mir Flugstunden, seit Willie einen Rückfall bekommen hat. Seine Ex-Frau will ihm die Flugzeuge wegnehmen, hast du das gewusst? Bis morgen, Frank! Komm möglichst bald wieder auf die Beine! Oder willst du, dass ich den Rest meines Lebens allein in den Bergen rumfliege?«

Es war bereits früher Abend, als Clarissa das Krankenhaus verließ. Der Mond war aufgegangen und schmolz in dem glitzernden Schnee. Ihre Hunde bellten aufgeregt, als sie den Anker aus dem Boden zog und einen nach dem anderen begrüßte. Sie kraulte Dusty hinter den Ohren und küsste sein gesprenkeltes Fell. »Ich hab einen lausigen Tag hinter mir«, sagte sie zu dem Leithund. »Stell dir vor, sie wollen Frank loswerden! Ein Arzt hat mir gesagt, dass sie noch mal mit der Krankenhausleitung sprechen müssen! Ich hoffe, sie hören auf Dr. Morgan!« Sie gab Dusty einen freundschaftlichen Klaps und stieg auf den Schlitten. »Aber ihr habt bestimmt keine Lust, euch den ganzen Abend mein Gejammer anzuhören, was? Wie wär's mit einer kleinen Tour?« Sie lenkte den Schlitten vom Krankenhaus weg und fuhr über eine Nebenstraße zum Stadtrand. Unter lauten Anfeuerungsrufen trieb sie die Hunde durch die Schneewehen jenseits der Häuser. Der Schnee spritzte nach allen Seiten und hüllte sie in eine feuchte Gischtwolke. Im hellen Mondlicht folgte sie einem ihrer Trails, bis sie Fairbanks weder sehen noch hören konnte.

An einer Weggabelung bremste sie den Schlitten. Sie war sicher, eine Bewegung zwischen den Bäumen gesehen zu haben. Sie griff nach ihrem Revolver. Wie die meisten Schlittenführer hatte auch sie eine geladene Schusswaffe in einer Felltasche auf dem Schlitten liegen. Nicht wegen der Bären. Die Schwarzbären und selbst die Grizzlys waren froh, wenn sie keinem Menschen begegneten. Als Musher musste man sich hauptsächlich gegen Elche verteidigen. Wenn man den mächtigen Tieren in die Quere kam, keilten sie aus und griffen die Hunde an. Beim letzten Dog Derby war ein Musher schwer verletzt worden, und bei der Yukon Trophy hatte ein Elch sechs Hunde mit seinen Hufen erschlagen. Gegen einen Elch half meistens nur eine Kugel.

Sie beruhigte die Hunde und spähte in die Dunkelheit. Einige Fichten verdeckten den Mond und warfen geheimnisvolle Schatten. Der Wind war schwach und trieb einen leichten Schleier über den Schnee. In der Ferne schimmerte Nordlicht. Es war eine schöne und friedliche Nacht, und doch musste man in der Wildnis immer damit rechnen, eine unliebsame Überraschung zu erleben. Auch wenige Meilen vor der Stadt konnte man einem Elch oder hungrigen Wölfen begegnen. Sie beobachtete ihre Hunde und konnte nichts Auffälliges feststellen. Die Tiere ließen nicht erkennen, dass sie eine Gefahr witterten. Lediglich Dusty hatte die Ohren gespitzt. Nach wenigen Augenblicken ließ seine Aufmerksamkeit nach, und er blickte erwartungsvoll nach hinten.

Clarissa seufzte erleichtert: »Ich glaube, ich sehe schon Gespenster!«, sagte sie zu ihrem Leithund. »Lass uns nach Hause fahren!« Sie wendete den Schlitten und lenkte ihn im gemächlichen Tempo zu ihrer Blockhütte zurück. Nachdem sie die Hunde versorgt hatte, ging sie ins Haus und schenkte sich ein Glas kühle Milch ein. Sie ließ sich in einen Sessel fallen und stellte das Radio an. Ein Kommentator ließ sich über den Krieg in Europa aus und äußerte den Verdacht, deutsche Unterseeboote könnten vor der amerikanischen Ostküste auftauchen. Eine kühne Prognose, meinte eine andere Stimme, genauso gut könne man behaupten, feindliche Flugzeuge würden das Festland angreifen. Sie fand einen Sender mit Musik und hörte Judy Garland zu, die »Over the Rainbow« sang. Ein Lied, das ihr besonders gefiel, obwohl sie den Film nie gesehen hatte.

Aber sie kannte das Buch vom »Wizard of Oz« und konnte sich gut vorstellen, wie die kleine Judy zum Regenbogen lief. Als der Sender immer schwächer wurde, schaltete sie enttäuscht aus. Sie griff nach ihrem Lehrbuch und blätterte lustlos darin. Dann ging sie zu Bett.

In dieser Nacht lag sie lange wach. Sie starrte auf den hellen Streifen, den das Mondlicht in ihr Schlafzimmer warf, und dachte an Frank, der allein in seinem Krankenzimmer war und verzweifelt gegen seine Bewusstlosigkeit kämpfte. Wie sehnte sie sich danach, wieder neben ihm zu liegen. Aber sie verstand nichts von dieser geheimnisvollen Krankheit und wäre hilflos, wenn etwas Unerwartetes geschah. Er musste im Krankenhaus bleiben, und sie würde Dr. Morgan notfalls auf Knien darum bitten! Es musste einen Weg geben, ihren Mann weiter zu behandeln!

Sie hörte die Hunde bellen und lief zu einem der rückwärtigen Fenster. Der temperamentvolle Snowball hatte sich mit dem jungen Grumpy in die Wolle gekriegt und bellte ihn wütend an. Die Ketten waren so ausgerichtet, dass kein Husky einen anderen verletzen konnte. Lächelnd drückte Clarissa ihre Nase gegen die kalte Fensterscheibe. Sie kratzte einige Eisblumen von der Scheibe und musste lachen, als sie sah, wie Grumpy so heftig an seiner Kette zog, dass er sich beinahe überschlug und kopfüber im Schnee landete. Jaulend zog er sich auf seinen Platz zurück. Sie ging zum Kühlschrank und trank aus der Milchflasche. Die Hunde gaben ihr die Kraft, diese schwere Zeit zu überstehen. Sie zeigten ihr, wie stark und entschlossen man sein musste, um im Norden überleben zu können. Und sie erinnerten sie daran, dass man auch in schlechten Zeiten lachen durfte.

Sie stellte die Milch in den Kühlschrank und ging wieder ins Schlafzimmer. Die Gedanken senkten sich wie dunkle Schatten auf sie herab. Mit dem festen Entschluss, ein klares Wort mit Dr. Morgan zu sprechen, schlief sie ein. Sie träumte von einem weißen Ritter, der durch den hohen Pulverschnee ritt und sie in ein Märchenschloss aus leuchtendem Eis entführte. Im Schloss war es dunkel, und sie wurde von fauchenden Bestien angefallen.

Sie schreckte aus dem Schlaf und hörte das Telefon klingeln.

Erschrocken stellte sie fest, dass es bereits acht Uhr morgens war. Sie nahm den Hörer ab und nannte verschlafen ihren Namen. »Ich habe Sie hoffentlich nicht geweckt«, erklang eine vertraute Stimme. »Hier ist Mike Sheldon, Ihr Fluglehrer! Ich wollte Ihnen nur sagen, dass mein Chef wieder gesund ist! Er hat hoch und heilig geschworen, nie mehr nach einer Flasche zu greifen. ›Ab jetzt trinke ich Coca-Cola und Root Beer‹, hat er gesagt. Ich hab ihm vorgeschlagen, Sie auf die Prüfung vorzubereiten, aber er besteht darauf, selbst mit ihnen zu fliegen! Ich hoffe natürlich, dass wir trotzdem mal zusammen fliegen können! Wenn Sie fertig sind, brauchen Sie sicher einen Ko-Piloten!«

»Aber erst, wenn ich bei der Pan American anfange«, erwiderte sie lachend. Die Stimme des jungen Mannes munterte sie auf. »NewYork – Lissabon, der Flug dauert vierundzwanzig Stunden!«

»Mir würden schon zwei Stunden reichen«, sagte Mike. »So wie letztes Mal. Wie wär's heute Nachmittag, nach Ihrer Flugstunde?«

»Ich dachte, du wolltest warten, bis ich den Flugschein habe?« Sie streichelte Dusty, der seinen Kopf gegen ihre Beine drückte, und wechselte den Hörer in die andere Hand. Sie wurde ernst. »Ich weiß nicht, ob ich es heute Morgen schaffe, Mike. Ich hab noch was Wichtiges im Krankenhaus zu erledigen. Ich versuche es, okay? Ich rufe bei Harry Cheek an, falls es zu lange dauert.«

Sie verabschiedete sich und hängte ein. Innerhalb weniger Minuten war sie gewaschen und angezogen. An einem Tag wie diesem schminkte sie sich kaum und trug nur etwas Fett gegen die Kälte auf ihre Wangen auf. In ihrer Winterkleidung versorgte sie die Hunde, bevor sie sich ein Frühstück bereitete: Eier mit Speck und etwas Toast. Sie stellte ein Gespann zusammen und fuhr zum Krankenhaus. Im trüben Licht der Straßenlaternen warfen der Schlitten und die Hunde lange Schatten. Die arktische Nacht war kalt und klar. Entgegen ihrer sonstigen Gewohnheit sprach sie kaum mit ihren Hunden, sie war vollkommen auf das Gespräch mit Dr. Morgan fixiert, den sie im Krankenhaus anzutreffen hoffte.

Tatsächlich begenete sie ihm gleich in der Eingangshalle. Er trug seinen weißen Kittel und wirkte erschöpft. »Mrs. Watson! Ich hab schon versucht, Sie anzurufen! Ich habe bereits eine schwere Operation hinter mir! Haben Sie einen Augenblick Zeit?« Sie nickte reserviert, und er führte sie in ein kleines Besprechungszimmer. »Kaffee? Tee?«

»Nein, danke«, kam Clarissa gleich zur Sache. Sie musste Klarheit haben. »Ich habe gestern mit einem Dr. Cox gesprochen. Er war nicht besonders freundlich, wenn ich ehrlich bin! Er deutete an, dass mein Mann das Krankenhaus verlassen muss ...«

Dr. Morgan rückte seine Brille zurecht. »Ich weiß, Mrs. Watson, und ich bitte seine etwas raue Art zu entschuldigen! Er hat sehr viel zu tun. Aber ich kann Sie beruhigen! Ich habe bereits mit einigen Vertretern der Krankenhausleitung gesprochen und durchgesetzt, dass Ihr Mann zumindest drei Monate bleiben darf. Und es entstehen kaum noch Kosten für Sie! Ein Krankenhaus in Chicago will sich an den Ausgaben beteiligen!« Er deutete ein Lächeln an. »Vorausgesetzt, Sie erklären sich einverstanden, dass wir die Untersuchungsergebnisse nach Chicago weiterleiten!«

Ihr Herz machte einen Luftsprung, doch etwas Misstrauen blieb. »Heißt das, dass Sie meinen Mann als Versuchskaninchen missbrauchen wollen?«, fragte sie mit hochgezogenen Brauen.

»Wir versuchen alles, um ihn aus seinem Koma herauszuholen«, wich Dr. Morgan aus. »Aber es geht hier weniger um Medikamente. Es geht um neue Methoden, sich mit einem solchen Kranken zu beschäftigen. So wie Sie es jeden Tag tun! Irgendwann einmal wird man die Angehörigen in eine solche Therapie mit einbeziehen, da bin ich ganz sicher! Die Medizin besteht nicht nur aus Operationen und Medikamenten! Schauen Sie die Naturvölker an! Ich glaube, wir können einiges von ihnen lernen!«

»Das ist wahr«, bestätigte Clarissa. Sie hatte oft genug miterlebt, wie ein Schamane oder eine Medizinfrau einen Kranken geheilt hatte. Die meisten Weißen hielten ihren Zauber für Hokuspokus, aber sie lebte lange genug in der Natur, um es besser zu wissen. Sie kannte die Heilkräuter und Wurzelsäfte, die manche Inuit und Indianer benutzten. Und sie wusste, dass die Heiler versuchten, auch geistig mit einem Kranken in Verbindung zu treten. So wie sie versuchte, mit der Seele ihres Mannes in Verbindung zu treten. »Haben Sie vielen Dank, Dr. Morgan!«

Sie verabschiedete sich und lief zu ihren Hunden hinaus. »Na, was hab ich gesagt?«, rief sie schon von weitem. »Heute haben wir mehr Glück! Frank darf bleiben! Stellt euch vor, und ich brauche kaum noch was zu bezahlen!« Sie zog den Anker aus dem Schnee, stieg auf den Schlitten und rief: »Lauf, Dusty! Go, Go!«

12

Heute kann ich mir ein Bierchen gönnen«, sagte Willie Jones, »heute gehst du allein in die Luft!« Clarissa blieb beinahe das Herz stehen, als sie die bedeutungsschweren Worte ihres Fluglehrers vernahm. Sie hatte den Schlitten neben dem Holzhaus des Airport Managers abgestellt und die Hunde versorgt und blickte ungläubig auf die *Fairchild.* »Irgendwann musst du damit anfangen, oder meinst du, ich habe Lust, ständig den Babysitter spielen?«

Sie tauschte ihre Fäustlinge gegen die Lederhandschuhe, die sie beim Fliegen trug, und schüttelte ungläubig den Kopf. »Aber ich bin viel zu unerfahren, Willie! Ich war doch kaum in der Luft! Was ist, wenn ich die Kontrolle über die Maschine verliere?«

»Unsinn!«, erwiderte der Buschflieger. »Du bist die geborene Fliegerin! Sieht ganz so aus, als hättest du deinen Männern öfter mal über die Schultern gesehen! Nein, meine Liebe! Es wird höchste Zeit, dass du solo durch die Wolken segelst! Ich hab dir alles beigebracht, was du wissen musst! Also schwing deinen hübschen Hintern in die Maschine und zeig uns, was du kannst!« Seit seinem Rückfall hatte Willie Jones keinen Schluck Alkohol mehr getrunken. Und es sah ganz so aus, als meinte er es diesmal ernst. Von Belinda hatte Clarissa gehört, dass er auf Coca-Cola umgestiegen war. »Stell dir vor, er kippt Erdnüsse in die Limonade«, hatte die Bedienung erzählt, »wie ein Teenager!«

Mike Sheldon kroch unter der Maschine hervor und verstaute den Gaskocher, mit dem er den Motor aufgeheizt hatte, im Passagierraum. »Sie schaffen das, Clarissa! Sie sind besser als die meisten Männer! Zeigen Sie den Burschen, was Sie alles können!«

»Bleib in der Nähe!«, ermahnte Willie Jones seine Schülerin. »Flieg ein paar Meilen nach Süden und komm wieder zurück! Und ich will eine weiche Landung sehen! Nicht so holprig wie gestern und vorgestern! Ich bin überzeugt, dass du es besser kannst! Weeks Field ist ein schlimmer Acker, das weiß ich auch, aber das interessiert die CAA nicht! Wenn du den Schein haben willst, musst du weich wie eine Schneegans landen! Und nun steig endlich ein! Ich will schließlich nicht den halben Tag vertrödeln!«

Unsicher stieg Clarissa in die *Fairchild.* Das Cockpit kam ihr wie ein Käfig vor. Sie blinzelte durch das beschlagene Fenster und startete den Motor. Beinahe mechanisch bediente sie die Kontrollen. Während der Ausbildung waren ihr die Handgriffe in Fleisch und Blut übergegangen. Sie brauchte nicht mehr zu überlegen, welchen Knopf sie drücken und welchen Hebel sie ziehen musste. Sie überprüfte die Ruder, meldete über Funk, dass sie nach Süden starten würde, und bat um die Starterlaubnis. »Guten Flug!«, wünschte ihr Harry Cheek. Sie drehte die Maschine in den Wind und warf einen letzten Blick auf Willie Jones und Mike Sheldon. Der junge Mechaniker strahlte sie an. Seine bewundernden Blicke schmeichelten ihr. Sie erhöhte die Drehzahl und trieb die schwankende *Fairchild* über das verschneite Flugfeld. In einer Wolke aus feuchtem Schnee brauste sie den Lichtern über der Anzeigetafel entgegen. Sie kamen rasch näher. Sie hob genau zum richtigen Zeitpunkt ab und legte die Maschine in eine steile Linkskurve. Für einen Augenblick sah sie die Hütte des Airport Managers unter sich. In dem Lichtschein, der aus dem Fenster fiel, war ihr Hundeschlitten zu erkennen. »Da haben wir den Salat, Dusty!«, rief sie ihrem Leithund zu. Jetzt muss ich auch noch fliegen! Als ob es nicht genug wäre, wenn ich jeden Winter beim Dog Derby mitmache!«

Über den Lichtern der Stadt flog sie nach Süden. Sie stieg auf viertausend Fuß und folgte den Eisenbahnschienen durch die Täler außerhalb von Fairbanks. Die Lichter eines Zuges bewegten sich durch die Dunkelheit. Am fernen Horizont über den Bergen war ein heller Streifen zu erkennen. Wie Scherenschnitte hoben sich die Gipfel der Coast Mountains dagegen ab. Sie entspannte sich. Der Wind war böig, aber nicht zu stürmisch, und es fiel ihr leicht, die *Fairchild* auf dem richtigen Kurs zu halten. Sie genoss das erhebende Gefühl, allein in der Luft zu sein. Der Himmel schien sich grenzenlos nach allen Seiten auszudehnen, und das klagende Tuten des Zuges, der stetig nach Süden fuhr, klang wie die Lockrufe einer Sirene durch die arktische Nacht. Jetzt verstand sie die Oldtimer, die ihr Leben am liebsten in der Luft verbracht hätten. »Wenn der verdammte Sprit nicht so teuer wäre«, hatte einer gesagt, »würde ich für immer oben bleiben!«

Clarissa blieb lieber auf dem Boden. Nicht einmal das Fliegen konnte das berauschende Gefühl von Freiheit ersetzen, das sie empfand, wenn sie allein mit den Hunden unterwegs war. In der verschneiten Wildnis war die Einsamkeit vollkommen. Es gab keinen Motorenlärm, und man war nicht in einem kleinen Käfig aus Holz, Metall und Glas gefangen. Die Elemente waren ihr vertrauter. Sie genoss das Fliegen und die schillernden Nordlichter, die sie mit ihren grünen und rosafarbenen Schleiern einhüllten, aber sie würde sich in ihrer *Fairchild* niemals so zu Hause fühlen wie auf ihrem Hundeschlitten. Die Buschfliegerei war ein Job, der ihr Geld bringen würde. Eine bittere Notwendigkeit, die sie so lange über Wasser hielt, wie Frank ohne Bewusstsein war. Sobald er wieder fliegen konnte, würde sie auf der Erde bleiben. Dort gab es genug zu tun. Nur alle paar Wochen, so räumte sie ein, würde sie ihren Mann begleiten und sich mit ihm abwechseln.

Plötzlich tauchte eine Nebelwand auf. Unvermittelt und ohne jegliche Vorwarnung verschluckte sie der feuchte Dunst und hielt die Maschine mit unsichtbaren Klauen umfangen. Der Klang des Motors schien sich zu verändern. Sie verlor das Gespür für oben und unten, blickte auf die beleuchteten Instrumente und zwang sich zur Ruhe. Das drohende Gefühl einer Panik ließ nach. Sie ging in eine Linkskurve und flog zurück. Sie war keine hundert Meter in den Nebel geflogen, und doch dauerte es beinahe fünf Minuten, bis der Dunst aufriss, und sie die vertrauten Schienen unter sich erkannte. Sie ging etwas tiefer, um ein Vereisen der Tragflächen zu verhindern, und folgte den Gleisen nach Norden.

Auf ihrer Stirn gefror der Schweiß. Ein Augenblick der Unachtsamkeit hatte sie in große Schwierigkeiten gebracht. Sie musste lernen, ihre Gedanken unter Kontrolle zu bringen. Selbst an einem klaren Tag wie diesem war es möglich, in eine Nebelwand zu fliegen. Das Wetter in Alaska war unberechenbar. Selbst erfahrene Piloten waren im Hohen Norden abgestürzt, weil sie die Sichtweite überschätzt oder einer optischen Täuschung erlegen waren. »Dieses Land kann verdammt grausam sein«, hatte Noel Tuska einmal behauptet. »Es ist wie diese Göttin, die dich verführerisch ansieht und im nächsten Augenblick in eine tödliche Falle lockt!

Wenn du nicht aufpasst, gehst du ihr auf den Leim!«

Clarissa brachte die Maschine sicher nach Hause. Nachdem sie einmal über Weeks Field gekreist war, ging sie tiefer und steuerte die Landebahn an. Der Wind hatte nachgelassen, und sie landete so weich, dass Willie Jones begeistert den rechten Daumen nach oben reckte. Sie glitt bis vor die Hütte, die das heimische Baseball-Team zum Umkleiden benutzte, und kletterte aus der Maschine. Es dauerte eine Weile, bis Willie Jones und Mike Sheldon sie erreicht hatten. »Na, wie war ich?«, fragte sie.

»Großartig!«, rief Willie Jones begeistert. »Ich wusste doch, dass aus dir eine anständige Buschfliegerin wird! Noch ein paar Solo-Runden, und du kannst dich auf die erste Prüfung vorbereiten!«

»Die beste Landung, die ich je gesehen habe!«, übertrieb Mike Sheldon. Der junge Mechaniker strahlte über das ganze Gesicht. »Das müssen wir feiern! Wie wär's mit einer Runde im Nugget? Die haben einen neuen Cocktail, der wird Ihnen schmecken!«

»Also, ich muss leider passen«, winkte der Pilot ab. »Wenn ich einmal mit dem Teufelszeug anfange, lässt es mich nicht mehr los! Ich hab keine Lust, die *Fairchild* meiner Ex zu überlassen! Ich muss ordentlich was verdienen, wenn ich ihr hungriges Maul stopfen will, und das kann ich nur, wenn ich nüchtern bin. Außerdem wird es höchste Zeit, dass ich meine Bude aufräume!«

»Ich kann leider auch nicht«, sagte Clarissa schnell, bevor der junge Mechaniker sie allein einlud. »Ich muss zu meinem Mann!«

Mike Sheldon ließ sich nicht beirren. Ohne sein strahlendes Lächeln zu verlieren, fuhr er fort: »Wie wär's dann mit dem Eishockeyspiel am Samstag? Die Polar Bears spielen gegen die Aces aus Anchorage! Gegen die haben sie noch eine Rechnung offen! Einige meiner Freunde kommen auch mit! Ich lade Sie ein, okay? Wir treffen uns an dem Trainingsplatz, am Samstag um zwölf!«

Willie Jones grinste schadenfroh. »Tu ihm den Gefallen, Clarissa! Wird höchste Zeit, dass du mal auf andere Gedanken kommst! Da kommt so ein Eishockeyspiel gerade richtig. Die Polar Bears haben seit ein paar Jahren nicht mehr gegen Anchorage gewonnen. Schau dir das Spiel an, das lenkt dich ab!«

»Und warum kommst du nicht mit?«, fragte sie.

Er zuckte mit den Achseln. »Ich muss mich um den Papierkram kümmern. Hab mich seit letzten Winter nicht um die Buchhaltung gekümmert! Nicht, dass ich viel zu rechnen hätte, aber wenn ich den Kram nicht in Ordnung bringe, rückt mir meine Ex auf den Pelz!«

»Du hättest gar nicht heiraten sollen«, sagte sie.

»Clarissa?«, meldete sich Mike Sheldon.

Sie willigte lachend ein. »Meinetwegen. Um zwölf am Trainingsplatz. Aber ich habe keine Ahnung von Eishockey, damit du es gleich weißt! Deine Freunde werden mich tüchtig auslachen!«

»Dann bekommen sie es mit mir zu tun!«, erwiderte der

junge Mann freudestrahlend. Er schüttelte Clarissa viel zu fest die Hand. »Also abgemacht! Ich sehe Sie am Samstag!« Er ließ ihre Hand nur zögernd los. »Morgen müssen Sie leider ohne mich auskommen. Da muss ich den ganzen Tag bei Pacific Air ran, die neuen Maschinenteile auspacken! Bis Samstag!« Er blickte den Piloten an. »Machen Sie's gut, Willie!«

Willie Jones wartete, bis sein Mechaniker außer Hörweite war. »So aufgedreht hab ich Mike noch nie erlebt«, meinte er amüsiert. »Sieht fast so aus, als hätte er einen Narren an dir gefressen!«

»Jugendliche Schwärmerei«, erwiderte sie leichthin. Sie verabschiedete sich von dem Piloten und fuhr mit dem Hundeschlitten zum Krankenhaus. Das fröhliche Lächeln von Mike Sheldon ging ihr während der ganzen Fahrt nicht aus dem Sinn. Wie heiter und unbeschwert dieser junge Mann doch sein konnte! Er kannte keine Probleme. Eine gute Ausbildung, ein einigermaßen sicherer Job, eine rosige Zukunft als Buschpilot, denn fliegen konnte er besser als die meisten Veteranen – mein Gott, das ganze Leben lag noch vor ihm! Manchmal sehnte sie sich nach ihrer Jugend zurück, nach den unbeschwerten Tagen, als sie mit Jack von einer Flugshow zur nächsten gezogen war. Damals hatte ihnen niemand etwas anhaben können. Sie hatten das Leben so genommen, wie es kam, und es war ihnen vollkommen egal gewesen, dass ihr Verdienst gerade mal zum Überleben gereicht hatte. Obwohl sie damals schon verheiratet gewesen waren, hatten sie sich vollkommen frei gefühlt! Der Geruch nach Äther, der wie eine drohende Wolke durch die langen Flure des Krankenhauses zog, holte sie in die Wirklichkeit zurück. Ihr erster Mann war schon lange tot, und ihre Jugend war unwiderruflich dahin. Sie war eine vierzigjährige Frau, die durch den Absturz ihres Mannes an den Rand des Ruins getrieben wurde und das Wagnis einging, in eine Männerdomäne einzubrechen, um ihren Lebensunterhalt zu verdienen. In nüchternen Worten ausgedrückt, schien ihr Unternehmen absolut hoffnungslos zu sein. Nur der Ehrgeiz und die Ausdauer, die einer erfahrenen Musherin wie ihr im Blut lagen, trieben sie voran. So wie sie die Hindernisse der Yukon Trophy und des Dog Derby überwunden hatte, würde sie das Schicksal besiegen, das der lange Krankenhausaufenthalt ihres Mannes mit sich brachte. Sein Zustand hatte sich nicht verändert. Er lag mit geöffneten Augen im Bett und reagierte nicht, als sie das Zimmer betrat. Sie küsste ihn auf die leblosen Lippen und berührte seine Wange. »Heute war ich solo unterwegs!«, strahlte sie. »Ich war ganz allein in der Luft! Ist das nicht wunderbar? Noch ein paar Stunden, und ich kann die Prüfung machen!« Sie zog einen Stuhl heran und setzte sich. »Das hättest du nicht gedacht, dass ich dich mal einholen würde, was?« Sie griff lachend nach seiner Hand. »Es war ein schönes Gefühl, allein dort oben zu sein! Fast so schön wie mit dem Hundeschlitten!« Sie wollte ihn nicht beunruhigen und verschwieg ihm den kurzen Irrflug durch den Nebel. Nicht einmal Willie Jones hatte sie davon berichtet, aus Angst, er könnte ihr weitere Stunden aufhalsen und die Prüfung hinausschieben.

Schwester Ruth betrat den Raum. Sie gab dem kranken Piloten eine Spritze und beachtete Clarissa kaum. Ihre Augen waren verweint. »Hallo, Clarissa«, sagte sie heiser. Sie wollte ohne ein weiteres Wort gehen, überlegte es sich anders und blieb an der Tür stehen. »Mir geht es nicht besonders gut«, gestand sie. »Meine Mutter liegt in einem Pflegeheim in Anchorage. Die reinste Absteige und die Ärzte sind verdammte …« Sie suchte vergeblich nach einem Schimpfwort. »Nun ja, sie kümmern sich kaum um sie, und ich komme hier kaum weg.« Sie blickte auf den Piloten und schüttelte den Kopf. »Und hier in Fairbanks gibt es kein Heim!«

Sie verschwand in den Flur. Clarissa starrte minutenlang auf die verschlossene Tür, wollte ihr nachlaufen und ein paar tröstende Worte sagen, doch sie bewegte sich nicht von der Stelle. Schließlich stand sie auf und ging zum Fenster. Es hatte zu schneien begonnen. Die Flocken wirbelten im Schein der Straßenlampen und blieben an den kalten Scheiben kleben.

»Hab ich dir schon gesagt, dass Mike Sheldon mich eingeladen hat?«, fragte sie. »Du weißt schon, der junge Mechaniker, der für Willie arbeitet.« Sie legte eine Hand auf das kalte Glas. »Willie ist übrigens trocken! Ich glaube, diesmal schafft er es wirklich! Es war ihm richtig peinlich, dass ich seine schmutzige Wohnung gesehen habe! Er schafft es bestimmt!« Sie wandte sich vom Fenster ab und blickte ihn an. Eine leichte Röte überzog ihr Gesicht. »Wir gehen zum Eishockey, stell dir vor! Mike Sheldon, und was weiß ich, wen er noch alles mitbringt! Die halbe Stadt, nehme ich an! Willie meint, das Spiel würde mich auf andere Gedanken bringen.« Sie lachte. »Weißt du, dass ich noch nie bei einem Spiel der Polar Bears war? Dabei sind sie einer meiner Sponsoren! Ich werde mich tüchtig blamieren! Ich kenne ja nicht mal die Regeln!«

Sie beugte sich über ihren Mann und spürte seinen schwachen Atem. »Wenn du meinst, dass ich nicht gehen soll, bleibe ich zu Hause!«, sagte sie leise. Und fügte rasch hinzu: »Das Spiel dauert höchstens zwei Stunden! Dann komme ich gleich zu dir!«

An diesem Abend hatte sie wenig Lust, etwas zu tun. Sie fütterte die Hunde und verteilte die üblichen Streicheleinheiten und entschuldigte sich bei Dusty, der ihre Unruhe spürte und seinen Kopf an ihren Beinen rieb. »Sei mir nicht böse«, sagte sie, »ich hab einen harten Tag hinter mir! Du hättest mich sehen sollen, ganz allein im Nebel und ohne Orientierung! Willie würde mich niemals zur Prüfung vorschlagen, wenn er das wüsste! Na ja, es ist ja noch mal gutgegangen!« Sie kraulte den Leithund an seiner Lieblingsstelle zwischen den Ohren. »Leg dich schlafen, Dusty! Ich lege mich in die heiße Wanne und gehe dann auch zu Bett.«

In der Badewanne schloss sie zufrieden die Augen. Das heiße Wasser umschmeichelte ihren durchtrainierten Körper und die offenen Haare. Ob sie wohl auf einen jungen Mann wie Mike Sheldon anziehend wirkte? Ihre Haut war straffer als die ihrer meisten Altersgenossinnen, und ihr Körper konnte sich durchaus noch sehen lassen. Das tägliche Training mit den Hunden hatte ihn biegsam gehalten. Und wenn sie den Komplimenten ihres Mannes glauben durfte, war ihr Gesicht schöner als vor zehn Jahren! »Du hast die schönsten Augen der Welt!«, hatte er gesagt. Aber Frank war ein Schmeichler, und sie wusste ganz genau, dass sie mit einer Zwanzigjährigen nicht mithalten konnte.

Sie schalt sich eine Närrin, tauchte ein paar Mal unter und wusch sich gründlich die Haare. Nachdem sie ihren Körper eingeseift und abgespült hatte, stieg sie aus der Wanne und trocknete sich gründlich ab. Sie ließ das Wasser ab und schlüpfte in ihr langes Nachthemd. In den hellgrünen Pantoffeln, die sie von ihrem Mann zum Geburtstag geschenkt bekommen hatte, ging sie in die Küche. Sie kochte sich einen heißen Tee und blickte nachdenklich in die kalte Nacht hinaus. Der Mond schien von einem klaren Himmel herab und zerfloss im harschen Schnee.

Mit dem Teebecher in der Hand blieb sie am Fenster stehen. Ein klagender Laut zerschnitt die Nacht. Ein lang gezogenes Heulen, das von den nahen Hügeln zu kommen schien und ihr einen eisigen Schauer über den Rücken jagte. Sie kratzte den Frost von der kalten Scheibe und drückte ihre Nase gegen das Glas. Entsetzt ließ sie den Becher fallen. Die Scherben und der heiße Tee spritzten nach allen Seiten. Dusty kam aufgeregt in die Küche gelaufen. »Das … das ist doch … unmöglich!«, stammelte sie. Und doch hatte sie das grüne Augenpaar deutlich gesehen. Keine hundert Meter vom Haus entfernt stand ein Wolf!

Sie blickte ein zweites Mal nach draußen und atmete erleichtert auf. Der Wolf war verschwunden. Anscheinend hatte sie sich doch geirrt. Während der letzten Jahre waren die Wölfe ihr niemals so nahe gekommen. Sie musste sich getäuscht haben!

13

Clarissa parkte ihren Schlitten am Waldrand und redete beruhigend auf ihre Hunde ein, bevor sie die Straße zur University of Alaska überquerte. Die Polar Bears spielten auf dem Hockey Rink, einer vom Schnee gesäuberten Eisbahn zwischen den Studentenquartieren. Das Eis glänzte im arktischen Zwielicht. Einige Straßenlampen warfen gelbe Lichtkegel, und in allen Fenstern brannte Licht. Keine idealen Bedingungen für ein Match, das als Trainingsspiel in den Annalen geführt und während des Ice Carnivals im März zu Wettkampfbedingungen wiederholt werden sollte. Aus einem Lautsprecher tönte Musik.

Mike Sheldon war nicht zu übersehen. Er wartete mitten auf der Straße und hob erfreut die Arme, als Clarissa den Hockey Rink erreichte. Sie spürte, wie sie von Zweifeln gepackt wurde. Einen kurzen Augenblick dachte sie sogar daran, sich zu entschuldigen und zu ihrem Schlitten zurückzukehren, aber die Freude des jungen Mannes war so echt und offensichtlich, dass sie es nicht über das Herz brachte, einen Rückzieher zu machen. »Hallo, Mike«, begrüßte sie ihn fröhlich, »kann man denn bei so einem Wetter spielen?«

Er wollte ihre Arme berühren und zog seine Hände auf halbem Weg zurück. Sie hätte die Geste falsch verstehen können. »Ist doch nur ein Trainingsspiel.« Er wusste nicht, wohin mit seinen Armen, und rettete sich mit einer unbeholfenen Geste. Clarissa machte ihn verlegen. »Ich freue mich, dass Sie gekommen sind«, sagte er viel zu laut. »Sie werden sehen, es wird ein spannendes Spiel! Wenn die Bears und die Aces aufeinander treffen, wollen sie immer gewinnen, selbst wenn das Spiel für die Meisterschaft nicht zählt!« Er blickte über die

Schulter. »Kommen Sie, ich stelle Sie meinen Freunden vor! Eric, Sarah, Robert, kommt mal her!«

Clarissa hatte schon befürchtet, dass Mike allein gekommen war, und freute sich, die beiden Jungen und das Mädchen zu sehen. Eric war so alt wie Mike und arbeitete im selben Laden, ein gemütlicher Bursche mit einem runden Gesicht und einem watschelnden Gang. Sarah und Robert waren befreundet. Sie studierte Englisch und Geschichte an der University of Alaska und trug eine rote Wollmütze über ihren blonden Locken, er arbeitete bei der Stadtverwaltung und betrieb Bodybuilding, das konnte selbst der gefütterte Anorak nicht verbergen. »He, Sie sind es tatsächlich!«, meinte Sarah überrascht, nachdem sie sich einander vorgestellt hatten. »Die berühmte Clarissa Watson, die das letzte Dog Derby gewonnen hat! Ich bin erst seit einem halben Jahr in Fairbanks, wissen Sie, aber ich habe in der Zeitung über Sie gelesen! Sind Sie mit dem Hundeschlitten gekommen?«

»Den hab ich drüben am Waldrand geparkt«, antwortete Clarissa. Sie hatte nicht damit gerechnet, wie eine Berühmtheit behandelt zu werden, und fühlte sich ein wenig unwohl. »Hier in Fairbanks ist das nichts Besonderes. Wo kommen Sie her?«

»Juneau«, meinte das Mädchen. Ihre unbeschwerte Art gefiel Clarissa. »Ich will Lehrerin werden.« Sie strahlte ihren Begleiter an. »Robert geht mit nach Juneau. Er war mal Mr. Chena Hot Springs, haben Sie das gewusst? Er ist der stärkste Mann von ganz Alaska, stimmt's, Robert?« Sie lehnte sich an seine starke Brust und umarmte ihn wie ein Spielzeug, das man nicht mehr hergeben will. »Nächstes Jahr will er Mr. Fairbanks werden!«

»Und Sie, Eric?«, fragte Clarissa. »Arbeiten Sie schon lange im Pacific Air Shop? Sagen Sie bloß, Sie wollen auch Pilot werden!«

Eric war es nicht gewohnt, mit einer erwachsenen Frau zu sprechen, und wurde rot, als sie ihm in die Augen blickte. Er war froh, dass es so kalt war, und die Kapuze sein halbes Gesicht verdeckte. »Ich arbeite im Lager, Ma 'am! In einem

Flugzeug wird mir schlecht. Ich muss festen Boden unter den Füßen haben.«

»Kommen Sie, Clarissa!«, wurde Mike ungeduldig. »Es wird langsam Zeit, dass wir uns einen Platz suchen! Das Spiel fängt gleich an!« Er schob sich zwischen Clarissa und seine Freunde und genoss das Gefühl, eine attraktive und bekannte Frau an seiner Seite zu haben. »Waren Sie schon mal bei einem Spiel?«

»Einmal«, erwiderte Clarissa. Die neugierigen Blicke einiger Zuschauer trafen sie wie Nadelstiche, und sie bereute in diesem Augenblick, der Einladung des Jungen gefolgt zu sein. »Vor zwei Jahren, als die Polar Bears als Sponsor dazukamen.« Sie deutete auf das Logo des Eishockeyvereins, einen Eisbär, der auf ihre Mütze genäht war. »Aber frag mich nicht, gegen wen sie damals gespielt haben! Sie haben mir versprochen, sich an den Kosten für das Hundefutter zu beteiligen, das war viel wichtiger!«

»Das hab ich gar nicht gewusst«, staunte Mike. Er deutete auf den weißen Eisbär. »Ich hab mir Ihre Mütze nie angesehen!« Er wollte etwas über ihre leuchtenden Augen sagen, schwieg aber.

Clarissa wusste auch so, dass seine Antwort als Kompliment gedacht war. Sie drehte sich nach Mikes Freunden um und wartete, bis sie aufgeschlossen hatten. Zusammen traten sie an die hölzerne Bande. Rund um den Hockey Rink gab es keine Sitzplätze, und die wenigen hundert Zuschauer, meist Studenten aus dem nahen Wohnheim, lehnten in fester Winterkleidung an der Umzäunung. Ihre Meisterschaftsspiele trug das College Team in einem komfortablen Stadion aus. Weil es keine Lautsprecheranlage gab, kündigte der Sprecher die Mannschaften durch ein Megaphon an. »... begrüßen wir das Team der Anchorage Aces und wünschen dem Spiel einen fairen Verlauf!« Er rief die Mannschaften auf das Eis und nannte die Aufstellungen.

»Ich bin gleich wieder hier«, sagte Mike plötzlich. Er rannte davon und kehrte nach wenigen Minuten zurück. Der Sprecher griff noch einmal zum Megaphon. »Ganz besonders freuen wir uns, heute Mittag die Siegerin des letzten Dog Derby unter den Zuschauern begrüßen zu dürfen: Mrs. Clarissa Watson! Die Fairbanks Polar Bears gehören zu den stolzen Sponsoren der tapferen Musherin. Wir wünschen ihrem Mann gute Besserung!«

Clarissa blickte verlegen zu Boden, als der Applaus erklang, brachte es aber nicht übers Herz, sich bei Mike zu beklagen. Er hatte es lieb gemeint. Sie spürte die bewundernden Blicke seiner Freunde und war froh, als der Pfiff des Schiedsrichters die Aufmerksamkeit auf das Spielfeld lenkte. Das Spiel begann. Die Aces übernahmen sofort die Führung und bestimmten das erste Drittel, das 1:0 für das Team aus Anchorage endete. Der Sprecher nannte den Torschützen und erntete wütende Buhrufe.

»Jetzt kommt unser erster Sturm«, hatte Mike die Hoffnung noch nicht aufgegeben, »dann sieht die Sache anders aus!« Tatsächlich schoss Phil Anderson schon nach wenigen Minuten den Ausgleich, und Gordon Picette brachte die Polar Bears mit 2:1 in Führung. Mike kannte jeden Spieler von Fairbanks mit Namen und umarmte Clarissa begeistert, als das Führungstor fiel. »Darauf trinken wir einen!«, rief er begeistert und blickte Eric an, der eine Thermosflasche aus der Anoraktasche zog, einen tiefen Schluck nahm und sich schüttelte. »Verteufelt gute Mischung!«

Er reichte die Flasche an Mike weiter, und der gab sie Clarissa. »Möchten Sie auch einen Schluck? Eric kommt aus Waco, Texas, müssen Sie wissen! Er braut den besten Texas Tea der Welt!«

Clarissa hatte noch nie von einem solchen Getränk gehört, konnte sich aber denken, dass er nicht aus reinem Tee bestand. Sie kam sich auf einmal sehr alt vor. »Warum nicht?«, meinte sie, um nicht wie eine Gouvernante dazustehen. »Ein Schluck bringt mich nicht um!« Sie trank aus der Flasche und erschrak, als sie merkte, wie scharf das Getränk war. »Und so was trinkt man auf der Uni? Ich dachte, da wird heißer Kräutertee ausgeschenkt!«

»Ich hoffe, Sie verraten uns nicht!«, flüsterte Mike verschwörerisch. Er nahm selber einen Schluck und verzog das Gesicht. »Beim Eishockey ist Alkohol streng verboten! Ich glaube, sie haben Angst, dass sich die Zuschauer mit den Spielern prügeln!«

Ein Verteidiger der Aces wurde auch ohne Alkohol aggressiv. Er holte einen Stürmer der Polar Bears mit dem Schläger von den Beinen und verwickelte ihn in eine Schlägerei, die für beide Spieler eine Strafzeit zur Folge hatte. Die Zuschauer quittierten die Bestrafung mit lauten Pfiffen. »Habt ihr das gesehen?«, rief Mike wütend. »Die Aces haben angefangen! Das ist Schieberei!«

»Sauerei!«, schimpfte Eric, der noch einen Schluck genommen hatte und sich an der Bande festhalten musste. Seine Stimme war schrill. »Das muss zehn Minuten geben! Zehn für die Aces!«

Die Zuschauer tobten, und die Schiedsrichter hatten Mühe, das Spiel wieder in geordnete Bahnen zu lenken. Dann war das zweite Drittel zu Ende, und die Spieler fuhren an den Spielfeldrand und kühlten ihre erhitzten Gemüter. Clarissa blickte in die verschwitzten Gesichter der Spieler. Ihre Mienen erinnerten sie an die entschlossenen Blicke der Musher, wenn es auf die letzte Etappe eines Rennens ging, und jeder noch einmal das Letzte aus seinen Hunden herausholen wollte. Nur dass sich die Hundeschlittenführer nicht prügelten. Aggressiv waren nur die Hunde, die sich wütende Duelle lieferten, wenn sie sich zu nahe kamen. Bei einem der letzten Dog Derbys hatte der Leithund des Zweitplatzierten das Hundeteam des Siegers angegriffen und einem seiner Hunde das Genick durchbissen.

Sie spürte eine Hand auf ihrem linken Arm und sah, dass Mike sie anblickte. Sein lausbübisches Lachen war zurückgekehrt. »Ist das nicht ein irres Spiel?«, fragte er. »Wenn die

Bears noch eine Schippe drauflegen, gewinnen sie! Anderson ist große Klasse!«

»Irre«, bestätigte sie heiter. Sie hörte das Wort zum ersten Mal. »Geht es beim Hockey immer so wild zu? Die kommen ja kaum zum Spielen! Da! Jetzt muss wieder einer auf die Strafbank!«

»Das ist einer von den Aces«, meinte Mike abfällig, »der hat es nicht anders verdient! Passen Sie auf! Jetzt ziehen unsere Jungs ein Powerplay auf und schießen das dritte Tor!« Er blickte auf das Spielfeld und feuerte die Mannschaft an. »Go, Polar Bears!«

Genau in diese Drangperiode fiel das Ausgleichstor der Aces. Die jungen Männer reckten drohend die Fäuste und schienen vergessen zu haben, dass zwei Damen bei ihnen waren. Sie glaubten, dass dem Treffer ein klares Foul vorausgegangen war.

»Ich glaube, Mike hat sich in Sie verliebt«, sagte Sarah unvermittelt, als die Männer wütend auf den Schiedsrichter schimpften. »Sie hätten hören sollen, wie er von Ihnen geschwärmt hat!« Sie warf einen raschen Blick auf den Jungen. »Ich dachte, ich sage Ihnen das besser, bevor er sich falsche Hoffnungen macht.«

Clarissa blickte das Mädchen lange an und nickte schwach. Sie wollte etwas sagen, aber dann drehte Mike sich um, und sie bekam keine Gelegenheit mehr dazu. Das Lächeln des jungen Mannes verzauberte sie, das hatte sie längst erkannt. Es war voller Unschuld und Zuneigung, ohne die Hintergedanken eines Schürzenjägers wie Sid Baxter, der es auf die plumpe Art bei ihr versucht hatte. Mike schwärmte für sie, wie ein Schüler für seine Lehrerin entflammte, und sie fand ihn sympathisch, hegte beinahe mütterliche Gefühle. Immerhin war sie fünfzehn Jahre älter! Es war richtig gewesen, seine Einladung anzunehmen. Sie ging mit einer Gruppe von unbeschwerten Jugendlichen zum Eishockey, das war doch kein Verbrechen! Das angenehme Gefühl, mit den jungen Leuten den Alltag vergessen zu können, überwog die Sorge, etwas Falsches getan zu haben. Auch der Frau eines kranken Mannes musste es erlaubt sein, sich zu vergnügen.

Das Spiel endete unentschieden. Sarah und Robert verabschiedeten sich und liefen zu einem der Wohnhäuser, und Eric war während des letzten Drittels in der Menge untergetaucht. »Er hat wohl zu viel Tee erwischt«, sagte Mike. Clarissa nahm ihrem Begleiter ab, dass er es nicht darauf angelegt hatte, mit ihr allein zu sein, und fand nichts dabei, als er anbot, sie zu ihrem Schlitten zu begleiten. Er benahm sich wie ein perfekter Gentleman, wahrte den Höflichkeitsabstand und schien nur an das Spiel zu denken: »Mit etwas Glück hätten wir sie schlagen können! Wir hatten sie doch schon im Sack! Beim Ice Carnival gewinnen wir!«

Obwohl Mike ihr nicht zu nahe kam und nur über Eishockey redete, spürte Clarissa eine seltsame Unruhe. Die Nähe des jungen Mannes machte sie nervös. Seine Stimme, das Blitzen in seinen Augen, wenn er auf den Schiedsrichter schimpfte, und sein sanftes Lächeln, als er ihr über eine Schneewehe half, ließen sie zwanzig Jahre jünger werden. Sie war wieder die unschuldige Farmerstochter, die einem starken und verständnisvollen Mann begegnete, voller Kraft und Energie, und sie sehnte sich plötzlich danach, in seinen Armen zu liegen und seine Lippen auf ihrem Gesicht zu spüren. Ein flüchtiger Gedanke nur, aber so stark und intensiv, dass sie unter ihrem dicken Anorak erschauderte. »Da drüben steht mein Schlitten«, sagte sie. Es klang heiser, fast ein bisschen ängstlich, wie bei einer Studentin, die sich vor der Haustür von einem Jungen verabschiedet.

Mike erkannte ihre Unruhe nicht und ging lachend auf die Hunde zu. »Sie haben wirklich schöne Huskys!«, meinte er. »Der mit den Flecken auf der Schnauze ist der Leithund, nicht wahr? Ich hab neulich gesehen, wie Sie ihn gekrault haben! Darf ich mal?«

»Passen Sie auf!«, mahnte Clarissa. »Die Hunde können

ziemlich ungemütlich werden, wenn ein Fremder sie berühren will!«

Mike schien ihre Warnung nicht ernst zu nehmen und beugte sich zu dem Leithund hinab. Er flüsterte ihm etwas zu und kraulte ihn sanft hinter den Ohren, wie er es bei Clarissa gesehen hatte. Dusty knurrte zufrieden. »Er mag mich«, sagte Mike. Er blickte sie stolz an. »Sehen Sie? Wir sind bereits dicke Freunde!«

»Dann hast du ihm bestimmt versprochen, dass es bald was zu fressen gibt«, meinte sie lachend. Sie beobachtete staunend, wie Mike den Hund umarmte und sich von ihm die Hände abschlecken ließ. »Du kannst gut mit Hunden umgehen! So freundlich war er noch zu keinem Fremden! Er mag dich tatsächlich!«

Mike fand Gefallen daran, sich mit dem Hund zu beschäftigen. »Wir hatten auch einen Hund in Montana«, berichtete er, »einen Golden Retriever. Er wurde von einem Traktor überfahren. Seitdem will meine Mutter keinen neuen mehr.« Er richtete sich auf und sah Clarissa an. In seinen Augen war wieder dieses geheimnisvolle Blitzen, das sie so nervös machte. »Darf ich mal fahren?«, fragte er. »Nur ein paar Meter am Waldrand entlang.«

»Ich weiß nicht«, zögerte sie, »es ist nicht so einfach, wie du denkst! Du hast noch nie einen Hundeschlitten gesteuert, oder?«

»Nur ein paar Meter, Clarissa!«

»Also gut«, zeigte sie sich einverstanden. In diesem Augenblick hätte sie ihm keinen Wunsch der Welt abgeschlagen. »Du hast ja gesehen, wie ich auf dem Trittbrett stehe, beide Hände fest an den Haltegriffen und kräftig nachhelfen, wenn der Schnee zu tief ist! Wenn es losgehen soll, rufst du ›Go!‹, und wenn die Hunde anhalten sollen, sagst du ›Whoa!‹ Wenn sie nach links oder rechts ausbrechen, schreist du ›No!‹! Nur am Waldrand entlang, okay? Und wenn du hältst, rammst du den Anker in den Schnee!«

»Aye, Ma'am!«, machte er sich über sie lustig.

Sie musste lachen und zeigte ihm, wie man die Hände um die Haltegriffe legt. Obwohl gefütterter Stoff seine Haut bedeckte, machte ihr seine Nähe zu schaffen. Sie vermied es, ihm in die Augen zu sehen. »Fahr nicht zu schnell, Mike!«, warnte sie ihn.

Sie trat zur Seite und erinnerte ihn daran, den Anker aus dem Schnee zu ziehen. Er warf den Holzpflock auf den Schlitten. Mit einem zögerlichen »Go!« trieb er die Hunde an. Die Huskys sprangen nach vorn, und Mike hatte Mühe, auf dem Schlitten zu bleiben. Viel zu stürmisch legte sich Dusty in die Leinen. »Easy, Dusty!«, rief Clarissa besorgt. »Snowball, lass den Unsinn! Easy!«

Aber da war es schon passiert. Die Hunde brachen aus und rannten über einen schmalen Trail in den Wald hinein. »No! No!«, rief Mike in aufkommender Panik, und Clarissa gestikulierte mit den Armen und rief: »Easy, Dusty! Bleib sofort stehen!« Aber an diesem Nachmittag hatten die Hunde ihren eigenen Willen und ließen sich nicht aufhalten. Sie rannten immer weiter, bis der Schlitten gegen einen Baum krachte, und Mike in den knietiefen Schnee geschleudert wurde. Die Hunde blieben jaulend stehen.

Clarissa schlug beide Hände vor den Mund. »Mike! Mike! Ist dir was passiert?«, rief sie nach einer Schrecksekunde. Sie kletterte über die Böschung und stolperte durch den Schnee, fiel neben dem gestürzten Jungen auf die Knie und zog die Handschuhe aus. Sie berührte sein Gesicht und rieb einige Schneeflocken von seinen Augenbrauen. »Sag doch was, Mike! Bist du okay?«

Er öffnete die Augen und blickte sie benommen an. Dann lächelte er. »Ich glaube, ich bleibe doch lieber bei meiner Bellanca!«, sagte er. »Deine Hunde sind mir zu stürmisch!« Er streckte beide Hände nach ihr aus, und sie sank in seine Arme, ohne dass er sie berühren musste. Seine Lippen waren sanft und zärtlich, und sie spürte sein liebevolles Lächeln, als sie die

Augen schloss und der Wirklichkeit entrückte. »Clarissa! Das habe ich mir so gewünscht!«, sagte er und zog sie fest zu sich heran. Sie erwachte aus ihrem Traum und löste sich von ihm. Zitternd vor Scham erhob sie sich. »Das … das hätten wir nicht tun sollen, Mike! Es war nicht recht!« Sie wischte sich über den Mund und taumelte ein paar Schritte zurück. »Geh nach Hause, Mike! Bitte!«

»Aber ich liebe dich, Clarissa!«

»Geh, Mike!«

Sie blickte ihm nicht nach, als er durch den Schnee davonstapfte, und blieb minutenlang stehen, bis sie wieder fähig war, einen klaren Gedanken zu fassen. Sie zog ihre Handschuhe an und schob den Schlitten auf den Trail zurück. Die Hunde folgten leise jaulend ihren Anweisungen. »Das will ich nicht noch einmal sehen, Dusty!«, schimpfte sie. »Das gilt auch für dich, Snowball!«

Während sie die Leinen ordnete und auf den Schlitten stieg, hallte ein lang gezogenes Heulen durch den Wald. »Nanuk!«, flüsterte sie ängstlich. Sie trieb das Hundegespann an und floh vor den gelben Augen, die sie überall zwischen den Bäumen sah.

14

Clarissa schloss sich zwei Tage in ihrem Blockhaus ein. Sie verschloss die Läden, hängte das Telefon aus und ging nur nach draußen, um die Hunde zu füttern. Die Huskys wurden immer unruhiger und warteten ungeduldig darauf, den Schlitten zu ziehen, doch sie fühlte sich zu elend, um an einen Ausflug zu denken. Sie ertrug das Hundegebell mit scheinbar stoischer Ruhe und sagte kein Wort, wenn sie die Tröge mit Futter füllte. Das wütende Bellen von Dusty und das Zähnefletschen von Snowball, der sich wieder einmal mit Grumpy in den Haaren lag und heftig an seiner Kette zerrte, quittierte sie mit einem gelangweilten »Easy, Dusty!« oder einem gleichgültigen Kopfschütteln.

Meistens lag sie auf ihrem Bett, den Blick zur dunklen Decke gewandt, und kämpfte gegen die bösen Geister, die Besitz von ihrem Körper ergriffen hatten. Sie aß nichts und trank nichts, und als jemand an die Tür klopfte und laut ihren Namen rief, stellte sie sich schlafend und rührte sich nicht von der Stelle. Wenige Augenblicke später entfernten sich Schritte vom Haus. Wahrscheinlich Willie Jones, der nachsehen wollte, ob ihr etwas passiert war. Mike war bestimmt zu feige, an ihre Tür zu klopfen.

Sie hatte den Kuss des jungen Mannes genossen, das gestand sie sich selbst jetzt noch ein. Sie hatte sich nach seiner Berührung gesehnt und die Zärtlichkeiten selbst herausgefordert. Ihn traf keine Schuld. Er war jung und ungestüm und hatte sie erst geküsst, als sie ihn dazu ermutigt hatte. Sie war die Schuldige. Sie war erwachsen und hätte wissen müssen, welche Gedanken ihm durch den Kopf gingen. Ihr Verhalten war unverzeihlich, beinahe schon ein Ehebruch, auch wenn sie rechtzeitig aufgesprungen und es nicht zum Äußersten gekommen war.

In ihrem Selbstmitleid begann sie zu weinen. Sie kam sich schäbig vor, beschimpfte sich mit unflätigen Ausdrücken und schüttelte sich vor Abscheu, wenn sie an Frank dachte, der bewusstlos im Krankenhaus lag. Wütend griff sie nach dem Wecker und schleuderte ihn gegen die Wand. Er zerfiel in unzählige Einzelteile. Die Hunde begannen zu bellen, und Dusty kam ins Schlafzimmer gestürmt und blickte sie in einer Mischung aus Verachtung und Mitleid an. Sie stützte sich auf die Ellbogen. »Tut mir Leid, Dusty!«, entschuldigte sie sich. »Ihr könnt ja nichts dafür!«

Sie stieg aus dem Bett und ging neben ihrem Leithund auf die Knie. Während sie ihn hinter den Ohren kraulte, sagte sie: »Ich habe mich daneben benommen, Dusty! Ich hätte den jungen Mann nicht … Na, du hast ja selber gesehen, was ich getan habe! Aber damit ist jetzt Schluss! Sobald ich mich gewaschen und gefrühstückt habe, fahren wir los! Und dann gehe ich ins Krankenhaus und sehe nach Frank! Mein Gott, ich war drei Tage nicht bei ihm!« Sie ging ins Bad und nahm eine heiße Dusche. Sie wusch ihren Mund, als könnte sie den Kuss dadurch ungeschehen machen, und trocknete sich so fest ab, dass ihr Körper brannte. Nach einem herzhaften Frühstück ging es ihr wesentlich besser.

Auf einer Fahrt über den zugefrorenen Chena River holte sie alles aus den Hunden heraus. Sie fuhr über acht Meilen bis zum Zusammenfluss mit dem breiteren Tanana River und ließ ihr lautes »Go! Go! Go!« über die verschneite Landschaft schallen. Die Huskys hatten lange auf einen solchen Ausflug gewartet und rannten so schnell wie auf der Zielgeraden eines Rennens. Die Kufen des Schlittens flogen über das feste Eis. Clarissa stand auf dem Trittbrett, die Hände fest um die Haltegriffe geschlossen, und schrie ihre Kommandos in den Wind. Erst als der Schlitten einen umgestürzten Baumstamm streifte und beinahe aus dem Gleichgewicht geriet, rief sie »Easy, Dusty!

Easy!«, und die Hunde schalteten widerwillig einen Gang zurück. Sie brachte den Schlitten zum Stehen und rammte den Anker in den Schnee.

Unter einer weit ausladenden Fichte verschnaufte sie. Ihr Atem kam stoßweise und gefror in der kalten Winterluft. Sie setzte sich auf den Schlitten und starrte über den breiten Fluss. Eine dichte Schneedecke überzog das Eis und glänzte im Schein des Nordlichts. Eiskristalle funkelten auf dem entwurzelten Baum, der ihr beinahe zum Verhängnis geworden war. Am anderen Ufer erstickten einige Fichten unter der schweren Last des Schnees. Es war ungewöhnlich still. Selbst die Huskys schienen den Atem anzuhalten. Der eisige Wind kam aus dem Norden und trieb ihr die Schneeflocken ins Gesicht. Die Kälte machte ihr nichts aus.

Vom anderen Ufer drang ein Geräusch herüber. Es klang ungewöhnlich laut in der Stille und erschreckte auch die Hunde. Sie stand auf und spähte zu den Fichten hinüber. Im Schnee waren einige dunkle Schatten zu sehen. Wieder hatte sie das Gefühl, von gelben Augen beobachtet zu werden. »Verschwindet, ihr verdammten Biester!«, rief sie nach drüben. Ihre Stimme klang seltsam. »Habt ihr nicht gehört? Ihr sollt mich in Ruhe lassen!« Sie zog den rechten Handschuh aus und tastete nach ihrem Revolver. »Geht in die Wälder, wo ihr hingehört! Haut endlich ab!«

Die Schatten verschwanden, und sie steckte den Revolver zurück. Ein eisiger Schauer lief über ihren Rücken. »Höchste Zeit, dass wir umkehren!«, sagte sie zu den Hunden. Auf dem Rückweg ließ sie es etwas ruhiger angehen. Sie ertappte sich dabei, wie sie sich alle paar hundert Meter umdrehte und nach den bedrohlichen Schatten suchte, aber der Fluss war weiß und leer, und die einzige Bewegung stammte von einem Fuchs, der im wilden Zickzack durch den Schnee hetzte und zwischen den Bäumen verschwand. »Go! Go! Go!«, feuerte sie die Hunde an.

Sie war froh, als sie die Stadt erreichten und im gemütlichen

Tempo vor das Krankenhaus fuhren. Sie parkte neben dem Eingang und blickte zu den Bergen hinüber, bevor sie die Tür öffnete. Selbst in der Stadt wurde sie das Gefühl nicht los, von unsichtbaren Verfolgern beobachtet zu werden. War Nanuk ihr bis nach Alaska gefolgt? Hatte er sich einem Wolfsrudel angeschlossen? Lebte er immer noch? Nichts war unmöglich in einem Land, das immer noch den Inuit und Indianern gehörte. Inmitten einer unerbittlichen Natur, die stark genug war, um sich einer Eroberung durch den weißen Mann zu widersetzen. Nicht einmal im 20. Jahrhundert hatte sich der Norden ergeben. Dies war nicht der Wilde Westen, der von landhungrigen Farmern überrannt und mit Pflug und Spitzhacke urbar gemacht wurde. Hier war unberührte Wildnis. Ein Land, das manche Indianer fürchteten, weil in den Wäldern seltsame Wesen wohnen sollten. Ein Wolfshund, der eine Freundin verfolgte, weil sie falsch gehandelt hatte? Kein Indianer würde sich darüber wundern.

Sie betrat das Krankenhaus, knöpfte den Anorak auf und zog ihre Handschuhe aus. Einige Schwestern grüßten sie beiläufig. Sie verschwand in dem langen Flur und näherte sich dem Zimmer ihres Mannes. Sie zitterte vor Nervosität, als wüsste jede Schwester, was sie getan hatte, und als wartete ihr Mann nur darauf, sie zu sehen und vorwurfsvoll zu begrüßen. Was war, wenn er inzwischen aufgewacht war? Wenn er drei Tage hilflos in seinem Bett gelegen und vergeblich auf sie gewartet hatte? Sie ging ein Szenario nach dem anderen durch und fuhr erschrocken zusammen, als Schwester Ruth ihren Weg kreuzte.

»Clarissa!«, wunderte sich die Krankenschwester. »Wir haben Sie vermisst!« Sie hielt ein Fieberthermometer in der Hand. »Dr. Morgan hat gestern nach Ihnen gefragt. Waren Sie nicht hier?«

»Ich war … ich war verhindert. Es tut mir Leid!«

»Das braucht Ihnen nicht Leid zu tun!«, erwiderte Schwester Ruth. Sie wirkte ausgeglichener als bei ihrem letzten Besuch. »Ich hab mich schon gewundert, dass Sie nicht früher aufgeben. Es macht doch keinen Sinn, wenn Sie jeden Tag am Bett eines Bewusstlosen sitzen! Wir kümmern uns um Ihren Mann, Clarissa, und Sie können sicher sein, dass wir Sie sofort anrufen, wenn sich etwas an seinem Zustand ändert!« Sie steckte das Fieberthermometer in ihre Tasche. »Bei einer solchen Krankheit brauchen die Angehörigen viel Kraft, und ich werfe es keinem vor, wenn er frühzeitig aufsteckt! Man muss die Wahrheit akzeptieren!«

»Ich gebe nicht auf, Ruth!«, wehrte Clarissa sich. »Und ich finde es nicht fair, dass Sie mir so etwas unterstellen! Mir ging es während der letzten Tage nicht besonders gut, deshalb war ich nicht hier! Ich denke nicht daran, meinen Mann aufzugeben! Ich werde ihn niemals aufgeben! Solange er atmet, gibt es noch Hoffnung!«

»So war es doch nicht gemeint«, versuchte sich die Schwester herauszureden. Manchmal hielt sie mit ihrer Meinung nicht hinter dem Berg. »Ich wollte Ihnen nur sagen, dass Ihnen niemand böse ist, wenn Sie mal einen Tag aussetzen. Selbst Dr. Morgan meint, dass es nicht nötig ist, Ihren Mann so oft zu besuchen!«

Clarissa ließ ihren ganzen Unmut an der Schwester aus. »Wollen Sie mir etwa sagen, dass Sie die Hoffnung aufgegeben haben? Dass Sie nicht mehr glauben, dass Frank gesund wird?«

»Die Chancen stehen nicht besonders gut«, antwortete Schwester Ruth ehrlich, »das wissen Sie doch! Ich weiß, als Schwester sollte ich Ihnen etwas anderes sagen, Ihnen Mut machen und so. Aber was macht es für einen Sinn, wenn ich Ihnen die Wahrheit verschweige? Ich höre doch, was die Ärzte sagen, und ich möchte nicht, dass Sie sich falsche Hoffnungen machen!« Ihre Stimme wurde leiser. »Es wäre ein Wunder, wenn er aufwacht.«

»Und ich arbeite Tag und Nacht an diesem Wunder!«, sagte Dr. Morgan, der unbemerkt in dem Flur aufgetaucht war. Er bedachte Schwester Ruth mit einem strengen Blick. »Das sollten Sie doch am besten wissen, Schwester! Die Chancen, dass Mr. Watson aus seinem Koma erwacht, sind gar nicht mal so schlecht, und wenn Sie die neusten Forschungsergebnisse kennen würden, hätten Sie eben anders geredet!« Er deutete auf eine Zimmertür. »Der Blinddarm in Zimmer 3 verlangt nach Ihnen, Schwester!«

»Es tut mir Leid«, sagte die Krankenschwester leise. »Und ich wollte mich auch noch wegen neulich entschuldigen, Clarissa …«

»Nicht nötig«, zeigte Clarissa sich verständnisvoll. »Ich kann ja verstehen, dass Sie die Dinge nüchterner sehen. Ich war auch nicht besonders höflich. Lassen wir es dabei bewenden, okay?«

Schwester Ruth verschwand, und Dr. Morgan begleitete Clarissa durch den Flur. Die Deckenlampen verbreiteten kaum Licht. »Ihr Mann zeigt leider noch keine Reaktion«, erklärte der Arzt, »und ich muss Ihnen leider gestehen, dass die Krankenhausleitung sehr ungeduldig wird. Man hat mir versprochen, dass Ihr Mann bis zum Frühjahr bleiben darf, aber es wäre sicher hilfreich, wenn Sie uns helfen könnten, einen Sponsor …«

Sie blieb stehen. »Ich soll einen Sponsor für das Krankenhaus besorgen? Und wie soll ich das anstellen, bitteschön? Soll ich einen Benefizball veranstalten wie für die neue Konzerthalle?«

»Das wäre gar keine schlechte Idee«, sagte er. »Geben Sie mir Bescheid, wenn Ihnen etwas eingefallen ist? Verstehen Sie mich nicht falsch, ich möchte Sie auf keinen Fall bedrängen, und die Krankenhausleitung hat mir fest versprochen, dass ich weiter an dem Fall arbeiten darf, aber, nun ja …«

»Ich werde darüber nachdenken, Dr. Morgan.«

»Das ist lieb von Ihnen, Mrs. Watson.«

Clarissa wartete, bis er in einem Seitengang verschwunden war, und betrat das Krankenzimmer ihres Mannes. Sie hatte sich die ganze Zeit vor diesem Augenblick gefürchtet und erschauderte, als sie seine leblosen Augen sah. Sie versuchte, ihm so unbeschwert wie sonst zu begegnen, und musste doch ständig daran denken, dass sie einen anderen Mann geküsst hatte. »Hallo, Frank!«, begrüßte sie ihn. »Entschuldige, dass ich die letzten drei Tage nicht hier war, aber du weißt ja, ich war mit dem … dem jungen Mechaniker und seinen Freunden beim Eishockey, und dann ging es mir nicht besonders gut … na, ich brauche dir ja nicht zu sagen, wie das mit uns Frauen manchmal ist!« Sie richtete sich auf und versuchte ein Lächeln. »Vielleicht hab ich mich auch mit der Fliegerei übernommen! Wenn ich daran denke, dass ich nach der Prüfung noch zweihundert Stunden fliegen muss, bis ich den Transportschein bekomme …«

Sie lehnte sich ans Fenster und fühlte die kalte Luft, die durch einen Spalt im Verputz kam. »Wenn ich mich ranhalte, kann ich es in drei Monaten schaffen! Ich weiß, dann bist du längst wieder gesund, aber du musst es während der ersten Monate etwas langsam angehen lassen, und dann bist du sicher froh, wenn ich dir helfe! Wir schmeißen den Laden zusammen, Frank, was hältst du davon? Ich besorge eine neue Maschine, und dann geht es los!« Sie erzählte ihm nicht, dass sie keine Ahnung hatte, woher sie das Geld für ein neues Flugzeug nehmen sollte. Das wenige Geld, das noch auf ihrem Konto lag, reichte gerade mal, um sie über die nächsten Monate zu bringen. Sie brauchte unbedingt einen Kredit, wenn sie ihre Pläne verwirklichen wollte!

An diesem Vormittag blieb sie länger als gewöhnlich im Krankenhaus. Die Hunde bellten bereits ungeduldig, als sie zum Schlitten kam. »He, Dusty! Es ist alles okay!«, beruhigte sie den Leithund. Sie lenkte den Schlitten auf die verschneite Straße und fuhr am Palace Hotel in die Stadt hinein. Vor dem Drugstore hielt sie an. Sie ging hinein und grüßte die Bedienung. »Hi, Belinda! Machst du mir ein Tuna Sandwich? Ich hab furchtbaren Hunger!«

»Na, klar! Wo hast du denn die ganze Zeit gesteckt? Ich hab gehört, du warst mit Mike Sheldon und ein paar jungen Leuten beim Eishockey!« Sie beschmierte zwei Weißbrotscheiben mit Mayonnaise, legte ein Salatblatt und eine Tomatenscheibe darauf und griff nach dem Behälter mit Tunfischsalat. Ihr Lächeln wirkte verschwörerisch. »Dieser Mike ist ganz schön hartnäckig! Du hast dich doch nicht von ihm nach Hause bringen lassen ...«

»Von Mike?« Sie lachte. »Ich glaube, der ist ein paar Jahre zu jung für mich! Außerdem bin ich verheiratet, hast du das vergessen? Ich komme gerade von meinem Mann. Nichts Neues.«

»Er ist immer noch nicht aufgewacht, was?« Sie wickelte die beiden Brothälften in Papier und reichte sie ihr. Clarissa legte einen Geldschein auf den Tresen. »Also, ich find's gut, dass du wieder ausgehst. Du machst dich doch verrückt, wenn du nur mit deinen Hunden unterwegs bist und in diesem blöden Krankenhaus rumhängst! Was macht die Fliegerei? Wann ist Prüfung?«

»In einer Woche, nehme ich an. Ich bin gerade nach Weeks Field unterwegs. Mal sehen, was Willie sagt. Ist er draußen?«

»Ich hab ihn vor einer Stunde weggehen sehen«, erwiderte die Bedienung. »Komm auf einen Sprung vorbei, wenn du danach noch Zeit hast! Ich muss dir was über Helen Cassano erzählen!«

»Ein neuer Skandal?«, fragte sie neugierig.

»Wer weiß«, antwortete Belinda vieldeutig.

Clarissa verabschiedete sich und kehrte in die Kälte zurück. Während sie langsam zum Flughafen fuhr, aß sie das Tuna Sandwich. Sie stopfte das schmutzige Papier in ihre Anoraktasche und wischte sich den Mund ab. Die Hunde kannten den Weg nach Weeks Field und blieben neben der Hütte des Airport Managers stehen. Sie verankerte den Schlitten und winkte Harry Cheek zu, der am Fenster stand und den Kaffeetopf in die Höhe hielt. Sie schüttelte den Kopf und rief: »Vielleicht nachher!« Ohne lange darüber nachzudenken, wie sie Mike begegnen sollte, ging sie zu der *Fairchild* hinüber. Der Mechaniker kam mit einigen Werkzeugen aus dem Hangar und blieb überrascht stehen, als er sie vor der Maschine stehen sah. »Clarissa!«, rief er erfreut. »Ich hab mir schon Sorgen um dich gemacht! Warst du krank?«

»Nichts Besonderes«, antwortete sie kühler als beabsichtigt. »Ich hab mir den Magen verdorben, weiter nichts. Zu viel Kaffee.«

»Ich hab dich ein paar Mal angerufen, aber es war immer besetzt!« Er legte die Werkzeuge auf den Boden und kam näher.

»Ich wollte allein sein, Mike!«

»Du bereust doch nichts, oder?«

»Hör mal, Mike …«

»Ich weiß, es war ziemlich schäbig von mir …«, fiel er ihr ins Wort. »Nun ja, im Schnee und so. Ich weiß, ich bin etwas jünger als du, und dein Mann liegt im Krankenhaus, und niemand weiß … Aber ich meine es ehrlich, Clarissa, das musst du mir glauben! Ich liebe dich wirklich! Du bist ganz anders als die Mädchen, die ich sonst immer kennen gelernt habe! Ich weiß, ich weiß, wir dürfen nichts überstürzen, und gehe dir auch bestimmt nicht auf die Nerven! Ich weiß, dass jetzt ein schlechter Zeitpunkt ist, und du viel Zeit zum Überlegen brauchst!« Er ging einen Schritt auf sie zu, und sie wich ängstlich zurück. Sein unwiderstehliches Lächeln kehrte zurück. »Du bist mir doch nicht böse?«

»Nein, Mike. Aber …«

»Willie muss gleich hier sein, Clarissa!«, ließ er sie gar nicht zu Wort kommen. Er deutete zum Hangar. »Er bastelt an der *Bellanca* rum. Er dachte schon, du wolltest kneifen! Er hat dich nämlich zur Prüfung angemeldet! Am nächsten Montag bist du dran!«

»So bald schon?«, erschrak sie.

»Du schaffst es, Clarissa! Ganz bestimmt!«

In diesem Augenblick kehrte Willie zurück, und sie war froh, dem Jungen zu entkommen. »Hi, Willie! Mir ging's nicht besonders! Ich hab gehört, du hast mich für die Prüfung angemeldet!«

»Nächsten Montag! Aber bis dahin musst du noch ein paar Mal in die Luft!« Er wandte sich an Mike. »Wirf den Flammenwerfer an, mein Junge! Unser Mädchen will fliegen! Und du …«, sagte er zu Clarissa, »du wirfst dich besser in deine Fliegerkluft, sonst verwechselst du die *Fairchild* noch mit einem Hundeschlitten!« Er lachte schallend und kletterte ins Cockpit, um die Instrumente zu überprüfen. »Höchste Zeit, dass du wieder in die Luft kommst!«

15

Der Montag war ein wolkenloser Tag, und das arktische Zwielicht hing in flimmernden Streifen über der verschneiten Stadt. Es war kälter als am Wochenende, und Clarissa fröstelte, als sie die Hunde fütterte und vor den Schlitten spannte. Die Huskys spürten, dass dieser Tag von ganz besonderer Bedeutung war. Clarissa war spät aufgestanden und hatte eine heiße Dusche genommen. Ein besonders starker Kaffee hatte endgültig ihre Sinne geweckt. Sie war bereit für die Prüfung. Natürlich hatte sie gehört, dass nicht alle Piloten ihren Flugschein im ersten Anlauf bekamen, und dass selbst ein erfahrener Buschflieger wie Richard Harmon durch die erste Prüfung geflogen war, aber sie war gut vorbereitet und kannte das Prüfungsbuch mit den vielen Fragen fast auswendig. Spät nachts war sie noch einmal aufgestanden, um in das Buch zu sehen und eine knifflige Frage zu klären.

Der Prüfer war ein weißhaariger Mann, der bereits im Ersten Weltkrieg geflogen war und einen hohen Verdienstorden bekommen hatte. Er stammte aus Anchorage und arbeitete in der Verwaltung, seitdem er über der Kenai Peninsula abgestürzt war und einen Fuß verloren hatte. »Na, dann wollen wir mal«, meinte er freundlich, nachdem Clarissa ihm die Hand geschüttelt hatte. Willie Jones und Mike Sheldon lächelten ihr aufmunternd zu, als sie in die Maschine stieg. Der Prüfer stieg ebenfalls ein und beobachtete aufmerksam, wie sie die Armaturen bediente. Sobald sie im Cockpit saß, hatte Clarissa keine Angst mehr. Sie vergaß den weißhaarigen Mann mit dem Klemmbrett und startete so routiniert, als würde sie zu einem beliebigen Solo-Flug aufbrechen. Sie hob gegen den Wind ab und beschrieb eine weite Linkskurve, wie der Prüfer es von ihr verlangte. Sie nahm den Mann kaum wahr, hörte seine Stimme wie aus weiter Ferne und war allein mit der *Fairchild* und dem endlosen Himmel. Willie Jones war ein guter Lehrer gewesen, und alle Handgriffe waren ihr in Fleisch und Blut übergegangen. Die Fragen des Prüfers beantwortete sie präzise und ohne lange zu überlegen.

Als sie die Stelle passierten, an der sie in die Nebelbank geflogen war und beinahe die Orientierung verloren hatte, erschien der Anflug eines Lächelns auf ihrem Gesicht. Heute waren die Eisenbahngleise deutlich zu erkennen. Der Prüfer ließ sie auf dreitausend Fuß steigen. Er forderte sie auf, mehrere Manöver durchzuführen, und zeigte sich sehr zufrieden, als sie auch in einer heiklen Situation gelassen blieb und die Maschine auf den richtigen Kurs brachte. In einer starken Turbulenz über den Bergen behielt sie die Nerven und lächelte beim Anblick des Prüfers, der wohl nicht erwartet hatte, dass sie so kühl reagierte.

Der kleine Fehler, den sie beim Anflug auf Weeks Field machte, fiel kaum ins Gewicht. Ihre gute Ausbildung und die Erfahrung als Musherin, die gelernt hatte, in einer angespannten Situation einen kühlen Kopf zu bewahren, ließen sie die Prüfung mit Glanz und Gloria bestehen. Selbst beim schriftlichen Test leistete sie sich nur einen winzigen Schnitzer. »Herzlichen Glückwunsch!«, gratulierte der Prüfer, »ich glaube, ich muss ein Vorurteil revidieren. Sie waren besser als die meisten Männer! Ich hoffe nur, dass Sie bei schlechtem Wetter genau so gelassen bleiben!«

»Clarissa hat die Yukon Trophy und das Dog Derby gewonnen«, ließ sich Mike vernehmen, »die bringt so schnell nichts aus der Ruhe! Sie ist die beste Fliegerin, die ich jemals gesehen habe!«

Der Prüfer blickte ihn schmunzelnd an. »Du bist wohl ein großer Bewunderer der Lady! Aber du hast Recht, sie ist wirklich sehr gut! Hab ich dich nicht schon mal in Anchorage gesehen?«

»Kann sein«, antwortete Mike verlegen. »Ich hab meine Flugprüfung in Anchorage gemacht. Bei einem Ihrer Kollegen, ich glaube, er hieß Wagner oder so ähnlich. Den kommerziellen Schein.«

»Joe Wagner. Ein guter Mann!« Der Prüfer verabschiedete sich und stieg in die neue *Cessna,* die ihn nach Fairbanks gebracht hatte. Sein Pilot startete die Maschine und hob ab. Er wackelte mit den Tragflächen, als er über Weeks Field nach Süden flog.

Erst jetzt löste sich die Spannung von Clarissa. Sie nahm die Glückwünsche von Willie Jones und Mike entgegen und umarmte den alten Harry Cheek, der aus seiner Bretterhütte gelaufen kam und außer sich vor Freude war. Mike berührte sie sanft an den Armen und küsste sie auf die Wange, eine Geste, die sie für einen Augenblick aus dem Gleichgewicht brachte.

»Das müssen wir feiern!«, rief Mike in seinem jugendlichen Überschwang. »Wie wär's, wenn wir alle in den Nugget gehen und ordentlich einen draufmachen?« Er strahlte über das ganze Gesicht. »Die Jungs wollen dich sicher hochleben lassen! Wir köpfen eine Flasche Champagner und feiern bis heute Abend!«

»Ich glaube, ich muss mich zuerst um die Presse kümmern«, meinte Clarissa mit einem Blick auf Ross Clayton, der gerade aus seinem Chevy stieg und über das Flugfeld gelaufen kam. Bei ihm war ein Fotograf, der übertrieben um seine Kamera besorgt war und sie mit seinem dicken Mantel vor der Kälte schützte. »Geht schon mal vor! Ich komme später nach! Sobald ich diesen Herrn verarztet und bei meinem Mann gewesen bin!«

»Sie haben es tatsächlich geschafft«, sagte der Reporter, als er schwer atmend bei ihr ankam. »Meinen Glückwunsch, Ma'am! Sie haben doch nichts gegen ein kleines Foto einzuwenden?«

»Wie könnte ich dem *News-Miner* jemals eine Bitte abschlagen«, antwortete sie fröhlich. »Aber machen Sie keine Superheldin aus mir! Sonst lande ich noch in einem dieser Comicbooks!«

Der Fotograf lichtete sie vor der *Fairchild* ab, die Mike bereits am Boden festgezurrt hatte, und Ross Clayton stellte ein paar schnelle Fragen, um möglichst rasch aus der Kälte zu kommen. Wie war die Prüfung? Wie viele Flugstunden haben Sie? Was ist das für ein Gefühl, den Flugschein zu besitzen? Wollen Sie auch die kommerzielle Prüfung ablegen? Wie lange wird das dauern? Wollen Sie als Buschpilotin arbeiten und die Firma Ihres Mannes übernehmen? Wie geht es ihm? Macht er denn Fortschritte?

Auf einige dieser Fragen wusste Clarissa selbst keine Antwort. »Ich fühl mich großartig«, verriet sie dem Reporter, »und natürlich freue ich mich auf die Gesichter der Jungs. Die hätten bestimmt nicht erwartet, dass ich den Schein im ersten Anlauf bekomme!« Natürlich wolle sie die kommerzielle Prüfung ablegen, aber dazu müsse sie zweihundert Flugstunden sammeln. Eine Zahl, die sie erschreckte. Drei Monate würde sie dafür brauchen, wenn sie jeden Tag flog, vielleicht sogar ein halbes Jahr. Und dann war noch eine Prüfung notwendig, bevor sie Passagiere und Fracht befördern durfte. Mit welchem Flugzeug sie diese Flugstunden sammeln würde, und woher sie eine Maschine bekommen sollte, wenn sie die zweite Prüfung bestanden hatte, diese Gedanken hatte sie bisher verdrängt. Die Bank würde ihr einen Kredit geben müssen, überlegte sie, jeder Unternehmer, der eine neue Firma gründete, brauchte einen Kredit. Helen Cassano hatte versprochen, ihr zu helfen, und ihr Mann leitete die Bank.

Aber darüber sprach sie nicht mit Ross Clayton. »Warten Sie!«, hielt sie den Reporter zurück, als er in seinen Wagen steigen wollte. Er fror erbärmlich und ließ sich nur widerwillig länger auf sie ein. »Sie könnten mir einen großen Gefallen tun, Mr. Clayton! Ich möchte ein Spendenkonto für das Krankenhaus eröffnen. Dr. Alex Morgan braucht dringend Geld für seine Forschungen! Er studiert die Krankheit meines Mannes. Wäre das nicht einen Artikel wert?«

Ross Clayton grinste hinterhältig. Er erkannte sofort, dass sie ihm einen Gefallen schulden würde, wenn er auf ihre Forderung einging. »Natürlich«, antwortete er, »rufen Sie mich an, sobald Sie die Kontonummer haben!« Er stieg in seinen Wagen und kurbelte das Fenster herunter. »Und versprechen Sie mir, dass ich einen Exklusivbericht nach dem nächsten Dog Derby bekomme!«

»Versprochen«, ging sie auf den Handel ein.

Clarissa wartete, bis der Reporter weggefahren war, und kehrte zu ihrem Schlitten zurück. Sie wechselte ein paar Worte mit Harry Cheek, der in der offenen Tür stand und sie zu einem Kaffee überreden wollte, und lud ihn ein, nach seiner Schicht in den Nugget zu kommen. Sie hatte keine große Lust auf eine feucht-fröhliche Party im Saloon, wusste aber, dass es keine Möglichkeit gab, sich vor der Feier zu drücken. Wer seine Flugprüfung bestanden hatte, musste den anderen Piloten einen ausgeben. So war es Tradition in Fairbanks. Sie mochte die verrauchte Kneipe nicht und wäre lieber mit ihren Hunden in die Wälder gefahren. »Ich sehe dich später«, rief sie dem Airport Manager zu.

Dusty bellte laut, als Clarissa ihre Fliegerkappe mit der gefütterten Mütze vertauschte. »Na, was sagst du jetzt?«, begrüßte sie den Leithund. »Das war gar nicht übel, was? Wir können von Glück sagen, dass heute kein Nebel war! Wie sieht's aus, Blondie? He, Scotty! Blue! Was ist los, Grumpy? Lässt Snowball dich heute in Ruhe? Macht mir bloß keinen Ärger!« Sie zog den Anker aus dem Schnee und lenkte den Schlitten über das Flugfeld. »Go, Dusty! Zum Krankenhaus! Ich möchte mit Frank anstoßen!«

Es gab keinen Champagner im Krankenhaus, nicht mal Wein oder Bier. Mit gewöhnlichem Wasser feierte Clarissa ihren Erfolg. Sie saß bei ihrem Mann auf dem Bettrand, erhob das Glas und nahm einen kleinen Schluck. Nachdem sie das Glas auf der Ablage über dem Waschbecken abgestellt hatte, küsste sie Frank auf den Mund. »Jetzt bekommst du Konkurrenz!«, meinte sie fröhlich. »Pass bloß auf, dass ich dir nicht die Schau stehle!«

Clarissa blieb eine Stunde und erzählte ihrem Mann, wie die Prüfung verlaufen war. Sie ließ keine Einzelheit aus. Er ließ nicht erkennen, ob er sie verstand, und starrte ins Leere, als sie die Worte des Prüfers wiederholte. Schwester Ruth kam ins Zimmer und gratulierte ihr. Im Krankenhaus hatte sich bereits herumgesprochen, dass sie die Prüfung bestanden hatte. Dr. Morgan war nicht in der Klinik. »So, und jetzt muss ich rüber in den Nugget«, sagte Clarissa, »deinen Freunden eine Runde spendieren! Keine Angst, ich halte mich zurück! Du weißt doch, dass ich kaum Alkohol trinke. Ich wollte, die kleine Party wäre schon vorüber!«

Im Nugget wurde bereits kräftig gefeiert. Noel Tuska stand auf einem Tisch und reckte sein Bierglas, als sie den Saloon betrat. »Da kommt Clarissa!«, rief er in den Lärm. »Ein dreifach Hoch auf unsere neue Kollegin! Sie lebe hoch, hoch, hoch!« Die anderen Männer fielen ein und umringten die Pilotin, um ihr die Hände zu schütteln. Noel Tuska sprang vom Tisch. »Wir haben schon auf dich gewartet, Clarissa!«, meinte er ausgelassen. »Wir sind alle sehr stolz auf dich!« Willie Jones hatte Coca-Cola in seinem Glas. »War der alte Willie doch noch zu was nütze!« Richard Harmon beglückwünschte sie auf seine zurückhaltende Art: »Das hast du gut gemacht!« Sid Baxter war in der Luft. Mike Sheldon hatte bereits zwei Bier getrunken und umarmte Clarissa wie ein verlorener Sohn. »Du bist wunderbar, Clarissa!«, flüsterte er. Die anderen Männer lachten. »He, he, schaut euch den Kleinen an!«, machte Noel Tuska sich über den Jungen lustig. »Du gehst ja ganz schön ran! Lass die Lady erst mal durchschnaufen, bevor du ihr die Mütze vom Kopf reißt!« Er befreite Clarissa von dem aufdringlichen Jungen und stieß ihn lachend auf seinen Stuhl zurück. »He, Wesley!«, rief er dem Wirt zu. »Jetzt kannst du den Champagner bringen! Und zwei Flaschen Coca-Cola für Willie und den Jungen! Wir wollen auf unsere neue Pilotin anstoßen!«

Es wurde ein feucht-fröhlicher Nachmittag. Clarissa saß mitten zwischen den ausgelassenen Buschfliegern und musste immer wieder mit ihnen anstoßen. Sie mochte die Männer, kannte die meisten seit vielen Jahren und nahm es ihnen nicht übel, dass sie sich in ihrer Gegenwart einer ungehobelten Sprache bedienten. Auch bei den Mushern wurde ein rauer Umgangston gepflegt, und wenn es sein musste, konnte sie auch selber wie Maultiertreiber fluchen. Ansonsten benahmen sich die Piloten wie echte Gentlemen. Sie kamen ihr nicht zu nahe und erlaubten sich keine Anzüglichkeiten. Noel Tuska hatte dafür gesorgt, dass Mike nicht neben Clarissa zu sitzen kam, und obwohl er ständig versuchte, sich neben sie zu zwängen, war sie vor ihm sicher.

Der Lärm und der dichte Rauch machten ihr zu schaffen. Sie war die frische Luft der Berge gewohnt und hielt es nicht lange in einem geschlossenen Raum aus. Nach einer Stunde stand sie auf und verabschiedete sich. »Hals- und Beinbruch!«, wünschte ihr Noel Tuska. »Und sag deinem Mann, dass wir ihn nicht vergessen haben!« Obwohl er dem Alkohol kräftig zugesprochen hatte, waren seine Gedanken und seine Sprache erstaunlich klar. Ganz im Gegensatz zu Mike Sheldon, der seinen Frust mit Bier ertränkt hatte und es irgendwie schaffte, ihr ungesehen nach draußen zu folgen. Er blieb schwankend auf dem Gehsteig stehen und rief: »Clarissa! Warte! Ich bring dich nach Hause!«

Sie blieb stehen und hatte plötzlich Mitleid mit ihm. »Mike!«, sagte sie sanft. »Du bist betrunken! Ich komme schon allein zurecht! Tu mir einen Gefallen und geh nach Hause! Schlaf dich aus!«

»Wir wollten doch zusammen feiern!«, widersprach er. »Komm, wir gehen noch irgendwo anders hin und feiern ein bisschen!«

»Du hast genug gefeiert, Mike! Geh jetzt!«

Er ging murrend davon und verschwand in der schmalen Gasse neben dem Palace Hotel. Sie stieg nachdenklich auf ihren Schlitten. »Da haben wir uns was Schönes eingebrockt!«, sagte sie zu den Hunden. Sie machte sich schwere Vorwürfe. Sie hätte den Kuss des Jungen niemals erwidern dürfen! Jetzt hatte er sich in sie verliebt, und sie musste ihm weh tun, wenn sie sich seiner erwehren wollte. »Sobald er nüchtern ist, sage ich ihm die Wahrheit!«, entschloss sie sich. Der Kuss war ein Fehler gewesen. Sie war einsam und hatte sich für einen Augenblick vergessen. Er war ein netter Junge mit einem einnehmenden Wesen und hatte ihr den Kopf verdreht. Ihr lief jetzt noch ein angenehmer Schauer über den Rücken, wenn sie an seine Berührung dachte.

Sie schloss die Augen und erinnerte sich an seinen Kuss. Zärtlich und warm und voller Gefühl. Zum Teufel, sollte sie ihm das sagen? Sie trieb wütend die Hunde an und jagte das Gespann über die verschneite Cushman Street. Auf der Brücke geriet der Schlitten ins Schlingern, und sie schaffte es nur mühsam, ihn sicher auf die andere Seite zu bringen. In ihrem Kopf wirbelten die Gedanken durcheinander. Der Kuss des jungen Mannes schien sich tief in ihre Seele gebrannt zu haben. Sie schüttelte sich, als könnte sie damit die Erinnerung abstreifen, und lenkte den Schlitten hinter ihr Blockhaus. »Whoa! Whoa!«, rief sie den Hunden zu. Sie hielten an und blieben bellend stehen. Wütend sprang sie vom Trittbrett. Sie versorgte die Huskys und ging ins Haus. Sie schenkte sich ein Glas Milch ein und holte den *News-Miner* von der Veranda. Die Deutschen waren nach Russland einmarschiert und bis nach Moskau vorgedrungen. Auf dem Atlantik lieferte sich die *Bismarck* heiße Gefechte mit der britischen Flotte. Sie trank von der Milch und kraulte Dusty, der es sich neben ihrem Lieblingssessel bequem gemacht hatte. »Hoffentlich kommt dieser Krieg nie zu uns!«, seufzte sie. Der Hund winselte leise. Sie schlug den Sportteil auf und fand einen kurzen Bericht über das Eishockeyspiel, das sie gesehen hatten. »Unter den 200 Zuschauern war auch Mrs. Clarissa Watson, die bekannte Musherin und Siegerin des letzten Dog Derbys. Die Polar Bears unterstützen die Schlittenführerin mit Hundefutter.«

Sie ließ die Zeitung sinken und starrte auf das Foto ihres ersten Mannes, das gerahmt auf einer Kommode stand. Frank hatte sogar darauf bestanden, dass sie es aufstellte. »He, Jack! Was sagst du dazu?«, fragte sie erschöpft. »Hättest du gedacht, dass ich zu so was fähig bin?« Sie legte die Zeitung auf den Tisch und stand auf. Die Stille im Haus bedrückte sie. Jetzt sehnte sie sich plötzlich nach dem lauten Nugget. Das Geplapper der Männer hätte sie abgelenkt und auf andere Gedanken gebracht. Aber zurück in die Stadt wollte sie nicht. Sie trat ans Fenster und blickte zum Wald hinüber. Ob die Wölfe immer noch in der Nähe waren? Ob Nanuk tatsächlich lebte? Die Bäume ragten schweigend aus dem leuchtenden Schnee empor und gaben nichts von dem preis, was sich hinter ihren dunklen Ästen verbarg.

Sie schloss die Läden und wusch sich. Ohne etwas zu essen ging sie ins Bett. Ihre überschwängliche Freude über die bestandene Prüfung war einem bedrückenden Gefühl gewichen, das ihren Körper wie eine Klammer umspannte. Die zärtliche Begegnung mit dem Jungen machte ihr mehr zu schaffen, als sie sich eingestehen wollte. Sie nahm ein Buch aus dem Regal und schleuderte es wütend auf das Bett. »Morgen sage ich ihm, dass es keinen Zweck hat, einer verheirateten Frau nachzulaufen!«, rief sie so laut, dass Dusty zusammenzuckte. »Hast du gehört, Dusty? Ich sage ihm, dass Schluss ist!« Dusty ließ ein leises Jaulen vernehmen und zog sich hinter den Sessel zurück. Wenig später war sein Schnarchen zu hören.

16

Um sieben Uhr früh klingelte das Telefon. Das durchdringende Geräusch erfüllte das ganze Haus und ließ sogar Dusty zusammenzucken. Noch bevor Clarissa aus dem Bett gestiegen und den Hörer abgenommen hatte, wusste sie, wer am anderen Ende der Leitung war. Sie brummte ein verschlafenes »Hallo?«

»Hallo, Clarissa! Hier ist Mike!«, meldete sich die vertraute Stimme des Jungen. Er klang ziemlich kleinlaut. »Entschuldige, dass ich so früh anrufe, aber ich dachte mir, du stehst früh auf und hast nichts dagegen, wenn … Ich hab's einfach nicht mehr ausgehalten. Ich wollte mich für gestern entschuldigen! Ich hab mich ziemlich danebenbenommen, was? Ich glaube, ich hatte ein Bier zu viel. Ich bin das Zeug nicht gewöhnt. Verzeihst du mir?« Die unbeholfene und viel zu hastig vorgetragene Entschuldigung vertrieb allen Ärger. »Nicht der Rede wert, Mike! Die anderen Flieger hatten auch ganz schön getankt!« Sie strich einige Haare aus ihrem Gesicht. »Bist du gut nach Hause gekommen?«

Er lachte befreit. »Meine Mutter ist aufgewacht und hat mir ordentlich den Marsch geblasen! Sie glaubt immer noch, dass ich ein kleiner Junge bin! Ich musste ihr versprechen, nichts mehr zu trinken. Sonst endest du wie Willie Jones, behauptet sie. Ich hab ihr gesagt, dass Willie längst wieder trocken ist und nur noch Kaffee und Coca-Cola trinkt. Der hält nicht durch, sagt sie.«

»Ich hoffe für Willie, dass sie sich irrt«, erwiderte Clarissa. »Piloten sollten überhaupt nichts trinken! Die Feier gestern war eine Ausnahme, oder hast du schon mal gesehen, dass Noel Tuska oder Richard Harmon ein Glas anrühren, wenn sie im

Dienst sind? Die trinken viel Kaffee und Tee, damit sie munter bleiben!«

»Ich weiß! Ich rühr das Zeug gar nicht mehr an! Bier schmeckt mir sowieso nicht. Die Milchshakes im Drugstore sind viel besser! Hast du schon mal die Schokomilch probiert? Einfach irre! Belinda macht sie mit Streuseln und einer Kirsche obendrauf!«

Gerührt von seiner Begeisterung schloss sie die Augen und stellte sich sein verträumtes Lächeln vor. Die plötzliche Stille machte ihr nichts aus. Sie spürte Dustys warmes Fell an ihren Beinen und streichelte ihn liebevoll, ohne ihn anzusehen. Er antwortete mit einem leisen Winseln.

»Ich muss dich unbedingt sehen«, sagte Mike nach einer Weile. »Nein, nein, nicht so, wie du denkst! Geschäftlich! Ich hab da eine tolle Idee! Wenn Willie mitspielt, könnte eine große Sache daraus werden!« Er schwieg eine Weile, und als sie nicht antwortete, fügte er hinzu: »Ich bin nüchtern, Clarissa! Ich hab einen Kaffee getrunken, weiter nichts, und rühre die nächsten zehn Jahre kein Bier mehr an! Du brauchst keine Angst vor mir zu haben!«

Sie lachte. »Ich hab keine Angst vor dir, Mike. Aber ich bin verheiratet, und die Leute würden sich das Maul zerreißen, wenn sie uns zusammen in einem Lokal sehen würden! Außerdem …«

»Wir treffen uns bei Willie«, unterbrach er sie rasch, »so um zehn. Um die Zeit ist er bestimmt auf. Sobald du aufgelegt hast, rufe ich ihn an! Sag nicht nein, Clarissa! Du wirst begeistert sein von meiner Idee, und wenn Willie einverstanden ist, kann es noch heute losgehen! Du brauchst Flugstunden, wenn du den kommerziellen Schein machen willst! Kommst du? Um zehn …«

»Also gut, um zehn«, willigte sie seufzend ein. Der Junge hatte sie neugierig gemacht, und wenn sie ehrlich war, freute sie sich sogar darauf, ihn zu treffen. »Aber es kann ein paar Minuten später werden. Ich muss vorher noch zur Bank und eine Runde mit den Hunden drehen. Sagen wir gleich um elf, einverstanden?«

»Um elf bei Willie«, bestätigte er so erfreut, als hätte sie ein Rendezvous zugesagt. Seine Erleichterung war durch das Telefon zu spüren. »Sorry, dass ich dich so früh angerufen habe …«

»Nicht der Rede wert, Mike. Bis später.«

Sie legte den Hörer auf und blickte nachdenklich auf Dusty hinab. Sein Knurren erinnerte sie daran, dass sie die Huskys noch nicht gefüttert hatte. Sie schlüpfte rasch in ihre Winterkleidung und trug das Hundefutter nach draußen. Snowball zerrte bereits ungeduldig an seiner Kette. Sie hielt ihr Gesicht in den frischen Wind, um wieder klare Gedanken fassen zu können, und tröstete den zerzausten Grumpy, der sich schon am frühen Morgen das wütende Gebell von Snowball anhören musste. »Du kriegst heute etwas weniger«, sagte sie zu Pete. Der Husky mit dem hellen Fell hatte schon wieder Fett angesetzt und schien mehr Bewegung als die anderen Hunde zu brauchen. Bei einem Rennen konnte ein träger Geselle wie er das ganze Team aufhalten.

Nachdem alle Hunde versorgt waren, kehrte sie ins Haus zurück. Sie nahm eine heiße Dusche, zog sich an und gönnte sich zwei Eier mit Speck zum Frühstück. Mit einem Blick in die Zeitung versuchte sie sich abzulenken. Sie entdeckte den Artikel, den Ross Clayton über sie geschrieben hatte, und musste über das Foto schmunzeln, das sie vor der *Fairchild* zeigte. Wie Amelia Earhart vor ihrem Flug über den Pazifik, dachte sie. Verwegen und unerschrocken. »Clarissa Watson erobert den Himmel über Alaska« lautete die Überschrift. Es folgte ein längerer Artikel, der sie als draufgängerische Fliegerin darstellte und betonte, dass sie besser als die meisten männlichen Piloten abgeschnitten hatte.

Sie blickte auf die Uhr und legte die Zeitung zur Seite. Mit gemischten Gefühlen griff sie nach dem Telefonhörer. Sie rief die Bank an und ließ sich mit dem Bankdirektor verbinden.

»Ich würde gern um zehn bei Ihnen vorbeikommen«, schlug sie vor, nachdem sie einige belanglose Worte mit Mr. Cassano gewechselt hatte. Der Italiener gratulierte ihr zur bestandenen Flugprüfung und antwortete: »Für Sie hab ich immer Zeit, Mrs. Watson, das wissen Sie doch! Ich wollte sowieso mit Ihnen sprechen.«

Auf dem Weg in die Stadt versuchte Clarissa, das bevorstehende Gespräch mit dem Bankdirektor herunterzuspielen. Sie brauchte einen kleinen Kredit, um ein gebrauchtes Flugzeug anzahlen zu können, keine große Sache für einen Mann wie Mario Cassano! Er handelte mit viel höheren Summen! Sobald sie den kommerziellen Flugschein hatte, würde sie das Geld in monatlichen Raten zurückzahlen. Und doch hatte sie das Gespräch immer wieder hinausgeschoben, obwohl sie wusste, dass sie noch zweihundert Flugstunden brauchte und die zweite Prüfung bestehen musste, bevor sie als Pilotin etwas verdienen konnte.

Vor der Bank lief sie der Frau des Bankdirektors in die Arme. Helen Cassano trug ihren Nerzmantel und eine modische Pelzmütze, die bis weit über ihre Ohren reichte. Ihre Stiefel waren mit Hermelinstreifen besetzt. »Clarissa! Mein Gott, wir haben uns ja eine Ewigkeit nicht mehr gesehen!«, rief sie übertrieben freundlich.

Sie hütete sich, den Hunden zu nahe zu kommen. »Wie geht es deinem Mann? Ich hab gehört, er macht Fortschritte! Du musst mich unbedingt mal besuchen, Clarissa! Ist das nicht eine fürchterliche Kälte heute Morgen? Also, manchmal sehne ich mich nach Kalifornien zurück, da scheint jeden Tag die Sonne! Du willst zu meinem Mann, nicht wahr? Er wartet schon auf dich!« Sie warf einen misstrauischen Blick auf Snowball, der sie nicht zu mögen schien und leise knurrte. »Tut mir Leid, Clarissa, aber ich muss gleich weiter! Ruf mich an, ja?«

Clarissa blickte ihr kopfschüttelnd nach und betrat die Bank. Mario Cassano stand in der offenen Tür seines Büros und blickte ihr erwartungsvoll entgegen. Er stützte sich auf den schwarzen Spazierstock mit dem Elfenbeinknauf. »Ah, da sind Sie ja, Mrs. Watson! Kommen Sie! Darf ich Ihnen einen Kaffee anbieten?«

»Nein, danke«, erwiderte sie nervös. Sie ging an dem Bankdirektor vorbei in das geräumige Büro und wartete, bis er sie aufforderte, sich auf einen der bequemen Ledersessel zu setzen. »Ich möchte nicht gestört werden!«, rief Cassano einer Sekretärin zu, bevor er die Tür schloss und hinter seinen Schreibtisch ging. Er trug einen dunklen Anzug und duftete nach Rasierwasser. Während er sich setzte, griff er nach einer Zigarre und knipste die Spitze ab. »Wenn Sie erlauben?«, fragte er höflich. Er nahm ein langes Streichholz aus einem Behälter und zündete sie an.

Nach einigen Zügen lächelte er. »Tja, Mrs. Watson, ich wollte Sie sowieso um eine kleine Unterredung bitten. Nichts Wichtiges, nur eine Formalität, damit wir wissen, woran wir sind.« Er blätterte in einigen Papieren. »Wie ich sehe, haben Sie einen beträchtlichen Betrag von ihrem Konto abgehoben. Ich nehme an, Sie brauchten das Geld für die Flugstunden, hab ich Recht?«

»Ja, Mr. Cassano. Die Ausbildung ist ziemlich teuer.«

»Ich verstehe, ich verstehe.« Sein Akzent war an diesem Morgen sehr hart. »Und jetzt haben Sie noch 423 Dollar und 42 Cents auf Ihrem Konto.« Er blickte von den Papieren auf. »Darf ich mir die Frage erlauben, ob Sie ein regelmäßiges Einkommen haben?«

»Darum bin ich hier, Mr. Cassano«, ergriff sie die Gelegenheit. »Wie Sie wissen, will ich Buschpilotin werden. Ich bin eine gute Fliegerin, das hat mir der Prüfer ausdrücklich bestätigt. Ich habe die Prüfung mit Auszeichnung bestanden. Aber um Passagiere und Fracht befördern zu können, brauche ich eine kommerzielle Lizenz, und die kann ich erst machen, wenn ich ungefähr zweihundert Flugstunden habe, also in ungefähr drei, vier Monaten.«

»Das leuchtet mir ein.«

Clarissa nahm ihren ganzen Mut zusammen. »Ich wollte Sie bitten, mir einen Kredit zu geben, Mr. Cassano. Keine große Summe! Ich möchte mir eine gebrauchte Maschine zulegen und brauche etwas Geld für Treibstoff und Reparaturen. Sobald ich den kommerziellen Flugschein habe, zahle ich das Geld zurück.«

»Hm«, machte der Bankdirektor. Er beugte sich wieder über die Papiere. »Wie stellen Sie sich das vor, Mrs. Watson? Sie haben kein regelmäßiges Einkommen, und wenn ich richtig informiert bin, geht es Ihrem Mann nicht besonders gut. Verstehen Sie mich nicht falsch! Menschlich berührt mich Ihr Problem durchaus, und ich würde mich freuen, wenn Ihr Mann bald wieder gesund würde! Aber ich muss als Bankdirektor alle persönlichen Gefühle ausschalten. Ich verwalte das Geld vieler Menschen.«

»Ich weiß, Mr. Cassano.«

»Haben Sie denn irgendwelche Sicherheiten?«

Sie überlegte angestrengt. »Unser Blockhaus?«

»Immobilien sind in Alaska kaum etwas wert«, erwiderte er. »Und darauf, dass Sie das nächste Dog Derby gewinnen und eine größere Summe bekommen, kann ich mich nicht einlassen.« Zum ersten Mal, seit er mit ihr sprach, wirkte sein Lächeln ehrlich. »Auch mit den Hunden kann eine Bank wenig anfangen ...«

»Meine Huskys sind unverkäuflich«, sagte sie.

Sein Lächeln wurde falsch. »Tja, Mrs. Watson. Ich fürchte ...« Er studierte eine Zahl in der Kontoübersicht. »Wer bezahlt eigentlich die Krankenhausrechnung? Vor einigen Wochen haben Sie eine Summe überwiesen. Gibt es keine neuen Forderungen?«

»Nein, Mr. Cassano.« Sie berichtete von dem Forschungsgeld, das Dr. Morgan in die Behandlung ihres Mannes investierte, und erklärte ihm, dass sie ein Spendenkonto für das Krankenhaus einrichten wollte. »Der *News-Miner* wird die Sache unterstützen!«

»Sehr schön, Mrs. Watson! Ich werde die Einrichtung des Kontos sofort veranlassen! Aber das hilft uns nicht bei unserem anderen Problem!« Er klappte ihre Akte zu. »Ich will Ihnen was sagen, Mrs. Watson! Ich werde mich noch einmal mit meinen Leuten zusammensetzen und Ihren Fall beraten! Am besten wäre es, wenn Sie uns ein regelmäßiges Einkommen vorweisen könnten. Und wenn es nur eine Aushilfstätigkeit ist! Sie könnten als Bedienung arbeiten oder in einem Kaufhaus aushelfen.« Er erhob sich und machte deutlich, dass das Gespräch beendet war. »Rufen Sie mich an, wenn Sie etwas haben, ja?« Er stützte sich mit einer Hand auf seinen Stock. »Hat mich gefreut, mit Ihnen zu sprechen, Mrs. Watson! Grüßen Sie Ihren Gatten von mir!«

Clarissa bedankte sich und verließ sein Büro. Eine Angestellte rief sie an den Schalter und ließ sie den Antrag für das Spendenkonto unterschreiben. Benommen nahm sie den Durchschlag mit der Kontonummer entgegen. Sie trat auf die Straße und blieb wie erschlagen in der Kälte stehen. Geistesabwesend sah sie einigen Kindern zu, die sich mit Schneebällen bewarfen. »Dieser verdammte Mistkerl!«, fluchte sie leise. Sie war viel zu wütend, um zu weinen, und stapfte trotzig zu ihrem Schlitten. Dusty blickte sie fragend an. »Ich hab das Geld nicht bekommen«, erklärte sie ihm, »jetzt müssen wir uns was Neues ausdenken!«

Auf den Vorschlag, den Mike ihr unterbreiten wollte, gab sie nicht viel. Eine jugendliche Spinnerei, nahm sie an, nicht mehr! Er wollte sie an sich binden, um ständig in ihrer Nähe sein zu können. Sie hätte ihm schon am Telefon absagen sollen! In der festen Absicht, ihn noch einmal daran zu erinnern, dass sie verheiratet war und kein Interesse daran haben konnte, eine Affäre mit einem Mann anzufangen, fuhr sie die Cushmann Street hinunter. Was fiel dem Jungen überhaupt ein? Hielt er sich für etwas Besonderes? Wie kam er dazu, frühmorgens bei ihr anzurufen und vertraut wie ein Liebhaber zu tun? Sie war wütend – auf den Bankdirektor, auf Mike Sheldon und auf sich selbst. Es war töricht gewesen, an eine Zukunft als Buschpilotin zu glauben. Und es war geradezu verrückt gewesen, den Kuss dieses jungen Mannes zu erwidern. Sie musste reinen Tisch machen!

Schleudernd kam sie vor dem Haus von Willie Jones zu stehen. Sie grüßte Belinda durch das Fenster des Drugstores und stieg die Treppe in den ersten Stock hinauf.

Die Tür stand offen. Sie ging zögernd in das Zimmer und starrte ungläubig auf den Piloten. Willie Jones lag vollkommen betrunken auf seinem Bett, so wie das letzte Mal, als sie in seiner Wohnung gewesen war, und röchelte vor sich hin. Sein rechter Arm hing auf den Boden. Mike hockte auf dem Bettrand und hielt einen Brief in den Händen. Er hatte Tränen in den Augen. »Diese gemeine Schlange!«, stöhnte er. »Ausgerechnet jetzt muss sie ihm diesen Brief schicken! Er hätte es geschafft! Ohne seine blöde Ex hätte er es geschafft! Im Nugget hat er nur Coca-Cola getrunken! Wenn ich diesen Anwalt erwische, drehe ich ihm den Hals um!« Er stand auf und reichte Clarissa den Brief. »Sie will über tausend Dollar!« Sie überflog das Schreiben und schüttelte traurig den Kopf. »… fordere ich ausstehende Unterhaltszahlungen in der Höhe von 1.278 Dollar, zahlbar innerhalb der nächsten vier Wochen, anderweitig sehe ich mich leider gezwungen …« Der in nüchterner Juristensprache abgefasste Brief ließ keinen Zweifel daran, dass es der Anwalt diesmal ernst meinte. »Er könnte die *Bellanca* verkaufen«, überlegte sie, »dann wäre er aus dem Schneider!«

»Daran habe ich auch schon gedacht«, erwiderte er erschöpft, »aber ich glaube nicht, dass er sich darauf einlässt. Dazu ist er viel zu stur! Lieber säuft er sich zu Tode!« Sie gab ihm den Brief zurück, und er legte ihn auf den Tisch. »Wenn er mich fliegen lassen würde, wäre es gar nicht so weit gekommen! Ich hätte genug Geld verdient! Aber ich bin ihm zu jung! Du bist noch grün hinter den Ohren, sagt er immer! Als ob ich ein kleiner Junge wäre!«

Sie ging an Mike vorbei und blieb neben dem Bett stehen. Willie Jones machte einen erbärmlichen Eindruck.

Sie fragte sich, wie er es fertig brachte, sich innerhalb weniger Stunden in einen Penner zu verwandeln. »Rede noch mal mit ihm«, sagte sie. »Vielleicht lässt er sich ja doch darauf ein. Sag ihm, dass er die *Bellanca* verkaufen soll! Mit dem Geld kann er seine Ex-Frau auszahlen. Du bist ein guter Pilot und bringst seine Firma bestimmt wieder in die schwarzen Zahlen! Und wer weiß, vielleicht bleibt er ja nüchtern, wenn seine Ex-Frau endlich ihr Geld hat!«

Mike war plötzlich wie verwandelt. »Ich hab eine viel bessere Idee! Das wollte ich dir sowieso sagen! Wie wär's, wenn wir zusammen für Willie fliegen? Wir schmeißen den Laden für ihn, er lässt dich die zweihundert Stunden fliegen und zahlt den Sprit, und wir geben ihm die Hälfte von unserem Verdienst ab! Solange du den kommerziellen Schein noch nicht hast, könntest du Kunden anwerben und die Büroarbeit übernehmen! Wir bringen die Firma wieder in Schwung, da bin ich ganz sicher! Wenn Willie aufwacht, spreche ich ihn gleich darauf an! Was meinst du?«

Sie blickte ihn an und wusste nicht, was sie sagen sollte. Die Idee war nicht schlecht, und nicht einmal Frank könnte etwas dagegen haben, wenn sie in die Firma einstieg und mit Mike zusammenarbeitete. Er war ein erstklassiger Pilot und Mechaniker. Und vielleicht war Willie Jones ja bald wieder gesund! »Ich weiß nicht, Mike, das muss ich mir erst mal überlegen.« Sie deutete auf den schnarchenden Piloten. »Und ich zweifle auch daran, dass er sich darauf einlässt! Solange er sich betrinkt, gibt uns bestimmt niemand einen Auftrag. Ich überleg's mir, Mike, okay?«

Er ließ sich seine Laune durch Clarissas Einwände nicht verderben. »Ich spreche mit ihm! Sobald er wieder klar denken kann! Er muss einfach ja sagen!« Mike war so begeistert von seiner Idee, dass er gar keine Zweifel zuließ. »Das müssen wir feiern, Clarissa! Wie wär's mit einer Cola?«

»Nein, danke«, erwiderte sie, »ich muss ins Krankenhaus, und dann will ich mit den Hunden los. Lass uns in ein paar Tagen noch mal darüber reden.« Sie warf einen letzten Blick auf den betrunkenen Piloten und wandte sich zur Tür. »Ich muss jetzt gehen, Mike. Melde dich!« Sie verließ das Zimmer und stieg die Treppe hinunter. Die frische Luft war wie eine Befreiung für sie. Ohne sich umzudrehen oder Belinda zu grüßen, fuhr sie davon.

17

Am nächsten Tag hielt Clarissa vor dem Krankenhaus. Noel Tuska und Richard Harmon standen vor dem Eingang und unterhielten sich aufgeregt. Durch ein Fenster sah sie, wie eine Schwester nervös auf einen Arzt einredete. »Was ist denn los?«, fragte sie die beiden Piloten. Sie drückte den Anker in den Schnee und sprang vom Schlitten. »Ist was mit Frank?«

»Harry war gerade hier«, antwortete Noel Tuska. Er trug eine Wolljacke und eine Schiebermütze mit Ohrenklappen. »Sid hat sich über Funk gemeldet. Er sagt, dass sich ein Wolfsrudel in der Nähe von Fairbanks rumtreibt.« Richard Harmon nickte ernst. »Sie sind nur noch ein paar Meilen von der Stadt entfernt! Und es sieht ganz so aus, als hätten sie es auf uns abgesehen! Wie Soldaten, die eine feindliche Stellung angreifen! Klingt verrückt, was? Aber er ist drei Mal über die Biester geflogen und behauptet, dass sie immer näher kommen! Und er ist stocknüchtern!«

Clarissa dachte an die Wölfe, die sei am Ufer des Chena Rivers gesehen hatte, und erschauderte. »Sid ist ein Angeber«, versuchte sie, die Sache leichtfertig abzutun, »der hat sich bestimmt was ausgedacht, damit der *News-Miner* einen Artikel über ihn bringt! Er kann nicht ertragen, dass mein Bild in der Zeitung war!« Sie winkte spöttisch ab. »Ihr werdet sehen, sobald er gelandet ist, behauptet er, dass er die Wölfe eigenhändig vertrieben hat!«

Noel Tuska schüttelte den Kopf. »Die Geschichte ist wahr, Clarissa! Ich weiß, dass du sauer auf Sid bist, weil er Frank die Jobs weggenommen hat. Wir können ihn alle nicht besonders leiden! Aber diesmal hat er Recht! Ein Trapper will sie auch gesehen haben! Er kam heute Morgen in die Stadt und faselte was von einem Rudel, das wie ein Stoßtrupp durch den Wald läuft!«

»Ein Stoßtrupp?« Clarissa blickte den Flieger ungläubig an. »Das glaube ich nicht! Oder habt ihr schon mal von Wölfen gehört, die eine Stadt angreifen? Mag sein, dass sie Hunger haben und deswegen aus den Bergen kommen. Vor ein paar Jahren, als es weniger Elche gab, waren sie schon mal hier. Aber ein richtiger Angriff? Das glaubt ihr doch selber nicht! Sid will uns bestimmt einen Bären aufbinden! Wölfe sind scheue Biester!«

»Das wissen wir auch«, meinte Noel Tuska, »aber ich hab trotzdem ein ungutes Gefühl! Also, wenn ihr mich fragt, ich gehe jetzt nach Hause und hole meine Knarre! Wenn ihr schlau seid, tut ihr dasselbe!« Er deutete auf einige Polizisten, die mit Gewehren die Straße überquerten. »Sieht verdammt ernst aus, die Sache!«

»Pass auf dich auf, Clarissa!«, warnte Richard Harmon, bevor er mit Noel Tuska zur Cushman Street ging. »Bleib bei Frank im Krankenhaus! Da erwischen dich die Wölfe bestimmt nicht!«

»Bis später, Richard! Noel!« Sie blieb nachdenklich stehen und sah den Piloten nach. Statt ihrem Rat zu folgen, wendete sie ihren Schlitten. Unter den neugierigen Blicken einer Schwester, die nahe am Eingang stand, fuhr sie in Richtung Norden davon.

Sie glaubte sehr wohl, dass Wölfe eine Stadt angreifen konnten. Seitdem Nanuk sie vor zehn Jahren gerettet hatte, traute sie den Bestien einiges zu. Auch wenn das Tier aus der indianischen Legende nur ein Wolfshund war. Wenn er noch lebte und sich einem Wolfsrudel angeschlossen hatte, war vieles möglich. Sie war nicht abergläubisch und glaubte nicht an den Hexenzauber der Wunderdoktoren, die während des Winter Carnivals in der Stadt waren, aber sie hatte selbst erlebt, welche Fähigkeit ein Wolfshund entwickeln konnte. Seit Frank im Krankenhaus lag, heulten sie. Und seit sie Mike geküsst hatte, rückten sie ihr gefährlich nahe auf den Pelz. Oder bildete sie sich das nur ein?

Sie lenkte den Schlitten über die Brücke und fuhr über einen Indianertrail in die Wildnis hinein. Der Busch, wie man die unwegsame Gegend abseits der menschlichen Siedlungen nannte, begann wenige hundert Meter hinter der Stadt. Sie hatte keine Angst vor den einsamen Bergen und Tälern, die bis zum Eismeer im Norden reichten. Dort war sie zu Hause. Im Winter fuhr sie beinahe jeden Tag mit ihrem Schlitten über die abgelegenen Trails und genoss die Einsamkeit des Nordens. Eine beinahe andächtige Stille, die tief in ihre Seele drang und ihren ganzen Körper auszufüllen schien. Im winterlichen Zwielicht, das die Wälder in geheimnisvolles Licht tauchte, und unter den bunten Schatten der Nordlichter lauschte sie dem heftigen Atem der Hunde, die sich nichts Schöneres vorstellen konnten, als ihre Kraft unter Beweis zu stellen. Sie hörte dem Knarren des Schlittens zu, wenn sie unterwegs waren, und sie kämpfte sich durch den Schnee, wenn sie abseits der Trails einen Weg suchten.

Wenige Meilen nördlich von Fairbanks verließ Clarissa den festgestampften Indianerpfad. Sie schnallte sich die Schneeschuhe an und stapfte vor den Hunden durch den knietiefen Schnee. Ihr Ziel war ein kegelförmiger Hügel, der eine halbe Meile vor ihr aus dem Wald ragte und ihr die beste Aussicht auf das Chatanika Valley bieten würde. Der Weg durch das Tal war der schnellste Weg in die Stadt, wenn man von Norden aus der Wildnis kam. Dort mussten die Wölfe sein. Sie wollte sich selbst davon überzeugen, welche Absicht das Rudel verfolgte. Und sie wollte wissen, ob Nanuk bei den Wölfen war und ob sie es auf sie abgesehen hatten. Ein Gedanke, der Noel und Richard und jeden anderen Menschen, den sie kannte, zum Lachen gebracht hätte!

Unterhalb des Hügels verankerte sie den Schlitten fest im Schnee. Sie kraulte Dusty zwischen den Ohren und sagte: »Mach keinen Unsinn, Dusty, hörst du? Kann sein, dass wir gleich Besuch bekommen! Verhaltet euch ruhig, ja? Ich bin so schnell wie möglich wieder zurück!« Sie redete beruhigend auf die anderen Hunde ein und stieg den Hügel hinauf. Die

Schneeschuhe gaben ihr sicheren Halt. Sie war es gewohnt, durch den Tiefschnee zu stapfen, und spürte die Anstrengung kaum. Oben angekommen, sog sie tief die frische Luft ein. Sie band ihre Mütze fester über die Ohren, um besser gegen den böigen Wind geschützt zu sein, und spähte in das weite Chatanika Valley hinab.

Wie oft hatte sie nachts auf diesem Hügel gestanden und das flackernde Nordlicht am Himmel bestaunt! Von diesem Punkt war es am besten zu sehen. Der heulende Wind verlieh ihr das Gefühl, an einem magischen Ort zu sein. Manche Indianer behaupteten, der Hügel sei ein heiliger Berg. Bevor die Weißen kamen, hätten die heiligen Männer auf dem Gipfel gefastet und mit den Geistern gesprochen. Clarissa sah keine Geister. Sie war allein mit dem Wind und der Bedrohung, die er aus dem Norden mitbrachte. Das schlechte Gewissen, sich mit dem jungen Mechaniker eingelassen zu haben, und die Angst vor den angriffslustigen Wölfen erzeugte ein lähmendes Gefühl, das die Erinnerung an die einsamen Nächte in den Bergen heraufbeschwor. Auch damals hatte sie quälende Angst verspürt.

Sie brauchte kein Fernglas, um die Wölfe auf dem verschneiten Grund des Chatanika Valley zu erkennen. Sie bewegten sich auf die Stadt zu, einer hinter dem anderen, wie ein Stoßtrupp auf einer geheimen Mission. Zwölf ausgewachsene Tiere, die nichts mehr aufzuhalten schien. Der Leitwolf lief an fünfter Stelle. Sie erkannte ihn an dem aufgestellten Schwanz, ein Zeichen seiner Dominanz und Macht. Alle anderen Wölfe ließen den Schwanz hängen. Der Leitwolf überließ es einem untergebenen Tier, den Weg durch den tiefen Schnee zu ebnen. Clarissa versuchte, die Zeichnung des Leittieres zu erkennen, aber mehr als sein dunkler Umriss war in dem Zwielicht nicht zu erkennen. Er lief wie Nanuk und schien genauso kräftig und ausdauernd wie der Wolfshund zu sein, der sie in der Wildnis am Yukon gerettet hatte. Ohne ihn wären Frank und sie niemals nach Dawson gekommen.

Ihr Blick folgte den Wölfen bis zum Ende des Tals. Sie

wollte bereits umkehren und zum Schlitten zurückkehren, als die Wölfe stehen blieben. Wie auf ein stummes Kommando, das aus dem dunklen Wald gekommen zu sein schien. Clarissa erschrak. Mit angehaltenem Atem beobachtete sie, wie der Leitwolf ein paar Schritte zur Seite lief und in ihre Richtung blickte. Seine leuchtenden Augen schienen den eisigen Dunst zu durchdringen. Er ließ ein unheilvolles Heulen ertönen, das als vielfaches Echo von den Felswänden widerhallte. »Nanuk!«, flüsterte sie entsetzt. »Bist du das, Nanuk? Was willst du von mir? Was habe ich getan?«

Die Wölfe liefen weiter, und sie stapfte zu ihrem Schlitten zurück. Die Hunde waren unruhig. »Keine Bange!«, sagte sie, obwohl sie selbst vor Angst zitterte. »Die tun uns nichts!« Sie schnallte die Schneeschuhe ab, zog den Anker aus dem Schnee und trieb das Gespann mit einem leisen »Go! Go!« von dem Hügel weg. Über den Pfad, den sie mit ihren Schneeschuhen geebnet hatte, fuhr sie zu dem Indianertrail zurück. Sie musste vom Trittbrett springen und kräftig schieben, um wieder ebenes Gelände zu erreichen. »Go! Go! Zur Stadt!«, rief sie den Hunden zu.

Sie fuhr im Eiltempo nach Fairbanks zurück und war froh, als sie die ersten Häuser sah. Zwei Schüsse peitschten durch die Luft. Sie hörte ein lautes Jaulen, dann noch einen Schuss und die lauten Stimmen einiger Männer. Ihre Hunde brachen nach links aus und verhedderten sich in den Leinen. Sie sprang vom Trittbrett und befreite die Tiere. Ihr Blick ging zu der Ledertasche, in der ihr Revolver verstaut war. »Easy, Dusty!«, beruhigte sie den Leithund. Sie folgte den Stimmen und erreichte eine Seitenstraße, die ungefähr hundert Meter von der Universität entfernt bis zum Waldrand führte. Vor einem der bunten Holzhäuser, die norwegische Auswanderer vor einigen Jahren errichtet hatten, stand eine Menschentraube. Sie erkannte Noel Tuska, Richard Harmon und Sid Baxter, der mit wehendem Schal auf der Straße stand und eine rauchende Pistole hielt. »Es ist vorbei!«, beruhigte er die Leute wie ein

Marshal im Wilden Westen, der einen Banditen erledigt hatte. »Wir haben sie vertrieben! Geht nach Hause!«

Clarissa ließ den Schlitten stehen und rannte über die Straße. Panische Angst griff nach ihr. Sie bahnte sich einen Weg durch die Menge, rief »Lasst mich durch! Lasst mich durch!« und kniete neben dem toten Wolf, der blutend im Schnee lag. Sie musterte ihn lange und atmete erleichtert auf, als sie sah, dass er keine Ähnlichkeit mit Nanuk hatte. »Dem haben wir es ordentlich gegeben!«, hörte sie einen Mann sagen. »Also, wenn es nach mir ginge, würden wir die ganze Brut ausrotten! Das sind Killer, verdammte Killer!« Eine Frau rief: »Die Stadt sollte endlich was unternehmen! Diese Bestien sind eine Gefahr für unsere Kinder!«

Aus der Stadt kam ein Polizeiwagen, und zwei uniformierte Männer sprangen heraus. Sie trieben die Menschen auseinander. »Geht nach Hause, Leute!«, rief einer der Polizisten. »Das ist Sache der Polizei!« Er wandte sich an Sid Baxter, der immer noch seine Pistole hielt. »Haben Sie geschossen, Mr. Baxter?« Und als der Pilot nickte: »Wir brauchen Ihre Aussage für das Protokoll.«

Clarissa ging zu Noel Tuska und Richard Harmon und meinte: »Hab ich's nicht gesagt? Sid erledigt die Wölfe im Alleingang!«

Die Piloten grinsten. »Das war Zufall«, sagte Noel Tuska. Er hatte seinen Revolver hinter dem Gürtel stecken. »Sid war zufällig hier, als die Wölfe kamen. Wir waren da hinten.« Er deutete zur Straßenecke. »Die Biester rannten wie tollwütige Hunde über den Gehsteig, und er jagte dem ersten eine Kugel in den Kopf! Du kannst sagen, was du willst, aber Sid ist ein guter Schütze!«

»Und die anderen Wölfe?«, fragte sie neugierig.

»Drehten um und verschwanden«, antwortete der Pilot. Wieder verzog sich sein Mund zu einem breiten Grinsen. »Du hättest sie sehen sollen! Wie aufgeschreckte Karibus rannten sie davon!«

»Sie hatten Hunger, oder?«

»Kann schon sein. Warum sollten sie sonst in die Stadt kommen? Es sei denn, du hast die Biester auf Sid Baxter angesetzt!«

Clarissa war nicht nach Lachen zumute. »Meinetwegen sollen sie auf der ersten Seite über ihn berichten! Ich bin bestimmt nicht neidisch! Soll er doch die Post nach Chena Hot Springs fliegen! Ich kann die Jobs sowieso nicht alle machen!« Sie blickte sich suchend um. »Habt ihr Mike gesehen? Mike Sheldon?«

»Weder Mike noch Willie«, antwortete Noel Tuska. »Ich hab gehört, Willie hat wieder zur Flasche gegriffen! Ein Jammer mit ihm! Wenn er so weitermacht, landet er in der Gosse! Und alles wegen dieser Frau! Die soll sich bloß nicht mehr blicken lassen!«

»Willie wird wieder, ganz bestimmt!«, hoffte Clarissa.

Sie beobachtete, wie zwei Männer den toten Wolf wegbrachten, und stieg rasch auf ihren Schlitten. Die Hunde waren sehr unruhig. »Mach keinen Unsinn!«, rief sie Snowball zu. »Du brauchst keine Angst mehr zu haben, Pete! Dusty, bring uns nach Hause!«

Es war bereits dunkel, als sie hinter ihrem Blockhaus parkte. Sie kettete die Hunde an, gab ihnen was zu fressen und zu saufen, und ging ins Haus. Nachdem sie einige Holzscheite in den Ofen geworfen hatte, entledigte sie sich ihrer Winterkleidung und schlüpfte in eine Trainingshose und einen Pullover. Mit einem heißen Kaffee und einem Sandwich zog sie sich in ihren Lieblingssessel zurück. Sie griff nach der Zeitung und begann zu lesen. Ein leises Fauchen ließ sie erstarren. Ihr erster Gedanke war Dusty, aber der war selbst erschrocken und starrte mit aufgestellten Ohren in die Dunkelheit. Sie ließ die Zeitung zu Boden fallen und blickte sich ängstlich um. Nur die Stehlampe neben ihrem Sessel brannte. Sie stand vorsichtig auf und ging langsam zur Tür. Das Fauchen wurde lauter, schien aus der Küche zu kommen. Sie verfluchte ihre Nachlässigkeit, weil sie versäumt hatte, ihren Revolver ins Haus mitzunehmen, und überlegte, ob noch Patronen für das Gewehr in der Schublade waren. Die Waffe hing über der Kommode. Wenn wirklich ein Wolf im Haus war, würde sie es kaum schaffen, das Gewehr von der Wand zu reißen und nachzuladen, bevor die Bestie an ihrer Kehle hing.

Sie suchte nach einer anderen Waffe. Es war keine in Reichweite, nicht mal ein Knüppel oder ein Besen. Blieb nur die Flucht! Doch wer sagte ihr, dass die anderen Wölfe nicht vor der Tür warteten? Ihr fiel auf, dass die Hunde beängstigend ruhig waren. Auch Dusty gab keinen Laut von sich. Er war zu schwach, um sich mit einem hungrigen Wolf einzulassen. Sie schlich langsam durch die Dunkelheit. Wenn sie es schaffte, die Haustür zu öffnen und nach draußen zu laufen, gelang es ihr vielleicht, die Wölfe zu überraschen und mit dem Schlitten zu fliehen. Dann konnte auch Dusty das Weite suchen. An den anderen Hunden hatten die Wölfe bestimmt kein Interesse. Das hoffte sie jedenfalls. Die Bestien hatten es auf sie abgesehen! Auf sie allein!

Sie stieß gegen den Tisch. Die Blumenvase mit den Strohblumen kippte um und rollte über die Tischkante. Auf dem Boden zerschellte sie. Das Fauchen schwoll zu einem wütenden Knurren an, die Küchentür ging auf, und ein dunkler Schatten huschte am Fenster vorbei. Dusty winselte vor Angst. Im nächsten Augenblick spürte Clarissa, wie der schwere Körper eines Wolfs gegen sie prallte und sie umwarf. Blitzende Zähne griffen nach ihrer Kehle. Sie schreckte aus dem Schlaf und richtete sich schweißnass auf. Es dauerte eine quälend lange Zeit, bis ihr klar wurde, dass sie nur geträumt hatte. Sie war im Sessel eingeschlafen. Dusty lag auf dem Teppich zu ihren Füßen und schnarchte leise.

Immer noch zitternd, stand sie auf. Sie ging in die Küche und knipste das Licht an, ging durch die anderen Räume und stellte erleichtert fest, dass sie allein war. Im Bad spritzte sie sich kaltes Wasser ins Gesicht. Sie starrte ihr blasses Gesicht im Spiegel an, schüttelte benommen den Kopf und kehrte ins Wohnzimmer zurück. Das Gewehr über der Kommode war nicht geladen. Sie schob Patronen in die Kammern und hängte es an seinen Platz zurück. Ihr Instinkt befahl ihr, nach draußen zu gehen und den Revolver vom Schlitten zu holen. Entschlossen griff sie nach ihrem Anorak. Sie schlüpfte in die Stiefel und öffnete die Haustür, bevor sie es sich anders überlegen konnte. Das leise Jaulen einiger Hunde empfing sie. Eisige Kälte schlug ihr entgegen. Nachdem sie einen Augenblick gewartet hatte, rannte sie zum Schlitten und zog den Revolver aus der Ledertasche. Er war geladen. Mit der Waffe im Anschlag, wie ein Polizist auf Verbrecherjagd, ging sie ins Haus. Sie ließ sich in den Sessel fallen und atmete tief durch. »Ich sehe schon Gespenster!«, seufzte sie.

Sie blieb eine Weile sitzen, die geladene Waffe im Schoß. Der Revolver verlieh ihr eine trügerische Sicherheit. Gegen ein Rudel hungriger Wölfe war sie auch damit nicht ausreichend geschützt. »Schlaf weiter, Dusty!«, beruhigte sie den Leithund, als er aufwachte und neugierig den Kopf hob. »Es ist alles okay!« Sie wartete, bis der Hund eingeschlafen war, und ging ins Schlafzimmer. Erschöpft ließ sie sich auf das ungemachte Bett fallen. Mit dem Revolver in der Hand schlief sie ein. Diesmal träumte sie von einem Prinzen, der aus einem verzauberten Wald geritten kam, sie auf sein Pferd hob und sie auf sein Schloss brachte.

18

Im großen Speisesaal des Palace Hotel drängten sich die Menschen. Die aufgebrachten Bürger standen bis auf den Flur hinaus und schimpften mit dem Bürgermeister, der die Gunst der Stunde erkannte und die Versammlung zu einer Werbeveranstaltung in eigener Sache umfunktionierte. Er stand schwitzend auf dem Podium, die wenigen Haare und den Backenbart sorgfältig gekämmt, und hielt sich mit beiden Händen am Kragen seines gestreiften Anzugs fest, während er sagte: »Liebe Mitbürger, Sie wissen, was heute Morgen geschehen ist. Ein Rudel hungriger Wölfe ist bis in unsere Stadt vorgedrungen und hat unschuldige Familien bedroht! Dem Einsatz unserer Polizei und dem Mut von Mr. Baxter ist es zu verdanken, dass die Sache ein glimpfliches Ende nahm. Mr. Baxter, wenn ich Sie aufs Podium bitten darf…«

Sid Baxter löste sich aus der Menge und trat mit ausgebreiteten Armen neben den Bürgermeister. Er trug seine Fliegerjacke und den weißen Schal und strahlte wie ein Filmstar. Sein dunkles Haar war sorgfältig gescheitelt und glänzte im künstlichen Licht. »Vielen Dank, vielen Dank, ich habe nur getan, was jeder Mann in dieser Situation getan hätte! Oder sollte ich vielleicht zulassen, dass diese Bestien in die Wohnhäuser dringen und Frauen und Kinder zerfleischen? Ich habe aus der Luft gesehen, wie die Wölfe auf unsere Stadt zuliefen, und musste verhindern, dass ihnen Menschen wie wehrlose Karibus zum Opfer fallen!«

Clarissa stand neben einem der großen Fenster an der Wand und schüttelte den Kopf. Sie würde nie zu den Bewunderinnen von Sid Baxter gehören und verabscheute die Art, wie er sich ständig in den Mittelpunkt stellte. Für ihn schien das Leben eine große Show zu sein. Sie wechselte einen viel sagenden Blick mit Noel Tuska, der weiter vorne stand und den Mund verzog. Richard Harmon und die anderen Piloten waren alle in der Luft.

»Erzählen Sie uns, wie es diesen Winter um die Wölfe steht«, sagte der Bürgermeister. »Sie fliegen alle paar Tage in die Wildnis und haben einen besseren Einblick als wir in der Stadt.«

Sid Baxter genoss die aufmerksamen Blicke der Bürger. Die meisten Leute mochten ihn, weil er genau so aussah, wie sie sich einen wagemutigen Buschpiloten vorstellten. Nur der alte Chuck, der auf seinem Rollstuhl in der ersten Reihe saß, zog eine Grimasse. »Ich beobachte die Wölfe schon seit einigen Wochen«, sagte er. »Sie sind in diesem Winter sehr unruhig. Vor ein paar Tagen musste ich wegen des starken Nebels auf dem Tanana River landen und mir die ganze Nacht ihr Geheul anhören! An Schlaf war nicht zu denken. Ich lag die ganze Nacht wach und hatte den Revolver schussbereit neben mir liegen! Anscheinend ist ihnen die Beute ausgegangen. Die Elche haben kaum Nachwuchs bekommen, und Karibus gibt es so weit südlich nicht. Ich brauche Ihnen nicht zu sagen, was in einer solchen Situation passiert. Die Wölfe werden zu reißenden Bestien und suchen sich die nächstbesten Opfer! Und das sind die Menschen! Sie dringen bis in die Städte vor und gefährden unschuldige Bürger!«

»Das ist wahr!«, bestätigte der Bürgermeister, der nun die Aufmerksamkeit wieder auf sich lenken wollte. »Sie wissen sicher noch, was vor einigen Jahren in unserer Stadt geschah. Damals hatten wir eine ähnliche Situation. Die Wölfe hungerten und suchten in den Außenbezirken von Fairbanks nach Beute. Schon damals habe ich entschlossen durchgegriffen! Dem selbstlosen Einsatz unserer Polizei war es zu verdanken, dass die Wölfe innerhalb weniger Tage vertrieben werden konnten!« Sein Gesicht nahm einen entschlossenen Ausdruck an. »Ich zögere nicht, wenn die Bürger unserer Stadt in Gefahr sind! Und ich bin auch diesmal fest entschlossen, dieser Plage sobald wie möglich ein Ende zu bereiten! Sind Sie derselben Meinung, liebe Mitbürger?«

Die Leute klatschten und johlten begeistert und signalisierten durch Zurufe ihre Zustimmung. Einer der norwegischen Einwanderer aus dem bedrohten Stadtviertel reckte eine Faust und tönte: »Jagt die Bestien zum Teufel! Legt den verdammten Leitwolf um, dann kommen sie bestimmt nicht wieder! Wir haben Frauen und Kinder! Wir wollen nicht, dass sie den Bestien zum Opfer fallen!«

»So ist es recht, Arne!«, rief ein anderer Norweger. »Wir dürfen vor den Wölfen nicht klein beigeben! Sie sind unsere Feinde! Schnappt euch eure Gewehre und bringt sie um! Am besten alle! Wir brauchen die verdammten Biester nicht! Zur Hölle mit ihnen!«

Euphorie machte sich breit. Die Männer hatten den meisten Bürgern aus dem Herzen gesprochen. »Weg mit dem Pack!«, schimpfte jemand. »Tötet sie!« Derbe Schimpfwörter hallten durch den Raum. Die Leute gestikulierten wild und redeten durcheinander. Einige Männer schwangen drohend ihre Fäuste. Ein Mann rief: »Kommt, wir gehen nach Hause und holen unsere Knarren! Bis heute Abend haben wir die Biester im Sack!«

»Halt, meine Freunde!«, hielt der Bürgermeister den Mann zurück. »Wir wollen nichts überstürzen! Wir bringen uns nur gegenseitig in Gefahr, wenn jeder Mann in die Wälder rennt und wild um sich schießt! Verstehen Sie mich nicht falsch, mein Freund! Ich bin auf Ihrer Seite! Wir müssen diese Wolfsbrut ausrotten! Ich schlage vor, kleine Trupps mit erfahrenen Männern zusammenzustellen. Mr. Baxter, ich möchte Sie bitten, die Leitung dieser Teams zu übernehmen! Rekrutieren Sie die besten Schützen der Stadt, möglichst Fallensteller und Indianer, die sich im Busch auskennen! Ich werde den City Council bitten, einen Sonderetat für Ihre Jagd zur Verfügung zu stellen! Sind Sie einverstanden?«

Der Pilot strahlte, als hätte man ihm gerade eine Hauptrolle in einem Film angeboten, und versicherte dem Bürgermeister, alles Menschenmögliche zu tun, um die Wölfe zu erledigen. Er wollte gerade zu einem flammenden Aufruf ansetzen, als sich ein sonst eher schüchterner Mann nach vorne drängte und sich zu Wort meldete. Er trug dunkle Baumwollhosen und einen gestreiften Pullover und hielt eine Wollmütze in den Händen. Mit seinem blassen Gesicht und der Nickelbrille sah er wie ein Lehrer aus. »Entschuldigen Sie, meine Herren, wenn ich Ihnen widerspreche!«, sagte er zur Verwunderung der Zuhörer. Seine Stimme klang brüchig und gewann erst im Laufe seiner Ansprache an Festigkeit. »Ich bin Reggie Foster vom Biologischen Institut. Wie einige von Ihnen wissen, arbeite ich zurzeit an einem Buch über die Tierwelt des Hohen Nordens.« Einige Zuhörer machten sich über den unscheinbaren Mann lustig, aber er ließ sich nicht beirren. »Ich halte es für falsch, die Wölfe als mordgierige Bestien hinzustellen! Sie sind scheu und fallen selbst während einer Hungersnot selten Menschen an. Es wäre falsch, sie auszurotten! Sie gehören zum Kreislauf der Natur, so wie andere Tiere und Pflanzen und wir Menschen. Reicht es nicht, wenn wir sie vertreiben? Müssen wir uns gleich wie schießwütige Barbaren aufführen, nur weil sie uns ein wenig zu nahe kommen? Einige Warnschüsse dürften genügen, um sie in die Wälder zu treiben! Wölfe sind keine Bestien, glauben Sie mir!«

Die Worte des Biologen lösten einen größeren Tumult aus. Noch während er sprach, schüttelten einige Männer drohend die Fäuste und stießen wilde Verwünschungen aus. Nach seiner Rede wurde es laut, und der arme Mann duckte sich unter unflätigen Beschimpfungen, die selbst einigen anderen Männern das Blut ins Gesicht trieben. »Was fällt dir ein, du verdammter Oberlehrer?« gehörte noch zu den sanfteren Vorwürfen. »Willst du, dass die Biester unsere Kinder anfallen? Hältst dir wohl eine von den Bestien in deiner Wohnung? Wenn ich's mir recht überlege, hat mir einer erzählt, dass du dir eine Wölfin in dein Bett geholt hast!«

»So kommen wir doch nicht weiter!«, meldete Mario Cassano sich aus dein Hintergrund. Seine imposante Erscheinung und sein kräftiges Organ ließen die aufgebrachten Männer verstummen. »Es hat doch keinen Zweck, wenn wir uns gegenseitig zerfleischen! Keiner von uns will die Wölfe in der Stadt haben! Also müssen wir einen Weg suchen, sie zu vertreiben. Ich halte es, ehrlich gesagt, mit unserem Herrn Bürgermeister! Wir sollten einige der Bestien abschießen, um ihnen ein- für allemal zu zeigen, dass wir uns nicht alles gefallen lassen! Ich setze hiermit ein Kopfgeld von fünfzig Dollar für jeden erlegten Wolf aus! Ich bin dafür, zehn Wölfe zu erschießen und den Rest zu vertreiben!«

Erneut brach ein Tumult los. Die Männer waren begeistert von der Idee, sich ein schnelles Kopfgeld zu verdienen, und wollten so rasch wie möglich zum Ausgang. Die laute Stimme des Bankdirektors hielt sie zurück. »Aber dieses Kopfgeld bekommen nur Mitglieder der Jagdtrupps, die Mr. Baxter zusammenstellt! So behalten wir alles unter Kontrolle! Ich möchte nicht, dass eine allgemeine Hetzjagd auf die Bestien beginnt, obwohl ich mir nichts sehnlicher wünsche, als diese Wolfsplage loszuwerden.«

Clarissa hatte mit wachsender Erbitterung zugehört und sich nur mühsam zurückgehalten. Bei der Erwähnung eines Kopfgelds trat sie mutig nach vorn. »Ich bin Clarissa Watson«, rief sie in den Raum. »Ich weiß, bei einer solchen Veranstaltung werden nur Männer gehört, aber ich bin Musherin und jeden zweiten Tag mit meinem Hundeschlitten in der Wildnis. Ich bin mehrmals Wölfen begegnet und weiß, wie man sie einschätzen muss. Wölfe sind gefährliche Raubtiere, die einen ausgewachsenen Elch von den Beinen holen können, aber sie sind keine Bestien! Sie fallen einen Menschen nur an, wenn er hilflos im Schnee liegt! Deshalb halte ich es mit Mr. Foster. Wir sollten die Wölfe mit einigen Warnschüssen vertreiben. Die Männer, die … äh Mr. Baxter auswählt, sollten darauf achten, dass sie nicht zurückkehren. Erst wenn sie wiederkommen, würde ich gezielt schießen.«

»Weibergeschwätz!«, erwiderte einer der Männer, die den Biologen beschimpft hatten. »Mag sein, dass Sie Erfahrung mit den Biestern haben, aber hier in der Stadt haben wir das Sagen! Wir knallen jeden ab, der unsere Familien bedroht! Wenn morgen die Indianer kommen und uns bestehlen, greife ich genau so zum Gewehr wie jetzt! Und jetzt Schluss mit dem Gewäsch! Lasst uns endlich Nägel mit Köpfen machen! Was ist mit Ihnen, Herr Bürgermeister? Wie lange wollen wir hier noch stehen und reden? Vielleicht sind die Wölfe schon in unseren Häusern!«

Der Bürgermeister erkannte, dass die Mehrheit der Bürger auf seiner Seite war, und wägte seine Worte sorgfältig ab: »Sie haben Recht, mein Herr, es wird Zeit, dass wir zu einer Entscheidung kommen. Ich bedaure, dass wir gezwungen sind, derart drastisch in den Kreislauf der Natur einzugreifen, aber in einer Notsituation wie dieser bleibt uns gar nichts anderes übrig!« Er sagte es ohne Spott. »Mr. Baxter, stellen Sie fünf Trupps zu jeweils sechs Mann zusammen und sorgen Sie dafür, dass die Wölfe verschwinden! Unsere Stadt soll sicher bleiben! Mrs. Watson, ich respektiere Ihre Überlegungen und kann Ihnen versichern, dass Mr. Baxter und seine Männer kein unnötiges Blutbad unter den Wölfen anrichten werden! Habe ich Recht, Mr. Baxter?«

»Natürlich«, antwortete Sid Baxter. Er warf Clarissa einen schadenfrohen Blick zu. Anscheinend war mehr zwischen ihm und Frank vorgefallen, als sie ahnte. »Wie Mr. Cassano bereits sagte, ein paar Wölfe genügen! Sie können versichert sein, dass wir ausschließlich zum Wohle der Bevölkerung handeln werden!«

Clarissa war versucht, die butterweiche und umständliche Rede des Piloten zu unterbrechen, aber das besorgte schon Mike Sheldon, der unvermutet in die Veranstaltung platzte und aufgeregt rief: »Willie ist verschwunden! Er ist mit der *Bellanca* weggeflogen und hatte kaum Sprit dabei! Harry Cheek sagt, dass er betrunken war! Er wollte ihn zurückhalten, aber Willie schlug ihn nieder und …« Ihm versagte die Stimme. Diesmal galt die Aufregung dem jungen Mechaniker, und es dauerte beinahe eine Minute, bis Noel Tuska sich Gehör verschaffte. »Seid doch mal ruhig!«, fuhr er die anderen Männer an. »Die Sache ist verdammt ernst! Ihr wisst alle, dass es Willie in letzter Zeit nicht besonders gut ging! Es könnte also gut sein, dass er eine Dummheit begeht! Clarissa, du nimmst die *Fairchild* und suchst in den White Mountains nach ihm! Geh in Chena und in Circle runter, wenn du ihn nicht findest! Und nimm Mike mit, der kennt die Lieblingsplätze seines Chefs! Ich fliege zum Yukon hoch! Nach zwei Stunden treffen wir uns auf Weeks Field! Harry sieht zu, dass er Richard und die anderen über Funk erreicht!«

Bevor der Bürgermeister und die anderen Zuhörer einen Kommentar dazu geben konnten, liefen Clarissa, Noel Tuska und Mike nach draußen. »Auf den Hundeschlitten, das geht am schnellsten!«, forderte Clarissa die beiden Männer auf. Sie sprangen auf die Ladefläche, und sie löste den Anker und feuerte das Gespann an. So schnell sie konnte, fuhr sie zum Flughafen hinaus.

Harry Cheek hatte bereits die Motoren von Noel Tuskas *Bellanca* und der *Fairchild* aufgeheizt. Das Öl war warm genug, um sofort zu starten. Clarissa vertauschte ihre Mütze mit einer Fliegerkappe und kletterte in die Maschine. Mike setzte sich neben sie. Er machte nicht einmal den Versuch, den Steuerknüppel zu übernehmen, und gehorchte Noel Tuska, der zu den erfahrensten Piloten im Hohen Norden gehörte. Und er vertraute Clarissa, die jetzt den Flugschein besaß und genug Soloflüge hinter sich hatte, um kein Lampenfieber mehr zu haben. Noch vor Noel Tuska glitt sie über die Startbahn und hob ab. In einer dichten Schneewolke, die im Zwielicht wie Nebel leuchtete, hob sie ab.

Nachdem sie einmal über der Stadt gekreist waren, lenkte sie die Maschine nach Nordosten. Sie folgte der langen Reihe von Telegrafenmasten an der verschneiten Straße nach Chatanika und blieb so tief, dass sie bis auf den Grund der umliegenden Täler blicken konnten. Das Zwielicht würde noch ungefähr zwei Stunden anhalten, so lange blieb ihnen Zeit, nach der *Bellanca* oder dem Wrack der *Bellanca* zu suchen. Denn für Clarissa gab es nur diese zwei Möglichkeiten: Entweder hatte Willie Jones es geschafft, irgendwo zu landen und fror in der Kälte, oder er hatte seinem Leben ein Ende bereitet und war in die Felsen geflogen.

»Jetzt fliegen wir doch zusammen«, sagte Mike mit dem Versuch eines Lächelns, »das hatte ich mir eigentlich anders vorgestellt.« Er wischte sich die Tränen aus den Augen und blickte rasch aus dem Fenster. »Ich glaube nicht, dass wir ihn finden.«

»Wir finden ihn«, widersprach Clarissa. Sie lenkte die Maschine an einigen Felsen vorbei und legte sie auf die Seite, um besser sehen zu können. Außer den verschneiten Berghängen war nichts zu erkennen. Der Motor brummte gleichmäßig, und es gab kaum Turbulenzen. »Macht Willie so was öfter?«, fragte sie nach einer Weile. »Ist er schon mal betrunken geflogen?«

Mike blickte sie nicht an. »Nein, so verrückt war er nie! Deshalb hab ich ja solche Angst! Er wäre niemals betrunken in eine Maschine gestiegen! Er wusste, dass er sofort die Lizenz loswäre, wenn man ihn erwischen würde! Aber dieser Brief hat ihm wohl den Rest gegeben!« Er zerdrückte einige Tränen und wischte sie mit dem Handrücken fort. »Was meinst du? Was hat Willie vor?«

»Ich weiß nicht«, antwortete sie ehrlich. »Ich denke, er hat die Nerven verloren. Er ist verzweifelt. Er hat wohl erkannt, dass er eine so große Summe nicht bezahlen kann. Vielleicht will er seine Maschinen vor dem Gerichtsvollzieher in Sicherheit bringen!«

»Oder er will sie zu Schrott fliegen!« Mike wischte den feuchten Beschlag vom Seitenfenster. »Wenn ich nur wüsste, wohin er geflogen sein könnte! Er war gerne in Chatanika, und in Chena Hot Springs hat er immer in den heißen Quellen gebadet.« Er dachte eine Weile nach und hatte plötzlich eine Idee. »Halt! Warte mal! Er hat mir mal von einem Tal erzählt, einige Meilen nördlich von hier, da will er mal eine Indianerin gekannt haben! Vor zwanzig Jahren oder so! Wie hieß es bloß? Spring Valley, glaub ich!«

»Spring Valley, das liegt hinter den Bergen dort drüben!« Sie deutete nach Norden. »Ich war mal mit dem Hundeschlitten dort, aber Indianer hab ich nie getroffen.« Sie legte die *Fairchild* in eine Linkskurve und hielt auf die dunklen Berge zu. Nach einer halben Stunde erreichten sie die schroffen Gipfel. Sie lenkte die Maschine zwischen zwei Bergspitzen hindurch, quälte sich durch einige starke Turbulenzen und stieg in das Tal hinab.

Die *Bellanca* lag zwischen einigen Felsbrocken. Ein qualmendes Wrack, das kaum noch Ähnlichkeit mit einem Flugzeug hatte und eine tiefe Spur in dem frischen Schnee hinterließ. Die Tragflächen waren abgebrochen und zerschellt. Der dunkle Rauch über dem Wrack vermischte sich mit dem Dunst, der in feinen Schleiern durch das Tal zog und an den Wänden klebte. »Willie«, rief Mike entsetzt.

Clarissa flog noch einmal aus dem Tal und näherte sich aus der anderen Richtung, um gegen den Wind landen zu können. Die Turbulenzen zwischen den Felswänden waren sehr heftig, und sie musste ihr ganzes Können aufbieten, um die Maschine unter Kontrolle zu behalten. Sie setzte sicher auf und rollte bis wenige Meter vor die *Bellanca.* Mike sprang aus dem Cockpit und rannte zum Wrack, bevor Clarissa den Motor ausgeschaltet hatte. Sie kletterte hinaus und folgte ihm. Noch bevor sie den Jungen vor der Bellanca in den Schnee rutschen sah, wusste sie, welcher Anblick sie erwartete. Dasselbe Bild, das sie damals gesehen hatte, als ihr Mann in den Ogilvies abgestürzt war.

Sie blickte auf den verbrannten Körper von Willie Jones und musste sich übergeben. Würgend sank sie in den Schnee.

»Jack!«, flüsterte sie. Sie blieb auf den Knien sitzen, die Augen geschlossen und voller Tränen, und wartete, bis sich die Übelkeit gelegt hatte und die schrecklichen Bilder verschwunden waren. Sie zog Mike aus dem beißenden Rauch. »Wir müssen zurück!«, sagte sie sanft zu ihm. »Hier können wir nichts mehr tun!«

19

Die Beerdigung des Piloten fand drei Tage später im Zwielicht des frühen Mittags statt. Weil dichter Nebel den Start der Flugzeuge verhinderte, standen alle seine Freunde vor der steinernen Kammer, in der seine Urne beigesetzt werden sollte. Jeder Pilot, auch Clarissa und Mike, hatte mit einer Spende zu der würdevollen Feier beigetragen. Die Trauernden hatten sich im Halbkreis um das Grab herum versammelt und lauschten dem Pfarrer, der in salbungsvollen Worten von der Vergänglichkeit des Lebens sprach und sich angestrengt bemühte, den Selbstmord des betrunkenen Buschfliegers wie einen Unfall aussehen zu lassen. Seine Alkoholsucht erwähnte er mit keinem Wort: »Und wieder hat sich der allmächtige Gott entschlossen, einen tapferen Piloten in sein Reich zu holen«, sagte er, »und wir sollten nicht um ihn trauern, sondern uns freuen, denn ihm ist ein ewiges Leben beschieden! Asche zu Asche, Staub zu Staub, der Herr hat's gegeben, und der Herr hat's genommen, gepriesen sei sein Name! Amen!«

Der Pfarrer gab Noel Tuska ein Zeichen, und der Pilot trat mit einer Trompete neben das Urnengrab und blies andächtig den Zapfenstreich. Kaum einer der Anwesenden hatte gewusst, dass der draufgängerische Buschflieger ein Instrument spielte. Wie Clarissa später erfuhr, hatte er vor einigen Jahren in einer Tanzkapelle gespielt. Einige Male war er sogar im Radio aufgetreten. Die traurige Melodie hallte weit über die Friedhofsmauern hinaus und verlor sich in den Nebelschwaden über der Stadt.

Clarissa stand neben Mike Sheldon und spürte, wie der junge Mechaniker verstohlen nach ihrer Hand griff. Gegen ihren Willen erwiderte sie die Berührung. Sie wagte nicht, ihn anzublicken. Wie ein Mädchen auf der High School, das ihren Angebeteten bei einer Schulfeier trifft, ging es durch ihren Kopf. Erst als der Pfarrer in ihre Richtung blickte und genau zu sehen schien, welche Gedanken sie bewegten, löste sie sich von dem Jungen. Sie faltete die Hände vor ihrem Mantel, den sie nur zu feierlichen Gelegenheiten anzog, und sprach mit den Trauergästen das Vaterunser. Der Pfarrer schloss mit dem Segen: »Geht hin in Frieden!«

Die Trauergemeinde löste sich auf, und der Pfarrer verabschiedete sich, um möglichst schnell aus der Kälte zu kommen. Willie Jones hatte keine Verwandten gehabt, und es gab keine Tränen und niemand, dem man sein Beileid ausdrücken musste. Noel Tuska ließ die Trompete in einer Tasche seines weiten Pelzmantels verschwinden. Einige Männer verabredeten sich auf einen Kaffee im Nugget Saloon. Unter beiläufigem Gemurmel verließen sie den Friedhof und überquerten die Straße zur Innenstadt. In der Wildnis des Hohen Nordens starben viele Buschflieger, und man trauerte nicht lange um einen Kollegen. Keiner der Piloten wollte an die eigene Sterblichkeit erinnert werden.

Clarissa wich dem Blick des jungen Mechanikers aus und folgte den Männern. Auch als Mike ihren Namen rief, drehte sie sich nicht um. Sie hielt den Kopf gesenkt und verließ den Friedhof, ging immer schneller, wie ein ungezogenes Mädchen, das etwas ausgefressen und möglichst schnell verschwinden wollte. »Clarissa! Was ist denn los?«, rief Mike, und sie rannte jetzt fast und war froh, als sie auf dem Trittbrett ihres Schlittens stand und die Hunde mit lauten Rufen antrieb. »Dusty! Willst du wohl laufen, du fauler Kerl? Pete, streng dich ein bisschen an!« Sie schämte sich so sehr, dass sie nicht einmal auf die Zurufe der anderen Piloten hörte und geradewegs über die Brücke aus der Stadt fuhr. Sie folgte der schmalen Straße, die sich abseits der Häuser zwischen den Bäumen verlor und zu einem ausgetretenen Pfad wurde, der gerade breit genug für ihren Hundeschlitten war.

Sie fuhr wieder einmal vor ihren Problemen davon und empfand den scharfen Wind, der ihr entgegenwehte, wie eine Befreiung. Es hatte zu schneien begonnen, und die Flocken wirbelten ihr ins Gesicht. Zum Teufel mit dem verfluchten Jungen, fluchte sie in Gedanken, ich habe ganz andere Sorgen und muss mir langsam überlegen, wie ich an eine Maschine komme, wenn ich die zweihundert Flugstunden schaffen will. »Dusty, nicht so weit nach links! Benimm dich, Snowball!« Oder ich muss mir doch einen anderen Job suchen, denn meine Ersparnisse reichen nicht ewig, und von der Versicherung hab ich seit Ewigkeiten nicht gehört. Aber immer wieder tauchte das Gesicht des Jungen vor ihrem inneren Auge auf, und sie stellte sich vor, wie er traurig auf der Friedhofsmauer saß und zu ergründen versuchte, warum sie vor ihm geflohen war. Sie hatte sich wie ein Teenager benommen, wie ein High School Kid mit ihrem ersten Liebeskummer.

Sie schob den Schlitten über eine leichte Steigung und sprang auf das Trittbrett, als es bergab ging. Vor ihr kreuzten menschliche Spuren den Weg. Sie beachtete die Stiefelabdrücke kaum. Die meisten Fallensteller und Jäger benutzten diesen Weg, wenn sie in die Wildnis fuhren, und in einem der angrenzenden Täler gab es eine Blockhütte, die von zahlreichen Jugendlichen für feucht-fröhliche Feiern genutzt wurde. Kein Grund zur Besorgnis. Sie trieb das Gespann zu einer noch schnelleren Gangart an und musste jetzt aufpassen, dass sie nicht aus den Kurven flog. Aber wer auf der kurzen Distanz des Dog Derby bestehen wollte, durfte sich von einer solchen Geschwindigkeit nicht aus der Ruhe bringen lassen. Sie konnte mit einem Schlitten umgehen und verlagerte geschickt das Gewicht, wenn er sich zur Seite neigte. Die Hunde waren froh, ihr Können zu zeigen, und stoben durch den körnigen Schnee. Selbst der übergewichtige Pete hielt tapfer mit und rannte hechelnd neben Blue her.

Hinter einer besonders scharfen Kurve, die unerfahrenen Mushern schon oft zum Verhängnis geworden war, schienen die Hunde gegen eine unsichtbare Wand zu rennen. Sie blieben so plötzlich stehen, dass Clarissa vom Trittbrett geschleudert wurde und unsanft in die Büsche fiel. Der Schnee stob nach allen Seiten. Als sich der weiße Staub gelegt hatte, sah sie den einsamen Wolfshund. Er stand mitten auf dem Trail, wie ein stummer Rächer, der aus einer anderen Welt gekommen war, um sie für ihre Verfehlungen zu bestrafen. »Nanuk!«, flüsterte sie. »Bist du das, Nanuk?« Der Wolfshund stand bewegungslos und starrte sie aus seinen schmalen Augen an. Sein helles Fell leuchtete silbern im Zwielicht. Er gab keinen Laut von sich, doch seine bloße Anwesenheit reichte, um die Hunde in Panik zu versetzen. Selbst Dusty wollte fliehen, und Clarissa gelang es gerade noch rechtzeitig, den Anker in den Schnee zu rammen. »Whoaa! Whoaa!«, rief sie, obwohl sie selber vor Angst zitterte.

Wie gebannt starrte sie auf den Wolfshund. Es war Nanuk, darüber gab es keinen Zweifel. Das silberne Fell, die dunklen Flecken über der Schnauze, die kurzen Ohren – zumindest war er mit dem legendären Geist-Hund verwandt. Der Wind fächerte sein helles Fell und ließ es wie flüssiges Silber aussehen. Einen Augenblick sah es so aus, als würde er die Zähne fletschen und knurren, dann stand er wieder unbeweglich wie eine Statue.

Clarissa stand langsam auf, ihre winselnden Hunde im Rücken, und näherte sich dem Wolfshund. Sie brauchte keinen Revolver. »Nanuk! Was ist mit dir, Nanuk? Du bist böse, weil ich mich mit dem Jungen eingelassen habe, nicht wahr? Du willst, dass ich mich um Frank kümmere! Du hast Recht, Nanuk! Ich hab mich wie ein blöder Teenager benommen! Ich bin selber wütend auf mich!« Sie ging ein paar Schritte auf Nanuk zu und sah, wie er die Zähne fletschte. Sein leises Knurren verwehte mit dem Wind. »Komm her, Nanuk! Wir haben uns doch immer gut verstanden! Du hast mir das Leben gerettet, weißt du nicht mehr? Damals in den Ogilvies! Passt du immer noch auf mich auf? Komm, wir vertragen uns wieder! Komm her, Nanuk!« Sie streckte eine Hand nach ihm aus und wagte ein vorsichtiges Lächeln. Nanuks Antwort bestand aus einem misstrauischen Knurren. Ein Schuss krachte. Einen knappen Meter hinter Nanuk wirbelte Schnee auf. Zwei Männer stürmten mit Gewehren aus dem Wald, darunter der stämmige Bursche, der während der Versammlung lautstark dafür eingetreten war, alle Wölfe abzuknallen. Clarissa reagierte instinktiv. Sie rannte nach vorn, zwischen den Wolfshund und die Jäger, und breitete schützend die Arme aus. »Nicht schießen!«, rief sie in panischer Angst. Sie erkannte ihre eigene Stimme nicht. »Er hat euch doch nichts getan!« Sie registrierte dankbar, dass Nanuk die Gelegenheit nützte, um sich seitlich ins Unterholz zu schlagen. Innerhalb weniger Augenblicke war er zwischen den dunklen Fichten verschwunden.

Die Männer starrten sie entgeistert an. »Was soll das, Lady?«, schimpfte der Anführer. »Haben Sie den Verstand verloren? Das war eine der Bestien, die es auf unsere Familien abgesehen haben! Sie können von Glück sagen, dass Ihnen nichts passiert ist!« Er kam näher und blieb wütend stehen. Er legte den Kopf schief. »Sie sind die Musherin, die gemeinsame Sache mit dem verdammten Tierschützer macht!« Er fluchte. »Kapieren Sie denn nicht, dass wir diese Bestien erledigen müssen, wenn wir unsere Ruhe haben wollen? Oder wollen Sie Schuld daran haben, wenn eines dieser Viecher ein Kind anfällt?« Auf gewisse Weise verstand Clarissa den Mann. Er konnte nicht wissen, dass Nanuk ein besonderes Tier war und niemals ein Kind angreifen würde. Und wenn er über »die wundersame Rettung der Clarissa Watson« in der Zeitung gelesen hatte, dachte er jetzt nicht daran. Er machte keinen Unterschied zwischen einem Wolf und einem Wolfshund. Für ihn war Nanuk eine gemeine Bestie, die unschuldige Frauen und Kinder angriff und das Leben in der Stadt gefährdete. Er war besessen von der Idee, alle verhassten Wölfe abzuknallen, und er würde alles daran setzen, die Stadt von der »Wolfsplage« zu befreien. Verantwortungsvolle Menschen wie der Biologe, die ihn davon abbringen wollten, bezeichnete er als »verdammte Tierschützer«. Er würde niemals einsehen, dass seine Methode falsch war und die Tiere unnötig provozierte. Ein verwundeter oder gereizter Wolf war gefährlicher für einen Menschen als ein hungriges Rudel.

»Die Schießerei löst das Problem nicht«, versuchte Clarissa, die Männer mit vernünftigen Argumenten zu überzeugen. »Was nützt es, wenn Sie wie schießwütige Städter durch die Wildnis irren und einen Wolf nach dem anderen abknallen? Meinen Sie, so können Sie die Tiere aufhalten? Die Wölfe finden immer einen Weg in die Stadt! Und dann ist niemand da, der sie aufhält!«

»Und was sollen wir Ihrer Meinung nach tun?«, fragte der Jäger. In seiner Stimme schwang Spott mit. »Zu Hause sitzen und warten, bis die elenden Bestien in unseren Wohnzimmern stehen?«

»Ich würde alle Jäger am Waldrand postieren«, schlug Clarissa vor. »Ein paar Warnschüsse genügen, wenn die Wölfe der Stadt wirklich zu nahe kommen! Schießen würde ich nur, wenn einer angreift! Kehren Sie um, Mister! Hier draußen richten Sie wenig aus! Die Wölfe sind zu schlau, um sich von Ihnen erwischen zu lassen! Der Bürgermeister hat Sie doch bloß losgeschickt, weil er die Wahl gewinnen will! Gehen Sie nach Fairbanks zurück!«

Der Jäger quittierte ihre Worte mit einem überlegenen Lächeln. »Sie haben den Verstand verloren, Lady! Mir ist vollkommen egal, warum der Bürgermeister uns losgeschickt hat! Ich will, dass die Wölfe von der Stadt wegbleiben! Und dazu ist mir jedes Mittel recht! Ich knalle so lange Wölfe ab, bis sich keiner mehr blicken lässt!« Er verzog seinen Mund zu einem breiten Grinsen. »Außerdem hat uns der Banker ein Kopfgeld versprochen! Dafür muss ein Mann lange schuften! Meinen Sie, das lasse ich sausen?«

»Sie wollen mich nicht verstehen«, gab Clarissa auf. Sie zog den Anker aus dem Schnee und stieg auf den Schlitten. »Sie werden schon sehen, was aus Ihnen wird, wenn Sie sich mit den Wölfen anlegen! Die Tiere lassen sich das nicht gefallen!«

Der Jäger grinste immer noch. »Solange ich meine Knarre bei mir habe, kann gar nichts passieren!«, sagte er und klopfte auf den Gewehrkolben. »Die Biester können mir nichts anhaben!«

Clarissa verzichtete auf eine Antwort und fuhr grußlos davon. Es hatte keinen Zweck, sich mit Männern wie diesem Jäger auseinander zu setzen. Sie verstanden die Natur nicht. Sie lebten in der Stadt und gingen nur während der Jagdsaison in den Busch, um Elche und Hirsche abzuschießen oder einen Bären wegen seines Fells zu jagen. Sie hielten niemals an, um sich an einem sternenübersäten Himmel oder dem farbenprächtigen Nordlicht zu erfreuen. Wenn sie einen Elch durch den Sumpf stapfen sahen, hoben sie sofort ihr Gewehr. Sie hatten keinen Sinn für die Schönheit und die Stille, und sie wussten nicht, dass auch wilde Tiere wie Wölfe oder Bären ihren Platz in dieser Wildnis hatten. Das Leben ist ein Kreis, sagten die Indianer, und wer diesen Kreis zerstört, gefährdet auch sein eigenes Leben.

In Fairbanks fuhr Clarissa zum Drugstore. Sie ließ sich erschöpft auf einen Hocker fallen und bestellte ein Sandwich und ein Glas Milch. Belinda berichtete ihr in blumigen Worten von dem jungen Mann, den sie beim Tanzen kennen gelernt hatte, aber Clarissa war mit ihren Gedanken ganz woanders und hörte kaum hin. Sie ertappte sich dabei, wie sie nach draußen blickte und nach Mike suchte, und versteckte sich hinter ihrer Milch, als sie merkte, wie ihr das Blut ins Gesicht schoss. Wenn sie ihre Gefühle nicht in den Griff bekam, würde Nanuk in ihrem Haus auf sie warten und sie bestrafen. Der Gedanke an den Wolfshund, wie er zähnefletschend über sie herfiel, erschreckte sie.

»Hörst du mir überhaupt zu?«, fragte Belinda. »Bill ist ein richtiger Schatz! Er war mal Quarterback in der College-Mannschaft, stell dir vor, und wenn er sich anstrengt, bekommt er ein Stipendium! Dann will er nach Anchorage oder Juneau gehen und mich mitnehmen! Ich weiß, es geht alles ein bisschen schnell …«

Belinda redete und redete, und Clarissa starrte in ihr leeres Milchglas und beschloss, ihren Mann zu besuchen, sonst würde sie die verwirrenden Gedanken niemals loswerden. »Sei mir nicht böse, Belinda, aber ich muss weiter!«, sagte sie zu der Bedienung. »Vielleicht komme ich später noch mal vorbei, okay?«

Sie verließ den Drugstore und fuhr zum Krankenhaus. Am Himmel verblasste langsam das Zwielicht, und die verschneite Cushman Street glitzerte im trüben Licht der Straßenlampen. Es waren kaum Menschen auf der Straße. Auch Clarissa hätte sich am liebsten hinter ihrem Ofen verkrochen. Aus einem Tag, der mit einer Beerdigung anfängt, kann ja nichts werden, dachte sie. Immerhin hatte sie noch ihren Humor. Sie parkte vor dem Krankenhaus und betrat die Eingangshalle. »Ah, Mrs. Watson!«, begrüßte sie eine Schwester. »Dr. Morgan hat nach Ihnen gefragt! Warten Sie, ich rufe ihn!« Sie ging zum Mikrofon und bat den Arzt, in die Eingangshalle zu kommen. »Es dauert bestimmt nicht lange!«

Wenige Minuten später erschien Dr. Morgan mit offenem Kittel. »Gute Nachrichten!«, rief er schon von weitem. »Die ersten Zahlungen sind eingegangen! Die Krankenhausleitung war sehr angetan von Ihrer Initiative und will mir vorerst keine Steine mehr in den Weg legen!« Er rückte seine Brille zurecht und strich einige Haare aus seiner Stirn. »Und Ihr Mann macht auch Fortschritte! Ich möchte Ihnen nicht zu viel versprechen, aber gestern hat er zum ersten Mal reagiert! Ich glaube es wenigstens. Freuen Sie sich nicht zu sehr, Mrs. Watson, da war nur ein winziges Zucken in seinen Augen. Aber dieses Zucken macht mir Hoffnung!«

Clarissa spürte, wie ihr Herz einen Luftsprung machte, und folgte Dr. Morgan ins Krankenzimmer ihres Mannes. Ihre Enttäuschung war groß. Frank lag regungslos wie immer in seinem

Bett und starrte mit leeren Augen zur Decke empor. »Frank! Wie geht es dir?«, rief sie lauter als sonst. Sie beugte sich zu ihm hinunter und küsste ihn auf die Lippen. »Sag doch was, Frank! Sieh mich an! Der Doktor meint, dass du ihn angesehen hast!« Doch Frank blieb stumm, und sie richtete sich enttäuscht auf und ließ die Schultern hängen. »Kommt er jemals wieder zu sich, Dr. Morgan?«, fragte sie. »Wie lange muss ich noch warten? Sagen Sie mir, dass noch Hoffnung besteht! Wird er aufwachen?«

Man sah Dr. Morgan an, wie schwer ihm die Antwort fiel. »Ich weiß es nicht, Mrs. Watson. Ich kann mir vorstellen, was Sie durchmachen, aber ich kann Ihnen keine andere Antwort geben. Ich kann mich nur wiederholen: Solange er atmet, gibt es Hoffnung! Und das Zucken in seinen Augen war ein erstes Signal, da bin ich mir ganz sicher! Wir müssen Geduld haben, Mrs. Watson!«

Clarissa blieb drei Stunden bei ihrem Mann, länger als an den vergangenen Tagen, und erleichterte ihr Gewissen, indem sie seine Hand hielt und liebevoll mit ihm sprach. Sie erzählte von der Beerdigung und fragte ihn, ob er gewusst habe, dass Noel Tuska ein begnadeter Trompeter war. Sie schwärmte ihm von den Hunden vor, die so schnell und ausdauernd wie nie zuvor waren und in dieser Form das Dog Derby gewinnen würden. Und sie berichtete von den verantwortungslosen Jägern, die wie Tollpatsche durch die Wälder stapften und auf alles schossen, was sich bewegte. »Man sollte diesen Kerlen das Handwerk legen!«, schimpfte sie, »die haben keine Ahnung von der Wildnis!«

Ihre Begegnung mit Nanuk und den Annäherungsversuch von Mike Sheldon verschwieg sie. Für sie war die Sache erledigt. Sie hatte den Jungen stehen lassen und würde ihm bei nächster Gelegenheit endgültig klarmachen, dass er sich keine Hoffnungen machen durfte. Sie war verheiratet, und ihr Mann brauchte sie mehr denn je zuvor. So hatte sich Dr. Morgan ausgedrückt, bevor er gegangen war. »Ihr Mann braucht Sie!

Halten sie durch, Ma'am! Bleiben Sie bei ihm und reden Sie mit ihm!« Ihr war bereits der Gesprächsstoff ausgegangen, als eine junge Schwester die Tür öffnete und sagte: »Da ist ein Anruf für Sie, Mrs. Watson! Ein gewisser Dr. Anderson. Ein Rechtsanwalt ...«

Sie blickte verwundert auf. »Ah, das ist bestimmt wegen der Versicherung!« Sie entschuldigte sich bei ihrem Mann und folgte der jungen Pflegerin ins Schwesternzimmer. »Clarissa Watson.«

»Jimmy Anderson«, erwiderte eine freundliche Stimme am anderen Ende. »Ich bin Rechtsanwalt und muss Sie in einer wichtigen Angelegenheit sprechen! Würden Sie gleich bei mir vorbeikommen? Ich wohne in der Second Avenue, neben dem Kino ...«

»Um was handelt es sich denn, Mr. Anderson?«

»Das kann ich Ihnen am Telefon nicht sagen«, antwortete der Rechtsanwalt. »Wenn ich Sie in mein Büro bitten dürfte? Wie gesagt, 345 Second Avenue, gleich neben dem Kino, erster Stock!«

»Ich komme, Mr. Anderson.« Sie legte auf und war so verwirrt, dass sie sich nicht einmal von den Schwestern verabschiedete.

20

Dr. Jimmy Anderson war ein junger Anwalt, der seine mangelnde Berufserfahrung durch übertriebene Fröhlichkeit wettmachte und selbst einfache Vorgänge mit einem geheimnisvollen Glorienschein umgab. Er wollte eine besondere Aura schaffen, die ihn als bedeutsamen Mann dastehen ließ und auch für große Unternehmen interessant machte. Bis es so weit war, hielt er sich mit kleineren Aufträgen über Wasser. Er bewohnte zwei Zimmer in einem massiven Steinhaus, das der Eisenbahn gehörte, und öffnete selbst die Tür. »Mrs. Watson, nehme ich an!«, begrüßte er sie strahlend. »Kommen Sie herein! Meine Sekretärin ist leider krank, und mein Kaffee spottet jeder Beschreibung, aber wenn ich Ihnen ein Glas Limonade anbieten dürfte?«

Sie nahm an, dass er gar keine Sekretärin beschäftigte, und verkniff sich ein Lächeln. »Nein, danke.« Sie reichte ihm den Anorak und die Handschuhe. »Darf ich fragen, warum Sie so geheimnisvoll tun? Geht es um die Versicherung? Sie wollen mir doch nicht erzählen, dass sie überhaupt nichts zahlen will?«

»Von einer Versicherung weiß ich nichts«, antwortete er höflich. »Aber kommen Sie doch rein! Mr. Sheldon wartet bereits.« Er öffnete die Tür seines Büros und bot ihr einen Stuhl an. »Ich habe Ihnen beiden eine höchst interessante Mitteilung zu machen …«

Clarissa blickte den Jungen verstört an. Sie hatte nicht erwartet, ihn bei dem Anwalt zu treffen, und wusste nicht, was sie sagen sollte. Sie begrüßte ihn mit einem Kopfnicken. »Hallo, Mike!«

»Hallo, Clarissa!« Auch er war nervös und schien anzunehmen, dass er sie mit seiner zärtlichen Berührung auf dem Friedhof erschreckt hatte. Weil er sich vor dem Anwalt nicht entschuldigen konnte, beließ er es bei einem schüchternen Lächeln. Er rückte ihr den Stuhl zurecht und wartete, bis sie sich gesetzt hatte. Vor ihm stand ein Glas Limonade. Er trank einen Schluck und sah den Anwalt an, der um seinen Schreibtisch herumging und sich setzte. Er hatte nichts von ihrer stummen Unterhaltung bemerkt.

Jimmy Anderson zog einen Schnellhefter aus der Schublade und nahm einen handschriftlichen Brief heraus. Er blickte seine Besucher bedeutungsvoll an. »Mrs. Clarissa Watson! Mr. Michael Sheldon! Mr. William F. Jones – er hat diesen Brief mit seinem vollen Namen und dem Kürzel ›Willie‹ unterschrieben – hat mir einen Tag vor seinem tragischen Tod dieses Testament gegeben. Ich hatte keine Ahnung, was er vorhatte, sonst hätte ich natürlich versucht, ihn zurückzuhalten! ›Heben Sie das für mich auf‹, sagte er, ›und öffnen Sie es, wenn ich mal verblichen bin.‹ Mr. Jones drückte sich manchmal etwas seltsam aus. Ich bearbeite seine Scheidungssache, müssen Sie wissen. Aber ich will Sie nicht länger auf die Folter spannen.« Er strich den Brief mit einer Hand glatt und las vor. Willie betonte, dass er beim Verfassen des Testaments im Vollbesitz seiner geistigen Kräfte gewesen war, und schloss: »Ich vermache mein gesamtes Vermögen zu gleichen Teilen Mrs. Clarissa Watson und Mr. Mike Sheldon. Unterzeichnet: William F. Jones, auch bekannt als Willie Jones.« Clarissa war sprachlos. Sie wechselte einen Blick mit dem Jungen, der ebenso überrascht war, und sagte: »Sie meinen, er hat uns seine Firma vermacht? Die *Fairchild?*« Sie schüttelte ungläubig den Kopf. »Unfassbar! Hatte er denn keine Verwandten?«

»Anscheinend nicht«, erwiderte der Anwalt. »Außer seiner geschiedenen Frau, und damit wäre ich bei dem Pferdefuß der ganzen Angelegenheit: Mr. Jones schuldet seiner Ex-Frau noch eine beträchtliche Summe an Alimenten, die Sie aus der Erbmasse begleichen müssten. Falls Sie über keine eigenen Mittel verfügen, fürchte ich fast, müssen Sie die Maschine verkaufen.«

»Sie meinen, der Rest ist nicht viel wert.«

Jimmy Anderson nickte bedauernd. »So ist es, Mrs. Watson. Außer dem Flugzeug besaß Mr. Jones nicht viel. Im Gegenteil, sein Bankkonto ist mit zwanzig Dollar überzogen, und ich bekomme auch noch achtzig Dollar. Und ich glaube kaum, dass die Versicherung bereit ist, für die zerstörte Maschine zu zahlen.«

»Bestimmt nicht«, wusste Clarissa aus Erfahrung.

»Ich habe genug gespart!«, schaltete sich Mike ein. Er strahlte wie jemand, der das große Los gezogen hat. »Das reicht, damit können wir die Rechungen begleichen!« Er wandte sich an Clarissa. »Stell dir vor! Jetzt können wir genau das tun, von dem ich immer geträumt habe! Du kannst deine Flugstunden sammeln, und ich kümmere mich um die Fracht und die Passagiere, bis du deinen kommerziellen Schein hast! Ist das nicht wunderbar?«

»Willie hatte alles geplant«, sagte sie nachdenklich. Sie teilte die Freude des Jungen nicht, fühlte sich unwohl bei dem Gedanken, gemeinsam mit ihm eine Firma zu betreiben. Gerade als sie ihn auffordern wollte, aus ihrem Leben zu verschwinden, schweißte sie das Schicksal noch enger zusammen. Sie würden sich beinahe jeden Tag sehen, die Maschine warten, sich um die Fracht kümmern, die Buchhaltung erledigen, und keiner würde etwas ohne das Einverständnis des anderen tun können. Wie sollte sie ihm klarmachen, dass sie kein Interesse mehr an einer Beziehung hatte, wenn sie so eng zusammenarbeiteten? Sie wich seinem strahlenden Lächeln aus und schloss für einen Augenblick die Augen. Sie würde den nötigen Abstand halten. Und sobald sie ihren kommerziellen Flugschein hatte, würde sie ihren Firmenanteil verkaufen und für eine große Gesellschaft arbeiten!

Den Jungen ließ sie über ihre Pläne im Unklaren. Nachdem sie die Papiere unterschrieben hatten, lehnte sie Mikes

Angebot, ihr Erbe im Drugstore zu feiern, unter einem Vorwand ab und fuhr nach Hause. Bevor sie mit dem Jungen über ihre berufliche Zukunft sprach, musste sie sich über ihre Gefühle und ihre eigene Zukunft im Klaren sein. Während sie die Hunde fütterte und die Kufen des Schlittens einrieb, verdrängte sie das fröhliche Gesicht des Jungen und ermahnte sich einmal mehr, ihm keine falschen Hoffnungen zu machen. Mike war jung und relativ unerfahren und würde jedes freundliche Wort und jedes Lächeln als Aufforderung verstehen, sich ihr zu nähern. Eine gemeinsame Firma zu haben, bedeutet noch lange nicht, dass wir verheiratet sind, würde sie ihm sagen. Du bist jung und musst dir erst mal die Hörner abstoßen, bevor du an eine Ehe denkst! Steck deine Energie in die Firma, bau dir eine berufliche Zukunft auf! Der Rest kommt dann ganz von allein! Sie würde sich wie eine besorgte Mutter vorkommen, wenn sie diese Sätze sagte, und doch fiel ihr nicht ein, wie sie den Jungen sonst auf Distanz halten sollte. Er war in sie verliebt und würde in seiner Begeisterung nicht einmal davor zurückschrecken, seine Liebe öffentlich zu bekunden. Und das musste sie unbedingt vermeiden. Der Skandal, der eine angebliche Affäre mit dem jüngeren Mann auslösen würde, konnte das Ende ihrer Ehe bedeuten und würde sie zwingen, die Stadt zu verlassen und irgendwo neu anzufangen.

Sie schenkte sich ein Glas Milch ein und zog sich in ihren Lieblingssessel zurück. Nach einem kräftigen Schluck fühlte sie sich besser. Sie öffnete die Post, die sich während der letzten Tage angesammelt hatte, und stieß auf einen Brief der Versicherung. In dem Umschlag lag ein Scheck, der es ihr ermöglichen würde, dic Hälfte der Schulden, die Willie Jones hinterlassen hatte, zu übernehmen. Und es blieb noch etwas Geld für den Treibstoff übrig, den sie während der nächsten Wochen verbrauchen würde. Sie brachte das Geld noch am selben Tag zur Bank und rief bei Mike Sheldon an, um ihm die Neuigkeit mitzuteilen. Als der Junge versuchte, über seine

Gefühle zu sprechen, brach sie das Gespräch ab: »Ich muss zu den Hunden, Mike. Bis morgen!«

Sie schämte sich für die Ausrede und hätte sich am liebsten auf die Zunge gebissen. Irgendwie war die Sache verfahren. Es musste doch möglich sein, dem Jungen zu sagen, dass sie nur ihren Mann liebte, und es keinen Zweck hatte, ihr den Hof zu machen! In einer solchen Situation halfen nur klare Worte! Warum brachte sie nicht endlich den Mut auf, reinen Tisch zu machen? Wie konnte sie ihn auf Distanz halten, wenn sie solche Spiele mit ihm trieb? Wenn sie ihm immer wieder auswich, vergrößerte sie seinen Schmerz nur. Ein klares »Tut mir Leid, Mike, aber ich liebe dich nicht!« würde ihn traurig machen, wäre aber fairer als die feigen Ausreden und Ausflüchte, die sie bis jetzt gebrauchte.

Doch auch während der nächsten beiden Wochen kam sie nicht dazu, ihm die Wahrheit zu sagen. Das lag weniger an ihrem mangelnden Mut oder an der Art, wie er sie anstrahlte, wenn er ihr in die *Fairchild* half. Es blieb einfach keine Zeit. Er war damit beschäftigt, Kunden für »Willie's Flight Service« zu finden, und flog die erste Fracht in ein entlegenes Indianerdorf, und sie nützte jede freie Minute, um Flugstunden zu sammeln oder mit dem Hundeschlitten durch die Wälder zu fahren. Jeden Nachmittag verbrachte sie im Krankenhaus. Ihr Mann machte keine Fortschritte, und ihre Besuche drohten zur ermüdenden Routine zu werden. »Sie dürfen die Hoffnung nicht verlieren, Mrs. Watson!«, ermutigte sie Dr. Morgan immer wieder. Aber sie hörte schon gar nicht mehr hin.

Während der wenigen Minuten, die sie Mike auf dem Flughafen sah, sprachen sie über geschäftliche Dinge. Notwendige Reparaturen, ein Fehler in der Buchhaltung, die Überweisung an Willies Ex-Frau – es gab genügend Probleme. Selbst Mike schien nicht mehr geneigt zu sein, bei jeder Gelegenheit über seine Gefühle zu sprechen. Die Firma nahm seine ganze Kraft in Anspruch. Wenn sie im Hangar zusammensaßen und über den Büchern schwitzten, kam kaum Vertrautheit auf. Clarissa hielt den nötigen Abstand und wurde nur einmal nervös, als Mike scheinbar zufällig eine Hand auf ihren Arm legte und sie mit seinen dunklen Augen anblickte. »Ich muss weiter, Mike«, redete sie sich heraus, »ich muss dringend ins Krankenhaus!«

Das Gefühl, wirklich frei und unabhängig zu sein, hatte Clarissa nur auf ihrem Hundeschlitten in der Wildnis und in der Luft. Es war ein herrliches Gefühl, allein über die verschneiten Berge zu fliegen. Hoch über den schroffen Hängen schienen die Probleme des Alltags so fern, dort spürte sie eine seltsame Leichtigkeit, die ihre Sorgen wie die Häuser von Fairbanks schrumpfen ließen, sobald sie mit ihrer Maschine abhob. Das Brummen des Motors und das Rauschen des Winds klangen wie ein vertrautes Lied, das sie auf jedem Flug begleitete. Ihre Gedanken waren ungetrübt, wanderten durch die Wolken, die zwischen den Bergen hingen, und verglühten im Nordlicht, das wie ein funkelnder Teppich über den leuchtenden Gipfeln hing. Sie flog in eine andere Welt, in einen wunderbaren Traum, der ihr Kraft für die anstrengenden Tage auf der Erde spendete. »Ich liebe dich, Frank!«, beteuerte sie, als sie über das Krankenhaus schwebte.

Auf dem Boden hatte sie Angst um Mike. Immer wenn sie vor dem Hangar stand und auf die Rückkehr des Jungen wartete, blickte sie besorgt zum Himmel. Mike war ein erstklassiger Flieger, der auch bei schlechtem Wetter die Ruhe behielt, doch die Fallwinde über Fairbanks waren tückisch, und er wäre nicht der erste Pilot, der bei einer Landung auf Weeks Field in Schwierigkeiten geraten wäre. Sie selbst hatte bisher immer Glück gehabt. Das einzige Mal, als sie ein Windstoß überraschend nach unten gedrückt hatte, war sie durchgestartet und beim zweiten Mal sicher gelandet. »Gott sei Dank! Dir ist nichts passiert!«, sagte sie einmal, als Mike ein Loch im Nebel gefunden und mit dem letzten Tropfen Sprit gelandet war; doch sogleich bereute sie ihre Worte. In seinem Blick lag so viel Zuneigung, dass sie erschrak.

An einen Flug würde sich Clarissa bis zu ihrem Lebensende

erinnern. Es geschah am Samstag, dem 6. Dezember 1941, ein Datum, das sie niemals vergessen würde, weil einen Tag später der Überraschungsangriff der Japaner auf Pearl Harbor stattfand. Mike traf sich mit einigen Kunden, und sie wollte das Zwielicht nützen, um ihrem Konto mindestens vier Flugstunden gutzuschreiben. Sie überquerte denYukon River und nahm Kurs auf Bettles, einer kleinen Stadt am Koyukuk River, um dort wegen einer Postverbindung zu verhandeln. Der Himmel war wolkenlos und klar, und der leichte Gegenwind behinderte sie kaum. Sie folgte einem ausgetretenen Indianerpfad, der vom Yukon River nach Nordosten und wie eine Schneise durch den Wald führte.

Als sich der Trail zwischen den Bäumen verlor, hatte sie für einen Augenblick keine Orientierung. Das Zwielicht wurde zu einem glühenden Feuer am trüben Himmel und raubte ihr die Sicht. Sie behielt die Ruhe und legte die Maschine in eine Linkskurve. Erstaunt blickte sie nach unten. Das Land hatte sich verändert, wirkte noch urwüchsiger und unnahbarer und leuchtete in seltsamen Farben, die vorn Himmel herabfielen. »Die Ausläufer der Kokrines Hills«, brummte sie vor sich hin, als dunkle Felsen durch den Schnee stachen, und das Land immer hügeliger wurde. Sie suchte nach einem Berggipfel oder einem Fluss, der ihr vertraut vorkam, und fühlte, wie eine leichte Panik in ihr aufstieg.

Ein guter Pilot behält selbst in der größten Not die Ruhe. So lautete eine der Grundregeln, die Clarissa von Willie Jones gelernt hatte. Bisher hatte sie sich immer daran gehalten. Doch jetzt wirkte das Land so fremd und entrückt, dass sie ihre ganze Kraft bündeln musste, um nicht die Nerven zu verlieren. Sie wendete die Maschine und hielt verzweifelt Ausschau, ohne einen der bekannten Gipfel oder den Indianertrail zu finden. »Wenn du dich verirrt hast, such nach einem Fluss«, hatte Willie Jones gesagt, »ein Fluss führt zu den Menschen zurück!« Aber es gab keinen Fluss, und das Land lag wie eine weiße Wüste unter ihr.

Der Motor begann zu stottern. Verzweifelt klopfte sie gegen eine Anzeige auf dem Armaturenbrett. Der Öldruck war gesunken. Anscheinend war die Leitung undicht. Kein Grund zur Panik, sagte sie sich, du landest in einem der Täler und wickelst ein Klebeband um die schadhafte Stelle. Die Maschine verlor an Höhe. Eine plötzliche Windbö ergriff die Tragflächen und ließ die *Fairchild* erzittern. Sie steuerte dagegen und blickte aus dem Seitenfenster, um Ausschau nach einem geeigneten Landeplatz zu halten. Beim Anblick der winterlichen Landschaft erschrak sie.

»Ich bin am Yukon!«, rief sie in aufkommender Panik. »Da unten … da unten liegt mein Mann! Hier sind wir abgestürzt!« Sie legte die Maschine nach links, um besser sehen zu können, und erkannte das abschüssige Schneefeld, das ihnen damals zum Verhängnis geworden war. Eine Felswand erhob sich oberhalb eines zugefrorenen Baches. Gegenüber von der Felswand erstreckte sich dunkler Fichtenwald. »Das ist … das ist doch unmöglich!«, stammelte sie. »Ich habe einen Albtraum! Ich träume!«

Der Motor setzte aus und sprang wieder an. Die Maschine fiel einige Meter nach unten und fing sich wieder. Clarissa arbeitete mit Händen und Füßen, um die *Fairchild* im Gleichgewicht zu halten. Sie sah sich verzweifelt nach einem besseren Landeplatz um. Wenn sie auf dem Schneefeld landen musste, bestand die Gefahr, dass es ihr genau so ging wie ihrem ersten Mann. Sie flog eine weite Kurve und drehte über den Fichtenwald nach Westen. Zwischen einigen Felsen ragte ein Hügel empor. Für einen Augenblick tauchten dunkle Schatten auf. Sie glaubte, ein Wolfsrudel zu erkennen, und hatte das Gefühl, dass eines der Tiere in ihre Richtung blickte und die Zähne fletschte. Oder bildete sie sich das ein? Ein anderer Wolf verscheuchte das wütende Tier und blieb allein auf dem Hügel stehen. So wie damals Nanuk! »Nanuk?«, rief sie in den Motorenlärm. »Nanuk?«

Das Stottern hörte auf, und der Motor arbeitete wieder

gleichmäßig. Sie atmete erleichtert auf. Ein Pfropfen in der Ölleitung. Sie drehte die Maschine und flog noch einmal über den Hügel hinweg. Diesmal war er leer. Es gab keine Wölfe und keinen Nanuk. Auch die dunkle Felswand war verschwunden. Statt dessen leuchtete der Yukon River im arktischen Zwielicht. Sie war im Kreis geflogen! Sie flog zur Mündung des Tanana River und folgte dem kleineren Fluss nach Fairbanks zurück.

Unterwegs fragte sie sich, ob sie eingeschlafen war und geträumt hatte. Vielleicht nur für den Bruchteil einer Sekunde. Der Motor arbeitete jetzt störungsfrei, und sie hatte nicht den Eindruck, als wäre irgendetwas mit der Ölleitung nicht in Ordnung. Die Maschine lag einwandfrei in der Luft. Selbst im nachlassenden Licht hatte sie keine Mühe, den Kurs zu halten. War sie einer Luftspiegelung aufgesessen? Einer Sinnestäuschung? Sie wusste es nicht und würde niemals hinter das Geheimnis ihres Irrflugs kommen. Nanuk wollte mir ins Gewissen reden, sagte sie sich und schalt sich im nächsten Augenblick eine Närrin. Selbst ein Geist-Hund wie er brachte so etwas nicht fertig!

Sie landete mit dem letzten Tageslicht und rollte vor dem Hangar aus. Mike Sheldon wartete bereits und machte sich daran, die *Fairchild* zu verankern und das Öl abzuzapfen. Er grinste über beide Backen. »Du fliegst besser als Noel Tuska!«, lobte er.

Sie kletterte aus der Maschine und verzog keine Miene. »Ich glaube, mit der Ölleitung stimmt was nicht«, sagte sie beiläufig.

21

Clarissa erholte sich im Drugstore bei einem Sandwich und einer Schokomilch, als die Meldung im Radio kam. »... unterbrechen wir unser sonntägliches Musikprogramm für eine wichtige Meldung: Heute Morgen haben japanische Flugzeuge den Flottenstützpunkt der USA in Pearl Harbor, Hawaii, angegriffen! Über die Zahl der Opfer und der zerstörten Schiffe ist nichts bekannt. Präsident Roosevelt berät zur Stunde mit dem Generalstab und wird sich in Kürze an die Nation wenden. Es wird damit gerechnet, dass die USA dem japanischen Kaiserreich den Krieg erklären. Dieser Akt der Barbarei muss gesühnt werden! Im Gedenken an die tapferen Soldaten, die während dieses heimtückischen Überfalls ihr Leben lassen mussten, ändern wir unser Programm und bringen Ausschnitte aus einem Konzert der New Yorker Philharmoniker, das im letzten August aufgenommen wurde. Sobald wir neue Meldungen erhalten, melden wir uns wieder. Beten Sie für unsere Soldaten! Gott schütze Amerika!«

Den Worten des Radiosprechers folgte betretenes Schweigen. Belinda drehte den Apparat leiser und starrte mit leeren Augen in das Lokal. Ein junger Mann, der neben einem Regal mit Schokolade und Bonbons lehnte, ließ sein leeres Glas fallen und machte keine Anstalten, die Scherben aufzuheben. Eine ältere Dame blinzelte in das gelbe Licht und rief: »Was hat er gesagt? Sie haben Pearl Harbor angegriffen? Die Japaner? Wo, zum Teufel, liegt Pearl Harbor?«

Clarissa starrte in ihre Schokomilch und hatte nur den einen Gedanken, dass die USA jetzt in den Krieg eintreten und viele junge Männer sterben würden. Eine Vorstellung, die sie immer erschreckt hatte, wenn sie über Hitler und seinen Krieg in

Europa gelesen hatte. Der Krieg war so weit weg gewesen, und plötzlich fand er im eigenen Land statt. Was passierte, wenn die Japaner nach Alaska kamen?«

Vom Militärstützpunkt drang das Heulen einer Sirene herüber. Das Geräusch wanderte durch die Straßen von Fairbanks und hallte als vielfaches Echo von den Häuserwänden wider. Schlittenhunde bellten. Von der Straße tönten aufgeregte Stimmen in den Drugstore, ein Mann öffnete die Tür und rief: »Haben Sie gehört? Die Japaner haben Pearl Harbor angegriffen! Sie sollen unsere gesamte Flotte vernichtet haben!« Die Tür fiel zu, und er rannte weiter. Durch das Fenster sah man, wie Menschen über die Straße liefen und aufgebracht Neuigkeiten austauschten. Angst spiegelte sich auf ihren Gesichtern. Ein Polizist kam mit dem Hundeschlitten und befahl allen, in ihre Häuser zurückzukehren.

Belinda war blass geworden. »Warum greifen uns die Japaner an?«, fragte sie mit Tränen in den Augen. »Warum töten sie unsere Soldaten? Wir haben ihnen doch nichts getan!« Sie blickte Clarissa an und begann zu schluchzen. »Und was geschieht mit Bill? Ob er jetzt noch ein Stipendium bekommt? Was ist, wenn er in den Krieg muss? Ich will nicht, dass Bill mich verlässt!« Sie verbarg ihr Gesicht in den Händen und weinte hemmungslos. »Wir jagen die Japse zum Teufel!«, tönte der junge Mann am Süßwarenregal. Er hatte gar nicht gemerkt, dass sein Glas auf dem Boden zerschellt war. »Wir spüren die verdammten Hunde auf und schicken sie in die Hölle!« Er stapfte aus dem Drugstore, um sich freiwillig zu melden, noch bevor der Krieg begonnen hatte. Durch das Fenster konnte man beobachten, wie er mit zwei anderen Jugendlichen sprach und sie zum Mitgehen überredete. »Ich muss zu Frank«, entschied Clarissa. Sie legte einen Dollarschein auf den Tresen und verließ den Drugstore. Kalter Wind wehte ihr entgegen. Ihre Gedanken waren in Unordnung, wirbelten in ihrem Kopf herum. Sie hatte sich nie für Politik interessiert und ahnte nicht, welche Auswirkungen der Überfall auf Pearl Harbor haben konnte. Sie wusste nur, dass es Krieg geben würde. Die Angst vor diesem Krieg schnürte ihr die Kehle zu und machte sie genauso hilflos wie die anderen Menschen in der Stadt. Alaska ragte mit den Inseln der Meuten weit in den Pazifik hinein und bot den Japanern ein leichtes Angriffsziel, falls sie erneut einen Angriff starten wollten.

Eine ältere Dame trat aus einem Laden und blieb mit besorgtem Gesicht vor ihr stehen. »Die Japaner haben Pearl Harbor angegriffen!«, meinte sie. »Ich hoffe nur, unser Präsident tut das Richtige! Ich war während des Weltkriegs in Europa und weiß, wie es den Menschen ergangen ist! So etwas darf nie wieder geschehen! Beten Sie zu Gott, dass es keinen Krieg mehr gibt!«

»Haben Sie keine Angst«, erwiderte Clarissa ruhig. »Präsident Roosevelt ist ein besonnener Mann! Sie werden sehen, es wird alles gut! Und wenn es wirklich zum Äußersten kommt, ist unsere Armee stark genug, um die Japaner schnell zu besiegen!«

»Gott schütze Amerika!«, sagte die Dame laut.

Clarissa löste den Anker ihres Schlittens und fuhr die Cushman Street zum Krankenhaus hinunter. Aus den Fenstern einiger Häuser hingen amerikanische Flaggen. Eine DC-3 der Wien Airlines flog dicht über die Stadt hinweg und verschwand in der arktischen Nacht. Vor dem Nugget Saloon stritten sich einige Männer. Ein kleiner Junge stand mit einem Spielzeuggewehr im Hauseingang und sang: »Ich zieh mit Papi in den Krieg, hurra …«

In der Eingangshalle des Krankenhauses lief ein Radio. Ärzte, Schwestern und Patienten lehnten am Empfang und warteten darauf, dass der Sprecher erneut das Programm unterbrach und sie weiter auf dem Laufenden hielt. Die klassische Musik ließ die Szene wie ein unwirkliches Bild aus einem Traum erscheinen. »Und wieder unterbrechen wir unser Programm für eine wichtige Meldung«, sagte der Sprecher, als sie ihren Anorak öffnete und die Handschuhe auszog. »Nach dem Angriff auf Pearl Harbor besteht für das Territorium von Alaska die höchste Alarmstufe! Der Luftraum ist ab sofort für zivile Flugzeuge gesperrt! Alle Piloten werden gebeten, sich bei der Armee zu melden! An die Bevölkerung ergeht der dringende Aufruf, die Lichter zu löschen und Läden zu schließen! Folgen Sie diesen Anweisungen bitte unverzüglich!« Und nach einer kurzen Pause: »Ich höre gerade, dass mit der Ansprache von Präsident Roosevelt nicht vor morgen früh zu rechnen ist. Beten Sie mit uns für die Opfer von Pearl Harbor! Gott schütze Amerika!«

Noch bevor die klassische Musik wieder erklang, hatte eine Schwester die Läden geschlossen. Die Notbeleuchtung wurde eingeschaltet. Ein Arzt dachte laut darüber nach, wie überlastet das Krankenhaus sein würde, wenn der Krieg über Alaska hereinbrach. Clarissa hörte gar nicht hin und lief den langen Flur zum Zimmer ihres Mannes hinunter. Dr. Morgan und Schwester Ruth standen neben seinem Bett und lächelten hoffnungsvoll. »Die Japaner ...«, wollte Clarissa die Meldung des Tages verbreiten, aber die beiden schienen sich nicht dafür zu interessieren.

»Er hat die Augen bewegt!«, sagte Dr. Morgan leise. Er bedeutete Clarissa, näher an das Bett zu treten, und zog einen Bleistift über die Augen ihres Mannes. »Sehen Sie? Seine Augen bewegen sich! Sie folgen dem Bleistift! Das ist ein großer Fortschritt!«

Schwester Ruth beugte sich zu dem bewusstlosen Piloten hinab. »Können Sie mich hören, Frank? Ihre Frau ist hier!« Sie gab Clarissa einen Wink. »Kommen Sie! Sprechen Sie mit ihm!«

Clarissa griff nach einer Hand ihres Mannes und hatte Tränen in den Augen, als sie sagte: »Frank! Ich bin's, Clarissa! Hörst du mich, Frank? Zeig mir, dass du mich hören kannst!« Sie war mit ihrem Gesicht dicht über seinen Augen und wartete mit klopfendem Herzen auf eine Regung. »Frank! Kannst du mich hören?«

Ein schwaches Lächeln glomm in seinen Augen. Wie eine

winzige Stichflamme, die sofort wieder erlosch. »Er hat gelächelt!«, rief sie aufgeregt. »Er hat gelächelt, Ruth! Dr. Morgan!«

»Ich glaube, er ist auf dem Weg der Besserung«, sagte der Arzt zufrieden. »Natürlich kann ich nichts Genaues sagen, dazu ist die Krankheit zu wenig erforscht. Aber ich glaube, wir sind seit heute einen großen Schritt weiter! Er reagiert, das ist ganz wichtig!«

Sie ließ ihren Mann nicht aus den Augen. »Wird er wieder ganz gesund, Doktor? Ich meine, dass er reagiert, ist doch ein gutes Zeichen, oder? Wird er jemals wieder ein … normaler Mensch?«

»Ich hoffe es, Mrs. Watson! Wir können nur beten und hoffen, dass die Schädigung seines Gehirns nicht zu groß ist. Aber mit dem Gehirn ist es ähnlich wie mit anderen Körperteilen. Wenn man es trainiert, wird es leistungsfähiger! Hören Sie nicht auf, sich mit Ihrem Mann zu beschäftigen! Sprechen Sie mit ihm!« Er blickte Schwester Ruth an. »Ich glaube, wir lassen Mrs. Watson lieber allein! Ich bin in meinem Büro, wenn Sie mich brauchen!«

Dr. Morgan und Schwester Ruth verließen das Krankenzimmer. Clarissa war mit ihrem Mann allein, streichelte seine Wangen und tupfte ihm den Schweiß von der Stirn, als hätte es den Angriff auf Pearl Harbor niemals gegeben. Erst das erneute Heulen der Sirene ließ sie an die furchtbare Meldung denken. Sie schloss die Fensterläden und schaltete die Deckenbeleuchtung aus. Die kleine Lampe auf seinem Nachttisch musste genügen.

»Hab keine Angst!«, sagte sie zu ihrem Mann. »So kannst du besser schlafen!« Sie hatte keine Ahnung, wie die Nachricht vom japanischen Angriff auf ihn wirken würde, und beschloss, ihm die Meldung zu verheimlichen. »Stell dir vor, wir haben Willies Firma geerbt, der junge Mike Sheldon und ich! Wir haben nur noch die *Fairchild,* aber Mike will mich so lange fliegen lassen, bis ich meine Stunden zusammen habe! Sobald ich den kommerziellen Schein habe, werde ich etwas Geld verdienen! Ich hab einen Scheck von der Versicherung bekommen, doch der reicht gerade, um Willies Schulden zu bezahlen. Seine Ex-Frau bekommt einen Haufen Geld! Mike musste sein Sparkonto plündern! Aber lange kann es nicht dauern, dann sind wir im Plus!«

Die Flamme in seinen Augen war erloschen, und es fiel ihr schwer, von einer besseren Zukunft zu reden. Noch war er nicht über den Berg. Vielleicht würde er niemals wieder sprechen und sich bewegen können, und der Anflug eines Lächelns und eine flüchtige Bewegung seiner Lippen wären die einzigen Anzeichen dafür, dass er noch lebte. Sie wagte gar nicht daran zu denken. Und was geschah, wenn der Krieg nach Alaska kam, und sie alle Betten für die Verwundeten brauchten? Wer würde sich dann um ihn kümmern? Wie sollte sie ihn pflegen und gleichzeitig Geld verdienen? Sie verdrängte die bedrückenden Gedanken und setzte sich auf einen Stuhl. Sie wollte so lange bleiben, bis ihr die Augen zufielen. Für ein Lächeln nahm sie einiges in Kauf.

Einige Minuten vor dem Schichtwechsel verabschiedete sie sich von Frank. Sie begegnete Schwester Ruth im Flur und bemerkte die Sorgenfalten in ihrem Gesicht. »Furchtbar, nicht wahr? Wer weiß, wie viele Menschen in Hawaii gestorben sind!«

Aber die Schwester hatte nicht an den bevorstehenden Krieg gedacht. »Meiner Mutter geht es wieder schlechter! Sie hat sich furchtbar aufgeregt, als die Meldung über Pearl Harbor durchkam, und glaubt wohl, dass die Japaner auch Alaska angreifen!«

»Ich hoffe, unsere Armee beendet diesen Krieg, noch bevor er richtig begonnen hat«, erwiderte Clarissa ernst. »Schlimm genug, dass wir sie nicht daran hindern konnten, Pearl Harbor anzugreifen!« Sie erreichten die Eingangshalle. »Haben Sie Anweisungen von der Regierung bekommen? Besteht die Möglichkeit, dass die Armee das Krankenhaus übernimmt? Morgen wird es hier bestimmt von Soldaten wimmeln! Ich habe große Angst, Ruth!«

»Um Ihren Mann? Nein, ich hab nichts gehört. Solange die Japaner nicht in Alaska landen, passiert nichts! Und was ist mit Ihnen? Sollen sich die Piloten nicht bei der Armee melden?«

Das hatte sie beinahe vergessen. Sie rannte nach draußen, sprang auf den Schlitten und trieb das Hundegespann nach Ladd Field hinaus. Der Militärposten bestand aus einer Ansammlung von Baracken und beherbergte etwas über hundert Soldaten, die winterfeste Kleidung in der Arktis testen sollten. Doch davon war jetzt keine Rede mehr. Die Armee war wenige Minuten nach der Meldung aus Pearl Harbor in höchste Alarmbereitschaft versetzt worden, und bereits in wenigen Stunden sollten weitere Kampftruppen vom Festland eingeflogen werden. Es war bereits die Rede davon, einen weiteren Stützpunkt auf den Aleuten einzurichten und eine winterfeste Straße zum Eismeer zu bauen. Nach der Meinung des Militärs bestand kein Zweifel daran, dass die USA am Montag in den Krieg eintreten würden.

Ladd Field war von einem Stacheldrahtzaun umgeben und wurde streng bewacht. Clarissa parkte ihren Schlitten und hatte ein ungutes Gefühl, als sie sich den beiden Wachtposten am Kontrollpunkt näherte. »Clarissa!«, hörte sie eine vertraute Stimme hinter sich rufen. »Komm zurück! Es ist alles schon erledigt!«

Clarissa drehte sich um und sah Mike über die Straße kommen. Der Junge trug den Mantel, den er bei der Beerdigung getragen hatte, und war sorgfältig rasiert. »Ich war in der Kommandantur und habe alles geregelt. Wir dürfen die *Fairchild* behalten!«

Sie starrte ihn ungläubig an. »Wir dürfen sie behalten? Was soll das heißen? Wollten sie die Maschine beschlagnahmen?«

»Alle Fluggeräte gehen in den Besitz des Territoriums über, um die Sicherheit des Landes zu gewährleisten«, zitierte er die Worte des Captains, »und alle Piloten werden gebeten, sich in den Dienst des Vaterlandes zu stellen und sich freiwillig zu melden!«

Sie brauchte eine Weile, um seine Worte zu verstehen.

Ihr Gesicht nahm einen ungläubigen Ausdruck an. »Du hast dich freiwillig gemeldet? Du willst in den Krieg gegen die Japaner ziehen? Weißt du, was das bedeutet? Dazu bist du viel zu jung!«

Er lachte. »Du redest beinahe wie meine Mutter! Ich bin fünfundzwanzig und kein Kind mehr! Die meisten Männer, die sich verpflichtet haben, sind viel jünger als ich! Einen haben sie nach Hause geschickt, weil er noch keine achtzehn war! Er schrie Zeter und Mordio! Er wollte unbedingt gegen die Japaner kämpfen!«

»Aber der Krieg hat noch gar nicht begonnen!«

»Er ist im vollen Gange, sagt der Captain! Wenn wir uns nicht wehren, greifen die Japse morgen Alaska und Kalifornien an! Es ist nur noch eine Frage der Zeit, bis Präsident Roosevelt den Krieg erklärt! Hast du gehört, was er im Radio gesagt hat? Dieser 7. Dezember sei ein ›Tag der Schande‹! Und die Nation sei gefordert! Ich will dabei sein, wenn wir die Japaner bestrafen!«

»Soll ich die Firma allein führen?«, fragte Clarissa, die erst jetzt merkte, welche Unordnung dieser Krieg in das Leben aller Amerikaner brachte. »Ich brauche noch mindestens einen Monat, bis ich meine Stunden zusammen habe! Vielleicht sogar zwei! Und solange ich den kommerziellen Schein nicht habe, verdienen wir keinen Penny! Willst du, dass wir bankrott gehen? Was nützt es mir, wenn ich die *Fairchild* behalten und weder Passagiere noch Fracht befördern darf!« Sie war besorgt. »Was ist mit Noel Tuska und Richard Harmon? Haben die sich auch freiwillig gemeldet?«

»Noel, Richard, alle Männer, die ich kenne! Sid Baxter war gleich, nachdem die Meldung im Radio kam, auf dem Stützpunkt! Er wäre am liebsten allein gegen die Japaner geflogen!« Mike zeigte ein flüchtiges Lächeln. »Ich kann den Angeber nicht leiden, aber ich bin sicher, er hätte es getan! Er ist ein mutiger Mann!«

Clarissa resignierte. Es ging ihr nicht nur um den Jungen. Sie sorgte sich um alle Männer, die in den Kampf gegen die Japaner zogen. War es nicht in allen Kriegen so gewesen? Die Männer zogen mit großem Hallo in die Schlacht und kehrten als verwundete Krüppel nach Hause zurück. Wenn sie das Glück hatten, die Grausamkeiten des Krieges zu überleben! So war es vor dreißig Jahren im Weltkrieg gewesen, und so würde es noch in den nächsten Jahrhunderten sein. Aber es war wohl nicht zu ändern. Amerika durfte den heimtückischen Angriff der Japaner nicht ungesühnt lassen, und sie hätte sich wahrscheinlich selber gemeldet, wenn ihr Mann nicht krank gewesen wäre Viele junge Frauen gingen als Krankenschwestern zur Armee oder arbeiteten in der Rüstungsindustrie, um ihre Männer zu unterstützen.

Mike lächelte immer noch. »Wir gehen nicht bankrott, Clarissa! Ich hab eine Sondergenehmigung für dich rausgeschlagen! Du darfst den kommerziellen Schein schon nach hundert Stunden machen! Ist das nicht irre?« Schon wieder dieses Wort, das sie so albern fand. »Wir müssen unsere tapferen Frauen an der Home Front unterstützen, hat der Captain gesagt. Er hat an die CAA in Anchorage telegrafiert, du brauchst dort nur anzurufen!«

»Und ich werde schon mit hundert Stunden zur Prüfung zugelassen?«, meinte sie ungläubig. »In ein oder zwei Wochen?»

»Im Krieg ist vieles möglich«, wiederholte Mike die Erklärung des Captains. »Du fliegst nach Anchorage und machst die Prüfung, und dann kann es losgehen! Wahrscheinlich hast du ein Vermögen zusammen, wenn ich aus dem Krieg zurückkehre!«

Sie konnte sich nicht freuen. »Ich werde die Hälfte des Vermögens auf dein Konto überweisen. Vielleicht überschreibe ich dir die ganze Firma, wenn du wieder hier bist.« Sie wollte ihm sagen, dass sie eine eigene Maschine anzahlen würde, wenn sie genug Geld gespart hatte, um gemeinsam mit ihrem Mann zu fliegen, sobald er gesund war, brachte es aber nicht übers Herz. Die Wahrheit hätte ihm alle Hoffnung genommen, und was war ein Mann, der in einen solchen Krieg zog, ohne Hoffnung wert?

»Du wartest doch auf mich?«, fragte er nervös.

Clarissa zögerte nur einen winzigen Augenblick. Sie zwang sich zu einem Lächeln und sagte: »Ja, Mike. Ich warte auf dich.«

22

Clarissa hörte die Kriegserklärung im Radio. Präsident Roosevelt sprach von der großen Schande, die gesühnt werden müsse, und forderte alle Amerikaner auf, in dieser schwierigen Zeit zusammenzustehen. »Gott ist mein Zeuge!«, sagte er feierlich. »Wir werden diesen Tag der Schande nicht ungesühnt lassen!« Er beschwor alle kampffähigen Männer, sich freiwillig zu melden und in den gerechten Krieg gegen die Unmenschen ziehen, die viele hundert unschuldige Amerikaner in einen grausamen Tod geschickt hatten. Später stellte sich heraus, dass über zweitausend Menschen in Pearl Harbor gestorben waren. Aber eine solche Zahl wäre der Kampfmoral nicht zuträglich gewesen. »Unsere Nation steht auf dem Prüfstand! Wollen wir zulassen, dass die Unmenschlichkeit einiger weniger Nationen die Welt in ein tragisches Unglück stürzt? Oder wollen wir unser Leben für eine bessere und gerechte Welt einsetzen? Ich sage, wir müssen kämpfen! Gott schütze unsere Soldaten! Gott schütze Amerika!«

»In drei oder vier Tagen geht es los!«, sagte Mike, als sie die *Fairchild* in den Hangar schoben. »Die meisten Männer, die sich gemeldet haben, bleiben in Alaska. ›Wir brauchen Soldaten, die sich in dieser verdammten Wildnis auskennen.‹« Er ahmte die Stimme des Captains nach. »Ich hab ihm gesagt, dass ich den Japanern in die Augen sehen will, und er meint, das kannst du haben, mein Junge! Er hat mir versprochen, mich an die vorderste Front zu schicken, irgendwo im Südpazifik. Mutige Männer wie du werden die Japse schlagen, hat der Captain gesagt. Ist das nicht wunderbar? Leider darf ich nicht fliegen.«

Seine Miene verdunkelte sich für einen Augenblick. »Aber ich darf als Mechaniker arbeiten! Wir werden diesen Krieg gewinnen, Clarissa!«

Die offensichtliche Begeisterung des Jungen erschreckte sie. Sie war nicht wie die anderen Frauen, die das Sternenbanner aus dem Fenster hingen und bei jeder Gelegenheit »God bless America!« riefen. Sie liebte ihr Land und wusste, dass es keine andere Möglichkeit gab, den Überfall von Pearl Harbor zu sühnen, als Japan den Krieg zu erklären, aber bei allem Patriotismus musste sie immer an die Opfer denken, die dieser Krieg fordern würde. Junge Männer, voller Idealismus und Zuversicht, kämpften in Ländern, von denen sie noch nie gehört hatten, für ihr Vaterland, und viele von ihnen würden niemals zurückkehren oder für den Rest ihres Lebens gezeichnet sein. Unwillkürlich dachte sie an ihren Mann, der hilflos in seinem Bett lag und einem ungewissen Schicksal entgegensah.

Frank ließ nicht erkennen, ob er etwas von dem Kriegstrubel mitbekam. Dem kurzzeitigen Hoch war ein neues Tief gefolgt, und er schien erneut das Bewusstsein verloren zu haben und starrte mit leeren Augen zur Decke empor. Einen Tag nach der Kriegserklärung konnte sie sich nicht vorstellen, ihn noch einmal lächeln zu sehen. Sie gab nicht auf, erzählte ihm von den Hunden, dass Dusty etwas verstimmt war, weil sie sich in letzter Zeit weniger um ihn kümmerte, und Pete endlich etwas Gewicht verloren hatte. Snowball war der selbe Hitzkopf wie vor zwei Jahren, als sie ihn von einem Züchter aus Bethel gekauft hatte, und der junge Grumpy würde immer ein unbeholfener Tollpatsch bleiben. »Es wird Zeit, dass ich mich mehr um die Hunde kümmere!«

Schwester Ruth stand im Eingang zum Schwesternzimmer, als sie durch den notdürftig erleuchteten Flur ging. Sie wirkte ernster und gefestigter als sonst. »Ich wollte mich von Ihnen verabschieden«, sagte sie, »ich habe mich freiwillig gemeldet und fliege morgen nach Anchorage. Keine Ahnung, wo sie mich hinschicken! Ich wünsche Ihrem Mann und Ihnen alles Gute! Tut mir Leid, ich war manchmal etwas ruppig. Mir ging's in letzter Zeit nicht besonders. Der neue Job wird mir helfen, Abstand zu gewinnen.«

»Längst vergessen«, erwiderte Clarissa. Sie schüttelte der Schwester die Hand und wünschte ihr viel Glück. »Ich hoffe, Sie müssen nicht zu viel Leid sehen! Helfen Sie unseren Soldaten!«

»Ich tue, was ich kann«, versprach sie.

Dr. Morgan würde bleiben und sich auch weiterhin um ihren kranken Mann kümmern. Aber auch er konnte ihr nicht versichern, dass Frank sein Zimmer während der nächsten Wochen behalten würde. Falls die Japaner die Aleuten angriffen, würde man jedes Bett für die Verwundeten brauchen. Sie hoffte, dass die Armee aus dem Überraschungsangriff auf Pearl Harbor gelernt hatte und es nicht dazu kommen lassen würde. Seit Sonntag befanden sich alle Einheiten im Alarmzustand, und es durfte eigentlich nichts mehr passieren. Beim ersten Anzeichen einer Gefahr würden die Abfangjäger des Army Air Corps aufsteigen.

Den Rest des Nachmittags verbrachte sie auf ihrem Schlitten und sah auf dem Rückweg bei Belinda vorbei. Die Bedienung wirkte niedergeschlagen und lächelte kaum. Sie bestellte ein Sandwich und eine Coca-Cola und ließ sich auf einem der Hocker nieder. Außer ihr war niemand im Lokal. »Der Krieg wird nicht lange dauern!«, tröstete sie die Bedienung. »Hast du nicht gehört?

Unsere großen Flugzeugträger waren gar nicht im Hafen, als die Japaner angriffen! Du wirst sehen, Bill ist bald zurück!«

Belinda zapfte die Cola und stellte sie auf den Tresen. Ihr Gesicht war verweint. »Ich weiß nicht«, meinte sie heiser, »er sagt, dass die Japaner den ganzen Pazifik beherrschen wollen, und dass es ein hartes Stück Arbeit wird, sie zu vertreiben.« Sie beschmierte die beiden Weißbrothälften mit Tunfischsalat und legte zwei Tomatenscheiben darauf. In ihren Augen schimmerten Tränen, als sie aufblickte. »Ich habe Angst, Clarissa! Um Bill, um alle Männer, die jetzt in den Krieg ziehen! In der Zeitung steht, dass Deutschland und Italien uns den Krieg erklären wollen, dann gibt es einen Weltkrieg! Wo soll das hinführen, Clarissa?«

»Ich weiß es auch nicht«, erwiderte sie. Ihre Gedanken waren bei Mike, der es gar nicht erwarten konnte, in den Krieg zu ziehen, und nicht daran zu denken schien, dass es in einem solchen Krieg auch Tote und Verwundete gab. »Der Präsident weiß, was er tut! Wir haben die stärkste Armee der Welt, steht im *News-Miner!* Du wirst sehen, wir werden die Japaner besiegen!«

»Ich bete jeden Abend«, sagte Belinda leise. Sie reichte Clarissa das Sandwich und stützte sich auf den Tresen. »Ich bete zu Gott, dass dieser Krieg schnell vorbei ist und Bill zurückkommt!«

Clarissa verzehrte stumm ihr Sandwich und verabschiedete sich von Belinda. Bis das Flugverbot für zivile Maschinen aufgehoben wurde, verbrachte sie viel Zeit mit den Hunden, holte nach, was sie während der vergangenen Tage versäumt hatte. Sie trainierte weiter mit den Huskys, obwohl ihr schon jetzt klar war, dass der Ice Carnival und das Dog Derby abgesagt würden, solange Amerika sich im Krieg befand. Im Busch begegnete sie keinem Menschen. Der Krieg hatte selbst die eifrigsten Wolfsjäger aus der Wildnis vertrieben, und niemand sprach mehr von der Bedrohung durch das hungrige Rudel. Im *News-Miner* stand lediglich eine kurze Notiz, die besagte, dass die Polizei regelmäßig patrouillierte und die Stadtgrenzen bewachte. Aber während der letzten beiden Tage war nicht einmal ein Heulen zu hören gewesen. Die Wölfe schienen vor dem Trubel geflohen zu sein.

Der Freitag war ein trüber Tag. Schon am frühen Morgen verdeckten dichte Wolken die Sterne, und leichter Schnee rieselte auf das Land herab. Clarissa wachte zeitig auf und hatte bereits gefrühstückt, als die Hunde bellten und es laut gegen die Tür klopfte. Sie bekam selten Besuch und blickte überrascht von ihrer Hausarbeit auf. Sie trug ein einfaches Hauskleid und war nicht geschminkt. Hastig rückte sie ihre Haare zurecht. »Mike!«, rief sie erstaunt, als sie den jungen vor dem Haus stehen sah.

»Ich komme ungelegen, was?« Mike betrachtete den Scheuerlappen in ihrer Hand. »Ich wollte mich verabschieden. Wir fliegen in zwei Stunden nach Anchorage, und dann geht's weiter über den Pazifik. Das nehme ich jedenfalls an. Die Offiziere machen ein großes Geheimnis aus unserem Auftrag.« Er überspielte seine Verlegenheit mit einem Lächeln. »Darf ich reinkommen?«

Sie starrte ihn noch immer an. »Natürlich, Mike! Komm rein! Möchtest du einen Kaffee? Oder ein Glas Milch?« Er schüttelte den Kopf. »Entschuldige die Unordnung, aber ich bin die meiste Zeit mit dem Schlitten unterwegs oder in der Luft, da komme ich kaum noch zur Hausarbeit. Wann geht's los? In zwei Stunden?«

»Wir fliegen mit einer DC-3 nach Anchorage«, bestätigte er. »Ich bin noch nie mit einer großen Maschine geflogen.« Sie bot ihm einen Stuhl an, aber er blieb stehen. »Der Captain meinte, dass wir uns von unseren Liebsten verabschieden sollen, und da dachte ich … nun ja, wir sind uns doch sehr nahe gekommen …«

Sie unterbrach ihn nicht, hätte es niemals übers Herz gebracht, ihn vor einer so gefährlichen Reise aller Hoffnungen zu berauben. Wenn er den Krieg gegen die Japaner überleben wollte, brauchte er einen Halt, den nur sie ihm geben konnte. Ihre Zuneigung war nicht so selbstverständlich wie die Liebe seiner Mutter, würde ihm die Kraft und die Ausdauer geben, die Grausamkeiten des Krieges zu überstehen. Er liebte sie, das war kein Geheimnis, und er würde jeglichen Mut verlieren und vielleicht sogar verzweifeln, wenn sie ihm jetzt die Wahrheit sagte.

»Ich liebe dich, Clarissa«, sagte er. »Ich weiß, ich dürfte das eigentlich nicht sagen, aber ich kann nicht anders! Ich liebe dich! Ich liebe dich wirklich!« Er blickte sie voller Zärtlichkeit an. »Und ich möchte dich noch einmal küssen, bevor ich gehen muss!«

Er ging langsam auf sie zu und nahm sie zärtlich in die Arme. Sie wehrte sich nicht. Wenn sie ihn jetzt zurückstieß, würde er verzweifeln und in der ersten Schlacht den Tod suchen. Sie schloss ihre Augen und spürte, wie seine Lippen ihren Mund berührten. Er küsste sie liebevoll, wie ein Bräutigam vor dem Altar, und erst als er ihre Zunge spürte, wurde sein Kuss leidenschaftlich und fordernd. Sie löste sich von ihm und rang nach Atem.

»Leb wohl, Clarissa«, sagte er nach einer Weile. »Ich werde immer an dich denken, wenn ich in der Ferne bin!«

Er blickte sie verträumt an. »Ich werde dir schreiben! Ich schicke die Briefe an meine Mutter, dann sieht niemand, dass du Post von mir bekommst. Sie weiß Bescheid. Sie ruft dich an, wenn sie einen Brief für dich hat.« Er zögerte. »Du magst mich auch, nicht wahr?«

»Ich mag dich sogar sehr«, erwiderte sie. Später wusste sie nicht, ob sie in diesem Augenblick gelogen oder die Wahrheit gesagt hatte. Sein Kuss lag wie ein warmer Hauch auf ihren Lippen, und der Gedanke an seine leidenschaftliche Berührung ließ ihr noch Tage später das Blut ins Gesicht steigen. In seinen dunklen Augen brannte ein Feuer, das sie tief in ihrer Seele berührte. Der Junge hatte Macht über sie, daran gab es keinen Zweifel, und obwohl sie seine Liebe nicht erwiderte, würde sie niemals kühl und unbeteiligt in seiner Nähe sein. »Leb wohl, Mike!«, sagte sie. »Du musst jetzt gehen! Ich werde für dich beten!«

»Leb wohl! Ich liebe dich!« Er ging nach draußen und rannte zur Stadt zurück. Das nervöse Gebell der Huskys folgte ihm über die Brücke. Er stolperte und fiel, stand wieder auf und rannte weiter.

Clarissa ließ sich in einen Sessel fallen und betrachtete das Scheuertuch in ihrer Hand. Sie hatte es selbst während seiner Umarmung nicht weggelegt. Ein verstörtes Lächeln huschte über ihr Gesicht. Dann wurde sie ernst und begann zu weinen. Minutenlang strömten die Tränen, bis sie sich endlich beruhigen konnte. Mit dem Ärmel trocknete sie ihr Gesicht. Sie hatte richtig gehandelt. Sie hatte seinen Kuss erwidert, und der liebe Gott würde ihr verzeihen, dass sie etwas dabei empfunden hatte. Mit einem Traum auf den Lippen würde er stark genug für den Krieg sein. Und dennoch kam sie sich schäbig vor. Seine Liebe war so stark und aufrichtig und verdiente es nicht, dass man ihn belog. Er war ein guter Junge.

Sie wollte nicht daran denken, was geschah, wenn er aus dem Krieg zurückkehrte, und betäubte sich, indem sie in die Kälte hinausging. Dicke Schneeflocken wirbelten ihr ins Gesicht. Kein Wetter, um mit einer kleinen Maschine in die Luft zu gehen, und doch beschloss sie, zum Flughafen zu fahren und die *Fairchild* zu warten. Sie musste sich früh genug daran gewöhnen, auch die Arbeit eines Mechanikers zu übernehmen. Willie und Mike hatten ihr beigebracht, wie man eine Ölleitung reparierte und die Aufhängung für die Skier austauschte. Sie kehrte ins Haus zurück und holte ihren Anorak, vertauschte das Hauskleid mit winterfesten Hosen und stieg in die Stiefel mit dem Eisbärenfell. Auf dem Weg nach Weeks Field fiel ihr die unheimliche Stille über Fairbanks auf. Es brannten kaum Lichter, und die Häuser waren in tiefes Schweigen gehüllt. Die Stadt hielt den Atem an, verschmolz mit der Wildnis und wartete ängstlich darauf, dass der Krieg begann. Zwei Polizisten mit Gewehren begegneten ihr und grüßten verhalten. Selbst die Huskys schienen zu merken, dass sich etwas verändert hatte, und rannten schweigend durch den Schnee. »Lauf, Dusty, lauf!«, rief sie. Wir lassen uns von diesen verdammten Japanern nicht die Laune verderben, oder?«

Vor dem Hangar begegnete sie Harry Cheek. Der Airport Manager schien geahnt zu haben, dass sie kam, und freute sich, ein bekanntes Gesicht zu sehen. »Hi, Clarissa! Hab mir schon gedacht, dass du das bist! Männer lassen sich hier kaum noch blicken! Wenn ich noch zwei Augen hätte, wäre ich auch dabei!«

Sie merkte, dass er sich minderwertig fühlte, weil er nicht am Krieg teilnehmen konnte, und schüttelte den Kopf. »Ach, was! Wir brauchen dich in Fairbanks, Harry! Ich hab keine Lust, eine andere Stimme zu hören, wenn ich in Weeks Field lande.« Sie lief um ihre Maschine herum und blieb neben dem Propeller stehen. »Hast du gehört? Ich darf die kommerzielle Prüfung schon nach hundert Stunden machen! Hat das Army Air Corps angeordnet!«

»Im Krieg und in der Liebe ist alles erlaubt«, meinte er verschmitzt. »Ich hab immer gesagt, dass du was Besonderes bist!«

Sie errötete und wechselte schnell das Thema. »Hast du Noel und Richard gesehen? Weiß man schon, wo sie hinkommen?«

»Noel war gestern Abend auf einen Kaffee hier. Er hat keine Ahnung, wo sie ihn hinschicken. Er bleibt in Alaska, so viel ist sicher. Wär auch ziemlich hirnrissig vom Air Corps, ihn in die Südsee zu schicken! So gut wie er kennt kaum einer die Wildnis, und wer weiß schon, auf welche gottverlassene Gegend es die Japse als Nächstes abgesehen haben! Weißt du, dass sie eine Straße durch den Yukon bauen wollen? Von Fairbanks bis runter nach Kanada! Hat mir einer der Soldaten erzählt. Eine Militärstraße quer durch den Busch! In zwei Jahren soll sie fertig sein!«

»Verrückte Idee!«, meinte Clarissa nachdenklich. »Ich glaube, wir müssen uns an einiges gewöhnen. Wenn sie schlau sind, stampfen sie ein paar Landebahnen aus dem Busch, sonst können sie mit ihren großen Maschinen nirgendwo landen. Ich hab gehört, dass sie einen Stützpunkt auf den Aleuten errichten wollen. Meinst du, die Japaner haben es auf Alaska abgesehen?«

»Den Verbrechern traue ich alles zu!«, schimpfte Harry Cheek. »Wenn sie den Nordpazifik kontrollieren wollen, müssen sie Alaska kassieren. Ich glaube eher, sie bleiben im Süden. Da gibt es mehr zu holen.« Er grinste mit seinem gesunden Auge. »Außerdem hab ich keine Lust, unter einem Kaiser zu dienen. Noel sagt, dass die Japse rohen Fisch essen! Wie die Eskimos!«

Sie lachten beide und gingen langsam zur offenen Tür. Am Horizont tauchte das erste Zwielicht auf und schimmerte wie ein leuchtender Schleier auf dem frischen Schnee. Von Ladd Field drang das Brummen einer schweren DC-3 herüber. Harry Cheek und Clarissa erkannten das Flugzeug am Motor. Sie traten ins Freie und sahen, wie die Maschine sich in den Himmel erhob und wie ein dunkler Schatten im Zwielicht verschwand. Der Motorenlärm wurde leiser und verstummte nach einer Weile ganz.

»Da sitzt der Junge drin, nicht wahr?«, fragte Harry Cheek.

Clarissa nickte abwesend. Ihr Blick war immer noch in die Ferne gerichtet, suchte nach der DC-3, die längst aus ihrem Blickfeld verschwunden war und Kurs auf Anchorage nahm. Für einige der Männer, die in dem Flugzeug saßen, würde es eine Reise ohne Wiederkehr sein. Als sie daran dachte, stiegen Tränen in ihre Augen. Sie hielt ihr Gesicht in den Wind und schluckte.

»Er war vorhin bei mir«, sagte der Airport Manager. »Mike Sheldon, meine ich. Ein guter Junge! Ein Jammer, dass er in diesem Krieg verheizt wird! Ich hoffe, dass er durchkommt!« Jetzt blickte auch Harry Cheek zum leeren Himmel empor. »Er ist schwer in dich verliebt, aber das weißt du sicher längst! Er hat die ganze Zeit nur von dir erzählt! Ich glaub, der würde dich sofort heiraten!«

»Mike Sheldon?« Ihr Lachen klang etwas gequält. »Ich hab schon mit einem Mann genug, Harry!« Sie schloss die Tür zum Hangar und schnaufte. »Jetzt könnte ich einen Kaffee vertragen!«

Sie betraten das Blockhaus des Airport Managers, und er stellte einen Becher mit dampfendem Kaffee auf den Tisch. Er rührte etwas Zucker hinein. »Ich hab leider keine Milch mehr«, sagte er.

»Macht nichts«, erwiderte sie. Der heiße Kaffee weckte ihre Lebensgeister und vertrieb die Gedanken, die sie schon den ganzen Morgen quälten. »Du kochst den besten Kaffee der Welt, Harry! Du solltest im Drugstore anfangen oder im Palace Hotel!«

Er lachte. »Hab ich dir schon mal erzählt, wie ich mein Auge verloren habe, Clarissa?« Sie verneinte, obwohl sie die Geschichte schon viele Male gehört hatte, und hörte sich an, wie er nördlich vom Yukon auf einer Lichtung notgelandet war und tagelang durch die Wildnis gelaufen war, weil es damals noch keine Funkgeräte gab, und niemand wusste, wo er sich aufhielt.

»Ich hab den Fluss gesucht und robbte durch den verdammten Schnee, und dann weiß ich nur noch, dass mich etwas Hartes am Kopf erwischt hat. Ich wette zehn zu eins, dass es ein Elch gewesen ist! Der Bursche hat mir einen Huftritt verpasst! Ich kann von Glück sagen, dass diese Indianer daherkamen und mich ins nächste Dorf brachten! Sonst läge ich heute noch dort!«

Clarissa hörte sich zwei weitere Geschichten an und trank ihren Kaffee aus. Dann verabschiedete sie sich. Als sie ins Freie trat, hörte sie das unheilvolle Heulen einiger Wölfe.

23

Zwei Wochen waren nach dem Kriegseintritt der USA vergangen. Clarissa stand vor ihrer *Fairchild* und blickte nachdenklich zu einer schweren Transportmaschine empor, die von Ladd Field aufgestiegen war und langsam zwischen den glühenden Wolken verschwand. Der Krieg hatte Alaska verändert. Überall im Territorium wurden Militärlager und Flugplätze aus dem Boden gestampft. Der Himmel war voller Abfangjäger und Transportmaschinen, und die Radarstationen waren rund um die Uhr besetzt. Der private Luftverkehr war unter der Beschränkung freigegeben worden, dass der gesamte Funkverkehr in einem vorgeschriebenen Code vermittelt wurde Aus Fairbanks war eine Garnisonsstadt voller Soldaten, Lastwagen und Jeeps geworden. Auf dem Weg nach Weeks Field war Clarissa einem Konvoi begegnet, der mitten auf der Hauptstraße stehen geblieben war, weil bei einigen Fahrzeugen der Motor versagt hatte. Einige der neuen Soldaten kamen aus Kalifornien und wussten nicht, wie man ein Fahrzeug in dieser Kälte wartete. Die Männer verfluchten ihren neuen Stützpunkt, noch bevor sie ihn gesehen hatten.

»Und du willst wirklich wieder fliegen?«, fragte Harry Cheek. Er hatte geholfen, die Maschine aus dem Hangar zu ziehen, und füllte aufgeheiztes Öl in den Motor. »Da oben ist 'ne Menge los!«

Clarissa blickte der Transportmaschine nach und wartete, bis die Wolken sie endgültig verschluckt hatten. »Seit gestern dürfen wir wieder starten! Ich muss Stunden sammeln, sonst kann ich den Laden gleich zumachen. Nächste Woche will ich die Prüfung machen. Ich hab in Anchorage angerufen. Sie warten auf mich!«

»Fast alle Stationen melden schlechtes Wetter«, warnte der Airport Manager, »und in Beaver und Tanana soll es heftig schneien! Also, ich würde mir das nochmal überlegen! In einer Lockheed spürst du die Quellwolken kaum, aber in einer *Fairchild* …«

Clarissa ließ sich nicht beeindrucken. Harry Cheek hegte väterliche Gefühle für sie und behandelte sie manchmal wie ein kleines Mädchen. »Ich fliege nach Ruby«, beruhigte sie den ehemaligen Flieger, »dort kann man fast immer landen. Und wenn das Wetter dort oben besser ist, vielleicht weiter nach Allakaket.«

»Hast du genug Sprit dabei?«, fragte er besorgt.

Sie lächelte. »Zwei Kanister. Und meinen Schlafsack, die Kiste mit der Notration, Schneeschuhe, eine Säge und das 30.36 Gewehr mit so viel Munition, dass ich ein ganzes Jahr jagen kann!«

»Ich will nur nicht, dass es dir wie Frank ergeht«, meinte er ernst. »Im Nordosten braut sich ein Unwetter zusammen, und ich hab keine Lust, den ganzen Norden nach dir abzusuchen, wenn du irgendwo eine Bruchlandung baust!« Um sein gesundes Auge erschienen Lachfältchen. »Die Armee wird mir was husten, wenn ich sie vom Krieg gegen die Japaner abziehe, nur weil du in den Bergen ein Picknick veranstaltest und Grizzlybären jagst!«

»Die halten Winterschlaf«, erwiderte sie lachend. »Nein, ich passe schon auf mich auf! Ich mach einen weiten Bogen um das Unwetter und flieg nach Nordwesten. In Ruby gehe ich runter. Da kannst du auch im dicksten Schneesturm landen. Wenn das Wetter schlechter wird, oder wenn es zu schneien anfängt, übernachte ich im Roadhouse des Iren und fliege morgen zurück.«

»Red Kelly?« Er schloss die Motorhaube und wischte seine Handschuhe am Overall ab. »Ein wilder Bursche, nicht wahr? Ohne sein Rheuma wäre er immer noch in der Luft! Der flog schon nach Barrow, als es dort nur Eisbären und Robben gab!

Sag ihm einen schönen Gruß! Und rühr bloß nicht seinen Kartoffelschnaps an! Ein alter Eskimo soll daran gestorben sein!«

Clarissa verabschiedete sich von Harry Cheek und stieg ins Cockpit. »Pass auf die Japse auf!« rief der alte Mann ihr nach. Sie verstand seine Besorgnis. Wie alle Piloten, die gezwungen waren, auf dem Boden zu bleiben, beobachtete er den Himmel besonders genau. Er erkannte Gewitterwolken, die andere gar nicht sahen. Um Clarissa machte er sich besonders große Sorgen. Sie war »sein Mädchen«, die Tochter, die er nie gehabt hatte.

»Bis später, Harry!«, rief sie durch das Seitenfenster. Sie steuerte die Maschine auf das Flugfeld und wartete geduldig, bis der Airport Manager ins Blockhaus gelaufen war und die Starterlaubnis erhalten hatte. Er war verpflichtet, jeden Start einer zivilen Maschine mit einem Offizier des Army Air Corps abzusprechen.

Gewissenhaft überprüfte sie die Instrumente. Mike hatte die Ölleitung gewechselt und die Maschine einem gründlichen Check-up unterzogen, bevor er gegangen war. Während sie die *Fairchild* in den Wind stellte, warf sie einen Blick auf das neue Morsegerät, das die Armee seit Kriegsbeginn vorschrieb. Jeder Pilot hatte eine Buchstabenkombination erhalten, die er allen Meldungen voranstellen musste. Über dem Steuerknüppel hatte sie die Liste befestigt, auf der alle Codes verzeichnet waren. Nur in dringenden Notfällen durfte man sich über Sprechfunk melden.

Sie startete gegen den Wind und flog eine weite Linkskurve über die Stadt. Die Straßenlampen waren ausgeschaltet, und auch in den Privathäusern brannte kaum Licht. Obwohl selbst die Armee nicht damit rechnete, dass die Japaner sich auf das Festland wagten, hielten sich die Bürger an die Verdunkelung. Nur die Scheinwerfer einiger Militärfahrzeuge waren zu sehen.

Ihr Start verlief reibungslos. Inzwischen hatte sie genug Routine, um sich durch den heftigen Wind, der die *Fairchild* wie ein Wildpferd bocken ließ, und das Aufheulen des Motors über den Häusern am Stadtrand nicht aus der Ruhe bringen zu lassen. Sie flog mit dem Hintern, wie Willie Jones es ihr beigebracht hatte, war mit der Maschine verwachsen wie ein Reiter mit seinem Pferd. Es machte ihr Freude, sich wie ein Adler in die Lüfte zu erheben und die Kraft des brummenden Motors zu spüren.

Im Zwielicht, das in orangefarbenen Schwaden über den Highlands hing und die Maschine wie bunter Nebel einhüllte, floh sie vor den dunklen Wolken im Nordosten. Sie flog stetig nach Nordwesten und folgte dem Tanana River nach Manley Hot Springs, einem winzigen Dorf, das sie oft mit Frank besucht hatte. Die heißen Quellen, die zwischen den Felsen am Flussufer entsprangen, sollten eine heilende Wirkung haben und waren ein beliebtes Ausflugsziel für die Bürger von Fairbanks. Ob sie wohl jemals wieder ein gemeinsames, entspanntes Wochenende mit Frank genießen würde? In den letzten Tagen hatte sich keine Besserung gezeigt. Er war wieder in seinen Dämmerzustand verfallen und reagierte nicht, wenn sie mit ihm sprach. Sie wusste nicht, ob er etwas von der Aufregung spürte, die seit Kriegsbeginn auch im Krankenhaus herrschte. Einige Ärzte und Krankenschwestern hatten sich freiwillig gemeldet und waren zur Armee gegangen. Das verbliebene Personal musste doppelt so lange und hart arbeiten und war oft schlecht gelaunt.

Dr. Morgan blieb optimistisch. Er hatte sich verpflichtet, im Krankenhaus zu bleiben und sich weiter um den schwer kranken Piloten zu kümmern. Sein Kollege in Chicago war über sechzig und kam nicht für den Kriegsdienst in Frage. »Noch bevor der Krieg vorbei ist, steigt er wieder in ein Flugzeug!«, versprach Dr. Morgan in einem seltenen Anfall von Euphorie, aber Clarissa war in den langen Monaten, die sie ihren Mann schon im Krankenhaus besucht, vorsichtig geworden und würde erst an eine Genesung glauben, wenn Frank ihren Namen aussprach und sie in die Arme nahm. Ihre Augen füllten sich mit Tränen, als sie daran dachte. Wie lange musste sie noch warten?

Sie ging auf zweitausend Fuß und flog über die Hügel nach Nordwesten. Der Tanana River, der weit unter ihr eine scharfe Biegung machte, leuchtete im arktischen Zwielicht wie flüssiges Gold. Der Fichtenwald reichte bis dicht an beide Ufer heran und bildete eine undurchdringliche, schwarze Wand. In einem der zahlreichen namenlosen Täler, die sich tief in das hügelige Land gegraben hatten, mussten die Wölfe leben. Die Tiere hatten sich nicht mehr in der Stadt blicken lassen. Sie nahm an, dass sie die Witterung eines Elchs oder eines verirrten Karibus aufgenommen und sich in die Wälder zurückgezogen hatten. Die Polizisten waren von der Bewachung abgezogen worden, und selbst übereifrige Wolfsjäger wie der bullige Kerl, der Clarissa beschimpft hatte, interessierten sich nicht mehr für »Bestien«.

Der Krieg war wichtiger. Präsident Roosevelt betonte in jeder Ansprache und jedem Interview, wie wichtig es war, dass Amerika jetzt zusammenhielt. »Nur ein vereintes Amerika ist ein starkes Amerika!«, hatte er gesagt, und obwohl es eine Phrase war, die viele Politiker gebrauchten, hielt sich das Volk daran. Alle Anstrengungen mussten jetzt dem Kampf gegen die Japaner und die Deutschen und Italiener gelten, auch wenn manche Amerikaner gar nicht wussten, wo Deutschland und Italien lagen, und nicht anzunehmen war, dass sich ein europäisches Schiff oder Flugzeug in amerikanisches Hoheitsgebiet verirrte. Aber das hatte man von der japanischen Luftwaffe auch geglaubt. Der Krieg war kein fernes Ereignis mehr, über das man in der Zeitung las. Er war nach Amerika gekommen, und es musste mit aller Macht versucht werden, das Böse zu besiegen und den Frieden wiederzuerlangen. So dachte auch Clarissa, und obwohl sie nicht im aktiven Dienst stand, würde sie mit ihrer *Fairchild* dazu beitragen, die Soldaten in den fernen Stützpunkten zu versorgen. Die Armee hatte bereits angedeutet, ihr einige Aufträge zukommen zu lassen. »Wir bauen eine

Straße quer durch Alaska und den Yukon, und wir brauchen jede Maschine, um unsere Soldaten und die anderen Bauarbeiter an diesem Highway zu versorgen.«

Sie überflog Manley Hot Springs und sah den breiten Yukon River im Zwielicht glitzern. Die Luft war ruhig, und es zogen nur noch vereinzelte Wolken über den Himmel. Bei dem Gedanken, was Harry Cheek wohl dazu sagen würde, musste sie schmunzeln. Es war lange her, dass er selber geflogen war, und er war schon beinahe so ängstlich wie die Frau eines Buschpiloten, die noch nie in einer *Bellanca* oder *Fairchild* gesessen hatte und vor Angst zu zittern begann, wenn sie eine dunkle Wolke am Himmel sah. Noel Tuska hätte den Airport Manager ausgelacht: »Jetzt mach dir nicht in die Hosen, Harry! Das miese Wetter, das mich von einem Start abhält, muss der liebe Gott erst noch erfinden!«

Wo der verwegene Noel Tuska jetzt wohl sein mochte? Und Richard Harmon und dieser Stinkstiefel von Sid Baxter? Es hieß, dass Noel und Richard zu den Piloten gehörten, die irgendwo auf den Aleuten stationiert waren und einen möglichen Überfall der Japaner abfangen sollten. Ein zweites Pearl Harbor durfte es nicht geben! »Remember Pearl Harbor!« hatten viele Piloten auf ihre Maschine geschrieben. Sie würden sich mit wilder Entschlossenheit auf die japanischen Flugzeuge stürzen und keine Gnade kennen. In Fairbanks hatte es wilde Demonstrationen gegen die Japaner gegeben, viele Bürger waren aufgebracht und stießen wüste Beschimpfungen aus. In Kalifornien, so wurde berichtet, waren selbst Japaner, die in den Vereinigten Staaten geboren waren, in Internierungslager gebracht worden. Auch Clarissa hasste die Japaner für ihren heimtückischen Überfall. Aber bei aller Abneigung empfand sie auch Abscheu vor einem blinden Rachefeldzug gegen die japanische Armee. Wenn jeder Angriff mit einem neuen Angriff vergolten wurde, würde dieser Krieg niemals enden. Sie glaubte nicht, dass sie jemals ein feindliches Flugzeug abgeschossen hätte. Der Gedanke an die Frau und die Kinder des feindlichen Piloten hätte sie zögern lassen. Oder galt ihre Sorge nur der Rettung des eigenen Lebens?

Sie erreichte den Yukon River und folgte dem zugefrorenen Fluss nach Westen. Im Norden ragten die Gipfel der Kokrines Hills aus dem leuchtenden Dunst. Sie entdeckte einen Schatten zwischen den Bäumen, wahrscheinlich ein Elch, der unter dem Schnee nach Nahrung suchte. Im nächsten Augenblick war er verschwunden. Das Land lag starr und still unter dem düsteren Himmel, schien die eisige Kälte des arktischen Winters gleichmütig hinzunehmen. Die Winter waren lang in Alaska. Erst im Mai würde das Eis der Flüsse in diesen Breiten aufbrechen, und bereits im September würden die ersten Winterstürme über die Hügel toben. Und doch gab es vereinzelte Menschen in dieser Wildnis. Indianer und Fallensteller, die vor der Zivilisation geflohen waren und in entlegenen Hütten die Einsamkeit genossen.

Sie musste an die Hütte denken, in der sie nach dem Absturz mit ihrem ersten Mann überwintert hatte, und konnte bei dem Gedanken schon wieder lächeln. Die Kälte hatte ihr nichts ausgemacht, und in der Einsamkeit und in ihrem Schmerz war sie stark geworden. Aber ohne Nanuk hätte sie es nicht geschafft. Der geheimnisvolle Wolfshund war zu einem verlässlichen Freund geworden, hatte sie gegen wilde Tiere beschützt und ihr den Weg durch den Busch gewiesen. Ob er noch lebte? Oder war ihre vermeintliche Begegnung mit ihm lediglich ein Traum?

Eine Turbulenz drückte die *Fairchild* zur Seite, und sie glich mit einem Ruder aus. Sie legte beide Hände auf den Steuerknüppel, um die Maschine besser in den Griff zu bekommen. Das Zwielicht warf gespenstische Schatten ins Cockpit. Weit unter ihr zog die winzige Siedlung Kokrines vorbei, eine Baracke und ein paar Fischerhütten.

Jetzt waren es nur noch ein paar Meilen bis Ruby. Sie betätigte die Morsetaste und gab ihr neues Kennzeichen KHBWV an den Mann am Boden durch, einen jungen Indianer, der das Morsealphabet kaum beherrschte und sich mehrmals vertippte. Sie näherte sich der verschneiten Landebahn in einer steilen Kurve und landete sicher neben der Flughafenbaracke.

Wie alle Piloten, die während des arktischen Winters in der Wildnis landeten, zapfte auch Clarissa das Öl aus dem Motor und füllte es in einen Kanister, den sie im Roadhaus warm halten würde. Dann brauchte sie den Motor vor dem Start nicht mehr aufzuheizen. Sie vertäute die Maschine und bedeckte die Tragflächen, damit sie in der eisigen Kälte nicht vereisten. Die Hilfe des jungen Indianers lehnte sie freundlich, aber bestimmt ab. Wenn sie die kommerzielle Prüfung bestehen wollte, musste sie alle Handgriffe selbst ausführen können. Als Musherin hatte sie längst gelernt, die Arbeit eines Mannes zu verrichten. Und eine Frau, die in der Wildnis überleben wollte, musste stark sein. Umso erstaunlich war, dass ihre Weiblichkeit und ihre Schönheit darunter nicht gelitten hatten. Sie war keines dieser Mannweiber, das allein im Busch lebte und mit derben Flüchen um sich warf. »Wie ist das Wetter in Allakaket?«, fragte sie den jungen Indianer, als sie den Deckel auf den Kanister schraubte. »Ich will rauf zum Koyukuk River und ein paar Runden in den Bergen drehen!«

»Ein bisschen windig, aber trocken und etwas wärmer als hier«, antwortete er. »Ben Carlisle kommt gerade von dort. Kennen Sie den alten Ben? Ich glaube, er ist weit über die siebzig, aber die jungen Männer sind alle in den Krieg gezogen, da musste er nochmal ran!« Er zeigte seine weißen Zähne. »Er sitzt oben bei Red Kelly und lässt sich eine Elchkeule schmecken. Red brät die besten Elchkeulen der Welt, wussten Sie das? Ausgerechnet ein Ire! Und ich dachte, die trinken den ganzen Tag nur Whiskey!«

Clarissa bedankte sich und stapfte die hundert Schritte zum Roadhouse hinauf. Das Blockhaus stand auf einem Hügel und war von mächtigen Fichten umgeben. Ein Schwall von Hitzedunst und Zigarrettenrauch schwappte ihr entgegen, als sie die Tür öffnete und den großen Raum betrat. »Hallo, Red! Hallo,

Leute!«, grüßte sie die Männer am Tresen und an den Tischen. Außer dem irischen Wirt und Ben Carlisle waren noch drei andere Männer in der Schankstube, alles Piloten, die sie flüchtig kannte. Sie stellte den Ölkanister neben dem Yukon Ofen ab.

»He, da kommt unsere Lady!«, rief Red Kelly. Seine roten Locken leuchteten im flackernden Licht. Er sah wie ein typischer Ire aus, stämmig, blass und mit grünen Augen. Seine Stimme klang heiser vom vielen Trinken und Rauchen. »Ich hab frischen Kaffee aufgesetzt. Mit viel Milch und Zucker, nicht wahr? Hast du deine Stunden bald zusammen?«

Dankbar griff sie nach dem Kaffeebecker und nickte. »Nächste Woche hab ich Prüfung. Sie lassen mich den Schein schon nach hundert Stunden machen. Weil die meisten Männer in den Krieg müssen und sie dringend Piloten an der Home Front brauchen.«

»Wir wollten alle in den Krieg«, meldete sich einer der anderen Männer, »sogar Ben!« Er deutete auf Ben Carlisle, der in einer Ecke saß und eine riesige Elchkeule verspeiste. »Leider haben sie uns nicht genommen. Zu wenig Flugzeuge, sagt der Colonel. Jetzt sollen wir mit unseren eigenen Maschinen fliegen. Post für die Soldaten und anderen Kleinkram. Auf den Aleuten bauen sie einen Militärstützpunkt.« Er zögerte etwas. »Wie geht es Frank?«

»Er macht Fortschritte«, berichtete sie. »Neulich hat er die Augen bewegt, stellt euch vor!« Sie merkte, wie wenig diese Meldung die Piloten beeindruckte, und fügte schnell hinzu: »Laut Dr. Morgan war das ein großer Schritt! Bis der Krieg vorbei ist, sitzt er wieder in seiner *Fairchild,* sagt er.« Sie trank von dem kochend heißen Kaffee und verbrannte sich die Zunge. »Was meint ihr, wie lange der Krieg dauert?«, fragte sie etliche Minuten später.

»Wenn's nach dem Militär geht, nur ein paar Monate«, antwortete ein kräftiger Mann, der gerade einen großen Teller mit Eintopf geleert hatte. Er rülpste ungeniert. »›Wir stampfen die Japaner in den Boden!‹, hat der Colonel zu mir gesagt, und

Jack hat gehört, dass wir den Japsen haushoch überlegen sind, auch ohne die Kriegsschiffe, die wir in Pearl Harbor verloren haben!«

»Das stimmt«, sagte der Mann neben ihm, »wir haben noch die beiden Flugzeugträger, und die Flotte kriegen wir auch wieder hin!« Er zog an seiner Pfeife und blies den Rauch zum Himmel. »Hast du gehört, dass es wieder Tote gegeben haben soll?«

Clarissa erschrak. »Auf unserer Seite?«

Der Mann nickte. »Ein Mann aus Hawaii. Beim Waffenreinigen ging seine Kanone los, und er fiel tot vom Hocker! Ist das nicht komisch? Der Kerl überlebt Pearl Harbor und stirbt beim Waffenreinigen! Also, ich kann mir einen besseren Abgang vorstellen!«

Aus irgendeinem Grund war Clarissa erleichtert. Sie sank auf einen Hocker und wärmte ihre Hände an dem heißen Kaffeebecher. »Ich hoffe, unsere Jungs kommen bald zurück!«, sagte sie.

24

Clarissa hatte keinen Hunger. Sie beließ es bei dem Kaffee und verabschiedete sich schon nach einer halben Stunde. Ben Carlisle hatte ihr von dem klaren Wetter am Koyukuk River berichtet, und sie wollte das mittägliche Licht ausnützen und ein paar Runden über den Bergen drehen, bevor sie nach Fairbanks zurückkehrte. Wenn die Zeit es erlaubte, würde sie in Allakaket landen und im Trading Post ein Sandwich oder eine warme Suppe bestellen. Die Indianerin, die den Handelsposten führte, war eine lausige Köchin, aber die Chance, bei klarem Wetter über den schroffen Bergen am Koyukuk River zu üben, war ihr wichtiger. Dort waren die Winde oft unberechenbar, und man lernte in großer Höhe, rechtzeitig auf diese Luftströmungen zu reagieren. »Bis bald«, verabschiedete sie sich von den Männern.

»Und du willst wirklich kein Glas?«, versuchte Red Kelly, sie zurückzuhalten. »Mein Kartoffelschnaps ist weltberühmt! Wenn ich das Zeug in Flaschen abfüllen würde, wäre ich schon Millionär!«

»Und die halbe Menschheit wäre tot!«, lachte Ben Carlisle.

Clarissa ahnte, dass der Ire auf jeden Kunden angewiesen war, seitdem viele Piloten in den Krieg gezogen waren, und verzichtete darauf, sich über ihn lustig zu machen. »Vielen Dank, Red. Aber ich muss gehen. Sonst bestehe ich die Prüfung nicht!«

Sie nahm ihren Kanister und kehrte zu ihrer Maschine zurück. Ihre Schritte knirschten in dem harschen Schnee. Der Rauch im Roadhouse hatte ihr zugesetzt. Allein der Gedanke an den Kartoffelschnaps des Iren trieb ihr einen kalten Schauer über den Rücken. Sie mochte keinen Alkohol, beließ es bei

Wein oder Champagner, wenn sie zu einem Essen oder einer Feier eingeladen war. In der *Fairchild* lag eine Kanne mit heißem Tee. Sie füllte das heiße Öl in den Motor und klärte den jungen Indianer über ihre Pläne auf. Er fror erbärmlich und beeilte sich, wieder in seine Baracke zu kommen. Aus dem schmalen Schornstein stieg Rauch. Sie schüttelte den Kopf. Nachdem sie die Tragflächen abgedeckt und die Seile gelöst hatte, kletterte sie ins Cockpit. In einer nassen Wolke aus Schnee stieg sie in den Himmel. Das Zwielicht leuchtete über den Bergen und tauchte die Felsen und Baumspitzen in orangefarbenes Licht. Der Flug über die Kokrines Hills war nicht ungefährlich. Es gab keinen Fluss, dem man folgen konnte, und die Täler lagen oft in der Dunkelheit verborgen. Im Nebel oder bei Schnee oder Regen konnte ein unerfahrener Pilot leicht die Orientierung verlieren und an einer Felswand zerschellen. Selbst bei klarem Wetter wie jetzt war es nicht einfach, den richtigen Kurs zu finden. Gerade deshalb flog sie nach Allakaket. Wenn sie Passagiere und Fracht befördern wollte, musste sie sich in jedem Terrain zurechtfinden. Sonst würde man schnell auf ihre Dienste verzichten, und sie konnte die *Fairchild* verkaufen. Im Hohen Norden musste man sich der Gefahr stellen, in einem Buschflugzeug, auf einem Hundeschlitten oder auf einer Wanderung durch den Busch. Selbst als Bürger einer harmlosen Stadt wie Fairbanks lebte man gefährlicher als in San Diego oder San Francisco. Die Wildnis begann gleich hinter der Haustür, und barg tausend Gefahren. Die Natur war unerbittlich. Clarissa hatte sich mit dieser Bedrohung arrangiert und beherrschte die Überlebensregeln.

Sie wischte das beschlagene Seitenfenster sauber und blickte nach draußen. Keine Wolke stand am Himmel. Aber die Luft war böig, und sie musste das Steuerruder mit beiden Händen halten und höllisch aufpassen, um nicht zum Spielball des Windes zu werden. Ihr zufriedenes Spiegelbild bewies, dass sie alles richtig machte. Sie war bereit für die Prüfung. Noch ein paar Routineflüge, und sie hatte die hundert Stunden zusammen. Sorgen bereitete ihr nur die schriftliche Prüfung. Besonders die technischen Fragen machten ihr manchmal zu schaffen. Sie würde noch einmal das Übungsbuch studieren, bevor sie nach Anchorage flog und sich den strengen Prüfern stellte.

In der Ferne flog eine Transportmaschine des Army Air Corps vorbei, und sie fragte sich, ob Mike Sheldon schon sein Ziel erreicht hatte. Warum wollte er ausgerechnet an die Front? Er war gar nicht der Typ des jungen Heißsporns, der mit aufgepflanztem Bajonett auf die Japaner zurannte. Brachten sie ihn nach Hawaii oder auf die Philippinen? Sie stellte sich vor, wie er als Mechaniker auf einem abgelegenen Flugplatz große Militärmaschinen wartete, vom heißen Dschungel umgeben und in der ständigen Gefahr, von japanischen Granaten zerfetzt zu werden.

Vor Schreck riss sie das Ruder in die falsche Richtung. Die *Fairchild* trudelte nach rechts und stürzte einige Meter steil nach unten, bevor Clarissa sie abfing und auf die alte Höhe brachte. Sie schüttelte ärgerlich den Kopf. Eine erfahrene Pilotin ließ sich niemals ablenken. Sie verdrängte die schrecklichen Bilder und konzentrierte sich ganz auf den Flug. Mit einer Linkskurve wich sie einer Felswand aus, um gleich darauf zu steigen und über einen schroffen Bergkamm zu steigen. Der Koyukuk River musste hinter den nächsten Gipfeln liegen.

Was dann geschah, würde sie noch in einigen Jahren beschäftigen. Denn kaum hatte sie den Bergkamm überquert, änderte sich das Wetter schlagartig. Vor ihr tauchten dunkle Wolken auf, und ein heftiger Ostwind peitschte ihr entgegen und drückte wie eine unsichtbare Riesenfaust gegen die Maschine. Von einer Sekunde auf die andere befand sie sich in einem dichten Schneetreiben. Dicke Flocken klatschten wie Insekten gegen die Windschutzscheibe. Sie umklammerte den Steuerknüppel und kämpfte gegen die winterlichen Dämonen an. Unter ihr, auf den Berghängen und in den Tälern, tobte ein weißes Meer, wirbelte der Wind den Schnee auf und trieb ihn in nassen und schweren Wellen über die schroffe Felslandschaft. »Verdammt!«, fluchte sie. »Ich hätte auf Harry Cheek hören sollen!«

Doch später bestätigten ihr auch erfahrene Piloten, dass das Klima am Koyukuk River unberechenbar war, und ein solcher Wetterwechsel nichts Ungewöhnliches war. Sie hatte Pech gehabt, weiter nichts, und ihr einziger Fehler war vielleicht gewesen, nicht auf der Stelle umzukehren. Aber noch während sie überlegte und das Risiko abschätzte, in einem solchen Sturm zu wenden, war sie schon zu tief in dem tobenden Inferno. Der Wind machte Bocksprünge, schien ihr beweisen zu wollen, dass er stärker als die *Fairchild* war und sie wie ein lästiges Papierflugzeug zerdrücken konnte. Die Maschine ächzte und stöhnte.

Clarissa riss die *Fairchild* nach oben, stieg durch die Wolken auf über dreitausend Fuß. Viel höher konnte sie nicht gehen. Doch auch über den Wolken tobte der Wind, die kleine Maschine war den Mächten der Natur hilflos ausgeliefert. Sie hatte längst die Orientierung verloren, suchte verzweifelt nach einem markanten Punkt in dem wirbelnden Schnee, einem Berggipfel, den sie kannte, oder dem weißen Band des Flusses. Auf dem Fluss könnte sie landen und dem wilden Sturm entkommen.

Ein ängstlicher Blick aus dem Seitenfenster verriet ihr, dass sie immer noch zu tief flog. Wie dunkle Burgfestungen aus einem unheimlichen Märchen ragten die Berggipfel aus dem tosenden Schneetreiben empor. Sie konnte nicht sehen, vertraute allein ihrem Instinkt, um nicht an einer Felswand zu zerschellen. Als wenige Meter vor ihr ein dunkler Bergkamm aus dem Schnee tauchte, riss sie die *Fairchild* in letzter Sekunde nach oben und schrammte mit den Skiern über den harten Felsen. Jenseits der Bergwand wurde sie das Opfer eines Phänomens, das schon zahlreichen Piloten zum Verhängnis geworden war. Ein ungemein heftiger Windstoß drückte sie auf der windabgewandten Seite nach unten und ließ sie wie einen Stein zu Boden stürzen. Die *Fairchild* schlingerte und trudelte. Bedrohlichen Schatten gleich zogen Felsen an ihr vorbei, während die Maschine in ein tiefes Loch stürzte und im Nichts zu zerschellen drohte. Nur ein starker Windstoß, der wie die rettende Hand eines unsichtbaren Gönners aus einer Lücke zwischen den Felsen schoss, hielt sie auf. Es gelang ihr, die Kontrolle über das Flugzeug zurückzugewinnen. Wahrscheinlich hätte sie auch jetzt noch umkehren können, doch sie hatte zu viel damit zu tun, die Maschine in der Luft zu halten und um ihr Leben zu kämpfen. Sie schrie und fluchte, ohne es zu merken und steuerte ziellos in das grenzenlose Weiß.

Beim Absturz hatte sie das Glück, das ihren beiden Ehemännern versagt gewesen war. Sie setzte mit beiden Skiern auf einem Berghang auf, ohne es zu merken, und war durch den Wind so abgebremst worden, dass sie fast in der Luft stand. Der Sturm rüttelte und riss an der Maschine, schüttelte sie wie eine Puppe durch und nahm ihr jegliche Orientierung. Selbst als sich der linke Ski zwischen einigen Felsen verfing und die linke Tragfläche den Schnee berührte, merkte sie nichts. Die *Fairchild* hing immer noch im Sturm, sprang und bockte wie ein störrisches Pferd und gab ihr das Gefühl, immer noch in der Luft zu sein. Erst als sie nach draußen blickte und feststellte, dass sich die dunklen Schatten der Felsen nicht mehr bewegten, merkte sie, dass sie auf einen Berghang gestürzt war. Sie nahm die verkrampften Hände vom Steuerknüppel und zwang sich zur Ruhe.

Erschöpft sank sie in ihrem Sitz zurück. Sie blieb still sitzen, dachte einen Augenblick an gar nichts und war viel zu benommen, um zu schreien oder zu weinen. Durch die Frontscheibe sah sie, dass der Propeller nicht beschädigt war. Nasser Schnee klatschte gegen die Fenster und nahm ihr die Sicht. Der Wind war unvermindert stark, ließ die Maschine erzittern und schob sie wie einen lästigen Störenfried über den Berghang. Clarissa öffnete die Tür und zog sie rasch wieder zu. Entsetzt hielt sie sich fest. Sie trieb auf den Abgrund zu, würde in einer Schlucht zerschellen, wenn nicht bald etwas geschah. Zu ihrem Glück wurde der Schnee, der auf die Skier fiel, immer schwerer und drückte die Maschine fest auf den Boden, bis der Wind nichts mehr gegen sie ausrichten konnte. Der linke Ski war abgebrochen und verhakte sich zwischen den Felsen. Erleichtert stellte sie fest, dass die *Fairchild* immer fester am Boden klebte.

Sie griff mit zitternden Händen nach dem neuen Funkgerät. Die Antenne war in den Schnee gefallen und längst unter der weißen Masse verschwunden, doch sie hoffte, dass sie auch unter dem Schnee die rettenden Wellen aussenden würde. Sie gab ihren Code ein und sendete SOS, alle paar Sekunden, ohne eine Antwort zu bekommen. Nach einer Weile schaltete sie das Gerät aus, um die Batterie zu schonen. Sie lehnte den Kopf zurück und blickte niedergeschlagen in den Sturm. Was hatte sie verbrochen, dass ihre beiden Ehemänner und jetzt auch sie mit einem kleinen Flugzeug abstürzten? Warum musste Frank im Krankenhaus dahinsiechen und sie in dieser unwirtlichen Natur ihr Leben aushauchen? Gab es denn keine Rettung? Sie griff erneut nach dem Funkgerät und sendete »SOS für KHBWV! SOS für KHBWV!«. Immer wieder, ohne Unterlass, bis endlich Antwort kam.

Der junge Indianer in Ruby hatte sie gehört. Wie sich später herausstellte, hatte er aus purer Langeweile am Funkgerät gesessen. In Windeseile gab sie durch: »BIN UNVERLETZT! MASCHINE LEICHT BESCHÄDIGT! WENIGE MEILEN WESTLICH VON HUGHES AM KOYUKUK RIVER!« Genauer konnte sie die Absturzstelle nicht bestimmen. Zurück kam nur eine bruchstückhafte Antwort. Der Kontakt brach ab, und so sehr Clarissa auch versuchte, das Funkgerät wieder in Gang zu bringen, es gelang ihr nicht. Entweder hatte die Antenne unter dem Schnee gelitten, oder das Gerät war beim Absturz zu stark beschädigt worden.

Sie war dennoch voller Hoffnung. Die Maschine lag sicher und konnte nicht mehr über die Klippe rutschen. Und der Indianer in Ruby wusste ungefähr, wo sie sich befand, und würde sofort Hilfe losschicken, wenn sich das Wetter gebessert hatte. Sie zwang sich zur Ruhe. In der Maschine hatte sich eine dünne

Eisschicht gebildet, und sie kam sich wie in einem Kühlschrank vor. Sie fühlte die Kälte durch ihren gefütterten Parka. Der dichte Schnee auf den Fenstern verhinderte jeden Ausblick nach draußen. Beim ersten Versuch, die Tür zu öffnen, hatte der Wind sie beinahe aus der Maschine gerissen, und sie wollte abwarten, bis der Sturm nachgelassen hatte. Auch in den Bergen tobte ein solches Unwetter nicht ewig. Sie zwang sich zur Ruhe und ließ ihre Gedanken wandern, ohne dass sie ein Ziel fanden.

Die Eisschicht in der Maschine wurde immer dicker. Sie zog die Kapuze ihres Anoraks über den Kopf und schlug die Hände gegeneinander. Wie lange würde es dauern, bis man sie fand? Würde einer der Piloten, die sie im Roadhouse des Iren getroffen hatte, in seine Maschine steigen und in den Sturm fliegen? Niemals, sagte sie sich, es wäre glatter Wahnsinn und beinahe unmöglich gewesen, sie bei diesem Wetter zu finden. In dem angehäuften Schnee war die Fairchild wahrscheinlich kaum zu sehen. Noel Tuska war der einzige Pilot, der es gewagt hätte, aber der verwegene Flieger war auf den Aleuten und wartete darauf, japanische Flugzeuge abzuschießen. Wenn er erfuhr, dass sie in Gefahr war, würde er wahrscheinlich desertieren und auf eigene Faust nach ihr suchen, überlegte sie belustigt. Noel Tuska war ein verrückter Hund, der seine Entscheidungen aus dem Bauch heraus traf.

Sie würde sich gedulden müssen, bis der Sturm vorüber war, und die Absturzstelle dann deutlich markieren. Enttäuscht griff sie nach dem winterfesten Schlafsack hinter dem Pilotensitz und stieg hinein. So war die Kälte einigermaßen auszuhalten. Sie zog den Behälter mit der Notration heran und öffnete ihn. Die Auswahl war nicht gerade berauschend. Einige Tafeln Schokolade und Konservendosen mit Sardinen und Reis. Hätte sie doch die Elchkeule oder den Eintopf bei Red Kelly bestellt! Jetzt war ihr Hunger groß, und sie kaute lustlos auf der bitteren Schokolade. Wenn die Soldaten das gleiche Essen bekamen, würden sie den Krieg verlieren, schon weil sie elend verhungerten!

Die Wartezeit wurde zu einer endlosen Geduldsprobe. Solange der Wind heulte, fühlte sie sich niemals sicher, blieb die beklemmende Angst, dass sich die Maschine doch noch löste und über die Klippe rutschte. Der Tag verging quälend langsam. Auch als die Nacht kam, und sie von tiefer Dunkelheit umgeben war, tat sie kaum ein Auge zu. Kaum war sie eingenickt, weckte sie ihre Unruhe wieder. Sie kämpfte sich durch die Nacht, richtete sich um sechs Uhr wieder auf und massierte stöhnend ihren Nacken. Dann schob sie den Schlafsack bis zur Hüfte, um ihren schmerzenden Körper zu massieren. So schlecht hatte sie schon lange nicht mehr geschlafen. Vor lauter Wut, in so eine missliche Lage geraten zu sein, konnte sie nicht einmal weinen. Sie schlug den Frost aus ihren Kleidern und fluchte ungeniert.

Einige Minuten saß sie stumm in der Maschine, bis ihr auffiel, dass der Sturm nachgelassen hatte. Zuerst konnte sie es nicht glauben. Dann öffnete sie vorsichtig die Tür und erkannte erleichtert, dass der Wind sie ihr nicht mehr aus der Hand riss. Die Tür stieß gegen die Felsen. Sie streifte den Schlafsack ab und kletterte hinaus, stapfte um die *Fairchild* herum und besah sich den Schaden. Sie hatte Glück im Unglück gehabt! Außer dem abgerissenen Ski und der beschädigten Tragfläche hatte die Maschine keine Schäden aufzuweisen. Und der Berghang zog sich so weit in die Felsen hinein, dass man bei klarem Wetter bequem starten konnte, sobald man das Flugzeug freigeschaufelt hatte. »Das kriegen wir wieder hin!«, machte sie sich selber Mut.

Sie blieb in dem knietiefen Schnee stehen und blickte sich um. Sie war auf dem abschüssigen Hang einer Felswand abgestürzt und konnte von Glück sagen, dass sie nicht weitergeflogen war. Keine hundert Meter weiter nördlich ragten einige zerfurchte Gipfel aus der felsigen Landschaft. Sie wäre unweigerlich daran zerschellt. Ein gütiges Schicksal hatte sie zu Boden gedrückt und vergleichsweise sanft auf dem Hang aufsetzen lassen. Unterhalb des Hanges erstreckte sich ein Tal, das in zahlreichen Windungen durch die Berge führte und sich in der Dunkelheit verlor. Der Schnee leuchtete in der Dunkelheit und blendete sie. Das weiße Band des Koyukuk Rivers war nirgendwo zu sehen.

Sie kehrte zur Maschine zurück und zog eine Schaufel aus dem Innenraum. Mühsam räumte sie den Schnee zur Seite, aber nur so weit, dass die *Fairchild* nicht den Halt verlor. Sie kramte eine rote Plane aus dem Behälter mit der Notration, breitete ihn auf dem Schnee aus und befestigte ihn mit einigen Steinen. So würde sie ein Pilot, der nach ihr suchte, besser finden. Es war immer noch windig, aber lange nicht mehr so stürmisch wie am Tag zuvor, und es würde nicht mehr lange dauern, bis man sie aufspürte. Müde warf sie die Schaufel hinter den Sitz und lehnte sich gegen die Maschine. Sie trank etwas lauwarmen Kaffee aus ihrer Thermosflasche und kochte eine Dose mit Reis über dem *Coleman*-Kocher, mit dem sie sonst das Öl erhitzte.

Das Zeug schmeckte fürchterlich, aber es brachte etwas Ruhe in ihren aufgewühlten Magen und gab ihr die Kraft, einen ereignislosen Tag durchzustehen. Keine einzige Maschine erschien. Kein vertrautes Brummen, kein Wippen mit den Tragflächen, das ihr anzeigte, dass der Pilot sie gesehen hatte. Nur grenzenlose Stille und das leise Rauschen des Windes, der gegen Abend wieder auffrischte und sie in den Schutz der Fairchild trieb. Während sie sich in den Schlafsack quälte, wurde ihr zum ersten Mal bewusst, dass es beinahe unmöglich war, sie in dieser Wildnis zu finden, und dass es Tage dauern konnte, bis man sie entdeckte. Stöhnend sank sie in ihrem Sitz zusammen.

25

Am dritten Tag baute Clarissa einen Iglu. Mit einer Säge, die zur Notausstattung der *Fairchild* gehörte, schnitt sie feste Blöcke aus dem Schnee und setzte sie zu einer kuppelförmigen Behausung zusammen. Sie schaffte ihren Schlafsack, eine Öllampe, den Kocher und den Behälter mit den Konserven und der Schokolade in das Schneehaus und betrachtete zufrieden ihr Werk. In dem Iglu war es wesentlich wärmer und bequemer als in dem kleinen Flugzeug, und nicht einmal ein heftiger Sturm konnte ihr etwas anhaben. Sie holte das zerfledderte Exemplar von »Wem die Stunde schlägt« aus der *Fairchild* und legte es schon nach wenigen Minuten zur Seite, weil sie bei der Lektüre der tragischen Kriegsgeschichte ständig an ihre Freunde denken musste, an Noel Tuska und Richard Harmon und auch an Mike Sheldon, die irgendwo die Schrecken des Krieges ertrugen.

Sie kroch aus dem Iglu und stapfte ein paar Schritte durch den verkrusteten Schnee. Es war noch früh am Morgen, und der Himmel erstrahlte im Licht unzähliger Sterne. Hellgrünes Nordlicht, durchzogen von silbernen und orangefarbenen Streifen, flackerte über den Bergen und ließ die verschneiten Gipfel in einem zarten Licht erstrahlen. Ein magischer Anblick, der sie selbst in ihrer verzweifelten Lage verzauberte. Der arktische Himmel war ein geheimnisvolles Zauberreich, das jede Nacht mit neuen fantastischen Bildern überraschte und die Einsamkeit des Hohen Nordens mit seinem geheimnisvollen Licht erhellte. Wie würde der Himmel des südlichen Pazifik aussehen? Stand Mike in diesem Augenblick an einem weiten Palmenstrand und blickte zu den Sternen empor? Lehnte er an der Reling eines Flugzeugträgers? Was ging in den Soldaten vor, die in ihren ersten Kampf zogen und erkannten, dass sie ihr Leben einsetzten?

Sie biss ein Stück von der Schokolade ab und ließ es auf ihrer Zunge zergehen. Die Süßigkeiten, die während des Ice Carnivals verkauft wurden, waren wesentlich besser. Beim Gedanken an die Sardinen, die in ihrem Iglu warteten, wurde ihr beinahe übel. Zum Glück hatte sie immer einen Beutel Tee dabei. Sie erhitzte etwas Schnee über dem *Coleman*-Kocher und füllte die Thermosflasche. Nach einem kräftigen Schluck ging es ihr schon wesentlich besser. Sie rollte die Flasche in ihre Decke, um sie warm zu halten, und trat wieder ins Freie, weil sie die Enge des Iglus nicht ertrug und hoffte, dass im nächsten Augenblick ein Flugzeug über dem Berghang auftauchte und sie fand.

Mit dem Zwielicht, das wie ferner Lichtschein über den Gipfeln heraufstieg, wuchs ihre Hoffnung. Sie stellte sich neben die rote Plane und starrte in das stärker werdende Licht, suchte den Himmel nach einem Schatten oder einer Bewegung ab, und tatsächlich erfüllte plötzlich Motorenlärm die Stille. »Hierher! Hierher!«, rief sie, obwohl ihr klar war, dass sie niemand hören konnte, aber das Flugzeug blieb unsichtbar, und das Geräusch wurde immer schwächer, bevor es schließlich ganz verstummte. Sie sank entmutigt auf die Plane. Wie groß waren die Chancen, dass sie jemand fand? Keiner der Piloten, die nach ihr suchten, kannte ihre genaue Position. Sie wusste ja selber nicht genau, wo sie war. Westlich von Hughes und nördlich vom Koyukuk River, eine genauere Angabe hatte sie nicht machen können. Doch wie viele Berghänge und Täler gab es in diesem Gebiet?

Die Männer konnten ein ganzes Jahr nach ihr suchen, ohne sie zu Gesicht zu bekommen! Sie war die berühmte Stecknadel im Heuhaufen!

Das Zwielicht schwand und wich der Dunkelheit. Am Himmel waren Wolken aufgezogen, und es schneite leicht. Clarissa verkroch sich in ihrem Iglu und trank etwas heißen Tee, betrachtete eine Dose Sardinen und legte sie in den Behälter zurück. Lieber wollte sie hungern, als sich den Magen mit dem fettigen Fisch zu verderben. Sie hüllte sich in die Decke und versuchte, etwas zu schlafen. Vergeblich. Obwohl sie von beinahe vollkommener Stille umgeben war, tat sie kein Auge zu. Ihre Nervosität war zu groß. Wie lange würde sie durchhalten? Wie für jeden Piloten, der in der Wildnis abstürzt, gab es auch für sie nur zwei Möglichkeiten: Sie blieb bei ihrem Flugzeug und hoffte, dass sie jemand fand, oder sie verließ die Absturzstelle und marschierte so lange, bis sie auf eine menschliche Siedlung stieß. Beides war mit großen Gefahren verbunden. Wenn sie blieb, riskierte sie, dass niemand auftauchte und sie verhungerte oder den Verstand verlor. Wenn sie ging, war das Risiko groß, dass sie niemanden fand und irgendwo in der Wildnis erfror. Hier gab es keinen Wolfshund, der sie zu einem Blockhaus mit Vorräten und Feuerholz führte.

Sie entschloss sich, noch zwei Tage an der Absturzstelle auszuharren und dann ins Tal zu steigen. Wenn sie schon sterben sollte, dann bei dem Versuch, ihr Leben zu retten. Mit dem Gewehr, den Schneeschuhen und ihrer jahrelangen Erfahrung als Musherin in der Wildnis standen ihre Chancen gar nicht so schlecht. Solange das Wetter mitspielte. Sie aß einen Riegel Schokolade und spülte ihn mit Tee hinunter. Sie war froh, eine Entscheidung getroffen zu haben. Und sie dankte dem lieben Gott dafür, dass sie nicht verletzt war. Nach dem Absturz, der ihren ersten Mann das Leben gekostet hatte, war sie mit einem gebrochenen Bein durch den Schnee gehumpelt und hatte es nur Nanuk zu verdanken, dass sie nicht wie ein angeschossenes Wild verendete.

In dieser Nacht schlief sie etwas besser. Es war angenehm warm in dem Schneehaus, und das Heulen des Windes war nur als leises Seufzen zu hören. »Mein größtes Problem war die Langweile!«, würde sie Ross Clayton vom *News-Miner* später berichten und dabei mächtig untertreiben. »Die Tage vergingen so quälend langsam, dass ich beinahe den Verstand verloren hätte!« Doch auf dem verschneiten Berghang brauchte sie nur daran zu denken, dass es wesentlich schlimmere Probleme als die Langeweile gab, wenn man mit einer *Fairchild* abgestürzt war und in der Wildnis ausharrte. Ohne eine Verletzung und bei diesem klaren Wetter waren auch die langen Stunden des Nichtstuns zu ertragen. Es hatte aufgehört zu schneien. Wie ein schwacher Hoffnungsstrahl schob sich das Zwielicht über die Berge. Doch schon am frühen Nachmittag erschienen neue Wolken über den Bergen, und das Land versank im düsteren Halbdunkel. Der Himmel blieb leer. Ihre Hoffnung, von einem der Suchflugzeuge entdeckt zu werden, schwand. Auch der fünfte Tag an der Absturzstelle brachte keine Rettung. Sie musste sich zwingen, die ihr selbst gesetzte Frist einzuhalten und bis zum Morgen des sechsten Tages mit ihrem Aufbruch zu warten. Im Schein der Öllampe schrieb sie auf einen Zettel, dass sie fünf Tage gewartet hatte und nun versuchte, sich nach Süden zum Koyukuk River durchzuschlagen, und befestigte ihn in der Maschine. Nur für den Fall, dass ein Pilot die *Fairchild* fand, während sie unterwegs war.

Sie packte ihre Vorräte, den Schlafsack, die Decke und den *Coleman*-Kocher in einen Rucksack, schnallte die Schneeschuhe an und hängte sich das geladene 30.36 Gewehr über die Schultern. Nach einem letzten Blick auf die *Fairchild* stapfte sie durch den tiefen Schnee ins Tal hinab.

Schon nach wenigen Metern wurde ihre Hoffnung, eine deutliche Spur auf dem verschneiten Berghang zu hinterlassen, durch starkes Schneetreiben zunichte gemacht. Dicke Flocken rieselten aus den Wolken herab und verdeckten die Abdrücke ihrer Schneeschuhe. Sie ließ sich nicht entmutigen. Als erfahrene Musherin, die täglich mit dem Hundeschlitten unterwegs war und die Yukon Trophy und das Dog Derby gewonnen hatte, war sie es gewohnt, durch knietiefen Schnee zu gehen. In einem solchen Gelände musste sie den Weg für die Hunde ebnen. Eine Frau, die es nicht gewohnt war, auf Schneeschuhen zu laufen, hätte schon nach wenigen hundert Metern entkräftet aufgegeben. Und die Einsamkeit und unheimliche Stille, der Anblick der schroffen Berge und die scheinbare Ausweglosigkeit ihres Marsches hätten sie in Tränen ausbrechen und aufgeben lassen.

Am Ende des Berghanges drehte Clarissa sich noch einmal um. Die rote Plane stach wie ein Blutfleck aus dem jungfräulichen Schnee. Die *Fairchild* hing schief zwischen den Felsen. Wenn sie die Ersatzteile zu der Maschine schaffen konnte, wäre es ein Leichtes, sie in den Schnee zu schieben und auf dem abschüssigen Hang zu starten. Sie lachte trocken. Vor einigen Wochen hätte sie bei dem Gedanken, einen solchen Start ausführen zu müssen, noch feuchte Hände bekommen. Jetzt zweifelte sie nicht mehr daran, die Maschine von diesem Berg heil wegzubekommen. Wenn es ihr gelang, sich selbst zu retten! Sie kletterte zwischen zwei Felsen hindurch und erreichte das Tal.

Erst zwischen den steil aufragenden Felswänden merkte Clarissa, in welcher abgeschiedenen Gegend sie gelandet war. Wie die abweisenden Mauern einer gewaltigen Festung ragten sie aus dem Schnee. Das Tal wand sich wie ein erstarrter Fluss durch das Felsenlabyrinth, verlor sich in der arktischen Dunkelheit, die in dem Schneetreiben noch düsterer und unheimlicher wirkte. Weit und breit waren keine Spuren zu erkennen. So weit sie blicken konnte, gab es nur Berge und Felsen und Unmengen von Schnee. Sie folgte dem Tal nach Süden und kämpfte sich mit weit ausholenden Schritten durch den Schnee. Der Koyukuk River konnte nicht weit sein, und wo ein Fluss war, befanden sich auch Menschen. Auch das hatte sie von Willie Jones gelernt. Sie musste den Fluss finden, wenn sie am Leben bleiben wollte.

Sie marschierte den ganzen Tag, von morgens bis abends, rastete nur einmal, um etwas Schokolade zu essen und lauwarmen Tee zu trinken, und hatte doch das Gefühl, keinen Meter vom Fleck gekommen zu sein. Das Land hatte sich nicht verändert. Noch immer ragten felsige Gipfel in den dunklen Himmel, spiegelte sich das wenige Licht, das vom Himmel fiel, auf den verschneiten Hängen. Die Berge und die Dunkelheit versperrten ihr die Sicht, hinderten sie daran, den zugefrorenen

Koyukuk River in der Ferne auszumachen. »Weiter nach Süden!«, ermahnte sie sich, weiterzulaufen, »weiter nach Süden, dann musst du den Fluss finden!« Einen Iglu für die Nacht zu bauen, würde viel zu lange dauern. Sie musste weiterlaufen, bis sie keine Kraft mehr hatte, und in einer Höhle oder unter einem Felsvorsprung übernachten. Sie wusste, wie nahe sie dem Tode war. Wenn das Wetter schlechter wurde, und ein Blizzard über das Land brauste, war sie verloren. »Wo ist der verdammte Fluss?«, schimpfte sie und stapfte unverdrossen weiter durch die Nacht.

Um Mitternacht rastete sie in der Einbuchtung eines großen Felsens. Die Öffnung war kaum groß genug, um sie aufzunehmen, und sie lag so unbequem, dass sie keinen Schlaf fand. Der Wind kam von allen Seiten und trieb ihr die Schneeflocken ins Gesicht. Sie schmiegte sich an den Felsen und merkte, wie schon nach wenigen Minuten ihre Beine schmerzten. Sie massierte ihren durchfrorenen Körper, nickte ein und schreckte aus dem Schlaf, als sie durch fernes Heulen geweckt wurde. Zuerst glaubte sie an eine Sinnestäuschung, aber dann war das Heulen wieder zu hören, und sie schlüpfte hastig aus dem Schlafsack und verstaute ihn in ihrem Gepäck. Nachdem sie die Schneeschuhe angeschnallt und den Rucksack geschultert hatte, lief sie weiter. Sie behielt das Gewehr in beiden Händen.

Ganz in der Nähe waren Wölfe! Ein hungriges Rudel auf der Suche nach Nahrung! Wie eine unsichtbare Drohung schwang das Heulen durch die eisige Luft. War dasselbe Rudel, das in der Stadt gewesen war, auf ihrer Spur? War Nanuk bei den Wölfen? So weit konnte er niemals gelaufen sein! Oder doch? Widersprüchliche Gedanken marterten ihr Gehirn. Sie überprüfte hastig, ob ihre Waffe geladen war, und stapfte weiter nach Süden. Sie musste sich der Gefahr stellen. Wenn die Wölfe ihre Witterung aufgenommen hatten und verzweifelt genug waren, um einen Menschen anzugreifen, stand ihr ein erbitterter Kampf bevor.

Schon jetzt suchte sie nach einem geeigneten Platz für diesen Kampf. Nachdem sie das Tal durchquert und die Ausläufer eines felsigen Berges erreicht hatte, stieß sie auf eine Ansammlung von Felsbrocken, die ihr genügend Deckung geben würden. Sie blieb stehen und lauschte. Das Heulen war näher gekommen, und sie glaubte bereits, die gelben Augen der Angreifer zwischen den Bäumen sehen zu können. Als sie die Augen schloss und wieder öffnete, war der Waldrand dunkel. Bildete sie sich das Heulen nur ein? Gab es gar keine Wölfe in ihre Nähe? Sie versteckte sich zwischen den Felsbrocken. Sie würde zwei oder drei Stunden rasten und abwarten, ob die Wölfe auftauchten. Vor ihr lag ein offener Berghang, der keinerlei Deckung bot, und sie wollte kein Risiko eingehen. Ein Schluck aus der Thermosflasche vertrieb den schlechten Geschmack aus ihrem Mund. Sie würde nie mehr Schokolade essen! Und keinen Reis! Ein Schuss peitschte durch das Zwielicht. Der Knall hallte als vielfaches Echo zwischen den Felsen nach und wurde von einem ängstlichen Jaulen begleitet, das immer leiser wurde. Clarissa erschrak. Zögernd trat sie aus ihrem Versteck, das Gewehr schussbereit in beiden Händen. Sie blieb abwartend am Rande des Berghangs stehen und seufzte erleichtert, als sich ein Hundeschlitten vom dunklen Waldrand löste und auf sie zuhielt. Sie winkte dem unbekannten Musher zu. Er grüßte zurück und brachte seinen Schlitten mit einem lauten »Whoaa!« zum Stehen. »Verdammte Wölfe!«, war eine weibliche Stimme zu hören. »Ich hab sie mit meinem Colt vertrieben! Obwohl ich ohne die Wölfe nie in diese Richtung gefahren wäre! Dann wärst du arm dran!«

Erst jetzt merkte Clarissa, dass sie eine Frau vor sich hatte. Eine Indianerin, deren Alter sich schwer schätzen ließ. Sie konnte dreißig, aber auch vierzig oder fünfzig sein. Ihre Augen wirkten jünger als das faltige Gesicht, brannten dunkel und voller Energie und Entschlossenheit. Unter der Kapuze ihres Anoraks ragten zwei lange Zöpfe hervor. Mit einem scharfen Befehl brachte sie die bellenden Hunde zur Ruhe. »Ich bin Alice«, sagte sie. »Und du bist die Frau, die abgestürzt ist! Clarissa Watson, nicht wahr? Ich habe von dir gehört! Du hast die Yukon Trophy und das Dog Derby gewonnen! Du bist eine gute Musherin!« Sie grinste. »Wenn du zum Fluss wolltest, der liegt zwanzig Meilen weiter südlich!« Sie deutete in die Richtung, aus der sie gekommen war. »Ein ziemlich anstrengender Marsch, wenn du mich fragst!« Clarissa gefiel der bissige Humor der Indianerin. »Alice … du bist doch nicht … bist du die Indianerin, die allein in den Bergen lebt und nur rohes Fleisch isst? Und ich dachte, dich gibt's nur in den Lügengeschichten, die meine Kollegen erzählen!«

»Die sind mir auch schon zu Ohren gekommen!«, lachte Alice. Sie verankerte den Schlitten und reichte Clarissa eine Flasche mit heißem Kräutertee. »Dabei lasse ich meine Elchkeulen immer zu lange im Ofen liegen! Kuchen esse ich sowieso lieber!«

»Woher wusstest du, dass ich abgestürzt bin?«, fragte Clarissa. Sie trank aus der Thermosflasche und genoss den heißen Tee.

»Von meinem Neffen in Ruby. Er hat deinen Funkspruch aufgefangen. Ich hab dem Iren einen halben Elch vorbeigebracht und bei ihm vorbeigeschaut. Verrückter Bursche! Mein Neffe, meine ich! Er träumt davon, nach Anchorage zu gehen und bei der Pan American zu arbeiten!« Sie nahm die Flasche entgegen und verstaute sie in ihrer Felltasche. »Also, wenn ich nicht wüsste, dass er keinen Alkohol anrührt … ich würde ihm glatt zutrauen, diese Geschichten über mich zu verbreiten!« Sie blickte an Clarissa vorbei in das Halbdunkel. »Wo liegt deine Maschine? Die Männer waren verzweifelt, weil sie dich nicht finden konnten!«

»Ungefähr zwanzig Meilen hinter mir«, erklärte Clarissa, »auf einem Berghang. Ich brauche ein paar Ersatzteile, dann kriege ich sie wieder in Gang. Sie hat kaum was abbekommen! Nimmst du mich mit? Ich muss wegen der Teile telegrafieren. Und ich brauche einen starken Mann, der mir hilft, das Zeug in die Berge zu fahren und die Maschine zu reparieren. Starten kann ich allein.«

Alice verzog geringschätzig das Gesicht. »Wir brauchen keine Männer! Meine letzten beiden hab ich zum Teufel gejagt, als sie mir lästig wurden! Ich helfe dir! Mein Bruder soll die Ersatzteile bestellen, und wir schaffen sie mit dem Schlitten auf den Berg. Das bisschen Reparieren kriegst du wohl selber hin! Wenn du zwei starke Hände brauchst, ich bin stärker als ich aussehe!«

Das glaubte Clarissa der Musherin aufs Wort. Eine Frau, die allein in einer einsamen Blockhütte wohnte, musste sich zu helfen wissen und die Arbeit eines Mannes verrichten können. Auch als Musherin machte sie eine gute Figur. Clarissa hatte selten eine Frau gesehen, die ihren Schlitten mit einer solchen Energie durch den Schnee bewegte. In jeder ihrer Bewegungen steckte unbändige Kraft. Clarissa saß mit angezogenen Beinen auf dem Schlitten und hörte, wie sie ihre Hunde anfeuerte. »Lauft! Lauft! Verdammt, ihr wollt doch nicht schlappmachen, ihr faules Pack?«

Während einer kurzen Rast fragte sie: »Machst du beim nächsten Dog Derby mit? Ich hab gehört, der Winter Carnival fällt aus, wegen des Krieges, aber sie veranstalten ein Fünfzig-Meilen-Rennen. Die Hälfte der Preisgelder geht an Soldatenwitwen.«

»Das wusste ich noch gar nicht«, wunderte sich Clarissa. »Ein Fünfzig-Meilen-Rennen? Natürlich mache ich mit! Meine Hunde wären ziemlich wütend, wenn ich mich drücken würde!« Sie erkannte, was hinter der Frage steckte, und lächelte verschmitzt. »Du machst auch mit, nicht wahr? Du willst mich schlagen!«

»Ich werde die erste Indianerin sein, die das verdammte Dog Derby gewinnt!«, meinte sie entschlossen. »Du wirst dich wohl mit dem zweiten Platz begnügen müssen, Clarissa Watson!«

»Wir werden sehen«, sagte Clarissa, »wir werden sehen!«

26

Du hättest die Männer beim Iren sehen sollen«, sagte Clarissa am Krankenbett ihres Mannes, »die wollten gar nicht glauben, dass die Maschine heil geblieben war! Und als ich ihnen sagte, dass ich sie reparieren und von dem Berghang starten würde, lachten sie mich aus! Sie wollten mir alle helfen, aber Alice bestand darauf, allein zu der Absturzstelle zu fahren und schraubte eigenhändig die neue Verkleidung an die Tragfläche! Na ja, und dann zogen wir die Maschine aus den Felsen, und ich startete mitten auf dem Berghang und flog nach Hause! Ich wette, beim Iren standen sie alle vor der Tür und starrten zum Himmel rauf!«

Frank ging es besser. Sein Blick war etwas klarer geworden, das bildete sie sich jedenfalls ein, und Dr. Morgan behauptete, dass sich seine Werte stabilisiert hatten und auch seine Temperatur konstant war. »Margaret kümmert sich um ihn«, sagte er und stellte ihr die Schwester vor, die den Dienst von Ruth übernommen hatte. Sie war keine zwanzig und wirkte reichlich verunsichert, als sie Clarissa die Hand schüttelte, aber die erfahrenen Schwestern waren im Krieg oder wurden auf anderen Stationen gebraucht. »Sie massiert ihn jeden Tag und reibt seinen Rücken mit Franzbranntwein ein, damit er sich nicht wund liegt.« Er ignorierte Clarissas kritischen Blick. »Wir schaffen das, Mrs. Watson! Geben Sie nicht auf! Reden Sie weiter mit ihm!«

Clarissa gab nicht auf. Seit ihrer Rettung aus den Bergen fühlte sie sich freier und selbstbewusster, und ihre Zuversicht wuchs, obwohl Frank keine Anstalten machte, sie anzusehen oder mit ihr zu reden. »Alice tritt beim Dog Derby gegen mich an«, fuhr sie fort. »Der Ice Carnival fällt aus, aber das

Eishockeyturnier findet statt, und sie veranstalten ein Fünfzig-Meilen-Rennen. Die Hälfte des Preisgeldes geht … wird für einen guten Zweck gespendet. Und Alice hat sich bereits angemeldet. Der *News Miner* nennt sie die ›wilde Alice‹! Ziemlich geschmacklos, wenn du mich fragst, aber so sind sie eben, die Reporter. Sie bauschen die Sache zu einem großen Duell auf: Clarissa Watson, die Tochter unserer Stadt, gegen die wilde Alice aus dem Norden!« Von den salbungsvollen Worten, die sie als »leidende Frau, die sich für ihren kranken Mann aufopfert« und Alice als »ungehobelte Einsiedlerin, die angeblich von rohem Fleisch lebt« beschrieben, verriet sie ihm nichts. Sie hatte sich bei Ross Clayton beschwert und als Antwort erhalten, »so sei halt das Geschäft.«

Sie küsste ihren Mann auf die Lippen und blieb mit ihrem Gesicht dicht über ihm, um seinen Atem zu spüren. Er war am Leben, und sie glaubte seinen Willen zu spüren, die Dunkelheit zu verlassen und in die Wirklichkeit zurückzukehren. »Es dauert nicht mehr lange«, flüsterte sie. »Bald kannst du mich wieder in die Arme nehmen! Halte durch, Frank! Ich freue mich schon auf den Tag, wenn du aufwachst, und ich dich aus dem Krankenhaus hole! Ich liebe dich, Frank! Ich werde dich immer lieben! Unser Leben fängt jetzt erst an, das verspreche ich dir!«

In ihren Augen waren wieder Tränen, wenn sie ihn verließ, und ihr ganzes Handeln drehte sich um seine Genesung und die Zeit danach. Selbst bei der Flugprüfung in Anchorage dachte sie an ihn. Sie hatte jeden Abend fleißig gelernt und bestand den schriftlichen Test mit Auszeichnung. Den praktischen Teil brach der Prüfer schon nach einer halben Stunde ab: »Eine Pilotin, die nördlich des Koyukuk River notlandet und von einem verschneiten Berghang startet, brauche ich keine Runden mehr drehen zu lassen! Sie haben bestanden, Lady! Herzlichen Glückwunsch!«

Diesmal gab es kaum etwas zu feiern, denn fast alle Piloten waren im Krieg. Anstatt im verwaisten Nugget Saloon mit dem alten Chuck anzustoßen, gönnte sie sich eine große Schokomilch und ein Tuna Sandwich mit viel Mayonnaise im Drugstore. Belinda, die stärker unter der Trennung von ihrem neuen Freund litt, als man gedacht hatte, prostete ihr mit einer Coca-Cola zu und sagte ernst: »Auf die geplagten Frauen, die an der Homefront ausharren müssen!« Und nach einem kräftigen Schluck fügte sie hinzu: »Warum müssen Männer immer Krieg führen?«

Clarissa zuckte mit den Schultern. »Das liegt wohl in ihrer Natur. Wenn's nach mir ginge, würden wir mit allen in Frieden leben.« Sie trank von ihrer Schokomilch und schmunzelte. »Vielleicht sind sie noch nicht zivilisiert genug! Es soll Länder geben, da leben die Männer noch auf den Bäumen!« Sie wischte sich etwas Schokomilch von der Oberlippe und überlegte einen Augenblick, bevor sie fragte: »Hast du schon Post bekommen?«

Sie schüttelte den Kopf. »Ich weiß nur, dass sie ihn auf irgendeine Insel im Pazifik gebracht haben. Den Namen wollten sie mir nicht sagen. Seit Pearl Harbor ist alles streng geheim. Der Mann am Telefon hat gesagt, dass es einige Tage dauern kann und von den … den Kampfhandlungen abhängt, bis die Soldaten schreiben dürfen. Und dann kommt es darauf an, wann eine Transportmaschine in die USA zurückfliegt.« Sie seufzte leise. »Ist das nicht furchtbar, Clarissa? Bill ist irgendwo auf einer einsamen Insel und kämpft gegen die Japaner, und ich weiß nicht mal, wie es ihm geht! Ich hab solche Angst um ihn! Manchmal wünsche ich mir, ich hätte ihn gar nicht kennen gelernt, dann wäre jetzt vieles leichter!« Sie spülte einige Gläser und lächelte versonnen. »Ich habe ihm schon drei Briefe geschrieben! Sobald ich seine Adresse habe, gebe ich sie auf dem Stützpunkt ab.«

Während Clarissa mit ihrem Hundeschlitten nach Hause fuhr, dachte sie an Mike. Auch er war irgendwo in der Südsee und kämpfte gegen die Japaner. Er würde seinen Kameraden von der wundervollen Frau erzählen, die zu Hause auf ihn wartete. Keines dieser dummen Mädchen, sondern eine richtige Frau, und er würde ihren Kuss auf den Lippen spüren und sich nach ihrer Umarmung sehnen. Vielleicht träumte er sogar davon, in ein paar Monaten aus dem Krieg nach Fairbanks zurückzukehren und sie zu heiraten. Ein Gedanke, der Clarissa immer wieder beschäftigte, denn sie hatte ihn in dem Glauben verabschiedet, dass sie ihn liebte. Wenn er nach Hause kam, würde sie ihm die Wahrheit sagen müssen. Er würde sich gedemütigt vorkommen und ihr heftige Vorwürfe machen. Und doch war sie der festen Überzeugung, richtig gehandelt zu haben. Wenn sie ihn abgewiesen hätte, wäre er voller Verzweiflung in den Krieg gezogen und hätte den Tod gesucht. Er hätte die ganze Welt für seinen Schmerz verantwortlich gemacht und sich blindwütig auf die nächsten Japaner gestürzt! Ein Gedanke, der ihr Angst machte.

Clarissa verfolgte den Krieg im Radio und der Zeitung. Obwohl ständig davon zu hören und zu lesen war, mit welcher Entschlossenheit die amerikanischen und britischen Truppen gegen den Feind vorgingen, waren die Meldungen wenig ermutigend. Am 10. Dezember wurden zwei Flugzeugträger der britischen Marine, die *Prince of Wales* und *Repulse,* von den Japanern versenkt. Ein herber Verlust, der in England mit großer Betroffenheit aufgenommen wurde. Inzwischen wusste Clarissa, wie wichtig die Flugzeugträger für den Krieg gegen die Japaner waren. Im *News-Miner* hatte ein Colonel der US-Armee es eine »göttlichen Fügung des Schicksals« genannt, dass die Flugzeugträger der Amerikaner in Pearl Harbor nicht vernichtet wurden. Die Japaner zogen mordend und brandschatzend durch Malaya, so schrieb der Reporter im *News-Miner,* und vertrieben die aufopfernd kämpfenden Briten von der Insel. Auf der Halbinsel Bataan in den Philippinen kämpften die Amerikaner gegen den Feind. »Ein Kampf, der von unserer tapferen Armee mit großer Verbissenheit und dem Schlachtruf ›Remember Pearl Harbor‹ geführt wird«, stand im *News-Miner* zu lesen. Erst sehr viel später erfuhren die Amerikaner die bittere Wahrheit, dass ihre Truppen in Bataan eine schmachvolle Niederlage erlitten hatten.

Ohne die Landkarte, die zu jedem Artikel im News-Miner abgedruckt war, hätte Clarissa niemals gewusst, wo diese Orte lagen. Sie hätte nicht einmal die Philippinen auf einem Globus gefunden, geschweige denn exotische Namen wie Bataan oder Luzon und Mindanao. Durch die amerikanische Beteiligung war der Krieg näher gerückt, und die quälenden Bilder von explodierenden Flugzeugen und Schiffen, die sie in der Wochenschau sah, ließen sie auch auf ihren Fahrten durch die Wildnis nicht los. Wenn die neue Wochenschau herauskam, war das Kino überfüllt, egal welcher Film im Hauptprogramm lief. Die Bilder vom Krieg waren wichtiger als Bob Hope in »Road to Singapore«.

Der Krieg in Europa und in der Südsee schien Clarissa nur darin zu bestärken, ihr Leben zu ordnen und in ein festes Schema zu pressen. Der Morgen gehörte der Büroarbeit. Sie hatte etliche Auftraggeber ihres Mannes zurückgewonnen und einen beachtlichen Kundenstamm aufgebaut, versorgte entlegene Orte wie Hughes und Anaktuvuk Pass mit der Post und erledigte gelegentliche Frachtflüge für die Armee. Ihre Buchhaltung erledigte sie selbst. Am späten Vormittag, wenn das Zwielicht einsetzte, stieg sie in die Maschine. Meist war sie nur ein paar Stunden unterwegs, manchmal auch zwei oder drei Tage. Dann übernachtete sie in den Road Houses oder bei Bekannten ihres Mannes. Nachmittags besuchte sie Frank im Krankenhaus, und abends trainierte sie mit den Hunden. Sie hatte gesehen, wie gut Alice mit ihrem Gespann zurechtkam, und wollte sich beim Fünfzig-Meilen-Rennen im März keine Blöße geben. »Hast du gehört, Dusty?«, sagte sie zu ihrem Leithund. »Alice ist ein harter Brocken! Wenn wir nicht in Topform sind, können wir einpacken!«

Die erste Kunde, die Fairbanks aus dem Krieg erreichte, war traurig. Sid Baxter war gefallen. Wie nur langsam durchsickerte, war er nicht bei einem Manöver oder in einem heroischen Kampf mit seiner Maschine abgestürzt, sondern von einem Jeep überfahren worden. Der Corporal am Steuer hatte ihn im strömenden Regen übersehen. Seine »sterblichen Überreste«, so hieß es im *News-Miner,* wurden auf den Aleuten verbrannt, aber der Pfarrer in Fairbanks hielt eine bescheidene Trauerfeier ab, und Clarissa stand neben Harry Cheek und dem alten Chuck in seinem Rollstuhl, als er den Einsatzwillen des tapferen Soldaten lobte. »Sid war ein mieser Angeber«, sagte Clarissa zu dem Airport Manager, »aber ich hätte ihm einen anderen Tod gegönnt! So sterben keine Helden!« Dieser Meinung war auch der Pfarrer, der die Art des Unfalls beharrlich verschwieg und nur davon sprach, dass Sid Baxter im Dienst für sein geliebtes Vaterland gefallen war.

»Wenn Bill so etwas passiert, bringe ich mich um!«, sagte Belinda, als sie im Drugstore über die Beerdigung sprachen. Ihre Worte klangen so ernst, dass Clarissa erschrak. »Wenn er nicht mehr lebt, will ich auch nicht mehr leben! Er darf nicht sterben!«

»Bill ist ein Glückskind«, sagte Clarissa, »sonst hätte er dich nicht gefunden! Er stirbt bestimmt nicht! Er kommt wieder nach Hause, und ihr bekommt viele Kinder!« Clarissa ließ sich nicht von der Panik vieler anderer Menschen anstecken. Auch sie hatte Angst, um Mike Sheldon, um jeden Soldaten, der in diesem hässlichen Krieg kämpfte, und doch ging es ihr besser als vielen Frauen, die um ihre Männer zitterten und jeden Tag um ihre Existenz kämpften. Ihr Mann lag im Krankenhaus und war vor den Kugeln der Japaner sicher. Sie hatte einen Job, der ihr so viel Geld brachte, dass sie sorgenfrei leben und den Anteil ihres Partners zur Seite legen konnte. Sie hatte ein Konto für Mike eingerichtet und überwies die Hälfte aller Einkünfte an ihn. Auf ihren langen Ausflügen mit dem Hundeschlitten oder den Flügen mit der *Fairchild* dachte sie oft an den Krieg, und wenn das Wetter zu klar oder die Einsamkeit zu eintönig wurde, tauchten auch die schrecklichen Bilder von zerfetzten Flugzeugen und Schiffen wieder auf, doch sie hatte nach ihrem

Absturz am eigenen Leib erfahren, wie wichtig es war, in solchen Situationen die Nerven zu behalten, und ließ sich auch durch die bedrohliche Lage im südlichen Pazifik nicht anstecken.

Ihre Flüge verliefen ohne größere Zwischenfälle. Sie hatte gelernt, sich bei jedem Wetter zurechtzufinden, und wurde nicht einmal nervös, wenn dichter Nebel ihr die Sicht versperrte. Sie kannte die Umgebung von Fairbanks besser als alle anderen Piloten, weil sie jeden Tag mit den Hunden unterwegs war, und würde immer eine Stelle finden, an der sie landen konnte. Harry Cheek half ihr bei der Wartung der *Fairchild,* und mit einem Angestellten von Pacific Air baute sie ein neues Ersatzteil ein, nachdem sie in heftige Turbulenzen über der Küste geraten war und ein Teil der schweren Fracht gegen ihr Armaturenbrett krachte. Sie schaffte es trotz der Ladung, die Maschine über die Wolken zu steuern und aus der Gefahrenzone zu bringen. Ein anderes Mal hatte sie weniger Glück. Heftige Schneefälle und eisiger Nebel zwangen sie zu einer Notlandung auf einem zugefrorenen See fern jeder menschlichen Siedlung, und es blieb ihr nichts anderes übrig, als die Maschine in den Wind zu stellen und zu sichern und einen Iglu zu bauen. Zwei Tage harrte sie in der Einsamkeit aus. Sie lebte von Konserven, die sie über ihrem *Coleman*-Kocher erhitzte, und dem Tee aus ihrer Thermosflasche und las die restlichen Seiten von »Wem die Stunde schlägt«, bis das Wetter aufklarte und sie wieder starten konnte. Erst in der Luft dachte sie daran, dass sie kein Wolfsgeheul gehört und kaum Angst verspürt hatte. »Langsam machst du mir Angst!«, lachte Harry Cheek. »Du bringst es fertig und fliegst allein über den Pazifik!«

»Nicht solange die Japaner sich da unten rumtreiben«, erwiderte sie lächelnd, »da würde ich wohl nicht weit kommen!«

Anfang Februar erhielt Clarissa einen Anruf, der sie beinahe aus der Fassung brachte. »Ich weiß, es ist schon spät, aber ich konnte Sie nicht früher erreichen«, meldete sich eine Frauenstimme, »aber ich muss Sie unbedingt sprechen! Hier ist Elizabeth Sheldon. Ich habe heute einen Brief von Mike bekommen …«

Clarissa versprach, sofort vorbeizukommen, schlüpfte hastig in ihren Anorak und lief zu Fuß in die Stadt. Bis zum Haus der Sheldons war es nicht weit, und sie wollte keine Zeit damit vergeuden, die Hunde anzuspannen. »Clarissa Watson«, stellte sie sich vor, als Mrs. Sheldon die Tür öffnete und sie ins Haus bat.

»Elizabeth Sheldon. Sie können mich Betty nennen«, erwiderte die Mutter des Jungen. Sie war ungefähr fünfzig, hatte ein blasses Gesicht mit einer etwas zu spitzen Nase und forschenden blauen Augen. Ihr dunkelblondes Haar war sorgfältig frisiert. Sie trug ein gemustertes Kleid und eine Schürze. »Kann ich Ihnen einen Früchtetee anbieten? Ich habe gerade frisches Wasser aufgesetzt.« Clarissa nahm an, und sie fuhr fort: »Seltsam, dass wir uns jetzt erst kennen lernen, nicht wahr? Aber ich kenne ihr Bild aus der Zeitung. Sie sind eine berühmte Frau, Clarissa!«

»Die Zeitungen übertreiben, Mrs. Sheldon … Betty.«

Während Betty Sheldon das Wasser vom Herd nahm und den Tee aufgoss, herrschte Stille. Clarissa saß verlegen auf dem Sofa und blickte sich in dem altmodisch eingerichteten Wohnzimmer um. Über der antiken Kommode, die aus Europa stammen musste, hing ein Foto von Mike Sheldon. Darunter lag ein Blumenstrauß. »Ein schönes Foto, nicht wahr?«, sagte Betty Sheldon, als sie zurückkehrte. »Ich habe extra einen Fotograf kommen lassen, bevor er … er in den Krieg zog!« Sie unterdrückte einige Tränen. »Ist dieser Krieg nicht schrecklich?« Sie schenkte Tee ein und setzte sich. »Ich will keine großen Worte machen, Clarissa. Ich war ziemlich wütend auf Sie, als Mike nach Hause kam und erzählte … nun ja, Sie müssen wissen, er hatte keine Geheimnisse vor mir, und als er mir erzählte, dass Sie ihm … Hoffnungen gemacht haben, da habe ich mich natürlich sehr gewundert und gedacht, das ist eine von diesen Frauen, die mit der Einsamkeit … ich habe selbst darunter gelitten, Clarissa, ich weiß, wie es ist, wenn man seinen Mann verliert. Aber Ihr Mann lebt, und ich weiß nicht … aber das ist alles Schnee von gestern!«

»Ich wollte Ihrem Sohn nicht wehtun, Betty«, gestand Clarissa. Sie war rot angelaufen. »Mike hat sich da etwas in den Kopf gesetzt, wissen Sie, und ich war vielleicht nicht aufrichtig genug …«

»Sie lieben ihn nicht. Sie haben ihn nie geliebt«, sagte Betty Sheldon. Es klang wie eine nüchterne Feststellung. »Und ich kenne meinen Mike!« Jetzt lächelte sie. »Wenn er sich was einbildet, ist er nur schwer davon abzubringen! Er glaubt, dass er unsterblich in Sie verliebt ist, und ich bin nicht einmal böse darüber, denn dieses Gefühl wird ihm helfen, den Krieg zu ertragen!« Sie legte eine Hand auf Clarissas Arm. »Ich bin Ihnen dankbar dafür, dass Sie ihm die Wahrheit verschwiegen haben!«

Clarissa spürte, wie eine schwere Last von ihrer Seele fiel. »Ich konnte ihm nichts sagen, Betty! Er hätte die Wahrheit nicht ertragen! Ich wollte nicht, dass er verzweifelt in den Krieg zieht! Er hätte sich vielleicht etwas angetan! Ich hatte große Angst um ihn!«

»Ich weiß, und deshalb bin ich Ihnen dankbar!« Betty Sheldon zog einen Brief aus ihrer Schürzentasche und reichte ihn Clarissa. Sie faltete das Schreiben auseinander und begann zu lesen:

Meine liebe Clarissa,
ich vermisse dich so sehr! Nun sind wir schon drei Wochen in der Java-See unterwegs, und ich habe noch immer keinen Japaner zu Gesicht bekommen. Wir sind alle begierig darauf endlich gegen die Japse zu kämpfen! Ich bin auf einer kleinen Insel stationiert und verbringe den ganzen Tag damit, die wenigen Maschinen zu warten, die wir stehen haben. Aber ich will dich nicht mit Einzelheiten langweilen. Ich will dir lediglich sagen, dass ich dich unsterblich liebe und den Tag herbeisehne, an dem ich dich wieder in die Arme schließen kann! Ich hoffe sehr; dass

es eine gemeinsame Zukunft für uns gibt! So, und jetzt muss ich leider aufhören, sonst schnappen mir meine Kameraden den Brief weg und lesen ihn laut vor! Schreibst du mir? Ich sehne mich nach einem Brief von dir!
In großer Liebe
Dein Mike

Clarissa ließ die Hand mit dem Brief sinken und wagte nicht, Betty Sheldon in die Augen zu sehen. Doch die Stimme von Mike's Mutter klang sanft: »Antworten Sie ihm, Clarissa! Und tun Sie so, als wären Sie in ihn verliebt! Ich möchte, dass er glücklich ist, und wenn es nur für kurze Zeit ist! Versprechen Sie mir das?«

»Ich verspreche es«, antwortete Clarissa mit erstickter Stimme. Dann steckte sie den Brief ein und ging weinend aus dem Haus.

27

Der Krieg hatte das hungrige Wolfsrudel aus den Schlagzeilen und dem Bewusstsein der Menschen gedrängt. Nur noch vereinzelt patrouillierten bewaffnete Polizisten am Waldrand entlang. Die Bestien, so meldete der *News-Miner* auf der fünften Seite, hatten endgültig aufgegeben und waren nach Norden geflohen. Am Stadtrand spielten die Kinder längst wieder allein auf der Straße, und niemand dachte sich etwas dabei, wenn Huskys bellten oder flackernde Schatten durch das Halbdunkel tanzten. Die arktische Nacht war voller Geheimnisse, und im düsteren Licht der Straßenlampen wirkte manches unheimlicher, als es wirklich war. Die Einwohner waren die langen Nächte gewöhnt.

Clarissa hatte die Wölfe nicht vergessen. Sie spürte ihre Nähe, wenn sie nachts aus dem Schlaf schreckte, weil sie ihr entferntes Heulen vernommen hatte. Sie blickte nervös aus dem Fenster, wenn ihre Hunde unruhig bellten, und war überzeugt, von ihnen beobachtet zu werden, wenn sie allein durch die Wildnis fuhr. Selbst als sie ihre Antwort für Mike zu Betty Sheldon brachte, damit die Mutter des Jungen sie zusammen mit ihrem Brief versandte, war sie sicher, von den Wölfen verfolgt zu werden. Doch sie erzählte niemandem von ihrem Verdacht, aus Sorge, ausgelacht zu werden, denn mitten auf der Cushman Street war noch niemals ein Wolf gesehen worden, und in den Außenbezirken der Stadt hätten die Hunde angeschlagen, wenn ein Wolfsrudel in der Nähe gewesen wäre.

Betty Sheldon sagte kein Wort, als sie Clarissas Brief in den Umschlag steckte, um ihn sogleich zuzukleben. Nur ihre nervöse Miene und ihre unsteten Augen verrieten die Sorge um ihren Sohn. Auch die Zensur der Armee konnte aus Niederlagen keine Siege machen, und die Berichte im *News-Miner* über die Kämpfe im Südpazifik waren nicht dazu angetan, in Jubelstürme und ungetrübten Optimismus auszubrechen. Die japanische Armee kontrollierte Malaya und die Philippinen, und die amerikanische Marine schien noch keine Strategie gefunden zu haben, die die grausame Entschlossenheit der Japaner brechen konnte. Die schönen Worte, die Präsident Roosevelt und andere Politiker und Generäle über das Radio sandten, konnten Betty Sheldon nicht täuschen. Ihr Sohn war in großer Gefahr, und es würde noch sehr lange dauern, bis die Amerikaner auf dem fernen Kriegsschauplatz die Führung übernehmen konnten.

Obwohl Clarissa den Jungen nicht liebte und den Brief nur geschrieben hatte, um seinen Lebensmut zu stärken und ihn vor einer leichtsinnigen Verzweiflungstat zu schützen, hatte sie ein schlechtes Gewissen. Allein der Gedanke, dass Frank irgendwann diesen Brief zu sehen bekommen könnte, ließ sie erschaudern. Wenn dieser Krieg jemals zu Ende ging, und Mike nach Hause zurückkehrte, konnte sie nur hoffen, dass er selber eingesehen hatte, wie hoffnungslos seine Liebe zu ihr war, oder sie musste seinen Traum unsanft zerstören und ihm die Wahrheit sagen. Ihrem Mann erzählte sie überhaupt nichts von Mike. Dr. Morgan hatte ihr empfohlen, den Krieg nicht zu erwähnen, und sie war auch froh, über etwas anderes sprechen zu können. Über das Dog Derby und den Zweikampf mit Alice, auf den sie sich wirklich freute. Ihre Hunde, die wohl spürten, dass ein wichtiges Rennen bevorstand, und sich auf jeden Trainingslauf freuten. Ihre Flüge, die sie bis an die Küste und hinauf nach Anaktuvuk Pass führten.

Von den angriffslustigen Wölfen, denen sie auf einem ihrer Ausflüge in die Wildnis begegnet war, erzählte sie keinem Menschen, schon wegen des schadenfrohen Grinsens einiger Konkurrenten, das sie dann bis zum Dog Derby verfolgt hätte. An einem klaren und kalten Tag, der sie schon am frühen Morgen mit einem überwältigenden Nordlicht geweckt hatte, war sie jenseits des Flusses unterwegs. Der nächtliche Himmel erstrahlte wie das große Feuerwerk, das sie an einem der letzten Thanksgiving Days in Fairbanks entzündet hatten. Während sie die Hunde fütterte, leuchteten farbige Lichter über ihr, flackerten bunte Schatten über den Schnee und ließen die Hunde wie geisterhafte Wesen aus einem Märchen erscheinen. Clarissa unterbrach ihre Arbeit und starrte zum Himmel, schon lange hatte sie nicht mehr ein solches Spektakel gesehen. Am nächsten Tag berichtete sogar der *News-Miner* über das ungewöhnliche Nordlicht.

In dem verschneiten Tal, das sie nach einem ausgiebigen Frühstück durchquerte, glitzerte nur noch der Schnee. Das Organisationskomitee des Dog Derby hatte angekündigt, die relativ kurze Rennstrecke durch unwegsames Gebiet abzustecken, und sie wollte die Hunde darauf vorbereiten, durch Tiefschnee zu laufen. Dort wurde selbst ein kurzes Rennen zur Qual. Die Musher waren gezwungen, ihre Schneeschuhe anschnallen, und dem Schlitten vorauslaufen, um den Weg für die Hunde zu ebnen. Nur mit einer guten Kondition war diese Anstrengung zu schaffen. Nachdem sie das Tal durchquert hatte, umarmte Clarissa atemlos jeden einzelnen Hund und bedankte sich bei ihm.

Nach einer kurzen Pause trieb sie die Hunde durch einen dichten Fichtenwald, wo der Schnee kaum knöcheltief lag, und erreichte den Indianerpfad, auf dem sie sonst immer trainierte. »So, jetzt könnt ihr rennen«, rief sie den Hunden zu, »zeigt, was ihr könnt!« Das ließen sich die Huskys nicht zweimal sagen. Sie legten sich in die Leinen und setzten zu einem langen Spurt an, der Clarissa zeigte, dass sie ihre Bestform erreicht hatten. Ihre Füße schienen kaum den Boden zu berühren. Die Kufen des Schlittens flogen über den körnigen Schnee, kratzten über das harte Eis, das sich am Rand des Pfades gebildet hatte. Unter dem Schlitten stob der Neuschnee hoch und hüllte sie in eine eisige Wolke, die sich auf ihren Anorak und die Schutzbrille legte.

Hinter einer scharfen Biegung brachen die Hunde unerwartet aus. Sie zogen nach links und flohen ins Unterholz des Fichtenwaldes. Ein riesiger Elch stapfte zwischen den Bäumen hervor, senkte seinen langen Schädel mit den mächtigen Schaufeln und schlug nervös mit den Hufen aus, als er die Hunde sah. Die Huskys winselten ängstlich und wechselten so abrupt die Richtung, dass Clarissa vom Trittbrett geschleudert wurde und mit der Schulter gegen einen abgestorbenen Fichtenstamm prallte. Sie verspürte einen heftigen Schmerz und verlor das Bewusstsein.

Wie lange sie im Schnee gelegen hatte, vermochte sie später nicht zu sagen. Über dem Indianerpfad hing bereits düsteres Zwielicht, als sie die Augen öffnete. Schmutzige Schatten fielen auf den Schnee. Am Himmel waren Wolken aufgezogen, und das Glitzern der Sterne war verschwunden. Es war noch kälter geworden. Sie konnte von Glück sagen, dass die Bäume den eisigen Wind aufhielten, der jetzt durch die Täler und Senken blies. Sie stützte sich auf einen Ellbogen und schrie auf. Starker Schmerz durchzuckte ihre linke Schulter. Sie bewegte sich zaghaft und atmete erleichtert auf, als sie merkte, dass nichts gebrochen war. Eine schmerzhafte Prellung, die bis zum Rennen ausgeheilt sein würde, weiter nichts. Sie verlagerte ihr Gewicht auf den rechten Ellbogen und spürte, wie der Schmerz nachließ.

Die Wölfe entdeckte sie erst, als sie sich aufrichten wollte und die gelben Augen am Waldrand sah. Sie hielt mitten in der Bewegung inne. Von den forschenden Augen der Tiere ging eine Bedrohung aus, die ihr wie ein eisiger Windhauch entgegenschlug. Den Blicken folgte ein heiseres Knurren. Fast vergessene Bilder kehrten zurück, die weite Senke vor dem Blockhaus, in das sie sich nach demTod ihres ersten Mannes geflüchtet hatte, das Wolfsrudel, das sie umstellt und in die Enge getrieben hatte. Sie suchte vergeblich nach ihrem Schlitten und vermisste den Revolver aus ihrer Felltasche. Die panische Reaktion der Hunde hatte sie daran gehindert, danach zu greifen. Sie griff nach dem Messer in ihrer Anoraktasche und stöhnte verzweifelt, als sich der Schmerz zurückmeldete und heftig durch ihre Schulter fuhr.

Das Knurren wurde lauter, und sie beobachtete entsetzt, wie die Wölfe aus dem Wald kamen. Einer nach dem anderen, langsam und bedrohlich, die Augen voller Gier und Mordlust. Sie erinnerte sich an ihre Worte auf der Versammlung, dass Wölfe mit Menschen nichts zu tun haben wollen und sie nur in höchster Verzweiflung angreifen. Was würden wohl die Männer sagen, die sie damals ausgelacht hatten, wenn sie jetzt beobachten könnten, wie sie von den »blutgierigen Bestien« angegriffen wurde?

Sie ignorierte den Schmerz und richtete sich langsam auf. Das Messer wog schwer in ihrer rechten Hand. War es jetzt so weit? Müsste sie sich einem Kampf gegen die Wölfe stellen? Die Tiere kamen aus allen Richtungen, fletschten ihre gelben Zähne und kreisten sie ein. Es gab kein Entrinnen. Sie würden sich auf sie stürzen und sie zerfleischen. Zehn Wölfe kamen auf sie zu. Auch das Messer nützte ihr nichts gegen diese Übermacht. Dennoch musste sie es versuchen. Ein verzweifeltes Lachen kam über ihre Lippen, als sie daran dachte, was der *News-Miner* über ihren Tod schreiben würde: *Erfolgreiche Musherin von Wölfen zerfleischt!* Ein erfolgreiche Musherin war bestimmt nicht so dumm, sich ohne ihren Revolver vom Schlitten werfen zu lassen.

Die Rettung kam unerwartet und so plötzlich, dass Clarissa vor Schreck das Messer fallen ließ. Ein Wolfshund, größer und stämmiger als seine wilden Brüder und mit funkelnden Augen, stürmte aus der Dunkelheit heran. Mit blitzenden Zähnen stürzte er sich auf die Wölfe. Wie ein Orkan wütete er unter den überraschten Tieren und trieb sie in alle Himmelsrichtungen. Sein Fauchen hallte wie in unheimliches Echo durch den Wald. Unter seinen kräftigen Beinen staubte der Schnee, und sein Atem hing wie tödlicher Nebel in der Luft. Die Wölfe wichen ängstlich zurück und verzogen sich mit eingezogenen Schwänzen in den Wald. Zögernd legte sich der aufgewirbelte Schnee.

»Nanuk!«, flüsterte Clarissa ehrfürchtig. Sie hob ihr Messer auf und steckte es in den Anorak. »Du hast mir das Leben gerettet!«

Sie öffnete die Augen und schüttelte verwundert den Kopf. Der Wolfshund war verschwunden. Wie vom Erdboden verschluckt. »Verrückter Traum!«, brummte sie leise. Langsam richtete sie sich auf und hielt ihre verletzte Schulter. Sie würde Salbe darauf schmieren und einige Tage pausieren müssen. Ihr Kopf wurde allmählich wieder klar. Außer heftigen Kopfschmerzen und einer dicken Beule würde nichts zurückbleiben. Von einer Gehirnerschütterung blieb sie verschont. Um sicherzugehen, würde sie sich im Krankenhaus von Dr. Morgan untersuchen lassen. Sie lehnte sich gegen einen Baumstamm und wartete, bis die Benommenheit wich. Sie hoffte nur, dass die Hunde nicht zu weit gelaufen waren, und sie gleich nach Hause fahren konnte. Sie ging ein paar Schritte und blieb verwirrt stehen. War da nicht ein dunkler Schatten am Waldrand gewesen? »Nanuk?«, rief sie mit gedämpfter Stimme. »Bist du das?« Sie bekam keine Antwort und nahm an, dass sie sich die Bewegung nur eingebildet hatte.

Mit der rechten Hand klopfte sie den Schnee von ihrem Anorak. »Dusty! Snowball! Grumpy! Wo steckt ihr?«, rief sie in die Dunkelheit. »Der Elch ist weg! Ihr braucht keine Angst mehr zu haben!«

Sie fand die Hunde ungefähr drei Meilen von der Unfallstelle entfernt, im Unterholz eines Fichtenwäldchens, das sich am Ufer eines zugefrorenen Sees erhob. Der Schlitten hatte sich um einen Baum gewickelt, und den Huskys war es nicht gelungen, sich aus den verhedderten Leinen zu befreien. Entkräftet kehrte sie schließlich nach Hause zurück und fuhr ins Krankenhaus. Dr. Morgan verschrieb ihr eine Salbe, die wahre Wunder wirkte, und ermahnte sie, sich drei Tage zu erholen. »Mindestens«, fügte er hinzu, »sonst findet das Dog Derby in diesem Jahr ohne Sie statt! Wenn Sie gewinnen wollen, müssen Sie gesund sein! Die Schulter ist geprellt und braucht Ruhe!«

Clarissa hielt sich an die Ermahnung des Arztes und wartete, bis sie vollkommen genesen war. Erst dann trainierte sie wieder mit den Hunden. Fast jeden Nachmittag verbrachte sie auf dem zugefrorenen Chena River, um die Spurtkraft und die Schnelligkeit der Hunde zu stärken. Ihre Huskys waren mehrtägige Rennen wie die Yukon Trophy gewöhnt und mussten sich rasch umgewöhnen, wenn sie beim Dog Derby eine Chance haben wollte. Auch den anderen Mushern erging es ähnlich. Wie sie hatten sie monatelang auf ein langes Rennen trainiert und mussten sich wenige Wochen vor dem Dog Derby umstellen. Nur weil ein Teil der Preisgelder an die Hinterbliebenen von gefallenen Soldaten ging, hatten die Politiker überhaupt eingewilligt, eine verkürzte Version des Dog Derby durchzuführen. Die Einnahmen aus dem Eishockeyturnier sollten ebenfalls gespendet werden. Unter der Überschrift *Remember Pearl Harbor* berichtete der *News-Miner* regelmäßig über solche Aktionen. Zahlreiche Prominente, darunter auch Clarissa, gaben der Zeitung ausführliche Interviews, die ausschließlich dazu dienten, die Moral der Bürger zu stärken.

Der Februar verging, und die Tage wurden länger. »Willie's Flight Service« florierte, und sie konnte sich vor Aufträgen kaum retten. Ungewollt profitierte sie von dem Krieg, denn Piloten waren knapp, und die Wien Air und andere große Firmen konnten nicht jeden Auftrag übernehmen. Ihr fliegerisches Können hatte sich herumgesprochen, und kein Kunde zögerte mehr, wenn er hörte, dass eine Frau am Steuerknüppel sitzen würde. Schon gar nicht, wenn man ihm erzählte, dass diese Frau die Yukon Trophy und das letzte Dog Derby gewonnen hatte und auch in diesem Jahr zu den Favoriten zählte. Der *News-Miner* tat ein Übrigens, um ihren Ruf als starke und selbstständige Frau zu festigen, allerdings aus eher egoistischen Motiven. Die Berichte über die hübsche und ungewöhnliche Frau steigerten die Auflage. Clarissa waren diese Berichte eher peinlich. Sie beantwortete die vielen Fragen der Reporter nur, weil sie vom News-Miner gesponsort wurde und sich dazu verpflichtet fühlte. Es behagte ihr gar nicht, im Mittelpunkt des Interesses zu stehen. »Die Zeiten sind schlecht«, erklärte Ross Clayton, »da brauchen die Menschen etwas Ablenkung!« Sie fügte sich widerwillig und dachte: Ich sollte es wie Alice machen und mich in die Wildnis zurückziehen!

Die Schlagzeilen gehörten weiterhin dem Krieg gegen die Japaner, und manche Politiker befürchteten bereits, dass amerikanische Soldaten auch im fernen Europa einen hohen Preis für die Freiheit zahlen mussten. Die Deutschen und die Italiener hatten sich vorgenommen, die ganze Welt zu erobern, und waren größenwahnsinnig genug, auch Amerika anzugreifen. Der Kapitän eines Kreuzers behauptete allen Ernstes, ein deutsches U-Boot vor der Küste von North Carolina gesichtet zu haben. »Dieser Hitler ist ein Verrückter!«, schimpften die Leute und zeigten offen ihre Angst vor einem jahrelangen Krieg gegen den Terror.

Am 27. Februar kam Clarissa unmittelbar mit dem Krieg in Berührung. Sie erinnerte sich so genau an das Datum, weil sie gerade auf den Kalender blickte, als die Hunde anschlugen. Es war spät am Abend, und ihr Haus war von tiefer Dunkelheit umgeben. Der Mond und die Sterne standen hinter einer dichten Wolkendecke. Sie blickte aus dem rückwärtigen Fenster und sah, dass Snowball nervös an seiner Kette zerrte. Grumpy bellte laut. Dusty kam aus der Küche und lief zur Haustür. »Ruhig, Dusty!«, ermahnte Clarissa ihren Leithund. Sie nahm das Gewehr aus der Halterung und schob eine Patrone in den Lauf. Sie wollte kein unnötiges Risiko eingehen. Diesmal träumte sie nicht.

Natürlich galt ihr erster Gedanke den Wölfen. Obwohl ihre Hunde dann noch heftiger reagiert hätten. Sie öffnete vorsichtig die Tür und entdeckte eine Gestalt zwischen den Büschen an der Straße. Sie hob das Gewehr an die Schultern. »Kommen Sie da raus!«, forderte sie den Fremden auf. »Na, los! Kommen Sie!«

Aber sie hatte keinen Einbrecher aufgescheucht. »Belinda!«,

rief sie entsetzt, als sie die Bedienung aus dem Drugstore erkannte. Das Mädchen taumelte wie eine Betrunkene und weinte hemmungslos. Ihr Haar war zerzaust. »Clarissa!«, stieß Belinda verzweifelt hervor, »ich wusste nicht, zu wem ich sonst gehen sollte! Ich hab doch niemand! Du musst mir helfen!« Sie bekam einen Weinkrampf und schlug die Hände vors Gesicht. »Es ist wegen Bill! Er ist tot! Er ist gefallen! Die Japaner haben ihn erschossen!« Wieder erstickten Tränen ihre Stimme. »Sie haben ihn umgebracht! Die verdammten Schweine haben ihn umgebracht!«

Clarissa nahm sie in den Arm und führte sie ins Haus. Mit sanfter Gewalt drückte sie das verzweifelte Mädchen in ihren Lieblingssessel. »Ruh dich erstmal aus!«, meinte sie beschwichtigend. »Ich koch dir einen heißen Tee, okay?« Sie umarmte sie noch einmal und wartete, bis das Weinen nachließ. Erst dann ging sie in die Küche. Mit dem Tee kehrte sie ins Wohnzimmer zurück. Belinda saß mit verschmiertem Makeup auf dem Sofa, die Beine angezogen wie ein ängstliches Mädchen, und starrte ins Leere. »Was soll ich denn jetzt tun, Clarissa?«, fragte sie heiser. »Wir hatten uns so auf das Stipendium gefreut …« Sie schüttelte den Kopf. »Es ist alles so sinnlos, Clarissa! Ohne Bill ist alles … so leer!« Ihre Augen wurden klar, und sie blickte Clarissa an. »Entschuldige, dass ich gekommen bin! Ich wollte nicht allein sein! Du bist mir doch nicht böse, oder?«

»Natürlich nicht«, erwiderte Clarissa sanft, »du bist doch meine Freundin!« Sie reichte ihr den Becher. »Weißt du was, du schläfst heute hier! Und morgen und übermorgen auch! Einverstanden?«

»Einverstanden«, meinte sie dankbar. Sie erschrak. »Aber ich bin aus dem Drugstore weggelaufen! Der Chef ist sicher böse …«

»Das regele ich schon«, sagte Clarissa und ging zum Telefon.

28

Das Dog Derby startete auf der Cushman Street. Auf den Gehsteigen und an den Fenstern der umliegenden Häuser drängten sich die Zuschauer, und neben der Start-Ziel-Linie hatte man ein Podium aufgebaut. Überall hingen amerikanische Flaggen und Wimpel, in den Fenstern, am Banner über der Straße und am Rednerpult, und das Podium war mit künstlichen Blumen geschmückt. Erwartungsvolle Spannung hing in der Luft. Die Zuschauer warteten ungeduldig darauf, dass der Bürgermeister die Eröffnungsrede hielt, und die ersten Musher auf die Strecke gingen. Eine Blaskapelle unterhielt die Leute mit patriotischen Liedern und aktuellen Schlagern wie »Chattanooga Choo-Choo«.

Im Camp der Musher, das in einer Seitenstraße aufgebaut war, herrschte hektische Betriebsamkeit. Alle Teilnehmer des Rennens waren damit beschäftigt, ihre Hunde anzuspannen und ein letztes Mal die Schlitten zu überprüfen. In einem Fünfzig-Meilen-Rennen galten andere Bedingungen. Die Schlittenführer durften keine Hundenahrung und keine Ersatzhunde mitnehmen. Falls ein Hund ausfiel, musste er auf dem Schlitten transportiert werden. Alle fünf Meilen waren die Musher verpflichtet, sich bei einem Kontrollpunkt zu melden. Gestartet wurde in Zehn-Minuten-Abständen, die Reihenfolge war am Abend ausgelost worden.

Clarissa startete an vierter Stelle, direkt vor Alice. Die beiden Frauen begrüßten sich freundschaftlich und hatten großen Spaß daran, sich gegenseitig aufzuziehen. »Und du willst wirklich mitmachen?«, meinte Clarissa fröhlich. »Wer den ganzen Winter von rohem Fleisch lebt, hält die Strapazen bestimmt nicht durch!« Alice winkte grinsend ab. »Ein weißes Stadtmädel wie dich schlage ich im Vorbeigehen!«, erwiderte sie, »ich werde die erste Indianerin sein, die das verdammte Dog Derby gewinnt!« Und als Clarissa ihren Leithund vor den Schlitten spannte, spottete sie: »Mit dem alten Stinktier kommst du doch keine Meile weit!« Clarissa konterte mit einem abfälligen Blick auf die Hunde der Indianerin: »Und wo hast du diese Kröten her? Von einem Medizinmann?«

Die Rede des Bürgermeisters wurde über Lautsprecher verbreitet. Er begründete noch einmal, warum der Ice Carnival in diesem Jahr ausfallen musste, und legte eine Schweigeminute für die gefallenen Soldaten ein. Clarissa schloss die Augen. Sie dachte an Mike, der irgendwo im Südpazifik kämpfte, und an Belindas jungen Freund, der an der Front gefallen war. Und wie mochte es Noel Tuska und Richard Harmon auf den Aleuten gehen? Und Schwester Ruth, die sich auf irgendeinem Militärstützpunkt um die verwundeten Soldaten kümmerte? »... darf ich Sie ganz herzlich zum Dog Derby begrüßen!«, hörte sie die Stimme des Bürgermeisters. »Diesmal ist es kein gewöhnliches Rennen. Die Hälfte des Preisgeldes und die Hälfte aller Einnahmen fließt den Hinterbliebenen unserer gefallenen Soldaten zu, und ich hoffe, das ist in Ihrem Sinne, liebe Mitbürger!« Der Applaus gab ihm Recht. Es folgten einige Worte über den gerechten Krieg und den aufopferungsvollen Kampf der jungen Soldaten, und dann bat er um Aufmerksamkeit für die Nationalhymne. Die Blaskapelle begann zu spielen, und die Menschen sangen ergriffen mit. Die Verbundenheit mit den Soldaten war groß, und fast jeder Zuschauer war mit einem jungen Mann verwandt, der in den Krieg gezogen war. Clarissa hätte gern gewusst, ob Belinda unter den Zuschauern war. Sie hatte es versprochen. Seit ihr Freund gefallen war, ging Clarissa jeden Abend in den Drugstore und munterte die junge Bedienung auf.

»Hiermit erkläre ich das diesjährige Dog Derby für eröffnet!«, tönte der Bürgermeister. Er überließ das Mikrofon dem offiziellen Sprecher, der seinerseits das Publikum begrüßte und noch einmal die Regeln erklärte. Die »Miss Ice Carnival 1941«, ein hübsches High-School-Mädchen mit einer blauen Schärpe und einer goldenen Krone auf den lockigen Haaren, gab den Startschuss für den ersten Musher, und das Rennen begann. Die Zuschauer begleiteten den ersten Schlittenführer mit lauten Anfeuerungsrufen und dem traditionellen »Go! Go! Go!« aus der Stadt.

»Mit der Startnummer vier sehen Sie eine der großen Favoritinnen, eine Siegerin der Yukon Trophy und die letztjährige Siegerin des Dog Derby, unsere Mrs. Clarissa Watson!« Begeisterter Applaus empfing Clarissa, als sie zur Startlinie fuhr. Sie hörte kaum das Klatschen und das Johlen, war ganz auf das bevorstehende Rennen konzentriert. »Dusty! Ich zähle auf dich!«, rief sie ihrem Leithund zu. »Vor den vielen Leuten dürfen wir uns nicht blamieren!« Dusty wandte den Kopf und schien ihr mit seinen blauen Augen sagen zu wollen, dass er ganz ihrer Meinung war. »Snowball! Grumpy! Benehmt euch! Habt ihr gehört? Wir schaffen es nur, wenn wir alle zusammenhalten!« Clarissa nannte jeden Hund beim Namen und feuerte ihn mit aufmunternden Worten an. »He, Blue! Heute müssen wir besonders schnell sein! Pete, du siehst gut aus! Die ersten Meilen gehen wir schnell an, ja?«

Als der Startschuss fiel, startete Clarissa mit einem lauten »Go! Go! Go!«. Unter den Anfeuerungsrufen des Publikums lenkte sie den Schlitten über die verschneite Cushman Street und die Brücke über den Chena River. Der größte Teil der Zuschauer war auf ihrer Seite. Sie war die einzige Teilnehmerin aus Fairbanks, und der *News-Miner* hatte sie erfolgreich zum Publikumsliebling aufgebaut. Die anderen Musher kamen aus Anchorage und kleinen Siedlungen am Yukon, Tanana und Koyukuk River, und ein Mann war sogar aus dem Yukon-Territorium angereist.

Clarissa ging das Rennen schnell an. Fünfzig Meilen waren keine große Entfernung für trainierte Schlittenhunde, und sie wollte schon bis zum ersten Kontrollpunkt einen Vorsprung herausfahren, bevor es durch die unwegsamen Wälder und in die Berge ging. »Lauf, Dusty! Alice darf uns nicht einholen!« Die ersten Meilen führten am Waldrand entlang und auf den zugefrorenen Tanana River. Das gab den Hunden Gelegenheit, ihre ganze Kraft und Schnelligkeit auszuspielen. Dusty flog über den festen Schnee. Snowball und Grumpy legten sich mächtig ins Geschirr. Pete, Blue und der junge Blondie hielten tapfer mit. Jetzt zahlten sich die vielen Trainingsstunden aus. Auf dem Tanana River war Clarissa besonders viel gefahren, und ihre Hunde kannten das Eis auswendig, wussten lange vorher, wo sie einem Hindernis ausweichen oder einen anderen Kurs nehmen mussten. Sie kümmerten sich nicht um die Spuren der drei Gespanne, die vor ihnen über den Fluss gerannt waren. »Weiter so, Dusty!«, rief Clarissa zufrieden. »Noch ein bisschen schneller!«

Selbst auf dieser ebenen Strecke zahlte sich die langjährige Erfahrung der Musherin aus. Geschickt verlagerte sie ihr Gewicht, wenn es in eine Kurve ging und sprang rechtzeitig vom Trittbrett, wenn ihre Kräfte gefordert waren. Noch vor dem ersten Kontrollpunkt hatte sie den dritten Musher eingeholt. Er war fair genug, ihr die Spur zu überlassen und sie an ihm vorbeiziehen zu lassen. Clarissa winkte ihm zu und federte geschickt in den Knien nach, als der Schlitten über eine Bodenwelle sprang. »Go! Go! Go!«, rief sie in den kalten Wind. Das Rennen machte ihr Spaß, und sie genoss das Gefühl, mit dem Schlitten über den zugefrorenen Fluss zu fliegen. Es war jetzt länger hell, und der Himmel zeigte ein verwaschenes Grau. Einige Schneeflocken wirbelten auf das Eis herab. Sie spürte die eisige Kälte kaum.

Am ersten Kontrollpunkt gönnte sie den Hunden eine kurze Verschnaufpause, dann ging es weiter. Sie blickte sich nicht um. Alice durfte auf keinen Fall an ihr vorbeiziehen, sonst hätte die Indianerin einen zehnminütigen Vorsprung, und der wäre nicht mehr wettzumachen. Clarissa hatte den Ehrgeiz, die beiden Musher vor ihr zu überholen und als Erste durchs Ziel zu gehen. Kein leichtes Unterfangen bei diesem Rennen. Auf der unwegsamen Strecke zwischen dem zweiten und dritten Kontrollpunkt wollte sie es schaffen, dort führte der abgesteckte Trail durch das zerklüftete Bergland, in dem sich die Ausdauer ihrer Hunde auszahlen würde. Sie hatte den großen Vorteil, das Terrain genau zu kennen, obwohl einige Musher von außerhalb in der Nähe von Fairbanks trainiert hatten. Sie würde das Rennen gewinnen. Sie durfte ihre vielen Fans in Fairbanks nicht enttäuschen. Clarissa hatte keine Ahnung, dass Alice sich ein heißes Kopf-an-Kopf-Rennen mit ihr lieferte. Sie waren nur wenige Sekunden auseinander. Dennoch gönnte sie sich auch am zweiten Kontrollpunkt kaum eine Pause. Die Hunde waren durchtrainiert und waren begierig darauf, ihr Können zu zeigen. »Die ersten beiden sind nur wenige Minuten vor dir!«, verriet ihr der Offizielle, der am Kontrollpunkt die Namen auf der Teilnehmerliste abhakte, »in den Bergen holst du sie ein!« Obwohl er im Pacific Air Shop in Fairbanks arbeitete und auf ihrer Seite war, prüfte er sorgfältig, ob alle Hunde gesund waren, bevor sie weiterfahren durfte.

Entschlossen lenkte sie den Schlitten in die Berge hinein. Die Hunde legten sich kräftig in die Leinen und kämpften sich durch den harschen Schnee. Der Trail führte in scharfen Windungen zwischen den Felsen hindurch, und sie lief die meiste Zeit hinter dem Schlitten her und schob kräftig an. Mit weit ausholenden Schritten kämpfte sie sich nach oben. Der Schnee, der von den Hunden und dem Schlitten aufgewirbelt wurde, hüllte sie wie eine nasse Wolke ein. Ihre Schutzbrille beschlug, und sie überließ es den Hunden, dem Trail zu folgen. Auf der Höhe schnaufte sie kurz durch, rieb die beschlagene Brille trocken und fuhr weiter. Sie überholte den zweiten Starter, einen jungen Mann aus Anchorage, der mächtig fluchte, als sie an ihm vorbeifuhr. In dem weiten Tal, das sich am Fuße des Berges er streckte, zog sie zu einem langen Spurt an und ließ auch den ersten Musher hinter sich. Er grüßte nicht einmal. »Weiter so, Dusty!«, rief sie. »Go! Go!«

Am dritten Kontrollpunkt war sie immer noch gut bei Kräften, und auch die Hunde machten den Eindruck, als hätte das Rennen gerade erst angefangen. »Wir Frauen sind einfach zäher!«, würde Alice später sagen. Clarissa trieb die Hunde noch einmal an und fuhr in den Fichtenwald, der zwischen dem Kontrollpunkt und dem Tanana River lag. Hier war der Schnee besonders trocken, und sie musste aufpassen, dass der Schlitten auf dem teilweise blanken Eis nicht ins Schleudern geriet. Mit gemischten Gefühlen dachte sie an den Tag zurück, an dem sie vom Schlitten gestürzt und dem hungrigen Wolfsrudel begegnet war.

Sie erreichte eine Lichtung und fuhr in den frischen Schnee hinein. Beinahe zu spät entdeckte sie den Wolfshund, der einsam auf einem Hügel stand und sie anstarrte. »Whoaa!«, rief sie den Hunden zu. »Whoaa! Haltet an!« Sie bremste den Schlitten ab und blickte den Wolfshund wie eine Erscheinung an. »Nanuk!«, flüsterte sie. »Willst du mir was sagen?« Der Wolfshund drehte sich ein paar Mal auf der Stelle und wartete geduldig. »Du willst, dass ich dir folge, nicht wahr?« Sie zögerte einen Augenblick, blickte sich nach ihren Verfolgern um und sah wieder den Wolfshund an. Er schien keine Widerrede zu dulden. Ohne daran zu denken, dass dieser Umweg sie den Sieg kosten würde, folgte sie Nanuk. Sie lenkte den Schlitten vom Trail und fuhr durch den tiefen Schnee den Hügel hinauf. Nanuk wartete auf sie.Als sie sich dem Wolfshund bis auf wenige Meter genähert hatte, und sie bereits sehen konnte, wie sein Fell vom Wind gefächert wurde, verschwand er aus ihrem Blickfeld. Sie schob den Schlitten auf den Hügelkamm und entdeckte ihn in einer Senke.

Er stand mit aufgerichtetem Schwanz im schmutzigen Schnee und beobachtete, wie die anderen Wölfe seines Rudels sich über einen erlegten Elch hermachten. Sie beachteten Clarissa gar nicht, fraßen gierig von dem blutigen Fleisch. Nanuk beteiligte sich nicht an der Fressorgie. Er blieb ruhig stehen und starrte Clarissa an, als wollte er sagen, wir haben genug zu fressen. Wir lassen euch in Ruhe. Und in seinen Augen war wieder dieses

Leuchten, das sie schon am Yukon bemerkt hatte. »Ich liebe meinen Mann!«, bekräftigte sie noch einmal. »Und ich werde ihn niemals verlassen! Das verspreche ich dir, Nanuk!«

Clarissa wendete den Schlitten und kehrte zur Strecke zurück. Sie bemerkte gerade noch, wie Alice mit lauten Anfeuerungsrufen zwischen den Felsen verschwand und sich erstaunt umblickte, als sie die Konkurrentin vom Hügel kommen sah. In ihrem Windschatten nahm Clarissa das Rennen wieder auf. Sie vergaß Nanuk, und der Ehrgeiz erwachte von neuem in ihr. Doch sie konnte nicht mehr gewinnen. Es gelang ihr, Alice auf der letzten Meile abzufangen und an ihr vorbeizuziehen, aber ihr Vorsprung war nicht groß genug, um die zehn Minuten zu übertreffen, die Alice später gestartet war. Die Zuschauer empfingen die beiden Musherinnen mit lautem Beifall. Sie feuerten Clarissa an, bis sie im Ziel war, und jubelten der Siegerin zu. »Ladys and Gentlemen«, tönte es aus den Lautsprechern, »damit hat Alice das diesjährige Dog Derby gewonnen! Die erste Indianerin, die das jemals geschafft hat!« Die Indianer, die in die Stadt gekommen waren, umringten die Siegerin und feierten sie begeistert.

Clarissa wartete, bis sich die Aufregung gelegt hatte, und gratulierte Alice. »Das nächste Mal gewinne ich wieder«, sagte sie.

»Was hast du auf dem Hügel gemacht?«, fragte Alice verwundert. »Wolltest du Blumen für die Siegerehrung pflücken?« Sie grinste. »Ohne den verdammten Umweg hättest du gewonnen …«

»Ich musste mit einem Wolf sprechen«, erwiderte Clarissa.

Sie ließ die erstaunte Indianerin stehen und kehrte zu ihrem Schlitten zurück. »Gut gemacht, Dusty!«, lobte sie ihren Leithund. »He, Snowball! Kein Grund, die Zähne zu fletschen! Easy, Grumpy! Ich musste dem Wolfshund folgen. Er hatte mir was Wichtiges zu sagen!« Sie kraulte ihren Leithund zwischen den Ohren und drückte ihn liebevoll. »Ihr seid die besten Hunde der Welt!«

Sie verankerte den Schlitten und war auf dem Weg zur Siegerehrung, als sie Betty Sheldon aus einem der Häuser kommen sah. Schon beim Anblick ihres verweinten Gesichts wusste sie, was geschehen war. Sie rannte zu ihr und umarmte sie. »Mike ist gefallen«, flüsterte die Mutter des Jungen, »sie haben es mir gerade gesagt! Er flüsterte deinen Namen, bevor er starb! Ein anderer Soldat war bei ihm!« Sie löste sich von Clarissa. »Und gestern hab ich noch zu einer Nachbarin gesagt, der schafft es, der Junge! Der liebe Gott kann nicht wollen, dass er so früh stirbt!«

»Es tut mir so Leid«, versuchte Clarissa sie zu trösten.

Obwohl ihr nicht nach Feiern zumute war, ging sie zur Siegerehrung. Es wäre unfair und respektlos der Siegerin gegenüber gewesen, ihr fernzubleiben. Sie umarmte die Indianerin und gratulierte ihr, und sie lächelte in die Kameras der Reporter. Als Ross Clayton ihr einige Fragen stellte und wissen wollte, warum sie den Sieg verpasst hatte, sagte sie: »Alice war heute besser!«

Sie versprach sogar, zu der Siegesfeier im Nugget Saloon zu kommen, und stahl sich unter dem Vorwand davon, ihre Hunde nach Hause bringen und versorgen zu müssen. Stattdessen fuhr sie an der Brücke vorbei und nach Weeks Field hinaus. »Mike Sheldon ist gefallen«, sagte sie nur, als Harry Cheek aus seinem Holzhaus kam und ihr half, die *Fairchild* aus dem Hangar zu schieben und den Motor aufzuheizen. Der Airport Manager, der bereits wusste, dass sie Zweite geworden war, legte ihr eine Hand auf den Rücken. Er schüttelte den Kopf und sagte: »Hoffentlich ist dieser Krieg bald vorbei! Mike war ein guter Junge!«

Clarissa kletterte ins Cockpit und drehte die Maschine in den Wind. Mit heulendem Motor hob sie ab. Sie stieg in den grauen Himmel empor und zog in einer weiten Kurve über die Stadt. Aus luftiger Höhe verfolgte sie, wie die vielen Zuschauer die Cushman Street verließen und in ihre Häuser zurückkehrten. Sie entdeckte Alice, die mit ihrem Schlitten zum Nugget

Saloon fuhr und sich bestimmt wunderte, warum das »weiße Stadtmädel« der Siegesfeier fernblieb. Sie nahm sich vor, die Indianerin sobald wie möglich zu besuchen und mit ihr auf den Sieg anzustoßen.

Sie hatte kein besonderes Ziel, ließ sich vom Wind über das verschneite Land treiben und genoss die Einsamkeit am trüben Himmel. Mit Tränen in den Augen sprach sie ein Gebet für Mike. Er hatte ihren Brief bekommen, bevor er gefallen war, und war in dem Bewusstsein gestorben, dass sie ihn liebte. Wenn es ein Wieder sehen im Jenseits gab, würde er ihr verzeihen. »Ich hab es für dich getan, Mike! Ich wollte dir den Schmerz ersparen!« Über dem Tanana River wendete Clarissa die *Fairchild*. Sie folgte dem Fluss nach Fairbanks zurück und hörte plötzlich Harrys Stimme in ihrem Kopfhörer. »He, Clarissa! Kannst du mich hören?« Sie wunderte sich, dass er nicht den vorgeschriebenen Code benutzte, und ahnte, dass etwas Außergewöhnliches geschehen war. »Was gibt's, Harry? Hab ich was verbrochen?«

»Frank ist aufgewacht! Du sollst sofort kommen!«

Clarissa zögerte keine Sekunde. Sie drückte die *Fairchild* nach unten und hielt direkt auf das Krankenhaus zu. Wie in einem Rausch flog sie über die Cushman Street. Sie sah, wie einige Leute nach oben blickten und erschrocken zur Seite rannten, und setzte kurz vor der Brücke auf. Wenige Meter vor dem Parkplatz kam sie zum Stehen. Sie sprang aus dem Cockpit und rannte an den verdutzten Ärzten und Schwestern vorbei ins Krankenhaus.

Atemlos hetzte sie durch den dunklen Flur. »Kommen Sie, kommen Sie!«, rief Dr. Morgan schon von weitem. Er öffnete die Tür des Krankenzimmers, und sie stürmte hinein, sah zu ihrer großen Freude, dass Frank sie anblickte, und umarmte ihn fest.

»Ich liebe dich, Frank!«, begrüßte sie ihn voller Tränen. »Ich … liebe … dich …«, sagte er. Und dann küsste sie ihn, bis sie keine Luft mehr bekam, und wich nicht mehr von seiner Seite.